# 村上春樹 作品研究事典

MURAKAMI HARUKI

村上春樹研究会編

鼎書房

# はじめに

村上春樹の作家活動は、すでに四半世紀近い星霜を経ました。常に時代の最先端を走りつづけ、現在日本国内のみならず海外でも多くの読者を得て、日本を代表する現代作家として評価されています。

実に夥しい数の村上春樹に関する言説が生産され、学際的なものを含め、幾つかの先駆的な研究論文もありながら、学問的研究は全般的には停滞し、長編小説と一部の短編小説を除き、ほとんど未開拓のままとなっています。

一方、近年若い世代を中心に現代文学研究への関心が高まり、村上春樹を対象にした卒業論文も急増しています。しかしながら、先行研究の未整備のため、結局一部の作品の研究が再生産されているというのが現状です。

ちょうど世紀の変わり目を経た現在、こうした現状に対し、村上春樹の文学総体を見渡せるような、前世紀までの全作品に亘る研究と読書の案内書を必要とする気運をみて、本事典を刊行しようとした次第です。

本書は、研究・修士論文・卒業論文・講義・演習・高校教材研究のみならず、一般読者に対する読書案内等、幅広い分野における活用を目指しているものですが、各作品に「読みのポイント」を付けて、これまで論じられていなかった作品に関しては、初めての論評を試みた集成となるよう工夫を施しました。また各作品をキー・ワード別に分類する項目を設け、付載した索引を併せて活用することで、他の作品との関連を見渡せるような便宜を図りました。

ここに本書を完成、刊行できたのは、旺盛な活動を続ける現存作家の作品をその評価を含めて事典の項目に収める困難さを承知で、お引き受けくださった執筆者の方々の熱意と御尽力によるものです。厚くお礼申し上げます。また言葉に尽くせない助力と鞭撻を下さった鼎書房の加曾利達孝氏へも深く謝意を捧げる次第です。

本書が村上春樹研究の地盤として多くの方々に活用していただけることを願ってやみません。

編　者

二〇〇一年三月二〇日

# 凡例

## 1、項目

本書は『作品研究事典』として、村上春樹の全小説、および小説と翻訳以外の全著作の題名を五十音順に並べ、項目とした作品編に、村上春樹を読み解くためのトピックのうち主だったものを五十音順に並べた「事項編」を付載した、全二部構成によって成る。

同一題名の作品については目次の中で収録単行本名を括弧に入れて示すことで区別し、配列は発表順とした。

## 2、収録作品の対象と範囲

二〇〇〇（平成十二）年末までに村上春樹が執筆した全作品を項目として掲げることを原則とした。

村上春樹には彼独特の、ジャンルの特定しにくい作品群があるが、エッセイ風の小品も収められた『夜のくもざる』に「村上朝日堂超短篇小説」と冠されていることから、他の『象工場のハッピーエンド』等に収められた作品も全て小説と見做して、明らかにエッセイ・紀行等と分かるもの以外の刊本は、収録作品のそれぞれを項目として掲げた。

小説以外のジャンルの作品は、収録作品それぞれの項目を掲げることをせずに、刊本として纏めて掲げ、その項目に『　』を付して区別した。そのジャンルの区別については【ジャンル】の欄に示した。

したがって本書では村上春樹の全著作のうち翻訳書を除く全てについてを対象としている。また分かる範囲での単行本未収録作品についても、小説に限って取り上げた。

## 3、初出

【初出】の欄に、初出誌紙名を「　」で括って表記したあと、年月（週刊誌・新聞の場合には日まで）を示した。書き下ろしで初出が単行本の場合には名を『　』で括って【初刊】の欄に表記した。ただし題名の改められたものは、原題と改題過程を【収録】の欄か【読みのポイント】の欄に適宜示した。

4、収　録

『村上春樹全作品』（講談社）を除いて、原則的には当該作品の所収書の全てを、【収録】の欄に示した。

5、全作品

当該作品が『村上春樹全作品』に所収されている場合には、【全作品】の欄にその巻数を丸数字で示した。

6、分　量

当該作品の四百字詰め原稿用紙換算の枚数を【分量】の欄に数字で示した。

7、キー・ワード

巻末「索引」の「キー・ワード索引」に掲げた分類項目のうち、当該作品に当て嵌まるものを【キー・ワード】の欄に列挙した。当て嵌まるものがない場合には欄自体は省いた。

8、舞　台

当該作品の舞台を【舞台】の欄に示した。その固有名詞を中心としつつ、短編等では〈自宅〉といった普通名詞での説明を適宜盛り込んだ。

9、登場人物

当該作品に登場する人物名を【登場人物】の欄に示した。固有名詞のみならず、代名詞、普通名詞に関しても掲げ、語りの視座を示せるようにした。

10、関　連

当該作品の中で引用・言及されている、映画・音楽等の作品名・人物名を、作品の場合には可能な限りその作者名・演奏者名等と共に、【関連】の欄に示した。

11、梗　概

当該作品の内容の概略を【梗概】の欄に記した。概括的な纏め方を避け、人物名・語りの視座・人称などが分かるように、語りに即した纏めを心掛けた。

12、評　価

当該作品がこれまでどのように評価されてきたのかの紹介を【評価】の欄で行なった。先行研究で一切言及されていない場合は、項目自体を削除したり、【読みのポイント】の欄に読みと併せて記した場合もある。

13、読みのポイント

当該作品を研究する際の新しい視座を提供するような観点を【読みのポイント】の欄に記した。成立事情等の作者自身の自解があった場合や、その他、翻訳の有無や映像化等の情報も適宜この欄で紹介した。

14、参考文献などの表記

作品名・論文名は「　」で示し、単行本は『　』で示した。スペースを考え、副題を省略するなど、極力略記をこころがけた。年月は西暦下二桁で示した。論文、作品からの引用は〈　〉で示し、強調語は《　》〃　〃で示すことで、作品名と区別した。

## ●編者・執筆者一覧●

**編者**
今井清人
岩崎文人
志村有弘
原　善

**編集協力**
髙根沢紀子

**執筆者**
あ
青嶋康文
安達秀夫
渥美孝子
石倉美智子
一柳廣孝
今井清人
岩崎文人
岩見幸恵
遠藤伸治
大國眞希
大島佳代子
太田鈴子
奥山文幸
小倉真理子
押野武志
小柳しおり
か
片岡　豊
勝原晴希
金子堅一郎
唐戸民雄
川村英代
岸　睦子
熊谷信子
小菅健一
児玉喜恵子
近藤裕子
さ
櫻井英人
佐藤秀明
佐野正俊
東雲かやの
柴田美幸
島村　輝
志村有弘
末國善己
杉山欣也
た
高木　徹
髙根沢紀子
髙野光男
高橋真理
髙原英理
田中励儀
玉村　周
丹藤博文
鄭　恵英
な
永久保陽子
中沢　弥
中田雅敏
中村三春
波瀬　蘭
西野浩子
仁平政人
南　富鎮
は
葉名尻竜一
馬場重行
原　善
久富　健
深津謙一郎
福田淳子
藤田和美
保科希美
星野久美子
細谷　博
ま
眞有澄香
前田　潤
松村　良
三木雅代
三重野由加
紫安　晶
百瀬　久
森本隆子
守屋貴嗣
や
山口政幸
山﨑眞紀子
山田吉郎
山根由美恵
余吾育信
横井　司
米村みゆき
わ
和田季絵
（五十音順）

**資料作成**
荒山　崇
伊藤秀美
大坂怜史
姜　昌久
清宮崇之
木暮大輔

# 村上春樹作品研究事典　目次



## 作品編

## 事項編

# 作品編

## アイゼンハワー　あいぜんはわー

**【ジャンル】**超短編**【初出】**『夢で会いましょう』（講談社文庫、86・6・15）**【分量】**1.5**【キー・ワード】**ドーナツ**【舞台】**ブルックリン・ブリッジ、ニュー・メキシコの砂漠、僕の家**【登場人物】**ソニー・ロリンズ、男の子、アイゼンハワー、国務長官、僕、母親**【関連】**ソニー・ロリンズ

**【梗概】**一九五八年九月二十六日夕刻ソニー・ロリンズは、テナー・サキソフォンの音階練習に励んでいるとき、通りがかりの男の子に何をしているか訊ねられ、原子怪獣と戦っていると答えた。ちょうどその頃アイゼンハワー大統領は軍隊を率いて砂漠のまん中で本物の原子怪獣と戦いながら、壊滅的な打撃を受け、神に許しを乞うていた。そして、九歳の僕は台所の母親の背中にドーナツが揚がるのを催促した。

**【読みのポイント】**冬樹社版から文庫版になる際にその巻頭に新たに書き下ろされた作品である以上、かなりの力が入っているはず。「あるいは戦後史における1958年の位置」という副題と関わって、日付の意味、三つのパラレルワールドの繋がりが読まれねばならない。最後に〈僕〉が振り向くまでの夢想の世界が前二者の世界だという入れ籠構造を見るのは有効なはず。アイゼンハワーの史上最大の作戦ノルマンディー上陸作戦は春樹の喩法にはよく出てくる。（原　善）

## 愛なき世界　あいなきせかい

**【ジャンル】**超短編**【初出】**「太陽」94・1**【分量】**3.5**【キー・ワード】**象**【舞台】**伊勢丹デパート、インドのパンジャブ州**【登場人物】**お母さん、ルミちゃん**【関連】**音楽：ピーター&ゴードン「愛なき世界」

**【梗概】**ルミちゃんに〈ヴァーチャル・リアリティ〉の意味と愛がなくても〈せっくす〉するとは本当かを尋ねられたお母さんは、〈ヴァーチャル・リアリティ〉は〈まっかーさー〉という偉い象が、インドのパンジャブ地方から伝えた雲に乗れる魔法の靴下だが、王様の命令で象が帰国すると、魔法が消え、世界は愛のないせっくすであふれたと説明する。

**【読みのポイント】**『夜のくもざる』には未収録。〈ヴァーチャル・リアリティ〉の扱いには、先端技術や現代思想の術語の流行への揶揄があり、同シリーズの「構造主義」「読書馬」「往復書簡」などと同じトーンがある。

タイトルはレノン＝マッカートニー作の一九六四年全米一位となったピーター&ゴードンのデビュー曲"A World Without Love"の邦題。ピーター&ゴードンの曲は『世界の終りとハードボイルド・ワンダーランド』の29にも「アイ・ゴー・トゥー・ピース」が登場している。伊勢丹は『カンガルー日和』の初出誌「トレフル」の発行元。（今井清人）

# アイロンのある風景《あいろんのあるふうけい》

【ジャンル】短編【初出】「新潮」99・9【収録】『神の子どもたちはみな踊る』（新潮社、00・2・25）【分量】44【キー・ワード】死、夢、闇、アイロン、手紙、電話、眠り、失踪【舞台】茨城県【登場人物】三宅、順子、啓介【関連】音楽：パール・ジャム　小説：ジャック・ロンドン「たき火」

【梗概】二月の深夜、鹿島灘南端の町の順子と啓介のアパートに、三宅からの電話がかかる。いつもの海岸での焚き火の誘いである。順子は所沢出身、中学の頃から学校や父親との関係がうまくいかなくなり、高校三年のときに家出している。啓介は水戸の老舗の菓子屋の長男、大学に籍だけ置き、仲間とサーフィンやアマチュアバンドが続けられることを望んでいる。三宅は関西出身の絵描きで、焚き火用の流木が多いという理由でこの町に暮らしている。

順子は焚き火の炎に生々しい〈気持ちのかたまり〉を感じる。三宅は火が見る者の心を映すからだと説明する。

その夜も三宅は注意深く火をつくりあげる。腹痛のため啓介が帰り二人になると、順子に尋ねられるまま、三宅は神戸に家族がいること、冷蔵庫に閉じ込められ窒息してゆく夢を繰り返し見ること、「アイロンのある風景」と題した絵を最近描き終えたことを語る。さらに順子の深刻な空虚さを相談された三宅は、焚き火が消えたら、一緒に死ぬことを提案する。順子は三宅に肩を抱かれたまま眠り落ちる。

【評価】個別に作品を論じたものはなく、連作を論じたものがある。堀江敏幸（「ユリイカ」00・3臨増）は本作のラストも他の作品の印象的な場面同様、作家の計算を超えた〈創作の内部〉で成立しているとした。椹木野衣（「新潮」00・4）は〈地震〉は日常の中で失われて戻ることはない、言明不能な〈「何か」の比喩〉で、三宅の描いたアイロンはその表現と指摘。いとうせいこう「震災後という時代に」（「群像」00・4）は阪神大震災の被害者を国家幻想から個人の側に奪還するという連作の目的と現実を個人として背負う小説家の姿勢を見出した。山田潤治（「文学界」00・5）は連作を結ぶ糸として〈おこらない事件〉と内面の救済を指摘し、本作には順子のからっぽな心の〈眠ることによる救いが用意されている〉とした。清水良典（「論座」00・6）は〈喪失と空虚〉から〈再生の誓い〉へと連なる〈著者の内面の遍歴〉がたどられる連作で、本作は〈死の影〉が強調されるとした。福田和也（「文学界」00・7）は目前の課題への取り組みによる悲惨の中での自己確保の認識を予め持つ作家のものとして、この連作を読み、本作に関しては三宅の冷蔵庫の夢を「蜂蜜パイ」の沙羅の〈地震のおじさん〉の夢と同質のものと指摘した。

【読みのポイント】連作では地震は直接に描かれることはな

く、日常意識の下層に潜む欲動の発露の機会として描かれている。意識の内部と外部を相互相似形と捉える視点は、『世界の終りとハードボイルド・ワンダーランド』で顕著なものであり、その延長上でみることもできる。本作品は連作のなかでも、最も静かなものだが、やはり意識の内部の出来事が描かれている。それは、自ら家族から離れた個人の内で発現する他者とのつながりへの欲動である。三宅の冷蔵庫で窒息する悪夢。順子の自分が〈からっぽ〉だという感覚。それらは、現実の家族＝共同体から離脱しながら、なお他者との間主体的つながりを求める内部の現れである。三宅の「アイロンのある風景」と題された絵は、家族の場への複雑な思いと、それ（＝しわ）を鎮めるよう（＝のばそう）とする思いの競合の抽象画といえる。二人の反転が、仲間とすごしていたいという啓介の無邪気な希望である。それは、村上春樹がビーチ・ボーイズに関して言う〈イノセントなパラダイス〉（「デニス・ウィルソンとカリフォルニア神話の緩慢な死」「大コラム」84・7）の具現であり、相対的に二人の内面を浮かび上がらせる役割を果たしている。焚き火は見る者の心を映すという三宅の説に従えば、二人は各自の心を見、内面の共有はされないことになる。しかし、他者を対象化する眼差しを交わさず、触覚で相互を感じ合う最後の場面では間主体的共感の発生をみることができる。そもそも焚き火を囲む場というものは、原始的な共同体のイメージを喚起させる。順子と啓介の会話中の〈5万年前から〉という焚き火に対する形容は、その解釈の冗長性となっている。心中をほのめかす結末に一種の救済を読み取ることもできる。すなわち、殼で閉ざされた個が火とともに消滅し、間主体的なものが再生することを予感させるのである。〈死に方から導かれる生き方〉という三宅、懸命に火を起こそうとするジャック・ロンドンの小説の主人公に死への期待を読み取る順子、それらを重ねると、ここに宗教的なものの発生さえ読み取ることもできる。

その他、三宅のイメージとジャック・ロンドンに関して指摘できる。いつもチノパンにダンガリーシャツかアロハシャツという服装で髭が濃いという三宅の風貌は、村上朝日堂シリーズをはじめ村上春樹と多くの仕事をしている安西水丸のそれである。安西水丸はその本名〈渡辺昇〉が「象の消滅」「ファミリー・アフェア」「双子と沈んだ大陸」等に登場しているが、ここではそのイメージが〈引用〉されているといえる。また安西の出身地の外房の千倉を、村上は何度も訪れている。その外海の印象が舞台に用いられている可能性もある。ジャック・ロンドンは『ダンス・ダンス・ダンス』に伝記が登場、エッセイ「ジャック・ロンドンの入れ歯」（「朝日新聞」90・5・21）がある。村上は、この世界の辺境をめぐり短い生涯を閉じた作家にシンパシイを感じている。

（**今井清人**）

## 朝からラーメンの歌《あさからら―めんのうた》

**【ジャンル】**歌詞（超短編）**【初出】**『村上朝日堂超短篇小説 夜のくもざる』（平凡社、95・6・10）**【収録】**『村上朝日堂超短篇小説 夜のくもざる』（新潮文庫、98・3・1）**【分量】**0.5**【舞台】**不定**【登場人物】**無人称の歌い手、君**【関連】**音楽：ピーター・ポール&マリー「天使のハンマー」

**【梗概】**〈おいしいメンマ／焼き豚モーニング／朝からラーメン、嬉しいな／湯気がほかほか／お葱は緑／それだけ、あれば、マ・ブラザズ・アン・マ・シスタズ／もう、満足／ふうふう食べる／しなちくモーニング／朝からラーメン、嬉しいな／君と二人で／頬を赤らめ／それだけ、あれば、マ・ブラザズ・アン・マ・シスタズ／もう、満足／／食べなきゃ損／ラーメン・イン・ザ・モーニング／今日もいちにち、明るいぞ／海苔も食べたし／スープも飲んだし／これだけ、食べれば、マ・ブラザズ・アン・マ・シスタズ／もう、満足〉

**【読みのポイント】**以上が全文であり、「スパゲティー工場の秘密」のスパゲティーの歌と一対をなす、ナンセンスな面白さを持つ。メロディー以外の「天使のハンマー」との繋がり等、小品自体の分析も可能だが、何故これを敢えて〈おまけ〉として書き加えねばならなかったのかという、超短編集『夜のくもざる』の成立論の材料を提供しよう。（**髙根沢紀子**）

## あしか

**【ジャンル】**エッセイ風超短編**【初出】**「ビックリハウス」81・10**【全作品】**⑤**【分量】**2**【舞台】**あしかの世界**【登場人物】**あしか、長老あしか

**【梗概】**友達もガール・フレンドもおり、アジも沢山食べられるのに、あしかは孤独だった。「なぜ私はあしかであるのだろう」という思いが彼に虚無感を覚えさせる。あしか仲間に「奴は最近おかしい」という噂が広まり、長老あしかは心配で〈あしか〉に電話をするが、悩んでるらしいことしか伝わらない。あしか達は困ったことがあると開催する〈あしか祭り〉を三日三晩続ける。

**【読みのポイント】**単行本に収録されずに『全作品⑤』に初めて収録された作品。「あしか」は村上春樹作品では何度か目にする動物である。「月刊「あしか文芸」」（『全作品⑤』）や「あしか祭り」（『カンガルー日和』）、「マッチ」「ラーク」（以上『夢で会いましょう』）などであるが、〈あしか〉という動物の設定は一様に小市民的になされ、筋にはユーモラスさが漂い、重々しい内容になることはない。つまり〈羊〉や〈猫〉や〈象〉ほどには村上作品を読み解いていく鍵となる存在ではない。〈あしか〉という動物へのシンパシーが村上の創作感覚と結びつき、作品化されたと思われる。（**守屋貴嗣**）

## あしか祭り《あしかまつり》

【ジャンル】超短編【初出】「トレフル」82・3【収録】『カンガルー日和』（平凡社、83・9・9）、『カンガルー日和』（講談社文庫、86・10・15）【全作品】⑤【分量】10【舞台】自宅

【登場人物】僕、あしか

【梗概】〈あしか〉が突然〈僕〉の自宅を訪ねてきて、十分ばかり時間をくれないかと言う。先日、新宿のバーで出会った〈あしか〉にうっかり名刺を渡してしまったからだった。〈あしか〉にとって象徴性の中心は名刺であるから、それを渡したことは問題なのである。〈僕〉を訪ねた〈あしか〉はその友人で、聞けば「あしか祭り」の「象徴的援助」を要求しに来たのだった。〈あしか〉は祭りの意義をえんえんと語るが、〈僕〉はよくわからないままでその要求を「寄付」と表現するが、「あしか」は「精神的援助」と訂正する。〈僕〉が二千円を払うと、手元には機関誌「あしか会報」とあしかワッペンが残された。

【読みのポイント】〈僕〉は〈あしか〉の訪問には困ったものの、〈動物としてのあしか〉が存在することに抵抗や嫌悪感なく対話している。そこには奇妙で寓話的な面白さが漂う。〈あしか〉を題材にした作品は他に「あしか」（81・10）、「月刊「あしか文芸」」（82）があり、ほぼ同時期に発表された。前者は三人称で、〈あしか〉の虚無感と孤独が語られ、後者は〈あしか〉である〈私〉の一人称でもって日常生活の一コマを語るという方法がとられている。いずれも登場するのは全て動物であるあしかで、あしか世界が繰り広げられる。しかしこの「あしか祭り」では人間である〈僕〉によって作品が語られ、先に挙げた二作品とは違い、あえて〈あしか〉と表記されている。これは〈僕〉による視点の明示が表現されているのではなかろうか。この作品が収められている『カンガルー日和』の作品群を連載する際に、〈スケッチ風の小説（小説風スケッチ）を書こうということになった。〉と村上は述べている（「「自作を語る」補足する物語群」全作品5）。「あしか祭り」の〈僕〉は〈あしか〉の訪問に戸惑いながらも、その印象や表情を語っている。つまり作品の〈僕〉の視点でもって〈あしか〉をスケッチしているともいえよう。しかし〈僕〉は、〈あしか〉が話す祭りについては結局わからないままでぐったりと疲れ果ててしまい、残されたワッペンの処置に困って、駐車違反の車に貼ってしまった。〈あしか〉をスケッチしたものの理解できなかったことは、愛着はあるが、村上の作品によく登場する〈羊〉、〈象〉、〈猫〉といった存在価値に成り得なかったということが、意味されているのかもしれない。

（**大島佳代子**）

## アスパラガス《あすぱらがす》

【ジャンル】超短編【初出】『夢で会いましょう』（講談社文庫、86・6・15）【分量】1.5【舞台】アスパラガス畑【登場人物】僕、弟、妹【関連】満月

【梗概】僕、弟、妹の三きょうだいは、次の町にたどり着けないままアスパラガス畑で迷う。日が傾き夜闇が迫ってくるなかで、不吉なアスパラガスの匂いが充満しはじめる。僕は心配する弟妹をなだめ、たきぎを集めさせ、自分たちのまわりに溝を掘って夜にそなえる。アスパラガスが根もとから吹きだす白濁した息を満月は青く染める。逃げ遅れた鳥たちは、アスパラガスのガスで麻痺してばたばたと地表に落ちる。彼らは月が真上にうつるころアスパラガスの触手にからめとられてしまうはずだ。僕は弟妹に、ガスの下にもぐって決して眠らないように呼びかける。

【読みのポイント】冬樹社版から文庫版に移行する際に新たに書き下ろされた作品。アスパラガスという本来ならば〈恐怖〉とは無縁であるはずのものによってホラー作品が仕立て上げられる。いっけん牧歌的に感じられる道具立てで、死や世界の果てへの後退といった重たいテーマを軽やかに操ってみせる『羊をめぐる冒険』や『世界の終りとハードボイルド・ワンダーランド』に一脈通じるものが感じられる。（**石倉美智子**）

## A DAY in THE LIFE《あでぃいんざらいふ》

【ジャンル】超短編【初出】『象工場のハッピー・エンド』（CBSソニー出版、83・12・5）【収録】『象工場のハッピー・エンド』（新潮文庫、86・12・20）【分量】3.5【キー・ワード】象【舞台】バス停、象工場【登場人物】僕、小母さん、守衛、象【関連】ジョン・レノン「A DAY in THE LIFE」

【梗概】朝仕事に行こうとバスを待っている僕に、知らないおばさんが、これから象工場へいくところじゃないかと訊いた。僕は二週間ほど前越してきたばかりで、勤務先を誰にも教えていなかったのだが。小母さんは、長く象工場で働くとそれなりのかんじが出てくると言う。象工場に勤めるのはちょっとしたことなので、僕は悪い気はしなかった。象工場に着くと、入口で守衛が就業カードをチェックしている。顔なんて覚えているはずだが、ここでは秩序が大事なのだ。僕は更衣室で制服に着替え、五年間働いたしるしとして緑の二本線が入った帽子をかぶる。そんな具合に一日が始まるのだ。

【読みのポイント】村上春樹の作品ではおなじみともいえる象、あるいは象工場の登場である。他作品との関連の中で象とは何者であるかを考え合わせつつ、改めて小母さんと僕の会話のニュアンスを読み取りたい。カードのチェックや帽子の線に見られる秩序と象工場とは無縁ではない。（**和田季絵**）

# 雨やどり　あまやどり

**【ジャンル】**短編**【初出】**「ＩＮ・ＰＯＣＫＥＴ」83・12**【収録】**『回転木馬のデッド・ヒート』（講談社、85・10・15）、『回転木馬のデッド・ヒート』（講談社文庫、88・10・15）**【分量】**36・5**【全作品】**⑤**【キー・ワード】**性、恋愛、娼婦、猫**【舞台】**表参道の渋谷寄りのレストラン・バー**【登場人物】**僕、彼女、獣医**【関連】音楽**：ドリス・デイ「イッツ・マジック」**文学**：ソウル・ベロウ

**【梗概】**〈僕〉はある日、表参道のレストラン・バーに雨宿りに入ったが、そこで一人の女性から声をかけられた。かつて大手出版社の編集者で、前に一度だけ〈僕〉をインタビューしたことのある女性だった。彼女は二年前に雑誌が廃刊されたことをきっかけに会社をやめ、同時に妻子ある上司の恋人とも別れたという。それから新しい仕事を見つけるまでの一ヶ月間、変化した生活の苛立ちから毎晩バーに出入りし、そこで中年の男に誘われた。その時、〈私は高いのよ〉という言葉が無意識のうちに口から出てしまって、はじめてお金をもらって男と交わることになる。それ以来彼女は他に四人の男と金をもらって寝ることになったが、金額はその場その場で相手を見て直観的に決めたという。話が終わって、〈僕〉は彼女にもし〈僕〉ならいくら要求するかと尋ねると即座に二万円と答える。〈僕〉は彼女と寝ることは悪くないと思うが、それにお金を払うのには〈ちょっと妙なもの〉と思う。

**【評価】**個別作品として論じられたことはない。

**【読みのポイント】**村上春樹は『回転木馬のデッド・ヒート』の序論にあたる「はじめに」のなかで、本編所収の一連の短編を小説の原型になる〈現実的なマテリアル〉であるとしながら、〈僕はこのような一連の文章を――仮りにスケッチと呼ぶことにしよう――最初のうちは長編にとりかかるためのウォーミング・アップのつもりで書きはじめた〉と述べている。そして村上は、これらの〈原型〉、もしくは〈おり〉を、〈まったくべつの形に変えて新しい小説の中に組みこめるかもしれない。組みこめないかもしれない〉と、その素材においての変容の多様な可能性を示唆している。さて、「雨やどり」では、お金をもらって男性と交わる女性の話が重要なモチーフになっているが、このような女性像は村上文学に幅広く見られるものである。『羊をめぐる冒険』では出版社の校正係と耳専門の広告モデルを兼ねているコール・ガールがその前身にあたり、『ダンス・ダンス・ダンス』ではメイとキキという高級クラブのコール・ガールが登場している。さらに、『ねじまき鳥クロニクル』の加納カルタはお金をもらって客をとり、その過程で錦谷ノボルに出会い、精神的な強姦をうけることになる。

（**南富鎮**）

# 雨の日の女 ＃２４１・＃２４２

あめのひのおんな ＃２４１・＃２４２

**【ジャンル】** エッセイ風短編 **【初出】**「L.E」87・1 **【全作品】** ③ **【分量】** 23 **【キー・ワード】** 死、夢、電話、眠り、失踪 **【舞台】** 僕の自宅 **【登場人物】** 僕、雨の日の女＃２４１

**【梗概】** ある雨の午後、僕の家に、中年の化粧品のセールスウーマンが緑色の傘と＃２４１と書かれたアタッシュケースを持って訪れる。妻からの電話の後、何をする気も起こらなくなって、ウィスキーを飲みながら死について考えていた僕は、女を無視する。女が立ち去る時、アタッシュケースを持つ手が左右逆になっていたことが僕の頭から離れず、〈自分があの女にとりかえしのつかないような傷を与えてしまったような気に〉なる。妻の弟は、骨の病気で入院中で、妻はその病気の遺伝性について悩んでいる。僕は三日前に見た夢が死についての夢だと考えるが、女の緑色の傘は、その夢に出てきた白い蛇の緑色の眼を思わせる。その夢は僕に、手に青紫の火傷のあとがあり、組合のことで悩んで自殺した高校の時の担任の教師を思い出させ、また、昔同じアパートに住んでいた若い女が、ふっと消えてしまった後に残していった腐ったリンゴの事を思い出させる。僕はドアを開けて、女が引き返してくるのを待つが、女は〈永遠に〉帰ってこなかった。

**【読みのポイント】**『全作品』に収録される際、〈＃２４２〉に関する部分が削られ、〈＃２４２〉は題名で予告され、予感として存在する（非在する）だけになった。その結果、村上自身は、〈雨の午後についての無彩色のスケッチのような文章を書いてみたかった〉、〈とくに筋はない。何も始まらない〉（『全作品』「自作を語る」）と語るが、何か取り返しのつかない致命的なことが起きてしまいそうな予感と緊張に満ちた短編に仕上がっている。この作品が発表された87年は、後に「ねじまき鳥クロニクル」に発展する「ねじまき鳥と火曜日の女たち」の発表された翌年であるが、この作品もまた、「ねじまき鳥クロニクル」の原型と言いたくなるほど、数多くの共通する要素が見いだせる。仕事場からの妻の電話。それを受けて困惑し、落ち着かない気分に陥る〈僕〉。そして、無視した女のことが気になって仕方のない〈僕〉。自分でも気づかないうちに誰かを決定的に傷つけているのではないかという不安。病気の遺伝性に関する妻の悩み。シュールでとらえどころがなく、しかし、不安な予兆に満ちた夢。青紫の火傷の痕という、目立つ徴。突然失踪してしまう女。「＃２４１」という記号も、「ねじまき鳥クロニクル」のシナモンのコンピューターの中の「ねじまき鳥クロニクル＃８」や「ねじまき鳥クロニクル＃17」を連想させる。

（遠藤伸治）

## ある種のコーヒーの飲み方について《あるしゅのこーひーののみかたについて》

【ジャンル】エッセイ風超短編【初出】『象工場のハッピーエンド』（CBS・ソニー出版、83・12・5）【収録】『象工場のハッピーエンド』（新潮文庫、86・12・20）【分量】2.0【舞台】港街の小さなコーヒー・ショップ【登場人物】僕【関連】音楽：ウイストン・ケリー　作家：リチャード・ブローデイガン

【梗概】港の近くにある小さなコーヒー・ショップで、流れるジャズ、コーヒーカップの親密な温もり、少女たちの優しい香りなどに包まれ、多少の不安とそれをうち消すほどの期待を感じていた十六歳の光っていた自分を、僕は額縁に入れてながめるように、懐かしんでいる。

【読みのポイント】短文につめこまれた単語が発するメッセージを読みとらなければならないであろう。たとえば港街、海の匂い、大型客船、遊覧船のデッキと、まっ暗な部屋、コーヒーカップの親密なぬくもり、少女たちの優しい香りとは、思春期のあこがれと不安を語っている。またウイストン・ケリーを選んだこと、『The Scrap』にも取りあげられたリチャード・ブローデイガンの引用から、コーヒーに対するスタンスが見える。
　初出と文庫本とで異なる安西水丸の画も興味深い。

（太田鈴子）

## 『アンダーグラウンド』《あんだーぐらうんど》

【ジャンル】ノンフィクション【初刊】『アンダーグラウンド』（講談社、97・3・20）【収録】『アンダーグラウンド』（講談社文庫、99・2・15）【分量】1348【キー・ワード】時間、死、怒り、闇、地下【舞台】東京、地下鉄千代田線霞ヶ関駅、地下鉄丸ノ内線中野坂上駅、地下鉄日比谷線小伝馬町駅他

【内容】一九九五年三月二十日、死者十二名、重軽傷者五〇〇〇名に及んだ〈地下鉄サリン事件〉の被害者、遺族及び医師、弁護士六十二名へのインタビューによって構成されるノンフィクション作品。冒頭には本書の成り立ちを語る「はじめに」が置かれ、末尾には「『目じるしのない悪夢』─私たちはどこに向かおうとしているのだろう？」と題された〈地下鉄サリン事件〉に関するエッセイが付されている。

　本書に収録されたインタビューは〈一九九六年一月はじめから、同年十二月の終わりにかけて〉（「はじめに」以下同）行なわれた。村上春樹のこの試みは、ある女性誌の投稿欄に掲載された〈地下鉄サリン事件のために職を失った夫を持つ、一人の女性〉の手紙をたまたま目にしたときの〈どうしてそんなことが起こるのだろう？〉という疑問に端を発している。その手紙には、後遺症のために思うように仕事ができなくなった夫が〈ほとんど追い出されるようなかっこうで仕事を辞

め〉ざるをえなくなった事実が記されていた。そして〈どうしてそんなことが起こるのだろう?〉という疑問は、〈不運にもサリン事件に遭遇した純粋な「被害者」が、事件そのものによる痛みだけでは足りず、何故そのような酷い「二次災害」まで受けなくてはならないのか?〉という疑問へと発展すると同時に、村上春樹にはその〈二種類の暴力〉が〈同じ地下の根っこから生えてきている同質のものであるように思えてくる〉。こうして〈かくのごとき二重の激しい傷を生み出す我々の社会の成り立ちについて、より深く事実を知りたいと思うようになった〉というのである。

しかしながら一方で『アンダーグラウンド』の試みは〈「物語」を職業的に語る〉(「目じるしのない悪夢」以下同)小説家・村上春樹としてのより深いモチーフに根ざしてもいる。その一つとして〈正義と悪、正気と狂気、健常と奇形の、明白な対立〉構造のなかに「こちら側」を「正義」「正気」「健常」とするコンセンサスをつくりだすマスメディア報道からは何ものも見えてこないという事実がある。この事実が〈「こちら側」=一般市民の論理とシステムと、「あちら側」=オウム真理教の論理とシステムとは、一種合わせ鏡的な像を共有していたのではないか〉という疑問を呼び起こし、〈オウム真理教に帰依した人々の多くは〉〈自我という貴重な個人資産を〉、〈決定的に損なわれた自我のバランスを、ひとつの限定された(しかし現実的にかなり有効な)システムとして確立することに成功した〉〈麻原彰晃という「精神銀行」の貸金庫に鍵ごと預けてしまっ〉たのではないかという考えへと村上春樹を導くのだ。そしてこれと同様の構造が「こちら側」にもあるのではないか、言い換えれば〈私たちは何らかの制度=システムに対して、人格の一部を預けてしまってはいないだろうか?〉という疑問が導き出される。小説家・村上春樹は〈麻原の荒唐無稽な物語を放逐できるだけのまっとうな力を持つ物語〉を生み出し得ていないことに忸怩たる思いをいだいていたのだった。

もう一つのモチーフは、この七、八年イグザイル(故郷離脱者)として海外で過ごした村上に生まれた〈日本という国についてもっと深く知りたい〉いという思いに発している。〈小説とは違うかたちで、日本という国についてより深く知るためのまとまった仕事をひとつしてみよう〉〈そうすることによって、私は新しい自分のあり方や、立つべき場所を見つけることができるのではないか〉と考えていた村上の前に阪神淡路大震災と〈地下鉄サリン事件〉とがあったのだ。そして『世界の終りとハードボイルド・ワンダーランド』に決して解き放ってはならないアンダーグラウンドの「やみくろ」を描いた村上に、この二つの〈超弩級の事件〉は唐突で理不尽な〈圧倒的な暴力〉として意識され、〈オウム真理教団の五人の「実行者」たちが、尖らせた傘の先端でサリン入りのポリ袋を突き破ったとき、彼らはまさにその「やみくろ」たちの群を、東京の地下に、その深い闇の世界にときはなったのだ〉と感知されたのである。

このようなモチーフのもとに行なわれた『アンダーグラウンド』のインタビューを通して、村上春樹は〈地下鉄サリン事件という大事件を生み出した日本という場についての検証を結果としておこなうことになった〉。と同時にその作業は〈「顔のない多くの被害者の一人（ワン・オブ・ゼム）」で終わらせたくなかった〉〈純粋な「被害者」〉の味わった感情を〈どこまでありありと読者に伝えることができるだろうか？〉という〈自分の言葉というものの価値について〉の反省をもたらし、〈私たちの属する「こちら側」のシステムの構造的な敗退〉を意識させることになる。そして〈当日に発生した数多くの過失の原因や責任や、それに至った経緯や、またそれらの過失によって引き起こされた結果の実態が、いまだに情報として一般に向けて充分に公開されていないという事実〉が発見されるのである。村上はこの事実に思い至るとき、〈地下鉄サリン事件〉を通して見られる〈閉塞的、責任回避型の社会体質〉が、『ねじまき鳥クロニクル』に描かれたノモンハン戦争当時の、そして〈より巨大な規模〉の〈愚行と悲劇〉へと導くことになる〈帝国陸軍の体質とたいして変わっていない〉ことを指摘せざるをえないのである。

**【評価】**「『村上龍と村上春樹』―この二十五年の文学空間」（「群像」00・7）と題する対談に川村湊の〈村上春樹は『アンダーグラウンド』とかで現実にコミットするようになったといっていいと思うけれど、（中略）どういう変化があって村上春樹がサリン、オウム、震災といったことに関心を持つようになったのか、これもまだちょっとわかっていないところがあると思うんですね〉という発言がある。数多くの村上春樹論を書いているはずの川村にこのようなとまどいを感じさせるところに『アンダーグラウンド』評価の一端あるいは困難さが示されている。批評家（読者）のとまどいはなぜ村上春樹が〈地下鉄サリン事件〉なのかというところにある。本書が刊行された九七年五月の「群像」に掲載された野田正彰「隠された動機―ノンフィクション作家からフィクション作家へ」も〈本当の動機〉が何であるのかを問うものであったし、同じ号の風丸良彦「乗り合うことへの欲望を捨てて」もまた村上春樹の動機を問うている。風丸は〈オウムを前にした文学者たちの戸惑い〉に反して、麻原の荒唐無稽な物語に対して有効な物語を持ち出し得ていない文学者としての村上が自らの意志を〈はっきりと表明している〉と評価する。つまり〈オウムに対する文学の敗北をテンポラリーであれ潔く認めるところから『アンダーグラウンド』の全てが始まった〉とみなするのである。風丸はさらに論を進めて、村上春樹が団塊の世代としての〈「社会的な責務」に言及し、それがオウム事件に絡まる時その言葉に含まれるニュアンスは、自分が「『闘争の時代』の意味の総括を本当にはしていない」ために、同じような悲劇が再度起こってしまったことへの悔恨ともとれる。もしそうだとすれば村上は途轍もなく大きなものを抱えこんでしまったことにな〉ると指摘する。

〈地下鉄サリン事件を主な筋としてこの事件（一連のオウム事件―片岡注）の特性を見るべきだ〉という立場をとって〈「世論」の袋叩き〉にあったと自認する吉本隆明は、「どちら側でもない」（「群像」97・6）でその「世論」形成に深く関わった中村弁護士の『アンダーグラウンド』に収録された聞き書きに関して〈現在のいい作家としての力量を充分にみせた力作を仕上げながら、「世論」とそれを支えているつまらない言論人に挨拶しているのは惜しいことだ〉と批判しつつ、やはり村上春樹のこの作品のモチーフを問題にする。吉本によれば『アンダーグラウンド』における〈村上春樹のかくされたモチーフは証言集であるとともに、『ねじまき鳥クロニクル』のあとにくる小説作品としての性格を与えることにあ〉り、そのようにみなすと、中村弁護士の聞き書きを挿入することで〈村上春樹は申し分のない「正義」の作品を書いたことになるのだ〉と断言している。渡部直己の「チャリティー風土の陥穽」（同前）もまた〈『アンダーグラウンド』の著者の誠実さや善意を疑うものではない〉としながらも、村上春樹の〈乗客一人ひとりについて細かいところまで、それこそ心臓の鼓動から息づかいのリズムまで、具体的に克明に〉知ろうとする〈意図〉と、〈一人につき平均「一時間半から二時間」の対座を原則として一度きり、二度とは会わないという〉〈現実の接近法との極度の隔たり〉に着目し、そこに〈まともに触れ合おうとすれば己の世界の輪郭を狂わせずにはいないものに、それ以上は深く関わらずにすむための〉〈遮断性〉が確保されていると批判している。

以上瞥見したように、刊行直後のいくつかの批評は肯定的であるか否定的であるかはともかく、そのモチーフを問題にするところに特徴があった。その後も〈本書は問いかけであって、回答集ではない〉とする宗教学者・井上順孝「アンダーグラウンドの出口」（「国文学」臨増「ハイパー・テクスト・村上春樹」98・2）や〈「メイキング・オブ・『ねじまき鳥クロニクル』」のスタイルは、『アンダーグラウンド』の方法を先取りするものではなかったか〉とその方法について言及する法月綸太郎「たくさんの物語」（「ユリイカ」臨増「総特集村上春樹を読む」00・3）などの論もあるが、『アンダーグラウンド』は吉本が指摘しているような〈ただ読者になって素直に感じ入るだけ〉の感動を読者に与えているにしても、素直な感動を呼ぶがゆえに依然としてとまどいを与え続けていると言わなければならない。

**【読みのポイント】**〈初めから同情と好感を前提とした視界〉によって〈数々の作品において示したはずの鋭くシニカルな観察力〉が禁じられ、その結果として村上自身の手になる証言者個々のプロフィールに〈紋切型の限定辞〉が反復されるという渡部直己の指摘（渡部同前）は当たっている。そうした態度と筆法が素朴な感動とともに、ある意味で通俗的な「正義」を呼び起こすとみることもできよう。とすれば、極めて自己抑制的にインタビューを繰り返し、それを自らの文体のなかにまとめあげていった結果として至りついた村上春樹の日本の現実に対する危機感と、「目じるしのない悪夢」の最後に記された〈祈り〉とが、『アンダーグラウンド』に与えられた批判にどれほど耐えられるかの検証が必要となろう。その際村上春樹の六〇年代末から七〇年代初めの「政治の季節」への関わり方や、〈戦後民主主義の残光〉のなかで成長し、高度成長期の経済的豊かさを前に〈こんなのってちっとも嬉しくないわけです。（中略）僕がほしいのは自分が間違ったことをやっていないっていう心のはりだよね〉（『ウォーク・ドント・ラン』）と感じていたという村上春樹の経験が呼び起こされなければならないだろう。

（**片岡　豊**）

## アンチテーゼ《あんちてーぜ》

**【ジャンル】**超短編**【初出】**『夢で会いましょう』（講談社文庫、86・6・15）**【分量】**3**【舞台】**レストラン**【登場人物】**僕、給仕頭

**【梗概】**僕は、レストランでアンチテーゼの料理を見つける。昨今入手が困難なアンチテーゼの新鮮さに用心深くなった僕は、給仕頭にそのことを質問する。アンチテーゼの新鮮さを給仕頭は保証するが、入手困難な状況と、代替品の粗悪さについて嘆く。給仕頭に説得された僕は、〈ノルマンディー風新鮮アンチテーゼのガーリック・ソースかけ〉を注文する。

**【読みのポイント】**講談社文庫版にあたっての書き下ろし。謎の食材アンチテーゼは、同名の超短編「アンチテーゼ」（『村上朝日堂超短篇小説 夜のくもざる』平凡社、95・6）にも登場する。この二編から〈僕〉が食材アンチテーゼにこだわった理由が、伯父がアンチテーゼ採り名人であること、またアンチテーゼは魚類か水棲動物であることが想像できるが、謎を読者に呈示し翻弄する村上作品にあっては、アンチテーゼの正体を追及するよりは、「アンチテーゼ」というタイトルと、その名を食材とした料理、そして、風変わりな給仕頭の発言などをアンチテーゼという言葉の持つ意味と絡めて解釈し楽しむべきであろう。

（**金子堅一郎**）

## アンチテーゼ《あんちてーぜ》

**【ジャンル】**超短編**【初出】**「メンズクラブ」86・7**【収録】**『村上朝日堂超短篇小説 夜のくもざる』（平凡社、95・6・10）、『村上朝日堂超短篇小説 夜のくもざる』（新潮文庫、98・3・1）**【分量】**2.5**【キー・ワード】**手紙**【舞台】**僕の部屋**【登場人物】**僕、伯父

**【梗概】**アンチテーゼ採りに行った伯父からの手紙にはアンチテーゼが少なくなったと書かれていた。伯父が近頃のフランス料理店で出されるアンチテーゼを見たらメニューを引き裂いてしまう、「大アンチテーゼ、しからずんば無」が伯父の口癖だから、と僕は考える。

**【読みのポイント】**この作品と同題で、『夢で会いましょう』という小品集にも「アンチテーゼ」という作品が収録されている。〈アンチテーゼ〉はそこでも手に入りにくい食物として描かれているが、『夜のくもざる』収録の作品で注目すべきは、「大アンチテーゼ、しからずんば無」という伯父の口癖だろう。アンチテーゼはヘーゲルの弁証法で用いられる哲学用語として認識されているが、擬生物化されたアンチテーゼではなく、哲学用語《テクニカル・ターム》としての意味で読むことで、作者のアンチテーゼに対する姿勢をうかがうことができる。『夢で会いましょう』収録の「アンチテーゼ」と比較するのも興味深い。（**川村英代**）

## 今は亡き王女のための《いまはなきおおじょのための》

**【ジャンル】**短編**【初出】**「IN・POCKET」84・4**【収録】**『回転木馬のデッド・ヒート』（講談社、85・10・15）、『回転木馬のデッド・ヒート』（講談社文庫、88・10・15）**【全作品】**⑤**【分量】**35**【舞台】**友だちのアパート、喫茶店、バー**【登場人物】**僕、彼女、彼女の夫**【関連】**M・ラヴェル「いまは亡き王女のためのパヴァーヌ」

**【梗概】**美人で金持ちの〈彼女〉は、人を傷つけるのが天才的に上手かった。〈僕〉の周りの友達はみな彼女に夢中だったが、〈僕〉は一目見た時から彼女を嫌いだった。グループで雑魚寝をしたある時、〈僕〉は行きがかり上、彼女を抱いたことがある。といっても単に物理的に抱きしめて寝ただけだ。それ以来、十年以上一度も彼女に会ってはいないが、偶然、彼女の夫に会った。夫の話だと、事故で生後五ヶ月の赤ん坊を亡くしてから、彼女は変わってしまった。しかし夫は今の彼女の方が好きだと言う。電話をかけてやってくれ、と夫は言ったが、まだ〈僕〉はかけていない。昔の〈彼女〉の感触が今でもまだ残っていて、〈僕〉を混乱させているのだ。

**【読みのポイント】**この作品と、M・ラヴェルの曲とは関係はない。ラヴェルは曲の題名を付けた理由として、単に韻をふむ語調のよさをあげ、文学的意味はないという。（**守屋貴嗣**）

## インタビュー《いんたびゅー》

**【ジャンル】**超短編**【初出】**『夢で会いましょう』（冬樹社、81・11・25）、**【収録】**『夢で会いましょう』（講談社文庫、86・6・15）**【分量】**4.5**【キー・ワード】**ビール**【舞台】**原宿・ラフォーレ内、資生堂パーラー**【登場人物】**村上さん、若い女性インタヴュアー

**【梗概】**五月十二日のこと、三十分遅刻した若い女性インタヴュアーは「村上さんが毎日どのようなものをお召し上がりになっておられるか」と聞く。村上さんは朝食の内容を語るのだが、インタヴュアーは要領を得ない。テープのスイッチがOFFになっていることに気づいた村上さんは「もう一度しゃべりますか？」と提案するが、インタヴュアーは「あたしってすごく記憶力良いんですよ」と胸を張る。だが、記事の内容は微妙にずれていた。

**【読みのポイント】**対話部分と〈記事〉との最大の食い違いは、〈コーヒー二杯〉が〈缶ビールが二本〉に変わった点だろう。インタヴュアーの頭のなかに、村上さんに対するマス・イメージの投影を見ることができる。また、〈OFF〉は処女作『風の歌を聴け』以降、頻出する喩法である。テープが〈OFF〉であったことによって登場した二本の〈缶ビール〉。その関係には考察の余地がある。

（**杉山欣也**）

## インディアン《いんでぃあん》

**【ジャンル】**超短編**【初出】**『夢で会いましょう』（冬樹社、81・11・25）**【収録】**『夢で会いましょう』（講談社文庫、86・6・15）**【分量】**8**【舞台】**ホテル**【登場人物】**彼、僕**【関連】**西部劇

**【梗概】**〈僕〉は、複数の会社を経営する大金持ちの友人〈彼〉と久しぶりにホテルで再会する。〈彼〉は複数の会社を持っていて、それらが複雑に結びついているため、どれだけ収益をあげているのかは本人にも分らない。〈彼〉は、汽車がインディアンに追いかけられる映画の話をする。石炭がなくなり、座席なども燃やしてしまうと、客たちは札束をスコップでかまに入れ始める。札束をスコップで運ぶ気持について〈彼〉は作家の〈私〉に尋ねる。「どんな気もしない」と答えると、友人は「インディアンに追いかけられているような気持だよ」と言う。

**【読みのポイント】**友人の〈彼〉が把握しているのは、会計士が説明する名目上の金の動きだけである。こうした全く現実感を欠いた「かね」に対して、〈彼〉が見たという西部劇は札束を汽車のかまにスコップで入れるという具体的な「物」としての「かね」を映し出していたらしい。最後の同語反復による「落ち」は、そうした現実の重みを示している。

（**中沢　弥**）

## インド屋さん《いんどやさん》

**【ジャンル】**超短編**【初出】**「太陽」95・5**【収録】**『村上朝日堂超短篇小説 夜のくもざる』（平凡社、95・6・10）、『村上朝日堂超短篇小説 夜のくもざる』（新潮文庫、98・3・1）**【分量】**2.5

**【舞台】**自宅**【登場人物】**インド屋さん、僕、母親

**【梗概】**二ヵ月に一度くらい、決まってインド屋さんがインドを売りにやって来る。インドをつかうと、理念ある人生が送れると僕に言う。僕はいつも彼に叱られているようで、落ち着かない。インド屋さんは、お母さんにも「お子さんが可愛くないの？」とつめよる。お父さんでさえ叱れないお母さんなので、これはすごいことだと僕は思う。お母さんはバリ屋の顔も立てなければならないのに、結局インド屋さんに押し切られて、また少しインドを買ってしまった。

**【読みのポイント】**富山の薬売りをパロディとして取り込んだ小品。「太陽」掲載後、一部改変された。インド屋さんと母親との攻防は一見コミカルだが、眺めている僕の不安は空虚な理念を建前に、他者の義理人情の感覚に訴えかけてこようとする者への胡散臭さから生じる。軽いタッチの作品だが、こうした形でのコミットメントを拒否し続けてきた村上の意識は、しっかり貫かれている。

（**保科希美**）

## 『ウオーク・ドント・ラン』《うおーく・どんと・らん》

**【ジャンル】**対談集**【初刊】**『ウオーク・ドント・ラン』（講談社、81・7）**【分量】**205**【キー・ワード】**同世代、性、結婚、猫

**【内容】**村上龍との二つの対談（それぞれ一九八〇年七月二十九日、一九八〇年十一月十九日という日付けが付されている）とそれぞれがお互いを語る短かなエッセイとから構成されている。一つ目の対談は村上龍の〈生まれは東京ですか？〉という問いかけに始まり、〈なぜ小説を書くのか〉あるいは小説の方法をめぐって展開される。話題はさらにプライベートな生活へと及び、〈うちのかみさん〉や〈わが愛するネコたち〉を語って盛り上がる。後段はジャズの話へと飛び、〈小説家という職業〉について語り合いつつ〈三作目〉の大切さが共通認識として語られる。二つ目の対談は、村上龍の〈三作目〉『コインロッカー・ベイビーズ』（講談社、80・10）を読んでショックを受けたという村上春樹の述懐を契機に、それぞれの作品評価、創作態度、文学経験等をめぐって繰り広げられる。そのなかで、同世代としての共感の背後に、双方が創作家としての異なりを意識していくことになる。

最後に付されたエッセイで村上春樹は村上龍に〈必要なものは『職業』ではなく『状況』なのだ〉と彼への理解を示し

つつ、村上龍は〈不思議な人である〉と語って彼への異和感をかくさない。一方、村上龍は〈ある作家の出現で、自分の仕事が楽になる、ということがある。／他者が、自分をくっきりとさせるのである。／ただし、そのためには、他者に相応の力がなくてはならない〉としたうえで、〈相応な力〉を持った他者として村上春樹の存在を位置付けている。そして「ウオーク・ドント・ラン」を繰り返し聞き、「いいなあ」という言葉だけで解り合う〈知り合ったばかりの音楽好きの少年二人〉に両村上を擬し、〈僕らが演奏家だったら、あのいかした曲を、ギターとベースで一緒にやれるのに〉〈小説家は、同じ曲を演奏することができない〉とこの短文を締めくくって、村上春樹への共感と異なりとを語っている。

**【読みのポイント】** 村上春樹は二つ目の対談で『コインロッカー・ベイビーズ』へのショックを〈パワーに対するショック〉と語りながらも〈小説を書くからにはやっぱり長いものって書いてみたい〉、〈『コインロッカー・ベイビーズ』の影響を受けたわけじゃないけど、ぼくも長いものを書きたいと思う。もうそれであのシリーズをおしまいにするつもりです〉と『羊をめぐる冒険』への意欲を示している。この他にも今日の村上春樹へとつながる発言が散見され、村上春樹を論ずる上で多くのヒントを与えてくれる対談集である。

（片岡　豊）

## 嘘つきニコル《うそつきにこる》

**【ジャンル】** 超短編 **【初出】**「太陽」94・9 **【収録】**『村上朝日堂超短篇小説 夜のくもざる』（平凡社、95・6・10）、『村上朝日堂超短篇小説 夜のくもざる』（新潮文庫、98・3・1）**【分量】** 3.5 **【舞台】** 僕の家 **【登場人物】** 僕、嘘つきニコル、黒猫ヤマトの配達人

**【梗概】** 嘘つきニコルは、れっきとした日本人だが、名前どおり嘘をつくのがうまい。先月僕のところに来た彼女は、〈実は私には生まれつき乳房が三つあるんです〉と秘密を打ち明け、それを見せるから〈一万円ください〉と言う。ぱっと見せられたそれは、紙粘土を貼りつけたようにも見えた。よくわからないと僕が文句を言うと、嘘つきニコルは玄関先で泣きわめき、そこに黒猫ヤマトの配達人が来たので、一万円を渡すことになってしまった。

**【読みのポイント】** 荒唐無稽な嘘であるにもかかわらず、〈乳房が三つある〉と真剣な顔で切り出し、〈恥ずかしい〉からと顔を赤らめ、最後に「小説家なんて信用するんじゃなかった。」と泣きだす。嘘とわかっていても、その嘘を展開させる彼女の巧みさに興味を覚えて、つい〈僕〉も巻き込まれてしまうのであり、そこがまたこの小説の魅力でもある。

（高木　徹）

## 『雨天炎天《うてんえんてん》』

**【ジャンル】**旅行・案内記**【初刊】**『アトス—神様のリアル・ワールド』（新潮社、90・8・28）、『チャイと兵隊と羊—21日間トルコ一周』（新潮社、90・8・28）**【収録】**『雨天炎天』（新潮文庫、91・7・25）**【分量】**296**【キー・ワード】**猫、ビール、羊、沈黙、電話**【舞台】****ギリシャ編**—ウラノポリ、アトス半島、ダフニ、カリエ、スタブロニキタ、イヴィロン修道院、フィロセウ修道院、カラカル修道院、ラヴラ修道院、プロドロム、カフソカリヴィア、アギア・アンナ **トルコ編**—東部国境、黒海、カラス、バルティン、アマスラ、シノップ、バフラ、サムスン、トラブゾン、ホパ、ヴァン湖、ヴァン（町）、ハッカリ、ジズレ、ディヤルバクル、ケマル・アタチュルク**【登場人物】**僕（村上春樹）、写真家松村映三、編集O君、僧侶、背の高いギリシャ人の青年、アルホンダイ手伝いのおじさん、巡礼者、髭青年、マシュー（僧侶）、三人の樵の一家、イタリア人らしい団体、ポーランド人の青年、クレマン（僧侶）、警官、トルコ兵（ヨーロッパ顔の中尉、部下）、イラン人の一家、ホテルのフロントの男、絨毯屋、白いドレスに身を包んだ女の子の一行、etc.**【関連】****音楽**：マイケル・ジャクソン、『港町ブルース』 **書籍・文学**：夏目漱石の小説、悲劇『皇女メディア』、フラナリー・オコナーの短編、スティーブン・キング『クジョー』、ルイス・キャロル、ジェームズ・ボールドウィン『もし性欲に口あらば』 **映画**：『薔薇の名前』、ジャッキー・チェーン、ロバート・デニーロ、トム・クルーズ、ハリソン・フォード、香港映画、『ミッドナイト・エクスプレス』、『アラビアのロレンス』、『シェーン』、『スティング』、『ハッカリの季節』、ユルマズ・ギュネイ監督『路』、『スパルタカス』、『ランボー2』

**【梗概】**宗教的聖地ギリシャ、アトスの修道院を訪ねる旅。俗世間から隔絶された女人禁制の地だ。天候は変わりやすく、地形は峻険。しかも移動は歩行で食べ物も質素とハード。続いて訪れたトルコでは、四駆で国の外周を一周。ヒッチハイクの兵隊と同乗、検問所で銃による威嚇、ホテルのフロント係による絨毯屋の斡旋などの21日間だ。日本に電話したら女房は「楽しんでいるんでしょう」と立腹していた。

**【評価】**今福龍太「『翻訳』としての旅行記」（「新潮」90・10）は、旅の叙述が、作者の日常世界に解釈されることで、徹底的な〈翻訳〉の作業が行われていると指摘。

**【読みのポイント】**旅は、多かれ少なかれ、なんらかの近代の制度に組織化・標準化されるが、村上春樹は、旅をアメリカ映画・現代日本の風俗等に〈翻訳〉して叙述していることに注意したい。また、初刊（二冊組、写真も多数）と文庫本は、書物形態が異なるため、目配りが必要。

（**米村みゆき**）

## うなぎ

**【ジャンル】**超短編**【初出】**「メンズクラブ」86・9**【収録】**『村上朝日堂超短篇小説 夜のくもざる』（平凡社、95・6・10）、『村上朝日堂超短篇小説 夜のくもざる』（新潮文庫、98・3・1）**【分量】**2.5**【キー・ワード】**電話、眠り**【舞台】**自宅**【登場人物】**僕、（笠原メイ）

**【梗概】**熟睡していた僕のところに、午前二時半、突然電話がかかってくる。声の主は笠原メイと名乗る。用件は、風呂場から追い出した白蟻が台所のわきの柱に巣を作っていると言う。僕は笠原メイとは誰なのか問いただすと、彼女は蟻のことで混乱し、電話をかけまちがえたと言う。僕はため息をついて布団をかぶり、ふたたび眠ろうとする。

**【評価】**笠原メイについての言及は、『ねじまき鳥クロニクル』論において多く展開される。（横尾和博『村上春樹×九〇年代』等）

**【読みのポイント】**「双子と沈んだ太陽」「ねじまき鳥と火曜日の女たち」との関連性についての解読が必要。前者では笠原メイが歯科医院の受付の女の子として登場するが、そこで命名の由来（山羊のメイ）が語られ、後者では未知の女性から突然電話がかかるという「うなぎ」と同じ構図が採用されている。その後、笠原メイは『ねじまき鳥クロニクル』第1部、第3部に重要人物として登場することになる。（**岩崎文人**）

## 馬が切符を売っている世界《うまがきっぷをうっているせかい》

**【ジャンル】**超短編**【初出】**「太陽」93・6**【収録】**『村上朝日堂超短篇小説 夜のくもざる』（平凡社、95・6・10）、『村上朝日堂超短篇小説 夜のくもざる』（新潮文庫、98・3・10）**【分量】**2**【舞台】**家庭**【登場人物】**私、お父さん、馬

**【梗概】**小学生らしき〈私〉は、〈お父さん〉に〈ヒトは死んだらどこに行く〉のか尋ねる。父の答えは〈馬がきっぷを売っている世界に行〉って、電車に乗り〈ちくわと、こぶまきと、キャベツのせんぎりがはいっている〉べんとうをもらうというものだった。〈私〉は納得が行かず、そんなべんとうも食べたくないと拒否する。すると、父は馬になり、〈私〉は怖くて泣いてしまう。馬からもどった父に「ハンバーガーを食べにいこう」といわれ、〈私〉はやっと泣きやむ。

**【読みのポイント】**冒頭に〈五月七日（金曜日）〉と記され、〈トクジョウ〉〈フコウヘイ〉など、いくつかの漢字はカタカナ表記になっていることから、小学生の日記という体裁になっていると思われる。子供は死後の世界に興味を抱くが、父とてそんなことはわからない。ふざけて〈馬が切符を売っている世界〉のことをでっちあげるが、子供の追求にひっこみがつかなくなってしまう。父は馬にでもなるほかはない。（**丹藤博文**）

## 『映画をめぐる冒険』《えいがをめぐるぼうけん》

**【ジャンル】**エッセイ集**【初出】**『映画をめぐる冒険』（講談社、85・12・24）**【収録】**『映画をめぐる冒険』（講談社、85・12・24）**【分量】**263**【関連】**「メトロポリス」「我輩はカモである」、「四十二番街」、「コンチネンタル」、「オペラは踊る」、「踊らん哉」、「マルタの鷹」、「若草の頃」、「三つ数えろ」、「トミー&ジミー・ドーシー物語」、「黄金」、「アパッチ砦」、「第三の男」、「アダム氏とマダム」、「サンセット大通り」、「リオ・グランデの砦」、「舞台恐怖症」、「真昼の決闘」、「雨に唄えば」、「静かなる男」、「リリー」、「シェーン」、「百万長者と結婚する方法」、「アパッチ」、「野郎どもと女たち」、「地下水道」、「捜索者」、「灰とダイヤモンド」、「監獄ロック」、「死刑台のエレベーター」、「OK牧場の決斗」、「突撃」、「ガンヒルの決斗」、「荒野の七人」、「アパートの鍵貸します」、「サイコ」、「ティファニーで朝食を」、「ブルー・ハワイ」、「草原の輝き」、「脱獄」、「アラビアのロレンス」、「水の中のナイフ」、「酒とバラの日々」、「ロリータ」、「ハッド」、「女と男のいる舗道」、「イグアナの夜」、「その男ゾルバ」、「駆逐艦ベッドフォード作戦」、「コレクター」、「ダンディー少佐」、「シェナンドー河」、「シンシナティ・キッド」、「何かいいことないか子猫チャン」、「エル・ドラド」、「バージニア・ウルフなんかこわくない」、「動く標的」、「恋人よ帰れ！　わが胸に」、「わが命つきるとも」、「プロフェッショナル」、「将軍たちの夜」、「吸血鬼」、「いつも2人で」、「裸足で散歩」、「暴力脱獄」、「生ける屍の夜」、「愛すれど心さびしく」、「おかしな二人」、「ワイルドバンチ」、「明日に向かって撃て！」、「イージー・ライダー」、「勇気ある追跡」、「くちづけ」、「ウッドストックI・II」、「ソルジャー・ブルー」、「戦略大作戦」、「M★A★S★H」、「パットン大戦車軍団」、「マーフィーの戦い」、「アンドロメダ…」、「ダーティハリー」、「愛の狩人」、「傷だらけの挽歌」、「ルードウィヒ神々の黄昏」、「ウッディ・アレンのSEXのすべて」、「スローターハウス5」、「悪魔のはらわた」、「アメリカン・グラフィティ」、「チャイナタウン」、「華麗なるギャツビー」、「悪魔のいけにえ」、「ヤング・フランケンシュタイン」、「ジョーズ」、「アデルの恋の物語」、「アイガー・サンクション」、「キャリー」、「ブラック・サンデー」、「ジュリア」、「プリティ・ベビー」、「アニマル・ハウス」、「天国の日々」、「ビッグウェンズデー」、「愛の断層」、「戦場」、「地獄の黙示録」、「テス」、「ウォリアーズ」、「アルカトラズからの脱出」、「悪魔の棲む家」、「ブリキの太鼓」、「少年の黒い馬ワイルド・ブラック」、「ブロンコ・ビリー」、「ロング・ライダーズ」、「殺しのドレス」、「グロリア」、「シャイニング」、「ブルース・ブラザース」、「トム・ホーン」、「忍冬の花のように」、「ザ・フォッグ」、「ダーティファイター燃えよ鉄拳」、「最前線物語」、「スター・ウォーズ帝国の逆襲」、「スーパーマンII冒険篇」、「ディーバ」、「針の眼」、「炎のランナー」、「エクスカリバー」、「レイダース失われたアーク〈聖櫃〉」、「マッド・マックス2」、「ゴースト・ストーリー」、「誓い」、「ラゲッディーマン」、「センチメンタルアドベンチャー」、「コナン・ザ・グレート」、「ソフィーの選択」、「氷壁の女」、「ベストフレンズ」、「ブレードランナー」、「ダイナー」、「フィッツカラルド」、「遊星からの物体X」、「ガープの世界」、「ポルターガイスト」、「スター80」、「ザ・ローリング・ストンーンズ」、「カメレオン・マン」、「銀河伝説　クルール」、「スカーフェイス」、「フラッシュダンス」、「ランブルフィッシュ」、「ホテル・ニューハンプシャー」、「ストリート・オブ・ファイヤー」、「スプッラシュ」、「ハンガー」、「アマデウス」（村上担当のみ）

**【梗概】** 川本三郎との共著。一九二六年から一九八四年に撮影された映画、二六四本を紹介。村上は一五六本を担当。

**【評価】**「村上春樹データベース」（「国文学」98・1臨増）で永久保陽子が紹介。末國善己「川本三郎との映画ガイド」（「ユリイカ」00・3臨増）は、スティーブン・キング原作の映画評に春樹の作家論への重要な示唆があると指摘。

**【読みのポイント】** 米映画に限定、名作は外すという当初の原則を、村上が破り、ゴダールやワイダ、フォード、ヒッチコック、更に豪州映画まで紹介している。その理由〈どうしても外したくないというものが出てきたからである〉に村上のマキシムを伺うことができる。その一つ「捜索者」への〈ジョン・フォードの外に向かって開く意識と内向していく力とが神話的ともいえる見事な均衡を保っている〉という評は、『若い読者のための短編小説案内』で作品把握に繰り返される視座であり、また村上自身の作品にも適用できる。

村上作品との関係をいえば、西部劇、サスペンス、ハードボイルドをはじめ「イージー・ライダー」なども登場するのが「ハードボイルド・ワンダーランド」。『風の歌を聴け』は、ペキンパーを介して「ワイルドバンチ」と、カザンザキスを経由で「その男ゾルバ」とつながる。『羊をめぐる冒険』には「我々はカモである」の鏡の場面引用があるほか、「地獄の黙示録」との関係も多く論じられている。また『ダンス・ダンス・ダンス』の〈いるかホテル〉＝「シャイニング」の〈オーバールック・ホテル〉という指摘もある（風間賢二「ユリイカ」89・6臨増）。小説ではないが「暴力脱獄」は大学生時代書いたエッセイ「問題はひとつ。コミュニケーションがないんだ！」（「ワセダ」69・4）でも取り上げられている。

自らも目指した脚本家への注目が特徴的。「まえがき　遙かな暗闇を離れて」は、両親についての貴重な発言。

（**今井清人**）

# エレベーター《えれべーたー》

【ジャンル】超短編【初出】『夢で会いましょう』(冬樹社、81・11・25)【収録】『夢で会いましょう』(講談社文庫、86・6・15)【分量】2.5【舞台】エレベーター、328階の彼女の部屋【登場人物】若い女、僕、エレベーターガール、中年の男【梗概】〈僕〉は413階に忘れてきた三足の靴下を取りに行くが、エレベーターは390階どまりだった。〈綺麗な脚をした若い女〉が〈靴下ならいくらでもあるわよ〉と僕を誘い、部屋に行くとそこは僕の好みに合った理想的な部屋だった。

【評価】加藤典洋編『イエローページ村上春樹』(荒地出版社、96・10)「井戸とエレベーター」は両者の機能の類似性を指摘。

【読みのポイント】『世界の終わりと――』の冒頭に登場する不思議なエレベーターでは、ジェームス・ボンドやフィリップ・マーロウ的なストーリー展開が期待されるが、ここではそれがはぐらかされる。女の部屋に連れていかれた僕は、自分がジェームズ・ボンドでなく〈平凡な市民〉であることを〈素晴らしい〉ことと感じ、この幸運を楽しむ。但し、ここでも『ダンス・ダンス・ダンス』のドルフィンホテルのように〈エレベーター〉が異界への通路の役割をしている点は同じ。古い物語で森や河が担っていた境界の役割を、都市を描いた村上の作品では、エレベーターがしている。　(余吾育信)

# 鉛筆削り《えんぴつけずり》

【ジャンル】超短編【初出】「メンズクラブ」85・11、「ボックス」85・11、「ポパイ」85・11・10【収録】『村上朝日堂超短篇小説夜のくもざる』(平凡社、95・6・10)、『村上朝日堂超短篇小説夜のくもざる』(新潮文庫、98・3・1)【分量】2【舞台】僕の家【登場人物】僕、渡辺昇

【梗概】水道を修理にきた渡辺昇は、僕の家で自分の鉛筆削りを僕のものと交換する。〈鉛筆削りのマニアックなコレクター〉である渡辺は、１９６３年型マックスＰＳＤ(アトム・シールつき)を、僕は最新式の鉛筆削りを手に入れて、お互いに幸福感を味わう。

【読みのポイント】「メンズクラブ」(婦人画報社、85・11)のＰ30に掲載された「Ｊ・プレス」(オンワード樫山)のための広告(「Ｊ・プレス短編集⑥」)であり、〈渡辺昇〉という名は、本書の挿絵担当で共著者である安西水丸の本名である。この名前は「ワタヤ・ノボル」(「ねじまき鳥クロニクル」で失踪した猫)と「綿谷ノボル／昇」(同じく「オカダ・トオル」の妻クミコの兄)などで再利用(?)されることになる。自宅への訪問者が巻き起こす椿事という設定は、本書に頻出する。鉛筆削りへのフェティシズム的固執、意志を超えて人間に作用する幸運という概念などが読まれる必要がある。　(佐野正俊)

## オイル・サーディン《おいる・さーでぃん》

【ジャンル】エッセイ【初出】『夢で会いましょう』（冬樹社、81・11・25）【収録】『夢で会いましょう』（講談社文庫、86・6・15）【分量】0.5【舞台】不明（野球場ないし〈俺〉の自宅？）【登場人物】審判、俺

【梗概】野球の審判に向かって、お前のジャッジよりも昨日食べたいわしの缶詰の方がマシだと非難している。

【読みのポイント】ジャッジの不味さをオイル・サーディンと比較するところが村上らしくて面白い。オイル・サーディンは村上の初期作品から登場するアイテムの一つだ。『風の歌を聴け』では、太平洋のまん中で沈没した船から投げ出された男が洋上で女と出会い、そこに船の食堂から流れ出たビールとオイル・サーディンの缶が漂ってくるという話を〈鼠〉が語っている。『1973年のピンボール』では、〈僕〉のアパートに転がり込んだ双子の姉妹がベッドに寝ころんでいる姿を〈オイルサーディンのような形に並んで〉と喩えている。なお、『夢で会いましょう』には「ヤクルト・スワローズ詩集」と注記される短文が五編含まれている。「オイル・サーディン」もその一つで、スワローズファンという村上の一面がうかがえ、その点でも興味深い。

（髙野光男）

## 嘔吐1979《おうと1979》

【ジャンル】短編【初出】「IN・POCKET」84・10【収録】『回転木馬のデッド・ヒート』（講談社、85・10・15）、『回転木馬のデッド・ヒート』（講談社文庫、88・10・15）【全作品】⑤【分量】33【キー・ワード】同世代、性、結婚、ビール、サンドイッチ、電話【舞台】彼のアパート、ホテル【登場人物】僕（村上さん）、彼、彼の友達の恋人や奥さん、彼の親友の恋人【関連】音楽：コールマン・ホーキンズ、ライオネル・ハンプトン、ピート・ジョリー・トリオ、ヴィック・ディッケンソン『メイン・ストリーム・ジャズ』、エロール・ガードナー『コンサート・バイ・ザ・シー』（2点ともアルバム）　映画：アルフレッド・ヒッチコック「鳥」　書籍：エド・マクベイン「87分署」シリーズ

【梗概】僕と古いジャズのレコードを交換する仲の彼は、毎日かかさず日記をつけ、友達の恋人や奥さんと寝るのを日常としている。彼は79年7月15日まで40日間、嘔吐と電話が続いた話を、小説家である僕（村上）にする。

【読みのポイント】本作品を『回転木馬のデッド・ヒート』全体のなかで論じたものがほとんど。食から村上作品をみる高橋丁未子「お客さまの章」（『羊のレストラン』CBS・ソニー出版、86・7、講談社＋α文庫、96・5）では、本作品を独立さ

せ、〈『孤独』を宿した男のつわり〉という解釈。大塚英志「村上春樹はなぜ『謎本』を誘発するのか」（「文学界」98・10）では、前掲の高橋が「日記」の部分に言及していることに着目、「日記」のリアリティと〈サンドイッチ〉への〈レシピ的リアリティ〉が地続きであり、読者の「虚構の世界を整合性のある空間として見なす視線」が謎本を生み出す、という村上作品を社会現象論として論じるためとりあげている。丸山哲史「時代の分析医」（「ユリイカ」00・3臨増）の脚注では、「眠り」（『TVピープル』収録）との類似点にふれる。高橋世織「『回転木馬のデッド・ヒート』―距離の主題とその変奏（ディスタンス・ヴァリエーション）」（「国文学」95・3、『スタディーズ02』）では、〈分割〉して距離をつくるか、〈一体化〉して距離ゼロ化するかという、ある対象との関係性から全体を論じる。この高橋世織の論に照らし合わせると、レコード交換をする〈僕〉と〈彼〉、そして〈彼〉が友達のパートナーとしか寝ないことから、聞き手の〈僕〉と話し手の〈彼〉の位置に交換性があり（〈僕〉と〈鼠〉の関係のように）、距離の無化があるとも考えられる。また「日記」という密室的な閉じられた言説に、〈僕〉は聞き出すことで介入し、小説家〈村上さん〉として物語る。それは〈電話〉が〈彼〉の部屋（密室）に介入して〈嘔吐〉したことと関連するのではないかなど、一短編として独立させて考えてみたい作品。（**柴田美幸**）

# 往復書簡《おうふくしょかん》

**【ジャンル】**超短編**【初出】**「太陽」94・11**【分量】**3.5**【キー・ワード】**手紙**【舞台】**書簡**【登場人物】**羽金駒介、僕

**【梗概】**誰かと往復書簡をしているらしい羽金駒介がまちがえて〈僕〉のところに手紙を書いてくる。それは難解な術語を連ねたものである。〈僕〉は適当にからかって往復を打ち切ろうと出鱈目な返事を書く。ところが、それに感服したという返事がすぐに送られてきてしまう。

**【読みのポイント】**『夜のくもざる』には未収録。同「村上朝日堂パーカー短編集」には、アカデミズム揶揄のトーンがあるものがある。そのことについて何も触れない「構造主義」、柄谷行人を読む馬が語（騙）られる「読書馬」（単行本未収録）、〈小林ヒデオ〉を読んだか、モーツァルトのK四二一が短調か長調か知っているかと訊いてくる「能率のいい竹馬」など。ここではストレートに出ている。〈ユーモアの感覚が欠如しているうえに、すぐ難しい言葉をつかいたがる〉羽金駒介の文章への〈これが名文なのだとしたら僕は即座に人間をやめて猿にでもなって、マイケル・ジャクソンと二人で楽しく人生を送りたかった〉という評はかなりの毒がある。また揶揄の対象に共通する〈馬〉にも着目すべき。（**今井清人**）

# おだまき酒の夜《おだまきざけのよる》

**【ジャンル】**超短編**【初出】**「ショートショートランド」82・夏**【収録】**『三角砂糖』（講談社、86・10・15）**【全作品】**⑤**【分量】**7**【キー・ワード】**井戸、地下、闇**【舞台】**鉄扉の中の草原、古井戸を降りた地下道の先の岸辺**【登場人物】**僕、門番、二頭のおだまき、かもめ、亀、地下鉄

**【梗概】**忘れ物をした僕は、門番に頼んで鉄扉の中に入れて貰い、きりんを踏みつぶさないように注意しながら草原を横切り、古井戸まで行った。そこで酒盛りをしている二頭のおだまきから勧められた酒を飲み、おだまき酒を詰めた小瓶を貰い、古井戸を降りた。岸辺に突き出た岩に座っていたかもめに教わったとおり、亀が松の根もとに埋めた赤い革表紙の住所録を掘り出し、約束の三十分を守って門番のところに戻り、二人で酒を飲んだ。月の綺麗な気持の良い夜だった。

**【読みのポイント】**「自作を語る」（『全作品⑤』）によれば、秋吉久美子が出した〈岸辺〉〈今夜〉〈小瓶〉という〈三つの言葉から話を作る〉〈お題拝借コーナー〉の作品。それ〈を使ってあまりロマンティックじゃない、でたらめな話を作るのはかえってむずかしかった〉と述べているように、植物の〈苧環〉を動物であるかに描くなど、まさしく〈でたらめ〉なナンセンスの味わいを持った作品。

（髙根沢紀子）

# 踊る小人《おどるこびと》

**【ジャンル】**短編**【初出】**「新潮」84・1**【収録】**『蛍・納屋を焼く・その他の短編』（新潮社、84・7・10）、『蛍・納屋を焼く・その他の短編』（新潮文庫、87・9・25）**【全作品】**③**【分量】**60**【キー・ワード】**夢、猫、象、ビール**【舞台】**自宅、象工場、古い方の酒場、舞踏場、草原**【登場人物】**小人、私、相棒、女の子、老人**【関連】**音楽：グレン・ミラー・オーケストラ、ローリング・ストーンズ、ラヴェルの「ダフニスとクロエ組曲」、ミッチ・ミラー合唱団、「ギター音楽名曲集」、チャーリー・パーカー、フランク・シナトラ「ナイト・アンド・デイ」

**【梗概】**僕の夢に踊る小人が現れ、いずれ僕が森に来て、小人と踊るようになるといい残す。翌日、象工場で相棒に夢の話をすると、植毛工の老人が小人を知っていると教えてくれた。就業後、僕は古い方の酒場に老人を訪ねる。老人によると、踊りで皇帝の寵愛を受けた小人が、宮廷でよくない力を使ったため革命が起き、小人は森に逃げたという。象工場には、誰の誘いにも乗らない女の子がいた。夢の中の小人は、女の子を手に入れたいならば、僕の身体に自分を入れて踊りを見せろ、彼女をモノにする間、一言も喋らなければ身体から出ていくという。僕は話に乗った。舞踏場で僕が踊ると、

彼女も僕に合わせて踊り始めた。二人は舞踏場を出て草原に向かった。女の子にキスをしようとすると、突然、顔が崩れ始める。僕は恐怖に耐え声をあげなかったので、小人は僕の中から出ていくが、これが終わりではないといい捨てる。僕の踊りを見た誰かが官憲に訴えたため、僕に逮捕状が出た。僕は象に乗り森へ逃げ込む。小人は毎夜夢に現れ、身体に入れろという。官憲に捕まるか、小人と永劫踊り続けるか、僕には選ぶことができない。官憲はすぐそこまで迫っていた。

**【評価】** 永原孝道は〈もし彼の言葉がミステリーサークルであったなら〉（「ユリイカ」00・3臨増）で〈内面化されたカタストロフに実体を与えた寓話〉であり〈革命の記憶と破滅の予感の間に宙吊りにされて終わる〉としている。

**【読みのポイント】** 人間の身体に入り、その人を操る小人の存在は、『羊をめぐる冒険』の〈羊〉を彷彿とさせる。それだけに〈革命〉や〈踊り〉を軸にして、深層心理的な分析や著者自身の全共闘体験など、小人の寓意性の解読に目がいくだろう。だが、それ以上に『ねじ巻鳥クロニクル』から、阪神大震災とオウム事件を経て、特に顕著になってくる絶対的な〈悪〉の表象や圧倒的な暴力を、先駆的に取り込んだ作品として、作品系譜に位置付ける必要がある。春樹の喩法によく用いられる〈象工場〉が、象を作る目的や方法まで具体的に描かれているのも重要なポイントである。（**末國善己**）

## オニオン・スープ《おにおん・すーぷ》

**【ジャンル】** 超短編 **【初出】**『夢で会いましょう』（冬樹社、81・11・25）**【収録】**『夢で会いましょう』（講談社文庫、86・6・15）**【分量】** 1.5 **【キー・ワード】** 性 **【舞台】** ライオンが夜食のスープをあたためている部屋の隣の部屋、ベッド **【登場人物】** 僕、彼女、隣の部屋のライオン

**【梗概】**〈僕〉と〈彼女〉の最初のセックスはまあまあで、〈隣の部屋で年金生活をしているライオンがさごそと歯を磨いているような感じ〉といえなくもなかった。二度目のセックスは、口では言えないくらい素敵だった。二度目のセックスの後、ベッドにいる〈僕〉と〈彼女〉のもとに、隣の部屋でライオンが温めていたスープの、なつかしい玉葱の匂いが入り込み、そのやさしい湿りけがすっぽりと二人をくるんだ。

**【読みのポイント】**〈食〉（食品・食欲・食べる行為）は、春樹作品における、キーポイントのひとつと捉えることが可能だ。この作品では「二度のセックス」が描かれてはいるが、だからといって食欲と性欲を結び付けるのは、あまりに典型に嵌まり過ぎる。オニオン・スープの作り手である〈ライオン〉と、隣室の〈僕〉と〈彼女〉との間の、匂いを媒介とする無言のコミュニケーションという視点からみると、新たな側面が現れてくるのではないか。（**永久保陽子**）

## カーマストラ《かーますとら》

【ジャンル】超短編【初出】『夢で会いましょう』（冬樹社、81・11・25）【収録】『夢で会いましょう』（講談社文庫、86・6・15）【分量】1.5【キー・ワード】性、恋愛【舞台】レストラン、僕の家【登場人物】彼女、僕

【梗概】僕は、高層ビルの三十二階にある素敵なレストランで、彼女から誕生日プレゼントをもらう。ルビー色の小箱の中には映画の入場券くらいの紙切れが入っており、その紙切れには〈お楽しみ券〉と書いてある。〈いつでも好きな時に、それ使っていいのよ〉と彼女は言う。家に帰り机のいちばん上のひきだしを開けると、そこには七十八人の女の子からもらった七十八枚の〈お楽しみ券〉が収められている。僕はそれを全部ひっぱり出し、新しい券を加え七十九枚にし、庭にスコップで穴を掘り、グレープ・ドロップスの空缶に詰めた七十九枚の〈お楽しみ券〉をそこに埋め、ホースで水をまく。〈僕はなんというか、そういう性格なのだ〉と。

【読みのポイント】「カーマストラ」という題である以上、春樹の何らかの性愛観を示すものと思われる。それを考えるには、末尾の〈僕はなんというか、そういう性格なのだ〉という部分の解釈の如何にかかわってくるだろう。（玉村　周）

## かいつぶり

【ジャンル】短編【初出】「トレフル」81・9【収録】『カンガルー日和』（平凡社、83・9・9）、『カンガルー日和』（講談社文庫、86・10・15）【全作品】⑤【分量】14【キー・ワード】時間、地下、手紙【舞台】長い廊下、廊下の先のドアのまえ、手のりかいつぶりの部屋【登場人物】僕、男、上の人、手のりかいつぶり、門番

【梗概】〈僕〉は、コンクリート造りの狭い階段を下り、干上がった排水溝のような、長い廊下を進んでいった。距離や時間の感覚が麻痺し、前に進んでいるという感覚がない。やがてT字路につきあたるが、葉書に書いてあるようなドアはない。T字路を右に曲がり、さらに廊下を左右に折れると、ついにドアを発見した。五分の遅刻だった。ドアをノックしたが返事はない。三度目のノックをしかけたところで、ようやく〈男〉が姿を現した。葉書を見せ案内を請うと、〈上の人〉に取り次ぐためには〈合い言葉〉が必要だという。葉書には、そんなことは書いていない。〈男〉からヒントをもらい、ようやく〈かいつぶり〉という答えを出すが、それは違うといわれる。〈僕〉は、〈かいつぶり〉が彼の与えてくれたヒントの条件を満たしていると強硬に主張する。〈男〉は仕方なく〈上の人〉に取り次いでくれることになった。〈手の

りかいつぶり〉は、日常の何もかもにうんざりしていた。やがてブザーが鳴り、門番から来客を告げられる。十五分の遅刻だった。

**【読みのポイント】**迷路のような長い廊下、門番とのナンセンスな問答など、F・カフカ的な不条理の世界を連想させる。その不条理さをひとくちで言えば、ディス・コミュケーションということだろう。〈僕〉を呼出した葉書は必要な情報を伝えておらず、合い言葉もまた、最後まで正解が分からない。つまり、コミュニケーション（意味の伝達）が成立していない。伝達されるべき意味よりも、その伝達を阻む媒体（葉書と合い言葉）の存在が前景化されることで、意味の透明な伝達を前提する日常的なコミュニケーション・モデルに、強烈な揺さぶりがかけられるのだ。興味深いのは、場面が〈手のりかいつぶり〉の部屋に転換する最後の数行である。合い言葉で、〈僕〉がこの言葉に固執したから、〈上の人〉は〈手のりかいつぶり〉になったのか。それとも、〈上の人〉はそもそも〈手のりかいつぶり〉であったというオチなのか。前者は、言葉による名づけの暴力性を明らかにし、後者は、カフカ的不条理の世界を条理の世界に転換するともみえるが、しかしこうした照応もまた、コミュニケーション成立が、きわめて偶然的・恣意的なものであることを浮き彫りにしている。

（**深津謙一郎**）

## かえるくん、東京を救う《かえるくん、とうきょうをすくう》

**【ジャンル】**短編**【初出】**「新潮」99・12**【収録】**『神の子どもたちはみな踊る』（新潮社、00・2・25）**【分量】**49**【キー・ワード】**時間、死、夢、怒り、闇、地下、沈黙、眠り、消滅**【舞台】**東京、新宿歌舞伎町**【登場人物】**片桐、かえるくん、みみずくん、白岡、若い男、看護婦**【関連】書籍**：ニーチェ、ジョセフ・コンラッド、『アンナ・カレーニナ』、ドストエフスキー『白夜』

**【梗概】**片桐は、東京安全信用金庫新宿支店融資管理課の係長補佐をしている四十歳の平凡な男だった。両親は既に亡くしており、妻子もなく、弟と妹は結婚して別に住んでいる。一九九五年二月十五日、彼がアパートに帰宅すると巨大な〈かえるくん〉が待っていた。地下深く眠っていた〈みみずくん〉が、体内に凄まじい憎しみを溜め、それによって二月十八日に東京に巨大地震を引き起こすことを〈かえるくん〉は片桐に告げ、共に闘ってそれを阻止することへの協力を求める。〈かえるくん〉は、〈みみずくん〉と自分が闘うためには、片桐の勇気と正義の応援が必要だという。翌十六日、〈かえるくん〉は片桐の仕事上のトラブルを鮮やかに解決し、自分の存在を納得させる。そして、十七日の深夜、片桐の職場から地下に降りて闘いを行うことを告げた。ところがその当日、片桐は仕事帰りに狙撃され病院に運ばれる。しかし、それは幻想であり、看護婦からは歌舞伎町の路上で昏倒したのだと教えられる。さらに、地震も起きなかったと。その夜、〈かえるくん〉が病室に現れた。〈みみずくん〉との死闘をかろうじて引き分けに持ち込んだという〈かえるくん〉は意識を混濁させ、やがて体中に瘤を派生し、その瘤が弾けて中から白い蛆虫を大量に溢れさせる。その蛆虫が片桐の体にも入り込もうとした時、悲鳴を上げた彼の元に看護婦がやってくる。片桐は彼女に、〈かえるくん〉が東京を地震から救ったこと、しかし、そのために損なわれ、いなくなってしまったことを告げ、やがて静かな眠りに落ちていく。

**【評価】** 村上春樹初の連作短編集『神の子どもたちはみな踊る』自体は多くの批評に恵まれているが、個別の作品への纏まった言及は、現時点ではさほどなされてはいない。短編集への言評に含まれる形のものが殆どという状況にある。以下に引用するものも同然である。沼野充義は「世紀末を生き抜こうとする決意」（「毎日新聞」00・3・12）でこの作品について〈いかにも村上春樹らしい軽いメルヘン調と、文学趣味と、おどろおどろしい幻想がうまく溶け合った傑作〉と高い評価を与えた。堀江敏幸は「もう神様に電話はできない」（「ユリイカ」00・3臨増）で作品「神の子どもたちはみな踊る」との類似性を指摘し、片桐の〈理不尽な闘いは、夜のピッチャーズ・マウンドで踊り、治療師に心のなかの「石」を取り除いてもらうことと同義なのだ〉とした。山田潤治は「よのつねならぬ」（「文学界」00・5）で〈『伊曾保物語』の動物譬喩譚との類似性〉を読み〈背筋が寒くなるようなおどろおどろしさ〉を感じたと述べている。福田和也は『新しい結末』を喜ぶことができるか？」（「文学界」00・7）で主人公の〈凡庸さ〉を問題としつつ〈片桐のような〉〈地味で真面目な人間は人類の破壊者にもなれば守護者にもなる〉とその両義性を指摘。〈みみずくん〉とは『タイランド』の女医の、あるいは『神の子ども』の善也の心のあり様そのものである。この小説では地震は完全に精神的な内的な問題として捕えられている〉と評した。

**【読みのポイント】** 連作全体の生成の基底にあるのは、『村上春樹、河合隼雄に会いにいく』（岩波書店、96・12）で村上が述べていた現実との〈コミットメント〉という点にある。この作品では、既に題名に明らかなように、寓意性に包まれた荒唐無稽な〈お話〉の形で〈コミットメント〉を問題としている。〈かえるくん〉が〈正義〉を代表し、〈みみずくん〉がその対極に立つ〈悪〉という図式が、物語の展開に従いズレを生じ、〈正義〉と〈悪〉との境界が不透明なものに変容していく、その過程こそがこの作品で語られようとした問題である。〈正義〉と〈悪〉が二項対立の図式から滑り落ち、〈正義〉が〈悪〉になり、その逆も成立する世界。それは、作中で〈かえるくん〉がドストエフスキーに依りながら言う〈凄絶なパラドックス〉の世界である。〈正義〉のために闘った〈かえるくん〉が死闘の末に辿り着いた地点は、〈かえるくん〉であると同時に〈非かえるくん〉でもあるという自己の真の姿の発見であった。直接には登場しない〈みみずくん〉とは、〈かえるくん〉にそうした自己発見を促す働きをする存在であった。その意味で〈みみずくん〉は、〈かえるくん〉の分身と言ってよい。前引の福田和也の指摘通り、〈片桐〉に〈破壊者〉／〈守護者〉という両義性があるのと同様、〈かえるくん〉も二つの自己に引き裂かれ、それを内包する存在だった。その寓意は、読み手の我々自身の両義性や、価値決定のない多義性に包まれた現実世界の不明瞭さを浮上させる。〈真の恐怖とは人間が自らの想像力に対して抱く恐怖〉ということばに象徴されるように、この作品の鍵は〈想像力〉にある。〈想像力〉によって〈目に見えるものがほんとうのものとは限らない〉という視座を〈片桐〉は手にすることができた。だが語り手は、〈想像力〉をそのまま認めている訳ではない。自己や現実の実相を見抜くには、〈想像力〉を超えるものこそが必要であり、この作品の寓意という設定は、そのための〈仕掛け〉であった。

（馬場重行）

## 鏡《かがみ》

**【ジャンル】**短編**【初出】**「トレフル」83・2**【収録】**『カンガルー日和』（講談社文庫、86・10・15）、『魔法の水』（村上龍編、角川ホラー文庫、93・4・24）**【全作品】**⑤**【分量】**12・5**【舞台】**〈僕〉の家の一室**【登場人物】**僕、みんな、エレベーターの中の女と二人の友人**【関連】**百物語

**【梗概】**主人《ホスト》である〈僕〉は、みんなが順番にしてくれた怖い体験談を、幽霊のタイプか予知のタイプかの二つに分類し、自分はそのどちらにも属さないタイプだとして、幽霊なんて一度も見たことがないことの例として、二人の友人とエレベーターに乗って彼らが幽霊を見ていながら全く気がつかなかった体験を紹介したあと、これまでに誰にも話したことのなかった怖い体験を、今夜の最後の話として話し始める。

〈僕〉は、六〇年代末に高校を出たあと、肉体労働をしながら日本中を放浪していた。その二年目の秋に新潟の小さな町で中学校の夜警をしていた時のことである。十月の初めの風の強い晩、九時の見回りの時には何にも起きなかったが、夜中の三時に回ろうとする時は、何だか変な気分がして起きたくなかった。意を決して見回りに行くと、通常のチェック・ポイントではいつものとおり何の異常もなかったが、用

務員室に戻る途中の玄関で、何かの姿が見えたような気がした。そこには〈僕〉がいた。つまり鏡だったのだが、昨日の夜までそこには鏡なんかなかったために、驚いてしまったのだ。しかし煙草をふかしながら急に〈鏡の中の像は僕じゃない〉ことに気づいた。その〈僕以外の僕〉が心の底から〈僕〉を憎んでいることだけは理解でき呆然としていると、やがて奴の方が動き出して、〈僕〉を支配しようとし始めた。〈僕〉は最後の力をふりしぼって大声を出し、木刀を鏡に投げつけて、部屋に駆けこみ、布団をかぶって一晩を明かした。

しかし翌朝〈僕〉が玄関に行ってみると、そこには鏡なんかなかったのだった。というわけで、〈僕〉が見たのは幽霊なんかでなく、ただの〈僕〉自身だったのだが、〈僕〉はあの夜味わった恐怖だけはいまだに忘れることができないでいる。話し終えた〈僕〉は最後にみんなに向かってこう言う。〈「ところで君たちはもうこの家に鏡が一枚もないことに気づいているよね。鏡を見ないで髭が剃れるようになるには結構時間がかかるんだぜ、本当の話。」〉

**【評価】**高等学校の教材として、『新国語二』(尚学図書、95・4)および『国語Ⅰ(現代文編)』(東京書籍、98・4)という二社の教科書に採られていることもあり、それぞれの指導書である、無記名「鏡　村上春樹」(『新国語二　指導資料　現代文・表現編2』尚学図書、95・4)と、須藤仙之助「教材の研究　鏡　村上春樹」(『国語Ⅰ　指導資料』東京書籍、98・4)があることをはじめ、杉山康彦「鏡の怖さ・存在の怖れ」(田中実・須貝千里編『〈新しい作品論〉へ、〈新しい教材論〉へ6』右文書院、99・7・30)、府川源一郎「生徒の感想で〈読む〉「鏡」◎「作品」をそれぞれの生徒たちの「教材」にするために」(同上)、原善「〈オピニオン21〉国語教育の混迷―文学の面白さ追いやる―」(「上毛新聞」00・4・14)、佐野正俊「〈読み〉のレッスン13〈他者〉からの遁走―村上春樹「鏡」の場合―」(「月刊国語教育」00・7)といった国語教育の立場からの教材論や、それへの批判が出されている。一方、文学的な立場からの独立した論稿には、高比良直美「意識の反転……村上春樹「鏡」」(「群系」第二号、88・8)、渡邉正彦「村上春樹「鏡」論―分身・影の視点から―」(「群馬県立女子大学紀要」92・3。のち「八　村上春樹の分身小説群」として『近代文学の分身像』角川選書、99・2・5)、原善「村上春樹「鏡」が映しだすもの」(「上武大学経営情報学部紀要」00・9)の三本がある。概ね二本の指導書は丁寧な読解を目指しているものの、そこで明らかにされた下敷きにされている百物語の存在に一顧だにしない、という具合に右文書院の二本の教材論はむしろそこから後退したところで成っているが、府川論そのものよりも、それが紹介する生徒の感想は、作品への新鮮なアプローチを可能にしていて有効。一方文学の側での高比良論・渡邉論が共にドッペルゲンガーのテーマを中心に据えているのは興味深く、双子やダブルに拘る春樹をめぐる作家論的なテーマとしては有効だが、両論共に、そして他の全ての論も、〈僕〉が〈僕以外の僕〉を見たことを事実として捉えている点で、後の原論に批判されることになる。原論は、踏まえられた百物語を生かして、枠小説の内側の体験談の部分を〈僕〉の虚構だとして、エレベーターの挿話の意味やラストの言葉の意義等を明らかにしながら、作品の持つ優れた虚構性、メタ・フィクション性を精緻に跡づけた。その上で道徳的に主題論を展開するにせよ、作家論的に分身を問題にするにせよ、まずは押さえられるべき、作品の仕組みを明かした見事な論である。

**【読みのポイント】**作品が原論のようにしか読めないことには最早異論はないだろうが、それが作者村上の意図どおりであるかについては、検証の余地は残る。原の読むような、とびっきりの小説らしさに反して、作者は「自作を語る」(『全作品⑤』)で〈これらの作品を小説とは見なしていなかったし、今でも見なしていない。これらは正確な意味における小説ではない〉と述べていることを、どう読むかという問題である。同じ文章で〈ヒントがひとつあればそれで書いてしまえる。〉とあるように虚構であることは間違いないが、それを〈小説〉と呼ばない春樹の意図の測定である。

(三木雅代)

## 鏡の中の夕焼け《かがみのなかのゆうやけ》

**【ジャンル】**超短編**【初出】**『象工場のハッピーエンド』(CBS・ソニー出版、83・12・5)**【収録】**『象工場のハッピーエンド』(新潮文庫、86・12・20)**【分量】**7**【キー・ワード】**犬**【舞台】**家のまわりの森**【登場人物】**私、犬、(子供たち)

**【梗概】**私は子供たちを寝かしつけたあと〈言葉がしゃべれる犬〉に誘われて散歩に出た。この犬と暮らす前は妻と暮らしていたが、去年街のバザーで交換したのだ。生意気な犬を春のバザーで交換しようと考えるのだが、犬は私の思いを悟り、〈鏡の中の夕焼け〉の話をする代わりにバザーに出さないことを約束させる。この広い森のどこかに鏡のような池があり、昼夜を問わず夕焼けが映っている。その奇妙に美しい夕焼けを目にしたものは永遠にその中を彷徨し続けるという話だ。私はその話が犬のでまかせだと見ぬくが、バザーには出さないことを約束する。おそろしく月の綺麗な夜だった。

**【読みのポイント】**そもそも犬がバザーに出されずに済んだのは、始めの〈約束〉のせいではなく、その作り話が面白かったためであり、物語の力がテーマとなっている。愛する妻と〈言葉がしゃべれる犬〉とを等価交換してしまうという倫理が責められるべきではなく、まさに「物語の効用」を読むことのできる作品であろう。

(高根沢紀子)

# 風の歌を聴け《かぜのうたをきけ》

**【ジャンル】**長編**【初出】**「群像」79・6**【収録】**『風の歌を聴け』（講談社、79・7）、『風の歌を聴け』（講談社文庫、85・10・15）**【分量】**255**【全作品】**①**【キー・ワード】**双子、時間、夢、性、恋愛・闇、ビール、手紙、電話、失踪**【舞台】**街（神戸）、ジェイズ・バー、ラジオ局、東京**【登場人物】**デレク・ハートフィールド、僕、鼠、ジェイ、精神科医、小指のない女の子、フランス人の水兵、女、DJ、LPを貸してくれた女の子、かつてのクラス・メート、女子大の事務員、下宿の女主人、高校のクラス・メート、ヒッピーの女の子、仏文科の女子学生、親父、兄、彼女の双子の妹、アメリカ人の少女、難病の少女、バスの乗務員**【関連】書籍**：フローベル、テネシー・ウィルアムズ『熱いトタン屋根の猫』、ヘンリー・ジェームズ、モリエール、ミシュレ『魔女』、カザンザキス『再び十字架にかけられたキリスト』、『新約聖書』、ロマン・ロラン『ジャン・クリストフ』、トルストイ『戦争と平和』、ドストエフスキー『カラマゾフの兄弟』、「ウェアード・テールズ」、ニーチェ　**音楽**：ジョニー・アリディ、アダモ、ミッシェル・ポルナレフ、「ミッキー・マウス・マーチ」、ブルック・ベントン「雨のジョージア」、クリーデンス・クリアウォター・リバイバル「フール・ストップ・ザ・レイン」、ビーチ・ボーイズ「カリフォルニア・ガールズ」、ベートーベン「ピアノコンチェルト第3番」（グレン・グールド、バックハウス）マイルス・デイビス「ア・ギャル・イン・キャリコ」、ハーパーズ・ビザール、ボブ・ディラン「ナッシュビル・スカイライン」、M・J・Q、マービン・ゲイ、エルヴィス・プレスリー「リターン・トゥー・センダー」「グッドラック・チャーム」、スライ&ザ・ファミリー・ストーン、クロスビー・スティルス・ナッシュ&ヤング「ウッドストック」、ノーマン・グリーンバウム「スピリット・イン・ザ・スカイ」、エディ・ホウルマン「ヘイ・ゼア・ロンリー・ガール」、ピーター・ポール&マリー「くよくよするなよ」、マントバーニ「わがイタリア」　**米大統領**：ジョン・F・ケネディ、アイゼンハワー　**映画**：リチャード・バートンの主演した戦車映画、ロジェ・ヴァンディム、ジーン・セバーグ、サム・ペキンパー「ガルシアの首」「コンボイ」、ワイダ「灰とダイヤモンド」、カワレロウィッチ「尼僧ヨアンナ」　**TV**：「ルート66」、ニュース・ショー、「名犬ラッシー」　**車**：フィアット600、ベンツ、トライアンフTRⅢ　**飛行機**：P38、DC6、DC7、セイバー・ジェット

**【梗概】**二〇代最後の年を迎えた〈僕〉は、書くことの困難を認識しながら語り出す。テクストは、架空の作家の伝記、ラジオのスタジオ内のやり取り、イラスト、洋楽の訳詩など

を織り込みながら断章を連ねた風変わりなもの。主となる〈話〉は一九七〇年の夏。中国人ジェイの店で友人鼠とビールを飲んで時間を費やす〈僕〉は、〈街〉に帰省した東京の大学三年生。酔いつぶれた女の子を部屋まで運び、やがて親しくなるが、結ばれない。少年時代の失語体験、二十歳までの性体験、恋人の自殺などの回想が挿入される。一方鼠は悩みを抱え、女と別れ、小説家をめざすという。「アメリカン・グラフィティ」よろしく後日譚的語りで閉じられる。

**【評価】** 佐多稲子／島尾敏雄／丸谷才一／吉行淳之介「群像新人賞選評」（「群像」79・6）でヴォネガット、ブローティガンなど現代アメリカ小説の影響（丸谷）、〈鼠〉は主人公の分身（吉行）といった指摘がなされ、上田三四二／三木卓／菅野昭正「創作合評」（「群像」79・7）では三者それぞれに前半の現代の空虚、後半の叙情性、〈なつかしさ〉を指摘。これらが評価の標準となった。

断章形式や〈僕〉の抑制された語りは様々に解釈される。月村敏行「修辞的青春の逆襲」（「群像」79・10）は修辞的思考に糖衣された70年代の青春。川本三郎「村上春樹の世界」（「すばる」80・6『都市の感受性』筑摩書房、84・3）「『都市』の中の作家たち」（「文学界」81・11、同上）は現実よりも虚構をとる〈都市の感受性〉。三浦雅士「村上春樹とこの時代の倫理」（「海」81・11、『主体の変容』中央公論社、82・12）はコミュニケーションの限界。小野好恵「『風の歌…』前後」（「図書新聞」83・1・15）は批評的創作姿勢のスタン・ゲッツとの類似。井口時男「伝達という出来事」（「群像」83・9、『物語論／破局論』論創社、86・7）は現代への批判的戦術としてのコラージュ。前田愛「僕と鼠の記号論」（「国文学」85・3、『前田愛著作集6』筑摩書房、90・4）は関係性の空白を埋めるため消費される言語への疑問。曽根博義「アラビア数字の青春」（『現代小説を狩る』中教出版、86・11）は事物の既成の意味変換と他の同質化。志村正雄「風の歌を聴きながら」（「文学界」86・12）はモダニズムの影響／類似。菅野昭正「迂回作戦シンドローム」（「国文学」88・8）は哀感の圧縮としての〈拒絶〉。宮川健郎「「風の歌を聴け」論」（88・8「国文学」）は語れない〈何か〉を示す余白。笠井潔「鼠の消失」（「早稲田文学」89・9、『球体と亀裂』状況出版、95・1）は隠蔽した外部を内部から〈脱臼〉させ、語ることなく示す試み。柄谷行人「村上春樹の『風景』」（「海燕」89・11、12）は〈超越論的な自己の優位性〉を確保するロマン的イロニー。黒古一夫「一九七〇の風」（『村上春樹　ザ・ロスト・ワールド』六興出版、89・12、第三書館、93・5）は全共闘世代に共通する精神性。田中実「数値のなかのアイデンティティ」（「日本の文学」90・6）「カクレキリシタンがいた」（「国語科通信」92・12、『読みのアナーキーを超えて』右文書院、97・8）は他者を封じられた自意識との格闘という

「舞姫」以来のテーマ。新谷浩一「村上春樹論」(「国語年誌」90・6)は言葉の否定と喪失感。北川真理「村上春樹『風の歌を聴け』」(「月刊国語教育」90・7)は〈哲学的な小説〉。渡辺泰宏「村上春樹『風の歌を聴け』論」(「聖隷クリストファー看護大学紀要」93・3、「古代文学研究」93・10)はメタ小説性、日本古来の表現方法との連関。石丸晶子「現代都市の中の文学」(「東京経済大学会誌」95・1)は〈不条理からの「自己療法」〉。中村三春「『風の歌を聴け』『1973年のピンボール』『羊をめぐる冒険』『ダンス・ダンス・ダンス』四部作の世界」(「国文学」95・3、『スタディーズ01』)は発語による療養と虚無化の対位法。井上義夫「風のことぶれ」(「新潮」96・8、『村上春樹と日本の「記憶」』)は、〈記憶〉による〈人間の繋がり〉の回復への志向。吉田春生「スタイルで生きる」(『村上春樹転換する』)は〈記号〉ではない実体による人物造形。高橋敏夫「死と終わりと距離と」(「国文学」98・2臨増)はアプリオリな状況を離れる仕掛け。富岡幸一郎「〈象〉を語る言葉」(「ユリイカ」00・3臨増)は〈近代文学の貯金がゼロ〉から書く試行。

ハートフィールド関しては、ヴォネガットのキルゴア・トラウトとの類似が多くの指摘されたが、実在モデルの指摘もある。畑中佳樹「アメリカ文学と村上春樹」(「国文学」85・3)は経歴の類似からパルプ小説作家、ロバート・E・ハワードと確定。久居つばき・くわ正人『象が平原に還った日』は、春樹自身のファン表明と仮構の〈手のこんだ手法〉からH・P・ラブクラフトと指摘。

故郷や家の問題に着目した論考もある。今井清人「『風の歌を聴け』論」(「文研論集」85・10、86・10、『村上春樹―OFFの感覚』、『日本文学研究論文集成46　村上春樹』)、「『風の歌を聴け』」(「解釈と鑑賞」91・4)、「村上春樹論」(「解釈と観賞」別冊95・1、『スタディーズ05』)は、現実を相対化する架空の故郷としてのアメリカを指摘。渡辺一民「風と夢と故郷」(「群像」85・11、『故郷論』筑摩書房、92・3・20)は、〈「故郷」を主題とした都市小説〉とした。田崎弘章「村上春樹『風の歌を聴け』を読む」(「佐世保工業高等専門学校研究報告」96・2)は父/子という近代小説的テーマを見る。池内紀「春樹幻想」(「ユリイカ」89・6臨増)は芦屋から谷崎潤一郎と春樹をつなぎ、石倉美智子「『風の歌を聴け』論」(「文研論集」94・1、『村上春樹サーカス団の行方』)は『細雪』と比較。

時間記号の頻出も着目された。高橋丁未子「1880~1987謎のない年譜」(『Happy Jack 鼠の心』)は初期三部作の年号を通時的に再配列。小森陽一「テクスト論の立場から」(「国文学」89・7、『スタディーズ01』、『小説と批評』大修館、99・6)は〈僕〉とハートフィールドの21歳から29歳まで履歴の対照性を指摘。羅列を通時的に解読しようとした試みもある。斎藤美奈子『妊娠小説』（筑摩書房、94・6）は〈小指のない女の子〉が鼠の別れた恋人だと指摘。平野芳信「凪の風景、あるいはもう一つの物語」（「日本文芸論集」95・12）も〈小指のない女の子〉＝鼠の恋人の視点から、自殺した〈僕〉の恋人を透視。米村みゆき「編年体による1970年夏の物語」（「名古屋近代文学研究」93・12）「死、復活、誕生、そして生きることの意味」（「昭和文学研究」95・2）は死者の手記であり、〈話〉の暦は1979年とした。加藤典洋「夏の十九日間」（「国文学」95・3『村上春樹イエローページ』）は日数計算の矛盾から異界と現実との往復を指摘。勝原晴希「村上春樹の領域①『風の歌を聴け』」（「群系」97・10）は米村説と加藤説の日付同定の問題点を指摘、〈僕の物語〉を中心化して解釈。山根由美恵「村上春樹『風の歌を聴け』論」（「国文論攷」99・9）は〈カリフォルニア・ガールズ〉に導かれ二つの過去の物語に向かい、現実に戻る構成を指摘。

紙幅を持つものも出た。小菅健一「『風の歌を聴け』論への作業仮説」（「日本文芸論集」95・12）、「『風の歌を聴け』論」（同97・2、「山梨英和短期大学紀要」97・12）は、作品措定、語り手の性格設定、登場人物の関係性を丁寧に論じる。鈴木忠士「村上春樹『風の歌を聴け』」（「岐阜経済大学論集」99・4-6）は登場する〈女の子たちの輪〉を検証。

精神分析的アプローチは、柘植光彦「作品の構造から」（「国文学」90・6、『スタディーズ01』）がフロイトのイド説を簡明に指摘、小林正明「塔と海の彼方に」（「青山学院女子短期大学紀要」90・11、『日本文学研究論文集成46　村上春樹』、再構成し『村上春樹論』青山学院女子短期大学学芸懇話会、97・3、『村上春樹・塔と海の彼方に』）が〈発生論〉を精緻に分析。

海外の受容に関するものは『羊をめぐる冒険』や『ノルウェイの森』などと比べると、多くない。沼野充義「ドーナツ、ビール、スパゲッティ」（「ユリイカ」89・6臨増）はソ連の雑誌の書評、ワルシャワ大学の学生への注釈を紹介しながら〈形式においてアメリカ的、内容において日本的〉という〈仮説〉を提示。金硯子「韓国の村上春樹」（「国文学」95・3）マサオ・ミヨシ『オフセンター』（平凡社、96・3・18）「韓国人がよく読む日本文学」（「ダ・ヴィンチ」00・6）では触れられている程度。

**【読みのポイント】**断章構造や〈僕〉の語り機能についてさまざまな方向からアプローチが試みられてはいるが、その多くは抽象的指摘、部分的解釈にとどまっている。より具体的解釈が期待される。また、同時代における相対的位置づけも要請されている。同時代の受容を総合的に考えるうえで大森一樹による映画化をめぐる言説の整理も必要。「アートシアター」（81・12）、「イメージフォーラム」（82・1）、「キネマ旬報」（82・1上）が参考になる。

**（今井清人）**

# カツレツ《かつれつ》

【ジャンル】超短編【初出】『夢で会いましょう』（冬樹社、81・11・25）【収録】『夢で会いましょう』（講談社文庫、86・6・15）【分量】3【舞台】神戸、東京【登場人物】僕、父親
【梗概】神戸でカツレツと言えばビーフ・カツレツだが、東京にはこれがない。僕はビーフ・カツレツ主義者だ。パンにはさんでもうまい。肉は厚すぎても薄すぎてもいけない。絶対に筋があってはならない。コロモはトンカツよりも少し固めに揚げ、パン粉は細かすぎてもいけない。添えるのは軽く塩茹でしただけのヌードル、インゲン、クレソンなど。あとは御飯。本当は麦飯がいい。食べ方は大体トンカツと同じ。子供の頃、父親がよく映画につれていってくれて、その帰りには必ずビーフ・カツレツを食べた。
【読みのポイント】『村上朝日堂』（84・7）に「ビーフ・カツレツについて」という一篇がある他、〈僕はビーフ・カツレツの素晴らしさについては方々で書いている〉（「ロンメル将軍と食堂車」）というくらい、ビーフ・カツレツは村上春樹がかなりのこだわりを持つ食べ物の一つ。またビーフ・カツレツが、筆者の故郷である〈神戸〉だけでなく、自身の〈子供の頃〉や〈父親〉と密接な関わりのあることが示されている点には注意すべきであろう。
（福田淳子）

# カティーサーク自身のための広告《かてぃーさーくじしんのためのこうこく》

【ジャンル】エッセイ【初出】『象工場のハッピーエンド』（CBSソニー出版、83・12・5）【収録】『象工場のハッピーエンド』（新潮文庫、86・12・20）【分量】0.5
【梗概】カティーサーク、「カティーサーク」という言葉が意味を失い、只の言葉になる気がする。そんな言葉だけの液体をオン・ザ・ロックにすると、ひと味違う気がする。

【評価】久居つばさ『ねじまき鳥の探し方』（太田出版、94・6）が『ねじまき鳥クロニクル』分析の手がかりとして触れている。

【読みのポイント】『象工場のハッピーエンド』の最初のエッセイ。村上春樹の小説には〈カティーサーク〉が登場する場面が何度かある。例えば『羊をめぐる冒険』で〈僕〉が〈鼠〉の昔の彼女とホテルのバーで会い、そこで飲む場面。『ねじまき鳥クロニクル』で、意識内の闇の部屋２０８号室にボーイが届ける飲み物、そして〈本田さん〉が形見分けとしてオカダトオルに間宮中尉を介して配る空箱は〈カティーサーク〉の空箱である。村上作品に登場するウイスキーで〈カティーサーク〉の登場回数はダントツと言える。語源はゲール語で「短いシャツ」。開発コンセプトは自国の英国ではなく米国の嗜好を重視している。

（守屋貴嗣）

# 加納クレタ《かのうくれた》

【ジャンル】短編【初出】『TVピープル』（文芸春秋、90・1・25）【収録】『TVピープル』（文春文庫、93・5・8）【分量】15【キー・ワード】死、性、音、闇【舞台】山の中の古い一軒家の地下室、街のいちばんいい場所のビルの最上階【登場人物】加納クレタ、加納マルタ、警官、ゴリラみたいなゲイのガード、燃えるような緑の目をしたとても大きな男【関連】音楽：アレン・ギンスバーグ、キース・リチャード、ミック・ジャガー「ゴーイン・トゥ・ア・ゴーゴー」

【梗概】加納クレタは、物心ついた頃から、出会った男みんなに暴力的に犯されてきたため、外出をやめ、地下室で姉マルタが水の音を聴く手伝いをしている。ある時、調査にきた警官がクレタを犯そうとしたので、姉マルタがその警官を殺し、喉を裂いて血を抜いた。その後、警官は幽霊となって現われるが、何も言えず、犯すだけの力もない。そのことに自信をつけたクレタは、火力発電の設計の誘いを受け、外の世界に出る。設計者として成功し、ビルの最上階で優雅で幸せな生活を送った。そこへ、燃えるような緑の目をしたとても大きな男がやってきて、クレタを力づくで犯してから、喉をナイフで裂いた。クレタは、闇の中で警官に会い、自身の体の中に下り、「私の・名前は・加納クレタ」という微かな水のしたたりを聴いた。

【評価】短編集『TVピープル』を取り上げた論の中で、本作品を中心に据えているのは、工藤正広「『TVピープル』を読んだ時と場所から」（「国文学」95・3）だけである。

工藤は、本名〈タキ〉から、〈クレタ島の恐らくは恐怖の歴史心理の伝承に同化して「クレタ」と名乗〉ることで、〈お話によってしか成立が困難な「純粋秩序」への志向性〉を有し、作品は、現代の〈フォークロア〉となり、〈時代時代の人間とはどういうものかを問い、一瞬の不滅を獲得〉していると評価している。

【読みのポイント】『ねじまき鳥クロニクル』にも同名の女性が登場している。彼女が肉体的な痛みを抱えて二十年間生きたのに対し、本作品の〈クレタ〉は犯され続けてきた事実だけを語り、肉体的な痛みも内面も語らない。また、火力発電の設計者という設定と、名前から喚起されるギリシャ神話からは、火を盗んだ罰として人間に与えられた女、が想起される。水と火は、どちらも破壊と創造をもたらす力があるが、命あるものの根源としての水、そこに変化をもたらす火といったような決定的な違いがあるように思われる。〈水を聴く〉という課題と、特別な能力、試練、成功と失敗……、我々にも課題を多く残す、現代の昔話でもある。

（三重野由加）

# 彼女の町と、彼女の緬羊《かのじょのまちと、かのじょのめんよう》

**【ジャンル】**短編**【初出】**「トレフル」82・1**【収録】**『カンガルー日和』（平凡社、83・9・9）、『カンガルー日和』（講談社文庫、86・10・15）**【全作品】**⑤**【分量】**11**【キー・ワード】**ビール、サンドイッチ、羊**【舞台】**札幌の飲食店とホテル

**【登場人物】**僕、彼（僕の友人）、テレビの中の彼女

**【梗概】**十月二十三日金曜に、雪の札幌で僕は古い友人と会った。今、僕は作家をしており、彼は札幌の旅行代理店に勤めている。僕たちは人生の流れのあてのなさを思いながら旧友達の噂話をするのだが、話題はふくらまない。ホテルに戻った僕はサンドウィッチとビールを食しながらローカル・ステーションの広報番組を眺めていた。R町を紹介するレポーターの女の子を僕は詳細に観察し、彼女の町を想像した。農業と酪農の町だというそこで、彼女が緬羊消毒の薬剤配布の原稿を書くところなどを。僕と彼女の人生はふと触れ合っていると僕は感じるが、僕も彼女も異なる現実時間を歩いていくだろう事は判っている。旅行中のホテルは、ロープにおのれを繋いで現実から踏み出しているようなもので、僕は不安を感じている。僕はテレビを消す。既にあまりに多くのものを捨ててしまったと感じながら。

**【読みのポイント】**青年時代を共に過ごした友人と、人生の道筋を違えてしまったという〈彼〉の設定は村上のレギュラー・キャラクター〈鼠〉を思い起こさせ、北海道での再会、緬羊飼育の町の設定等も含め、明確に『羊をめぐる冒険』に繋がる作品である。『羊をめぐる冒険』でテーマの一つとされた青年期からの脱出に伴う〈鼠〉の死とか、例えば離婚のような決定的な喪失という姿を持った時の流れは、本作ではより穏やかな形で示されているといえるだろう。前半の〈彼〉と〈僕〉の関係を〈僕〉は人生の時間線が交差し離脱した後の既決の過去として捉え、後半に〈彼女〉と〈僕〉というメディアを介した出会いを並べることで、現実とメディアの等価といった村上の現実感覚をも示しており、その延長に、人それぞれの時間線が孤独に交錯してあるというような、後に『スプートニクの恋人』等で尖鋭な姿を見せることとなる世界観が共有されている。この世界観の中では〈僕〉が自らの現実を緬羊飼育の情景として幻想するように、〈彼女〉と〈僕〉の人生の触れ合いに〈何かが欠けている〉のはそれがテレビ画面を介しているからではなく、もっと本質的なものである。また舞台のレアリティを組み立てるに際して、ないかまどの並木やルイベといった、事物を詳細に並べたてる手法も村上作品の表現上の特徴といってよく、短いなりに切り口の多い作品である。

（**星野久美子**）

# 神の子どもたちはみな踊る《かみのこどもたちはみなおどる》

**【ジャンル】**短編**【初出】**「新潮」99・10**【収録】**『神の子どもたちはみな踊る』(新潮社、00・2・25)**【分量】**40**【キー・ワード】**性、闇、怒り、消滅**【舞台】**善也の部屋、霞ヶ関の地下鉄、千葉に入ろうという手前の駅、野球場**【登場人物】**善也、母親、耳たぶの欠けた男、田端さん

**【梗概】**母親と二人暮らしの25歳の善也は、勤め先からの帰宅途中、50代半ばの耳たぶの欠けた男を目撃し、後をつける。善也には父親がいなかった。母親は若いころいく人かの男性と愛もなく性的交渉を持った。そのうち、耳たぶの欠けた産婦人科医が、自分の父親だと、善也は確信した。野球場の近くで男を見失った善也は、グランドで踊りながら、秘蹟の経験を体験しながら、「神様」とつぶやく。

**【評価】**大鋸一正は「ユリイカ」(00・3臨増)のEメール・インタビューで、最後の一行を削ろうと、思ったことはなかったか、と訊ねている。村上は、非常に自然に書き、そう思ったことはない、と応えている。同書中で、鈴村和成は、善也が〈あちら側が差し出す物語〉の前に立っている、また堀江敏幸は、書き手が立ち会う小説的なエピファニーに、読者を誘うことができるかに、この小説はかかっていた、と述べている。文芸誌書評等では、山田潤治の〈境界線の消滅と秩序の崩壊を主題〉(「文学界」00・5)、いとうせいこうの〈歴史への倫理的な解答〉(「群像」00・4)、椹木野衣の回復できない〈限局的激痛〉(「新潮」00・4)の言辞が総評的にあるほか、丹生谷貴志のファロスという中身を持たない空洞の皮膜から生まれた子どもという、主人公への指摘が目を引いた。おおむね、福田和也の〈登場人物たちに、自らがこれまで抱えていて自覚していなかった、空虚さ、根のなさ、閉ざされた心を認識させる〉(「文学界」00・7)という方向で読みがなされ、川村湊の心地よく読んだに代表される、ヒーリングを視野に入れた好意的な評価(「群像」00・7)が多い中で、渡部直己が、作品集全体としての〈幻滅〉を表明しているのが、印象深い。

**【読みのポイント】**従来村上の小説を支えてきた、スタイリシュな人称である〈僕〉が消え、三人称的世界への移行がなされている。そういう観点から見ると、この「神の子どもたち」という作品は、三人称として設定された〈善也〉という主人公が、再び〈僕〉へと転換し直されていく、反転の物語であると位置づけられよう。善也は、後をつけてきた〈父〉の存在を見失うことを契機に、〈僕〉という内面世界を手に入れる。それは、それまで自己と世界とをつないできた古い枠組みや関係を、新たに読み換えようとする〈僕〉の誕生を表している。

(山口政幸)

# カンガルー通信《かんがるーつうしん》

**【ジャンル】** 短編 **【初出】**「新潮」81・10 **【収録】**『中国行きのスロウ・ボート』(中央公論社、83・5・1)、『中国行きのスロウ・ボート』(中公文庫、86・1・10) **【分量】** 35 **【キー・ワード】** 性、音、手紙、沈黙 **【舞台】** 現在テープに録音中の場 **【登場人物】** 僕、あなた、四匹のカンガルー **【関連】** 音楽：ブラームス、マーラー、「ボギー大佐のマーチ」

**【梗概】**〈僕〉はデパートの商品管理係。買い間違えたレコードについて苦情を寄こした〈あなた〉に向けて、親密な個人的メッセージを録音しているところである。言葉が浮かばず止めるつもりだったのが、今朝、動物園でカンガルーを眺めている内に、カンガルーとあなたの間に横たわる〈36の微妙な行程〉を経て、〈大いなる不完全さ〉という啓示に辿り着いたからだ。〈僕〉があなたに魅かれるのは、あなたの手紙の〈完璧〉さ故である。あなたの手紙にあるのはストーリーだけで、感情どころか苦情さえない、つまり〈その文章の中にあなたがいない〉―このことが〈僕〉を〈性的に高揚させる〉のだ。実は〈僕〉は、僕が僕自身であることに不公平を感じている。なぜなら〈僕は同時にふたつの場所にいたい〉のに、〈僕の個体性〉がそれを邪魔するからだ。返事を出したくなったら、〈会社あてに苦情の形で〉お送り下さい。

**【評価】** 鈴村和成「新しい虚構の誕生」(『村上春樹クロニクル1983-1995』洋泉社、94・9)が〈内容が脱け落ちて、形式が残る。空虚な形式である〉と端的に評したのを始め、川村湊「書評」(「群像」83・8)が、〈カンガルー〉という〈コトバとその周囲のイメージとをめぐる一見気まぐれな遍歴〉を、青木保「六〇年代に固執する村上春樹がなぜ八〇年代の若者たちに支持されるのだろう」(「中央公論」83・12)が、対他の関係性において〈自分より外へは出まいとする〉〈僕〉独特の〈抑制装置〉に、日本的中産階級の本質を指摘した。山川健一「BOOKS」(「海」83・8)は、一見、無個性でドライな小説空間に、突然セックスの話が持ち出されて生じる〈一瞬の歪み〉を高く評価する。小林正明「塔と海の彼方に」(『村上春樹』森話社、98・11)は、〈僕〉の〈二つの場所に同時に存在したい〉願望に着目し、超自我へと締め上げるフロイト言説の体制からの逃走としての〈共時的な複数性〉を論じた。

**【読みのポイント】** 諸家の指摘どおり、テーマの不在にこそテーマはあり、内容の空疎さに反比例して饒舌になる〈語りの形式〉に最大の特徴はある。その中に滑り込まされた『風の歌を聴け』『ノルウェイの森』でお馴染みの〈完璧／不完全、公平／不公平〉の対項をどう読み解くか。電話でも手紙でもないテープ、二人の間にカンガルーを介在させる媒介性から、〈距離〉の両義性についても一考したい。

(森本隆子)

# カンガルー日和《かんがるーびより》

**【ジャンル】**短編**【初出】**「トレフル」81・4**【収録】**『カンガルー日和』(平凡社、83・9・9)、『カンガルー日和』(講談社文庫、86・10・15)**【全作品】**⑤**【分量】**10**【キー・ワード】**時間、眠り、ビール**【舞台】**動物園**【登場人物】**僕、彼女**【関連】**ドラえもん、スティービー・ワンダー、ビリー・ジョエル

**【梗概】**〈僕〉と彼女は、カンガルーの赤ん坊を見るために、動物園に行く。一カ月間、カンガルーの赤ん坊を見物するのにふさわしい朝を待ち望んでいたのだ。カンガルー日和であるのを、一瞬のうちに確認することができたある夏の月曜日、二人は動物園のカンガルーの柵の前に立つ。そこには、雄が一匹と雌が二匹と、生まれたばかりの赤ん坊の四匹がいた。

**【評価】**野谷文昭は、「カンガルー通信」とのモチーフの連関を指摘している。(「海」84・1)

**【読みのポイント】**〈僕〉と彼女が見たカンガルーの世界は、いびつな世界だった。そこには雌雄の一対とそれから成った子ども、そして〈母親じゃないカンガルー〉というミステリアスな雌の存在があった。元来は〈僕〉の方が上まっているはずのカンガルーに対する知識でも、それは解答できず、かえって彼女の側に訊ねることになってしまう。しかしそれは彼女にも無論説明できない。カンガルーの赤ん坊を見ることに意欲的だったのは、〈僕〉よりも彼女の方だった。が、はじめ見たカンガルーは、もう赤ん坊というよりは、小型のカンガルーであって、彼女をがっかりさせる。もう一つ彼女がそのカンガルーを〈もう赤ん坊じゃない〉とした理由は、〈お母さんの袋に入っているはず〉だという彼女の予想を裏切って、元気に地面を駆けまわっていたためでもある。しかし、ホットドックを買って戻ってくると、子カンガルーは母カンガルーの袋の中に入っていた。このとき初めて〈僕〉と彼女は、母カンガルーを知り、もう一匹の雌との識別が可能になったことを知る。もともと二匹の雌は、体つきも体色も同じようで、どちらが母親であってもおかしくないものだった。〈僕〉と彼女が結果的に選んだ一カ月という〈カンガルー日和〉は、子カンガルーが、母カンガルーの〈保護〉から離れ、自在に地面を駆けまわるだけの成長を用意した「時」でもあった。それゆえに、彼女は当初失望しなければならないし、二人は母カンガルーの存在を、子がその袋の中にいないという不在ゆえに、見わけることができない。しかし、それは結果的に、識別可能なものとして、二人の前に現れる。〈僕〉と彼女が待ち、選んでいった〈カンガルー日和〉とは、失望と見失いを回復するプロセスを含んだ、発見の日だった、と言えよう。

(**山口政幸**)

# 牛乳《ぎゅうにゅう》

**【ジャンル】** 超短編 **【初出】**『村上朝日堂超短篇小説 夜のくもざる』（平凡社、95・6・10）**【収録】**『村上朝日堂超短篇小説 夜のくもざる』（新潮文庫、98・3・1）**【分量】** 2 **【舞台】** ここ **【登場人物】** あたし、あんた

**【梗概】** 24年間ここで牛乳を売ってるあたしは、あんたが牛乳を買いにきたことを見破る。だが、絶対に売らないという。牛乳が飲みたくて、遠くからやってきたことを承知しているが、理屈じゃなくこいつにだけは売れないというタイプがいて、それがあんただからだ。

**【読みのポイント】** あんた、あたし、そっち、ここ、という非常に限定された枠組みで語られている点に注目。24年間牛乳を売り続けてきたあたしが、客のあんたに向けて語る形をとっている。牛乳を飲みにやってきた客をきっぱり拒否する語り方が、まるでプライドの高い職人風情を漂わせる。たかが牛乳でも、飲みたくてわざわざやってきた客を、金銭ではなく、感情を優先させてきっぱりと断るのである。いっさいの他の情報を遮断し、「へへへ」と悪意のこもった笑いを繰り返しながら、あんたに敵意や憎悪を向けるあたしの語りの妙は、本作品のみがなぜ新たに書き下ろされ『夜のくもざる』に所収されたのかを考察する手がかりとなろう。

（**山﨑眞紀子**）

# クールミント・ガム《くーるみんと・がむ》

**【ジャンル】** 超短編 **【初出】**『夢で会いましょう』（冬樹社、81・11・25）**【収録】**『夢で会いましょう』（講談社文庫、86・6・15）**【分量】** 1.5 **【キー・ワード】** 時間 **【舞台】** 街角 **【登場人物】** 若い女の子、僕

**【梗概】** ずっと昔のことだが、僕はチャコール・グレイのフォルクスワーゲンに乗った若い女の子を見かけたことがある。彼女はピンクのサマー・ドレスを着て、形の良い乳房をジェット・エンジンかなにかみたいに前につき出した、とても素敵な女性だった。彼女は車を降りてベンチに坐った僕の前を通り過ぎると、売店でクールミント・ガムを買った。そして、一枚を口の中に放り込みながら、再び僕の前を通り過ぎ、フォルクスワーゲンで走り去っていった。あたかも一九六七年の夏を一人で引き受けたような女の子だったと思う。

**【読みのポイント】** ベンチに坐っている僕の視点からすれば、ほんの二、三分のできごとであったわけで、そのきらめく女性の航跡は僕の青春期の記憶の暗喩でもあろう。一九六七年は作者村上春樹十八歳、そのまぶしげな僕の視線をある程度重ね合わせて考えることも可能であろう。簡潔な乾いた文体ながら、その独特な比喩を駆使した表現には青春の情感とエロチシズムが感じられる。

（**山田吉郎**）

## グッド・ニュース　ぐっど・にゅーす

【ジャンル】超短篇【初出】「太陽」94・7【収録】『村上朝日堂超短篇小説 夜のくもざる』（平凡社、95・6・10）、『村上朝日堂超短篇小説 夜のくもざる』（新潮文庫、98・3・1）【分量】3.5【キー・ワード】死、怒り【舞台】スタジオ、（千葉沖、東京都文京区音羽二丁目、杉並区久我山、青山三丁目）【登場人物】ニュース・キャスター、（タンカーの乗組員、徳島ふえ、中学生、田代寛介、田代の妻、田代のひとり息子、担当医師、天野清吉、寿司屋の主人、警察官）

【梗概】キャスターが〈良いニュースだけ〉をお送りすると語り、ニュースが読みあげられる。1、タンカーが海上で爆発したが、35名だけ奇跡的に救出された。2、老女の耳朶をはさみで切った中学生に老女が温情をかけた。3、借金苦の自殺が未遂に終った。4、寿司屋で勘定が安すぎると男がもめた。キャスターは全て良いニュースとして語り終える。

【読みのポイント】ブラックユーモアのショート・ショート作である。特にそれぞれのニュースに振られている傍点のニュアンスは、悪い話を〈良い話〉として語るための偶然性の強調、より悲劇性を高める効果として捉えられる。これは四つの話の連関を探る一つの視点となるだろう。また、固有名詞が多く使われていることにも留意したい。

（山根由美恵）

## クリスマス　くりすます

【ジャンル】エッセイ【初出】『象工場のハッピーエンド』（CBS・ソニー出版、83・12・5）【収録】『象工場のハッピーエンド』（新潮文庫、86・12・20）、『新版・象工場のハッピーエンド』（講談社、99・2・26）【分量】1.0【関連】ビング・クロスビー「ホワイト・クリスマス」「ジングル・ベル」「アベ・マリア」「きよしこの夜」

【梗概】一九六〇年十二月、生まれて初めてステレオを買ってもらったとき、それに付いてきたレコードがビング・クロスビーのクリスマス・ソング集だった。四曲しか入っていなかったけれど、何度も繰り返し聞いた。

【読みのポイント】ビング・クロスビーは米国生まれの歌手・俳優。「ホワイト・クリスマス」は、映画『スイング・ホテル』（一九四二）で挿入歌として歌われたのが初登場。一九五四年に同映画がリメイクされた時にはタイトルとなった。〈ビング・クロスビーが唄っているんだもの、それ以上に望むことなんて何もない〉といいながらも、〈我々はとてもシンプルでとてもハッピーで、とても中産階級的だった〉と付け加えるあたりに、画一化された〈中産階級的〉価値観に対する皮肉がかいま見られる。〈何度も〉が四回繰り返される表現は、まるでレコードの音飛びのようだ。

（横井　司）

## グレープ・ドロップス《ぐれーぷ・どろっぷす》

**【ジャンル】**超短編**【初出】**『夢で会いましょう』（冬樹社、81・11・25）**【収録】**『夢で会いましょう』（講談社文庫、88・6・15）**【分量】**5**【キー・ワード】**時間、死、犬、失踪**【舞台】**孤児院、サーカス、アパッチ蜂起、マドリッド、ストックホルム、テキサス**【登場人物】**僕（グレープ・ドロップス）、サーカスの牛飼いのおじいさん、ライオン使い、大統領、ヘミングウェイ、スタインベック**【関連】文学**：ヘミングウェイ、スタインベック

**【梗概】**煙草の量を減らす目的でなめているグレープ・ドロップスのために僕が書いた話。グレープ・ドロップスは、父親を失った後、孤児院を脱走し、サーカスの牛飼い助手や、騎兵隊のマスコット犬になる。ヘミングウェイからトラックのパンク修理剤にされたという母親の消息を聞き、スペイン中を捜すがみつけられない。スタインベックは、テキサスで脱腸ベルトになっていた母親をみかけたという。

**【読みのポイント】**煙草代わりのグレープ・ドロップスは、数分間の代用品に過ぎないだろうが、僕の創作した話では、一世紀以上の〝長寿〟が付与されていること、しかしながら、ようやく摑んだ母親の消息のいずれもが〝代用品〟であることなど、作中の様々な仕掛けを読み取りたい。（**米村みゆき**）

## K《けい》

**【ジャンル】**超短編**【初出】**『夢で会いましょう』（冬樹社、81・11・25）**【分量】**6**【舞台】**玄関**【登場人物】**K、区役所に勤めている友人、文芸批評家、出版社に勤めているガールフレンド**【関連】**ドーナツ、羊

**【梗概】**ある朝、目覚めるとKは玄関マットに変身している。玄関マットになったKを三人の友人が訪ね、各々の言語が巧みに彼等の心情や社会性を描き出す。

**【読みのポイント】**虚構が現実以上の現実的吸引力を持つ。Kがフランツ・カフカであり、『審判』『城』のKでもある。かつて〈俺のせいじゃない〉とカミュが失われた郷愁を『異邦人』でママンに求めたのにも似ている。それは〈僕に合った場所がすべて時代遅れになりつつあることだった〉（『1973年のピンボール』）と求心力や座標点の喪失による過去との決別でもある。そのために居場所が見出せず無意識下に浮遊する。

つまり『ダンス・ダンス・ダンス』でデフォルメされた自己核に引き戻される羊男とドルフィン・ホテルの関係に近く、「わたしの分割」（『スプートニクの恋人』p.236）でもある。また『地震のあとで』「かえるくん、東京を救う」の二メートル以上あるかえるくんにも新たな繋りを見せる。（**岸　睦子**）

# 月刊《げっかん》「あしか文芸《あしかぶんげい》」

**【ジャンル】**短編**【初出】**『ヘンタイよいこ新聞』（パルコ出版、82・7）**【全作品】**⑤**【分量】**11**【キー・ワード】**ビール、夢**【舞台】**海、私の家**【登場人物】**私、妻、息子、中山、トニー・ベネット**【関連】**音楽：ジョン・レノン、トニー・ベネット、「ホワイト・クリスマス」　服飾：ブルックス・ブラザーズ

**【梗概】**私が海で泳いでいると、かもめがあじを欲しいとねだる。私は断り、昼飯時になり家に帰る。昼飯を食べ、再び海へ昼寝をしに行く。海岸でさっきのかもめに会ったので、あじを一匹与える。昼寝をして夕食に戻ると、息子が通信簿を見せる。自分が子供の頃とよく似ていると思う。夕食を終えた頃、雑誌・「月刊・あしか文芸」の若いインテリあしか・中山から麻雀の誘いがあったので出かけ、夜中に帰宅する。翌日、海で昼寝をしていると、かもめがあじを求めて何百羽も自分の頭上をとんでいたので、潜水して家に帰る。帰宅して夕食を終えた頃、中山から原稿催促の電話がかかってきて、夜九時に取りにくることになる。私は原稿を書くため海に出かけるが眠ってしまう。その間に自分がテーブルの脚になって青山学院前に置かれ、特設ステージでトニー・ベネットが「ホワイト・クリスマス」を歌っている夢を見る。夢は次の瞬間、私をテーブルの脚から貯金箱に変身させ、そして目が覚める。目が覚めると九時で、急いで戻ると中山が来ている。中山の原稿の催促を受け、私はヌード・コンクールの選評を書く。それから「月刊・若いあしか」の戸塚を呼び出して楽しく酒を飲む。

**【読みのポイント】**あしかは春樹の世界では馴染みのキャラクターだが、この作品に登場するあしかは、悩みもなく、至極のんきに日常を送っている。「あしか」に登場する孤独なあしかや、「あしか祭り」で寄付集めに人間のところを回るあしかとは違い、悩みといえばかもめにあじをねだられることぐらいのあしか・〈私〉は充実した仕事に楽しい仲間・暖かい家庭・満足のいく食事、そして昼寝と、現実の世界に生きる読者には羨ましい限りの生活を送る。トニー・ベネットが途中で登場するが、その甘さやロマンティックな雰囲気は、この物語を象徴する者であるといえるだろう。だが、春樹の虚構であるあしかの生活は、微妙に現実と交錯する。それが場所であったり音楽であったりするのだが、ここが読みのポイントとなる。虚構のあしかは易々と現実に入り込んでいるのに、果たして現実世界からはあしかの姿は確認できるのだろうか。あしかのパラダイス的生活は、現実世界の鏡であると考えることによって、楽しいと考えるだけの作品が一挙に深みを増すだろう。

（川村英代）

## 構造主義《こうぞうしゅぎ》

【ジャンル】超短編【初出】「太陽」83・10【収録】『村上朝日堂超短篇小説 夜のくもざる』（平凡社、95・6・10）、『村上朝日堂超短篇小説 夜のくもざる』（新潮文庫、98・3・1）【分量】0.5【キー・ワード】手紙【舞台】書簡【登場人物】私、あなた

【梗概】問い合わせに回答する書簡という設定。六本木に関して教えられるものは何もない。六本木で自分は原因不明の混乱に陥るからだ。記述の大半を六本木に費やし、構造主義についても訊かないでほしいと付け加える。

【読みのポイント】書簡を得意とする村上は、『ノルウェイの森』、「カンガルー通信」に導入、苦情の手紙の例（『村上朝日堂はいかにして鍛えられたか』）まで出しているが、ここでは流行へのアイロニーを示した。メディアは六本木を情報消費の中心地とし、情報の再生産を行なってきた。そうした都市の情報消費を「中国行きのスロウ・ボート」で〈空売り空買い〉と批判した村上は、『国境の南、太陽の西』で流行るバー経営を描き、その成り立ちを対象化した。だが、〈対象化〉を無視したメディアの取材申し込みもあったにちがいない。これはそんな取材へのアイロニカルな断わり状とも読める。また〈構造主義〉を〈六本木〉と並置し、ニュー・アカデミズムも自分とかかわりのない流行としている。（今井清人）

## コーヒー《こーひー》

【ジャンル】エッセイ風超短編【初出】『夢で会いましょう』（講談社文庫、86・6・15）【分量】3【舞台】車中、爆撃機の中【登場人物】僕、友人、彼のガールフレンド、若い爆撃手、操縦士

【梗概】遠出の帰り道、僕はコーヒーと書いた看板を見かける。僕が「コーヒー」と読み上げると、友人は「そんなものどこにだってあるよ」と答える。僕がその看板が畳六枚ぶんぐらいあって、空を向いていると抗議すると、友人は「爆撃機よけさ」、「誰もコーヒー屋を爆撃したりはしない」と答える。そこで場面が変わり、上空で若い爆撃手が「コーヒー」と看板を読みあげ、操縦士に告げる。最後に、〈それはおそらく素敵な眺めであるに違いない〉と結ばれる。

【読みのポイント】読後、コーヒーが飲みたくなればいいというだけの文章だとも言える。深読みすれば、「風の歌を聴け」の〈鼠〉の「操縦士になりたいと思ったよ」、「1973年のピンボール」の〈僕〉が自分の場所として唯一つ思いつく〈複座の雷撃機〉という言葉を想起させる。受け取り手のいない空に向けられたメッセージと、それを受け取る相手を想像してみるという、自閉的コミュニケーションのイメージだとも言える。（遠藤伸治）

## コーヒー・カップ《こーひー・かっぷ》

【ジャンル】超短編【初出】『夢で会いましょう』（冬樹社、81・11・25）【収録】『夢で会いましょう』（講談社文庫、86・6・15）【分量】1【キー・ワード】時間・消滅【舞台】語り手（男）の家【登場人物名】語り手（男）・女の子

【梗概】人生でいちばんせつない時間は、女の子を家に帰したあとの一時間ばかりだと感じて、テーブルの上に置かれた飲みかけのコーヒー・カップなどに喩えている。本を読んだり、レコードを聴いたりして気を紛らそうとするが、何ひとつとして効果がない。しかし、少し腹が減ったので、ごはんに納豆、卵、味噌汁、アジのひらき、福神漬、ノリで食事を済ませてしまうと、アンニュイな気分がすっかり消え失せてしまったことに対して、不思議なものだと思っている。

【読みのポイント】スパゲッティやサンドイッチに代表される、アメリカナイズされた食習慣のイメージが強い登場人物を数多く描いてきた村上春樹が、徹底的に和食にこだわっているギャップや、満腹という身体感覚の充足が、せつなさという精神状態を解消してしまうところに面白さがある。深読みすると、〈ベッドにまだ少し残っている彼女の温もり〉という表現に対して、春樹独特の繰り返される彼女や妻の消失のモチーフの端緒を見出すことも可能である。（小菅健一）

## 氷　男《こおりおとこ》

【ジャンル】短編【初出】『文学界臨時増刊村上春樹ブック』91・4臨増【収録】『レキシントンの幽霊』（文芸春秋、96・11・30）、『レキシントンの幽霊』（文春文庫、99・10・10）【分量】29【キー・ワード】時間、死、夢、結婚【舞台】スキー場、東京、南極【登場人物名】私、氷男、私の友だち

【梗概】私は氷男と誰にも祝福されない結婚をした。私は友だちと行ったあるスキー場のホテルで〈氷男というのがどういうものなのか〉という興味から氷男に話しかけ、東京に帰ってからもよくデートをするようになったのだ。氷男は私の過去をすべて知っているのに、私は氷男の過去を知ることはできない。氷男は〈あらゆる過去を知っている〉が自身には〈過去というものがない〉のだ。氷男との間にはなかなか子供ができず、私は生活の〈反復性〉に耐え難くなり、氷男を南極旅行に誘う。しかし〈南極に行ったら私たちの身に何か取り返しのつかないことが起こる〉という予感を私は感じ、氷男が〈一刻一刻過去と化していくのがわかる〉のだった。〈南極はあらゆる予想を越えて寂しい土地〉で、私たちはそこに閉じこめられてしまう。三ヵ月後、妊娠に気づいた私は〈これから自分の産む子供が小さな氷男であること〉、〈私たちの新しい一家が南極の外に出ることはもう二度とないの

だ〉ということを知る。氷男は相変わらず私を愛してくれているが〈私はほんとうにひとりぼっち〉であり、〈氷の涙をぽろぽろと流し続ける〉。

**【評価】**松本常彦は「「氷男」密輸のためのレッスン」（「国文学」98・2臨増）において「緑色の獣」「レキシントンの幽霊」と並べながら「氷男」を論じ、氷男の〈造型の特異さ〉から、読者は〈隠喩の意味化を図〉り〈私〉の反復は〈氷男を遡及的に意味づけようとする行為そのもの〉であるとする。

**【読みのポイント】**柘植光彦は「村上春樹全小説事典　氷男」（「国文学」98・2臨増）の梗概において〈結婚をめぐる幻想〉とまとめているがこの作品がそのように抽象化できるものなのかというところも問われるべきだろうし、松本のいう〈隠喩の意味化〉も細部に亘って検証されるべきであろう。過去をもたない氷男が＝〈歴史〉の隠喩（松本）としてとらえられるのだとして、未来を失っていく〈私〉も考えられねばならないだろう。また氷男は〈暗闇の氷山のように孤独〉な存在であるが、〈氷山〉の比喩は「ねじまき鳥と火曜日の女たち」や『ダンス・ダンス・ダンス』にもあり、〈沈黙〉の深さや〈不吉〉の象徴として使われている。また文庫「あとがき」において村上が〈ひとつの気持ちの流れの反映〉であるとした『レキシントンの幽霊』全体の中での位置付けを探ることも必要。（**髙根沢紀子**）

# 5月の海岸線《5がつのかいがんせん》

**【ジャンル】**短編**【初出】**「トレフル」81・7**【収録】**『カンガルー日和』（平凡社、83・9・9）、『カンガルー日和』（講談社文庫、86・10・15）**【全作品】**⑤**【分量】**15**【キー・ワード】**手紙、時間、少女、サンドイッチ、結婚、井戸、犬、闇、死**【舞台】**語り手の〈僕〉にとっての〈古い街〉とその元「海岸」**【登場人物】**僕、友人、若いビジネスマン、恋人、1968年の少女たち《ティーン・エイジャー》、1963年の女の子たち、タクシーの年配の運転手、子供たち、自殺した身元不明の二十歳前後の女性**【関連】****音楽**：アンソニー・パーキンス、グレゴリー・ペック、ニール・セダカ「別れはつらいね」《ブレーキンアップ・イズ・ハード・トゥ・ドゥ》**映画**：エルヴィス・プレスリー

**【梗概】**〈僕〉は、友人の結婚式に出席するために十二年ぶりに故郷である〈古い街〉に帰る。帰郷のための新幹線での途上、僕は十二年前の〈街〉や、そこにいた恋人に会うための過去の帰郷を思い出す中、海の匂いを感じた。車中、想像の中で彼女と十二年ぶりの会話を交わす。駅に着いた僕はタクシーでホテルへ向かうが、その途中で降り、街の中を歩きながら誰かに誘われているような気配を感じる。そしてまた以前には気づかなかった街の不均一な空気を感じる。ホテルへ向かう途中のメンズショップでスポーツ・シャツと運動靴

を買い、ホテルの部屋に入り、シャワーを浴びベッドに寝転んでいると、再び海の匂いを感じ、タクシーでさまざまな思い出のある海岸へと向かった。思い出の海岸は三年前に、すでに埋め立てられ高層アパート群が建つコンクリートの荒野となっていた。僕はタクシーを降り、取り残された防波堤の上を歩きながら、自宅から海岸までの道のりや、西瓜を井戸で冷やしたこと、海岸に打ち上げられた自殺者の死体や、溺死した友人を思い出し、存在の消滅について考えながら、高層アパート群の未来の崩壊を預言する。しばらく歩くと川が見え、かつての海岸が残っている場所に着き、堤防の落書きを見ながら、海岸線を何時間も眺めていた。堤防によりかかっていると、やがて眠気が襲い、薄らいでいく意識の中で、目覚めた時、僕はいったいどこに居るのだろうか、と自問する。

**【評価】**野谷文昭「海岸線のゆくえ」（「ユリイカ　総特集村上春樹の世界」89・6臨増）は、主人公の過去と相対し再生の場となる海岸の喪失に対しての呪詛の言葉に、〈『農本幻想を前面に押し出した国家論理の追及』にともなうモラルの混乱に対する抗議〉を見出し、『羊をめぐる冒険』に取り込まれた後では、憤りの感情がなくなってしまったことに対して、一九六〇年代的状況から一九八〇年代の高度資本主義社会への主人公の適応と転換を指摘し、さらに友達だった〈六歳の少年〉の死に、以降の村上作品に頻出する友人たちの死の原型を読み、〈海岸〉と〈いるかホテル〉のトポスの類似性を指摘した。井上義夫「水のいざなひ、物語の誘ひ」（「新潮」96・11）は、モデルとなった芦屋がどのように使用されたかを詳細に述べ、自殺した〈身許不明〉の〈女性〉に短編「蛍」、および『ノルウェイの森』の〈直子〉の影を読み込んでいる。川村湊・大杉重男「対談「村上龍と村上春樹」―この二十五年の文学空間」（「群像」00・7）で、川村は本作品での故郷の街の崩壊をある意味で〈予言〉してしまったことと、神戸の震災との関連を『アンダーグラウンド』以降の現実社会とのコミットメント的志向と関連させ、短編集『神の子供たちはみな踊る』の執筆動機を「予言」がある意味で的中してしまったことに対して現実ともう一度かかわらなければならなくなったことが原動力となっていると指摘している。

**【読みのポイント】**改稿後の『村上春樹全作品⑤』収録の「五月の海岸線」との比較はもちろんのこと、本作品については村上自身が、〈『羊をめぐる冒険』に吸収された〉（「自作を語る　補足する物語群」『全作品⑤』）と述べており、前出の野谷の論も指摘してように、『羊をめぐる冒険』でのエピローグの舞台としての海岸と、本作品での海岸では温度差には以降の村上作品群の方向性が示唆されている。『ダンス・ダンス・ダンス』出版後のインタビューにおいて村上は〈いわゆる〈僕〉の育った60年代の価値観は、いま完全に崩壊した。（中略）異議を申し立てるより、まず現実を一度のみこんで、自分の中に新しいモラルと作っていかなければならない。〉（「僕にも小説にも変質迫った10年　村上春樹氏、区切りの年を語る」「朝日新聞夕刊」89・5・2）と述べているが、その姿勢は、まだ「5月の海岸線」には現れていない。〈街〉に向かう途中〈僕〉は、想像の世界で到着後の〈3時20分〉にかつての恋人との再会を期待するが、現実世界では、過去との連続性は、海岸線とともに埋め立てられ失われている。わずかに残った〈海岸〉を眺める〈僕〉の姿は、どこにもたどり着けない絶望的な喪失の物語のなかで宙吊りの状態へと追い込まれる。ラストシーンでの〈目覚めた時、僕は…〉に続く述語が省略されることにより、読者は〈僕〉と同化を強いられ、主体が現実世界と〈原風景〉の記憶のみを媒介として連続性を保っている存在に過ぎないことに気付くことになる。本作品は、他者や社会とのコミットメント的方向へと進んでいく村上が対話という方法へと目を向けたホームページ「村上朝日堂」上での読者との電子メール交友や『アンダーグラウンド』との方法的な展開との対比はもちろんのこと、これ以降の〈生き続けるという意思をもつこと〉（前掲「朝日新聞夕刊」）の作品群との分水嶺として捉えるべき喪失を中心化した記念碑的な作品である。

（**金子堅一郎**）

# 午後の最後の芝生

ごごのさいごのしばふ

**【ジャンル】**短編**【初出】**「宝島」82・8**【収録】**『中国行きのスロウ・ボート』（中央公論社、83・5・20）、『中国行きのスロウ・ボート』（中公文庫、86・1・10）**【全作品】**③**【分量】**52**【キー・ワード】**手紙、ビール、サンドイッチ**【舞台】**神奈川県読売ランド近くの家**【登場人物】**僕、依頼主の中年の寡婦**【関連】音楽**：ジム・モリソン（ドアーズ）、ポール・マッカートニー（ビートルズ）、クリーデンス・クリアウォータ・リバイバル、グランド・ファンク、スリー・ドッグ・ナイト　**書籍**：トルストイ『戦争と平和』

**【梗概】**恋人と旅行する資金を稼ぐ為、〈僕〉は芝刈りのアルバイトをしていたが、彼女から別れを告げられ、仕事を続ける必要がなくなり、辞めることにする。最後の依頼主は風変わりな中年の大女だった。滞りなく芝刈りを済ませた〈僕〉は、庭先で女の勧めてくれたビールを飲みながら、彼女の亡夫が芝刈りを好きだったこと、〈僕〉の誠実な仕事ぶりが夫のやり方と似ていることなどを聞く。そして、女は何かを決意したかのように、一月近く閉め切ったままであった部屋に〈僕〉を誘《いざな》い、彼女について「どう思う」と尋ねる。困惑しつつも、気付いたことを二三答える。しばしの沈黙の後、二人で綺麗に刈られた庭の芝生を眺め、女の家を辞す。

途中、休息の為に立ち寄ったドライブインの駐車場に車を停め、様々なことに思いを巡らし、結局、〈僕の求めているのはきちんと芝を刈ることだけなんだ〉との思いに至る。

**【評価】**黒古一夫『村上春樹　ザ・ロスト・ワールド』（六興出版、89・12・5）の「7章　アメリカ・中国、そして短編小説―もう一つの〝村上春樹ワールド〟」で〈僕〉の芝生の刈り方に春樹の〈仕事観＝労働観のようなもの〉が表出していると述べている。小川洋子は〈死の気配〉が看取されるとエッセイ「『中国行きのスロウ・ボート』を開きたくなる時」（「ユリイカ」00・3臨増）の中で記している。

**【読みのポイント】**〈人間の存在理由《レーゾン・デートウル》〉を追求した物語であり、春樹の典型的な一篇と言える。しかも、依頼主の寡婦と彼女の娘（直接登場はしない）との間に同一性が認められる図式もまた彼の特徴をよく示している。おそらく娘のであろう部屋を見せ、彼女について「どう思う」と尋ねる女の真意は、娘を素通りし、〈私自身（＝女）〉について問いかけることにあったのだろう。そうした女の思いは〈僕〉の抱えている思いと同質のものであり、最終的に、二人が並んできれいに刈られた芝生を眺める象徴的行為に集約される。共通の思いを持った者同士の〈無言の語らい〉がそれを雄弁に物語っている。（**唐戸民雄**）

## 国境の南、太陽の西《こっきょうのみなみ、たいようのにし》

**【ジャンル】**長編**【初出】**『国境の南、太陽の西』（講談社、92・10・12）**【収録】**『国境の南、太陽の西』（講談社文庫、95・10・15）**【分量】**499**【キー・ワード】**時間、死、性、結婚、恋愛、少女、闇、沈黙、消滅、失踪**【舞台】**僕の故郷（僕の家・島本さんの家・高校）、京都（イズミの従姉のアパート）、渋谷、青山（僕のマンション・ロビンズ・ネスト）、石川県、四谷の義父の会社、赤坂の鰻屋、娘の幼稚園、箱根の別荘**【登場人物】**僕、僕の母、島本さん、島本さんの母、大原イズミ、僕の叔母、イズミの従姉、脚の悪い女の子、同僚、四十代半ばの男、有紀子、有紀子の父と兄妹、二人の娘、高校時代の同級生、バーテンダー、バンドのピアニスト**【関連】**音楽：ロッシーニの序曲集、ベートーヴェン「田園交響曲」、グリーグ「ペール・ギュント」、リストのピアノコンチェルト第一、二番、ナット・キング・コール「プリテンド」「国境の南」、ビング・クロスビー、シューベルト「冬の旅」、童謡、アントニオ・カルロス・ジョビン「コルコヴァド」、エリントン&ストレイホーン「スタークロスト・ラヴァーズ」、ガーシュイン「エンブレサブル・ユー」、トーキング・ヘッズ「バーニング・ダウン・ザ・ハウス」、モーツアルトのクァルテット、「犬のおまわりさん」、「チューリップ」、ヴィヴァルディ、テレマン、「アズ・タイム・ゴーズ・バイ」　**書籍**：雑誌「ブルータス」、歴史の本（ヴェトナム戦争と中越戦争関係）　**映画**：ディズニー「砂漠は生きている」、「アラビアのロレンス」

**【梗概】**〈僕〉は一九五一年、典型的な大都市郊外の中産階級に生まれた一人っ子で、名は始（はじめ）。小学校五年のとき転校してきた一人っ子で、左脚に小児麻痺の後遺症を持つ島本さんに、驚くほど自分に酷似した温かくて傷つきやすい何ものかを発見する。島本さんの家で二人きりで聴くライト・クラシックやナット・キング・コールの「国境の南」。その完璧な親密感の中に、互いの不完全さを埋めるためのかけがえのない何かが潜んでいることを、〈僕〉は仄かに感じていた。やがて二人は別々の中学に進み、代わって高二の〈僕〉の前には、イズミというガールフレンドが姿を現す。イズミは魅力ある素直な少女だが、彼女によって島本さんの空隙が満たされることはない。皮肉なことに〈僕〉が初めて寝た女は、イズミを介して知り合った彼女の従姉であった。イズミは決定的に傷つき、〈僕〉は激しい自己嫌悪に苛まれる。大学に入ってから三十代を迎えるまでの十二年間は、失意と孤独の内に過ぎていった。二十八歳のとき、渋谷の雑踏に島本さんとよく似た女を見つけ、後をつけるが、謎の男に阻止される。島本さんが再び〈僕〉の前に姿を現したのは、〈僕〉が三十六歳の時だった。妻、有紀子の父の援助もあって、今では青山で二軒も経営している〈僕〉のジャズ・バーに、美しく成熟した彼女はやって来た。高価な服に身を包み、手術のおかげで脚の障害まで治癒した島本さんは、しかしながら、もはや〈僕〉にはうかがい知ることもできない孤独な世界を抱え込んでいる。一緒に出かけた石川県で、島本さんが谷川へ流したのは、死んだ嬰児の灰だった。その帰り、仮死状態に陥った島本さんの瞳の奥に、〈僕〉は暗くて冷たい〈死〉の影を見る。その後、忽然と姿を消した島本さんは、半年後の静かに雨の降る夜に、再び懐かしいナット・キング・コールのレコードをプレゼントに携えて、〈僕〉のバーに姿を見せる。衝動的に島本さんを箱根の別荘へ誘い、すべてを擲つ覚悟で愛を打ち明けた〈僕〉に、島本さんは言う。〈国境の南〉は〈たぶん〉の多い国、〈太陽の西〉へ向けて歩き続けた人間はそのまま地面に倒れて死んでしまう、そして〈私の中には中間的なものは存在しない〉と。一方的な愛撫で〈僕〉を包み、すべてを打ち明ける〈明日〉を誓いながら、一夜明ければ、彼女の姿はレコードと共に消えていた。〈僕〉が、通りを走るタクシーの窓越しに、感情のひとかけらもないイズミの顔を目撃したのは、それから間もなくのことである。島本さんの幻影は遠のき、自分の存在を受け入れてくれた有紀子と共に生きることを決意しながら、〈僕〉はいまだ暗闇の中で、音もなく海に降り続ける雨のことを思っている。

**【評価】**『ダンス・ダンス・ダンス』から四年ぶりの書き下ろし長編である本作は、渡米後二年目、かつ、社会へのコミットメントを強く意識した大長編小説『ねじまき鳥クロニクル』第一部の連載と同時発売されたこともあって、おおむね、村上春樹の転換点に当たる作品として位置づけられている。但し、『ノルウェイの森』の二番煎じ、つまりは残滓と見るか、『ねじまき鳥クロニクル』への積極的な媒介項と見なすかで、当初、評価は折半されたと言ってよい。

安原顕「ハッキリ言って、これは安っぽいハーレクイン・ロマンスですぞ」（「エクスクァイア」93・1）は前者の系列を代表するもの。清水良典「文芸時評」（「共同通信」92・11、『最後の文芸時評』四谷グラウンド、99・7）も、ぬけぬけと「カサブランカ」をなぞりながら、ロマンスが〈砂漠〉や〈死〉のメタファーを背負い込んで、〈空虚を描く以上に、自らそれを深く病んだ作品〉と規定して、〈言葉から体臭や汗が抜け落ちている〉と評した。吉本隆明「『国境の南、太陽の西』の眺め」（「CUT」93・1、『消費のなかの芸』ロッキング・オン、96・7）は、〈愛読者〉を〈当て込みすぎ〉た主人公の造型は〈甘味が強すぎ〉、クライマックスは島本さんとの性交場面にしかないと批判した。絓秀実「「黒」へと向かう小説言語」（「すばる」92・12、『文芸時評というモード』集英社、93・8）は、〈物語内容の〈空白〉を物語として語る〉シニカルなスノビズムと概括した。この系列の中で、見延典子「完成された〈僕〉への苛立ち」（「週間読書人」92・11・9）は、恋愛小説の枠組みを借りながら、主題が〈〈僕〉の精神と肉体の発達史〉にあることを早くに指摘した好論である。これらに対して、本書を『ノルウェイの森』を焼き直した失敗作との評価から解放したのが、福田和也「ソフトボールのような死の固まりをメスで切り開くこと」（「新潮」94・7）である。福田は、本作を『ねじまき鳥クロニクル』へ至る途上に位置づけ直すことで、従来の作風を卑俗化した〈凡庸な不倫小説〉ではなく、むしろ〈解体、あるいは逆転〉してゆく作業過程の重要な一環として評価した。作者の興味は、もはや、かつての〈微妙なニュアンスや、感覚として示されるような差異や気分〉にはなく、ある日、突然、主人公たちをそれらの環境から引き剝がす〈理不尽な力〉の方へと向かっていると解読し、イズミの従姉の〈激しい吸引力〉や再会した〈島本さん〉が〈僕〉を巻き込んでゆく力に、その例を見た。加藤典洋「村上春樹の立っている場所」（「広告批評」93・2、『群像日本の作家26』）も、本作で村上は〈主人公がかろうじて自分なりのモラルを置く足場になっていた〉〈中間的な場所〉を自ら崩した、と述べている。風丸良彦「「もどかしさ」という凶器」（「群像」97・3、『スタディーズ04』）は、福田論を発展させながら、本作を村上が社会へのデタッチメントからコミットメントへ移行してゆく〈通過点〉として位置づけたもの。主人公に初めて凡俗な固有名と生活背景が与えられたのは、従来の〈村上的な〈個〉〉がシステムの中の〈一市民を象徴する一般代名詞〉へ変容し始めているからである、と論じた。黒古一夫「新しい世界に向かって」（『村上春樹 ザ・ロスト・ワールド』第三書館、93・5）は、転換の契機として、ティム・オブライエン『ニュークリア・エイジ』の翻訳を想定し、本作が、『ダンス・ダンス・ダンス』までの喪失や死に対して、〈〈喪失・死〉をかかえながら、それでも生きていく人間の在り様〉をテーマとして追求し始めていることを明らかにした。

一方、作品それ自体に固有の主題と意味を、テクストの論理に即して解明しようとする論も輩出され始める。勝原晴希「〈近代〉という円環」（『群系』94・8、『日本文学研究論文集成46』）は、作品における〈一人っ子〉設定の意味を〈主人公に過剰な欠如意識を賦与する便宜〉と読み、〈国境の南〉をこの〈欠如＝不完全〉に〈島本さん〉という〈代補との一体化＝完全〉という〈幻想の完遂〉を夢見させる〈輝かしい死の方位〉、〈太陽の西〉を〈幻想の空無化〉に終わる〈干涸びた死の方位〉、と明快に定義した。観念の中の不毛な幻想が虚無をしか生み出さない以上、〈太陽の西が国境の南を、国境の南が太陽の西を生む〉。さらに勝原は、このような〈肉体にとっての過剰である精神〉に北村透谷との類比を見たが、その後、小林昌廣「身体の復権」（『ユリイカ』00・3臨増）が、『それから』の高等遊民、代助との比較を、原善「冬祭り」（『秦恒平の文学』右文書院、94・11）が、秦文学との比較の上に本作の幻想の曖昧性を論証した。続けて『イエローページ』が、〈小説の二つの極〉である〈国境の南と太陽の西〉に〈島本さんとイズミ〉を重ね合わせ、もはや二極が〈対置〉されているのではなく、〈〈心を揺さぶるような何か〉を求めること〉が、〈他者を〈とりかえしのつかないくらい決定的に傷つけてしまう〉〉関係にあることを指摘した。つまり二五年後に現れた島本さんは〈イズミの幽霊〉でもあり、やがて、心揺さぶる島本さんと傷つく有紀子の対位を経て、最終的に読者の前に差し出されるのは〈僕と僕に傷つけられる妻有紀子の向かい合う物語〉である。吉田春生「転換点としての『国境の南、太陽の西』」（『村上春樹、転換する』彩流社、97・11）も、妻が初めて〈最も切実な、描かれるべき他者〉として描かれることで、〈島本さんへの思い―純粋性への志向―は挫かれる〉と指摘する。横尾和博「再生の根拠」（『村上春樹×九〇年代』第三書館、94・5）は、島本さんを〈過去の総体を引き連れ〉た〈異界の女性〉と読み、いったん〈僕〉の曖昧な日常性を〈異化〉し、揺さぶりをかけることで、妻という〈他者との関わり〉に〈再生への根拠〉を残して行ったと論じた。これらの方向性に、より明快な論証を与えたのが、木股知史「からっぽであることをうけいれるということ」（「国文学」98・2臨増）である。島本さんと共に消滅する白い封筒を一つの根拠に、島本さんを〈〈僕〉という人間がとらわれている観念の鏡像〉として読み解き、すべてを〈〈僕〉の観念が織り上げた物語〉、〈閉ざされた内部世界に生きる人間〉の〈病の症例報告〉として意味づけた。病からの〈治癒〉は〈〈中間〉のない絶対の観念の世界〉への跳躍―死でしかなく、〈僕〉に残されているのは〈内面が死んでも、生き続け〉ること、即ち〈からっぽであること〉を受け入れる道だけである。清水や絓らが否定的に指摘してきた空虚や虚無が、実は本作の積極的な主題であったことが、ここに至って明確に言語化されたと言えるだろう。

なお、精神分析的読解が読みに有効な手立てを提供した論に、福本修「封印されていた災厄の記憶」（「ユリイカ」93・2、『群像日本の作家26』）、小林正明「『国境の南、太陽の西』論」（「国文学」95・3、『村上春樹』森話社、98・11）がある。福本は本作を一貫した〈内的世界の反映〉として読むべきことを提唱。たとえば〈小児麻痺〉の設定に対他関係の〈拘縮〉の暗喩を、それに魅入られる〈僕〉に他者の感情に踏み込むことへの〈飢え〉と〈恐怖〉を読み、母とも関わる内的感情の成熟を精彩に跡づける。小林は、島本さんが座るデッキチェアにフロイト診療室の寝椅子の暗喩を読み、その片脚の不具に〈聖痕〉と〈心の傷〉の両義性を、脚の治癒と有紀子という〈大文字の他者〉の出現に、想像界から象徴界への移行を論じた。小林昌廣（前出）は、作品内部の脚や手の紡ぎ出す様々な物語を身体論的に解き明かしている。山下悦子「村上春樹論」（『マザコン男がブンガクしている』KKベストセラーズ、94・5）は、作品に漂う空虚感の由来に〈〈母〉の不在〉を、島本さんによる一方的な愛撫に〈母子として一体化するための近親相姦的な〈儀式〉〉を読み取った。

**【読みのポイント】** 本作の読みは、タイトルでもある〈国境の南〉と〈太陽の西〉の解明に尽きるように思われる。研究史の成果は、イズミの物語が島本さんの裏物語（ゴシック）であることを的確に解明しつつあるが、それでは同様に、〈国境の南〉と〈太陽の西〉もコインの表と裏のごとく、ズレなく一枚に折り重なっているのだろうか。確かに幻想とは、空中楼閣さながら、その具現を求めた極まりに、現実に追突して瓦解する。しかし、作中、しばしば〈国境の南〉が内包するものと指摘されている〈たぶん〉や〈しばらく〉の示す曖昧性は、目標の実現、目標への到達を宙に吊り続けることで、逆に、現実化を許容されぬ／観念としては存在を許される〈国境の南〉を延命させてはいないだろうか。

たとえば〈国境の南〉の原詩'SOUTH OF THE BORDER'に当たってみるのも、一つの手立てである。

Then she sighed as she whispered "Manana"/Never dreaming that we were parting/And I lied as I whispered "Manana"/'Cause our tomorrow never came

けっして来るはずのない二人の〈明日〉("Manana")は、しかし、いまだ到来せぬ未来の時制に属するが故に、〈今日〉の中では願望として生き続ける。島本さんの呟く〈僕〉との〈明日〉が、これに重ねあわされていないはずはない。島本さんが〈明日〉を口にしながら朝を迎えず姿を消してしまうことで、未決の〈明日〉も逆説的に生き延びる。観念の島本さんは現実の有紀子へと、そう単純には入れ替わらない。村上自身の〈島本さんは、ひょっとしたらその翌日にまた戻ってくるかもしれない〉(「メイキング・オブ・『ねじまき鳥クロニクル』」、「新潮」95・11)という発言は、いっそう意味深長である。

それでは、現実の世界からは消滅しながら、にも拘らず〈僕〉の観念の中で生息し続ける島本さんとは何者か。ユング心理学の〈アニマ〉が想起される。村上(前出)によれば、本作は『ねじまき鳥クロニクル』からの枝分かれ的産物であるが、だとするならば、妻クミコは加納クレタや電話の女とは接続されながら、いまだ真の〈アニマ〉とは一本の線で繋がってはいない。空間の階層や女たちの身体部位、感覚などを、より緊密にないあわせてゆく作業が必要である。

(**森本隆子**)

## ことわざ

**【ジャンル】**超短編**【初出】**『村上朝日堂超短篇小説 夜のくもざる』(平凡社、95・6・10)**【収録】**『村上朝日堂超短篇小説 夜のくもざる』(新潮文庫、98・3・1)**【分量】**2.5**【登場人物】**わし、猿

**【梗概】**〈ほんまもんの猿〉が木の上のいるのをみつけておどろいた〈わし〉がその猿をずっと見ていると、ことわざのとおり、その猿が足をすべらせて木から落っこちてきた。「ほらびっくりしたで。昔の人は偉いわなあ」と感心する〈わし〉は、このことわざでその猿に「猿もきから落ちる」と説教できないことにきづく。「そやけどな、ほんまことわざいうのは偉いもんやな……ところでおまえ鳩が豆鉄砲くろたとこ見たことあるか?」。かくして〈わし〉のことわざ談議ははてしなくつづくのだ。

**【読みのポイント】**村上春樹作品には例を見ない関西弁の語りによる、超短篇中の異色作。関西弁が〈あまり役に立つとは言えない〉(『夜のくもざる』あとがき)ナンセンス譚を際立たせるが、単なるナンセンス譚という以上に、ことばへの不信感にあらがいつつことばを紡ぐ村上春樹のことばと向かい合う姿勢を、アレゴリカルに語るテキストとして把握することができよう。

(**片岡　豊**)

## コロッケ《ころっけ》

**【ジャンル】**超短編**【初出】**「メンズ・ノンノ」85・12**【分量】**3**【収録】**『村上朝日堂超短篇小説 夜のくもざる』(平凡社、95・6・10)、『村上朝日堂超短篇小説 夜のくもざる』(新潮文庫、98・3・1)**【キー・ワード】**娼婦、性**【舞台】**僕の家**【登場人物】**僕、女の子、K社の人**【関連】**サザンオールスターズ「いとしのエリー」

**【梗概】**家で仕事をしている僕のところに18、9のきれいな女の子が訪ねてきて、自分はK社のお歳暮だ、という。大手出版社・K社の人に、お歳暮は何がいいかと聞かれたとき、「若い女の子」と酔って答えたのを真に受けたらしい。僕は、仕事が忙しいことや、特に困っていないことを理由にセックスを断る。すると女の子は、私はお歳暮にもなれない、何ひとつものにできない、といって泣き出す。そしてかわりに得意のコロッケをつくることを提案する。実はコロッケが大好きな僕は「いいねえ」と答える。

**【読みのポイント】**J・プレスの広告として書かれた。突然の訪問者を否応なく受け入れるという、長編にもある設定。女の子は〈緑〉のコートを着て〈口金〉のあるバッグを持っているが、『ねじまき鳥クロニクル』の加納クレタも思い浮かぶ。訪問者のアイテムか。(**柴田美幸**)

## コンドル《こんどる》

**【ジャンル】**超短編**【初出】**『夢で会いましょう』(冬樹社、81・11・25)**【分量】**4**【収録】**『夢で会いましょう』(講談社文庫、86・6・15)**【キー・ワード】**ビール、電話**【舞台】**僕の部屋**【登場人物】**僕、占い師**【関連】**ドアーズ

**【梗概】**〈僕〉は想像もつかない災厄が起きるかもしれないので七月二十六日は外出を控えたほうがよいと占い師に言われる。別にその言葉を信じたわけではないが、部屋に鍵を掛け、冷たいビールとドアーズのLPでその日をやり過ごすことにする。プールで泳ぐこともやめ、友人や女友達からの誘いも断り、その度思いつく災厄をノートに書き付ける。午後十一時五十五分、占い師から電話があり、〈僕〉は想像もつかない災厄とは何かを尋ねる。占い師は答える。コンドルがやって来てあなたをひっつかみ、太平洋の真ん中に捨てるかもしれない、と。そして、時計が十二時を打った。

**【読みのポイント】**占い師の言葉が契機となり、普段とは違った時間が流れ出す。〈僕〉は最悪の状況を想像することを半ば楽しんでいる。日常がゲーム化されてしまったかのようだ。〈人間の想像力の在り方が、皮肉を込めて語られていて楽しい〉(末國善己「糸井重里との掌篇バトル」「ユリイカ」00・3臨増)、小気味の良い小品である。(**唐戸民雄**)

# 最後の挨拶《さいごのあいさつ》

**【ジャンル】**超短編**【初出】**「太陽」94・3**【分量】**3.5**【キー・ワード】**死、手紙**【舞台】**東京**【登場人物】**わたくし、宮本委員、中島委員

**【梗概】**連載の最終回ということで、年次報告書への質疑に対する応答を兼ねた、任期満了で辞任する会長の総会でのしかつめらしい挨拶が擬せられる。

**【読みのポイント】**『夜のくもざる』には未収録。〈多くの部分において正常な意味を欠き、様式も不統一で出鱈目で、適度なユーモアと無用な悪ふざけを明らかに混同している〉という豊島区の中島委員の意見は、シリーズの〈シュールな〉表現に対する自虐的自註ともとれる。また、この意見に会場で盛大な野次が、同委員の食中毒死の報告に拍手と爆笑が起こることから、このしかつめらしい挨拶自体がしかつめらしさへの揶揄ともとれる。さらに〈さきほど死人と「ひょっとこ病」患者について不適切かつ不必要な発言がありました。深くお詫び申し上げます〉とあり、末に〈*「ひょっとこ病」というのはある種の事情による字句的差し替えです。ご了承ください。〉と注釈が加えられているのは、自身も関わった教科書検定問題など表現に枷をかけようとする〈良識〉に対する揶揄も感じられる。（**今井清人**）

# サウスベイ・ストラット《さうすべい・すとらっと》

ドゥービー・ブラザーズ「サウスベイ・ストラット」のためのBGM

**【ジャンル】**短編**【初出】**「トレフル」82・2**【収録】**『カンガルー日和』（平凡社、83・9・9）、『カンガルー日和』（講談社文庫、86・10・15）**【全作品】**⑤**【分量】**11・5**【キー・ワード】**死、失踪**【舞台】**南カリフォルニア、サウスベイ・シティー**【登場人物】**私（私立探偵）、女（売春婦）、やくざ、オバニオン警部**【関連】**ドゥービー・ブラザーズ「サウスベイ・ストラット」（アルバム「ワン・ステップ・クローサ」収録）

**【梗概】**私立探偵をしている〈私〉は、南カリフォルニアのサウスベイ・シティーにやって来た。〈ロス・アンジェルスの郊外に住む中年の弁護士〉の依頼で、彼の〈極めて個人的な一通の手紙〉と共に姿を消し、その後に金を要求してきた〈若い女〉を探すことが目的である。〈女〉の写真を手にサウスベイ一帯を、三日間歩き回った〈私〉は、ホテルの部屋に閉じ籠もって反応を待った。部屋を訪れたその〈女〉は売春婦で、手紙のことは知らないと言う。〈私〉がとっさにベッドの影に腹這いになると、そこに機関銃が盛大に打ち込まれてくる。四五口径で反撃しているところに、〈オバニオン警部〉が駆けつけてきた。今回の依頼は、市長の地位さえ脅かしかねない〈ジェイムソン事件〉の重要証人である〈私〉の、

口をふさぐために仕組まれた罠だったのだ。

**【読みのポイント】**「サスウベイ・ストラット」の題名は副題にもあるように、〈ドゥービー・ブラザーズ〉の曲のタイトルから取られている。村上春樹は『村上春樹全作品⑤』の「自作を語る」〝補足する物語群〟において、『カンガルー日和』は〈実験的〉な本であり、〈いろんな方向に触手を伸ばして、これはできる、これはできない、という見定めをしている趣もある〉と語っている。その〈触手〉のひとつが、レイモンド・チャンドラーに伸ばされた短編、それが「サスウベイ・ストラット」である。春樹自身が〈チャンドラーの初期の短編小説に捧げるオマージュである〉と言っているように、これはチャンドラー的ハードボイルド小説の文体を、デフォルメしたかのような作品といえるだろう。〈ロス・アンジェルス〉という都市へのこだわり、語られない事件、描かれている小道具の関連性など、謎解きや分析のポイントには事欠かない。しかしこの場合、部分的要素にこだわるよりは、チャンドラーを愛読する村上春樹の、自らの作品世界におけるチャンドラーの位置を窺いながら、全体を見渡したほうが、より作品を楽しめるのではないだろうか。チャンドラー作品からどのような要素を選びだし、いかにしてそれを咀嚼し、吸収していったのか。その過程のひとつを読み取ることの出来る作品、と見ると興味深いものとなる。

（**永久保陽子**）

## 『'THE SCRAP《ざ　すくらっぷ》' 懐かしの《なつかしの》一九八〇年代《一九八〇ねんだい》』

**【ジャンル】**エッセイ集**【初出】**「スポーツ・グラフィック・ナンバー」（〈スクラップ〉82・4・20（49号）～86・2・25（141号）、〈だいじょうぶです。面白いから―東京ディズニーランド〉83・4・20（73号）、〈オリンピックにあまり関係ないオリンピック日記〉84・9・25（臨増「一九八四夏　一瞬の輝き」））**【収録】**『'THE SCRAP' 懐かしの一九八〇年代』（文芸春秋、87・2・1）**【分量】**394**【キー・ワード】**死、同世代、性、結婚、双子、ビール、サンドイッチ、猫、犬、失踪

**【梗概】**本書は、村上が興味を持ったアメリカの雑誌・新聞（「エスクァイヤ」「ニューヨーカー」「ライフ」「ピープル」「ニューヨーク」「ローリング・ストーン」「ニューヨーク・タイムズ日曜版」）の記事を翻訳した81本の「スクラップ」、東京ディズニーランド開園のルポルタージュ「だいじょうぶです。面白いから―東京ディズニーランド」、ロサンゼルスオリンピック16日間の日記「オリンピックにあまり関係ないオリンピック日記」の三部構成になっている。

**【読みのポイント】**80年代に村上が何に興味を持っていたのか、その傾向が如実に現れたエッセイ集である。特に、音楽、映画、そして同時代アメリカ作家についての記述は、他のエ

ッセイ集の追随を許さないほど豊富である。「スクラップ」の言及項目は以下の通りである。（映画・TV・芸術16、音楽15、書籍9、スポーツ7、雑貨6、食4、性3、老い・死3、金1、その他（社会）16）

村上文学に引用される映画や音楽は、イメージや隠された意味をテクストに持ち込み、作品世界を広げるものが多くある。（「風の歌を聴け」における「カリフォルニア・ガールズ」、「羊をめぐる冒険」の鏡のシーン（「我輩はカモである」）等）。村上の音楽や映画に対する傾向を押さえておくことは、テクストの読解に必須な前提であろう。本書は小西慶太『村上春樹の音楽図鑑』（ジャパンミックス、95・7・3）と同様に二次資料としての活用に最適な資料である。

また、同時代アメリカ作家（ドナルド・バーセルミ、レイモンド・カーヴァー、リチャード・ブローティガン、スティーヴン・キング等）についてのコメントには、80年代の村上の文学観が垣間見える。

「オリンピックに関係ないオリンピック日記」は、「世界の終りとハードボイルド・ワンダーランド」の執筆状況について少し触れられている。「だいじょうぶです。面白いから―東京ディズニーランド」と併せて、作家の状況とコンテクストを考える上で貴重な資料となるだろう。

（**山根由美恵**）

# サドン・デス《さどん・です》

**【ジャンル】**超短編**【初出】**『夢で会いましょう』（冬樹社、81・11・25）**【収録】**『夢で会いましょう』（講談社文庫、86・6・15）**【分量】**4.5**【キー・ワード】**死、地下**【舞台】**地下鉄銀座線京橋駅界隈**【登場人物】**僕、大猿

**【梗概】**眼鏡をかけるようになってから、僕はまわりがくっきり見えるようになった。まったく見えなかったものも見えるようになってきた。街かどの大猿は四ヶ月間に七回見た。ウイークデイの地下鉄銀座線沿線である。その中で一番はっきり覚えているのは京橋で見かけた大猿で、金鳳堂のかどにスパナを握って誰かを待ち受けていた。その誰かは殴り殺される自分を夢にも予想していないだろうと僕は思う。

**【読みのポイント】**地下鉄銀座線の大猿は「新聞」「地下鉄銀座線における大猿の呪い」等にも登場する準レギュラー・キャラクターであり、いつも都市的環境に内在する不安感の表徴として使われる。本作の大猿は明確にサドン・デスの体現者であり、地下鉄と合体したそれは後の『世界の終わりとハードボイルド・ワンダーランド』における〈やみくろ〉に発展する存在でもある。また、地下鉄という闇の領域で突然に降りかかる死として黙示的に『アンダーグラウンド』を予兆することになってしまった作品とも言えよう。

（**星野久美子**）

## "THE《ざ》 PARTY《ぱあてぃい》"

**【ジャンル】**超短編**【初出】**「メンズ・クラブ」85・5**【分量】**1.5**【キー・ワード】**ビール**【舞台】**アメリカ**【登場人物】**僕

**【梗概】**アメリカのホテルに一人で泊まった僕は、夜中にビールが飲みたくなり、酒屋で六本パックを買い、ついでにそのとなりの中古レコード店でレコードを数枚買う。ビールとレコードを抱えた自分の姿はパーティーに出かける学生の格好だと気づいた僕は、架空のパーティーを想像しながら夜の街を歩き、公園のベンチでビールを飲んでいると、人生とは優れたパーティーを失っていく過程にすぎないのではないかとふと思う。

**【読みのポイント】**『夜のくもざる』には収録されていない。通奏される喪失感は、無垢への憧憬に基づくもので、それは多くのアメリカ文学と基底で共通するものである。舞台のアメリカもそれを示唆している。もちろんそれは春樹の他の作品にもつながる。『風の歌を聴け』のケネディの時代へのこだわり、『中国行きのスロウ・ボート』の〈何処かで消え失せた〉〈退屈なアドレセンス〉、『ノルウェイの森』のニュー・メキシコ州で回想される〈少年期の憧憬〉、〈焼けつかんばかりの無垢な憧れ〉など。（**今井清人**）

## サヴォイでストンプ《さぶぉいですとんぷ》

**【ジャンル】**翻訳**【初出】**『象工場のハッピーエンド』（CBS・ソニー出版、83・12・5）**【収録】**『象工場のハッピーエンド』（新潮文庫、86・12・20）『新版・象工場のハッピーエンド』（講談社、99・2・26）**【分量】**14**【関連】****音楽**：チュー・ベリー、テディー・ヒル・バンドの「クリストファー・コロンボ」、フレッチャー・ヘンダーソンのグレート・ビッグ・バンド、ルイ・アームストロング、デューク・エリントン、キャブ・キャロウェイ、マキニーズ・コトンピッカーズ、チョコレート・ダンディーズ、ポール・ホワイトマン、コールマン・ホーキンス　**芸人**：ロンバルド、デューチン、ヴァリー、ライズマン

**【梗概】**オーディス・ファーガソンによるサヴォイ・ホールのルポ（「The New Republic」36・2・12）の翻訳。店の内部や雰囲気、出演ミュージシャンやダンスの実態が、実況中継を思わせる形式で描かれていく。冒頭に春樹によるサヴォイ・ホールに関する短いエッセイが付されている。

**【読みのポイント】**翻訳に選んだ題材からも春樹のジャズ観が窺える一編。春樹の企画本には超短編やエッセイだけでなく翻訳もよく用いられる。これは作品集全体を貫くコンセプトを考えるときに有効な視点になるだろう。（**末國善己**）

## 32歳のデイトリッパー

32さいのでいとりっぱー

【ジャンル】短編【初出】「トレフル」81・11【収録】『カンガルー日和』（平凡社、83・9・9）、『カンガルー日和』（講談社文庫、86・10・15）【全作品】⑤【分量】35【キー・ワード】少女・ビール【舞台】横浜港の見える喫茶店【登場人物】僕、彼女【関連】音楽：ビートルズ「デイトリッパー」、クリフ・リチャード「サマー・ホリデイ」　米大統領：ケネディー

【梗概】僕は三十二で彼女は十八。彼女は六人のボーイ・フレンドとウィークディに日替わりでデートをして、月に一度だけ日曜日に僕とデートする。若い女の子は退屈なものだが、僕は彼女たちが好きだ。彼女たちは僕に、僕が退屈な青年だった頃のことを思い出させてくれるからだ。／ある雨の日、窓から横浜港の見える店で、彼女から「ねえ、もう一度十八に戻りたいって思う？」と訊ねられた僕は「戻りたくなんかないな」と答え、その理由を「一度で十分だからさ」と説明する。／三十二歳の魅力的な女性とデートすることになるかもしれないことを想像すると、もう一度十八というのも悪くないな、と思える。しかしそこでも「もう一度十八に戻りたいと思ったことはありますか」と訊ねる僕に彼女は「ないわ。たぶんね」と答える（だろう）。／でも僕は三十二で、もう十八には戻れない。朝のランニングのあとでビートルズの「デイトリッパー」を聴いていると、列車のシートに腰かけているような気分になる。変わりばえのしない景色を眺めながら、時折隣りに座る相手だけが変わる。退屈さにずっと慣れているからこそ僕は、その時隣りに座った十八の女の子に窓際を譲るのだった。／〈電柱を数えるのにも飽きた／三十二歳の／デイトリッパー。〉

【評価】加藤典洋「「まさか」と「やれやれ」」で〈やれやれ〉の用例が引かれている他にはほとんど言及されていない。

【読みのポイント】春樹には数多い、音楽に触発されて生まれた、〈退屈さ〉をキーワードに読み解かれるべき作品で、構成も巧みで、反転の面白さも持つ。『ねじまき鳥』の笠原メイなどの、年齢差のある脇キャラ少女の意義の説明にもなっており、「ロールキャベツを遠く離れて」（『やがて哀しき外国語』）の中でも、年齢を二十歳に変えて〈あんなもの一度で沢山だ〉として、同じネタが使われている。一行空きで分かれる五節目は、「デイトリッパー」の歌詞そのものではないが、〈She was a day tripper/Sunday driver yeh!〉は生かされている。『風の歌を聴け』で大きく徴づけられたケネディー暗殺の一九六三年に生まれたとされる彼女が18歳であるのは、文末〈1981/8/20〉の日付どおりだが、何故この作品にだけ日付がつけられたのかは考えられるべきだろう。なお〈僕〉の年齢の32歳はこの時の村上の年齢そのままである。（原　善）

## シーズン・オフ《しーずん・おふ》

【ジャンル】超短篇【初出】『夢で会いましょう』（冬樹社、81・11・25）【収録】『夢で会いましょう』（講談社文庫、86・6・15）【分量】1.5【舞台】シーズン・オフのリゾート・ホテル【登場人物】僕、彼女、ウェイター

【梗概】他に宿泊客のいないホテルの半分電気の消されたダイニング・ルームで、〈僕〉と〈彼女〉は、すずき料理を食べている。〈僕〉はまるで世界の終末が近づいているような気分だった。食事をしながら〈彼女〉に話しかけるが、上の空である。〈僕〉は、まあいいや、と思う。〈僕〉は、シーズン・オフのリゾート・ホテルを、来年のシーズン・オフをつけで買っている気がする素敵な場所だと考えている。

【読みのポイント】短い話の中で、村上春樹特有の気分が味わえる、おいしい超短篇である。〈世界の終末が近づいている気分〉、〈不親切な公認会計士のような味のするパン〉、〈来年のシーズン・オフをつけで買っているような気〉、それがどんなものなのか、そしてそれが、なぜ〈素敵〉なのか。『羊をめぐる冒険』の鼠の手紙の、〈いつまでもつけで物を買いつづけるわけにはいかない〉という一節も思い出される。

（三重野由加）

## 『CD-ROM版村上朝日堂 夢のサーフシティー』《しーでぃーろむばん むらかみあさひどう ゆめのさーふしてぃー》

【ジャンル】エッセイ・インタビュー集【初出】「ぱそ」（朝日新聞社、97・4〜97・5、97・7〜98・3）※書籍部分に収録分【収録】朝日新聞社、98・7・1（画像・音声データを含む）【分量】書籍部分：116、CD-ROM部分：111メガバイト

【内容】イラストレーターの安西水丸とのコンビで「週刊朝日」上の連載で始まった「村上朝日堂」は、インターネット上（http://opendoors.asahi-np.co.jp/span/asahido/ondex.htm）に進出し、読者との対話の場へと進化した。CD-ROMはホームページでの活動記録で、書籍部分はそのダイジェスト版である。近況報告である「村上の近況」・「村上ラヂオ」、読者から電子メールで質問を受ける「フォーラム」が柱となり、本の出版と連動して「特別フォーラム」も開催される。書籍形態の「村上朝日堂」との大きな違いは〈読者のメール（手紙）参加が主体の、インタラクティブなもの〉（石倉美智子『ネットの中の村上春樹』「国文学 ハイパーテクスト・村上春樹」98・2）である電子メール交流である。この読者との電子メール交流は、一九九六年六月から一九九九年十一月まで続き、約六千通のメール交換がホームページ上で公開された。この

膨大な量の電子メール交換は、「返事の執筆の原稿料は基本的にゼロ」（「村上春樹に独占ネットインタビュー」「週刊朝日」00・7・21）であり、作品執筆の合間になされた。本CD-ROM版には、一九九六年六月二十七日から一九九七年十一月十二日までの一八五八通が収録されている。一般読者対作家という図式を避け、あくまでも個人間でのやりとりを基本とし、ホームページ上で公開するというスタンスを取っている。また、ホームページ上で公開されたイラストを収録した「安西水丸コーナー」、「村上作品一覧」、肉声による「あいさつ」、特別付録の安西水丸との「南青山『愛人カレー』対談」が約11分間音声収録されている。

**【読みのポイント】** 各メールは、時系列による「フォーラム」形式のほかに、質問内容によって、動物、スポーツ・健康、生活、日本語の不思議、音楽、映画、車、愛・結婚・別れ、食べもの、夢・妄想、村上作品について、文学・読書一般、星座・血液型、質問・その他、とジャンル毎に分類され検索機能によって単語レベルの検索も可能であり、読者による作品への評価や作品執筆時のエピソードなど作品解読の手がかりとなる貴重な発言が数多く収められている。本CD-ROMに収録以降のホームページ上での活動は、次の『CD-ROM版村上朝日堂』に収録され、約三年半にわたる活動記録の全てがCD-ROM二巻に収録予定である。（**金子堅一郎**）

# シェービング・クリーム《しぇーびんぐ・くりーむ》

**【ジャンル】** エッセイ風超短編 **【初出】**『夢で会いましょう』（冬樹社、81・11・25）**【収録】**『夢で会いましょう』（講談社文庫、86・6・15）**【分量】** 1.5 **【キー・ワード】** 消滅 **【舞台】** 僕の家 **【登場人物】** シェービング・クリーム、スコットランドの王子、僕、シェービング・クリームのふりをしたスコットランドの王子、女の子 **【関連】** ジュリアン・ブリームのリュート

**【梗概】** シェービング・クリームには、ややこしい王位継承がからんだ、スコットランドの王子のような趣がある。〈僕〉は、シェービング・クリームのふりをしたスコットランドの王子と、一人の女の子をわかちあっている。

**【読みのポイント】** 前半と後半に分かれているが、前半は〈僕〉の推測であるのに対し、後半は人物が実体化しているのに注意すべきだろう。トランプをするという、女の子の不在を仲良く共有する〈僕〉と王子の行為ののち、〈僕〉が再び単独の行為である髭を剃るという行為をして、眠りにつくのだが、そこには本来使用されるべきはずのシェービング・クリームの存在がかき消されてしまっているのに、気づくだろう。（**山口政幸**）

# 4月のある晴れた朝に100パーセントの女の子に出合うことについて《4がつのあるはれたあさに100ぱーせんとのおんなのこにであうことについて》

**【ジャンル】**短編**【初出】**「トレフル」81・4**【収録】**『カンガルー日和』(平凡社、83・9・9)、『カンガルー日和』(講談社文庫、86・10・15)**【分量】**12**【舞台】**原宿の裏通り**【登場人物】**僕、100パーセントの女の子

**【梗概】**四月のよく晴れた朝、原宿の裏通りで100パーセントの女の子とすれ違うことを僕は空想する。それは僕にとっての100パーセントという意味だ。が、なぜ100パーセントの女の子であるかを人に伝えることはできない。そして100パーセントの彼女に、自分はどのように話を切り出したらよいのかを僕はあれこれと逡巡する。勧誘のふりをして、あるいは道を聞くふりをして話しかけるべきか、いや、正直に告白したほうがいいだろう。しかしもし、彼女から拒絶されたら……など。だが今では僕はどんなふうに彼女に話しかけたらよいか分かっている。「昔々」で始まり、「悲しい話だと思いませんか」で終わる物語は、以下のようなものである。100パーセントのパートナーとして出会った少年少女が、自分たちの幸運を試すためにいったん別れてしまう。彼らは運命の波に翻弄され、記憶を失って、長きにわたって相手を見失う。そして三十二歳と三十歳になったとき、彼らは偶然原宿の裏通りで再会する。失われた記憶の微かな光が二人の心にきらめくが、その光は昔のように強くはなく、二人は言葉もなくすれ違うだけである。

**【読みのポイント】**〈僕〉にとっての100パーセントの女の子は、誰にとっても100パーセントというわけではない。〈たいして綺麗な女の子ではない。素敵な服を着ているわけでもない。髪の後ろの方には寝ぐせがついたままだし、歳だっておそらくもう三十に近いはずだ〉。そんな〈彼女〉にとっても〈僕〉だけが100パーセントであるはずなのだ。誰かにとって100パーセントの人物に出会うということは、村上作品においてはささやかだが大切な出来事である。村上作品では、万人に支持される大文字の思想のようなものを掲げたり、人間の赤裸々な生をリアルに語ることで共感を共有しようとはしない。村上は「『物語』のための冒険」(「文学界」85・8)の川本三郎とのインタビューで、文章観を語っているが、それは、人間の存在自体のなかに既に暴力とか青春といったドロドロとしたものが含まれているもので、〈共通項〉であるそれらをあえて書く必要はない、という。この作品は、個々人のあいだに生じるささやかな共感を信じ、それによって人はコミットできると信じている村上春樹らしいテイストの感じられる作品といえる。

(**石倉美智子**)

# 鹿と神様と聖セシリア しかとかみさまとせいせしりあ

**【ジャンル】**短編**【初出】**「早稲田文学」81・6**【分量】**83**【キー・ワード】**死、同世代、結婚、少女**【舞台】**東京**【登場人物】**僕、友人、妻**【関連】音楽**：マービン・ゲイ　**映画**：グルーチョ・マルクス、ウッディー・アレン　**書籍**：ソロー「森の生活」

**【梗概】**「早稲田文学」の「今月の掌編」を義務づけられた〈僕〉は、「森の生活・鹿の生活」という短い小説を書くが、発表は見合わせる。最初に読んでもらった友人に〈君のこの文章には何かが欠けている〉と指摘されたからだ。この友人の評価が〈僕〉の作品発表の基準なのだ。それを良しとする自分を〈船は必ず沈没すると信じている船長〉のような〈完全な不完全主義者〉と評する〈僕〉は、別の話を書こうとするが、没にした小説への思いが残り、心を煩わせる。そこで、落ちこんでいるとき妻が話してくれる聖セシリアの話を思い出す。ある朝神に夕方に死ぬことを知らされながら、特に何もせず天に召された九歳の少女の話である。〈僕〉はこの話を聞くたびに心が明るくなるのだ。

**【読みのポイント】**実生活に取材することはないという村上だが、ここでは実生活での想いが沁み出ている。冒頭の掌編を義務として書いたというのは、注文を受けて小説を書くことはしない村上にとって、極めて例外的といえる。村上は一九八一年から一年半「早稲田文学」編集委員を担当。組織への〈デタッチメント〉を志向していた時期でもあり、負担感があったと思われる。この冒頭に、〈完全な不完全主義者〉の〈僕〉が少女セシリアの逸話で心が癒されることを重ねると、この時期の村上の煩わしい思いと、それに対する諦念を読み取ることができる。また、友人の感想に作品発表の絶対的基準を置く話と、妻の話で心を明るくするという話からは、陽子夫人に対する想いを読むことができる。自分の書いたものをまず彼女に見せ、その関門を通ったものを編集者に渡す、自分が落ち込んでくると彼女が引っ張りあげてくれるといった発言（『ウォーク・ドント・ラン』）もあるからだ。

キリスト教に関しては、『風の歌を聴け』のマタイ伝「地の塩」（五・13）の引用もあるが、この少女セシリアの逸話は全くの創作である。聖セシリアは、音楽の守護聖人として知られる三世紀の頃のローマの殉教者だが、その生涯の記録は少なく、伝説的物語が伝えられている。それによれば、彼女は、浴室での窒息の刑に処せられるが死なかったため、三度斬首の剣をうけ、その三日後亡くなったという。

本作品にあるのは、キリスト教的倫理より、日本的なものである。それは「八月の庵」（「太陽」81・10）で扱われたアンニュイを引き受ける隠者のような諦念である。

（**今井清人**）

## シゲサト・イトイ《しげさと・いとい》

**【ジャンル】**エッセイ**【初出】**「小説新潮」84・7**【収録】**『夢で会いましょう』（講談社文庫、86・6・15）**【分量】**2.5**【キー・ワード】**同世代**【関連】**糸井重里「チューサン階級の友」

**【梗概】**僕はもともと糸井さんの散文のファンで、糸井さんの文章を好んで読んでいる。糸井さんの文章は、小説家の文章とはかなり色あいがちがって、存在するか＝存在しないかという完璧な二者択一を迫るところがある。そういう意味で、僕は糸井さんという人は天才的祝祭転換人ではあるまいかと考えている。

**【読みのポイント】**見出語こそ「シゲサト・イトイ」だが、糸井重里の人物評というよりも、村上春樹による文章論という趣のほうが強い。存在するか＝存在しないかという完璧な二者択一を迫る糸井の文章の特徴に対照するかたちで、小説家の文章というものにたいする村上の自意識が仄めかされている。そして、糸井の文章と小説家（村上）の文章との差異の指摘が、『夢で会いましょう』全編の的確な批評になっていることはたしかである。『夢で会いましょう』（冬樹社版）の同名エッセイとは別物で、文庫化にあたり収録された。

（**深津謙一郎**）

## シドニーのグリーン・ストリート《しどにーのぐりーん・すとりーと》

**【ジャンル】**超短編**【初出】**「海」82・12臨増「子供の宇宙」**【収録】**『中国行きのスロウ・ボート』（中央公論社、83・5・20）、『中国行きのスロウ・ボート』（中公文庫、86・1・10）**【分量】**1.5**【キー・ワード】**羊**【舞台】**シドニー、グリーン・ストリート**【登場人物】**僕、羊男、羊博士、ちゃーりー

**【梗概】**僕はシドニーでもいちばんしけた通りグリーン・ストリートで探偵事務所を開いている。毎日暇をもてあましているが、そこに〈ひつじおとこと呼んでくれ〉という小男が、ちぎられた右耳を羊博士から取り返して欲しいと依頼する。僕は羊博士から耳を取り返すことに成功する。羊博士の羊男への憎しみはフロイトのいう〈願望憎悪〉であることが解り、結局羊博士もめでたく羊男になることができた。

**【読みのポイント】**事件を解決に導く〈ちゃーりー〉が中国人の混血児として設定されたこと、フロイトによる深層心理の解明が作品を童話的な結末へと向かわせる辺りに東洋と西洋の世界観の問題があろう。羊の衣装を身に纏うことで本来天敵であるはずの〈羊博士〉が〈羊男〉の仲間入りを果たす、という変身ぶりも注目される。また、莫大な遺産を手にしている〈僕〉の〈やつし〉の問題もある。

（**眞有澄香**）

## シャングリア《しゃんぐりあ》

【ジャンル】超短編【初出】『夢で会いましょう』（冬樹社、81・11・25）【分量】0.5【舞台】僕の部屋、サンフランシスコ【登場人物】僕、友人【関連】バッハ、マントヴァニ・オーケストラ、ローリング・ストーンズ

【梗概】僕はシャングリアという物体について語りはじめる。それは、手のひらに収まる大きさの樹脂製で、昨年の夏友人がサンフランシスコの港近くの古道具店で買ってきたものである。それを握ると感覚が研ぎ澄まされたり、孤独感が解消されたりする効用があるという。

【読みのポイント】講談社文庫版には未収録。表現と内容の既存の連関をずらすことの多い春樹だが、ここはストレート。物体の名はJ・ヒルトンの小説 Lost Horizon の理想郷 Shangri-La であり物体の効用は母胎回帰幻想である。それは〈不自然なところのまるでない、とてもなつかしい感触だった〉〈どこかで失われていたジグソー・パズルのピースみたいにぴったりと僕の中に入り込んでいく〉で確認でき、『風の歌を聴け』の火星の井戸、『羊をめぐる冒険』の別荘地、『ノルウェイの森』の阿美寮にもつながる。またサンフランシスコの古道具店が〈ビート〉〈ヒッピー〉を示唆することで『スプートニクの恋人』も視野に入れられる。（今井清人）

## ジャングル・ブック《じゃんぐる・ぶっく》

【ジャンル】超短編【初出】『夢で会いましょう』（冬樹社、81・11・25）【収録】『夢で会いましょう』（講談社文庫、86・6・15）【分量】30字【登場人物】クモザル

【関連】「ジャングル・ブック」とは、英国のノーベル賞作家キプリングの大人向けの作品集（一八九四年）である。代表作は Mowgri's Brothers（狼に育てられてインドのジャングルで生活する少年モウグリの話）で、ディズニーが一九六九年にアニメ映画化している。

【全文】〈「愛なんかで腹がいっぱいになるものかい」とクモザルは言った。〉

【読みのポイント】〈愛〉よりも食欲というういささか陳腐な言葉をクモザルというコケティッシュな小動物に語らせたところがポイント。本書に採録されている「プレイボーイ・ジョーク」のスタイルを意識しているだろう。ディズニーの映画に代表されるエンターテイメント化された〈愛〉に対する野生の側からのアイロニーを読むことができるか。春樹作品に食（あるいは食欲）というモチーフは、性、眠りと並んで多く登場する。クモザルとは、体長60㌢ぐらいのオマキザル科の哺乳類で、尾が体長よりも長い。中南米の熱帯雨林に住み果実や鳥卵を食べる。（佐野正俊）

# 書斎奇譚《しょさいきたん》

**【ジャンル】** 短編 **【初出】**「ブルータス」82・6 **【全作品】**⑤ **【分量】** 10 **【キー・ワード】** 少女、闇、沈黙、影、死 **【舞台】** ある老作家の家、その書斎、作家の家の最寄りの駅 **【登場人物】** 僕、女中、美少女、老作家（先生）

**【梗概】** 出版社に勤める僕は、絶対に人前には出ないことで有名なある老作家の家に行く。いつもは秘書のような仕事をしている「唖の美少女」がその月の原稿を手渡してくれるのが通例だが、今回は先生が僕を書斎で待っているという。女中によって通された書斎は、暗くて生あたたかく、〈古い本と老人の匂いがこもっていた。〉部屋の中には闇がこもり、先生の姿は影のように見える。先生は常に暗い所ですごす日常を語った後、僕の〈綺麗な首筋〉をほめ、死はけっしておぞましいものではないと語る。そして、何かえたいの知れない恐怖を感じながらも今月の原稿を受け取りに机の前まで近づく僕に、先生は息を吸い込む「くうっ」という音をさせながら「良い子だ。手を出したまえ」という。次の瞬間、僕のわきで何かが動き、〈饐えた匂いのするぬるぬるとした手〉が僕の手首をおそろしい力でつかんだ。僕はその引き込もうとする力に激しく抵抗し、机の上の文鎮をつかむと、その相手に向かって叩きつけた。気がつくと、僕は駅の近くまで来ていた。駅のベンチには先生の家の美少女が坐っている。二人で逃げようと近づく電車を待っていると、突然背後から饐えた匂いのする四本の手に締めつけられた。そして、「さあ、書斎に戻るのよ」「そしてみんな溶けてしまうのよ」とささやく美少女のしゃがれた声がした。

**【評価】** 中地文「『図書館奇譚』―母なる闇への郷愁―」（「国文学」98・2臨増）では、「書斎奇譚」と「図書館奇譚」を比較しつつ、〈「書斎奇譚」は、「図書館奇譚」と同様に魔所からの脱出を描いた作品ではあるが、そこには体験を対象化するような視線は一切加えられていない〉と論じられている。

**【読みのポイント】** 作者自身「自作を語る」の中で、この作品は〈掲載したことをほとんど忘れていた〉小品の一つだと述べているが、これにつづけて〈最近はある種のでたらめをでたらめに受け入れてくれる鷹揚な雑誌がすっかり少なくなってしまったような気がする〉とも記され、そうした〈ある種のでたらめさ〉に鑑賞のポイントの一つがあろう。前掲論文で中地が言うように「図書館奇譚」に見られるような主人公の自意識への照射は見られず、その発想とプロットの展開を享受すべきであろう。が、同時にその素材自体は「図書館奇譚」のように主人公の意識による意味づけも可能であり、そこに作者村上の選択が認められる。

（**山田吉郎**）

## ジョン・アプダイクを読むための最良の場所《じょん・あぷだいくをよむためのさいりょうのばしょ》

**【ジャンル】**超短編**【初出】**『象工場のハッピーエンド』（CBS・ソニー出版、83・12・5）**【収録】**『象工場のハッピーエンド』（新潮文庫、86・12・20）**【分量】**4**【舞台】**目白の学生寮**【登場人物】**僕、ガール・フレンド**【関連】**ジョン・アプダイク「同室のキリスト教徒たち」（『ミュージック・スクール』）、アイアン・バタフライ「イン・ア・ガダ・ダ・ヴィダ」、チーヴァー

**【梗概】**春が来るとジョン・アプダイクを思い出す。アプダイクを読むと大学に入るために上京した1968年の春を思い出す。コートのポケットに煙草とライターとアプダイクの『ミュージック・スクール』だけを突っ込んで家を出た僕が、目白の新しい部屋に着くと、先に送っていた荷物は届いておらず、シンプルなベッドと机があるっきりの部屋で、夜まで一人でアプダイクを読み続けていた。本を読むのに最も適した場所はどこかと質問されたら、「1968年4月のあのがらんとした部屋の固いマットレスの上」と答えるしかない。

**【読みのポイント】**苦境を〈でもそれは悪くない〉と反転させる春樹的感性の表れたもの。末尾に引用されたアプダイク作品との必然的な連関の有無は検討したい。

（原　善）

## 新聞《しんぶん》

**【ジャンル】**超短篇**【初出】**「メンズ・クラブ」86・5**【収録】**『村上朝日堂超短篇小説 夜のくもざる』（平凡社、95・6・10）、『村上朝日堂超短篇小説 夜のくもざる』（新潮文庫、98・3・1）**【分量】**2.5**【舞台】**地下鉄銀座線車内**【登場人物】**僕、大猿、四十代前半の身なりの良いサラリーマン

**【梗概】**ここ数ヶ月、地下鉄銀座線での大猿の跳梁が続いている。新聞や警察は動き出さない。友人から体験談を聞き、実際に目撃したこともある〈僕〉は、彼らの猛省を促したいと思っている。〈僕〉が目撃したのは比較的害がないクラスの〈大猿の呪い〉であった。列車が赤坂見附に近付き、いつもと同じように車内灯が消え、次の瞬間再び点灯する間に、新聞の文字がさかさまになっていた。

**【読みのポイント】**『村上朝日堂』・「地下鉄銀座線の暗闇」における、一瞬にせよ地下鉄の車内が真っ暗になっても顔色ひとつ変えない人々についての感想が手がかりになりそうだ。〈大猿〉は、『夢で会いましょう』の「サドン・デス」に初登場。銀座線沿線の地上にも出没し、スパナで誰かに突然の死をお見舞いしようとしている凶悪なもの。〈僕〉が眼鏡をかけるようになって初めて見えだしたものと説明されている。

（三重野由加）

## スウィート・スー《すうぃーと・すー》

**【ジャンル】**超短編**【初出】**『夢で会いましょう』（冬樹社、81・11・25）**【分量】**0.5**【舞台】**自室**【登場人物】**スー

**【梗概】**ポピュラー・ミュージックの歌詞となっている。

**【読みのポイント】**講談社文庫版には未収録。ひきだしの中の36足の靴下は『ランゲルハンス島の午後』の「小確幸」で〈引出しの中にきちんと折ってくるくる丸められた綺麗なパンツが沢山詰まっているというのは人生における小さくはあるが確固とした幸せのひとつ（略して小確幸）〉につながる表現。36足が33足になってしまった意味も考察の対象となる。

　スーはSue＝Susanna（h）であり、タイトルは〈愛しのスザンナ〉ということになる。女子名を入れたタイトルは無邪気なラブソングの典型で、『1973年のピンボール』の「ハロー・メリー・ルウ」、『ダンス・ダンス・ダンス』の「ハロー・ドーリー」、『波の絵、波の話』で訳しているビーチ・ボーイズの名盤「ペット・サウンズ」の「キャロライン、ノオ」もそれである。春樹作品とポピュラー・ミュージックとの関係については小西慶太『村上春樹の音楽図鑑』（ジャパン・ミックス株式会社、95・7・3）、飯塚恆雄『ぽぴゅらりてぃーのレッスン』（株式会社シンコー・ミュージック、00・8・15）が参考になる。　（**今井清人**）

## スクイズ《すくいず》

**【ジャンル】**超短編**【初出】**『夢で会いましょう』（冬樹社、81・11・25）**【収録】**『夢で会いましょう』（講談社文庫、86・6・15）**【分量】**0.5**【舞台】**神宮球場**【登場人物】**大杉選手

**【梗概】**「サードベースとホームベースのあいだに」と試合後大杉選手は語った。「北回帰線のようなものがあって、それが、僕の足を止めたんです」

**【評価】**末國善己「糸井重里との掌編バトル」（「ユリイカ」00・3臨増）に〈スワローズへの愛が滲みだしている〉と。

**【読みのポイント】**神宮球場で小説を思い立ったという村上は上京以来（当時サンケイ・アトムズ）のファンで、この超短編集収録の五つ（単行本の〈ヤクルト・スワローズ〉と文庫版〈スター・ウォーズ〉は入れ替え）の他、村上朝日堂シリーズにスワローズを書いたものは複数ある。これは、巨漢の主砲故大杉をユーモラスに描き、対象への愛情を示している。また、キンセラの『シューレス・ジョー』初版の帯に推薦文を寄せた村上、ロスの『素晴らしいアメリカ野球』が念頭にあった可能性もある。だが、小説では、『風の歌を聴け』『1973年のピンボール』、『中国行きのスロウ・ボート』でTV中継や比喩、記憶として野球が出てくる程度。一九八一年九月二日、リーグ二位ヤクルトは首位巨人にさよなら勝ち。　（**今井清人**）

## スター・ウォーズ《すたー・うぉーず》

**【ジャンル】**超短編 **【初出】**『夢で会いましょう』（冬樹社、81・11・25）**【収録】**『夢で会いましょう』（講談社文庫、86・6・15）**【分量】**0.5 **【舞台】**地球 **【関連】**映画：スター・ウォーズ

**【梗概】**遠い昔／銀河の果てで／ヤクルト・スワローズは優勝したっけ……

**【読みのポイント】**「オイル・サーディン」などと同じく、架空の詩集「ヤクルト・スワローズ詩集」の一編という設定。末尾には〈1986／3／24〉の日付が付されていて、文庫化にあたって追加された作品である。

プロ野球のヤクルト・スワローズは、長らくセリーグのお荷物球団と言われたが、1978年にリーグ初優勝、日本シリーズも制覇した。その後再び優勝から遠ざかり、作品が書かれた当時は、確かに優勝は遠い昔の夢であった。しかし、1990年代になると4度のリーグ優勝を遂げている。タイトルは、ヤクルト初優勝と同じ年に公開されて大ヒットした映画「スター・ウォーズ」（ジョージ・ルーカス監督）からとられている。この映画は「遠い昔、銀河の果て」での闘いをえがいて大ヒットし、シリーズ化された。映画のリード文を巧みにコラージュしながら、ヤクルトの優勝への願いをこめた作品。

（中沢　弥）

## ずっと昔に国分寺にあったジャズ喫茶のための広告《ずっとむかしにこくぶんじにあったじゃずきっさのためのこうこく》

**【ジャンル】**超短編 **【初出】**「太陽」93・5 **【収録】**『村上朝日堂超短篇小説 夜のくもざる』（平凡社、95・6・10）、『村上朝日堂超短篇小説 夜のくもざる』（新潮文庫、98・3・1）**【分量】**3

**【関連】**音楽：ジョン・コルトレーン、スタン・ゲッツ、キース・ジャレット、クロード・ウィリアムソン、ロンドン・ハウス「ビリー・テイラー」

**【梗概】**国分寺にあったジャズ喫茶の宣伝広告。この喫茶は、老若男女誰でも気軽にお越し下さいというような店ではない。店主は無口と言うほどではないが多くをしゃべらない。ジョン・コルトレーン、キース・ジャレットのレコードはあまりないが、スタン・ゲッツ、クロード・ウィリアムソンのものはそろっている。週に一度ライブがある。ピアノは安物のアップライト、調律もいささか狂っている。そんなジャズ喫茶である。

**【読みのポイント】**〈彼（喫茶店主）は四年後にふとしたきっかけで小説を書いて文芸誌の新人賞を取ることになる〉とあるように、村上春樹がかつて経営していたジャズ喫茶、作家以前の時代を懐かしんで記した小文。ちなみに、村上がジャズ喫茶「ピーター・キャット」を国分寺に開店したのは一九七四年、早稲田大学在学中のことである。

（岩崎文人）

## ステレオタイプ《すてれおたいぷ》

**【ジャンル】**エッセイ風超短編**【初出】**『夢で会いましょう』（冬樹社、81・11・25）**【収録】**『夢で会いましょう』（講談社文庫、86・6・15）**【分量】**4.0（文庫、5.0）**【舞台】**東京、神宮球場
**【登場人物】**僕、若い女の子
**【梗概】**若い女の子が、ものすごく才能があるのに世の中におもねらず、自分と気の合う人だけ受け入れるという純粋さのために山奥に引っ込んだある画家を讃えるが、それこそ紋切り型の退屈な人間だと僕は批評する。
**【読みのポイント】**若い女の子が讃えた画家の放浪先と家族の設定や、僕が気にする野球の試合に文庫では全く触れていないことなど、初出と文庫収録とでは違いが見られるが、最も大きな差異は、女の子の話に対する僕の退屈さの表し方である。
　初出は、話し始めから僕が女の子の話に退屈していることがすぐ読者にわかるような表現が使われているが、文庫では、一見僕の相づちが話にそっているようでありながら、短い言葉を繰り返すことで僕の退屈さを婉曲に表現している。どちらの方法がより退屈さを表しているか。初版の末尾が文庫で削除されていることとも関連してくるであろう。（**太田鈴子**）

## ストッキング《すとっきんぐ》

**【ジャンル】**エッセイ風超短編**【初出】**「太陽」93・12**【収録】**『村上朝日堂超短篇小説 夜のくもざる』（平凡社、95・6・10）、『村上朝日堂超短篇小説 夜のくもざる』（新潮文庫、98・3・1）
**【分量】**3.3**【舞台】**ビルの小さな部屋**【登場人物】**男、禿げた小男
**【梗概】**「よろしいですか、想像してみて下さい」という呼びかけで始まる。小さな部屋にいる男が鞄から一ダースほどのストッキングや煙草を取り出す。男は煙草を吸うが、突然かかってきた電話には、煙草を吸わないしチーズクラッカーなど食べないなどと答えて切る。しかし、鞄の中からは食べかけのチーズクラッカーとストッキングが出て来る。男はストッキングを調べ、小銭を花瓶に入れる。ドアにノックがあり、赤い蝶ネクタイをした禿げた小男が丸めた新聞紙を男に突きつける。「禿げた男はいったい何と言ったのでしょう」という質問で終わる。
**【読みのポイント】**読者の想像力に挑戦するなぞなぞゲームのような超短編。もちろん、読みのポイントは、最後の質問に読者自身が何と答えるかによる。バラバラの出来事に脈絡をつけようと考えていると、実は、村上の作品が本質的にこのような性質を持つことに気づく。（**遠藤伸治**）

## ストレート　すとれーと

**【ジャンル】**超短編**【初出】**『夢であいましょう』（冬樹社、81・11・25）**【収録】**『夢であいましょう』（講談社文庫、86・6・15）初出との間に異同あり**【分量】**1.5**【舞台】**部屋の中**【登場人物】**僕、海亀

**【概要】**僕は海亀とトランプをする。海亀がどんな手をもっているか、なにを考えているのか僕が当てるのは簡単なことだった。海亀は、ポーカーをしているときツーペアーが完成すれば甲羅を床につけ二回転し深呼吸をして戻ってくる。ストリーカードが完成すると台所の水道栓をひねり表手に唾をはきかけてから手をあらいうがいをして帰ってくる。海亀は僕に心が読まれているため首をかしげる。僕が海亀にクセがあることを話すと、海亀は、僕を心理学者だという。海亀がメモ用紙から三日月を切り抜いている姿をみた僕は、海亀がストレートを作りあげたことを知る。

**【読みのポイント】**僕は、海亀の素直な性格を見守りながらトランプをしている。題名に掲げられた「ストレート」は、ポーカーのストレートと同時に、海亀の性格がストレートであることを意味した掛詞である。村上春樹の言説にみられる一種ことばあそびから出来上がった短編である。春樹作品にみられるウイットな言語使用の検討も今後必要である。（**熊谷信子**）

## スパゲティー工場の秘密　すぱげてぃーこうじょうのひみつ

**【ジャンル】**エッセイ風超短編**【初出】**『象工場のハッピーエンド』（CBS・ソニー出版、83・12・5）**【収録】**『象工場のハッピーエンド』（新潮文庫、86・12・20）、『新版・象工場のハッピーエンド』（講談社、99・2・26）**【分量】**2**【キー・ワード】**スパゲティー、ビール**【舞台】**私の自宅書斎と庭**【登場人物】**私、羊男、双子の美少女208・209

**【梗概】**羊男と双子の美少女は私の書斎をスパゲティー工場と呼ぶ。私が原稿を書いていると、彼らはその出来について、「ねえ、おいらどうもその文章気に入らないな」「塩が少し多すぎたのね」と、イチャモンをつけてくる。私は、手伝ってくれようとする彼らを断るために、ビールを持ってきたり、鉛筆を三本削ったり、といった些細なことを言いつける。尖《とが》った鉛筆が三本揃《そろ》うと私はぱんと手をたたいて彼らを三人とも書斎から放り出す。私が原稿を書いているあいだ彼らは庭で手をつないで歌をうたっている。春の光が彼らの上にふり注いでいる、その光景を眺めながら、私は〈なんというか、素敵な風景だ〉と思っている。

**【評価】**小品ということもあり、正面から言及されたことは、後述の原善の論以外には全くない。

**【読みのポイント】**ここでの〈私〉を、物語世界の登場人物

であり羊男と並ぶ存在として読むのでは、例えば「図書館奇譚」や「羊男のクリスマス」のように、春樹世界に馴染みのキャラクターがまたぞろ登場する一つの小さな作品ということになってしまい、ほのぼのとした〈なんというか、素敵な〉作品だ、と言うにとどまり、面白さは半減してしまう。ここはむしろエッセイに近いものとして、逆に〈私〉を村上春樹その人として読み、本来は物語世界という別次元にいるはずの〈羊男〉や〈双子の美少女〉たち虚構の登場人物たちが、作家のいる現実世界に並び立ってしまっている不思議さをこそ味わうべきだろう。そのことでこそ、原「加賀少納言」(「国語教室」92・5、後『秦恒平の文学―夢のまた夢―』右文書院、94・11)が説いたような、作家は自らの頭の中で作り上げた虚構のキャラクターと会話をしながら創作をする、という、スパゲティー工場＝書斎における、スパゲティー＝小説の作られる秘密が、親しい読者にだけこっそりと示された寓喩的な作品という面白さが出てくるのである。また、そのスパゲティー＝小説の比喩にしてもそれ自体は奇抜ではないものの、(頬を林檎で喩えたときにその赤さが説明されるようには)決してその比喩表現の所以(二つの共通性)が明かされることなく、ひたすらスパゲティーの作り方の説明に終始してしまう、という冒頭部分などにも、村上春樹独自の比喩表現のずらし方が表れていて興味深い。

(原　善)

## スパゲティーの年に《すぱげてぃーのとしに》

**【ジャンル】**短編**【初出】**「トレフル」81・5**【収録】**『カンガルー日和』(平凡社、83・9・9)、『カンガルー日和』(講談社文庫、86・10・15)**【分量】**13**【全作品】**⑤**【キー・ワード】**スパゲティー、電話**【舞台】**僕の部屋**【登場人物】**僕、彼女(僕の知り合いの元恋人)

**【梗概】**一九七一年、僕は毎日ひとりでスパゲティーを茹で、ひとりで食べ続けた。それは生きるための孤独な営みだった。時折、僕の部屋を誰かが訪うような気配を感じなくもなかったが、結局のところ誰ひとり入って来はしなかった。

ある日の午後、知り合いの恋人だった女の子から電話がかかってきた。別れた彼の居所を知りたいと言う。だが、下らないドタバタに巻き込まれるのはごめんだ。彼女の懇願をよそに、僕は空想のスパゲティーを茹で始め、手が離せないことを口実に受話器を置いた。

永遠に茹でられることのなかったスパゲティーを思い出すことは悲しい。一九七一年に自分たちが輸出していたものが孤独だと知ったら、イタリア人達は何と言うだろうか。

**【評価】**電話やスパゲティーといったアイテム論があるので、その文脈で考えることは可能だが、独立した作品論はない。

**【読みのポイント】**〈書きたい〉という内的必然性を持たな

い点で、『カンガルー日和』に収められたような作品は〈小説とは見なしていない〉（「自作を語る」『全作品⑤』）と村上春樹は語っている。その言葉通り、我々がこれらを論ずるにあたっても、テーマやモチーフ（素材）よりは文体や表現（調理法）を問題にしたほうが有効ではないだろうか。

〈コミュニケーションの拒否もしくは不信〉という村上的テーマ（素材）を内包するこのテクストでは、スパゲティー料理の名前をメニューのようにカタカナ書きで列記するという表現方法（調理法）が用いられている。具体的な描写を欠いた固有名詞の羅列は、それらに対応すべきスパゲティーの個別イメージを掻き消してしまう。このような、レッテル（表層）の方が存在（人間の場合は深層）より優先するという価値の転倒は、「本当に困っているの」という切実な電話が、スパゲティーを茹でることを口実に切られてしまうという構図にも見いだすことができる。しかもこの場合、茹でられているのは架空のスパゲティーであり、料理名によって均質化された存在すらないのだ。沼野充義はこうした表現方法をめぐって、〈主人公の内なる空虚さを満たす代用物として、さまざまな嗜好品が繰り出されてきて、作品全体が〈空虚な内面（深層）―ファッショナブルな戯れ（表層）〉という危うい均衡の上に成り立っている〉（「ドーナツ、ビール、スパゲティー」「ユリイカ」89・6・25）と評している。

（近藤裕子）

# スパナ《すぱな》

**【ジャンル】**超短編**【初出】**『村上朝日堂超短篇小説夜のくもざる』（平凡社、95・6・10）**【収録】**『村上朝日堂超短篇小説夜のくもざる』（新潮文庫、98・3・1）**【分量】**3**【キー・ワード】**怒り**【舞台】**不明**【登場人物】**僕、真由美、白いスカイラインに乗った若い男

**【梗概】**真由美は、若い男にドライブに誘われ、モーテルに連れこまれそうになったので、スパナを振り下ろし、男の鎖骨を折った。以来彼女はそのスパナを持ち歩いていて、今までに二度使う機会があった。鎖骨を砕かれるのはさぞ痛かろうと僕は考えるが、真由美は「世の中には鎖骨を砕かれて当然ってやつもいる」という。僕は半分彼女の意見に同意する。

**【読みのポイント】**短い作品ではあるが、理不尽に人間の尊厳を犯そうとするものに対する、押さえられぬ怒りの発動というモチーフが現れている。しかしスパナを持ち歩いているという真由美が、その後二度もその道具を使う機会に巡り会ってしまったのは、二度目、三度目も、安易に男の誘いに応じて車に乗り込んでしまったからだろうか。あるいは真由美の意図的なものかもしれない。僕の「そりゃ、ま、そうだろうけど。」という含みを残した同意は、そのあたりに釈然としないものを感じたためではなかろうか。

（島村　輝）

# スプートニクの恋人

すぷーとにくのこいびと

**【ジャンル】**長編**【初出】**『スプートニクの恋人』(講談社、99・4・20)**【分量】**539**【キー・ワード】**時間、恋愛、死、結婚、ビール、性、電話、沈黙、夢、手紙、消滅、猫、闇、井戸、犬、音、失踪**【舞台】**東京(赤坂の高級ホテル、赤坂の会社、吉祥寺、井の頭公園、武蔵野、表参道の駅、青山のレストラン、青山のマンション、世田谷、原宿駅、神宮前、杉並、代々木上原、代々木公園、国立、新宿の紀伊国屋書店、奥多摩、立川、広尾の明治屋の交差点)、神奈川(茅ヶ崎、横浜)、千葉県津田沼、成田空港、北陸、金沢駅、韓国北部、四国、イタリア(ローマ、ミラノ、トスカナ、フィレンツェ、ヴェネチア)フランス(パリ、ブルゴーニュ)、ギリシャ(アテネ、ロードス、アクロポリスの丘)、エーゲ海、バリ島、アムステルダム、北極、遊園地、スーパーマーケット、電話ボックス**【登場人物】**すみれ、ミュウ、僕、イギリス人の男性、秘書、フェルディナンド、日本領事館員、ギリシャ観光警察、ガールフレンド、警備員(中村)、にんじん**【関連】音楽**：シューベルトのシンフォニー、バッハのカンタータ、プッチーニ『ラ・ボエーム』、モーツァルトの歌曲「すみれ」、エリザベート・シュヴァルツコップフ(歌)ヴァルター・ギーゼキング(ピアノ)『モーツァルト歌曲集』、ヴィルヘルム・バックハウス演奏のベートーヴェンの32曲のピアノ・ソナタ、ウラジミル・ホロヴィッツ演奏のショパン、フリードリヒ・グルダ演奏のドビュッシーの前奏曲集、ギーゼキング演奏のグリーク、スヴィアトスラフ・リヒテル演奏のプロコフィエフ、ワンダ・ランドフスカ演奏のモーツァルトのピアノ・ソナタ、アストラッド・ジルベルトの古いボサノヴァ・ソング、シューマン、メンデルスゾーン、プーランク、ラヴェル、バルトーク、プロコフィエフ、『マック・ザ・ナイフ』、『ベスト・オブ・ボビー・ダーリン』、マルタ・アルゲリッチ演奏のリストの一番のコンチェルト、ヴィヴァルディ、ヒューイ・ルイス・アンド・ザ・ニューズ、テン・イヤーズ・アフターの古いレコード、ギリシャ音楽、ジュリアス・カッチェン演奏のブラームスのバラード、「美しく青きドナウ」、モーツァルトのハ短調のソナタ、『ワルトシュタイン』、『クライスレリアーナ』、『フーガの技法』**書籍・文学**：『若き芸術家の肖像』、ジャック・ケルアックの小説、『オン・ザ・ロード』、『ロンサム・トラヴェラー』、ポール・ニザンの小説、スコット・フィッツジェラルド、夏目漱石『三四郎』、『ジェーン・エア』、プーシキン、ジョゼフ・コンラッドの小説、イギリス人の作家、新刊のミステリー、バルザック全集、ソクラテス、ホメロス『オデッセイ』**映画**：イタリア映画、『白い恐怖』、香港映画、ジャン・リュック・ゴタール、グルチョー・マルクス、リュック・ベッソンの映画、

『ロシアより愛をこめて』、サム・ペキンパー監督『ワイルド・パンチ』、アーネスト・ボーグナイン

【梗概】 語り手〈ぼく〉は二十四歳の小学校教師。大学の後輩で作家志望のすみれに恋をしているが、彼女はいとこの結婚式で同席した十七歳年上女性のミュウに、生まれて初めて激しい恋をする。すみれはワイン輸入の仕事をするミュウのもとで働くようになり、同行してヨーロッパを旅行。しかし、その旅先のギリシャの小さな島で忽然と姿を消してしまう。ミュウからの連絡を受けた〈ぼく〉は、現地に赴く。失踪の前夜、すみれからレズビアン関係を望まれたミュウは、心に反して身体がすみれに応じきれなかったと打ち明ける。〈ぼく〉は、残されたすみれのフロッピー・ディスクの文書を開き、十四年前のミュウの身に起こった出来事を知る。スイスの小さな町の遊園地で、一晩中観覧車の中に缶詰になった。双眼鏡で自分の部屋を覗くと、つきまとっていた男フェルディナンドと自分がいた。彼はもう一方の自分の〈あらゆること〉を汚す。このドッペルゲンガーの体験は、ミュウという人間を破壊してしまった…。すみれの行方は杳として判明しないまま〈ぼく〉は帰国し、新学期を迎える。生徒の母親であるガールフレンドから電話を受け、現場に向かう。息子が万引きしたという。その場を収めた後、〈ぼく〉はガールフレンドと別れ話をし、〈正しさ〉について諍いをする。東京の街で白髪のミュウを見かけると、半年前とは別人でぬけがらのようであった。〈ぼく〉は、失踪したすみれについて思いを巡らせている。すると、どこともわからない場所にいるすみれから電話がかかってくる。

【評価】 一九九九年の刊行という事情から、この小説についての言及は、いまだ書評のレヴェルに留まっているようだ。まず〈凝った比喩〉(「大波小波」「中日新聞」99・6・1夕)が注目されている。向井敏「ウオッチ文芸」(「朝日新聞」99・5・25)は、〈広大な平原をまっすぐ突き進む竜巻のような〉激しい恋、〈実存主義演劇の筋みたいに〉入り組んだ愛などという華麗な比喩が満ちているという。清水良典「書評」(「朝日新聞」99・5・9)は、故意の陳腐な比喩や設定と捉え、この〈言葉の寒さ〉の意味を考えるときに、この小説の〈奥〉が見えてくるという。すなわち、作中で作家志望のすみれが書くことの虚無と格闘していることを、そのまま著者自身の書くことへの自問とする。

主人公の職業が、小学校教師の設定であることも目を引いている。「村上春樹が描く『僕』の二十年」(「AERA」99・7・12)は、この小説の誰でもわかる変化の一つとして、主夫やライター、翻訳の仕事などの根無し草的な設定だった従来の職業が小学校教師に変化したことを取り上げる。いわば〈社会の歪みの責任を自動的に背負わされざるを得ないよう

な、デタッチメントではいちばん済まされないような職業〉なのだ。その一方、柘植光彦「円環／他界／メディア」（『村上春樹スタディーズ05』若草書房、99・10・31）は、小学校教師という設定ながら、小説の末尾で主人公の〈血を流す〉イニシエーション＝物語による魔術性の獲得が見られることから、主人公の、ひいては作者の、小説家としての誕生を読み込む。

また、地下鉄サリン事件を扱ったノンフィクション『アンダーグラウンド』以後の、最初の小説として話題にのぼっている。福田和也『作家の値うち』（飛鳥新社、00・4・19）は、結末近くで提示される〈正しさ〉という概念が、オウムとの深い関わり（『アンダーグラウンド』『約束された場所で』）から作家が持ちかえったものだと推測。村上知彦「ベストセラーを読む」（「潮」99・8）は、これまでの春樹の小説の基本的な構造を踏襲しつつも、〈オウムをはじめとする『カルト』を生みだす人間の心性と、そこに引き込まれるある種の個人への、作者の屈折したこだわりの表明〉という。芳川泰久「『帰還』と『洗礼』」（「ユリイカ」00・3）は、すみれに象徴される〝帰還〟の物語が、作者の従来の物語の位相とは異なると指摘し、〈地下鉄サリン事件〉をその契機とする。川本三郎「本のちょっとの話」（「サンデー毎日」99・6・6）は、作者が近年ノモンハン事件やサリン事件、戦争や暴力についての関心を深めている理由を掴むためには、暴力を描き続けたペキンパーを視野に入れることを提言する。

主題系の問題についてはどうか。向井敏「ウォッチ文芸」（前出）は、〈ぼく〉がすみれに〈物語というのはある意味では、この世のものではないんだ。本当の物語にはこっち側とあっち側を結びつけるための、呪術的な洗礼が必要とされる〉と語る場面を取り上げ、この小説の主題とする。菅野昭正「文芸時評」（「中日新聞」99・5・27夕）は、登場人物たちが〈魂の暗闇〉をかかえて日常の生活を生きていることに、この小説の骨格を読む。

**【読みのポイント】**この小説では、主人公（語り手）について考察することが、有効な手続きであろう。語り（ナレーション）について自覚的な作品であるからだ。まず、自らの語りについて自己言及する場面が登場する：〈すみれの物語であり、ぼくの物語ではない。しかしぼくの目をとおしてすみれという人間が語られ、彼女の物語が語られていく〉（5）。この言説は「語り手としてのぼく」について再考することを要請していよう。そこで〈小学校教師〉という職業が浮上してくる。自らが教壇に立ち小学生に語ることは〈同時にまた子供たちの目や意識をとおして、ぼく自身にむかって世界や生命や言葉について基本的な事実をあらためて語り、教えることでもあった〉と語られる。この語りの言説は、小説の構造においても示唆的だろう。小学校教師の立場で〈語るぼく〉が、この小説によって〝語られたぼく〟を確認している仕組みが露わになっているからだ。

　この小説では、村上作品で通例の〈僕〉ではなく〈ぼく〉という人称が使用されている。作者自身が「今回は〈ぼく〉と、ひらがなにします」と口にしたという（「村上春樹が描く『僕』の二十年」前出）。インタビュー「言葉という激しい武器」（「ユリイカ」00・3）では、語り手の「僕《ママ》」が主人公よりも傍観者の立場あること、その意味でこの小説が「一人称小説」と乖離していると述べられている。さらに「僕《ママ》」からの視点とすみれからの視点に大きく分割されている視点について〈まだ明確なかたちをとった変化ではないにせよ、僕にとっては違った身体の動かし方〉であったという。この小説について多く語ったインタビュー「物語はいつも自発的でなければならない」（「広告批評」99・10）においては、この小説が〈僕〉的な価値観を文体的に固めたものであり、〈『僕』に対する一種のラブレター〉であると発言。一方、作者が従来使用してきた視点人物〈僕〉から、離脱する時期の到来を予測する。したがって、この小説は一人称の〈僕〉の総決算、もしくは〈僕的なるものの最後〉になる可能性が仄めかされている。また、〈ぼく〉が、すみれとミュウの関係を見るオブザーバーに過ぎない点については、〈僕〉という視点に束縛されることの息苦しさに起因していると言及されている。

　この作品に対する作者の〝自注〟を同インタビューから以下、いくつか取り上げたい。一つめは、この小説が『アンダーグラウンド』ともに、作者にとってひとつの転換期になる作品だという点。後にひとつの節目となってみえてくる部分があろうと言う。二つめは、「向こう側の世界」と「こちら側の世界」という二つの世界の相関関係が作者の大きなテーマであり、この小説はそのテーマがより明確に出ているという点。三つめは、小説の結論部分に関する言及。小説末尾の曖昧さは、人が生き続けてゆくための闇との間断なき闘いの暗さと関わっているという。その意味で、すみれが本当に帰還したかどうかも、容易に処理できる問題ではないこと、さらに主人公のその後には、暗闇をかき分け立ち向かってゆく必要がサジェストされているという。したがって、末尾から『ねじまき鳥クロニクル』に連なっているという。

　今後の課題は何か。『ねじまき鳥クロニクル』との接点（ミュウと加納クレタに共通する〝汚れ〟の体験）はもとより、レズビアニズム、性的不能、そして作品末尾のどこともわからない電話ボックスからの声など、『ノルウェイの森』との〝融合性〟について目を配ることが必要ではなかろうか。

　さらに、登場人物に託されている〝文章を書くことの探求〟というテーマも読み取りたい。

（**米村みゆき**）

## 世界の終りとハードボイルド・ワンダーランド《せかいのおわりとはーどぼいるど・わんだーらんど》

**【ジャンル】**長編**【初出】**『世界の終りとハードボイルド・ワンダーランド』(新潮社、85・6・15)**【収録】**『世界の終りとハードボイルド・ワンダーランド』上下(新潮文庫、88・10・5)**【全作品】**④**【分量】**1300**【キー・ワード】**時間、死、夢、怒り、性、結婚、恋愛、少女、音、闇、地下、ビール、サンドイッチ、象、電話、沈黙、眠り、消滅、娼婦、影**【舞台】**エレベーター、門、広い部屋、地中の川、図書館、職工地区、アパートの部屋、官舎、南のたまり、森、資料室、発電所、管理人の小屋、地下鉄の構内、イタリア料理店、彼女の部屋、公園、晴海埠頭**【登場人物】**私、若い女、僕、門番、獣たち、老人、図書館の女の子、影、図書館のレファレンスの女の子、ガスの点検員、大佐、大男、小男、連絡係の男、発電所の管理人**【関連】**音楽：フルトベングラー、スキーター・デイヴィス『ジ・エンド・オブ・ザ・ワールド』、ビング・クロスビー『ダニー・ボーイ』、『アニー・ローリー』、ロベール・カサドシュ演奏のモーツァルトのコンチェルト、ジョニー・マティス『ティーチ・ミー・トゥナイト』、チャーリー・パーカー、エルトン・ジョン、『ペチカ』、『ホワイト・クリスマス』、ステッペンウルフ『ボーン・トゥー・ビー・ワイルド』、マービン・ゲイ『悲しいうわさ』、ジミ・ヘンドリックス、クリーム、ビートルズ、オーティス・レディング、ピーター・アンド・ゴードン『アイ・ゴー・トゥー・ピーセズ』、デュラン・デュラン、マッチ、松田聖子、レゲエ、ポリス、ボブ・マーリー、ジム・モリソン、ドアーズ、レーモン・ルフェーブル・オーケストラ、ポルカ、ベンチャーズのクリスマス・ソング、ブルックナーのシンフォニー、ラベル『ボレロ』、ジョニー・マティスのベスト・セレクション、ツビン・メータ指揮、シェーンベルク『浄夜』、ケニー・バレル『ストーミー・サンデイ』、デューク・エリントン『ポピュラー・エリントン』、トレヴァー・ピノック『ブランデンブルグ・コンチェルト』、ボブ・ディラン『ライク・ア・ローリング・ストーン』『ウォッチング・ザ・リヴァーフロー』『ポジティヴ・フォース・ストリート』『メンフィス・ブルーズ・アゲイン』、バーズ、ベニー・グッドマン、ジャッキー・マクリーン、マイルズ・デイヴィス、ウィントン・ケリー、ポリス、『バッグズ・クルーヴ』、『飾りのついた四輪馬車』、パット・ブーン『アイル・ビー・ホーム』、レイ・チャールズ『ジョージア・オン・マイ・マインド』、ロジャー・ウィリアムズ『枯葉』、フランク・チャックスフィールド・オーケストラ『ニューヨークの秋』、ウディー・ハーマン

『アーリー・オータム』、デューク・エリントン『ドゥー・ナッシン・ティル・ユー・ヒア・フロム・ミー』（ローレンス・ブラウンのソロ）『ソフィスティケーティッド・レディー』（ジョニー・ホッジスのソロ）、ボブ・ディラン『風に吹かれて』『激しい雨』 **書籍**：プルースト、シェイクスピア、アーネスト・ヘミングウエイ、H・G・ウェルズ伝記『時の旅人』、バートランド・クーパー『動物たちの考古学』、ホルヘ・ルイス・ボルヘス『幻獣辞典』、コナン・ドイル『失われた世界』、ツルゲーネフ『ルージン』『春の水』、『87分署』シリーズ、スタンダール『赤と黒』、トマス・ハーディー、『パルムの僧院』、バルザック『農民』、『オズの魔法使い』、『緑色革命』、カミュ『異邦人』、サマセット・モーム『剃刀の刃』、ドストエフスキー『カラマーゾフの兄弟』、ジョセフ・コンラッド『ロード・ジム』 **映画**：ヘンリー・フォンダ主演『ワーロック』、ハンフリー・ボガート、ローレン・バコール出演『キー・ラーゴ』、バコール出演『三つ数えろ』、ジョン・フォード『静かなる男』、スタンリー・キューブリック監督『2001年宇宙の旅』、ハーボ・マルクス、『スタートレック』、『エル・シド』、『ベン・ハー』、『十戒』、『聖衣』、『スパルタカス』、ベン・ジョンソン出演『アパッチ砦』『黄色いリボン』『幌馬車』『リオ・グランデの砦』、ピーター・フォンダ、アンジェイ・ワイダ監督『灰とダイヤモンド』、『カサブランカ』、ウォルター・ヒル『ストリート・ファイター』、チャールズ・ブロンソン、『イージー・ライダー』、ジョセフ・コットン出演『第三の男』

**【梗概】**「ハードボイルド・ワンダーランド」（奇数章）老人は消音の研究を記号士が狙っていると告げ、私は洗い出しを始める。彼は土産に動物の頭骨をくれた。一角獣の本を携えて来た図書館の髪の長い女の子は大食だった。食事の後、私は勃起しなかったが、彼女は本を私に読んできかせる。私はパスワード〈世界の終り〉を使ってシャフリングを始めた。巨大な男が小男とともにドアを壊して入って来る。小男によれば、計算士の「組織《システム》」・記号士の「工場《ファクトリー》」と拮抗する博士＝老人の研究には私が必要だ。小男は大男に私の部屋を破壊させ、私の下腹部をナイフで切り、拷問を装って帰った。娘は私に祖父の研究を説明し、二人は地下の暗黒を進む。博士によれば、いずれ私は第三回路＝〈世界の終り〉に恒久的にはまりこんでしまうが、不死となるだろう。私と娘は地上へ向かい、地下鉄構内に出た。私は図書館の彼女とイタリア料理店で大食し、彼女の家へ行き、私の勃起は完璧だった。そしてテーブルの上の頭骨が光っていた。私は彼女に頭骨を贈る。公園でビールを飲んだ後、電話で太った娘と話す。結末、雨が私の意識を覆う。「世界の終り」（偶数章）門番からナイフで眼球にしるしを受け、僕は図書館で夢読みを始める。

一角獣の頭骨から古い夢を読み取ることである。影がこの街の地図を作れと言う。僕は図書館の女の子と一緒に南のたまりを見に行く。森で建物の廃墟を見、発熱し、彼女が看病してくれる。大佐は僕に、影が死んだ娘は心を失っていると言う。僕は作った地図を影へ渡してもらう。彼女を連れて発電所に行くと、管理人の寝室には古い楽器が飾ってあった。僕は手風琴を貰って帰る。影は街から逃げると言うが、僕は彼女を残すことをためらう。だが僕は彼女に別れを告げた。彼女の前で手風琴を弾き、『ダニー・ボーイ』の曲を思い出す。無数の頭骨が光る。僕は弱った影を連れて出口＝南のたまりへ向かう。僕は彼女と二人で森に暮らすことに決め、この街を作り出したのが僕自身であることを知った。影が南のたまりに消えた後、僕は図書館に向かう。

**【評価】**（論題・副題等一部省略）山崎正和「夢のなかの自我」（「朝日新聞」85・7・25、『柔らかい自我の文学』新潮社、86・7、群像日本の作家26）は多元的自我論の抒情詩と評価。絓秀実「紋切型とレトリック」（「海燕」85・8）は、紋切型のレトリックとして批判。小坂修平「二重の物語のなかの二重の『私』」（「文芸」85・9、『シーク&ファインド』、日本文学研究論文集成）は、非在の私につきまとわれた〈私小説〉とし、その〈二重の私〉を時代の不幸の表象と見なす。鈴村和成「未だ／既に」（『未だ／既に』、『村上春樹クロニクル１９８３―１９９５』）は、虚構性の問題を軸としてテクストの様々な記号性を多面的に論じ、現在までにもっとも充実した研究。仁羽文雄・遠藤周作・吉行淳之介・丸谷才一・大江健三郎「谷崎潤一郎賞選評」（「中央公論」85・11、『シーク&ファインド』）では、丸谷を除けば消極的な批評。竹田青嗣「〈世界〉の輪郭」（「文学界」86・12、『〈世界〉の輪郭』国文社、87・4）は、抑圧感によるニヒリズムに対して、それに抗おうとする困難な意志の形が示されているとする。加藤典洋「『世界の終り』にて」（「世界」87・2、『君と世界の戦いでは、世界に支援せよ』筑摩書房、88・1）は、瞬間冷凍された心を抱いて生きることを評価するが、答は出されていないとも批評。宮川健郎「かかげられなかった一行」（『幻想文学の手帖』学燈社、88・3）は、エピグラフのスキーター・デイヴィス曲から省かれた歌詞から、人は人を愛せるかという問いの答を求める物語とする。和田博文「物語の核に埋め込まれた『現在』」（「国文学」88・8、『スタディーズ02』）は、僕が消費生活も制度化も拒否し、二重に追放された場所を選び取った決意を核心と見なす。川村湊「〝新世界〟の終りとハート・ブレイク・ワンダーランド」（「ユリイカ」89・6臨増）は、現実と死との二つの新世界幻想の崩壊を描くとする。今井清人「〈ねじれ〉の組織化」（「現点」89・7、『村上春樹、ＯＦＦの感覚』、『スタディーズ02』）は、「世界の終り」の先駆形「街と、その不確かな壁」の、ネットワークに対応できない主体の円環を閉じる寓意に対して、こちらは内部外部への組織化により、円環と遁走の相克が見られると評価。黒古一夫「終末のいま、〈私〉の行方」（『ザ・ロスト・ワールド』）は、平和で豊かな時代を生きるニヒリズム＝絶望への親和を看取。土田知則「《交通》、あるいは《物語》の場」（千葉大学「人文研究」91・3、『スタディーズ02』）は、交通としての物語においてプルーストとの呼応を論じる。笠井潔・加藤典洋・竹田青嗣『村上春樹をめぐる冒険』では、モラル＝エロスの欠落に落ち込んでいる（竹田）、デカルトの方法的懐疑と似るが中途半端（加藤）など。菅野昭正「終りからのメッセージ」（「群像」91・8、『スタディーズ02』）は、外部の世界を漠然と感じ取る気分で描かれ、閉ざされた主観の中を漂流しつづけるしかないとする。太田鈴子「『私』と『僕』との間のブリッジ」（「学苑」92・3）は、両セクションの交差を指摘、それを博士の予測を越えたものと読む。藤沢秀幸（「国文学」92・9臨増）は、影＝自我の再生が壁を越えて飛ぶ白い鳥に象徴されていると見る。吉本隆明『新・書物の解体学』（メタローグ、92・9）は、もの悲しい終末感と日常的な倦怠感を描いた高い質のＳＦ的世界と評価。布施英利「脳―村上春樹と脳をめぐる冒険」（『電脳的』毎日新聞社、94・6、『スタディーズ02』）は、肉体が消滅し脳だけの世界を永遠に生きる感覚を描いたとする。若森栄樹・柘植光彦「対談　進化するテクスト」（「国文学」95・3、『群像日本の作家26』）では、日本的連帯とは違う孤立としての連帯を模索した小説（若森）、ユング理論の適用（柘植）など。野谷文昭「『僕』と『私』のデジャヴュ」（「国文学」95・3、『スタディーズ02』）は、ボルヘスらの夢や分身のテーマとの響き合いに注目。加藤典洋「内閉という主題の発見」（『イエローページ』）は、内閉世界を現実化することがそこからの脱出を導く小説と見る。布施英利（「海燕」96・10）は、三つの物語が平行するベルナール・ウエルベル『蟻』との類似を指摘。吉田春生『村上春樹、転換する』は、結末の徒労感、喪失感を少年時代に遡るものとみる。小林正明『塔と海の彼方に』は、地図が心的領域の変数であることを、フロイト第二局所論と街の構造の類似によって論じる。

**【読みのポイント】** 例えば二つの世界で頭骨が発光した時、それは同時的呼応だったのか。両セクションの関係は、単純な連続でも交錯でも平行でもない。交互に置かれる物語の関係を吟味すること。また本書を過度に社会思想に直結するのも無理があるだろう。いずれにせよ、読むことは読みの正解を出すことではなく、読むこととは何かという読解のパラダイムじたいの変形を読者に迫らずにはおかないテクストである。

（**中村三春**）

## 1973年のピンボール《1973ねんのぴんぼーる》

【ジャンル】長編【初出】「群像」80・3【収録】『1973年のピンボール』（講談社、80・6・20）、『1973年のピンボール』（講談社文庫、83・9・15）【分量】293【全作品】①【キー・ワード】ビール、井戸、双子【舞台】大学（八号館、九号館、ラウンジ）、直子の故郷の駅、金星、渋谷、ジェイズ・バー、ゴルフ・コース、無人灯台、喫茶店、霊園、貯水池、新宿のゲーム・センター、養鶏場【登場人物】僕、土星生まれ、金星生まれ、直子、プラットフォームを縦断する犬、双子（208、209）、井戸掘り職人、レイモンド・モロニー、共同経営者、事務員の女の子、鼠、配電盤工事の男性、突堤近くに住む女（鼠の彼女）、髪の長い少女（アパートの住人）、ピンボール会社の集金人兼修理人、スペイン語の講師

【梗概】1973年現在、〈僕〉は友人と二人でささやかな翻訳事務所を設立して生計を立てている。翻訳事務所には、「ペニー・レイン」を日に二十回も口ずさむ事務員の女の子がひとりいる。私生活では、いつのまにか部屋に住みついた双子とともに生活している。双子は見分けがつかないくらいよく似ているので、〈僕〉は便宜的にTシャツの数字「208」と「209」で区別している。双子はコーヒーを淹れるのがうまく、〈僕〉は彼女たちと一緒にゴルフ・コースを散歩したり、音楽を聴いたりして過ごす。あるとき配電盤工事の男性が古くなった電話の配電盤を取り替えに彼らの部屋にやってくる。不要になった配電盤に、〈僕〉と双子の三人は心惹かれた。そしていつものゴルフ・コースの貯水池で、〈配電盤のお葬式〉を行ったりもする。そんな生活のなか、〈僕〉は折にふれて学生時代を回想する。夜中に電話を取り次いだアパートの住人や、大学の闘争でけがをした友人、それにかつての恋人、直子のことなど死んだ直子の話が思い返されてならない〈僕〉は、彼女が話していた彼女の故郷にあるちっぽけな駅をわざわざ訪れる。〈僕〉のそうした日々が語られる一方、物語のなかでは、大学を辞めて故郷に帰った〈鼠〉のエピソードも挿入される。〈鼠〉は設計事務所に勤める年上の女性とつきあい、ジェイズ・バーに通ってジェイと話をし、ビールを飲む日々を送る。かつてジェイズ・バーで〈僕〉と〈鼠〉はピンボールに夢中になっていた。〈僕〉は1970年の冬、新宿でジェイズ・バーにあったのと同じ3フリッパーの「スペース・シップ」にめぐり会い、〈彼女〉に取り憑かれたかのようにゲームセンターに通いつめる。ところがある日突然ゲームセンターが閉店し、「スペース・シップ」の行方は分からなくなってしまう。〈僕〉は〈彼女〉を探し始め、その過程でピンボール・マニアのスペイン語の講師に出会う。やがて〈僕〉は講師から〈彼女〉の情報を入手し、〈彼女〉

との再会を果たす。〈彼女〉は、七十八台ものピンボール・マシンとともに、もと養鶏所の倉庫におさめられていた。しかし、165000という〝二人〟のベスト・スコアを汚したくない〈僕〉は、ゲームをしないで倉庫を出ていく。そして物語の終わりに、〈鼠〉が女性と故郷をあとにし、〈僕〉の部屋からは双子が去っていくのだった。

**【評価】**『風の歌を聴け』の続編とされるこの作品では、象徴的なキーワードの多さを解釈し、作品の主題に迫ろうとする論述が多くみられる。まず、芳川泰久の「失われた冥府―あるいは村上春樹における〈喩〉の場処」（「ユリイカ」89・6）では、村上作品に徹底して〈喩〉が出現し始めるのは、『１９７３年のピンボール』以降であり、同時にこの作品に初めて「冥府」（死の世界）が登場することを指摘している。林淑美「僕が鼠で鼠が僕で『１９７３年のピンボール』」（「昭和文学研究」89・7）では、柄谷行人「村上春樹の〈風景〉」（「海燕」89・11・12）では、作品中「直子」にしか固有名詞が与えられていないこと、カントの「純粋理性批判」を〈僕〉が好んで読むエピソードがさしはさまれていることから、〈僕〉という〈超越論的主観〉にもとづく世界観を指摘する。たとえば、おびただしい名詞、数字など物質を情報に還元して語られるとき、それは何かを意図的に隠蔽しようとする主体の強固な自意識なのである。そして、〈意図的な錯誤のなかで、超越論的な自己意識はひそかに優位を確認する〉とする。論考ではさらに大江健三郎の『万延元年のフットボール』との比較を行い、〈大江健三郎の〈僕〉が、言語のアレゴリー的な横断やずれをもたらす装置であるのに対して、村上春樹の作品においては、言語はこの超越論的主観によってつねに統御されている。言語は散乱しているようにみえるが、それはただこの超越論的主観の確実さを逆証するためでしかない〉と言う。松本健一の「主題としての〈都市〉―村上春樹『１９７３年のピンボール』、フィッツジェラルド『マイ・ロスト・シティー』〈村上春樹訳〉」（「文芸」82・1）で、都市小説としての『ピンボール』論を展開する。『ピンボール』と村上龍の『コインロッカー・ベイビーズ』（１９８０）との比較により、この二作品が、〈都市小説の向かう方向の両極を、はやくも示しはじめている……つまり前者は〈都市〉を特徴づけている〈自由〉との折り合い、〈調和〉であり、後者はその裏面にはりつく〈孤独〉や〈疎外〉に対する否定、〈破壊〉である〉ことを指摘している。また、松本は田中康夫『何となくクリスタル』（１９８０）との比較も行っている。都市の風物が記号のようにあらわれる『ピンボール』は、おびただしいブランド名が登場する『クリスタル』とは、いっけん似通っている。しかし、茫洋とした都市のなかで主人公が〈身元証明〉を試みる作品とし、都市を主題にする『ピンボール』と、あくまで〈風俗の場〉としてのみ都市を設定する『クリスタル』との決定的な違いを明確にする。小林正明「塔と海の彼方に—村上春樹論—」(「青山学院女子短期大学紀要44」90・11)は、フロイト、ラカンの援用によって『1973年のピンボール』を含む初期三部作の解読を試みるものである。作品において、小林は双数を表現するものをキーワードとして挙げる。〈鼠〉と〈僕〉、〈右と左〉、〈縦と横〉、〈上と下〉、〈表と裏〉、〈東と西〉、〈入り口と出口〉というような二項対立群に注目して論じ、以下のように結論づける。〈街と女は閉域である。僕の行跡はその閉域に同化する収束線を描き、友人の鼠の行跡はその閉域からの脱出線を描いている。鏡像的双数をなす鼠と僕との逆転劇は、かくして完遂されていた〉。また、反復される〈セーター〉(羊毛)へのこだわりが〈市民社会の隠喩〉であるとし、『羊をめぐる冒険』への手がかりとして本作品を位置づけている。石倉美智子「村上春樹の比喩について—『1973年のピンボール』を中心に—」(専修大学「文研論集」94・3)では、他者の世界を拒絶して生きる〈僕〉の姿を、キーワードに託された隠喩を解読していくことで浮かび上がらせる。加藤典洋編『村上春樹イエローページ』(荒地出版社、96・10)では、ピンボール・マシンの構造に、作品の寓意を読みとろうと試みる。〈昔のピンボールは、ほとんどがペイアウト式のギャンブル・マシーンだった。だが、第二次世界大戦をへて、不健全なギャンブルが、法と社会から敵視され始めると、1947年、ゴットリーレイヤーの運よりテクニックを重視するゲーム展開になり、よりポピュラーな位置を占めるようになる。/フリッパーの採用はピンボールの性格をがらりと変えた。これの登場と同時にお金の出てくるペイアウトの口が消える。つまりピンボールは外界から隔てられた、完全な独立空間となるのだ〉

**【読みのポイント】**『1973年のピンボール』は、『風の歌を聴け』から『羊をめぐる冒険』にいたる過程の作品としての位置づけで、三部作のなかでは比較的取り上げられることの少ない作品であった。しかしこの作品から村上作品に特徴的な隠喩が多出し、〈死の世界〉へと視点が向けられている。また、〈双子〉や〈直子〉(『ノルウェイの森』)など、村上春樹作品のエッセンスともいうことのできるキーワードや手がかりが、おびただしくちりばめられているのである。

さらに〈僕〉と〈鼠〉という分身の対話という構造によって物語が展開されていくことは、この作品によって始められたといっていい。『羊をめぐる冒険』、『世界の終りとハードボイルド・ワンダーランド』に、その構造は受け継がれてゆく。その意味でももっと注目されてよい作品である。

**(石倉美智子)**

# 1963／1982年のイパネマ娘《1963／1982ねんのいぱねまむすめ》

**【ジャンル】** 短編 **【初出】**「トレフル」82・4 **【収録】**『カンガルー日和』（平凡社、83・9・9）、『カンガルー日和』（講談社文庫、86・10・15）**【全作品】** ⑤ **【分量】** 11 **【キー・ワード】** 僕、井戸、ビール **【舞台】** 形而上学的な熱い砂浜 **【登場人物】** 僕、形而上学的な女の子（1963／1982年のイパネマ娘）、菜食主義者の「いちご白書」的女の子 **【関連】** スタン・ゲッツ、「イパネマ娘」、「いちご白書」

**【梗概】**「イパネマ娘」を聴くたびに僕は高校の廊下を思い出す。更にコンビネーション・サラダ、「いちご白書」的女の子、と思い出す。僕はイパネマ娘と形而上学的な砂浜でことばを交わした。以来、ことばは交わさないが、どこか遠い奇妙な場所でつながっている気がする。その奇妙な場所で、いつか僕は僕自身に出会うだろう。そこが暖かい場所で、冷えたビールが何本かあるなら、もう言うことはない。イパネマ娘はレコードが擦り切れるまで、熱い砂浜を歩き続ける。

**【読みのポイント】** 本作は、「イパネマ娘」のレコードをターンテーブルに載せて、針を落としたときに形而上学的世界に浮かびあがる、物質への記憶のオマージュであり、小説と呼ぶには、話の筋や展開が無さすぎる。本文にはこう書かれている。〈「昔むかし」とある哲学者が書いている。「物質と記憶とが形而上学的深淵によって分たれていた時代があった」〉。この作品は、物質と記憶を分つ形而上学的深淵そのものである。小説と呼ぶに価しなくとも、春樹文学の真価を読者に知らしめる作品ではある。本作でも、記憶の中心へと渦を巻いてゆく内向的な螺旋のアーキタイプを（日常的で軽い）レコードという音楽を奏でる丸い円盤へと圧縮させる、得意のミニマリスティックな手法をいかんなく発揮しているのだ。黒い円はターンテーブルの上で渦巻きながら、僕に記憶を辿らせる。春樹の後年に執筆された作品を読めば、更に意味深く思えることであるが、記憶を辿る黒い渦巻きは、〈僕の意識の井戸〉というように、〈井戸〉の比喩をもって語られている。〈いったい1963年のイパネマ娘は、僕の記憶の井戸にどんな小石を放り込んでいったのだろう？〉しかし、本作ではその暗闇は、後年の春樹の作品に見られるような不気味なものとしては立ち現れてはいない。深淵という闇黒は渦を巻きながら「イバネマ娘」という心地のよいボサノバを響かせている。物質と記憶とを隔てる深淵、僕と僕自身との間のすきまには、〈女の子〉という語彙によって提示される、ある種の甘さが漂っている。スタン・ゲッツのヴェルヴェットのごときテナーサクソフォンが流れるように。

（**大國眞希**）

## 象《ぞう》

【ジャンル】超短編【初出】「メンズ・クラブ」85・6【分量】1.5【キー・ワード】象【舞台】僕が住んでいる町【登場人物】僕

【梗概】僕が住んでいる町は象を一頭飼っている。費用がかかるうえ実益もないので町民の中には批判もあるが、僕は自分が住んでいる町が象を飼っているというのはなかなか悪くないと思っている。それは他所の人間に自慢できるし、若い女の子を家に誘うときのとても良い口実になるのだ。

【読みのポイント】『夜のくもざる』には未収録。〈象〉は春樹作品によく登場する。『風の歌を聴け』では表現の限界の、『世界の終りとハードボイルド・ワンダーランド』で老博士が語る無意識の喩として、また「ハイヒール」（『夢で会いましょう』）ではハイヒールを履いた象が、「踊る小人」では〈象工場〉が登場する。そして町の予算で飼っている象が登場するのが「象の消滅」、「ハイネケン・ビールの空き缶を踏む象についての短文」、同〈J・プレス短編集〉の「ピクニック」がある。そこでも実益のないが、象にはシンパシーが持てるが、〈舗装道路や消防車〉には持てないという記述もあり、官僚主義的公共事業への批判も仄見える。（今井清人）

## 『「そうだ、村上さんに聞いてみよう」と世間の人々が村上春樹にとりあえずぶつける282の大疑問に果たして村上さんはちゃんと答えられるのか？』

『「そうだむらかみさんにきいてみよう」』とせけんのひとびとがむらかみはるきにぶつける282のだいぎもんにはたしてむらかみさんはちゃんとこたえられるのか？

【ジャンル】インタビュー集【初出】「村上朝日堂ホームページ」(http://opendoors.asahi-np.co.jp/span/asahido/index.htm、96・6〜99・11)【収録】『「そうだ、村上さんに聞いてみよう」』（朝日新聞社、00・8・1）【分量】680

【内容】一九九六年六月から一九九九年十一月までの約三年半に渡り、インターネット上の「村上朝日堂ホームページ」の「フォーラム」コーナーにおいて一般読者と村上との間で約六千通もの電子メールによる交流が行われた。そのうち一九九六年六月二十七日から一九九七年十一月十二日までの一八五八通が『CD-ROM版村上朝日堂　夢のサーフシティ』に収められ、小説執筆を理由に休止される一九九九年十一月十五日までの分が次回の『CD-ROM版村上朝日堂』に収録が予定されている。〈質問とそれに対する回答だけをいくつかサンプル的に集めて、普通の活字媒体で〉（「前書き」）出版されたのが本書である。質問内容は、村上個人の私生活や作品についてだけでなく、社会一般の話題にまで様々なジャンルに及び、個人としての村上春樹を知る上での重要な情報源として読むことができる。尚、282の大疑問とその回答は、本書に収録されるにあたり改稿され、『CD-ROM版村上朝日堂』とは違い質問のジャンルごとの整理はされず、ランダムな質問配列になっている。

**【読みのポイント】** インターネットのホームページ上で読者と作者が対話を行うことに対して村上は、〈僕という人間が『仮想的な』イメージで世間的に固められてしまうよりは、たとえ『ちょっと違うんじゃない』とがっかりされたとしても、正直に思ったことを発言していきたい（あるいは正直にアホな冗談なんかも言いたい）、より自然な素顔に近い自分自身でありたい、と思っているわけです。〉（大疑問20）と述べている。これは、作者の立場を演じ、読者に対してものを語るというスタンスではなく、あくまでも質問に対して個人として答える姿勢を貫くという意思表明でもある。『アンダーグラウンド』以降、対話という方法に着目した村上が、〈僕がこのホームページでやろうとしていることは、あるいは『アンダーグラウンド』のなかでやろうとしたことは、かつて『世界の終わり』や『ノルウェイの森』でやろうとしたのと、基本的にはまったく同じことなのです。〉（大疑問78、244）と述べていることに注目し、この膨大な対話集のダイジェストを読み直してみる必要があるだろう。

（**金子堅一郎**）

# 象の消滅《ぞうのしょうめつ》

**【ジャンル】** 短編 **【初出】**「文学界」85・8 **【収録】**『パン屋再襲撃』（文芸春秋、86・4・10）、『パン屋再襲撃』（文春文庫、89・4・10）なお、「象の消滅」は英訳短編集に収録され、その表題ともなっている。**【全作品】** ⑧ **【分量】** 50 **【キー・ワード】** 象、消滅、電話 **【舞台】** アパート、動物園（象舎）、カクテル・ラウンジ **【登場人物】** 僕、象、飼育係（渡辺昇）、彼女

**【梗概】** 僕は、動物園の閉鎖によって町に引き取られることになった老象に並々ならぬ関心を示していた。スクラップブックに新聞記事を集め、週末になると象と飼育係の行動を観察してもいたのである。しかし、一年後、象は飼育係ともども姿を消してしまう。僕にしてみれば新聞も警察も町長も正確な事情を把握できていなかった。波紋は徐々に広がりを見せた。僕は、象の消滅を確信していたが、警察に通報しようとはしなかった。象はいっこうに姿を見せず、人々の話題からも消えていく。僕は仕事で知り合った彼女に象の消滅について語りだす。裏山の通風口から象舎をのぞいていて、象が縮む様子を目撃したと。しかし、それは彼女との関係を疎遠にするばかりだった。

**【評価】** 象が消滅するといういかにも奇怪な現象について、森本隆子は〈僕の体験が社会の文法を前にしては、とうてい

「僕の錯覚」でしかありえないという思いが抱え込まれている〉（「国文学」95・3）としている。また、和田敦彦は象を消滅させたものはなにかを語ることは難しいが、その困難さこそが、機能性や便宜性を至上とする社会において〈異質な過剰さを抑圧する力の所在を、我々読者に見いださせる〉（「国文学」98・2）ことにつながると説く。

**【読みのポイント】**処女作『風の歌を聴け』において、〈僕〉はこう語っていた。何十年か先に自分を発見できるかもしれない、その時には象は平原に戻ると。本作品でも〈象という動物には何かしら僕の心をそそるものがある〉とされている。しかし、象は消滅してしまった。象とは何か、なぜ象は消滅してしまったか。このことについては、いくつかのアレゴリカルな解釈が可能であるかもしれない。しかし、問題は象は消滅してしまったという事実であり、象が消滅してもなお〈僕〉は生きていかねばならないということなのだろう。〈象の消滅〉は〈僕〉にとって「事件」であるよりも「経験」であった。それ以後、〈僕〉の〈内部で何かのバランスが崩れて〉しまう。人々は象のことなど忘れ去り、〈僕〉も〈便宜的〉な世界で〈便宜的〉に生きている。確かなことは、象と飼育係は二度と戻ってはこないし、〈僕〉も象消滅以前のようには生きられないでいるということである。（**丹藤博文**）

## ゾンビ《ぞんび》

**【ジャンル】**短編**【初出】**『TVピープル』（文芸春秋、90・1・25）**【収録】**『TVピープル』（文春文庫、93・5・8）**【分量】**10**【キー・ワード】**夢、眠り、結婚**【舞台】**墓場のとなりの道、湖のそばのホテル**【登場人物】**女、男**【関連】**マイケル・ジャクソン「スリラー」

**【梗概】**来月に結婚することになっている女と男が、真夜中、〈墓場のとなりの道〉を足早に歩いていた。その時どこかで〈ギイイッ〉という音がし、女は〈邪悪なことがおこりそうな予感〉にとらわれる。すると突然、男が女に向かって、君の歩き方はみっともないと言いだした。女が軽く受け流そうとすると、男はさらに彼女の右の耳の内側にあるみっつのほくろが下品で嫌いだと言い、果ては女の両親のことまで、口汚くののしり始めた。女が怒りのあまり言葉もなく茫然としていると、男は突然、頭が痛いと苦しみだす。すると男の皮膚がずるっと剝がれ、眼球が下に垂れた。彼は〈むきだしの肉のかたまり〉のようになり、逃げる彼女を追ってくる。男の手が襟をつかんだとき、女は悲鳴をあげて眠りから目覚めた。湖のそばのホテルのベッドに寝ていた女は、自分の身体を抱いている男に「私の耳にひょっとしてほくろがある？」と聞いた。男は「右の耳の中にある品のないみっつのほくろのことかな？」と答えた。女は目を閉じて思った。あの悪夢のような出来事は、まだ終わってはいないのだと。

**【読みのポイント】**霧・真夜中・墓場のとなりの道・若い男女。道具立ては、作中でも言われているように「スリラー」のビデオ・クリップに類似している。しかし「ゾンビ」は、単に「スリラー」の物語を踏襲するものではない。突然、男が女の歩き方を批判し始めたところから、物語は一転して春樹の世界へと移行してゆく。愛しているからといって、必ずしもその相手に対する不満や悪意がゼロになるとは限らない。どのような人間も内奥には、そんな負の感情を湛えた心の闇がある。愛しているはずの女を、悪し様に罵る男の、皮膚が剥がれ肉が露出してゆく様は、まるで隠されていたはずの心の闇が、引きずり出されたかのようである。そのような剥き出しの悪意に曝されることは、女にとって大変な恐怖であり悪夢である。先行作品をなぞるように見せかけながら、それを解体する。女の右耳のみっつのほくろを基点に、夢と現が連なる終わりなき悪夢を描く。異形（ゾンビ）への恐怖を描いた先行作品を、人間の秘められてあるべき負の感情に、突然に曝されてしまう底無しの恐怖を描く物語へと再構築するという力業が、この作品では成されている。突然、人の皮膚が崩れ落ちゾンビとなる場面がある作品としては「踊る小人」があり、比較してみるのも面白い。（**永久保陽子**）

## 大根おろし《だいこんおろし》

**【ジャンル】**超短編**【初出】**「太陽」94・3**【収録】**『村上朝日堂超短篇小説 夜のくもざる』（平凡社、95・6・10）、『村上朝日堂超短篇小説 夜のくもざる』（新潮文庫、98・3・1）**【分量】**3.5**【キー・ワード】**性、地下**【舞台】**地下室**【登場人物】**私、ラクダ男**【関連】**音楽：トム・ジョーンズ、アバ

**【梗概】**不潔なラクダ男が、食事をもって地下室の階段をおりてくる。私が食事を断ると、ラクダ男は「好きにしろ」と言う。地下室には拷問の道具が揃っている。私は「奥様に手を出していない」と言うが、ラクダ男は否定する。私は「大根おろしのことを考えていた」と言うが、「その通りじゃないか」とラクダ男は言う。私は「本当に大根おろしのことを考えていただけなのにな」と思う。

**【読みのポイント】**「村上朝日堂パーカー短編集」として掲載された作品。主人公・私の発言＝事実にラクダ男の返答が全く一致しないという出来事が、小さな物語を不思議なものにしている。会話だけではなく、拷問道具／レコード・不潔／食事といったように二項対立の構図を他にも見いだすことが出来る。また、セクシーシンボル的な存在であるトム・ジョーンズや、男女二人ずつのグループであるアバがどのような効果を持つのかも、作品を読み解く上で重要。（**川村英代**）

## タイム・マシーン《たいむ・ましーん》

【ジャンル】超短編【初出】「ボックス」86・1、「メンズクラブ」86・1、「ポパイ」85・12・25【収録】『村上朝日堂超短篇小説夜のくもざる』（平凡社、95・6・10）、『村上朝日堂超短篇小説夜のくもざる』（新潮文庫、98・3・1）【分量】2.5【キー・ワード】時間、同世代【舞台】僕の家【登場人物】僕、渡辺昇

【梗概】ノックの音に出ると、渡辺昇がいた。僕の家にタイム・マシーンがあると聞いたという。ユーモアで電気ごたつを示すと、新品と交換してくれという。応じると、渡辺昇は新品を運び入れ、ナショナルの『ほかほか』を持っていった。

【読みのポイント】こたつとタイム・マシーンの相関は、眠りや母胎の語を用いれば難なく想定できよう。〈僕〉の日常の連続性を遮断する者として登場する渡辺昇は〈僕〉に〈ユーモアのセンス〉を発露させる〈幸運としての渡辺昇〉であり、こたつにまつわる過去を回想させるタイム・マシーンでもある。久居つばさ『ねじまき鳥の探し方』には、イラストレーター安西水丸の本名であり、〈唯一の虎の子である〉作中人物名の渡辺昇について項目を立てた言及がある。初出は「J・プレス短篇集②タイム・マシーン（あるいは幸運としての渡辺昇②）」として発表された。

（百瀬　久）

## タイランド《たいらんど》

【ジャンル】短編【初出】「新潮」99・11【収録】『神の子どもたちはみな踊る』（新潮社、00・2・25）【分量】45【キー・ワード】夢、死、ドーナツ、サンドイッチ、眠り、結婚【舞台】バンコック行の飛行機内、バンコックとその近郊【登場人物】さつき、スチュワーデス、開業医、デトロイトの研究仲間、さつきの元夫、ニミット、さつきの父、神戸の男、ジョン・ラパポート（米国人特派員）、ニミットの元主人（ノルウェー人宝石商）、ボルティモアの同僚のデンマーク人医師、タイ人の老女【関連】ハワード・マギー、レスター・ヤング、ライオネル・ハンプトン、バド・パウエル、アル・ハインズ、ハリー・エディソン、バック・クレイトン、エロール・ガーナー、ジョン・ル・カレ、ベニー・グットマン、コールマン・ホーキンズ

【梗概】病理医のさつきは、甲状腺会議のためにバンコックに来た。彼女は米国で研究をしていたが、米国人の夫との離婚を機に帰国した。さつきはニミットというタイ人のガイド兼運転手の世話で休日をとる。貧村の老女は、さつきの体の中に石があり、夢の中の蛇が石をのむと言い、ニミットは、生と死は等価であり、死への準備の必要性をさつきに説く。さつきは、自分の中の石を認識し、神戸の男に堕胎させられ

た子を思って泣く。さつきが男の死を願って地震を起こしたのである。ニミットは、言葉を捨て、夢を待て、言葉は石になると語り、さつきは夢を待つことを決心する。

【評価】〈大地震や無差別テロは、シフトを変えろという合図〉〈それが切実な合図であることを、この連作の主人公たちは単独で理解できずにいる。〉という指摘が堀江敏幸（「ユリイカ」00・3）にある。

【読みのポイント】医学研究の最先端をゆくエリート病理医であり、更年期にさしかかった女性の心の傷（本意でない堕胎体験）が、タイランドというアジア的混沌世界に生きるニミット（〈半分死んでいる〉と自認する男）と老女（〈心の治療者〉〈夢の予言者〉）によって治癒への道筋を示されることの逆説、〈医学の発達は人類の抱える問題をより多く浮上させ〉という語りなどから、現代の高度資本主義社会、科学技術へのアイロニーを読むことができるだろう。さつきの懊悩を解消する〈夢〉の意味については、他の春樹作品における夢との関連が検討される必要がある。また、〈生きることと死ぬることは、ある意味では等価なのです〉というニミットの語りから、死に向かう準備のためのシフトチェンジの問題、さらにニミットの元主人が語った〈相互コミュニケーション〉が〈存在〉しない〈北極熊〉のライフについての〈不思議な話〉なども読みのポイントとなる。（**佐野正俊**）

## 高山典子さんと僕の性欲《たかやまのりこさんとぼくのせいよく》

【ジャンル】エッセイ風超短編【初出】「メンズクラブ」86・1【収録】『村上朝日堂超短篇小説 夜のくもざる』（平凡社、95・6・10）、『村上朝日堂超短篇小説 夜のくもざる』（新潮文庫、98・3・1）【分量】2.3【キー・ワード】性【舞台】千駄ヶ谷小学校の前から青山一丁目まで、四ッ谷駅前【登場人物】僕、高山典子【関連】デビッド・リーン『旅情』
【梗概】僕は高山典子さんと初めて並んで歩いた時その速さに仰天して、一緒にいるのが迷惑か、あるいは、彼女に性欲を抱いたわけではないが、性欲を減退させようとしているのかと思った。彼女の速歩きに他意がなく、そうすることが好きだとわかったのは、何カ月か後、すさまじい速度で雑踏を一人で歩く彼女を見たからだ。近寄って声をかけようとしたが、もうずっと向うにいて取り残されたが、彼女が思い違いをしていなかったことを知り嬉しかった。
【読みのポイント】歩くという日常的にありふれた行為を、一般的には、ほとんど無関係な性欲の問題と勝手に関連づけて、都合の良い解釈をしてしまい、一人合点しているところに、滑稽さを見出すだけではなく、他者（異性）との間にスムーズなコミュニケーションを結ぶことのできない僕という存在の形象化に対し、十分に留意すべきである。（**小菅健一**）

# タクシーに乗った男《たくしーにのったおとこ》

**【ジャンル】**短編**【初出】**「IN・POCKET」84・2**【収録】**『回転木馬のデッド・ヒート』(講談社、85・10・15)、『回転木馬のデッド・ヒート』(講談社文庫、88・10・15)**【全作品】**⑤**【分量】**35**【舞台】**青山の画廊、ニューヨーク、アテネ**【登場人物】**僕、彼女、絵の中の『タクシーに乗った男』**【関連】**デューク・エリントン・オーケストラ、ギリシャの古代劇(エウリピデス、アイスキュロス、ソフォクレス)

**【梗概】**四十歳前後の女性の画廊オウナーにインタヴューをしたときのこと。彼女は〈これまでに目にしたなかでいちばん衝撃的だった絵〉を問われ、『タクシーに乗った男』の話をした。それはかつて彼女がニューヨークで無名の亡命画家から買った絵で、この画家には才能を感じなかったが、そこに描かれていた若い男に〈私自身の失われてしまった人生〉を感じたのだった。〈彼〉は〈凡庸〉に閉じこめられていて、そこから抜け出すことはできない。日本に帰ってくるとき彼女はその絵を焼いた。ところが昨年の夏、彼女はアテネのタクシーで〈彼〉と乗り合わせた。ギリシャ古典劇の俳優だという彼と別れたあと、彼女は自分のなかの〈何かが永遠に消えた〉ことを感じた。彼女は彼が残した『カロ・タクシージ――よいご旅行を』という言葉を思い出しては〈私の人生は既に多くの部分を失ってしまったけれど、それはひとつの部分を終えたというだけのことであって、まだこれから先何かをそこから得ることができるはずだ〉と考える。僕は今このような形で発表できて、すごくほっとしている。

**【評価】**「はじめに・回転木馬のデッド・ヒート」の〈これは正確な意味での小説ではない〉という作者自身の断定が影を落としてか、具体的な考察は少ない。

**【読みのポイント】**画廊のオウナーの語る自己開放の物語への考察はもちろんだが、同時に考察すべきは、その物語の前後にある〈僕〉の語りの内容と、その部分の存在が作品構造に与えた意味であろう。〈僕〉が語る週刊誌の大学探訪記事が、「青山学院大学」(「朝日ジャーナル」82・2・5)を指すことは明らかだが、ここになぜこうしたインタビューの記憶が語られるのか、それがオウナーの語りとの対照においていかなる意味をもつのか、といった枠の内外の関係への問いは、本作のような、入れ子構造をもつ作品を考察するうえで欠かせない視点だろう。本作の場合、さらにその内部にもタクシーや絵画の額縁といった入れ子が幾重にも設定され、そこからの開放がオウナーの語りの主題をなしているため、とくに重要と思われる。

(**杉山欣也**)

## タクシーに乗った吸血鬼《たくしーにのったきゅうけつき》

【ジャンル】短編【初出】「トレフル」81・12【収録】『カンガルー日和』（平凡社、83・9・9）、『カンガルー日和』（講談社文庫、86・10・15）【全作品】⑤【分量】9.4【キー・ワード】時間、電話【舞台】タクシーの車内、僕の部屋【登場人物】僕、女の子、タクシーの運転手【関連】ドノヴァン

【梗概】待ちあわせていた女の子とすれ違い、渋滞でタクシーに閉じ込められて苛立ち、女の子の服を脱がせる順番を夢想して気を紛らわそうとする僕に、唐突に運転手が吸血鬼が存在すると思うかたずねてくる。はじめはわからない、と答えるが、運転手は僕のあいまいさを認めず、信じるか、信じないかの二者択一の答えを要求する。僕は吸血鬼を信じない立場をとるが、次に幽霊はどうかと聞かれる。いるような気がする、と答えると、またイエス、ノーではっきりと答えることを要求される。僕は、タクシー運転手の誘導によって、吸血鬼は信じず、幽霊は信じる、という立場をとることになり、肉体のアンチ・テーゼとしての幽霊は認めるが価値転換としての吸血鬼は認めないという、もっともらしい根拠まで、提示するに至る。しかし、タクシー運転手は自分は吸血鬼を信じるという。自分が吸血鬼である、というのが根拠であり、〈実証〉であるというのだ。僕は適当に話を合わせていたが、血を吸うんなら女の子で、岸本加世子や真行寺君枝のタイプがよく、桃井かおりは気が進まない、と得々と語る運転手の言葉に次第に巻き込まれ、いつのまにか、吸血鬼の存在を信じるようになる。帰宅後、すれ違いで会えなかった女の子に電話し、練馬ナンバーの黒塗りタクシーに吸血鬼の運転手が乗っているから、気をつけるように話す。

【評価】作品論はまだないが、作品名に言及したものとして、穂村弘「『カンガルー日和』春樹の呪縛」（『ユリイカ』vol.32－4、00・3）がある。

【読みのポイント】あいまいな僕が、あいまいさを許さない運転手に誘導されて、明確な〈信念〉が形作られていくものの、運転手の意表をつく〈実証〉に〈信念〉はあっけなく空中分解し、結局、自分自身が吸血鬼である、との運転手の告白に巻き込まれていく、主人公の変化と展開の意外性が〈吸血鬼〉というメタファーを利用してコミカルに描かれている作品である。ここでは運転手が本当に吸血鬼であるかどうかの真偽は問題ではなく、対話において運転手が主導権を握り、僕を手玉にとる策略にみちた論理のパラドックスに注目したい。その語りの力によって、運転手はまさしく危険な存在なのだ。運転手の自在な語りに翻弄される僕の姿を通して〈信念〉と〈実証〉の寓意が読みとれる。

（藤田和美）

## タコ《たこ》

【ジャンル】超短編【初出】「ボックス」86・11【収録】『村上朝日堂超短篇小説 夜のくもざる』（平凡社、95・6・10）、『村上朝日堂超短篇小説 夜のくもざる』（新潮文庫、98・3・1）【分量】2.5【キー・ワード】手紙【舞台】自宅【登場人物】僕、渡辺昇、娘

【梗概】渡辺昇は僕にタコの絵葉書をよこし、一緒にタコを食べようと誘う。彼は他の誰かと僕を取り違えているようだが、僕は返事を出す。それ以降連絡はなく、僕はタコを食べそびれてしまう。忘れかけた頃、渡辺昇からまんぼうの絵葉書が届いた。彼はまた僕と誰かを取り違えているのだ。

【評価】「タコ」そのものの評はない。『夜のくもざる』については、速水由紀子「メーキング・オブ・村上春樹 安西水丸著『夜のくもざる』」（「アエラ」95・7・3）、岡崎武志「絶妙の語り口で読ませる短編集『夜のくもざる』」（「サンデー毎日」95・7・9）、久居つばき「『夜のくもざる』」（「ユリイカ」00・3臨増）など。

【読みのポイント】『夜のくもざる』は、広告用に書かれた〈短い話のようなもの〉（「あとがき その1」）。絵入り葉書の交換が微妙なずれを生じさせていく点に、軽いユーモアに仕掛けられた〈他者不在〉の不気味さが感じられる。（馬場重行）

## 駄目になった王国《だめになったおうこく》

【ジャンル】短編【初出】「トレフル」82・12【収録】『カンガルー日和』（平凡社、83・9・9）、『カンガルー日和』（講談社文庫、86・10・15）【全作品】⑤【分量】11【キー・ワード】怒り【舞台】駄目になった王国の裏手、東京赤坂近辺のホテルのプールサイド【登場人物】僕、Q氏の連れの女【関連】音楽：ビル・エヴァンス、モーツアルト　書籍：バルザック、モーパッサン、大江健三郎

【梗概】〈駄目になった王国の裏手にはきれいな小川が流れていた。〉〈僕〉は、人々が駄目になった王国の旗が尖塔にはためくのを見ながら噂する声を聴き、小川の冷たい水で足を洗った。〈Q氏〉は大学時代に隣の部屋にいた友だちで、塩やドレッシングの貸し借りで親しくなった。〈Q氏〉という人間を説明するのはとても至難の業で、それを試みるたびに深い絶望感に襲われる。結局の所「欠点のない人物」としか説明できない。〈僕〉は、その〈Q氏〉と10年くらい後にホテルのプールサイドで出会う。しかし〈Q氏〉は僕に気付かず、連れの〈足の長い女の子〉と込み入った話をしていた。〈Q氏〉が誠実に説明しようとすればするほど不誠実な空気が漂い、〈女〉は納得せず、〈出口のない会話〉が続いた。〈女〉は〈Q氏〉にコーラを買ってこさせ、そのLサイズの

カップごと〈Q氏〉に投げつけた。コーラの2／3は〈Q氏〉にかかり、残りの1／3は〈僕〉にかかった。謝る〈彼〉に僕が気にしないようにと告げると、〈昔と同じくらい気持ちの良い笑顔〉を見せたが、最後まで〈彼〉は〈僕〉のことを思い出さなかった。〈僕〉がこの文章の題を〈駄目になった王国〉としたのは、その日の夕刊で偶然アフリカのある王国の崩壊の記事を読んだからだった。

**【読みのポイント】**冒頭の〈駄目になった王国〉の記述とQ氏の話がどのようにつながるのか、理解しにくい謎の話である。エピローグに偶然新聞で読んだ記事をタイトルにしたという落ちをつけているが、ここにあるのは、鈴村和成が、村上の小説の〈虚構空間〉は〈意志による選択の空間ではなく、無意志的な占いの空間〉であり、世界の連続性に非連続なものをもたらすそれは〈巫女の言説〉であると指摘した（『未だ／既に』85・10）世界ともいえる。何と云うことはない大学時代の友人との再会という日常性に、お伽噺的な要素を配置することで、〈僕〉よりも〈570倍くらいハンサム〉だった非の打ち所のない完璧なQ氏の言葉が、とても虚しいものになっていき、さらに〈僕〉を思い出せないことで、彼の存在自体がある種の喪失感に包まれていく。話の全体の枠組みの非連続性とその中での人物の空虚感とが相まって、不思議なリアルさを浮かび上がらせる。（**余吾育信**）

## タルカム・パウダー《たるかむ・ぱうだー》

**【ジャンル】**エッセイ風超短編**【初出】**『夢で会いましょう』（冬樹社、81・11・25）**【収録】**『夢で会いましょう』（講談社文庫、86・6・15）**【分量】**1**【登場人物】**僕

**【梗概】**共通の体験を通して培われた第二の天性とでも呼ぶべき何かの為、この世界に残されたのは〈僕〉とタルカム・パウダーだけという気分になることが時々ある。他のものに対してこうした気持ちを抱くことはない。それが何故かなんて〈僕〉にはわからない。

**【読みのポイント】**春樹の作品には一様にさまざまなものになじめない人物が登場する。それは〈自分の体やら、自分の考えていることやら、自分の求めていることやら、他人が要求していること〉（「午後の最後の芝生」）などであり、自分自身でさえ巧く説明がつかない。しかし、この小品で取りあげられている〈タルカム・パウダー〉は珍しく〈なじめるもの〉であり、〈ヘアー・ブラシやオーデコロンやスポーツ・シャンプーや歯みがき粉やバス・タオル〉とは違い、理屈抜きに安堵感をもたらすものとして語られる。〈タルカム・パウダー〉を使った幼い頃の記憶の断片が結実したのではなかろうか。（**唐戸民雄**）

# ダンス・ダンス・ダンス《だんす・だんす・だんす》

【ジャンル】長編【初刊】『ダンス・ダンス・ダンス』（講談社、88・10・24）【収録】『ダンス・ダンス・ダンス』（講談社文庫、91・12・15）【全作品】⑦【分量】1314【キー・ワード】時間、死、夢、同世代、性、結婚、少女、音、闇、ドーナツ、ビール、スパゲティー、サンドイッチ、羊、猫、電話、眠り、消滅、娼婦、失踪、影【舞台】ドルフィン・ホテル、札幌、函館、旭川、羽田、箱根、赤坂、渋谷、カトマンズ、原宿、神宮球場、青山墓地、表参道、仁丹ビル、赤坂署、千駄ヶ谷、辻堂、江ノ島、藤沢、麻布、横浜、ニュー・グランド・ホテル、ハワイ（ホノルル、フォート・デラシーのビーチ、マカハ、カウアイ、オアフ）、ロス・アンジェルス、象牙海岸、長野、カイロ、乃木神社、シベリア、アフガニスタン、ジンバブエ、豪徳寺、小田原、箱根、パナマ運河、国府津の海岸、西湘バイパス、芝浦、東急ハンズ、喫茶店、図書館、シェーキーズ、代々木八幡、青山通り、紀ノ国屋【登場人物】僕、太ったメイド、支配人、キキ、電話局に勤める女の子、カメラマン、共同経営者、妻、友人、いわし（猫）、菫色の制服を着たウエイトレス、ホテルマン、五十前後の機械技師、女子高校生、恋人同士、大学生、身なりの良い中年の一団、盛装した若い女性のグループ、外国人ビジネスマン、ユミヨシさん、四十前後の黒服の男、バーテンダー、羊男、鷗、灰色猿、五反田亮一、ボーイ、アメ、ユキ、牧村拓、メイ、マミ、二人の警察官（猟師・文学）、フライデー（中村）、山羊のメイ、インド人のような顔つきの門番、庭師、ディック・ノース、ノースリーブで歩いている女の子、家族づれ、10人ほどのロコ、小さな水着をつけた二人の女の子、二人組の警官、サーフ・ショップの店員、アロハとムームーを着たアメリカ人の老夫婦、ピアノ弾きの女の子、正装した十組ほどの老夫婦、巨大な女、ジューン、白髪頭のサモアン、髪の薄い中年のピアニスト、老人、子供連れの母親、外人観光客、トラックの運転手、釣り人【関連】音楽：ヒューマン・リーグの唄、インペリアルズ、シュプリームズ、フラミンゴズ、ファルコンズ、インプレッションズ、ドアーズ、フォア・シーズンズ、ジャズ・ギター、ロック・ミュージック、フリートウッド・マック、アバ、メリサ・マンチェスター、ビージーズ、KCアンド・ザ・サンシャインバンド、ドナ・サマー、イーグルズ、ボストン、コモドアズ、ジョン・デンヴァー、シカゴ、ケニー・ロギンズ、ナンシー・シナトラ、モンキーズ、トリニ・ロペス、パット・ブーン、フェビアン、ボビー・ライデル、アネット、ハーマンズ・ハーミッツ、ハニカムズ、デイブ・クラーク・ファイブ、ジェリーとペースメーカーズ、フレディーとドリーマーズ、ジェファーソン・エアプレイン、トム・ジョーンズ、エンゲルベルト・フンパーディンク、ハーブ・アルパートとティファナ・ブラス、サイモンとガーファンクル、ジャクソン・ファイブ、ローリング・ストーンズ「ブラウン・シュガー」、ロッド・スチュアート、J・ガイルズ・バンド、レイ・チャールズ「ボーン・トゥー・ルーズ」、ジェネシス、ジャック・ルーシェのプレイ・バッハ、グレオリオ聖歌、坂本龍一、ジェリー・マリガンの古いレコード、アダム・アント、ポール・モーリア・グランド・オーケストラ「恋は水色」、パーシー・フェイス・オーケストラ「夏の日の恋」、「ロカフラ・ベイビー」、マイケル・ジャクソン、「ビリー・ジーン」、リチャード・クレーダーマン、ロス・インディオス・タバハラス、ホセ・フェリシアーノ、フリオ・イグレシアス、セルジオ・メンデス、パートリッジ・ファミリー、1910フルーツガム・カンパニー、ミッチ・ミラー合唱団、アンディー・ウィリアムズ、アル・マルティーノ、ミクロス・ローザみたいな音楽、ヘンリー・マンシーニ「ムーン・リヴァー」、ギリシャ劇のコーラス、トーキング・ヘッズ、レイ・チャールズ「旅立てジャック」、リッキー・ネルソン「トラヴェリン・マン」、ブレンダ・リー「オール・アローン・アム・アイ」、デヴィド・ボウイ「チャイナ・ガール」、フィル・コリンズ、スターシップ、トマス・ドルビー、トム・ペティー&ハートブレーカーズ、ホール&オーツ、トンプソン・ツインズ、イギー・ポップ、バナナラマ、ストーンズ「ゴーイン・トゥー・ア・ゴーゴー」、スモーキー・ロビンソンとミラクルズ、ポール・マッカートニーとマイケル・ジャクソン「セイ・セイ・セイ」、デュラン・デュラン、サム・クック「ワンダフル・ワールド」、バディー・ホリー「オー・ボーイ」、ボビー・ダーリン「ビヨンド・ザ・シー」、エルヴィス「ハウンド・ドッグ」、チャック・ベリー「スイート・リトル・シックスティーン」、エディー・コクラン「サマータイム・ブルース」、エヴァリ・ブラザーズ「起きろよ、スージー」、デル・ヴァイキングズ「カム・ゴー・ウィズ・ミー」、ジミー・ギルマー「シュガー・シャック」、ビーチ・ボーイズ「サーフィンUSA」、「ヘルプ・ミー・ロンダ」、フォー・トップス「リーチアウト・アイル・ビー・ゼア」、ソロモン・バーク、モダネアーズがトミー・ドーシーの歌を歌った古いレコード、シャフトのテーマ、スティーヴィー・ワンダー、パチンコ屋のマーチ、右翼の宣伝車の軍歌、ディープ・パープル、ボブ・クーパーの古いLP、ウェスト・コースト・ジャズ、ジョー・ジャクションやシックやアラン・パーソンズ・プロジェクトのLP、ボブ・ディラン「イッツ・オール・オーヴァー・ナウ、ベイビー・ブルー」「ハード・レイン」、ダイア・ストレイツやらなにやらのLP、ポリスのレコード、「バロック音楽をあなたに」、ヘンリー・

パーセル、カウント・ベイシーの演奏、ダイア・ストレイツ、アーサー・プライソックがカウント・ベイシー・オーケストラをバックに唄うレコード、アート・ファーマーのフリューゲル・ホーン、ストレイ・キャッツ、スティーリー・ダン、カルチュア・クラブ、ボーイ・ジョージ、ボブ・マリー「エキソダス」、スティックス「ミスター・ロボット」、サム・クックやリッキー・ネルソンの唄、ジョン・コルトレーン「バラード」、フレディー・ハバード「レッド・クレイ」、キッス、ジャーニー、アイアン・メイデン、AC／DC、モーターヘッド、プリンス、スライ&ザ・ファミリー・ストーン、ニューウェーブ、パンク、「レッド・クレイ」、『グッド・ヴァイブレーション』、クリーム、ザ・フー、レッド・ツェッペリン、ジミ・ヘンドリックス、『サーファー・ガール』、『20／20』、『ワイルド・ハニー』、『オランダ』、『サーフズ・アップ』、ブライアン・ウィルソン、「ファン・ファン・ファン」、「カリフォルニア・ガールズ」「409」「キャッチ・ア・ウェイブ」、ベン・E・キング「スパニッシュ・ハーレム」、「エブリデイ・ピープル」、エリック・クラプトンの新曲、プリテンダーズ、スーパー・トランプ、カーズ、ロキシー・ミュージック、ビィヴァルディ、バロック音楽、ジャズ、民族音楽、モーツァルトの室内楽、ブルース・スプリングスティーン「ハングリー・ハート」、J・ガイルズ・バンド「ダンス天国」、「ソング・フォー・ユー」、「ブルー・ハワイ」、「フレネシ」、アーティー・ショー、「ムーン・グロウ」、ハードロック、フォリナーの曲、セルゲイ・ラフマニノフ、「スターダスト」、「バット・ノット・フォー・ミー」、「ヴァーモントの月」、ショパンのプレリュード、コールマン・ホーキンズ、リー・モーガン、「スタッフィー」、「サイドワインダー」、スターン・ローズ・イストミンの演奏するシューベルトの作品一〇〇のトリオ、ピンク・フロイド、スリー・ドッグ・ナイト、スティーリー・ダンのテープ、ビル・エヴァンスのレコード、セネガル国歌、ディキシーランド・ジャズのバンド演奏「タイガー・ラグ」「ハロー・ドリー」、「フェア・オブ・ミュージック」、「ヘルプ・ミー・ロンダ」、ラビン・スプーンフル「サマー・イン・ザ・シティ」、「ポピュラー音楽」、マントヴァーニ・オーケストラ演奏「魅惑の宵」

**書籍・文学**：ジャック・ロンドンの伝記、「ガリバー旅行記」、スペイン戦争についての本、ケラワックの小説、スクルージ爺さん、フォークナー「響きと怒り」、フィリップ・K・ディック、「ポパイ」、「ホットドッグ・プレス」、「オリーブ」、エリオットの詩、トルーマン・カポーティの文章、エド・マクベインの87分署シリーズの新刊、三島由紀夫、「ブルータス」、『世界』、カフカ『審判』、サマセット・モームの小説、「プレイボーイ」、ロバート・フロストの詩、佐藤春夫の短編、

『王様の耳はロバの耳』、アガサ・クリスティの小説、ワトソン君、「不思議の国のアリス」、ユング、科学の本、「鏡の国のアリス」　**映画・俳優**：クリント・イーストウッドの出てくる西部劇、ディズニー映画、「スター・ウォーズ」、フェリーニ、タルコフスキー、ジョディ・フォスター、チャールトン・ヘストン、カーク・ダグラス、「水着の女王」、「王様と私」、二〇世紀フォックス「クレオパトラ」、エリザベス・テイラー、リチャード・バートン、レックス・ハリソン、ウディー・アレン、ローレンス・オリヴィエ、ポール・ニューマン「評決」、「カサブランカ」、ターザン映画、ヒッチ・コックの映画、クリント・イーストウッド「奴らを高く吊るせ」、「E・T・」、「大脱走」、イザベル・アジャーニ、バスター・キートン　**絵画**：ピカソ「オランダ風の花瓶と髭をはやした三人の騎士」

**【梗概】**一九八三年三月。三十四歳の〈僕〉は、高度資本主義社会の中でPR誌の穴埋め仕事をしている。友人と共同経営していた事務所を辞めた後、半年ほど無為の時間を過ごし、その間に妻は家を出た。それから、三年半、文章の「雪かき」仕事を続けている。札幌の〈いるかホテル〉を再訪するところから物語の幕は開く。それは、失踪してしまった恋人キキを探す目的を兼ねていた。ホテルは四年前の小さな建物ではなく、二十六階建ての超近代的なビルに変貌。〈僕〉は、フロント係ユミヨシさんと親しくなり、次第に心惹かれてゆく。ホテルには闇の異空間があり、そこで〈羊男〉に再会。〈羊男〉は〈僕〉が失ってしまったものとまだ失われていないものを繋げる仕事をしている、と語った。ホテルで出会った十三歳の少女ユキは、超能力のような感性を持っている。母親に置いてきぼりにされ、自宅に送り届けた〈僕〉は、母親の写真家アメ、父親の小説家牧村拓と交流するようになる。ユキと訪れたハワイでキキとすれ違う。夢中で追いかけ迷い込んだビルの一室で、六体の白骨死体を目の当たりにする。その後、アメの愛人デイック・ノースをはじめ周りの人々が次々に死んでゆく。中学の同級生五反田君が出演している映画『片想い』にキキも共演しているのを知り、それを契機に五反田君と旧交を温める。かつて周りの羨望を集めていた五反田君は〈僕〉にむかって離婚した妻のこと、コントロール不可能な自分の中の悪魔の力について打ち明ける。五反田君も海の中へ投身自殺をする。〈僕〉は札幌に向い、ユミヨシさんと朝を迎え、とどまるべき現実を見出す。

**【評価】**この作品については、雑誌所収記事や単行本に所収されたものにおいて幅広く言及されているが、後学に益すると思われるものをここでいくつか取り上げる。

この作品の大きな特徴は、舞台が一九八〇年代の社会に設定されていることである。高橋敏夫は、この作品を〈村上春樹の「高度資本主義」論である〉（「反村上春樹論」『文学のミクロポリティックス』れんが書房新社、89・11・25）という。深海遙は、脇役の〈文学〉と〈猟師〉という二人の刑事が六〇年代を象徴する人物であり、高度資本主義の無駄遣いと対比させられているという（『村上春樹の歌』青弓社、90・11・6）。笠井潔は、八〇年代に話題を集めた社会的な事件が作中に取り入れられ物語化されているとし、〈格率の世界〉を脅かすようなものが希薄化してきたことが同時代的にも語られている作品だという（『村上春樹をめぐる冒険』河出書房新社、91・6・20）。吉本隆明は、五反田君が三浦和義、少女ユキが後藤久美子の面影に似ているように、作者が現代風な細工を施して魅力をつくりだそうとしていると発言（「新潮」89・2）。小笠原賢二は、小説がサブカルチャーと無縁には成立しえない現状を指摘しつつ『ダンス・ダンス・ダンス』では二百を超える音楽が引用されていることに注目している（「日本文学の百年」「東京新聞」98・8・8夕）。

タイトルの〈ダンス〉の意味については、黒古一夫は〈僕〉が他者との関係性を回復していく積極的な行動の比喩であるといい（「失われた世界からの帰還」『村上春樹スタディーズ02』若草書房、99・7・2）、中村三春は向こう側の理法を凝視しながら、こちら側の世界の繋ぎ目を作り続けることだという。さらに、この踊りが円舞曲であり、〈僕〉の前に現れる事柄が、全体として円環を紡ぐと言及。その事例として、ハワイで見た六体の白骨の順に人が死んでいく展開等を挙げる。（「『風の歌を聴け』『1973年のピンボール』『羊をめぐる冒険』『ダンス・ダンス・ダンス』四部作の世界」「国文学」95・3）。

〈重いテーマを軽いステップで踊りきってきたこれまでの作品といくぶん感じが違う（中略）村上は、重いステップでも踊りはじめた〉というのは、鷲田小彌太（「村上春樹の踊り方」「潮」89・4）。主人公は生活の細部ではきわめてファッショナブルであるようにみえて、性格が多分に非ファッショナブルであることに作者自身の「高度資本主義社会」ないし「現在」に対する向き合い方——一見きわめてクールでありながら、その実なにかまともなものに向けてのパセティックで頑固なまでの倫理的姿勢——を見るのが、渋沢孝輔（「ある『現実』への遍歴」「早稲田文学」89・3）。これらはこの作品を主題から見た場合の論点だ。川田宇一郎は、〈村上が必死で回復を願っているのが、人と人とのコミュニケーションだ〉（「間抜けな形状のもの」「ユリイカ」00・3臨増）といい、福田和也は、〈巨大なシステムとして日々整備されつつある現実に、小説が、個人がどう立ち向かうかという問いと、その無力の露呈、救い難さが、鮮明に提示されている〉（『作家の値うち』飛鳥新社、00・4・19）という。一方、中村三春は〈上手く声が出るだろうか？　僕のメッセージは上手く現実の空気を震わせることができるだろうか?〉という言葉は四部作の全体を締めくくる幕切れであるといい、それは『風の歌を聴け』の冒頭と呼応するという。さらにユミヨシさんに朝を告げる〈いちばんシンプルな〉言葉に象徴されるように「書くこと」=発語による自己救済の意志が、〈大きな物語〉を作らないようなジャンルを志向しているという(前掲論文)。

**【読みのポイント】**単行本「あとがき」に〈主人公の『僕』は『風の歌を聴け』、『1973年のピンボール』、『羊をめぐる冒険』の『僕』と原則的には同一人物である〉と記載されているため、主人公は原則的にそれ以前の長編三作と同一人物と読まれてよい、という作者の姿勢がみえる。羊男については、『羊をめぐる冒険』での登場に疑問があったといい、〈それを解決したかった〉、〈それまで僕が十年間書いてることにある種の決着をつけたかった〉と発言している(「この十年」『村上春樹ブック』91・4・5)。これまでの三部作が全て七〇年代を舞台にしていたのに比べて、この作品は八〇年代を舞台にした長編小説となっていて、それゆえ、八〇年代の舞台設定について問う小説になっているといえよう。そのことを含め、作者は当時のインタビュー「僕にも小説にも変質迫った10年」(「朝日新聞」89・5・2夕)で次のように語っている。現在は、文壇デビューから〈区切りの10年〉にあたり、〈『ダンス』は1983年の時代設定だが、あの時代のことは、どうしても書きたかった。80年代になって、いろんな価値観が転換した。60年代に育った「僕」が80年代にほうりこまれて、どう転換していくか興味があった〉。そしてこの小説は〈生き延びる〉話であり〈生き続けるという意志をもつこと〉が問題だ…。さらに〈責任を果たすということも必要じゃないか、逃げてばかりじゃいられない、という気が強くなった〉〈社会的なことも、いいたくはないが、予感では、言わざるをえない時代がいずれくる〉と発言している。ここでは、この作品の中に、その後コミットメント作家へと向かう作者の変貌の萌芽も見えていることが重要だろう。それは〈さて、と僕は思った。/社会に戻るべき時だった。〉という発言に至るまで二章分も長々と続く、冒頭部分の、主人公の極めて重い語りと対応していよう。

さらには、この作品の中に、作者の書く行為への自問が含まれていることを読み取りたい。〈ほぼ三年間切れ目なく雪かき仕事をやってきたあとで、僕は何か自分の為に文章を書きたいというような気持ちになっていた〉という科白に象徴されるように、この作品は高度資本主義社会に即した仕事をしていながら抵抗を感じている主人公が、自分のために文章を書こうという意志を抱いてゆく物語である。主人公に与えられたフリー・ライターという職業は、書く行為において作家の分身が含有されている。

（米村みゆき）

## チーズ・ケーキのような形をした僕の貧乏《ちーず・けーきのようなかたちをしたぼくのびんぼう》

**【ジャンル】**短編**【初出】**「トレフル」83・1**【収録】**『カンガルー日和』（平凡社、83・9・9）、『カンガルー日和』（講談社文庫、86・10・15）**【分量】**10**【キー・ワード】**音、結婚、猫**【舞台】**我々（僕と彼女）が借りた一軒家。二種類の鉄道線路にはさまれた〈三角地帯〉にある。**【登場人物】**僕、彼女（妻）、不動産屋、友人**【関連】**ジャン・リュック＝ゴダール

**【梗概】**一九七三、四年頃、結婚したばかりで貧乏だった我々（僕と彼女）は、（先端の角度が三十度のチーズ・ケーキのような形をした）〈三角地帯〉にある一軒家を借りることにした。二種類の鉄道線路にはさまれたその家は、家賃は安かったが騒音はひどく、電車が通っているあいだは話ができなかった。旅客列車の終電が通ったあとも、深夜便の貨車が通り、騒音の絶えることがなかった。すきま風の入る冬は地獄だったが、春は素敵な季節だった。四月に鉄道のストライキがあると、電車は一本も走らず、僕たちは幸せだった。結局我々はその家に二年住んだが、僕は今でも〈貧乏〉という言葉を聞くたびに、あの土地のことを思い出す。

**【読みのポイント】**この小説全体は、一九七三、四年頃を回想するというスタイルで書かれている。現在がいつであるかは特定できないが、仮に発表時（一九八三年）を現在とすれば、十年前ということになる。『カンガルー日和』の中には、十年前を語る「バート・バカラックはお好き？」、一九七一年を語る「スパゲティーの年に」など、他にも回想形式の物語がある。

ともかくこの小説では、近い過去ではなく、遠く過ぎ去った昔を懐かしむようなトーンが全体を支配している。ここでは〈三角地帯〉を通して、結局はその頃の〈若さ〉と〈貧乏〉が思い起こされているのではないか。理不尽なまでの電車の騒音（と振動）、すきま風が入る寒さは、確かに耐え難いものであったろう。だがそれは他人に押し付けられたものではなく、貧乏のせいとは言え、自ら選び取ったものである。若くて貧乏だから仕方がなかったし、貧乏でも若かったから耐えられたとも言える。そんな僕たちだからこそ、春、鉄道のストライキの日には、静けさと太陽の光だけで、〈ただ〉で幸せになれたのである。そんな日々を懐かしむ〈僕〉のまなざしが感じられる作品である。

なお、〈我々〉が、末尾近くの〈僕たちは本当に幸せだった。〉から急に〈僕たち〉に変わることにも注意したい。

（高木　徹）

## チャーリー・マニエル《ちゃーりー・まにえる》

【ジャンル】超短編【初出】『夢で会いましょう』（冬樹社、81・11・25）【収録】『夢で会いましょう』（講談社文庫、86・6・15）【分量】0.5【登場人物】チャーリー・マニエル

【梗概】1981年6月28日、チャーリー・マニエルは地雷源のまんなかに落ちてきた手榴弾をとるようにライト・フライをとった。

【読みのポイント】『夢で会いましょう』に収録された「ヤクルトスワローズ詩集」4番目の作品。春樹は1978年、神宮球場でヤクルトの試合観戦中に突然小説を書くことを思い立ったと言う。〈神宮に通いながら、慣れぬ手つきでせっせと原稿用紙のますを埋めていた。ヤクルト球団創設29年目にして初優勝、僕もちょうど29歳だった。〉（『やがて悲しき外国語』講談社文庫、97・2・15）とヤクルトと自らの歩みを重ね合わせている。作品中のチャーリー・マニエルは米国生まれ。1976年、ヤクルトに外野手及び指名打者として入団。一度移籍後、1981年までヤクルトに在籍した。1979年にはMVPも獲得した名選手。マニエルの一球にかける緊迫感を、意味の区切れとは無関係の改行や、身体感覚を刺激する直喩が効果的に表している。

（保科希美）

## 中国行きのスロウ・ボート《ちゅうごくゆきのすろう・ぼーと》

【ジャンル】短編【初出】「海」80・4【収録】『中国行きのスロウ・ボート』（中央公論社、83・5・1）、『中国行きのスロウ・ボート』（中公文庫、86・1・10）【全作品】③【分量】64【キー・ワード】時間、死、恋愛、電話、沈黙【舞台】区立図書館、神戸の高校のグラウンド、港町の山の手にある中国人子弟のための小学校、小さな出版社の倉庫、新宿、駒込駅、山手線、青山の喫茶店、中国【登場人物】僕、中国人の監督官、高校のクラスメイトの女の子、無口な中国人の女子大生、高校時代の知り合いの中国人、友【関連】音楽：「中国行きのスロウ・ボート」

【梗概】〈僕〉にとって中国人とは、自分自身の存在と死について考えさせる存在である。以下、出会った三人の中国人の話が語られる。一人目は、小学校の時に模擬試験を受けに行った時の監督官である。監督官は顔を上げて胸を張ること、誇りを持つことを語る。それに対して、〈僕〉は机に落書きをする。二人目は、大学生の時にアルバイト先で知り合った女の子である。〈僕〉は彼女と親密になりかけるが、〈僕〉が彼女を山手線の逆回りに乗せてしまったことでぶちこわしになる。彼女は自分の存在理由に不安を持ち、〈そもそもここは私の居るべき場所じゃない〉と呟く。三人目は、高校時代

一緒だったというがよく覚えていない百科事典のセールスマンである。彼は何もかもが少しずつ擦り減りつつあるという印象を持たせた。三人の話を語ることを通じて、〈僕〉も〈僕の場所でもない〉という自身の存在の不安定さを再確認する。

**【評価】** 最初の短篇集であり、表題作であるため、刊行されてすぐに反応があった。青山南「跳梁する〈影〉のバリエーション」（「日本読書新聞」83・7・11）、川村湊「書評」（「群像」83・8）、山川健一「海の手帳」（「海」83・8）、新井満「環境小説の誕生」（「週刊読書人」83・12・5）である。これらは作品の出来にはおおむね好意的ではあるが、気分を味わうことが肝要であり、意味を追究することは無意味であると解く。今井清人『村上春樹OFFの感覚』（星雲社、90・10）は、〈中国〉を〈僕〉の異境幻想観の顕著な現れと捉え、「風の歌を聴け」におけるアメリカとの関連づけを測る。黒古一夫「アメリカ・中国、そして短編小説」（『村上春樹―ザ・ロスト・ワールド』（第三書館、93・5）、『スタディーズ01』）は、「1973年のピンボール」と関連づけ、作家村上春樹のメンタリティーの原型を読む。本格的な作品論は、阿部好一「村上春樹論の試み―短編二、三の読解をめぐって―」（「神戸学院女子大学紀要」89・3）になる。阿部は作品の額縁構造と時間構成に注目し、〈自信にあふれていた監督官、現実とのズレを意識しながら諦めつつある女子学生、そしてほぼ完全に現実からずり落ちて影のように生きているセールスマン。三人の中国人のイメージはこのように変転し、ゆがみ、崩れ、下降してゆく〉とテクストの戦略を明らかにする。そして、〈作者は時代の変貌のうちに、ゆがみ崩れ去ろうとする人間そのものをここで描いているのである〉と解釈する。この指摘は重要であろう。田中実「港のない貨物船」（「解釈と鑑賞」90・12）は、中国人を〈日本〉の中に同化させ一体化させようとしている〈日本人〉の姿、そして、中国人と同じように自己を喪失させられていった〈僕〉の姿を読みとる。そして、〈僕〉のみならず、近代文学が孕んできたこの〈自己化作用〉を続ける限り、〈自己〉は喪失し続けると述べている。

**【読みのポイント】** 村上が初めて書いた短編小説である。作者の自解によると、題名を決め、そのイメージで作品を作り上げたものであり、その後多くの短編作品がこの方法を採っていることから先駆的作品として位置づけられるとある。

『全作品』に収録のものはかなり改稿がある。以下、その大きな相違点を挙げる。1、中国人小学校に行った〈僕〉が最後に落書きした結末の削除。2、中国人女子大生の性格が多く描かれ、より人間味を増す。3、中国人女子大生に対する〈僕〉の態度は若い男性にありがちの傲慢さが加えられる。4、〈僕〉もセールスマンも意識的に〈記憶〉について語る。

5、〈僕〉が行けない場所にニューヨークなどが挙げられていたが、中国のみに限定。〈中国〉の特権化が行われている。『全作品』の改稿は〈当時表現しようと志して、十全には表現しきれなかった事柄を幾分なりとも明確にする〉という姿勢である。しかし、「中国行きのスロウ・ボート」に関しては、改稿によって作品の主軸が変わったのではないか。つまり、〈記憶〉の捉え方がより鮮明になり、中国が特権化されたことにより、先行の論が指摘してきたテクストの戦略や〈自己化作用〉では捉えきれない部分が加わったのである。

読みのポイントになるのは、〈記憶〉の捉え方である。〈僕〉に残っていた外野手と中国人の〈記憶〉は、〈僕〉がまだ自分自身に誇りを持っていた証左として登場する。この誇りを〈中国〉という形に置き換え、現在の不安定な自分自身がめざすべきものとする。この〈記憶〉をいかに位置づけるかが「中国行きのスロウ・ボート」の価値に繋がるであろう。更に、不確かな〈記憶〉と存在理由という問題は、作品集全体に関わる軸、更に村上春樹文学全体の問題として捉えられる。

また、作者の自解〈村上春樹という作家のおおかたの像は、この作品集の中に既に提出されている〉は重要である。個々の作品の分析の精化とともに、作品集『中国行きのスロウ・ボート』の関係性、全体像を明らかにする試みが今後の課題である。

（**山根由美恵**）

# 沈　黙《ちんもく》

**【ジャンル】**短編**【初出】**『全作品⑤』（講談社、91・1・21）**【収録】**『沈黙』（全国学校図書館協議会、93・3・1）、『レキシントンの幽霊』（文芸春秋、96・11・30）、『レキシントンの幽霊』（文春文庫、99・10・10）**【分量】**50**【キー・ワード】**死、夢、怒り、ビール、沈黙**【舞台】**空港のレストラン、大沢さんが通う中高一貫の私立男子校、大沢さんの部屋、大沢さんの通学電車内**【登場人物】**僕、大沢さん、青木、松本

**【梗概】**空港のレストランで僕は、中学校の頃からボクシングをやっている大沢さんから、人を殴った時の話を聞いた。大沢さんが中学生の時、英語のテストで満点に近い点数を取ったことから同級生の青木の恨みを買い、カンニングの噂を流される。怒った大沢さんは青木を難詰し、思わず殴りつけてしまった。青木とまた同じクラスになった高校生の時、大沢さんは、いじめを苦に自殺した同級生の松本を殴っていたのではないかと疑われ、学校で完全に孤立してしまう。大沢さんは青木の扇動だと直感したが何も出来ず、孤独感に苛まれて苦しんでいた。だがある日、通学途上の電車内で青木と目を合わせているうちに、憑き物がとれたように気持ちが軽くなっていった。

**【読みのポイント】**大沢さんは、本当に怖いのは〈青木のよ

うな人間の言いぶんを無批判に受け入れて、そのまま信じてしまう連中〉だと語り手に漏らす。この言葉は、作品集『TVピープル』以降、顕在化してきたといわれる、理不尽な暴力というモチーフと重なる。また、松本サリン事件や地下鉄サリン事件の直後に単行本に再録されたため、オウム真理教信者のいかがわしさや事件に対する大衆の反応のいかがわしさを、読み手に連想させる効果が生まれている。現実の村上春樹は沈黙することなく、事件の被害者の声を集めて『アンダーグラウンド』をまとめあげており、理不尽な暴力に対して言葉で応えていく姿勢を示したというふうに、作家論的位置づけも可能だ。ところで「沈黙」には、いじめの加害者の名前を秘めたまま自殺した松本という沈黙者が登場する。松本の沈黙が大沢さんに理不尽な暴力をもたらしたことや、大沢さんを襲う暴力が沈黙の壁という形をとったことは、沈黙の姿勢に対するイメージが必ずしも肯定的なものばかりではないことを想像させる。川本三郎による『レキシントンの幽霊』の書評（「週刊現代」97・1・11）に付けられた「「過去」と「孤独」を愛する男たちの物語」という副題は、沈黙に肯定的な意味を与えているようにうかがえるが、作品集全体としてはともかく「沈黙」に限っては、テクスト内の沈黙の諸相をていねいに腑分けし、その意味あいを考えていく必要があるだろう。

（**横井　司**）

## 『使いみちのない風景』《つかいみちのないふうけい》

**【ジャンル】**エッセイ＋写真集**【初出】**「Switch」93・5、「ドウマゴ通信」13号、92・12、「an・an」84・4・27**【収録】**『使いみちのない風景』（朝日出版社、94・12・10）、『使いみちのない風景』（中公文庫、98・8・18）**【分量】**27**【キー・ワード】**猫**【舞台】**フランクフルトの動物園、ギリシャの海、ドイツの田舎の旅館**【関連】**アントニオ・カルロス・ジョビン「使いみちのない風景」

**【内容】**初刊は、ロマン・ブック・コレクションの第二冊として、稲越功一の46葉（文庫版45葉）の写真を配した春樹の中編エッセイ。文庫版では「ギリシャの島の達人カフェ」（写真8葉）と「猫との旅」（写真5葉）の二編のエッセイが加えられた。「使いみちのない風景」は、〈クロノロジカルな風景〉とは別にある、〈住み移り〉の過程で目にしたどこにも結びつかず何も語りかけない〈使いみちのない風景〉の実例として、八年位前の冬の寒い午後フランクフルトの動物園で見たアリクイの夫婦、冬のギリシャの海でフェリーボートのデッキで見かけた若い水兵の目、ドイツの田舎の旅館の窓から見えた運河の風景、の三つを紹介する。「ギリシャの島の達人カフェ」は、小説家を続けていること以外のもう一つの選択肢として『ノルウェイの森』執筆当時ギリシャの島の港のカフェで過ごしたのんびりした日常が在ったことを述べ、「猫との旅」は、旅行好きの猫を飼う夢を述べる。

**【読みのポイント】**中編エッセイとは言え、一頁一行から十一行までという不規則な頁割りで、しかも初刊での読点で改行して行頭を揃えたレイアウトは、一種散文詩的に読める。内容的には紀行文的な要素もあれば、旅行論的な要素もありつつ、結局は風景論・記憶論・小説論にもなっている。『世界の終りとハードボイルド・ワンダーランド』の創作動機にもさりげなく触れられているが、〈使いみちのない風景〉が『カンガルー日和』所収短編の初出連載時のシリーズ名であったことには注目すべきだろう。初出のリードには〈写真の数かずに文章を寄せた〉とあり、〈写真と協同、あるいは競合〉（今井清人「写真稲越功一、旅の風景をめぐって」「ユリイカ」00・3臨増）した結果、一見無関係に見える隣接した写真と文章が、初刊帯が謳うように〈美しいハーモニー〉を奏でているのだとしたら、村上春樹のこだわる世界との距離の取り方の現われとして興味深いはずで、それは稲越が「〈鼎談〉あらためて村上春樹を読む」（「CLASSY」97・10）の中で、〈春樹さんは中景という気がするんです。遠くでもないし近くでもない。あるスタンスをもった風景。〉と述べたことにも繋がってこよう。なお初刊から文庫版へ収められる際に本文には細かな手が入れられている。（原　善）

## 土の中の彼女の小さな犬《つちのなかのかのじょのちいさないぬ》

**【ジャンル】**短編**【初出】**「すばる」82・11**【収録】**『中国行きのスロウ・ボート』（中央公論社、83・5・20）、『中国行きのスロウ・ボート』（中公文庫、86・1・10）**【全作品】**③**【分量】**83**【キー・ワード】**電話、死、沈黙、犬、ビール**【舞台】**ホテル、彼女の家の庭**【登場人物】**僕、彼女、ガールフレンド**【関連】**ヘンリー・ライダー・ハガード

**【梗概】**ガールフレンドと些細なことで喧嘩をし、二人で来るはずで予約していたリゾートホテルに一人で仕事にきている僕は、もう三日も雨に降りこめられている。ホテルの食堂や図書室で行き会った若い女と占いゲームをすることで、プールサイドで過去の話を聞くことになる。八歳の時から八年間も可愛がっていたマルチーズが死んで、庭に埋葬する時に一緒に埋めた預金通帳を、翌年お金に困った親友の為に掘り起こした時以来、彼女は手に浸みこんだ匂いが無意識の内にも気になっているのだった。話を聞き終えた僕は、彼女の手の匂いを嗅がせて貰い、石鹸の匂いだけがすると答える。彼女と別れた僕はガールフレンドに電話をかけ、ベルを鳴らし続けたが、彼女は出ない。僕はもう一度ダイヤルを回す。

**【評価】**鈴村和成「電話をかけている場所」（『テレフォン』洋泉社、87・9・25）は、〈村上のテクストの反復の効果〉を説

きつつ、電話というメディアの無限に続く回路を描いている点と、ラストの一行がメビウスの環の繋ぎ目であることとを明らかにした。小林正明「デッキ・チェアで語る女」（『塔と海の彼方に』）は、プールをイドの、デッキ・チェアを分析治療用の寝椅子の、それぞれ象徴として読むことで、作品を〈分析療法の模範的な症例研究だ〉とし、さらに〈村上春樹のテクスト群において、特権的な数値〉である〈二十五〉回というベル・コールの中に、〈語りの力による関係性の回復〉への夢を読んでいる。他に伊川龍郎「イメージのドラマまで」（『休日の村上春樹』）がある。

**【読みのポイント】**鈴村が読むとおり、電話が大きな意味を持つことは春樹テクストの重要なモチーフであり、小林の読んだ分析療法的である点も、洗練された会話が相手のトラウマを引き出し癒す、というパターンは春樹文学の特徴である。その意味で本作は春樹文学の最も原型的な作品であるのだが、それを『全作品』に収録の際に、春樹自身が「自作を語る」で〈この作品がどうも気に入らなくて、あまり思い出したくもなかったのだが（…）まあこういう感じのものがひとつあってもいいんじゃないかという気はした。〉という否定的な自己評価を下している点を説明しきることが求められる。また彼女の話と、それを囲い込む外枠のガールフレンドの物語との繋がりもより明確にされるべきだろう。

（**髙根沢紀子**）

## TVピープル　てれびぴーぷる

**【ジャンル】**短編**【初出】**「PAR AVION」89・6（原題「TVピープルの逆襲」）**【収録】**『TVピープル』（文芸春秋、90・1・15）、『TVピープル』（文春文庫、93・5・8）**【分量】**60**【キー・ワード】**音、闇、手紙、電話、ビール、失踪**【舞台】**僕の自宅、会社**【登場人物】**TVピープル、僕、妻、電機会社の社員・課長・同僚**【関連】**ガルシア・マルケス、「エル」、「マリ・クレール」、「家庭画報」、「クロワッサン」、「アンアン」

**【梗概】**〈僕〉はガルシア・マルケスの新しい小説を読むことや音楽を聴くことを喜びとしながら、妻と二人で暮らしている。ある日曜の夕方、妻の外出中にTVピープルがやってきて〈僕〉の部屋にテレビを運び込んだ。彼らは〈僕〉の存在を頭から無視して、サイドボードの上にテレビをセットした。だが奇妙なことに彼らはスイッチを入れて白い画面を浮かび上がらせただけで、画像が写らないことを意に介さない。その夜、帰宅した妻は室内の乱雑さにもテレビの存在にも気がつかなかった。翌日、TVピープルは会社にも姿を現した。彼らは会議室にテレビを抱えて入ってきたが、社員たちは妻と同様、何の反応も示さなかった。〈僕〉は自分だけがTVピープルに関する情報から疎外されているのではないかと不安になる。その日、〈僕〉が帰宅すると妻は不在で、夜になっても帰ってこなかった。妻を待つ間、〈僕〉は会議の夢を見た。周りの人間はすでに死んで石になっており、〈僕〉も石に変わろうとしていた。目が覚めるとテレビがついていて、三人のTVピープルが写っている。一人がテレビの外側に出てきて、「我々は飛行機を作っているんだ」と言う。だが、〈僕〉にはとても飛行機に見えない。彼はまた「奥さんは帰ってこないよ」と〈僕〉に告げる。テレビの中では二人のTVピープルがせっせと飛行機を作っている。〈僕〉は完璧といってもいい彼らの仕事ぶりを見ているうちに、彼の言うとおりそれは飛行機なのかもしれないと思うようになり、妻はもうここには戻ってこないような気がしていた。

**【評価】** 刊行直後の書評に、三浦雅士「現実への違和感描く五つの世界」（「週刊朝日」90・2・9）、松岡和子「恐怖の中に点在する鮮やかな色　村上春樹著『TVピープル』」（「文学界」90・4）などがある。三浦は〈現実への違和感〉を作品の主題ととらえ、〈誰でも現実を夢のように感じることがある。自分の存在を信じられなくなることもある。それが人間なのだ。村上春樹の初期から一貫している主題だが、ここではそれが露出している〉として、初期作品から一貫する主題の中にこの作品を位置づけた。松岡はこの短編集を〈村上春樹による怪談集〉とし、怪談としての怖さを〈世界が狂ったか自分が狂ったか、どちらかわからない―「主観」が根本のところで信用できなくなる。確かだと思っていた日常のリズムが、ルーティーンの土台が、得体の知れないものによって崩される〉ところに見る。ロシア文学研究者からの発言に工藤正広「『TVピープル』を読んだ時と場所から―純粋秩序の楽しさ―」（「国文学」95・3）がある。工藤は「加納クレタ」で、犯され喉を切り裂かれて死んだ〈私〉が聴く水の滴る音、〈れろっぷ・れろっぷ・りろっぷ〉という〈詩的音韻の暗喩的オノマトペ〉をロシア20年代のオベリウス派の詩人ハルムスの純粋芸術詩との類似性でとらえ、〈リアリズムのリアリティから離れた所で時代の祝祭語空間を見いだしたハルムス的要素〉、〈「純粋秩序」への郷愁〉に通じると指摘した。この指摘は「TVピープル」の〈僕〉が聴く幻聴との関連において興味深い。90年代後半になると「TVピープル」はメディア論との関わりでより鮮明に論じられるようになる。リヴィア・モネ「テレビ画像的な退行未来と不眠の肉体―村上春樹の短編小説における視覚性と仮想現実―」（「国文学」98・2臨増）は、80年代以降の村上作品が〈コンピューター世界に酷似した仮想世界と電脳空間を作り出し、現代日本や他の情報社会の支配的なイデオロギーや不平等な社会関係に対する際だった意識を示している〉とし、その線上で仮想世界が現実を植民地化し、現実の自立性が脅かされる高度情報化社会の悪夢的状況を導き出す。栗坪良樹「闖入者TVピープル」（『スタディーズ』99・8）は、高度情報化社会における人間存在の不安、テレビに依存して生きる現代人がTVピープルという異人の侵入よって自己の存在感の消失を明確にする小説だと説く。川崎賢子「メディア社会のエロスとタナトス」（「ユリイカ」00・3臨増）は、『TVピープル』に描かれた〈メディア―電話、TVに接続された身体、関係性、世界の変容〉を、身体の延長としてメディアをとらえた90年代のエロス的メディア観の破綻として読み、それが『ねじまき鳥クロニクル』の原動力ともなったと指摘している。

**【読みのポイント】**先行研究が示すように、ボードリヤールの〈生活のなかへ溶解するテレビ、テレビのなかへ溶解する生活〉という枠組みから、さらに高度化した今日のメディア状況との関わりの中で改めて作品の叙述を丹念に読み込む必要がある。電話、手紙、テレビとパソコン以前の道具立てを用いながら、この作品がネット時代の人間の関係性の変容やそれに伴う不安定さを先取りして描いていることは間違いない。原題「TVピープルの逆襲」から改題した意味の考察や、作中の飛行機の暗喩と次作「飛行機―あるいはかれはいかにして詩を読むようにひとりごとを言ったか―」との関連なども今後の課題となっている。（**髙野光男**）

## 天井裏《てんじょううら》

**【ジャンル】**超短編**【初出】**「太陽」94・6**【収録】**『村上朝日堂超短篇小説 夜のくもざる』（平凡社、95・6・10）、『村上朝日堂超短篇小説 夜のくもざる』（新潮文庫、98・3・1）**【分量】**3.5**【キー・ワード】**ビール、犬**【舞台】**「私」の家**【登場人物】**私、妻、なおみ（小人）

**【梗概】**テレビを見ながら気持ちよくビールを飲んでいた私に、突然妻が天井裏に男か女かわからないが、なおみという小人が住んでいると言う。私は、懐中電灯を持って天井裏をのぞいてみるが小人はいなかった。しかし彼女は、なおみの存在を主張し続ける。私は気味が悪くなり、再度天井裏をのぞくと、そこには妻そっくりの顔の、身体は小さな犬の格好をした身長12センチばかりのなおみがいた。私はぞっとしたが、ここが私のうちの屋根裏であることを告げ、出て行くように言う。なおみの小さな目は氷の固まりみたいに凍てついていた。板をもとに戻して押入から出たが、そこはもう私の家ではなく、テレビも冷蔵庫もなく、妻の姿もなかった。

**【読みのポイント】**日常と異界といった構図を持つ小文。喪失感、消滅感を描出したもの。一連の恐怖を主題とした短編との類縁を読みとることが可能。〈僕〉〈私〉という、村上文学における人称の問題を考える手がかりともなる。（**岩崎文人**）

## テント《てんと》

【ジャンル】超短編【初出】『夢で会いましょう』（冬樹社、81・11・25）【収録】『夢で会いましょう』（講談社文庫、86・6・15）【分量】5.5【登場人物】僕、全国テント委員会の男、彼女

【梗概】テントの中にいる〈僕〉のところへ「全国テント委員会」の男がやってきて調査のために質問を投げかけた。①あなたはテントの中で幸せですか？②彼女はヴァージンですか？③彼女のヴァージニティーを尊重しますか？④地球はまわっていると信じますか？〈僕〉の答は全て「イエス」。その後〈僕〉がテントにもぐり込むと、中は〈彼女の寝息で温かく湿っていた。〉のだった。

【読みのポイント】掌編ではあるが、登場人物の役割が実に周到な作品である。〈僕〉のテントの中での幸福感は、男の質問に全て「イエス」と答えることによって認識され、〈彼女〉の寝息でテントの中が温かくなっていたことによって満たされた、と読むことが可能であろう。つまり〈僕〉の思考→認識→実感としてのプロットが成立する。テントという何気ない題材に対する〈僕〉の思いを二人の他者でもって、さりげなく表現することに成功している。

（大島佳代子）

## 動物園《どうぶつえん》

【ジャンル】超短編【初出】『村上朝日堂超短篇小説 夜のくもざる』（平凡社、95・6・10）【収録】『村上朝日堂超短篇小説 夜のくもざる』（新潮文庫、98・3・1）【分量】2.5【舞台】動物園（らしい）【登場人物】公一郎さん、須賀子さん

【梗概】「ねえ、公一郎さん。あなたって変なヒト。すごおおおく、ヘン」と、唐突な女の会話から始まり、男（公一郎）は、くそ真面目に意識の在り方や記憶との関連を話し始めるが、女（須賀子）の方は、どうやら牛やひらめの真似をして、からかっているようだ。見開き2ページの挿し絵（黄色いパンツをはき赤い縁取りの色眼鏡をかけて直立している牛と、その右に舟底を見せて突っ立っているボート、左に蓋付のフライパンが描かれている。）が入った後、女が「そろそろペルソナの交換やらない？」と言って、両者が役割を換える。

【読みのポイント】〈動物園〉というと、村上が翻訳したジョン・アーヴィングの『熊を放つ』を想起するが、ここでは〈動物園〉そのものは描写されず、男女の会話のみで進行する。村上の作品では、屡々女の唐突な発言に男が困惑するシーンが入り、ここでも男は困っているが、最後のオチで両者が役割交換をするという点に特徴がある。固定されがちなジェンダー役割の相対化をさりげなく織り込んでいる。

（余吾育信）

# 『遠い太鼓《とおいたいこ》』

**【ジャンル】**エッセイ**【初刊】**『遠い太鼓』（講談社、90・6・25）**【収録】**『遠い太鼓』（講談社文庫、93・4・15）**【分量】**900
**【舞台】**ローマ、アテネ、スペッチェス島、ミコノス、シシリー、クレタ島、カヴァラ、レスボス、ロンドン、ロードス、ハルキ島、カルパトス、トスカナ、ザルツブルグ

**【内容】**僕は昔から、40歳というのは人生において重要な意味をもつ節目、転換点だと思っていた。その年齢を迎える前に、やるべき仕事をするため僕は日本を離れた。37歳から3年間、ギリシャ、シシリー、ローマ、ロンドンなどの海外で暮らし、日本での日常の喧騒を離れ、『ノルウェイの森』『ダンス・ダンス・ダンス』の二長編と、『TVピープル』を書き上げた。

**【評価】**今井清人「ローマとギリシャの滞在の記録」（「ユリイカ」00・3臨増）以外は、旅行記ということからか、まとまった研究論文はない。今井は、80年に「中国行きのスロウ・ボート」で〈僕たちは何処へも行けるし、何処へも行けない。〉と語ったのと同じ言葉を、90年の『遠い太鼓』の中にも発見する。「中国行き――」においては80年代に象徴されるマス・メディアに支配される日本の消費者社会を対象化するための足場として中国を要請したものと捉え、それから10年後の『遠い太鼓』では、さらにバブル経済の熱病に蔓延する日本を脱出すべく海外に身をおき、みずからのポジショニングを言明した村上のスタンスを抽出している。

**【読みのポイント】**旅行記として作家独自の視点を探るという読み方よりも、やはり、この期間中に書き上げられた長編二編（後出）と短編集一編（『TVピープル』）が誕生する過程を、つぶさにできることに注目したい。村上は、『ノルウェイの森』は僕がこれまで書いてきた小説とは違うんだという意味あいで「これが百パーセントのリアリズム小説です」と帯に書きたかった、と発言している（「広告批評」93・2）。つまり、40歳という年齢を前にして、作家としての変節点を強く意識し、〈リアリズム小説〉としての文体を獲得するために、喧騒を離れ極度に集中力を高めて二大長編にとりかかったのである。

様々な文体で日記を書いてウオーミングアップをはかり、長編小説『グレート・デスリフ』の翻訳を完成させ、何処にいっても欠かさずに長距離を走っていたことなど、みずから課したワークが結実したものが『ノルウェイの森』『ダンス・ダンス・ダンス』であることは、この二大長編を読む上で参考になろう。特に、村上のいうリアリズム小説の文体とは何か、を窺い知る上で本書のさまざまなヴァリエーションをもつ文体分析を試みるのも必要だと思われる。（**山﨑眞紀子**）

# ドーナツ化《どーなつか》

【ジャンル】超短編【初出】「ボックス」86・6、「メンズクラブ」86・6【収録】『村上朝日堂超短篇小説 夜のくもざる』(平凡社、95・6・10)、『村上朝日堂超短篇小説 夜のくもざる』(新潮文庫、98・3・1)【分量】2.3【キー・ワード】ドーナツ、電話【登場人物】僕、恋人、妹、母【関連】映画:『黄金』俳優:ハンフリー・ボガード

【梗概】三年つきあっていた恋人が突然ドーナツ化して、「人間存在の中心は無なのよ」といったことを喋り出す。妹の忠告に従って二年前に別れたが、昨年の春今度は妹がドーナツ化してしまい電話で「人間存在の中心は…」と喋り出す。

【評価】稲増龍夫が雑誌「Views」(95・9)の書評で〈きわめてシュールな設定〉の例として取り上げ、〈星新一とは違う意味での大人のメルヘン世界〉と評している。

【読みのポイント】〈偏狭な考え方〉になる〈ドーナツ化〉とは何か、速水由紀子が〈「10年前の作品ですが、人間がドーナツのように空洞化する作品などは、オウム事件を彷彿とさせる」〉(「AERA」95・7・3)という言葉を紹介し、稲増も〈空中浮遊感覚〉というオウム関連の言葉で作品集全体のリアリズムからの遊離を説明する、という興味深い偶然の暗合も参考に、その後の作品系譜の中で意味づけたい。(原　善)

# ドーナツ その2《どーなつ その2》

【ジャンル】超短編【初出】『夢で会いましょう』(講談社文庫、86・6・15)【分量】1.5【キー・ワード】ドーナツ、電話、ドーナツ化した彼女、ねじり【舞台】酒場【登場人物】僕、ドーナツ化した若い女

【梗概】〈僕〉の彼女は二年前にドーナツ化してしまう。ドーナツ化した人の大半は〈自分の核心・中心が無だと信じて〉いる。彼女はドーナツ化した人としか交際しようとはせず、〈僕〉にも会おうとしない。「偏狭」な生活を自らに強いるのである。〈僕〉は〈ねじりドーナツ化した若い女の子〉と酒場で知り合う。今度は人間の本質は無方向性にあると言う。

【読みのポイント】川本三郎が言うように〈村上春樹は空虚と闘っている作家である〉(『文学界臨時増刊　村上春樹ブック』91・4、後『青の幻影』93・4)とすれば、〈ドーナツ〉という中心が空虚である存在はいかにも春樹の主題に相応しいものと言えよう。しかし、ここでは中心が無であるばかりでなく、無方向性を本質とする女の子と出会う。〈僕〉はいつものように〈さっぱり理解することができない〉し、社会は〈複雑化〉していくように感じるばかり。(丹藤博文)

## ドーナツ、再び《どーなつ、ふたたび》

【ジャンル】超短編【初出】「ボックス」87・1、「メンズクラブ」87・1【収録】『村上朝日堂超短篇小説 夜のくもざる』(平凡社、95・6・10)、『村上朝日堂超短篇小説 夜のくもざる』(新潮文庫、98・3・1)【分量】1.5【キー・ワード】ドーナツ【舞台】ホテル・ニューオータニの広間とバー【登場人物】僕、仏文科の女子大生【関連】フローベール「ヴォーバリー夫人」

【梗概】上智大学ドーナツ研究会からドーナツをめぐるシンポジウムへの参加を依頼された〈僕〉は、謝礼に貰った五万円をポケットに入れ、ドーナツあわせゲームで知りあった仏文科の女子大生とデートをする。小説を彼女から〈良くも悪くもドーナツ的〉と評された〈僕〉は、フローベールの真似をして「ドーナツは私だ」と言い女子大生を笑わせた。

【読みのポイント】〈再び〉というタイトルは、当然のことながら同じ『夜のくもざる』所収の「ドーナツ化」を承けてのものだが、『羊男のクリスマス』を始め、村上春樹のドーナツ好きは有名なところだ。「ドーナツ化」と直接繋がる要素は、〈ドーナツ〉と〈上智大学〉の二点のみか、それとも〈僕〉のシンポジウムでの発言も「ドーナツ化」で言う〈偏狭な考え〉に相当するのか、等の検証が必要。　(高根沢紀子)

## 読書馬《どくしょうま》

【ジャンル】超短編【初出】「太陽」94・2【分量】3.5【舞台】空き地【登場人物】隠居、熊

【梗概】落語でなじみの隠居と熊との会話。となりの空き地の塀が囲いになったのは、読書をする馬を見せるためであったが、頭のいい馬は主人にいちいち口ごたえしたためにソーセージにされてしまった。〈尋常じゃない〉話を隠居が語り、熊はいちいち駄洒落で応える。

【評価】久居つばき「シュールで楽しい長短篇小説集」(「ユリイカ」00・3臨増)では、この回が一番面白く収録漏れが残念。

【読みのポイント】『夜のくもざる』には未収録。〈なにかこう平均的〉〈何囲う塀均的〉、〈身体にこう、尋常じゃない〉〈柄谷行人常じゃない〉と言い返しで、あらわになる熊の駄洒落は、「夜のくもざる」同様ワープロの変換ミスのパロディともいえるが、文字を音声として読む会話文解釈の前提を揺るがせる美的効果もだしている。

また文学系アカデミズム揶揄のトーンは、同シリーズの単行本未収録の「往復書簡」で難解な術語を駆使した手紙を書いてくる〈べろっと間延びしていて、今にも人参をくわえて、ひんひんと叫んで駆けていってしまいそう〉な羽金駒介とも連関し、特定のモデルの存在の可能性もある。　(今井清人)

# 図書館奇譚《としょかんきたん》

**【ジャンル】** 短編 **【初出】**「トレフル」82・6〜11 **【収録】**『カンガルー日和』（平凡社、83・9・9）、『カンガルー日和』（講談社、86・10・15）**【全作品】**⑤ **【分量】** 77 **【キー・ワード】** 図書館の地下室 **【登場人物】** 僕、老人、羊男、美少女、母親 **【舞台】** 少女、闇、井戸、地下、ドーナツ、羊、犬、沈黙

**【梗概】** 僕は〈必要以上にしんとしている〉図書館に本を返却に来た。本を捜すために指示された107号室には老人がいて本を捜し出してきた。僕は禁帯出だったその本を読むために地下室にある読書室へと案内される。老人と老人に柳の枝でぶたれる羊男に案内されたのは読書室ではなく牢屋だった。老人は一カ月間で本を暗記すれば出してくれると約束するが、羊男は知識の詰まった〈脳味噌をちゅうちゅう吸われる〉のだということを教えてくれる。僕は、家で母親が心配しているだろうし、母親がむくどりに餌をやってくれるかも心配だった。口のきけない美少女が食事を運んできた。僕は母親とむくどりのことばかり考えて泣いていた。羊男の揚げたドーナツを食べながら美少女のことを聞いてみたが、羊男はそんな少女は知らないという。美少女はそれぞれの〈世界〉があるのだといい、〈新月の夜〉に脱出することを促す。〈新月の夜〉に僕と羊男は部屋を出て迷路のような地下脱出を試みるが、老人はそれに気づき出口でまちかまえていた。老人の横には僕を昔噛んだ犬が、むくどりをくわえていた。そのむくどりが膨らみはじめ狭い部屋いっぱいとなると、うしろで〈今のうちに逃げるのよ〉という美少女の声が聞えた。図書館を出てしまうと僕はひとりきりになっていた。家に帰ると母親もむくどりもなにもなかったかのようだった。それ以来、僕は図書館にいかなかった。先週母親が死んで、一人ぼっちになった今、僕は〈あの図書館のことを考えている〉。

**【評価】** 中地文（「『図書館奇譚』母なる闇への郷愁」「国文学」98・2臨増）は〈ユング派の深層心理の理論を充分に活用し、「母殺し」の物語定型に則ったうえで、「母親」からの自立という心理学テーマを象徴的に描き出したもの〉であり〈「図書館奇譚」を貫いていたのは村上春樹の作品世界の底を一貫して流れている〈喪失感〉というテーマ〉であると論じた。

**【読みのポイント】**〈連続ものの活劇を読みたいという僕の家内の要望にこたえて書かれたもの〉（「あとがき」）である。〈図書館の奥には目の痛くなるような深い暗闇が存在しており〈そういう世界は僕にとって何よりも、どんな現実よりもリアルなのである。〉（「自作を語る」『全作品⑤』）と述べているように村上にとって重要なモチーフを含んだ作品である。「書斎奇譚」、「世界の終り」との関連や《羊男》、《美少女》、《図書館》を論じる上でも重要な作品。

（**髙根沢紀子**）

## トニー滝谷《とにーたきたに》

【ジャンル】短編【初出】「文芸春秋」90・6（ショート・バージョン）、『村上春樹全作品⑧』（講談社、91・7・22）（ロング・バージョン-a）【収録】『レキシントンの幽霊』（L・V-b）（文春文庫、99・10・10）【分量】32（S・V）、47（L・V）【キー・ワード】結婚、死、影【舞台】上海、米軍基地、世田谷の自宅【登場人物】滝谷省三郎、トニー滝谷、トニー滝谷の妻、アシスタントの女

【梗概】トニー滝谷というのは本名だったが、彼の両親は共にれっきとした日本人だった。この奇妙な名が禍し、トニーは周囲に馴染めないまま孤独を抱えて成長する。やがてメカニカルなイラストレーターとして才を発揮した彼は、その道で成功を収める。トニーは着こなしの美しい娘に恋をし結婚する。だが彼女の度を越した衣装愛（中毒）は、彼女を死に追い込んでしまう。トニーは亡き妻を偲び、遺された衣装を纏ってくれる女性を雇う。しかし部屋いっぱいの衣装を前に、それらが単なる空っぽの器、存在の影に過ぎないことを悟る。

父の死後、遺品となった膨大なレコード・コレクションを売り払った時、彼は本当の一人ぼっちになったことを知る。

【読みのポイント】このテクストには三つのヴァリアントがある。S・VとL・Vでは物語の基本的骨格は変わらないが、L・Vでは内面描写が増えているのが特徴だ。なかでも父省三郎の人物像は、世知に長けた者から享楽的な者へと変貌し、周囲の人間達と親しい関係を結んでゆけないトニーの内側で、孤独が次第に醸成されてゆく様子なども詳しく記されている。同じL・Vでも単行本化（L・V-b）に際してはさらに推敲の手が加えられ、トニーの妻に関する表現から、〈精神の病〉〈薬物中毒のようなもの〉といった病理に関する直接的な言葉が削除されている点が、特に注目される。

ところでこのテクストの成り立ちには、春樹自身の言葉（「自作を語る」『全作品⑧』）を借りるなら、彼がマウイ島で買った古着のTシャツに〈TONY TAKITANI〉という奇妙な名が書かれていたことが関わっているらしい。日本人でありながら混血児のような名前を付けられたことが、その後の彼の孤独な人生を形作ったとすれば、そこに名前（表層）が支配する人間性（深層）というモチーフを読み取ることも可能だろう。一方、トニーの妻の過剰な衣装愛は「買い物嗜癖」のフィクショナルな変種だが、その病を引き出したのがトニーの愛情と財力であったとすれば、他者への加害は悪意の中だけではなく、関わることそのもののなかに既に含まれているということになるかも知れない。父と妻によって残された不要にして大量の衣装とレコード・コレクションの山は、関係（血縁と恋愛）の空虚さを表象している。

（近藤裕子）

## トランプ《とらんぷ》

**【ジャンル】**超短編**【初出】**「メンズクラブ」86・4、「ボックス」86・4**【収録】**『村上朝日堂超短篇小説 夜のくもざる』(平凡社、95・6・10)、『村上朝日堂超短篇小説 夜のくもざる』(新潮文庫、98・3・1)**【分量】**2.5**【舞台】**私の家**【登場人物】**私、彼女、海亀**【関連】**フリオ・イグレシアス『ビギン・ザ・ビギン』、ウィリー・ネルソン、アバ、リチャード・クレイダーマン

**【梗概】**海亀の攻撃から身を守る手だてとして、蚊取線香も、フリオ・イグレシアスのレコードもなくなってしまった。私と彼女は死を覚悟する。ドアが開き入ってきた海亀は、トランプを持っている。それから、毎晩三人で〈51〉やって遊ぶ。

**【読みのポイント】**二つ前の短編「フリオ・イグレシアス」の続編。どちらも彼女が「もうおしまいね」を繰り返す。私は何か方法があるかと知恵をしぼる。それが、蚊取線香、フリオ・イグレシアス、そしてトランプということとなる。どれもうんざりするものが用意される。海亀に殺されると追い込まれる二人の姿と撃退法がおもしろい。フリオについては、『村上朝日堂』(若林出版、84・7)に「フリオ・イグレシアスのどこが良いのだ!(1)(2)」がある。また、この話の続編を思わせるのが『夢で会いましょう』の「ストレート」となる。これは〈僕〉が海亀とポーカーをする話。

(**青嶋康文**)

## とんがり焼の盛衰《とんがりやきのせいすい》

**【ジャンル】**短編**【初出】**「トレフル」83・3・10**【収録】**『カンガルー日和』(平凡社、83・9・9)、『カンガルー日和』(講談社文庫、86・10・15)**【全作品】**⑤**【分量】**12**【キー・ワード】**怒り**【舞台】**ホテルの広間(名菓とんがり焼き新製品募集大説明会会場)、とんがり製菓の会社**【登場人物】**僕、女の子、とんがり製菓の専務、とんがり鴉**【関連】**熊のプー

**【梗概】**〈名菓とんがり焼き・新製品募集・大説明会会場〉と書かれた新聞記事を見て、僕は説明会会場へ向かう。とんがり焼の味が古くさくなって売上げが落ちてきたので若い人のアイデアが欲しいということらしい。僕には現代的なとんがり焼を作り出すくらい簡単だ。とんがり製菓から電話があり、ぼくは来社する。専務によると、僕の応募したとんがり焼はなかなか評判なのだが、年配のものの中には、とんがり焼ではないと言うものもあるので、とんがり鴉に意見を訊くという。とんがり鴉は倉庫のようなところにずらりと並んでいた。普通の鴉よりずっと大きく、目のあるべき場所には脂肪のかたまりがくっついて、おまけに体ははちきれんばかりにむくんでいる。とんがり焼しか食べず、とんがり焼でないものを与えるととんがり焼! と大声で叫ぶ。ぼくのつくった新とんがり焼を与えてみると、ある鴉は満足してそれを食

べ、ある鴉はそれを吐き出して、とんがり焼！　とどなった。乱闘が始まり、血が血を呼び、憎しみが憎しみを呼んだ。僕はとんがり焼製菓の建物から退出した。賞金は惜しかったが、この先の長い人生をあんな鴉たちの相手をするなんてまっぴらだと思ったのだ。僕は食べたいものだけを作る。鴉なんかお互いにつつきあって死んでしまえばいいんだ。

**【読みのポイント】**寓意的な小説と捉えることができる。例えば、とんがり焼を「小説」にあてはまることもできるだろう。〈僕〉は小説には少しうるさく、小説を書くことなんて朝飯前である。実際、書いてみると好評ではあるが、なかにはあんなのものは小説ではないというひともいる、というように。そのように読んでゆけば、結末のことばは、〈僕〉による、〈僕〉自身の小説家としての姿勢を宣言した文章とも考えられる。もっと抽象的に考えれば、とんがり鴉は、集団が有する（資本主義的な）欲望のアレゴリーとも考えられるだろう。

　だが、寓意という機能が有する任意性をある内容で失わせてしまう愚を犯すべきではない。それでは、本作品がつまらないものになってしまい、存在の意味を見失うだろう。大事なのは、この寓意にどのような内容があてはまるのかということではないのだ。むしろ、この小説が、様々なものをあてはめることができる寓意的な小説として提示されているという、そのことなのである。

（**大國眞希**）

## 七番目の男《ななばんめのおとこ》

**【ジャンル】**短編**【初出】**「文芸春秋」96・2**【収録】**『レキシントンの幽霊』（文芸春秋、96・11・30）、『レキシントンの幽霊』（文春文庫、99・10・10）**【分量】**42**【キー・ワード】**時間、死、夢**【舞台】**部屋（語りの場所）、S県の海辺の町、長野市**【登場人物】**七番目の男（私）、聞き手、K、私の両親と兄

**【梗概】**その夜、話の順番が最後にまわってきた彼は、十歳の時の恐ろしい体験について語り始めた。

　当時、私には実の兄より仲のよいKという友達がいた。彼は言葉に障害はあったものの画才に富み、生命力にあふれる見事な絵を描く少年だった。私の住んでいたS県の海辺に、ある日巨大な台風が襲ってきた。台風の目に入ったわずかな静穏期に、私はKと連れ立って海の様子を見に行く。だが気象は急変し、逸早くそれを察知した私は恐怖のあまり一人で防波堤まで逃げ、海際に取り残されたKは大波に呑み込まれてしまう。無気味に笑うKの姿を、私は再び押し寄せてきた波頭の中にはっきりと見た。悪夢に襲われ続けた私は、遂に故郷を離れることになった。だが、長野に移り住んだ後も悪夢から逃れることは出来ず、四十年以上の歳月が流れた。

　父の死後、私のもとに他の荷物に混じってKの描いた絵が届いた。私はその絵を眺めている内に、次第にKと過ごした

懐かしい記憶を取り戻してゆく。あの時波の中に見たKの笑いは、私自身を捉えていた恐怖の投影ではなかったか。思い切って故郷の海を訪れた私に、既に恐怖はなかった。
〈真実怖いものは恐怖そのものではない。恐怖のあまり重要なものを何か譲り渡してしまうことだ〉と男は結んだ。

**【読みのポイント】** 心的外傷（トラウマ）体験とその後の苦しみ、さらにそこからの回復を描いたこの作品が、阪神淡路大震災（95・1・17）を潜り抜けた後に書かれていることは意味深い。多数の死傷者を出したこの災害では、家族達の死を眼前にしながらなす術もなく佇み続けなければならなかった者も多かったと聞く。この震災と地下鉄サリン事件以後日本でも、それまであまり馴染みの無かった〈トラウマ〉という言葉が、盛んに聞かれるようになった。ジュディス・L・ハーマン（『心的外傷と回復』みすず書房、96・11・20）によれば、心的外傷の共通項は〈強烈な恐怖と孤立無援感〉であり、〈罪悪感が特に激烈となるのは〉〈死の目撃者となった時〉であると言う。
そして回復に至るには、覆い隠してきた外傷体験を想起し、服喪追悼することを通して外傷体験を違った物語として語り直す必要があると続けられている。主人公が物語の最後の語り手として設定されているのも、こうした物語ることの治癒作用と無縁ではないはずである。

（**近藤裕子**）

# 『波の絵、波の話』《なみのえ、なみのはなし》

**【ジャンル】** 写真集 **【初刊】**『波の絵、波の話』（文芸春秋、84・3・25）**【分量】** 26 **【キー・ワード】** 時間、眠り、同世代、ビール、サンドイッチ、猫、闇、地下 **【舞台】** 神戸、新宿、青山、ハワイ、地下鉄丸ノ内線 **【登場人物】** 僕、レジー・ワークマン、スーパー・マーケット的女性、外国人の青年、サーファー、向いに座った女の子、ウェイター **【関連】** **訳詞**：「月光通りで」（"MOONLIGHT DRIVE" Words & Music: The Doors）・「SOMETIMES I'M HAPPY」（Words: Irving Caesar / Music: Vincentt Youmans）、「誰も僕から奪えない」（"THEY CAN'T TAKE THAT AWAY FROM ME" Words: Ira Gershwin / Music: George Gershwin）、「僕がフェニックスに着くころ」（"BY THE TIME I GET TO PHOENIX" Words & Music: Jim Webb）、「今夜の君は」（"THE WAY YOU LOOK TONIGHT" Words: Dorothy Fields/Music: Jerome Kern）、「裏庭を眺めて」（"LOOKIN' OUT MY BACK DOOR" Words & Music: John C. Fogerty）・「CAROLINE, NO」（Words: Brian Wilson, Tony Asher/Music: Brian Wilson）　**翻訳短編小説**：「VIEWFINDER」（レイモンド・カーヴァー）　**自作エッセイ**：アート・ブレイキーとジャズ・メッセンジャーズ「スリー・ブラインド・マイス」、コルトレーン、カレン・カーペンターのクリスマス・

ソング、ビーチ・ボーイズのクリスマス・ソング、「黒馬物語」「ゲーリング伝・下」、マイケル・ジャクソンの「ビリー・ジーン」、「悲の器」、モーツァルトの第21番のピアノ・コンチェルトの第二楽章、リストの第一番のピアノ・コンチェルトの出だし、「白鯨」、「シャドー81」

**【内容】**「一枚のLP」初めてジャズに触れた思い出、「僕は、1973年のピンボールに、やあ、と言った。」一九六九年の新宿のジャズ・クラブ、「1980年におけるスーパー・マーケット的生活」我々が強いられるスーパー・マーケット的生活の日常、「マカハ・ビーチの氷河期」エヴァグリーンのハワイでのクリスマスのサーファーたち、「地下鉄丸ノ内線レストラン・ガイド」地下鉄に乗りながら楽しむ空想のレストランでの食事、「街のまぼろし」街を森と見る幻想。

**【読みのポイント】**収録されている稲越の写真は、すべてハワイやオーストラリアなど海外の風景であり、そのほとんどが海を写したものだ。その限り、写真はほぼ『波の絵、波の話』に違いない。

一方、村上のエッセーの中で、そうした風景と合致しているのは、「マカハ・ビーチの氷河期」のみで、その大部分が都会をテーマにしたものとなっている。即ちこのコラボレーションは、相互の断線化された状態を、より強く印象づけるように仕組れているのである。（山口政幸）

## 納屋を焼く《なやをやく》

**【ジャンル】**短編**【初出】**「新潮」83・1**【収録】**『螢・納屋を焼く・その他の短編』（新潮社、84・7・5）、『螢・納屋を焼く・その他の短編』（新潮文庫、87・9・25）**【全作品】**③**【分量】**50**【キー・ワード】**時間、死、性、恋愛、音、闇、ビール、サンドイッチ、電話、沈黙、眠り、消滅、失踪**【舞台】**都会（主に東京と思われる）、空港、僕の家、僕の住む町、乃木坂あたりの喫茶店**【登場人物】**僕、彼女、彼**【関連】**フェデリコ・フェリーニの白黒映画、マイルス・ディヴィスの「エアジン」、ヨハン・シュトラウスのワルツ集、ラビ・シャンカール、クリスマス・ソング、バロック音楽（以上は全作品所収テキストによる。初出では、以上に加えフレッド・アステア、ビング・クロスビー、チャイコフスキーの「弦楽セレナーデ」、ウィリー・ネルソン）

**【梗概】**僕は三年前、知人の結婚パーティーで彼女と知り合った。彼女はパントマイムの勉強をしながら、生活のために広告モデルの仕事をしていたが、収入はほんとうにささやかなものと思われた。彼女は〈蜜柑むき〉のパントマイムがとてもうまく、現実感が僕のまわりから吸い取られてゆくような気がした。彼女は北アフリカの旅から帰ってくると、当地で知り合った新しい恋人を僕に紹介した。彼はいつもきちんとした身なりをしていて、貿易の仕事に従事しているらしかった。十月のある日曜日に彼女から電話がかかってきて、僕の家に彼女と彼の二人がやって来た。僕たちはささやかなパーティを開き、音楽をかけ、ビールを飲み、サンドイッチやサラダを食べた。やがて彼がマリファナを出し、三人で吸った。彼女が寝た後、彼は突然「時々納屋を焼くんです」と言った。彼は時々他人の納屋をガソリンをかけて焼きたくなり、今も次に焼く納屋は決まっているという。彼と別れた後、僕はすぐ近くにあるというその納屋を地図を買ってきて実際に調べまわった。が、いつまで経っても焼かれた事実はなかった。十二月にはいってクリスマスの少し前、僕は乃木坂近くの喫茶店の駐車場で彼の車を偶然見かけた。その車は左のヘッドライトのわきに小さな傷がついていた。僕は喫茶店で彼と会った。彼はすでに納屋は焼いたと言い、行方が知れなくなった彼女について尋ねてきた。彼女はアパートから消えてしまい、その後何度か連絡をとろうとしたが、結局分からずじまいだった。夜の暗闇の中で、僕は時折、焼け落ちていく納屋のことを考えている。

**【評価】**『螢・納屋を焼く・その他の短編』が刊行されて間もなく、川本三郎が「『淡さ』の意味」(「文学界」84・10)という書評を書き、語り手の僕の具体的な生活臭が消されて〈レコードの名前や食べ物の名前といった記号のなかに自分の生活をまぎれこませている〉〈からっぽの生活感〉を指摘している。そしてその〈淡さ〉は死者や消えてしまった者への異様な愛着に基づいているという。田中実「消えていく〈現実〉―『納屋を焼く』その後『パン屋再襲撃』―」(「国文学論考」90・3)は、同じくアイデンティティを喪失した登場人物に注目し、〈蜜柑むき〉の挿話を読み解きながら消えていく現実の意味を探っている。〈「ない」ことを忘れた〈ない〉という世界、それが「蜜柑むき」すなわち、〈納屋を焼く〉という世界である〉とし、彼女は納屋を焼く彼を僕の前に連れ出せばよく、それがすめば消えるのが当然だと論じている。「パン屋再襲撃」も同様のモチーフをもった作品だが、そのアイデンティティの消滅の徹底化は主体の回復をその底から逆説的に希求しているという。平野芳信「構造と語り―村上春樹『納屋を焼く』をめぐる試論―」(『日本文芸の系譜』96・10、山梨英和短期大学日本文学会)では、「納屋を焼く」はありふれた手垢のついた物語を村上独自の語りで描いた作品だとする。そして、納屋を焼くことの具体性を英語の意味を援用しながら考察している。平野は、僕が彼のスポーツカーに小さな傷を見いだした点に言及し、さらに英語の barn-burner や burn の意味を引用し、〈青年は「納屋(彼女)」を「焼いた(殺した)」のである〉としている。作者の村上自身が〈ものすごくひやっとした小説〉を書いた(「自作を語る」)とも述べており、看過できない見解である。概して、「納屋を焼く」という作品については主体喪失の物語という点ではほぼ一致し、納屋を焼くという行為や彼女の失踪の意味を解き明かす方向に論が進められていると言えよう。

**【読みのポイント】** 作者村上春樹は「自作を語る」の中で、〈納屋を焼く〉という言葉からこの小説を思いついたとしている。また、執筆の時点ではフォークナーの「納屋を焼く」という短編は読んでいなかったという。〈納屋を焼く〉という言葉を村上が英語で理解していたとすれば、前掲平野論文の主旨が注目されてこよう。さらに「自作を語る」において、本作品の改稿の問題に触れているのは重要である。『村上春樹全作品』に収録するにあたって、〈この作品にはけっこう手を入れた。雰囲気は少し変わったかもしれない〉と述べており、改稿過程の考察は避けて通れない事柄であろう。僕と彼について、全作品所収のテキストの方がより心理に立ち入って書かれていると思われる。そうした考察の上に立って、本作品の主題、人物造型、プロットを分析してゆくわけだが、〈納屋を焼く〉ことの意味内容を把握することが要請されてくるのは否めない。これを一種の心的形象のレベルでとれば主体の喪失に繋がるが、その解釈にとどめてよいかどうかは議論のあるところであろう。

（**山田吉郎**）

# にしんの話　にしんのはなし

**【ジャンル】** エッセイ風小品 **【初出】**「ドリブ」（発表年月不詳） **【収録】**『新版・象工場のハッピー・エンド』（講談社、99・2・26） **【分量】** 4.5 **【キー・ワード】** ビール **【登場人物】** 僕 **【関連】** キース・ヘリング

**【梗概】** 僕はにしんがわりに好きだ。にしんそばを無性に食べたくなる時があるが、いざ食べてもどうということはない。そこがにしんの限界でもあり、いじらしさでもある。にしんは英語でヘリングという。画家のキース・ヘリングとはスペルも違うし無関係だが、彼の絵を見ていると反射的ににしんを食べたくなるのは僕だけだろう。日本語に比べ英語の辞書にはにしんについての言及が多く、よく使われる言い回しに〈赤にしん〉がある。〈もともとの目的なり本筋なりから話をそらせるためにわざと持ち出された、興味は引かれるが、実際にはあまり意味のないことがら〉という意味である。

**【読みのポイント】** 名翻訳家でもある村上の、英語の〈にしん〉に対する蘊蓄が語られて味わい深いエッセイだが、新版で新たに加えられた意味が、商業主義や落ち穂拾い以外にもあるか否か検討されるべきだろう。例えばこの話自体、そして作品集中の位置も〈赤にしん〉的だが、村上文学のある種の本質も〈赤にしん〉的と言えるのかもしれない。

（**原　善**）

# ニューヨーク炭鉱の悲劇《にゅーよーくたんこうのひげき》

**【ジャンル】**短編**【初出】**「ブルータス」81・3**【収録】**『中国行きのスロウ・ボート』（中央公論社、83・5・1）、『中国行きのスロウ・ボート』（中央文庫、86・1・10）**【全作品】**③**【分量】**35**【キー・ワード】**時間、死、同世代、ビール、猫、アイロン、地下**【舞台】**動物園、彼のアパート、中学の英語教師の家、六本木あたりの店、炭鉱**【登場人物】**僕の友人、僕、自殺した中学校の英語教師をしていた大学時代の友人、心臓発作で死んだ友人、感じの良い女性、年嵩の坑夫**【関連】**ビージーズ「ニューヨーク炭鉱の悲劇」、ドアーズ、ウォーレン・ビーティーとエリザベス・テイラー出演の映画

**【梗概】**外資系の貿易会社に勤め、半年ごとにガール・フレンドを取りかえる友人は、台風や集中豪雨がくるたびに、動物園に足を運ぶという奇癖の持ち主である。〈僕〉は、そんな彼から、葬式用の黒い背広、ネクタイ、革靴を、葬式のたびごとに、借りていた。28歳の〈僕〉のまわりでは、友人たちが次々と死んでいく、葬式の多い年でもあった。葬儀がひと段落した年の終りのパーティーで、〈僕〉は32歳ぐらいのおそろしく感じの良い女性と出会う。彼女は、〈僕〉によく似た人を知っており、その男を殺したと言っていた。地下の炭鉱に閉じ込められた男たちは、息をこらし、救助を待っていた。

**【評価】**征木高司は、この作品について〈私たちが今あるこの世界が非現実であり、暗い淵の向こうにある死者の世界が現実であるという可能性を、思わず書いてしまっている〉と言い、井筒三郎は、学ぶべき感情として、「こころよい悲しみ」の存在を挙げ、村上知彦は『風』や『羊』との関連性に注目している。三者とも、『HAPPY JACK 鼠の心』（北宗社、84・1・10）に収録。

**【読みのポイント】**「みんな、なるべく息をするんじゃない。残りの空気が少ないんだ」という、年嵩の坑夫の呼び掛けが、印象に残る。この言葉は、文字通り必死の状況において、吐かれたものだが、矛盾を抱えている。人は生の状態を保つために、息をしなければならない。しかし、それは確実に空気を汚していく。空気を汚さないためには、できるだけ「息をするんじゃない」ことが望ましいが、息をしないこと自体は、生命活動の停止を意味してしまう。つまりここでは生きること、生きようとすることそれ自体が、紛れもなく、また確実に「死」に結びついてしまうのだ。その意味で、この〈ニューヨーク炭鉱〉の〈悲劇〉は、ニューヨーク炭鉱という特定の地域や地下を越えて、我々の〈悲劇〉とも呼び得るだろう。

（**山口政幸**）

# ねじまき鳥クロニクル《ねじまきどりくろにくる》

【ジャンル】長編【初出】「ねじまき鳥と火曜日の女たち」（「新潮」86・1）、「ねじまき鳥クロニクル第一部『泥棒かささぎ』編」（「新潮」92・10～93・8）、「動物園襲撃（あるいは要領の悪い虐殺）『ねじまき鳥クロニクル』第三部〈鳥刺し男編〉より」（「新潮」94・12）【収録】『ねじまき鳥クロニクル 第1部泥棒かささぎ編』（新潮社、94・4・12火曜日）、『ねじまき鳥クロニクル 第2部予言する鳥編』（新潮社、94・4・12火曜日）、『ねじまき鳥クロニクル 第3部鳥刺し男編』（新潮社、95・8・25金曜日）、『ねじまき鳥クロニクル 第1部～第3部』（新潮文庫、97・10・1）【分量】2141【キー・ワード】井戸【舞台】世田谷区＊＊＊2丁目26番地（岡田亨の借家・裏庭に続く路地・宮脇家跡地）、小田急線の駅前にあるクリーニング屋、区営プール、目黒（本田居住）、208号室、品川パシフィック・ホテルのコーヒールーム、銀座和光前、札幌のスナックバー、新宿駅前、新宿西口高層ビル前広場、代々木と千駄ヶ谷と原宿の三駅を結ぶ三角形の中、港区赤坂オフィスビル602号室、四ツ谷駅近くの食堂、新宿通に面した靴屋、表参道に面したブティック・靴屋・時計屋・美容院・イタリア料理店、佐世保に向かう輸送船、満州国新京の動物園、日本海に面したある地方都市の外れの山奥にあるかつら工場【登場人物】僕（岡田亨・オカダ　トオル）、岡田久美子（クミコ）、綿谷昇（ワタヤ　ノボル）、加納マルタ、加納クレタ（本名加納節子）、笠原メイ、猫のワタヤ・ノボル（後にサワラ）、元伍長本田大石老人、元中尉間宮徳太郎老人、職業軍人山本、軍曹浜野、モンゴル兵士、顔のない男、鶴田（亨の叔父）、正体不明の電話の女、クミコの父、駅前のクリーニング屋の主人、大村酒店の男、黒いギターケースを下げた若い男、赤坂ナツメグ、赤坂シナモン、動物園の中国人園長、主任獣医（赤坂ナツメグの父）、関東軍の若い中尉、伍長、二人の中国人の少年、関東軍の八人の兵隊、四人の中国人、輸送船の船長、牛河（昇の秘書）

【関連】音楽：ロッシーニ「泥棒かささぎ序曲」、ハーブ・アルパート「マルタ島の砂」、パーシー・フェイス・オーケストラ「タラのテーマ」「夏の日の恋」、アンディー・ウイリアムス「ハワイアン・ウエディング・ソング」「カナディアン・サンセット」、マイケル・ジャクソン「ビリー・ジーン」、シェリー・フェブレー「ジョニー・エンジェル」、バッハ「無伴奏ヴァイオリンのためのソナタとパルティータ」、バッハのハープシコード曲「音楽の捧げもの」、ロバート・マックスウエル「ひき潮」、ビートルズ「エイト・デイズ・ア・ウイーク」、シューマン「森の情景・第七曲予言する鳥」、デイオンヌ・ワーウイック「サンホセへの道」、フランク・シナトラ「ドリーム」「リトル・ガール・ブルー」、ハイドン

「カルテット」「ソナタ」、サイモンとガーファンクル「スカボロー・フェア」、モーツアルト「魔笛」「ソナタ」、ロッシーニの宗教曲、ヴィヴァルディ「管弦楽のコンチェルト」、「お猿の駕篭屋」、リスト「練習曲」、ヘンデル「コンチェルト・グロッソ」　**その他の演奏者**：クラウデイオ・アバド、トスカニーニ、ロンドン交響楽団、キース・リチャード、エリック・ドルフィー、ヴァン・ヘイレン、セルジオメンデス、ベルト・ケンプフェルト、101ストリングス、アルバート・アイラー、ドン・チェリー、セシル・テイラー、ブルース・スプリングスティーン、キース、ジャレット、オズモンド・ブラザーズ、バリー・マニロー、エア・サプライ　**その他の作曲家**：ブーランク、バルトーク　**レコードアルバム**：マイルス・デイヴィス「スケッチ・オブ・スペイン」　**雑誌**：「暮らしの手帖」、**映画**：「ボーイハント」、「避暑地の出来事」、

**【梗概】**　第一部：一九八四年六月から七月。三十歳になったばかりの四月に、八年間勤めた法律事務所をやめたトオルは、次の仕事を積極的に見つけることもなく家事をして日々を過ごしている。妻のクミコとは二十四歳の時に結婚し、二年後、飲食店を経営するトオルの叔父が持っていた世田谷の家に住むようになった。クミコは健康食品、自然食料理を専門とする雑誌の編集を仕事にしている。クミコの父は新潟出身で農家の次男、東大卒業後運輸省の官僚となった。プライドが高く、独善的で自分の属している世界の価値観を疑わない。母は高級官僚の娘で東京の山の手育ち、夫に従順である。クミコは父方の祖母に三歳から六歳まで新潟で育てられた。きょうだいは九歳上の兄ノボルと五歳上の姉がある。六歳で戻ってきた時、すでに姉は家族の要のような存在として、一家をつないでいたが、その翌年、小学校六年で、食中毒のために亡くなった。その姉にノボルは特別な思いを持っていたようである。ノボルはエリートにならなければ生き残れないという父親の人生観にそって経済学者の道を選び、イエールの大学院、東大の大学院を経て大学の研究室に入り、多くの著述によって名を知られている。しかし見合結婚は二年しか続かず独身である。トオルはノボルとその父親をどうしても受け入れることができない。クミコの家族はトオルとクミコの結婚に反対であったが、この結婚に助言をしてくれたノモンハン事変従軍経験のある神懸かりの本田老人から月に一度話を聞くことを条件に許される。

クミコは、一ヶ月前くらいから、近所の木立の中で、ねじでも巻くようなギイイッと規則的な声を発する鳥を「ねじまき鳥」と名づけた。トオルは、この世界の一日分のねじが巻かれているように感じた。結婚した次の週に二人で見つけた猫がいなくなった十日後、クミコは猫を探すため、ノボルに霊能者加納マルタを紹介してもらい、トオルが会いに行った。

マルタは職業上の名で三十一歳、幼い頃から超自然的能力があり、五年の放浪の末マルタ島で暮らしたという。マルタは猫の行方不明は、これから起こることの始まりにすぎないという。すでにトオルには、正体不明にもかかわらず、トオルをよく知っている女からの電話が続いていた。またクミコの喜ぶことを期待して、トオルは家の裏の路地で猫を探している時、路地に面した庭で登校拒否の高校生笠原メイと出会った。そして、マルタより五歳年下の妹クレタが水の採取にやってきて半生を語り始めた。生後苦痛の二十年間を過ごし、自殺未遂の後、今度は無感覚状態になり、娼婦をした。その最後の客が綿谷ノボルだったと話したところで帰ってしまう。トオルはある日、顔のない男に案内され208号室に入るとクレタがいて交わる夢を見る。

その後メイに誘われ、銀座で薄毛の人を数えるアルバイトをした。またある日、本田老人が亡くなり、共にノモンハンに行っていたという間宮徳太郎が遺品を届けるため訪ねてきて、ノモンハンでソ連将校率いる外蒙古軍に捕えられ、井戸に放りこまれながら九死に一生を得、特に井戸の底で一日にただ一度、突然やってきて、あっという間に去っていった強烈な太陽の光の中に見たものを印象的に語っていく。

第二部：一九八四年七月から十月。間宮の来た夜からクミコは戻らず、行方不明となった。マルタを仲介としてトオルはノボルと会うが、クミコはつきあっている男がいて出ていったのだから、離婚するしかないと簡単に答えを出し、トオルの存在を否定してノボルは去ってしまう。トオルは、現実について考えるために路地の空き家、元宮脇家の庭にある涸れた深い井戸の底に降りてみた。闇の中に座り、クミコとの出会い、結婚、試行錯誤だった家庭生活、クミコの妊娠と中絶などについて回想しているうちに、たまたま夢という形をとっている何かを見る。顔のない男の忠告を無視し、208号室に入ると電話の女の声が、私の名前を見つけてくれれば、私は出て行くことができると告げる時、ノックの音がし、その女に導かれてそこから逃れるために壁を通り抜ける。右の頬に熱と奇妙な感触を感じた。

目が覚めると梯子がなくなっていた。メイのしわざで、何日か後クレタに助けられた。家にはクミコからの手紙が届き、二度とクミコに会うことの出来ないことをトオルは実感するが、クミコについてあまりにも知らなかったことに気づく。そしてトオルは右頬に赤ん坊の手のひらくらいあるあざを見つけ、奇妙な出来事が夢でなかったことを確信する。クレタはトオルのあとに入った井戸の中から出、ノボルに汚されたことが新しい自己をもたらすことでもあったと話し、二人でクレタ島に行かないかと誘う。トオルは叔父からよく考えるように言われ、良さそうな場所に立って通りを歩いている人の顔をただ眺めることをすすめられる。結局クレタ行きをやめ、区営プールで一人で泳いでいるときに幻影を見る。巨大な井戸の中の水に浮かび、丸い空を眺めていると右側の隅に黒いしみのある太陽が現れる。そのあざのようなしみに意味を読み取ろうとしながら花の香りがしてきた時、208号室の女がクミコであることに気づく。

第三部：笠原メイは、山梨のかつら工場で働きながら、バイクの事故で亡くなった男の子のことを正面から考えられるようになる。空き家は壊され井戸も埋められてしまった。トオルは208号室への通路である井戸を、時間をかけてでも手に入れようと考える。新宿西口のベンチで通り過ぎる人の顔を眺めはじめ、半年前にも声をかけてきた上等な服を着た女に声をかけられる。その日、猫が帰ってくる。翌日、女はトオルにスーツ、シャツ、ネクタイ、靴を買い与え、美容院に連れて行き、イタリア料理をごちそうした。名前を明かさない女にトオルは赤坂ナツメグ、その息子にシナモンと名づける。ナツメグは、夫が一九七五年、四十歳の時殺され、二人のデザインで経営していた会社を売却後、たまたま衣裳のコーディネートを頼まれた夫人を介抱したことがきっかけで、自分にある能力が備わっていることに気づき、有力者の夫人たちの心に潜むものを取り除くことを仕事としていた。ナツメグはすでに、新京の動物園で主任獣医をしていた父と別れ、母と満州から引き上げる輸送船で、アメリカ海軍の潜水艦に沈められそうになった時、父の勤める動物園で日本の兵隊が人間を襲う可能性のある動物を射殺する光景を透視し、超能力を得ていた。父親の右頬には赤ん坊の手のひらくらいの青いあざがあった。父と似たあざを持つトオルに自分の仕事を引き継がせたのであった。ナツメグとシナモンによって購入された元宮脇家の土地に新築された家でそれは行なわれ、井戸も復活した。

トオルが有力者夫人と接触していることを知った、ノボルは、衆議院議員として秘書牛河に圧力をかけさせる。トオルは牛河との取引により、コンピューターを使った通信でノボルやクミコと話すことに成功する。トオルはクミコを取り戻すために井戸の壁の向こうのクミコであるはずの女のいる208号室で、ノボルらしき男をバットで殴り倒す。戻ると井戸に突然水が湧き出し、トオルは肉体の感覚が麻痺し気を失うが、シナモンに助けられる。現実にノボルが長崎で脳溢血で倒れたことがナツメグによって知らされる。ようやく起きあがれるようになってあざの消えていることに気づく。コンピューターにアクセスしてきたクミコの手紙には、自分を自分自身で汚したが、いつもトオルが自分を抱きしめ救済してくれることをわずかな希望として生き続けてきた。自分の命を意味あるものにするためノボルの生命維持装置のプラグを抜くとあった。トオルは、十七歳になったメイに会いに行き、保釈を拒否したクミコを家で待ち続けると語る。

**【評価】**『ねじまき鳥クロニクル』完結後、鈴村和成と沼野充義は対談（「『ねじまき鳥』は何処へ飛ぶか」「文学界」95・10）で、綿谷ノボルという男と妹の関係、クミコがノボルを奪わなければならない理由、タイトル「ねじまき鳥」の意味、悪とはいかなるものかなど、謎が解かれないまま積み重なって放り出されている、まさにこの世界のあり方そのものなのだが物語は閉じないままである。またシナモンがコンピューターにインプットした物語がテクストと同じ表題を持つため、第3部を含めた全体をメタレベルで包みこみ、読者が読むもう一つの小説が存在するという何重かの「いれこ構造」になっていると、物語の構造を分析している。これに答えるように村上春樹は「メイキング・オブ・『ねじまき鳥クロニクル』」（「新潮」95・11）で〈僕の考える『閉じない小説』というもののある種の極限的な形〉だと述べ、謎は解かれないままであることを告げている。重岡徹（「ねじまき鳥クロニクル」論 96・8「国語と国文学」）が確認したように、〈謎解き小説として読むことは半ば以上的外れ〉である。鈴村は〈空洞の物語〉と言うが、後、若森英樹〈でも死ぬのはやはり怖い〉（00・3「ユリイカ」）によって物語が我々の言葉を奪い、停滞させ、この世のものではない砂漠へと導く。この小説の我々に対する贈り物は〈からっぽ〉であり、〈文学が私たちにする最大の贈り物はこのような状態〉だ。それは、〈『現実』的なルール（とりわけ言葉の意味）に従いながらも、『現実』より強力なフィクションの世界、つまり物語を紡ぎだすという目的に奉仕している〉からだとその方法が評価されている。鈴村は、また、今までの村上春樹的世界では考えにくい、激しい暴力的なシーンが描かれることに注目し、暴力がゆがんだ形ではけぐちを求めている世界を見通している、村上春樹がアメリカから日本を見た時、〈わけのわからない暴力が渦巻いている国というふうに見えたんだと思う〉と述べている。この暴力については、どの論者もその意味を考えようとしてきた。

重岡徹（前出）は、村上春樹が綿谷昇に表現しようとしているものはファシズムだと見る。〈高度資本主義社会〉の中で、人間の倫理的指標たりえない近代的な個我意識を修正し超克しようと、短絡的に近代を無条件に放棄するとファシズムにつながる。ノボルと同様、自我と外界の二分法が無効になりつつある現在に立脚しているトオルに、安易に連帯を説くことの偽善性を否定させている。だからといってファシズムにつながる恐れのある連帯を否定してはいない、戦争の犠牲者間宮中尉に恩寵は与えず、トオルに体験を引き渡すことで多少の安らぎ与えるにとどめ、また悪であるノボルと闘ったトオルを、水で罰するというリアリズムにより、春樹の倫理的側面が表出していると評価している。〈綿谷昇とは、人間が無意識の暗闇に潜在させている弱小感、劣等感、怨念、憎悪、殺意、等々を顕在化させ、正当化し、外への暴力として組織する力の謂なのだ〉と重岡徹は解釈するが、「悪」については、〈国家的「悪」をになうにしては、綿谷ノボルの人物像はあまりに弱い〉との加藤弘一の評がある。

風丸良彦（「『もどかしさ』という凶器」「群像」97・3）は、暴力は〈個〉と〈権力〉の溝から生ずる〈もどかしさ〉が、〈個〉の場所を確保する手段だったと読む。村上春樹は、真の歴史の意味を封じてきた〈権力〉の世界の象徴としてノボルを、対する者としてトオルを設定し、「日本人の民主主義は中身のない貝殻のようなものにすぎない」と自覚するに至った人間の虚無感の根源に迫ろうとし、村上の作品にはかつてなかった政治的なメッセージ性を持つ作品であり、読者にアプローチの転換を迫っているが、これまでの作品とは明らかに異質な何かは、日本を外部から見たことによって生じたものだと鈴村の指摘を支持している。そして〈『ねじまき鳥クロニクル』というテキストは、「個」を掘り起こす作業における「歴史」との対峙の不可避性を説き、語られてこなかった「歴史」の多さと語らせなかった「権力」（「暴力」）の存在とを読み手の前につまびらかにしながら、それらの溝に生じる「もどかしさ」を暴力によって解放し、「僕」を、そして「僕」に投影されるこの国の歴史を背負う者たちを癒す。村上の仕事に期待するものは、幻視的でない「権力」との闘いを、彼がいかにフィクションというフォーマットで語りうるかという一点に、今集約されつつある。〉と、日本の見えない権力が物語の構築力によって明確にされることを期待している。

クロニクルの物語にメタ・レベルの枠組みを取り入れたことの有効性を指摘したのは島村輝（「〈時クロノス〉との抗争」98・2）である。トオルが〈ねじまき鳥〉と呼ばれることを自覚することによって、クロニクルを書き換える側・一元的な〈時〉の支配と抗争する側に立場をうつすことになる第三部は、第一部・第二部を内在させながら新たな枠組みをとって語り出されたもう一つの物語であるということができると言い、過去を組み替え、歴史＝物語を作り上げるという物語の構築によって、クロニクルに書き込まれるだけだった個が不透明にされる、邪悪でおぞましいものを出現させてしまおうとする一元的な〈時〉の支配との抗争に立ち向かうことが出来る。そうした村上春樹の物語の力を信じようとしているようにみえる姿勢が、読者にそれぞれの物語を構築する力を呼び起こし、歴史を動かすこともありうるのではないかと、物語に刺激される個々の力を重視しようとしている。

日置俊次（「村上春樹『ねじまき鳥クロニクル』詩論」「日本文学」

98・6）も『ねじまき鳥クロニクル』が従来の村上作品と一線を画す理由の一つとして暴力描写に注目している。『村上春樹　河合隼雄に会いにいく』で村上春樹が〈日本のいちばんの問題点は、戦争が終わって、その戦争の圧倒的な暴力を相対化できなかったということですね、だれもその暴力装置に対する内的な責任をとらなかったんじゃないか〉といっていることから、もともと〈歴史性〉と対峙することを求めていたのではないかと考える。そして、『やがて哀しき外国語』に、強い印象を受けたと書いている、アメリカ映画『羊たちの沈黙』が、『ねじまき鳥クロニクル』における〈歴史性〉の扱いに影響を与えていると、指摘する。歴史的事実である戦争の一つのエピソードや皮剝と〈井戸〉の象徴性が、『羊たちの沈黙』における「羊」「ナイフ」「皮剝」「井戸」というイメージ群と必然性をもって一つに紡ぎ合わされている。人体の内と外（内蔵と皮膚）をさらけだす村上の〈暴力〉描写は、『羊たちの沈黙』のホラー性そのものであり、他者の心へと達しようとして達することのできない自分の奥底にあるそのもどかしさに近づこうとした営為が『ねじまき鳥クロニクル』の世界になったと、両者の強力な関係性を明らかにしようとしている。そして『ねじまき鳥クロニクル』の魅力として、〈理不尽な力〉を表現するとき、その背後に〈せつなさ〉という感覚が変奏されながらうごめいていることが強調されている。

権力となったノボルに対峙したトオルとクミコの関係を問題としたのは、石倉美智子（「新たな世界像の獲得」98・11『村上春樹サーカス団の行方』専修大学出版局）である。石倉は「パン屋再襲撃」「ねじまき鳥と火曜日の女たち」『ねじまき鳥クロニクル』の三部作を〈夫婦〉（他者）の関係と新たな世界像の獲得をめぐる三部作と位置づける。夫婦を否応なく社会という外部への回路を持たざるを得ないユニットだと見る。自身の身体を外へ関係づけないために、『ねじまき鳥クロニクル』の登場人物たちが流されていく様を、遺伝子やあるいは運命の乗り物としてしか自分自身を位置づけられない者だと動物行動学の理論によって読もうとしている。特にトオルの他者回避を「過剰な清潔」と名づけ、個へ閉じこもった結果、自分の中の〈綿谷昇的なるもの〉を顕在化させたと見る。対照的に妻のクミコは混沌につながる肉体を有している女性で、その混沌に気づいたとき、兄ノボルの邪悪な世界に引き込まれたと見る。ノボルの撲滅は、結局クミコが引き受け、〈汚れ〉を引き受けないトオルがクミコの帰還は待つのは、〈綿谷昇的なるもの〉の撲滅が混沌自体を否定することではないことを語っている。トオルが観念の部分を請け負い、クミコは身体リアルにつながる部分を引き受けるということで、二人を合わせてひとつの人格だと考え、ノボルを殺すことはクミコの浄化につながり、理想的な人格に生まれ変わったと読むのである。

**【読みのポイント】** 村上春樹の他の長短編との関連性、権力、暴力の意味、他者性、また枠組みの明確な物語の構造についてなどが、これまで論じられてきた。そこで、新しい観点を見いだすにはもう一度『ねじまき鳥クロニクル』にまず向き合うことが重要であろう。同じ方向を向いているトオル、クミコ、ノボルの言葉、環境を逐一読みとっていくことで、クミコとノボル、トオルとクミコとの関係を照らし出すことになる。特に第三部の、クミコがトオルの救済を待ち望み、トオルはクミコの帰りをひたすら待ち続けるという結びで、この作品を読み終えてはならないだろう。評価の際の鍵となっている暴力について、この物語の外から再度アプローチを試みるべきである。

混迷の世界を『ねじまき鳥クロニクル』では、ノモンハン事変、満州での動物園襲撃のように銃や刃物による殺戮、ノボルに象徴される権力欲による暴力、親の子に対する暴力、セクシュアリテイの暴力、語りによる暴力、夫婦間の小さな溝など、人が常に目に見える、見えない暴力と対峙している様が語られている。それは日常的に、不可視な者によって操作され、影響されることで絶望し、自分の存在が不透明になっている状態である。何者かからノボルへ、ノボルからクミコへ、さらにトオルへというように、それは連鎖するものでもある。人を痛めつけるに十分な、単純な噂もすくい取られている。問題は、第三部に到るに従って、不可視な者のイメージが、政治家、戦争中では軍上層部と想定できるところにあろう。そうした者を暴き出せば、撲殺すれば人々の傷は癒えるのであろうか。逆に、上層部が倫理またヒューマニズムを発揮すれば人々は傷つかないのであろうか。もしそのようにしか読めないなら、物語そのものがある思惑に支配されていることになろう。

この物語がある種の風俗を語り出していて、一つの線にそって読めたとしても、それで読みが確定するものではない。それは「メイキング・オブ・『ねじまき鳥クロニクル』」を、一つのフィクションとして読まなければならないことでもある。村上春樹の創作余談は、また別の物語なのである。ノボルを悪とし、クミコとトオルが対峙する者といった図式的な読みに陥らないことである。善悪に分断するといったように倫理を領域的に考えては、外部的強制力が働き、物語が空疎になるだろう。さらに、小説が読者に与える影響をある意図において期待することも、読みの可能性を奪うことになる。

（**太田鈴子**）

## ねじまき鳥と火曜日の女たち

ねじまきどりとかようびのおんなたち

**【ジャンル】** 短編 **【初出】**「新潮」86・1 **【収録】**『パン屋再襲撃』（文芸春秋、86・4・10）、『パン屋再襲撃』（文春文庫、89・4・10）**【分量】** 84 **【全作品】** ⑧ **【キー・ワード】** スパゲティー、電話、猫、死、性、少女 **【舞台】** 僕の自宅と裏の路地 **【登場人物】** 僕、妻、電話の女、少女 **【関連】** **音楽**：ロッシーニ「泥棒かささぎ」、クラウディオ・アバド、ロンドン交響楽団、ロバート・プラント　**文学**：レン・デイトン、アレン・ギンズバーグ、クラレンス・ダロウ

**【梗概】** ある日の火曜日、失業中の〈僕〉がスパゲッティをゆでていると、全く聞き覚えのない声の女の人から電話がかかってくる。女は〈お互いにもっとわかりあえる〉からといって、十分間だけ時間をくれという。ばかばかしいと思いながらも気になっていたところ、またもや電話がかかってくるが、今度は会社にいった妻からのものである。妻は家の裏にある〈路地〉に入って、四日間も行方不明になっている猫（ワタナベ・ノボル）を捜してみてくれという。午後になり、また先の女が電話をかけてきて、〈僕〉の〈頭の中のどこかに致命的な死角〉があると指摘したうえ、わいせつな言葉をならべる。それに堪えかねた〈僕〉は、十分足らずで電話を切り、妻に言いつけられた猫を捜しに〈路地〉に入る。そこで〈僕〉は〈きれいな耳をした娘〉に出会う。彼女に誘われるがまま、〈僕〉は彼女と一緒に空き家の猫の通り道で待っていたが、猫は一匹も現れない。そして夜家に帰ってきた妻は、猫を見つけなかった〈僕〉を〈自分では手を下さずにいろんなものを殺していく〉と非難しながら泣きふす。

**【評価】** 発表翌月の創作合評（高井有一＋三枝和子＋三木卓「創作合評・ねじまき鳥と火曜日の女たち」「群像」86・2）のなかで、三枝和子は〈火曜日の女たちの中に、妻が入っているのかいないのかが、この小説のポイント〉と指摘しながら、妻を〈理不尽な〉火曜日の女たちの一人として捉え、彼女が最後に泣き出す場面を説明している。それに対し、高井有一は、電話の女を妻と同一人物とみなし、〈相手の中に入っていきたい〉と思う人間たちの〈閉ざされている〉関係を現していると指摘する。いっぽう、石倉美智子は「夫婦の運命2村上春樹「ねじまき鳥と火曜日の女たち」論」（「文研論集」93・6）で、この作品は、〈とある日常の風景のなか、夫婦の齟齬が飼い猫の失踪をきっかけに、もはや隠しようもなく表面化してしまうという物語〉であると指摘する。それはあたかも〈現実世界の〈コンセント〉が抜かれた状態〉というべきで、齟齬が齟齬として断絶したまま残っている構造であるとする。それとは対照的に、齟齬を齟齬として放置せず、〈他

者のいる世界への帰還〉を図って、その〈解決の道を模索しようと試みた〉のが長編の『ねじまき鳥クロニクル』であると指摘する。さらに石倉は、先述の高井の論を一歩進める形で、電話の女と女子高校生を、形を変えた〈妻〉の分身として捉えている。

　ほかに、『ねじまき鳥クロニクル』と関連したものとして、沼野充義は「村上春樹は世界の「いま」に立ち向かう『ねじまき鳥クロニクル』を読み解く」（「文学界」94・7）で、「ねじまき鳥と火曜日の女たち」は、「蛍」と『ノルウェイの森』の関係のように、長編が短編の結末にもどってくる構造ではなく、短編が〈入口〉になって長編の世界に広がっていく〈開かれた〉作品であると指摘する。またそのテーマに関する問題として、鈴村和成は対談（鈴村和成＋沼野充義「「ねじまき鳥」は何処へ飛ぶか」「文学界」95・10）のなかで、「ねじまき鳥と火曜日の女たち」の〈コア〉の部分を〈死〉として捉え、〈死というものを一つの核に持って構成されている〉のが『ねじまき鳥クロニクル』であるとし、そのテーマの連続性を指摘する。これに対し、吉田春生は『村上春樹、転換する』（彩流社、97・11）で、「ねじまき鳥と火曜日の女たち」から『ねじまき鳥クロニクル』への過程を客観描写から主観描写への移動として説明している。そしてその移動の過程は、モチーフをそのまま持続しながらの、〈新たなテーマ〉への変化であると指摘する。

**【読みのポイント】**周知のように、本作品は長編『ねじまき鳥クロニクル』の冒頭にそのまま生かされている。したがって、この作品は大きく二つの側面から読み解くことができる。本作品を単独の独立的なものとして扱うか、あるいは長編『ねじまき鳥クロニクル』との関連や村上文学の全体に広げて読むかの問題である。この作品を独立的なものとして考察する場合に、まずポイントになるのは、それぞれ三人の女をどう扱うかの問題である。電話の女と妻を同一人物として扱うか、三人の女たちを同じく妻の分身として扱うか、あるいは三人の女たちをそれぞれ個別の〈火曜日の女たち〉として捉えるかによって作品の全体的な読みが変わってくる。いっぽう、この作品を『ねじまき鳥クロニクル』との関連のうえで考察するときには、二つの作品の異同の問題について考察する必要がある。短編的な構造を長編的なものに崩していくときに、その異同と変化の如何の分析によって本作品の性質が一層浮き彫りされるからである。モチーフの変化、主題の変容過程などを考察することによって、その連続性と非連続性の問題を明らかにする必要がある。さらに「ねじまき鳥と火曜日の女たち」にちりばめられている主要なキーワードとモチーフについて、村上文学の全体からその配電盤のような系統を究明するのも有効である。

（**南富鎮**）

# 眠い《ねむい》

**【ジャンル】**短編**【初出】**「トレフル」81・8**【収録】**『カンガルー日和』（平凡社、83・9・9）、『カンガルー日和』（講談社文庫、86・10・15）**【全作品】**⑤**【分量】**14**【キー・ワード】**結婚、眠り、犬**【舞台】**結婚式場**【登場人物】**僕、中学の英語教師の彼女、中年のピアノ教師、新婦

**【梗概】**〈僕〉は彼女の友人の結婚式の席でスープを飲みながら居眠りを始めた。〈僕〉の眠気は並大抵のものではなく、何をやっても眠気はとれない。そんな〈僕〉の態度に彼女は気分を害しつつ、〈僕〉の眠気を取り去ろうとする。〈僕〉は、結婚式に出ると必ず眠くなり、ケーキの箱が配られるころになると眠気はどこかに消えてしまうことを彼女に告げる。彼女はそれを結婚に対するコンプレックスと判断する。いつものように眠気の収まった〈僕〉は彼女をプールへと誘う。

**【読みのポイント】**単行本の作品と『全作品』収録のものとには異同がある。内容が変わるような異同はないが、改稿によって変わった、看過できない点を三点挙げる。1、〈僕〉が結婚式自体と新婦の性格について知っていながら眠くなることを自覚している。2、〈僕〉と彼女とに交わされた会話から不快感をもたらすようなやりとりが削除される。3、彼女に理由づけられた〈コンプレックス〉や〈大人になりたくない〉という眠気の原因を〈僕〉が最後に否定する。

結婚式に行くといつも眠くなる〈僕〉。テクスト内でも言及されているように、この眠気は〈コンプレックス〉〈復讐〉の変形されたものとしての解釈が可能である。得体の知れないものにつきまとわれる形はテクスト内で考察するよりも、「パン屋再襲撃」と対比させるとより解釈の幅が広がるであろう。

更に有効と考えられるのは、「眠り」との対比である。「眠り」と「眠い」は〈不眠〉と〈眠くなる〉という全く別のベクトルをモチーフにしている。田中実「愛という〈制度〉・覚え書」（「昭和文学研究」90・7）は、「眠り」を〈〈愛〉の〈主体〉がいかに現代の〈制度〉である〈現実〉、あるいは「愛している」という言葉のからくりの上に乗っているかを描き〉出しているとする。「眠い」も同じように〈結婚式〉という制度を批判している。しかし、「眠り」の結末が悲劇的なものであるのに対して、「眠い」の〈僕〉は彼女をプールに誘うこと、そして〈素敵なコロンの香りがした〉と終ることで純粋な好意の発現、愛の可能性を示している。

〈不眠〉と〈眠くなる〉という対比、得体の知れない何かにつきまとわれるというモチーフの意味を更に検討すると、村上の八十年代の短編作品群の一つの軸が形成されていくのではないだろうか。

**（山根由美恵）**

# 眠り《ねむり》

【ジャンル】短編【初出】「文学界」89・11【収録】『TVピープル』（文芸春秋、90・1・15）、『TVピープル』（文春文庫、93・5・8）【全作品】⑧【分量】97【キー・ワード】時間、死、夢、性、結婚、音、闇、サンドイッチ、沈黙、眠り、影【舞台】私の自宅マンションの寝室、居間、子供部屋、台所、スポーツ・クラブ、図書館、横浜港【登場人物】私、夫、息子、姑、黒服の老人（影）、警官、男たち（影）【関連】**音楽**：ハイドン、モーツアルト、**書籍**：トルストイ「アンナ・カレーニナ」、キャサリン・マンスフィールド、ドストエフスキー

【梗概】私は、歯科医師の夫と小学二年生の一人息子を持つ、三十歳の主婦である。ある夜、黒い服を着た老人に足に水を注ぎかけられる悪夢を見て以来、十七日間ずっと眠れずにいる。私はこうした状態にあることを家族にも誰にも告げていなかったし、家族はだれ一人として私のおかれた状況に気づかなかった。家族との決まり切った日常を淡々とこなしながら、私は夜になると一人、居間でブランディーを傾けながら『アンナ・カレーニナ』を読む。時として夜の公園へドライブすることもあり、一度だけ警官に職務質問を受けたことがあった。ある日私は死について考え始め、死とは今の私のように〈果てしなく深い覚醒した暗闇〉が永遠に続くことではないかと思って恐怖にとらわれ、男の子のような格好をして公園まで車を走らせた。一人車内にいると、黒い影の男たちが車に襲いかかってきた。私は為す術もなくうずくまり、恐怖に震えていた。

【評価】作品集『TVピープル』について宮脇俊文は、「村上春樹の仕事。」（「ユリイカ」00・3臨増）の中で〈第二期の村上ワールドはこの短編集とともに始まったと言えるだろう〉といい、〈暴力的に突き進んでいく〉時代の流れの中で、〈どのように自分の身を置けばよいのか〉を考える作品集だと位置づけた。川崎賢子もまた「メディア社会のエロスとタナトス」（「ユリイカ」00・3臨増）において、村上春樹の九〇年代は『TVピープル』によって幕を開けたという認識を示す。川崎は、「メディア」と「力」という二つのモチーフを見出しており、「眠り」は、〈関係性〉が〈性と流血と死とがわかちがたくないあわされた、まさに呪われた過剰性の領域〉である世界を描く作品のひとつであり、〈性と暴力と悪夢とに翻弄され壊れてゆく世界を、女性の語りとまなざしでつづっている〉と述べる。

村上春樹のテクストにおける女性一人称の試みが珍しいだけに、川崎のように〈女性の語りとまなざし〉に注目するのは当然だが、すでにリヴィア・モネが、「テレビ画像的《テレヴィジュアル》な退

行末来と不眠の肉体」（「国文学」98・2臨増）において、フェミニズム的観点からメディア社会における女性の肉体のありように着目したテクスト論を展開している。〈不眠に陥った後というのは、このテクストのなかでは、一種のフェミニズム的目覚めとしてプログラム化されている〉といい、父権的男性社会のまなざしを〈女〉が自ら内在化してしまう様相を剔抉する〈テクストの政治学〉を分析する。

一方、語り手の見る夢の内容から、それまでの村上春樹作品に見られたモチーフと絡めながら論じていくことも可能であろう。花田俊典「「眠り」　昏睡する「私」」（「国文学」98・2臨増、『スタディーズ03』）では、夢の中に出てきた黒服の老人や、車に乗った語り手を襲う男たちを表象する〈影〉という言葉に注目して、『世界の終りとハードボイルド・ワンダーランド』を参照しつつ、〈「自然」でないのは、「影という自我の母体」を消去し、「心」を失くした「私」のほう〉だという論を展開している。

この他、ホラー小説としての面白さをすくい上げる書評も見られる。松岡和子は「恐怖の中に点在する鮮やかな色」（「文学界」90・4、『スタディーズ03』）において、『TVピープル』に収められた各編を〈怖い話〉〈怪談〉と捉えたうえで、「眠り」は〈日常性が最も強く〉、それだけに〈怖さもひとしお〉だと述べている。

**【読みのポイント】**〈僕〉という男性一人称で書かれることの多い村上春樹作品の中では異色作に属する。だが作品に書き込まれた、日常におけるモノの描写は、村上春樹の先行作品の変奏曲のようだ。〈私〉が夫とともに昼食に取る蕎麦は、スパゲティの変奏であろうし、〈私〉が本を読みながら飲むレミー・マルタン・ブランディーは、ビールの変奏であろう。〈私〉がカー・ラジオから流れてくる曲に対して、〈つまらない日本語のロック・ミュージック〉〈歯の浮くようなベタベタとしたラブ・ソング〉と評価を下す点にも、これまでの〈僕〉との相似性を感じさせる。そうした嫌悪するモノや価値観からの逃避が許されず、ただ孤独であり続けなければならないという〈私〉の恐怖は、たとえば同じ〈影〉という表象を通しながらも、『世界の終りとハードボイルド・ワンダーランド』のラストでうかがわせる静謐さとは無縁のものだ。こうした点を踏まえて、村上春樹の作品系譜でのきちんとした位置づけが望まれる。また、最後に〈私〉を襲う〈影〉たちは、黒服の老人の眷族なのか、〈私〉が逃れようとする「自己充足性」を持つ家族の表象なのか、それとも単なる犯罪者なのか。論の方向によって解釈も変わってこようが、孤独だが自由な存在を襲う暴力の影という点では、パワー・ゲームのネットワーク下におかれた個人の状況に対する危機意識が研ぎ澄まされてきたことがうかがえるのである。

（**横井　司**）

## 能率のいい竹馬《のうりつのいいたけうま》

【ジャンル】超短編【初出】「太陽」94・10【分量】3.5【収録】『村上朝日堂超短篇小説 夜のくもざる』（平凡社、95・6・10）、『村上朝日堂超短篇小説 夜のくもざる』（新潮文庫、98・3・1）【舞台】僕の家【登場人物】僕、能率のいい竹馬、小林ヒデオ【関連】モーツァルト「K421ニ短調」（弦楽四重奏曲第15番）

【梗概】日曜日のお昼前、僕が切干大根を煮ているときに能率のいい竹馬が現れた。小林ヒデオの文章に〈能率のいい竹馬〉という言葉があるというが僕は知らず、竹馬は腹をたてる。どのくらい自分が世間で理解されているかを知りたいという竹馬を、僕が世間そのものというわけではないと慰める。次に、モーツァルトのK421が短調か長調か聞かれたが、知らないという僕に「あなたが世間そのものだ！」と叫んで出ていってしまう。訳の分からないまま、僕はご飯と切干大根を食べる。

【読みのポイント】パーカー万年筆の広告として書かれた。〈能率のいい竹馬とは何か〉を知りたいという竹馬は、アイデンティティを見失った者の姿であろう。そうした人物はよく作品中に深刻な形で登場するが、ここでは間違ったものにそれを見いだそうとし、設定も人間からちょっとずらすことで、コミカルに描いている。

（柴田美幸）

## ノルウェイの森《のるうぇいのもり》

【ジャンル】長編【初出】単行本『ノルウェイの森』上・下（講談社、87・9）【収録】『ノルウェイの森』上下（講談社文庫、91・4・15）【分量】900【全作品】⑥【キー・ワード】時間、死、夢、同世代、性、恋愛、少女、井戸、アイロン、ビール、サンドイッチ、猫、犬、手紙、電話、眠り、消滅、失踪【舞台】ハンブルク空港、「僕」の寮、大学キャンパス、直子の部屋、小林書店、京都「阿美寮」、新宿、御茶ノ水の病院、吉祥寺の貸家、山陰の海岸【登場人物】僕（ワタナベ・トオル）、ドイツ人のスチュワーデス、直子、寮長、助手、突撃隊、キズキ、つかの間の彼女、永沢、ハツミさん、小林緑、マドラス、チェックの上着を着た男、オールナイト映画のあと同席した二人の女の子、「阿美寮」の門衛（大村さん）、石田玲子（石田先生、レイコさん）、白衣の男（宮田先生）、コーヒー・ハウスの女の子、レコード店の店長、緑の父、病人の奥さん、伊東、漁師【関連】音楽：ビートルズ「ノルウェイの森」「サージャント・ペパーズ・ロンリー・ハーツ・クラブ・バンド」「ミシェル」「ノーホエア・マン」「ジュリア」、「ヒア・カムズ・ザ・サン」、「イエスタデイ」、「サムシング」「フール・オン・ザ・ヒル」、「ペニー・レイン」、「ブラック・バード」「六十四になったら」「アンド・アイ・ラブ・ハー」「ヘイ・ジュード」、「エリナ・リグビー」、ビリー・ジョエル、ヘンリー・マンシーニ「ディア・ハート」、ブラームス「交響曲第4番」「ピアノ協奏曲第2番」、ビル・エヴァンス「ワルツ・フォー・デビー」、ジム・モリソン、マイルス・デイビス「カインド・オブ・ブルー」、いしだあゆみ、「7つの水仙」、「レモン・ツリー」、「パフ」、「五〇〇マイル」、「花はどこに行った」、「漕げよマイケル」、レナード・バーンスティン、マービン・ゲイ、ビージーズ、マーラー「シンフォニー全集」、バッハ「フーガ」「組曲」「インベンション」、モーツァルト「ピアノ・コンチェルト」、スカルラッティー、「プラウド・メアリ」、ブラッド・スウェット・アンド・ティアーズ「スピニング・ホイール」、クリーム「ホワイト・ルーム」、サイモン・アンド・ガーファンクル「スカボロ・フェア」、バックハウス、ベーム、バド・パウエル、セロニアス・モンク「ハニサックル・ローズ」、「イパネマの娘」、バカラック、レノン=マッカートニー、トニー・ベネット、ローリング・ストーンズ「ジャンピン・ジャック・フラッシュ」、ジョン・コルトレーン、オーネット・コールマン、サラ・ヴォーン、ドリフターズ「アップ・オン・ザ・ルーフ」、モーリス・ラヴェル「死せる王女のためのパヴァーヌ」、ロベール・カサドゥシュ、カルロス・ジョビン「デサフィナード」、ジョージ・ハリソン、ドビッシー「月の光」、バラカラック「クロース・トゥ・ユー」「雨に濡れても」「ウォーク・オン・バイ」「ウェディングベル・ブルーズ」、ロジャース=ハート、ガーシュイン、ボブ・ディラン、レイ・チャールズ、キャロル・キング、ビーチボーイズ、スティービー・ワンダー、「上を向いて歩こう」、「ブルー・ベルベット」、「グリーン・フィールズ」 **文学**：シェークスピア、ラシーヌ、イヨネスコ、クローデル、エイゼンシュテイン、トルーマン・カポーティ、ジョン・アップダイク「ケンタウロス」、スコット・フィッツジェラルド「グレート・ギャツビィ」、レイモンド・チャンドラー、高橋和己、大江健三郎「性的人間」、三島由紀夫、バルザック、ダンテ、ジョセフ・コンラッド「ロード・ジム」、ディッケンズ、ドストエフスキー、エウリピデス、アイスキュロス、ソフォクレス、「戦争と平和」、「ライ麦畑」、トーマス・マン「魔の山」、フォークナー「八月の光」、ヘルマン・ヘッセ「車輪の下」、テネシー・ウィリアムズ、ジョルジュ・バタイユ、ボリス・ヴィアン **映画**：ハンフリー・ボガート、「卒業」、ウォルト・ディズニー、「カサブランカ」、ダスティン・ホフマン、「サウンド・オブ・ミュージック」、パゾリーニ、ディアナ・ダービン **その他**：ムンク、マルクス「資本論」

【**梗概**】ハンブルグ空港にいた三十七歳の〈僕〉は、機内に流れた「ノルウェイの森」を耳にして、一九六九年から七〇年にかけての過去の記憶をよみがえらせる。

神戸の高校を卒業して東京の大学に入った〈僕〉（ワタナべ・トオル）は、毎朝国旗が掲揚される、一風変わった寮に生活している。ある日、高校時代に自殺した親友（キズキ）の恋人であった直子と久しぶりに出会い、デートをするようになる。一九六九年四月、直子の誕生日に彼女の部屋を訪ねた〈僕〉は、その晩直子と結ばれる。〈僕〉の予想に反して、直子は処女だった。その直後、直子は行方をくらまし、〈僕〉のもとには「京都の山の中の療養所に入ろうと思う」という一通の手紙が届く。

その頃、〈僕〉は大学で、小林緑と知り合う。書店の娘である彼女は、二年前に母を脳腫瘍で亡くした。書店の仕事が忙しいため、両親から十分な愛情をかけてもらえなかったということが、彼女に精神的な屈折をもたらしている。そしてその屈折を解く対象として、〈僕〉にエキセントリックとも見えるような〈わがまま〉なそぶりを見せるようになる。

一方、直子は京都の山中にある精神病の療養施設「阿美寮」に入所して生活していた。直子からの手紙でそのことを知らされた〈僕〉は、さっそく彼女に会いに行く。久々に顔を合わせた彼女の様子は、思ったより元気そうであり、〈僕〉は彼女から短い間に成熟した女性の印象を受ける。直子のルームメート・レイコさんと三人で数日を過ごし、直子と性的な接触をした後、〈僕〉は帰京する。

〈僕〉は緑に連れられて大学病院に行き、彼女の父親が、母親と同じ脳腫瘍のため、瀕死の病状であることを知り、テキパキとその看病をする緑の疲れも察する。しばらくして緑の父親が亡くなり、葬式を済ませた後、〈僕〉は緑に誘われてポルノ映画見物をつきあい、そのあと彼女の実家に泊まる。〈僕〉も二十歳の誕生日を迎える時期だった。

冬を迎えた「阿美寮」に〈僕〉は再び出向き、やや無口に感じられる直子に会う。年が明けて、〈僕〉は寮を出、吉祥寺に一軒家の離れを借りて一人暮しを始める。直子に手紙を出しつづけるが、返事はなく、変わってレイコさんから、直子の病状が思わしくないことを告げる手紙が届く。四月になり新学年が始まって、〈僕〉は緑と再会するが、ふとしたことからしばらく彼女と口をきいてもらえなくなる。病状が悪化した直子は専門の病院に転院し、集中的な治療を受けることになる。一方六月半ばになり、久々に緑から声をかけられた〈僕〉は、彼女から愛の告白を受け、〈僕〉自身も緑に愛情を感じていることを自覚する。〈僕〉はこのことをレイコさんに手紙で知らせるが、レイコさんからは「直子には黙っていることにしよう」という返事を受取る。

八月の終りに「阿美寮」を訪ねてきた直子は、その晩自殺してしまう。〈僕〉は激しくショックをうけ、一月ほど放浪の旅をする。やがて帰京した〈僕〉のもとに、「阿美寮」を出たレイコさんが訪ねてくる。レイコさんのギター演奏で、二人は直子のお葬式をやり直し、その後性交する。

レイコさんは旭川での新しい生活に旅立ち、〈僕〉は公衆電話から緑に電話をかけ、「世界中に君以外に求めるものは何もない」と呼びかける。しかし「あなた、今どこにいるの？」と問い返されたとき、〈僕〉は自分がどこにいるのか、見当もつかず、ただ緑を呼びつづけるだけだった。

**【評価】**〈これは恋愛小説です。ひどく古ぼけた呼び名だと思うけれど、それ以外にうまい言葉が思いつけないのです。激しくて、物静かで、哀しい一〇〇パーセントの恋愛小説です。〉『ノルウェイの森』単行本上巻の帯に付されたキャッチ・コピーである。著者自身の手によるこのキャッチ・コピーの文句によって、この作品はまずもって〈恋愛小説〉という枠組みを与えられて読み解かれる運命を担ってしまったといってよい。発売後短期間に百万部単位の売上を誇り、〈ノルウェイの森現象〉と呼ばれる一種の社会現象をまで生み出したことの背景には、この小説を文字通りの通俗的〈恋愛小説〉として受容しようとした多くの読者があったことは否めないだろう。また、発売から間を置かずに発表された同時代評や、その後十数年にわたって積み重ねられてきた批評・研究の多くが、この作品の描いた（あるいは描かなかった）〈恋愛〉という〈関係性〉のあり方を軸として展開されるものとなったことも、このことと切り離せない面を持っている。「ノルウェイの森」の描く〈恋愛〉にシンパシーを感じるにせよ、違和感を持つにせよ、いずれにしてもここに登場する男女の〈関係性〉の質を問いなおすことなしに、この作品を論ずることは難しい。

発売当初から爆発的なベスト・セラーとなったということもあって、この小説について、現在までにさまざまな立場・角度から、論評がなされてきた。また、作家としての村上春樹を論ずる際にも欠かすことのできない対象として論及されているので、そのようなかたちで断片的に触れられたような場合も含めれば、研究史は膨大なものとなる。ここではそれを網羅的に紹介するのではなく、作者自身がたてた〈恋愛小説〉という枠組みを、批評的読者たちがどのように受けとめ、解体し、構築しなおしてきたかということを主たる道筋として、その評価の変遷をたどってみたい。

〈恋愛〉の物語を成り立たせていく動因として、まず目につくのはこの小説の中に何度も繰り返される、男女がかたちづくる〈三角形〉の構図だろう。この〈三角形〉（〈三角関係〉）に着目し、そうした〈三角形〉が要素となる関係性の網の目が、この小説の人間関係を統御し、世界を作り上げているとするのが、川村湊の「〈ノルウェイの森〉で目覚めて」

（「群像」87・11）である。〈危うくたおれそうな木を、その両隣の二本の木が支えるといった構図〉を、〈森〉というタイトルの文字からの連想を交えて定立し、そこからはみ出してしまったものは、丹念にその三角の綱の綻びを縫い合わせることでしか癒すことはできないとする認識の上にたって、末尾近くでの〈僕〉とレイコさんとの結びつきに、直子という死者の存在に媒介されて成り立つ、確かな関係を読み取ろうとしている。直子に媒介された〈僕〉とレイコさんとの関係に、確かな人間関係の構築の可能性を見出したこの論は、作品発表後間もなくのものだが、現在にあってもなおユニークな論考としての意義を失っていない。しかし、この作品の結末に、積極的な現実との結びつきの回復を読み取ろうとする方向性は、それ以後の諸論のなかではむしろ少数派といっていいだろう。むしろ大半の論は、そのような一種のハッピー・エンド的な回収に対する違和感を申し立てるような方向で展開する。

例えば、川村のほぼ一年ほど後に発表された竹田青嗣の「〝恋愛小説〟の空間」（「群像88・8」）では、この小説から受ける印象がいわゆる〈恋愛小説〉とは異なった肌合いのものであり、読み進むにつれて、〈むしろ恋愛という関係を不可能にする〝自閉〟のテクストとして編まれていることが明らかになる〉という。大庭みな子、増田みず子、山田詠美、あるいは吉本ばななら同時代の作家との対比の中で、竹田はこの作品に特異な性格としての〈超越体験〉の問題を提示している。しかしこの〈超越体験〉は、そのことに媒介されて〈現実〉を再び見出すといった単純な図式によってとらえられるものではない。むしろここで村上が提出しようとしているものは、この〈自閉〉あるいは〈喪失〉を簡単には振り払うことのできない本質的なものとして捉えることであり、その極限で〈生〉が結局はなにを〈欠落〉として抱えこまざるを得ないのかということを追究することであると、竹田はいう。この論は、それ以降の『ノルウェイの森』論の方向性を決定するような指摘を含んでいるばかりではなく、同時代作家との関連において論じている点において、やはり同時代の批評家としての視点を明確に打ち出している点が出色である。

〈恋愛小説〉として、過去の出来事を「物語」のうちに回収しようとする傾向と、〈自閉〉と〈喪失〉を解決のつかないままに抱え込もうとする反「物語」的な傾向。「ノルウェイの森」の読み解きにあたって読者が直面する、この作品に内在する相矛盾するようなこの二つの傾向を、作品の構造上から分析した論として、今井清人の「『ノルウェイの森』――回想される〈恋愛〉、もしくは死――」（『村上春樹――OFFの感覚――』国研出版、90・10）が挙げられる。今井は、小説冒頭の、ハンブルク空港・ルフトハンザ機中で過去が想起される場面を、

〈これから「僕」に語られる話を、「理解」できるように整理された〝物語〟の枠組みを持った〝記憶〟として、読者の前に提示する〉機能を持ったものであるとする。突撃隊、永沢、エウリピデスなどの脇役や小道具も、そうした〈僕〉の機能を読者に印象付ける役割を果たしている。これに対して、〈僕〉と直子の〝物語〟とは、お互いを媒介とすることによって、決して現実に安定することなく、混沌との間を揺れ動く関係の〝物語〟であり、それは安定を志向する語り手の機能的定位とは矛盾せざるを得ないものである。またさらに、レイコさんや緑は〈僕〉と外部とを媒介する項となるが、例えば緑は〈現実的〉ではあっても「成熟」し〈安定〉しているわけではなく、彼女自身もある種のあぶなっかしさを払拭しているわけではない。したがって、結末部分にあっても緑との合一によって現実を回復するという読みは成立し難いが、そこにこそ読者が登場人物に共感を保持させる機構がはたらいているとしている。この作品の読後に感じる、一種宙ぶらりんに投げ出されたような頼りなさを、小説の構造から意味付けようとする意欲に満ちた論考である。

〈僕〉をめぐる、直子と緑という二人の女性との関係は、物語全体のテーマとの関係でどのように意味付けられるのか。この、もっとも単純かつ根源的な問に再び立ちかえって論じた比較的近年の論として、吉田春生「非「恋愛小説」としての『ノルウェイの森』」（『村上春樹、転換する』彩流社、97・11）を挙げておく。消失した人物の欠損（カジュアルティーズ）を抱えて生きることをめぐっての、直子から緑への転換という軸を吉田は想定し、欠損を抱えたまま、純粋性に惹かれるようにして「阿美寮」に赴き自ら死を選んだ直子との共生から、猥雑で不可解な夾雑物に取り巻かれた現実世界との適応に向けて緑を選び取っていく方向に「僕」の生き方の主軸が置かれているとする。結末部分でこうした方向が裏切られるように描かれているのは、そこに緑の不安定さが拭い去られていないからだとするこの結論は、今井論の延長線上にあるといってよい。

手法の上から、今井論と同様にこの作品の語りの構造に着目した論が、木股知史「手記としての『ノルウェイの森』」（「昭和文学研究」92・2）である。『ノルウェイの森』のように一人称の語りをとる小説は、一般にその性質上、書き手の主観性の世界を描き出すため、語られる時間と手記を書く時間との間に起こった出来事を決定できない、いわば宿命的な〈空白〉をともなう。したがって、ここで描かれる直子の死についても、実は直子の側から見ればまったく違った意味付けのもとに記述される可能性が、この語りの〈空白〉のうちにあると、木股は見ている。それは同時にまた、語り手である三十七歳の〈僕〉と、語られる対象としての若い〈僕〉との癒着や抑圧を意味してもいる。このように、〈書き手〉の〝私〟の作為が壊れるのが、この物語の大きなテーマであると、木股は結論づけている。

加藤典洋編『イエローページ村上春樹』（荒地出版社、97・10）第5章「『ノルウェイの森』──世界への回復・内閉への連帯──」は、この小説の基本となるモチーフを〈内閉世界からの回復〉と見、その底に〈親しい人間の死〉というテーマが敷き込まれているとする。直子と〈僕〉との関係は、〈僕〉がやがてそこから抜け出そうとする内閉世界の軸の線上にあり、〈僕〉は緑との恋愛によって世界への回復を果たすというのが、この小説の基本となるラインであるというのが、この読み全体の大きな構図である。

ここでこの論文は、一つの大胆な仮説を提示する。それはこの作品が、実は直子と〈僕〉の物語と、緑と〈僕〉の物語という、それぞれ独立した物語としてすでに成立していて、その両者を一つに合一することによって出来あがってきたものとみる、ということである。すなわち、本来の物語内容の上では、時間は第一の物語が完結した後に第二の物語が始まるということになっていたのだが、その間に時間のひきのばしと折り畳みという操作を行ったことによって、現在の二つの物語が並行する形となったとされ、その媒介として〈僕〉の二度にわたる旅行があったことが、傍証として示されている。この仮説によって、物語内部の時間の整合性が再確認され、それ自体としては興味深い考察といえるが、物語全体の結論的な読みとして、〈世界への回復〉というやや予定調和的な読みに偏したきらいがあることは否めないだろう。

〈恋愛小説〉というレッテルに正面から疑問を投げかけた読み方の一つに、黒古一夫の「〈喪失〉、もしくは〈恋愛〉の物語──『ノルウェイの森』」（『村上春樹──ザ・ロスト・ワールド』六興出版、89・12）が挙げられる。娼婦とそれを買う男との間では、二人がどんなに親密になったとしても、その間には〈（売春）制度〉が厳然と存在するが故に、〈愛〉の介在する余地がなく、この〈愛〉の不在という点で、『ノルウェイの森』に通じるところがある、すなわち『ノルウェイの森』は〈恋愛小説〉ではないというのが、黒古の意見である。このような〈愛〉の不在、「性」と「愛」との分離は、七〇年の青年にとって一般的ではなかったはずであり、その意味でこれは、青春をすでに過去のものとしかとられることのできない作者の、甘く美しい〈青春物語〉にすぎない。この物語にはほとんど本当の意味での〈内面（の葛藤）〉が描かれていないが、むしろその〈スマート〉さが、当代の読者を引きつけたのであろう、とする黒古の見解は、ある時期の村上春樹に対する一方の批判の典型のように感じられる。

一方、これとはまったく対照的な位置からこの作品の「恋愛小説」性に疑問を投げかけているのが、三枝和子「『ノルウェイの森』と『たけくらべ』」(「ユリイカ」90・9)である。三枝は〈恋愛〉の基準として「自我を持った男と自我を持った女の対等な男と女の関係」であるという枠を設定する。その限りで見た場合、『ノルウェイの森』は、それまでの男性作家が描いた男性を主人公とする小説の多くとは異なり、対等の関係は明瞭に打ち出されているが、自我がよくわからないという、特徴をもっているとされる。また、村上春樹の恋愛小説にあっては、精神の合一が肉体の合一に帰着するという形態をとらず、それは多くの近代文学(たとえば「たけくらべ」)の場合とは大きく異なる。『ノルウェイの森』は〈初恋小説〉でも〈姦通小説・不倫小説〉でもなく、〈新しい形の恋愛小説〉、あるいは〈そもそも恋愛小説ではない〉物語なのではないかと、三枝は問題提起している。これは黒古論にみられるような〈恋愛〉観の持つ無意識的なイデオロギー性への一つの批判ともなっているということができる。

その他、興味深い論考は尽きないが、それらについてはさまざまな参考文献目録等を参照されたい。なお、『ノルウェイの森』は英語をはじめ、数多くの言語に翻訳されているが、現在国内で入手可能なものとして、"Norwegian Wood" (Vintage International Original, Jay Rubin 訳)がある。

**【読みのポイント】** 先行する論にも繰返し取り扱われているように、果たしてこの作品のテーマが、直子から緑へ、あるいは〈内閉〉から〈回復〉への方向にあるのかどうかという点が、読み解きの上でもっとも重要な分かれ目となるであろう。そのためには、冒頭のハンブルク空港での過去想起の場面をどのように意味付けていくか、また〈僕は受話器を持ったまま顔を上げ、電話ボックスのまわりをぐるりと見まわしてみた。僕は今どこにいるのだ? でもそこがどこなのか僕にはわからなかった。見当もつかなかった。いったいここはどこなんだ? 僕の目にうつるのはいずこへともなく歩きすぎていく無数の人々の姿だけだった。僕はどこでもない場所のまん中から緑を呼びつづけていた。〉という結末部分の記述をどのように解釈していくかという点が、依然として問題となる。どのような解釈を与えるにしても、この作品が構造上、一義的なテーマの読み取りを許すような仕組みになっていないことは明白であり、さまざまな意味付けはそのような仕組みをしっかりと読み取った上でのこととなる。

〈僕〉による一人称の語りを脱構築する試みとして、先述した木股の論があるが、緑の立場からこの作品を読み解こうとするものに近藤裕子「チーズ・ケーキのような緑の病」(「国文学」98・2臨増)がある。このような方法をもちいれば、例えば〈僕〉の知らない直子の姿、直子の知らない〈僕〉の生活を知り得る立場にあった、媒介者としてのレイコさんの視点から、この物語の記述を脱構築していくことも可能であろう。

『ノルウェイの森』には、この他にも印象的な脇役とも呼ぶべき人物が、少なからず登場する。突撃隊もその一人だが、とりわけ忘れがたく心に残るのは永沢であろう。永沢が『ダンス・ダンス・ダンス』の横須賀君、『ねじまき鳥クロニクル』の綿谷ノボルにつながって行くキャラクターであることについての指摘はすでにあるが、こうしたキャラクターの原点にあるものが、どのような本質に根ざしたものであるかについての解明は、まだ未開拓といっていい分野であり、その原点となる存在として永沢に着目することには意義がある。

『ノルウェイの森』が、なぜ社会現象となるまでにベスト・セラーとなったのかについては、桜井哲夫の社会学的な論究（「閉ざされた殻から姿をあらわして……――『ノルウェイの森』とベストセラーの構造」）（「ユリイカ」89・6臨増）があるが、この問題は必ずしも社会学的な視点からだけの考察では十分とはいえない。このような見地からの指摘を踏まえつつ、文学研究独自の立場から深めるべき点もまだ多々あるように感じられる。いずれにしても『ノルウェイの森』は、現在にいたるまで、基本的に豊かな意味生産性を保ったテクストであり続けていることは疑いない。

（**島村　輝**）

## バー・トーク《ばー・とーく》

**【ジャンル】** 超短編 **【初出】**『夢で会いましょう』（冬樹社、81・11・25）**【分量】** 7.5 **【キー・ワード】** サンドイッチ **【舞台】** ホテルのバー **【登場人物】** 僕、バーテンダー

**【梗概】** 人を待つ場所は無名のホテルのバーに限ると僕は考えている。本を片手に余計な話はしないバーテンダーの作ったオンザロックを飲みながら待つのだ。しかし、その日僕が入ったバーのバーテンダーは話好きであった。

**【読みのポイント】** 講談社文庫版には未収録。春樹の文章には、タクシー運転手とならんでバーテンダーがたびたび登場している。〈飲食店のようなものを七、八年経営していたせいで、今でも喫茶店、飲み屋、レストランのようなところに入るとどうしても働いている人たちの方に注意がいってしまう〉（『村上朝日堂　はいほー』）と言っているように、後者には評価が織り込まれる。良きバーテンダーとして挙げられるのが初期三部作のジェイで、とくに『風の歌を聴け』の独特の雰囲気は彼と〈僕〉の会話によって醸し出されている。『ダンス・ダンス・ダンス』の〈僕〉がユキと出会う場であるドルフィン・ホテルのバーではよく教育された及第点のバーテンダーが登場する。そして、ここに登場するのはいわば不合格点のバーテンダーということになる。

（**今井清人**）

# バート・バカラックはお好き？

ばーと・ばからっくはおすき？

**【ジャンル】**短編**【初出】**「トレフル」82・5**【収録】**『カンガルー日和』（平凡社、83・9・9）、『カンガルー日和』（講談社文庫、86・10・15）**【全作品】**⑤**【分量】**14**【キー・ワード】**手紙**【舞台】**小田急線沿線の彼女のマンション**【登場人物】**僕、彼女**【関連】**バート・バカラック、フランソワーズ・サガン「ブラームスはお好き？」

**【梗概】**作品前半は僕から彼女への手紙の返信であり、彼女の手紙にあったとおぼしいハンバーグについての記述を僕が大いに誉める。後半で手紙の由来が明かされる。二十二歳の頃の僕は手紙の書き方の添削をアルバイトにしていた。会員の多くは自分より年上の女性で、僕より書き慣れていた。当初冷や汗を流しながら返信を出していた僕だったが、評判は良かった。今となってみると、彼女たちは淋しさから誰かに手紙を書きたいだけだったのだろうと思っている。その中の一人だったハンバーグの彼女はアルバイトを辞める時に僕を自宅へ招待してくれた。手作りのハンバーグを食べ、バカラックを聴きながら彼女の身の上話を聞いた。三十二歳の彼女は学生時代は作家志望でサガンのファンだった。五時になり、帰ろうとすると、彼女は夫が真夜中にならないと帰らないとか、仲がうまくいっていないなどと言う。それに対して僕はどう言っていいのかわからない。十年経ち、彼女と同い年になった僕にも、あの時彼女と寝るべきだったのかどうかはわからない。別れの言葉を口にする。彼女も「でも、いいの」と

**【読みのポイント】**『全作品』収録時に「窓」と改題。改題されることで伏せられることとなった下敷きのサガン『ブラームスはお好き』は人妻と青年のラブ・アフェアを扱った作品であるが、本作では情事は実現しない。現代青年である〈僕〉が何も答えないことで〈彼女〉＝周囲の動きに待ちの姿勢を示していることは、上野千鶴子・小倉千加子・富岡多恵子『男流文学論』（筑摩書房、92・1・25）で指摘されたような村上作品の主人公に特有のスタンスとも取れるが、前半の手紙の形を借りて主人公の〈僕〉がなになに風ハンバーグを拒否してただのハンバーグを求める姿勢には、サガン風にしつらえられた情事を目の前にして、何も答えないという形で拒絶を示す〈僕〉が繋げてあるとも読めよう。こうした感性を共有する同時代人として〈彼女〉もあり、最初にサガンという話を振ってしまった時点で情事の不可能は予定されていたとも言える。従って、十年経ってもわからないというその内実とは、このシチュエーションで寝るべきだったのか否かではなく、このシチュエーションで寝ないなる現代の人のあり方をも包含した問いなのだと言えよう。

（**星野久美子**）

## ハイネケン・ビールの空き缶を踏む象についての短文《はいねけん・びーるのあきかんをふむぞうについてのたんぶん》

**【ジャンル】**超短編**【初出】**「ショートショートランド」85・6**【全作品】**⑧**【分量】**4**【キー・ワード】**象、ビール

**【舞台】**動物園がある町**【登場人物】**町の人々、象、動物引取業者、象飼い（退職した町役場の職員）、僕

**【梗概】**町の動物園が閉鎖された。年老いて疲れきった象だけは他のどの動物園も引き取ろうとしなかったので、困り果てた動物引取業者は象の引き取りを町にもちかけることにした。町議会で一ヶ月ばかりすったもんだした末に、結局、町が象を引き取ることになった。役場を退職した職員に象飼いとして面倒を見させ、象に空き缶踏みの仕事を与えることにしたのである。缶を踏んでいるときの象と象飼いはとても幸せそうに見えた。僕はときどき捨て忘れた空き缶を象小屋まで運んだが、彼らは暇なときには僕一人のために特別に缶踏みをしてくれた。ある時、僕はハイネケン・ビールの空き缶を一ダースまとめて象に踏んでもらったが、踏みつぶされた缶は一枚の緑の板になって、五月の太陽の下で空から見たアフリカの平原のようにきらきら眩しく光っていた。

**【読みのポイント】**「象の消滅」（85・8）の前史的な位置を持つ作品であるが、「象の消滅」とは違い、この作品ではまだ〈象〉も飼育係も消滅していない。作品末尾のイメージが鮮明なだけに読み飛ばされがちだが、〈消滅〉を予感させる箇所は散見される。引き取り手がないこと自体〈象〉の存在の希薄さを物語るものだし、町が与えた〈空き缶処理〉という仕事は〈象〉の存在価値を捏造するものでもあったはずだ。つまり〈五月の太陽の下で空から見たアフリカの平原のようにきらきら眩しく光っていた〉〈緑の板〉は〈象〉にとって生きられる空間として描き出されたわけではなく、むしろそうした場の不在を明示するための仕掛けの一つなのである。『全作品⑧』別冊「自作を語る」の中で、村上はこの作品の成立事情を〈ハイネケン・ビールを飲んでいるときにふと思いついて書いたものである。ご存じのように、ハイネケン・ビールの缶はなかなかきれいな緑色をしている。それを一本飲みおえてはぎゅっと手で握り潰しているうちに、これを象の足で踏み潰したら、もっとひらたくなって綺麗だろうなという気がして、それでこういう話が書きたくなってきたのだ〉と語る。同所には〈僕の短編には……次の長編の胎動的な部分が含まれている〉という興味深い指摘もある。これらを視野に含めながら作品相互の連関についての考察すること、さらには村上における作品創造のメカニズムを解明することも課題の一つになると思われる。

（髙野光男）

## ハイヒール《はいひーる》

**【ジャンル】** 超短編 **【初出】**『夢で会いましょう』（冬樹社、81・11・25）**【収録】**『夢で会いましょう』（講談社文庫、86・6・15）**【分量】** 3 **【キー・ワード】** 象、ドーナツ **【舞台】** 御茶ノ水までの地下鉄の中 **【登場人物】** 僕、象、乗客多数

**【梗概】** 地下鉄の中で、僕は象が素敵なハイヒールを履いているのに出会った。ラッシュアワーだったから、乗客はみんな象の存在を迷惑に感じ、ハイヒールのかかとで踏みつけられることを恐れ、象のまわりはドーナツの形に空白になっていた。象の方でもそれを意識してか、とても申しわけなさそうな顔をしていた。たしかに非常識ではあっても、どことなく憎めないところがあったために、僕は象に向かってちょっとにっこり笑いかけたりもした。象はホッとしたようで、僕と会話をかわすことになった。僕はそのハイヒールをどこで買ったかを訊ねたりした。象は御茶ノ水の駅で降りる時に僕に手を振った。象の世界では僕は結構人気があるのだ。

**【読みのポイント】**〈象〉は春樹文学に頻出のアイテムだが、この場合の〈象〉はそのまま太った女性の隠喩に他ならず、『世界の終りと――』のピンクの女の子を想起させる。直喩の面白さを特徴とする春樹文学の中で、しかし動物は隠喩・寓喩の意味を持つことを示す作品。

（髙根沢紀子）

## 激しい雨が降ろうとしている《はげしいあめがふろうとしている》

**【ジャンル】** 超短編 **【初出】**「太陽」94・12 **【収録】**『村上春樹堂超短篇小説 夜のくもざる』（平凡社、95・6・10）、『村上朝日堂超短篇小説 夜のくもざる』（新潮文庫、98・3・1）**【分量】** 3.4 **【キー・ワード】** 消滅 **【舞台】** ボストンの家の自分の部屋、中央線武蔵小金井駅の改札 **【登場人物】** 僕、武蔵小金井駅の駅員 **【関連】** ボブ・ディラン「ボブ・ディラン・グレイテスト・ヒッツ vol.2」、『ウッドストック』（監督マイケル・ウォドレー）

**【梗概】**〈僕〉は複雑な事情により、電車に乗って隣駅の店にパンを買いに行った。切符をなくした〈僕〉に、駅員は「切符をなくした人ってね、みんな一駅ぶんしか申告しないんだよね」と言う。それからいろいろな嫌な目にあったが、なくした切符の区間を信じてもらえなかったことに比べたら、それらは忘れてしまえる程度のことなのである。

**【読みのポイント】** パーカー万年筆の宣伝広告として掲載される。電車に乗るといつも切符をなくす、というエピソードは、エッセイ「電車とその切符」（『村上朝日堂』）にもある。あわせて読むと、冒頭の〈ほんとうにあった話。〉という一文に信憑性が出てきて、超短編ながら作品世界が広がり、面白味が増す。

（永久保陽子）

# はじめに・回転木馬のデッド・ヒート

はじめに・かいてんもくばのでっど・ひーと

**【ジャンル】**短編**【初出】**『回転木馬のデッド・ヒート』（講談社、85・10・15）**【収録】**『回転木馬のデッド・ヒート』（講談社文庫、88・10・15）**【全作品】**⑤**【分量】**11**【登場人物】**僕**【関連】**カーソン・マッカラーズ「心は孤独な狩人」

**【梗概】**小説家の〈僕〉の、『回転木馬のデッド・ヒート』の中の文章への前書き。原則的に事実に即した、さまざまな人から聞いた話の文章化は、小説とは違うものだという。仮に〈スケッチ〉と呼ぶこれらの文章は、僕の中に小説にはできずおりのようにたまったものだ。僕は人の話を聞くことで、我々はどこにも行けない、という無力感に捉われる。まるで回転木馬の上でデッド・ヒートをしているようだと。

**【評価】**「はじめに」としての論はないが、『回転木馬のデッド・ヒート』全体を論ずるときには多く言及されるところである。富岡幸一郎「資質のメリーゴーラウンド」（「図書新聞」85・12・14）では、〈どこにも行けない〉という言葉から、〈みずからの『無意識性の核』〉にとどまっている、と批判的。関井光男「『回転木馬のデッド・ヒート』」（「マリ・クレール」86・1、『群像日本の作家　村上春樹』小学館、97・5）では、事実の〈スケッチ〉だが、文学的と解釈。川本三郎「この空っぽの世界のなかで」（「村上春樹ブック」91・4、文学界臨増）では、基本的に空虚な世界での、確かな〈時間〉という〈仮想の敵〉と〈デッド・ヒート〉する作家・村上春樹という作家論。高橋世織「『回転木馬のデッド・ヒート』――距離の主題とその変奏（ディスタンス・ヴァリエーション）」（「国文学」95・3、『スタディーズ02』）では、〈澱〉についてふれるが特に言及はなし。安藤宏「『レーダーホーゼン』」（「国文学」98・2）では、「レーダーホーゼン」とともに論じられる。丸山哲史「時代の分析医」（「ユリイカ」00・3臨増）では、脚注でふれる。

**【読みのポイント】**『全作品』⑤の「自作を語る」から、「はじめに」自体が虚構＝作品だとわかる。まず、「はじめに」で語っている小説家の〈僕〉と、現実の作家・村上春樹を切り離して考える必要がある。では、その〈僕〉がここで付与した〈事実〉といっているものと、それぞれの作品の中の〈村上さん〉といわれている〈僕〉が聞き手になることでとらえようとした、語り手の〈事実〉とは同じものなのか。これらの違いやズレから、作品の構造がみえてくるのではないか。また、『ねじまき鳥クロニクル』へも繋がるものとして「聞き手」という働きを考えることも重要だろう。「自作を語る」では、『回転木馬のデッド・ヒート』は〈リアリズムの訓練〉として『ノルウェイの森』の前にあり、自分なりのリアリズムを考えたものであることを述べている。

（**柴田美幸**）

# 蜂蜜パイ《はちみつぱい》

**【ジャンル】**短編**【初出】**『神の子供たちはみな踊る』（文芸春秋、00・2・25）**【分量】**65**【キー・ワード】**ビール、夢、スパゲティー**【舞台】**小夜子のマンション、バルセロナ、上野動物園**【登場人物】**沙羅、淳平、小夜子、高槻**【関連】**音楽：シューベルトの「鱒」書籍：ジョン・アップダイク

**【梗概】**淳平は、小夜子の娘・沙羅に、蜂蜜を売っている熊のまさきちの物語を聞かせていた。沙羅は、神戸の地震をニュースで見てから、「地震男」の夢のため、眠れなくなっていたのだ。淳平と小夜子は大学時代の友人で、高槻を含めた三人で行動を共にしていた。大学卒業後、高槻は小夜子と結婚し、淳平は作家になったが、三人は関係を継続していた。沙羅が二歳の時、小夜子と高槻が協議の末に離婚した。高槻は淳平に、小夜子との結婚を勧めるが、淳平は結論を先送りにする。淳平は小夜子との結婚を真剣に考えるが、最後の一歩が踏み出せないでいた。そして、スペイン旅行の時、淳平の故郷でもある神戸が大地震の被害にあう。東京に帰った淳平は、地震によって生活が静かに、しかし確実に変わったことを実感する。淳平は、悪夢に苦しむ沙羅と上野動物園に熊を見に行く。そこで淳平は、まさきちの友達のとんきちの話をするが、その結末は、とんきちが動物園に送られる悲劇で終わってしまう。その夜、淳平と小夜子は、始めてのセックスをした。そこに沙羅が入ってくるが、その瞳は空白だけを見つめ「地震男」を恐れていた。淳平は小夜子との出会いから現在までを振り返り、夜が明けたら小夜子にプロポーズすることを決意する。淳平の頭の中には、沙羅に話すとんきちのもう一つの結末や、これまでとは違う小説を書くこと、何より二人の愛する女性を守ることが具体化しつつあった。

**【評価】**大鋸一正は、村上春樹とのEメールインタビュー「言葉という激しい武器」（「ユリイカ」00・3臨増）で、今までの語り手が、自分を透明化した存在であったのに対し、作品集『神の子供たちはみな踊る』では、自分が登場人物と同じ個であることを実感しながらでないと読み進められず、〈読者は主人公「淳平」をこれまでの作品の「僕」とは違った見方で、村上さん本人と重ねながら読むことができます〉としている。これに対して春樹は〈僕とはまったく違うタイプの（ほとんど逆のタイプの）小説家を設定したのですが、それでもイメージを重ねられるということは、この作品が、僕のこれまでの小説の書き方にいちばん近いところにあるという事実を示しているのかもしれないですね〉という解答を寄せている。作品の寓意性について山田潤治「『よのつねならぬ』小説」（「文学界」00・5）は、「かえるくん、東京を救う」と「蜂蜜パイ」を、長い時間と空間を経て著者性が失われ、人

口に膾炙するうちに人々の意識が凝集された〈『伊曾保《イソポ》物語《のハブラス》』の動物誓喩譚との類縁性〉を指摘し、一人の著者によって創作される近代以降の小説との趣の違いを強調している。笠井潔「暴力と変貌」（「鳩よ！」00・6）は、〈圧倒的な暴力〉に向き合おうとする姿勢を「UFOが釧路に降りる」のように間接的に、あるいは「かえるくん、東京を救う」のように寓意として描いた作品は完成度が高いが、日常的なリアリティを与えようとした「蜂蜜パイ」は、〈見るも無残な結果〉であるとする。その上で、著者の「圧倒的な暴力」と戦うことに特権的な意義を認めない姿勢に、弱点と可能性を見出している。福田和也の「『正しい』という事、あるいは神の子どもたちは『新しい結末』を喜ぶことができるか？」（「文学界」00・7）は、阪神大震災とオウム事件以降、悪を如何に対処するかが春樹の課題になったという笠井と共通する認識を示しながら、「蜂蜜パイ」が「かえるくん、東京を救う」の語り直しであり、淳平、小夜子、高槻の三角関係も「めくらやなぎと眠る女」『ノルウェイの森』と同一の構造を持っているとする。そして、「蜂蜜パイ」の語り直しは、元のモチーフを発展させたものではなく、〈作家の倫理が、これまでの作品と完全に変換してしまった〉ことを指摘している。

**【読みのポイント】**村上春樹が、初の連作集に唯一の書き下ろし短編として加えただけに、作品集全体を統括する重要な位相を占める作品である。著者の故郷を襲った災害を、根本のモチーフにしている話題作だけに先行文献も多く、これらを批判的に読み解くだけでも、新たな作品論の視座が開けるだろう。中でも大鋸、福田らが問題にしている視点と語りの変化や、山田、笠井、福田が指摘する「かえるくん、東京を救う」との同質性と差異を見据えることは必須の要件。結末に示される肯定的な認識を、どのように位置付けるかで、作品の評価が根本から変わるだけに、ここに込められた「倫理」の分析には、特に注意が必要である。笠井、福田のいう〈悪〉の問題は、90年代以降の春樹作品との関係としてとらえると同時に、ポスト阪神大震災、ポスト・オウムの中で書かれた同時代作品と対比する必要もある。さらに関西出身の作家が阪神大震災を描き、〈死〉や〈悪〉の意味を追求した作品、例えば貴志祐介『十三番目の人格 ISORA』（角川ホラー文庫、96・4）、谺健二『未明の悪夢』（東京創元社、97・10）、柴田よしき『PINK』（双葉社、00・10）などの諸作や、あるいは高村薫の〈震災の前では、ミステリーが前提とするどんな非日常的な事件も顔色を失う。多くの死の姿を見て、人間が生きていく裏には大きな虚無感があり、それとの闘いが生きることだと思い至った〉（「河北新報」99・4・5）という発言との対照も重要であろう。

（**末國善己**）

# 『PAPARAZZI』《ぱぱらっち》

【ジャンル】写真集【初刊】『PAPARAZZI』（作品社、90・6・30）【分量】9.5（エッセイ分）【関連】クラーク・ゲーブル、J・D・サリンジャー、トルーマン・カポーティ、マリリン・モンロー（ノーマ・ジーン・ベイカー）、キム・ノヴァク、ジェーン・マンスフィールド、ジョン・F・ケネディ

【梗概】伴田良輔が選んだ、ミック・ジャガー、トルーマン・カポーティ、マリリン・モンロー、ジュディ・フォスターなど有名人の39点の写真に村上春樹のエッセイ「セレブたちの第三の角」〈『プレス・アイ・2』（85文春文庫）より再録〉が添えられる。エッセイは、セレブ（celebrities、有名人）を、写真を通じて大衆と関わる三つの自我の角を持つ三角獣だとする。一本はメディアを通してつくられる幻想としての自我、一本は現実の個人としての自我、最後の一本は幻想と現実のバランスをとるための自我である。この第三の角は、存在するのではなく、存在しているように感じられるだけのものである。セレブたちはカメラのレンズを向けられたとき、この第三の角で大衆と向き合うのだという。

【評価】「村上春樹データベース」（「国文学」98・1臨増）で永久保陽子が紹介。今井清人「有名人をめぐる幻想の構造」（「ユリイカ」00・3臨増）は、大衆メディアによる幻想生成の構造を対象化していると指摘。

【読みのポイント】〈情報の内容にはほとんど何の意味もないのにもかかわらず、それは情報として有効に機能している〉と語られるゴシップ記事をめぐる幻想の構造は、広告に代表される現代の大衆媒体全体のそれでもある。そしてこの本来は眩暈のような対象化すらできないものが、いつのまにか独立した価値を持ち始めるというモチーフは、村上春樹作品にも繰り返し導入されている。「カティーサーク自身のための広告」では軽妙に語られ、「貧乏な叔母さんの話」、「ホテルのロビーの牡蠣」では個人内部の幻想の実体化が扱われる。また、「中国行きのスロウ・ボート」では、幻想によって成立する消費社会が実体のない〈空売りと空買いに支えられて膨張しつづける巨大な仲買人の帝国〉と批判される。

　また、二項対立の補完する第三項というモチーフは、『1973年のピンボール』と『世界の終りとハードボイルド・ワンダーランド』での並行するストーリー競合による新たな生成への期待をそれとして捉えることができる。さらに、後者の「世界の終り」では排除される第三項という権力論的細部として、壁／住民の関係維持のため犠牲となる一角獣や、街の内部／外部の静的図式を回避するリンボ〈森〉を見ることができる。（今井清人）

## バンコック・サプライズ《ばんこっく・さぷらいず》

**【ジャンル】**超短編**【初出】**「太陽」93・7**【収録】**『村上朝日堂超短篇小説 夜のくもざる』（平凡社、95・6・10）、『村上朝日堂超短篇小説 夜のくもざる』（新潮文庫、98・3・1）**【分量】**2.5**【キー・ワード】**電話**【舞台】**バンコック？**【登場人物】**私、女

**【梗概】**「5721の1251でしょうか？」と女の声で電話がかかってきた。女は5721の1252に電話をかけたが出ないので、1番違いの私に電話をかけたという。女は昨日バンコックから戻ってきたばかりで、そこで体験した〈すごいこと〉を話したがっていた。だがそれは三十七歳・男である私に話しやすい内容ではなかったらしく、女は5721の1253を試してみるといって電話を切った。バンコックで何が起こったのか、私にはわからずじまいだった。

**【読みのポイント】**地理的に近いわけではない者が数字の羅列にすぎない電話番号によって隣人とみなされる点、日常的な境界意識にゆらぎを与えて効果的である。〈すごいこと〉の内容がわからないまま一方的にコミュニケーションが切断されることとあわせ、本作の電話にはコミュニケーションにかかわる二つのモチーフが交差している。なお、初出とそれ以降で電話番号が異なっている。

（**杉山欣也**）

## ハンティング・ナイフ《はんてぃんぐ・ないふ》

**【ジャンル】**短編**【初出】**「IN・POCKET」84・12**【収録】**『回転木馬のデッド・ヒート』（講談社、85・10・15）、『回転木馬のデッド・ヒート』（講談社文庫、88・10・15）**【全作品】**⑤**【分量】**55**【舞台】**コッテージ・ホテル、ビーチ**【登場人物】**僕、妻、風貌の似た母子、アメリカ人の女、ライフガードの青年、老人**【関連】**ゴーギャンのタヒチの絵、モーツァルトの室内楽、リヒアルト・シュトラウス、ローリング・ストーンズ、マーヴィン・ゲイ、『風と共に去りぬ』、ドビュッシー

**【梗概】**海岸に面したコッテージ・ホテルに滞在する〈僕〉と妻の隣の部屋には親子連れが泊まっていた。とても風貌の似た母子だが、息子は車椅子に座ったきりであった。彼らは非常に無口で、〈我々〉とはよく顔をあわせるものの、会釈だけで言葉を交わすことはなく、いつも決まった時間にビーチにやって来て海を見ているだけだった。だがホテルを引き上げる前日の午後、親子の姿がどこにもなかったので〈僕〉は非常に気にかかる。その夜、激しい動悸で目が覚めてしまった〈僕〉がバーボンの瓶を持ってガーデン・バーに行くと、車椅子の青年が一人で海を見ていた。彼が一人でいるのを初めて見た〈僕〉は妙な気分になったが、思い切って声をかけ

た。しばらく話をした後、突然青年は〈ナイフ〉について詳しいかとたずね、自分が持っている小型の〈ハンティング・ナイフ〉の検分を頼んできた。彼にとってそれを使うあてはないが、ある日無性に欲しくなったらしい。しかも自分だけの秘密。〈ナイフ〉は〈なかなか立派なもの〉であった。彼は〈僕〉にそれで何かを切ってほしいと言う。〈僕〉は片っ端からいろんなものを切り裂く。すると彼は時々見る夢を語った。それは、自分の頭の内側から〈ナイフ〉が突き刺さり、後には〈ナイフ〉だけが白骨のように残るというものだった。

**【評価】** 高橋世織「『回転木馬のデッド・ヒート』距離の主題とその変奏（ディスタンス・ヴァリエーション）」（「国文学」95・3）では、短編集の〈距離〉のあり方について述べ、〈ナイフ〉を〈何か、うとましい関係（＝距離）〉を切り離す〈シンボル〉と指摘。また作品に対する直接の言及はないが、関井光男「『回転木馬のデッド・ヒート』」（「マリ・クレール」86・1）は〈八篇の物語〉に〈日常のねじれの空間〉が見事に描かれていると評している。

**【読みのポイント】** 親子が所有する水筒や車椅子の描写は、〈ナイフ〉のイメージと結びつく。また〈白〉を用いた表現が多く見られることに着目して読み解いていくのも興味深い。

（**大島佳代子**）

# パン屋再襲撃《ぱんやさいしゅうげき》

**【ジャンル】** 短編 **【初出】**「マリ・クレール」85・8 **【収録】**『パン屋再襲撃』（文芸春秋、86・4・10）、『パン屋再襲撃』（文春文庫、89・4・10） **【全作品】** ⑧ **【分量】** 41 **【キー・ワード】** 結婚、ビール、時間、井戸、消滅、眠り、猫 **【舞台】** 自宅、マクドナルド、車の中 **【登場人物】** 妻、僕、かつての相棒、学生風のカップル、カウンターの女の子、店長、学生アルバイト **【関連】** **書籍**：オズの魔法使い　**人物**：ジグムント・フロイド　**音楽**：ワーグナーの『タンホイザー』と『さまよえるオランダ人』の序曲

**【梗概】** パン屋襲撃の話を妻に聞かせたことが正しい選択だったかどうか、いまだに確信が持てない。結婚して間もない深夜に僕と妻は目を覚まし、強烈な空腹感に襲われた。僕は車でレストランを探すことを提案するが妻は拒否、僕は自分の飢餓が特殊な飢餓であるように感じ、それは洋上に浮かぶボートから海底火山の頂上を見下ろすが距離感がつかめないというイメージで表現できた。空腹感に恐怖のしびれに似たものを感じると、かつてのパン屋襲撃を思い出した。パン屋の主人はワグナーのレコードを最後まで聞くことを条件に好きなだけパンをくれたが、それは呪いのようなもので、それを境にいろんなことが変化した、と妻に話すと、妻は呪いを

解くには今一度パン屋を襲って果たされなかったことを今果たすことだと言った。営業しているパン屋を車で探すが見つからないので、妻はマクドナルドに決め、僕に手順を指示した。僕には襲撃する必要があるのかどうかわからなかったが、妻は確信を持って行動した。三十個のビッグマックを作らせ、ビルの駐車場でハンバーガーを食べると深い飢餓は消滅した。僕は再び、こんなことをする必要があったのだろうかと問うと、妻はもちろんよと答えた。彼女は眠り、僕はボートから海底をのぞくと火山は見えず、ボートの底に横になった。

**【評価】** 三浦雅士「パン屋再襲撃　単身主義にも新局面」（「朝日新聞」86・5・5）、青木はるみ「回転木馬のデッド・ヒート／パン屋再襲撃「致命的な死角」の魅力」（「週刊読書人」86・6・16）、志村正雄「村上春樹著『パン屋再襲撃』世界の終わったあとで」（「文学界」86・5）等、新聞・雑誌掲載の同時代評は多い。春樹の作品が教科書教材に採用されていることもあり、国語教育方面からのアプローチも盛ん。88年第41回日本文学協会国語教育部会夏期合宿において、鎌田均が「村上春樹を高校生はどう読んだか―『パン屋再襲撃』―」と題して実践報告をし、作品論を担当した田中実がそのレジュメを改稿して「消えていく〈現実〉―『納屋を焼く』その後『パン屋再襲撃』―」（『日本文学研究論文集成46　村上春樹』若草書房、98・1）をまとめている。田中は〈回想する「僕」の場面から始まる〉小説として「納屋を焼く」「パン屋再襲撃」の二作品を対象に読み解き、〈「村上春樹」の作品とは読者が創る〈現代の私小説〉〉であり〈〈現実〉のなかで自己を失うアイデンティティ崩壊を描いた〉というのが「パン屋再襲撃」のテーマであるとする。一方、〈夫婦〉という関係に注目しながら読み解く石倉美智子「夫婦の運命Ⅰ―『パン屋再襲撃』論」（『村上春樹サーカス団の行方』専修大学出版局、98・10）は、過去の〈相棒〉との関係は〈男女の究極の理想の姿〉だったが〈パン屋襲撃〉で社会に取り込まれ別れるはめになって失敗した〈彼〉が、結婚して日の浅い自分たちが〈夫婦という堅固な連帯感を得るため〉に〈再襲撃〉を行い、〈呪い〉を解くための形骸化した儀式ではあるが〈一応成功した〉とする。単行本として全体を論じながら作品に触れているのは森本隆子『「パン屋再襲撃」―非在の名へ向けて」（「国文学」95・3）であり、「パン屋再襲撃」は〈行為の模倣と反復は過去の現前そのものではありえない、という徒労感を漂わせ〉、全体としては〈「村上春樹ワールド」に大規模な地殻変動が起こり、視座がロスト・ワールド（失われた世界）から現実世界へと移行し〉、象や双子といった〈かけがえのないものたちの消滅が、単に、僕を現実からズレさせる根源ともなって、現実世界へ逆転している〉と指摘する。「パン屋再襲撃」単独の論文は少ないが、作品論や作家論の中での言及は多い。

**【読みのポイント】**僕と相棒のパン屋襲撃については「パン屋襲撃」（「早稲田文学」81・10）が先行して書かれており、分量は「パン屋再襲撃」の三分の一以下（四百字詰約12枚）、内容は〈僕〉が〈妻〉に話した内容とほぼ同じである。ただし、石倉論は「パン屋襲撃」の〈相棒〉は男、「パン屋再襲撃」中の第一次襲撃の〈相棒〉を女として、その違いを読み取る。春樹自身によれば「パン屋襲撃」は映像化されたというが、「パン屋再襲撃」も海外で映画化されたようだ（ホームページ「村上朝日堂」参照）。なお、『夢で会いましょう』（冬樹社、81・11）収録作品で最も長い作品「パン」は、送り仮名・改行・数字の表記等約十カ所の違いを除いて「パン屋襲撃」と全く同じで、改題したものと言ってよい。「パン屋再襲撃」は、妻に襲撃の話をしたことが正しかったのかという冒頭から始まり、再襲撃が本当に必要なのか、必要だったのか、という具合に物語全体を通して〈僕〉の迷いが提示されている。その問い続ける〈僕〉の姿を核として、〈特殊な飢餓〉の映像化―透明すぎて計れない距離、その位置から海底火山を眺める自分という存在、爆発の可能性もあり得る火山を見失う自分、ボートの底に身を横たえて待つだけの自分―をどう解釈するのか、また〈僕〉と妻との関係性をどう読み取り位置付けるのか、ということが読みの大きなポイントとなろう。作品細部の丁寧な解釈に基づく明晰な研究が待たれる。（**福田淳子**）

# パン屋襲撃《ぱんやしゅうげき》

**【ジャンル】**短編**【初出】**「早稲田文学」81・10**【収録】**『夢で会いましょう』（ここでの題名は「パン」。冬樹社、81・11・25）、『夢で会いましょう』（講談社文庫、86・6・15）**【全作品】**⑧**【分量】**12**【キー・ワード】**眠り**【舞台】**僕の部屋、パン屋**【登場人物】**僕、相棒、パン屋の主人、オバサン**【関連】**音楽：ジョン・レノン、ワグナー「トリスタンとイゾルデ」「タンホイザー」

**【梗概】**僕と相棒はまる二日間水しか飲んでなく、空腹感と虚無感は極に達していた。そこで、僕と相棒は、包丁を持って、五十過ぎの共産党員のパン屋を襲う。店にはラジオ・カセットからワグナーが流れていた。僕は、包丁は隠したまま、一文無しでとても腹が減っていることを主人にうちあけた。主人は、好きなパンを食べてよい条件にワグナーが好きになることを上げる。僕と相棒は条件をのみ、ワグナーを聴きながら腹一杯パンを食べた。その間主人は〈トリスタンとイゾルデ〉の解説書を読み上げていた。二時間後、僕らは、互いに満足して別れた。僕と相棒の虚無はすっかり消えていた。

**【評価】**「パン屋襲撃」は、当然のこと、「パン屋再襲撃」との連関において論じられてきた。黒古一夫は、〈現代のおとぎ話のような物語の中に、人間の内にひそむデモーニッシュな衝動の在り様〉を読みとっている（『村上春樹ザ・ロスト・ワールド』六興出版、89・12）。石倉美智子は、「夫婦の運命Ⅰ—村上春樹『パン屋再襲撃』論—」（「文研論集」92・9）で、襲撃目標がパン屋からマクドナルドへと転換されていることの意味を読み解きながら、「パン屋襲撃」「パン屋再襲撃」の「ねじまき鳥と火曜日の女たち」への発展性について論じている。また、石倉は、「パン屋襲撃」が教科書検定で不合格になるという事態を受けて、この作品を表現の視座から論じてもいる（「表現の問題と、村上春樹『パン屋襲撃』について」（「文研論集」95・3））。一方、〈パン屋襲撃〉の意味、さらには「空腹」が満たされるということの意味についての考察が、田中実「消えていく〈現実〉—『納屋を焼く』その後『パン屋再襲撃』—」（「国文学論考」90・3）にある。

**【読みのポイント】**「パン屋襲撃」から「パン屋再襲撃」への連続性とその距離の測定が出発点となる。同時に「パン屋襲撃」を独立した作品として考究することも必要である。〈我々〉〈マルクス〉〈演説〉〈共産党員〉〈思想〉といった言辞から帰納されるのは間違いなく政治の季節そのものだからである。僕と相棒を〈僕たち〉でなく〈我々〉と表記するところにも特別のこだわりがある。村上と全共闘との関わりも、厳密に言えば、解決済みのことではない。冒頭部と終末部にある〈想像力〉の問題の考究も課題であろう。（**岩崎文人**）

## 『日出る国の工場』《ひいづるくにのこうじょう》

**【ジャンル】**エッセイ風ルポ**【初出】**『日出る国の工場』（平凡社、87・4・1）**【収録】**『日出る国の工場』（新潮文庫、90・3・25）**【分量】**293**【舞台】**京都科学標本、松戸・玉姫殿、ラビット消しゴム工場、小岩井農場、コム・デ・ギャルソンの町工場、松下CD工場、アデランス工場**【登場人物】**村上春樹、安西水丸、編集のみどりさん、各章の案内人**【関連】****音楽**：The Impressions 'Beauty is Only Skin-deep'、ライチャス・ブラザーズ、ホール&オーツ、マーラーの四番　**書籍**：「クラッシー」、「アンアン」、「ダカーポ」、「トリスタンとイゾルデ」、小学館『みどりのまきばのうた—小岩井農場ものがたり』、ぽぷら社『小学生・社会科見学シリーズ⑥・牧場のしごと』、「オリバー・トゥイスト」、「ガープの世界」「暮しの手帖」、吉本隆明=埴谷雄高論争（「海燕」85・2〜5）**映画**：「未知との遭遇」、「フラッシュ・ダンス」、「マッド・マックス」、「スパルタカス」、「ナポレオン・ソロ」、「バック・トゥー・ザ・フューチャー」、「ドクター・ノオ」、ジョン・トラボルタの映画、朝鮮戦争の洗脳もの、「カスター将軍」、「三バカ大将」

**【内容】**ユーモア溢れる文体で綴った七工場の探訪記。イラストは同行の安西水丸。小学生の日の社会見学以来、具体的な〈象工場〉のようなものであれ〈形而上工場〉であれ、心の底に横たわり続けてきた、何かしら〈工場〉なるものに引き付けられる〈薄くらがり的部分〉。のどかなはずの酪農工場から効率と淘汰の論理に絞め上げられる〈経済動物〉としての牛たちの姿が見えてきたり、華やかなコム・デの下請け工場に下町ゆかりの職人気質を垣間見たり。昭和三十年代前半の経済復興以来、前向きかつひたむきに働き続けてきた日本人への愛《いとお》しみを込めて、一編を「日出る国の工場」と題する。

**【評価】** 小森収「商品としての60年代」（「サンデー毎日」90・5・27）に代表されるように、コム・デの章で村上自身が提示した、八〇年代の時代思潮に六〇年代ラディカリズムを商品化した〈柔らかラディカリズム〉を見る文化論的視点に着目するのが、読みの常套。末國善己「工場というシステム、日本というシステム」（「ユリイカ」00・3臨増）は、さらにこの文脈に加えて、システマティックな大量生産現場でなく、〈職人技〉や〈町工場〉に着目する点に、村上らしさを指摘した。

**【読みのポイント】** みずからも『ダンス・ダンス・ダンス』で描き出した、この偉大な消費の時代に、あえて生産の現場に拘ることの意味は何か。システムと手仕事、媒介となる案内人たちに注がれる村上の眼差し、あるいは長短編に姿を見せる〈象工場〉や、同じコム・デをあくまで消費としてのファッション論へ収斂させる吉本隆明（『重層的な非決定へ』『ハイ・イメージ論』）との対比についても考えてみたい。

（**森本隆子**）

## ビール《びーる》

**【ジャンル】** 詩（超短編）**【初出】**『夢で会いましょう』（冬樹社、81・11・25）**【収録】**『夢で会いましょう』（講談社文庫、86・6・15）**【分量】** 0.2 **【キー・ワード】** ビール **【舞台】** 神宮球場

**【登場人物名】** 不幸なビール売りの少年。

**【梗概】**「松岡がホームランを打たれたのは、／僕のせいではありません」と少年が言ったという話。「神宮球場に捧げる」との献辞、「1981／5／16」との日付、「＊『ヤクルト・スワローズ詩集』より」との付記がある。

**【読みのポイント】** 村上がヤクルト・スワローズ・ファンであることは知られている。このテクストはスワローズが本拠地とする神宮球場でのスナップ・ショットであるが、タイトルが野球でも球場でもスワローズでもなく、「ビール」であることに注目。事件・事態を構成する事象のうち、最もミニマルな細部をクロースアップする村上のスタイルが、ここにも現れている。ビールはこれまた、このうえなく村上的な飲料にほかならない。少年の言う通り、ビールやビール売りとホームランとの間には何の関係もない。しかし、スポーツ・ファンが無関係なものに責任を転嫁して鬱憤をはらす傾向を、このテクストは言外の背景として巧みにとらえている。

（**中村三春**）

# ビール《びーる》

【ジャンル】超短編【初出】「太陽」93・8【収録】『村上朝日堂超短篇小説　夜のくもざる』（平凡社、95・6・10）、『村上朝日堂超短篇小説　夜のくもざる』（新潮文庫、98・3・1）【分量】3【登場人物】僕、オガミドリさん＝鳥山恭子、編集長、お母さん【キー・ワード】ビール、電話【舞台】自宅、小金井

【梗概】二十六歳で、品のいい独身の美人である鳥山恭子さんは、いつも丁寧に拝むように原稿を受け取る編集者で、オガミドリさんとよばれている。でも僕は一度、彼女の家に電話した時、丁寧なお母さんの応対の後、普段とはまったく違う、ひどく下品で甲高いオガミドリさんの声を聞いてしまった。名乗らなかった僕は、オガミドリさんの丁寧さのうわさに対してじっと黙っている。

【評価】速水由紀子「メーキング・オブ・村上春樹　安西水丸著『夜のくもざる』」（「アエラ」95・7・3）に編集担当「おがさん」のコメント紹介がある。

【読みのポイント】上品な女性の隠された実態を暴く哄笑の一編だが、その面白さとは、〈上品な言葉づかい〉を誉める編集長の下品さや、礼儀正しい地の文の文体と、直接話法で語られるオガミドリさんのとびっきり下品なことばの対照の面白さといった〈ことば〉をめぐる点にある。

（馬場重行）

# ピクニック《ぴくにっく》

【ジャンル】超短編【初出】「メンズ・クラブ」85・7【分量】1.5【キー・ワード】少女、ビール、サンドイッチ、象【舞台】裏山【登場人物】僕、彼女

【梗概】象はいろんな方向から眺める価値があるという彼女の主張に従い、二人で裏山に登り、ミニチュアのように見える象を眺めているうちに、僕は別の時間性の中に置かれた世界をのぞいているような気がしてくる。サンドイッチとビールで昼食をとり一時間ばかり眠り、象の夢を見る。

【読みのポイント】『夜のくもざる』には収録されていない。ピンクのポロシャツとピンクのコットン・パンツ姿の17歳の彼女は、『世界の終りとハードボイルド・ワンダーランド』のピンクずくめの衣装の老博士の孫娘とつながり、両者とも〈僕〉を先導していることから、ピンクを同志・姉妹型少女のアニマを表す色とする感覚を見ることができる。

〈象〉は春樹作品によく登場する（「象」の項参照）が、動物の象が登場するのが「象の消滅」、「ハイネケン・ビールの空き缶を踏む象についての短文」、同〈J・プレス短編集〉の「象」である。特に裏山から象を眺めているうちに、大きさが違って見えてくるという点が「象の消滅」と共通する。

（今井清人）

# 飛行機《ひこうき》——あるいは彼はいかにして詩を読むようにひとりごとを言ったか

**【ジャンル】**短編**【初出】**「ユリイカ」89・6臨増**【収録】**『TVピープル』（文芸春秋、90・1・25）、『TVピープル』（文春文庫、93・5・8）**【分量】**25**【キー・ワード】**結婚、恋愛、性、音、井戸**【舞台】**彼女の部屋**【登場人物】**彼、彼女

**【梗概】**二十歳になった頃の彼は、結婚して四歳の娘を持つ七つ歳上の彼女とつきあっていた。彼らは常に、電車の音だけが聞こえる彼女の家で会い、静かに交わった。交わる前、彼女は必ず、まるで泣くために彼を求めているかのように泣いた。彼は彼女との交わりについて考えるたびに、深い混迷に陥り、それ以上深く彼女と関わることができない。

ある日、いつものように彼女が泣き、二人の交わりが終わった後、彼女はためらいがちに、彼がひとりごとを言っていることを教える。そして、ひとりごとにまつわる思い出話をする。二人で、彼が言った〈飛行機〉に関するひとりごとについて考えた後、彼女は再び泣き始めた。

当時のことを彼は〈その頃僕は、まるで詩を読むようにひとりごとを言っていたのだ〉とふりかえる。

**【読みのポイント】**村上は『ノルウェイの森』において他者と関わることの難しさを描いたが、本作も小品ながらその問題をさらに追求するものとなっている。

主人公の彼は、不用意に踏み込んで相手を傷つけてしまわないように、静かな交わりを続ける。〈泣く〉という行為を通して自らを開こうとする彼女に対し、彼は受容の態度はとるものの、自身を彼女に向かって開こうとはしない。そのために彼は、自分が彼女との関わりに何を求めているのか分からず孤独と混迷を深めていく。ここまでは、処女作『風の歌を聴け』を始めとする初期作品中の、デタッチメントを維持し続ける主人公たちと差はあまりない。しかし、本作品では彼のひとりごとを媒介として、二人が同じものについて考える瞬間が起こる。彼の心の中に潜在する〈飛行機〉や〈井戸〉のイメージについて二人で考えるその一瞬、性交では不可能だった親密なつながりが生じる。またひとりごとについて指摘することは、彼女にとって、母にまつわる心的外傷と向き合う行為でもあり、彼との関係の中で彼女がそれを成し得た点で、それまでの〈関わること＝傷つけること〉という図式から一歩前進している。だが、それ以上の進展はないまま幕切れを迎える。デタッチメントからコミットメントへ移行する過渡期の村上の模索がそこに現れていると言えよう。

なお、本作品は「NADIR」（87・秋号）掲載後、加筆されたものである。

（**保科希美**）

# 羊男のクリスマス　ひつじおとこのくりすます

**【ジャンル】** 絵本 **【初出】**『羊男のクリスマス』（講談社、85・11・25）**【収録】**『羊男のクリスマス』（講談社文庫、89・11・15）**【分量】** 44 **【キー・ワード】** ドーナツ、双子、闇 **【登場人物】** 羊男、家主の奥さん、羊博士、ねじけ兄弟、208と209の双子、海ガラスの奥さん、なんでもなし、聖羊上人

**【梗概】** ドーナツ・ショップで働いている羊男が、クリスマスのために作曲を依頼されたのは夏だったが、クリスマス4日前となっても全くできない。羊博士は、呪われているためだという。12月24日は聖羊上人が穴に落ちてなくなった聖羊祭の日でもあり、この日に穴のあいた食べ物を禁じられていたのに、羊男は知らずにドーナツを食べてしまったのだ。呪われた羊男は、穴に落ちることで呪いがとけると博士から教えられる。決められた時間に予め掘っておいた穴に落ちようと暗闇の中を歩いていると、違う穴に落ちてしまった。その穴は深くて、底には泣き虫のねじけがいた。穴から脱出したときには、外は明るく、空き地が広がっていた。そこに双子の女の子が立っていて、海ガラスの奥さんに聞くとよいと助言されたが、案内された先ではねじけの弟がいて笑うばかりで何も教えてくれない。夜になって道に迷った羊男は、なんでもなしに会い、呪いをとくためには泉に飛び込むと良いと教わる。頭から泉に飛び込むと、泉は消えてしまい、代わりに聖羊上人が現れ、ドアを開けた。そこには羊男のためにクリスマス・パーティーが準備されていた。そこで羊男はピアノを奏でて、美しい曲を作り上げた。

**【評価】** 研究レベルでの論文は見あたらない。佐々木マキ側から論じたのは、同じ美術家である奈良美智「『羊男のクリスマス』を読んでとりとめもなく」（「ユリイカ」00・3臨増）である。佐々木マキの描く羊男は、〈あっちがわの世界〉に住む羊男を〈こっちがわの世界〉に限りなく近づけてくれるものとして評価し、奈良が海外で見た村上作品の翻訳本の表紙を飾っていた浮世絵風の羊男と比較して、佐々木マキによって完璧にビジュアライズされたキャラクターは、確実な存在感をもって君臨することを強調している。

**【読みのポイント】** 出逢う人物全員に助けられて課題を成し遂げ、祝福されるハッピーエンディングは、村上春樹の作品の中でも特異だろう。先行作品『羊をめぐる冒険』から孤独感や闇の部分を全く除去した世界は、絵本としてのメルヘンと単純に受けとめて佐々木マキとのコラボレーションを純粋に楽しむのもよいだろうが、研究の可能性として考えられるのは、停滞してしまった状態から抜け出すために穴を掘り、闇の世界を潜り抜ける村上作品に見られる一つの型の変奏としてどのように分析するかであろう。

（**山﨑眞紀子**）

# 羊をめぐる冒険

ひつじをめぐるぼうけん

【ジャンル】長編【初出】「群像」82・8【収録】『羊をめぐる冒険』（講談社、82・10・15）、『羊をめぐる冒険』（講談社文庫、85・10・15）【分量】790【全作品】②【キー・ワード】時間、死、夢、怒り、性、結婚、恋愛、闇、ビール、羊、猫、手紙、電話、沈黙、娼婦、失踪【舞台】東京、神戸、水族館、ジェイズ・バー、札幌、いるかホテル、十二滝町、別荘地【登場人物】僕、誰とでも寝る女の子、友人、妻、ガールフレンド、ミセスエクス、ヘッドウェイター、ウェイター、相棒、黒服の男、運転手、鼠、ジェイ、警備員、彼女、先生、彼女、支配人、羊博士、メイド、アイヌの青年、年取った方、若い方、女中、職員、管理人、羊男【関連】音楽：モーツァルトのコンチェルト、無伴奏チェロ・ソナタ、ショパンのバラード、ジョニー・リヴァース「ミッドナイト・スペシャル」「ロール・オーヴァー・ベートーベン」「シークレット・エージェント・マン」「ジョニー・B・グッド」、メイナード・ファーガソン「スター・ウォーズ」、ドアーズ、ローリング・ストーンズ、バーズ、ディープ・パープル、ムディー・ブルーズ、ビーチ・ボーイズ、ビートルズ、フランク・シナトラ「歌は終わりぬ」、ボズ・スキャッグス、ブラザーズ・ジョンソン、ベートーヴェンのソナタ、ナット・キング・コール「国境の南」、パーシー・フェイス・オーケストラ「パーフィデア」、ビング・クロスビー「ホワイト・クリスマス」、ベニー・グッドマン「エアメイル・スペシャル」　書籍：「プルターク英雄伝」、「ギリシャ戯曲選」、「シャーロック・ホームズの冒険」、コンラッド「闇の奥」　映画：ヒッチコックの映画、「アラモ」

【梗概】妻と別れ、誰ともつながりを感じないでいた〈僕〉は、不思議な力のある耳を持つ女性と知り合い、残り半分の自分を取り戻すための冒険が始まると予言される。まもなく友人と共同経営している広告代理店に右翼の大物〈先生〉の秘書から圧力がかかる。問題は〈僕〉が広告に使った羊の群れの写真にあった。それは友人〈鼠〉が送ってきたものであった。秘書は写真に写っている背中に星型の斑がある羊と右翼の大物〈先生〉との関係を話す。その超人的能力の源である〈羊〉を失った〈先生〉は死に瀕している。〈羊〉を見つけ、その秘密を解明しなければ、〈先生〉が築いた組織は分裂崩壊してしまう。写真の出所を明かさない〈僕〉は〈羊〉捜しを強要される。期限は一ヶ月。

札幌に渡った〈僕〉は〈いるかホテル〉に滞在し、羊博士と出会う。日中戦争前の満州にエリート農林官僚として渡っていた博士は、〈羊〉憑きとなって帰国した後〈羊〉に出て行かれ、現在は息子経営のホテルの一室で〈羊〉の行方を思いながら逼塞しているのだった。〈僕〉は博士に〈先生〉と〈羊〉の関係を話し、〈鼠〉が送ってきた写真を見せ、それが今はある富豪が別荘として所有している博士のかつての羊牧場で撮られたもので、そこの話を聞くために〈鼠〉らしい青年が数ヶ月前に博士を訪ねていることを知る。

別荘のある十二滝町に向かう列車の中で〈僕〉は、町の歴史書を読み、開拓、発展、過疎という放物線のような明治初期以来の盛衰を知る。

別荘に辿り着くと女友達は消え、羊男が現れる。〈僕〉は羊男に〈鼠〉のことをたずねるが、答えは得られない。実は〈鼠〉は〈羊〉を封じるため、羊憑きのまま自殺しており、羊男の姿を借りて〈僕〉の前に現れたのだった。幽霊となった〈鼠〉と再会した〈僕〉は別荘の爆破装置の配線を依頼される。〈僕〉が別荘から出ると待っていたのは〈先生〉の秘書であった。彼は〈鼠〉の居場所を知っていたのだ。彼が多額の小切手を〈僕〉に渡し、別荘に向かった後爆破が起こる。〈僕〉は故郷のジェイズ・バーをたずね、〈鼠〉と稼いだと小切手を渡し、浜辺でしばらく泣いたあと、現実に復帰することを決意する。

**【評価】**多くの論者がこの作品に導入された物語について論じ、その寓意の解釈を提出している。

〈羊〉が背負う意味については、何らかの〈観念〉を意味するという点で多くの論は共通する。日野啓三／佐伯彰一／佐々木基一「創作合評」(「群像」82・9)では、メシア的なもの(佐々木)、弱さにつながる(日野)、外国種のイデオロギー(佐伯)と指摘された。川村二郎「文芸時評」(「文芸」82・9)は、〈モンゴル的な世界征服の権力意思を象徴〉。川本三郎「村上春樹をめぐる解読」(「文学界」82・9、『都市の感受性』筑摩書房、84・3・15)は、全共闘世代を〈より非現実の彼方に押しやった「革命思想」「自己否定」という「観念」〉。井口時男「伝達という出来事」(「群像」83・9、『物語／破局論』論創社、87・7)では、〈羊の世界は「他者性」の象徴〉。生井秀考「村上春樹と黄金の羊」(「ユリイカ」83・12)は、アメリカの服飾メーカー、ブルックス・ブラザースの商標。安達史人「善き牧者と聖なる羊」(『HappyJack 鼠の心』)は〈時代のダイナミズム〉と日常的な諸価値の〈〈関係〉のようなものの暗喩〉。関井光男「〈羊〉はどこに消えたのか」(「国文学」85・3、『スタディーズ01』)は、〈西欧近代の文化の力を象徴していると同時に、日本近代の西欧化への意志を象徴している〉。磯田光一「政治と文学論争以後四十年」(「すばる」86・5、『左翼がサヨクになるとき』集英社、86・11)は、〈公的使命感によって人を強者にする〉もの。笠井潔「都市感覚という隠蔽」(「幻想文学」87・秋、『物語のウロボロス』88・5、『スタディーズ01』)は、観念的累積の〈悪〉であり、その必然性の高度市民社会での隠蔽を問うことに作品の意義はあったとした。鈴村和成『テレフォン』（洋泉社、87・9・25）は、〈耳〉〈電話の声〉とともに〈内的宇宙〉を構成するもの。今井清人「『羊をめぐる冒険』論」（「文研論集」88・10、『村上春樹―OFFの感覚』、『スタディーズ01』）は、始源の混沌への幻想（太母）であると同時に〈個人の輪郭を溶解する構造のまま膨張をつづける日本の近代の象徴〉〈羊とは羊水からの派生した表現〉。柄谷行人「村上春樹の風景」（「海燕」89、11～12、『終焉をめぐって』福武書店、90・5、『スタディーズ01』）は、個を否定する観念に対する超越論的自己〈ロマン派的イロニー〉を表現する媒体。中村三春「『風の歌を聴け』『1973年のピンボール』『羊をめぐる冒険』『ダンス・ダンス・ダンス』四部作の世界」（「国文学」95・3、『スタディーズ01』）では、〈超日常的空間からの使者〉であり、『世界の終りとハードボイルド・ワンダーランド』の、〈世界の二重構造〉の輪郭の現れ。石倉美智子『村上春樹サーカス団の行方』は〈日本的な環境への溶解〉。芝山豊「村上春樹とモンゴル」（「モンゴル研究」98・12）は、〈羊〉自体の扱い方からモンゴルを理解不能な他者とする日本的オリエンタリズムを指摘。

〈物語〉の有効性については、山川健一「文句なしに面白い〝文学をめぐる冒険〟」（「中央公論」82・12）のように読みやすさを評価するものもあるが、疑問とするものもある。青野聡「「素敵な」お伽噺」（「群像」82・12）は〈雲のうえに書かれたお伽噺〉とアイロニカルに〈感想〉を述べた。四方田犬彦「聖杯伝説のデカダンス」（「新潮」83・1、『HappyJack 鼠の心』）は〈冗長さを積極的に構造化〉した〈教養小説を根拠づける意味の体系が崩れてしまった後に残された鉄骨の残骸〉。また蓮實重彦「小説を遠く離れて」（「海燕」88・9、『小説を遠く離れて』日本文芸社、89・4）は〈説話論的な変容を回避するために〉省略を恐れた同方向の補足的付加による同語反復的に引きのばされた〈長い小説〉。

耳に特殊な力を持つ女友達の唐突な消滅も、さまざまな解釈がされている。先の「創作合評」で日野啓三は作品内女性の希薄さは〈母性がもうクリエーティブでなくなってきつつある時代の小説〉として書かれていることに起因するとした。加藤典洋「自閉と鎖国」（「文芸」83・2、『批評へ』弓立社、87・7）は、作者は〈ここで「彼女」を殺してはならなかった〉と〈この小説の本質的な弱さ〉とした。積極的に消滅の意味を読んだのは、日高昭二「『羊をめぐる冒険』の耳の女」（「国文学」84・3臨増）で、〈耳の女〉の耳を出す／耳を隠す、耳による感応／官能、職業による〈分割〉／耳による〈統合〉といった二項対立性に着目し、〈意志〉の消滅から〈収益〉の浮上という、〈七〇年代のイメージ〉を導きだした。川村湊「耳の修辞学」（『批評という物語』国文社、85・5）は、羊男が耳の能力を恐れたという作品内の因果関係を推察した。風丸良彦「エムプティ・セット」（「群像」92・5）では、耳の彼女は読み手を牽引する〈ダリアンス〉の〈媒介者〉で、読み手を〈僕〉と〈鼠〉の出会いまで牽引すると、役割を終了すると指摘した。玉置邦雄「村上春樹『羊をめぐる冒険』論（上）（下）」（「人文論究」96・5、9）は、村上春樹の〈女の子の造形性に共通〉する〈相互置き換えが可能〉な存在でその消滅は〈自らの虚構性を示す最後の明白な証拠〉だとした。因果なしに肯定しようとしたのが、清水良典「作者「鼠」の死」（「ユリイカ」00・3臨増）で、〈彼女〉の消滅の他、作品内の回収されない謎のファクターの多さを、〈「小説」の死を出発点にしながら、そういう作家としての生き方の方法的基盤を固めた〉結果とした。

映画『地獄の黙示録』との関係を最も早い時期に指摘したのは川村二郎で、前出の「文芸時評」でコンラッドの小説が出てくる別荘の場面で『闇の奥』、『地獄の黙示録』と連想が移ったのだという。加藤典洋「自閉と鎖国」（前出）は、そうした連想を喚起する伏線として〈河のさかのぼり〉のモチーフ、闇の中での再会、〈先生〉とカーツ大佐の類似などを指摘した。今井清人も「村上春樹論」（「現点」85・11）で〈僕〉が『闇の奥』でクルツの死に立ち合うマーロウよりも『地獄の黙示録』のウィラード中尉に、自ら行動し〈鼠〉の死を清算し引き受ける点で近いと指摘、また前出の論では〈僕〉の別荘爆破の実行を〈コンラッドの小説がコノートする『地獄の黙示録』の物語の文法どおり〉であるとした。この点に関して最も本格的に論じたのが加藤典洋編『村上春樹イエローページ』で、村上春樹の『地獄の黙示録』論（「方法としてのアナーキズム」81・11）を引きながら『羊をめぐる冒険』に関する章のほぼすべてをこの問題にあてている。

〈十二滝町〉の解釈を中心に論じたのは、小林正明「ファシズムを溯りつつ」（『村上春樹・塔と海の彼方に』）で、〈十二滝町〉の歴史書に登場するアイヌの青年を『出エジプト記』のモーゼと重ね、さらにフロイトの『人間モーセと一神教』をつなげて、ファシズム＝超自我はイドに由来するという精神分析的なファシズム論を提出した。

文学史的位置、他の作家との比較を論じたものもある。柘植光彦「サンタクロースがいた日々」（「国文学」85・3、『スタディーズ01』）が、中上健次の「岬」、村上春樹の「風の歌を聴け」が、ともに作家が二十九歳のとき書かれたことに着目、〈中上健次が最後の作家で、村上春樹は最初の作家〉とした。今井清人「物語へのスタンス」（「現点」88・10）は高橋源一郎、島田雅彦との「物語」への向かい方を比較している。加藤弘一「もう一頭の「羊」」（「群像」91・11）は村上龍の『コックサッカー・ブルース』を『羊をめぐる冒険』のパロディーとして論じた。山口政幸「〈羊〉のなぞ」（「国文学」98・2臨増）はレイモンド・チャンドラーの『長いお別れ』と比較し、どちらも〈死にながら生きている空間での友人たちの再会と別離が描かれている〉と指摘した。

　作品から同時代の現実社会を逆照射した論もある。青木保「無徴の有徴化」（「海」83・1、『HappyJack鼠の心』、『スタディーズ01』）は、この作品を〈およそ無徴の存在でしかないものが秘める、きわめて挑発的な〝危ない〟力を有徴化する試み〉とし、ポスト構造主義の時代に潜在する暴力を捉えることに成功していると指摘した。坪井秀人「プログラムされた物語」（「国文学」98・2臨増）は、〈先生〉と黒服の秘書の形象から、対立を無化し一元化する〈ポストモダン的な戦後日本の権力構造への批判を読み、〈大きな物語〉を演じさせられる〈僕〉の遅鈍さから〈読者の日常的な不安感が共感していく余地〉を読み取っている。

　〈僕〉の人格を論じたのは、太田鈴子「村上春樹『羊をめぐる冒険』における〈暴力〉」（「学苑」97・1）で、〈語り手の論理だけに従って読むことは、物語そのものが含んでいる論理を見逃しかねない〉という観点から〈僕〉を対象化し、そこに〈他者と関わらないことで、自己治療を行なおうとしている〉他者への暴力をはらむ人格と批判的にとらえた。

　同世代の世代論も多い。笠井潔／加藤典洋／竹田青嗣『村上春樹をめぐる冒険』や横尾和博『村上春樹とドストエーフスキイ』などがそれにあたる。なかでも黒古一夫「冒険・あるいは〈羊〉殺しの物語」（『村上春樹　ザ・ロスト・ワールド』）は特記的で、作者とキャラクターを直結、〈「僕」と「鼠」とは作者村上春樹の二様の分身〉とし、〈村上春樹は十年かけて自らの全共闘体験にまつわる呪縛から解放をかちとった〉という解釈を示した。一方、吉田春生『村上春樹、転換する』は〈非全共闘〉を指摘した。

　外国語訳に関しては、ユルゲン・シュタルフ「ドイツの村上春樹」（「国文学」95・3、『スタディーズ05』）、尹相仁「冒険の時代」（「国際交流」96・10、『日本文学研究論文集成46　村上春樹』、『スタディーズ05』）が各国での受容事情を紹介した。中山真彦「物語／ロマン／詩」（研究会「シグノ」会報98・12）「ロマネスクと言語」（「東京女子大学紀要論集」99・9）は原文より〈語法的に正しいとさえ感じさせる〉仏訳の〈落し穴〉を指摘、〈悪文〉に見える原文から言語の制度に挑む〈ロマネスク〉を読み取っている。第四回野間文芸新人賞

**【読みのポイント】**先行の論が示しているように、以下の点があげられる。〈羊〉〈先生〉〈黒服の秘書〉〈耳〉〈十二滝町〉〈嫌なカーブ〉などの寓意。物語定型への接近と回避。『地獄の黙示録』などの同時代の細部との関係。通時的／共時的文脈での再位置付け。

また、今後の読みに期待されるのは、初出と単行本の間の校異をたどる仕事や、四部作との関係ばかりでなく短編「彼女の町と彼女の緬羊」（「トレフル」82・1）との関係をも視野に入れた作品成立の分析的な読みである。それによって、ジャズ喫茶経営をやめ、専業作家となることを志したこの時期の村上春樹の表現意識の転換や創作の方法論を析出する可能性がある。例えば初出の第二章末の次のような記述。

〈あるものは忘れ去られ、あるものは姿を消し、あるものは死ぬ。そしてそこには悲劇的な要素は殆んどない。蟻に引かれる死んだかぶと虫のように、過去だけがその影を伸ばしていく。／ゼリーのような一ヵ月はぼくをどこにも導かなかった。僕は一ヵ月前と同じ場所に立って、一ヵ月前と同じ風景を眺めていた。おそらく僕は最後のチャンスを失ったのだろうという気がした。僕は出口のないサイクルに迷いこんでしまったのだ。半分に切られてしまった記念写真とからっぽの引出しと無人の椅子、枯れたゼラニウム、十六歩ぶんの廊下、ポケットの中のキイ・ホルダー、僕に残されたのはそれだけだった。たった一枚のスリップさえない。／七月二十四日、午前八時二十五分。／僕はデジタル時計の四つの数字を確かめてから目を閉じ、そして眠った。いずれにせよ、何周めかのサイクルはこれでおわったのだ。〉（傍点引用者）

第二章の〈僕〉の状況確認が独自の比喩も用いてなされている。〈ある程度完結したユニットをひとつずつ積んでいけばいい〉（「「物語」のための冒険」、「文学界」85・8）という村上春樹の長編に対する方法論が、こうした確認の文脈を要請したともいえるだろう。だが、傍点を付した部分、解釈の方向を確認させる冗長性《リダンダンシイ》である比喩や具体的なディテールの記述は、単行本では削除されることになる。それは、解釈の方向を示唆する冗長性よりも、物語の流れを優先させた結果であり、『風の歌を聴け』で用いた言語表現の〈尖鋭化〉の方向と〈ストーリー・テリング〉の方向の選択を迫られ、後者を選んだ時期（「「物語」のための冒険」前出）の試行錯誤の結果として解釈することもできる。

また、その寓意が重要と思われる細部の中で、あまり解釈されていないのが〈いるかホテル〉である。作中に「白鯨」からとの説明もあるが、ここが現実世界と内的世界とのインターフェース的役割の場であること、それが『ダンス・ダンス・ダンス』ではより強調されていることを考慮すれば、〈いるか〉は脳内で記憶を司る〈海馬〉からの派生である可能性が出てくる。

（**今井清人**）

# 人喰い猫《ひとくいねこ》

**【ジャンル】** 短編 **【初出】**『全作品⑧』（講談社、91・7・22）**【全作品】** ⑧ **【分量】** 56 **【キー・ワード】** 死、猫、失踪 **【舞台】** ギリシャの島 **【登場人物】** 僕、イズミ、僕の妻、イズミの夫 **【関連】** **映画**：「その男ゾルバ」 **音楽**：レニー・トリスターノ、アル・ヘイグ、クロード・ウィリアムソン、ルウ・レヴィー、ラス・フリーマン、アンドレ・プレヴィン

**【梗概】** 新聞に載っていた〈三匹の猫に食べられてしまった老婦人の話〉を僕はイズミに読んで聞かせる。猫が死んでしまった飼い主を食べて生き残ったという記事だ。僕はイズミに新聞の〈面白そうな記事〉を翻訳して読むのが日課になっていた。二ヵ月前まで僕は女房と息子と三人で暮らし、妻も子供も愛していたが、自分の気持ちを十全に伝えることのできるまれな相手、十歳年下のイズミと出会い、付き合いだす。その関係がイズミの夫にバレ、彼は僕の家へおしかけた。僕は妻にイズミとの関係が、まったく違った質のものであることを伝えるが妻は実家に帰ってしまう。イズミは僕にギリシャに行こうと誘い、僕は会社に辞表を出し〈捨てようと思って捨てられないものなんて世の中にはほとんどない〉と思う。飛行機に乗った僕はスーツケースをなくしたら〈僕と僕の人生を結びつけるもの〉はイズミだけで〈僕は僕という人間の実体を見失ってしまったような気が〉し、〈死にた〉くなった。島では〈やるべきことがほとんどな〉く、イズミはギリシャ語を勉強し、僕はスケッチを続ける。僕は〈人喰い猫〉の話をした何日かあとに子供のころ飼っていた猫が変な消え方をした話をイズミにする。〈夜中に目が覚めたとき〉イズミの姿はなかった。探しに出た僕の耳には音楽と〈本当のあなたはもう猫に食べられちゃったのよ〉というイズミの声が聞え、猫が消えた日と同じ月の光の元で、僕は〈自分を見失〉う。僕は僕が猫に食べられるところを想像し、意識が薄れていった。イズミの姿も見えず、音楽ももう聞えなかった。

**【読みのポイント】** 出来が〈もうひとつ気に入ら〉ず発表されなかったが〈全集刊行にあたって大幅に書き直してサルヴェージした〉（「自作を語る　新たなる胎動」『全作品⑧』）という作品。妻に捨てられる主人公は、『ねじまき鳥クロニクル』をはじめ村上作品に多いが、妻を捨てて別の女へというシチュエーションは村上作品には珍しい。しかし結局〈自己喪失〉していくのは僕自身である。異国の土地で自己を失っていくというモチーフは「氷男」にもあり、妻も子供もイズミも失うことで〈自己喪失〉していく僕のありようと〈人喰い猫〉や失踪した猫の話との関連は検証されるべき。また「新たなる胎動」として全作品最終巻に収められた意図は問われてよいだろう。

（**髙根沢紀子**）

# 貧乏な叔母さんの話《びんぼうなおばさんのはなし》

**【ジャンル】**短編**【初出】**「新潮」80・12**【収録】**『中国行きのスロウ・ボート』（中央公論社、83・5・1）、『中国行きのスロウ・ボート』（中公文庫、86・1・10）**【全作品】**③**【分量】**53**【舞台】**散歩帰りの絵画館前広場、自宅、テレビのモーニング・ショー、郊外電車の中、ターミナル・ビル**【登場人物】**僕、連れの彼女、友人たち、雑誌記者、テレビの司会者と女性アシスタント、電車の向い席に座った三十代半ばの母親と二人の子供

**【梗概】**七月のある晴れた日の午後、散歩帰りの僕の心を〈貧乏な叔母さん〉が、なぜか捉える。〈貧乏な叔母さん〉について、何か書いてみたいと僕は思う。八月の半ば頃、その〈貧乏な叔母さん〉が僕の背中に貼りついていることに気づく。その〈貧乏な叔母さん〉は、僕自身には見ることができなかったが、〈見る人のそれぞれの心象に従ってそれぞれ形作られる一種のエーテルの如きもの〉であるらしい。僕の背中の〈貧乏な叔母さん〉のことで、いくつかの雑誌の取材につきあわされ、テレビのモーニング・ショーにも出る。そこで〈僕の背中に貼りついているのも、結局は貧乏な叔母さんということばなんです。そこには意味もなきゃ形もない。あえて言うなら、それは概念的な記号のようなもの〉だと答える。やがて、僕と〈貧乏な叔母さん〉が一体化してしまったように、人々の興味はほとんど薄らいでいった。秋の終り頃、〈貧乏な叔母さん〉は僕の背中から消え去った。〈彼女はやってきた時と同じように、誰に気取られることもなく僕の背中からそっと立ち去っていた。これからどこに行けばいいのか僕にはわからない。砂漠のまんなかに立った一本の意味のない標識のように僕はひとりぼっちだった〉。

**【評価】**「『貧乏な叔母さんの話』物語のかたちをした里程標《マイルストーン》」（「国文学 ハイパーテクスト・村上春樹」98・2臨増）で平野芳信は、「貧乏な叔母さんの話」を、〈春樹の方法論が意識的には言葉の先鋭化から「ストリー・テリング」の方向に転換を遂げたことが、無意識にパターンとしての型にスライドし依存していくことであったことを、はからずも物語のかたちをかりて、我々の前に指し示した里程標《マイルストーン》であったのだ〉と指摘している。

**【読みのポイント】**本作品は、春樹の何らかの小説の方法論をとるべきだろう。〈貧乏な叔母さん〉が、貼りついた、消え去った、ということは、小説の方法の何らかの模索、変化、もしくは迷い、と考えられ、この試行錯誤の根底には、〈なんだか小説を書く意味なんか何もないような気がするんだ。君がいつか言ったように、僕には何ひとつ救えないんだとしたらね〉という〈僕〉のことばがある。

（玉村　周）

## ピンボール《ぴんぼーる》

【ジャンル】超短編【初出】『夢で会いましょう』（冬樹社、81・11・25）【分量】2.5【舞台】自宅、原宿【登場人物】僕、協和銀行原宿支店支店長

【梗概】〈僕〉は、たまたまピンボール・マシーンを自宅に持っている。『1973年のピンボール』を書いた記念にもらったのだ。自宅以外では原宿のゲームセンターでプレイし、ハイ・スコアを出すこともある。

【読みのポイント】講談社文庫版には未収録。ばねの力でフィールドにはじき出され、ターゲットの間を弾かれながら巡る鉄球は、自らは動機を持たず、出来事に巻き込まれる春樹作品の主人公たちの喩でもある。ゲームセンターとともに〈原宿に存在するただふたつの文化施設のひとつ〉とされる協和銀行原宿支店の支店長は、春樹が店を千駄ケ谷に移した当時、当座の口座をすぐに作ってくれた歩道で記念品を配っていたおじさん（「一事が万事なのだ」『村上朝日堂はいかにして鍛えられたか』）であり、春樹の人間関係に関する私的な一面がうかがえる。ピンボールに関する文章は「『スペースシップ号』の光と影」（『村上朝日堂はいほー』、『ピンボール・グラフィティ』日本ソフトバンク89・6・16）もあり、そこでは疲弊した人間と時代遅れの機械の親密な関係が述べられている。（今井清人）

## ファミリー・アフェア《ふぁみりー・あふぇあ》

【ジャンル】短編【初出】「LEE」85・11〜12【収録】『パン屋再襲撃』（文芸春秋、86・4・10）、『パン屋再襲撃』（文春文庫、89・4・10）【全作品】⑧【分量】83【キー・ワード】性、結婚、恋愛、アイロン、ビール、スパゲティー、電話、眠り【舞台】東京、アパート、目黒、横浜、【登場人物】僕、妹、彼＝渡辺昇、母親、彼の両親、女子大生、二十歳前後の女の子【関連】ハービー・ハンコック、ブルース・スプリングスティーン（『ボーン・イン・ザ・U・S・A』）、フリオ・イグレシアス、ジェフ・ベック、ドアーズ、ウィリー・ネルソン、シンディー・ローパー、リッチー・バイラーク・トリオ、（オブラディ、オブラダ）

【梗概】二十七歳の僕は、五年前から四歳違いの妹と東京のアパートに同居していた。互いのプライバシーに干渉しないということで二人は仲良くやっていた。僕は女の子たちと適当に遊び、妹は僕の確固としたいい加減な生き方を一緒に楽しんでもいた。ところが妹は一年前のパック・ツアーで、ひとつ年上の渡辺昇と出会い、結婚を考えるようになり変わっていく。渡辺昇は、全てにおいて僕とは相容れないタイプの青年だった。偏狭な性格だと自認する僕は、本人に会うと冗談ばかり言って妹に怒られる。彼を家に招待した夜、僕は近

所のバーで会った女の子の部屋に行きセックスするが、ひどい倦怠感を覚える。真夜中すぎ、アパートに戻った僕を妹は待っていた。妹は「私はあなたという人間が好きだけど、世の中の人がみんなあなたみたいだったら、世界はひどいことになっちゃうんじゃないかしら?」と言う。「だろうね」と応えた僕は、「我々はいったい何処に行こうとしているのだろう」と思うが、疲労のため、やがて深い眠りに落ちていく。
**【評価】**宮脇俊文「村上春樹作品詳細ガイドマップ」(「ユリイカ」89・6臨増)は〈珍しくホームドラマ風のストーリー〉と指摘。大杉重男「春樹再襲撃」(「ユリイカ」00・3臨増)は〈調和的な三角形〉の成立を見る。
**【読みのポイント】**「村上春樹インタビュー」(「ユリイカ」89・6臨増)に、〈手応えというのはあったんですね(略)ある種の現実の手ざわりというのはあったんですね。異物としての現実というようなことかな〉とある。「自作を語る」(『全作品⑧』月報)にも作品執筆動機に触れた発言がある。渡辺昇という〈異物〉が入り込むことで、僕と妹の、〈君〉—〈あなた〉という呼称に象徴される〈年とった夫婦みたいに見える〉関係が微妙に変化し、一種の近親相姦的な色彩を帯びた強い精神的絆が結果として浮上する。明るい笑いの底に、僕と妹の癒着した世界が〈ファミリー〉と化す設定を仕掛けた語り手の意図を読み取りたい。
(馬場重行)

# FUN、FUN、FUN《ふぁん、ふぁん、ふぁん》

**【ジャンル】**超短編**【初出】**『象工場のハッピーエンド』(CBS・ソニー出版、83・12・5)**【収録】**『象工場のハッピーエンド』(新潮文庫、86・12・20)**【分量】**2**【キー・ワード】**同世代**【舞台】**カリフォルニア**【登場人物】**ポニーテールの女の子、彼女のお父さん、僕**【関連】**ビーチ・ボーイズ「FUN、FUN、FUN」
**【概要】**ビーチ・ボーイズの一九六四年のヒット曲「ファン・ファン・ファン」を材にとった作品。ポニーテールの彼女は、お父さんの赤いTバードで、ハンバーガースタンドの前をラジオのボリュームを上げてフルスピードですっとばす。僕と一緒においでよ。Tバードがなくても僕たちはたっぷり楽しめるよ。そんな歌詞だ。Tバードの彼女は今ではもう三十代も半ば。今ごろ何をしているのだろう。
**【読みのポイント】**作者がこの曲をリアルタイムで聴いたとすれば、当時十五歳。まさに青春の曲である。この曲を聴けば鮮やかな色彩を伴って映像が目の前に広がる。しかし、それは必ずしも歌詞に忠実ではない。彼女が〈ポニーテール〉だったとは一言も歌われてはおらず、あくまでこの曲を聴いている僕が作り出したイメージなのだ。そしてそれは青春を通り過ぎ十分に大人になった彼女の「今」にまで及ぶ。あたかも自分の同級生を思い出しているかのように。
(西野浩子)

## フィリップ・マーロウ《ふぃりっぷ・まーろう》

**【ジャンル】**超短編**【初出】**『夢で会いましょう』（冬樹社、81・11・25）**【収録】**『夢で会いましょう』（講談社文庫、86・6・15）**【分量】**1.5**【キー・ワード】**アイロン**【舞台】**僕の部屋**【登場人物】**あなたの友人、フィリップ・マーロウ、僕、女の子**【関連】**レイモンド・チャンドラー

**【梗概】**夜明けにノックの音がして、開けてみると右手に拳銃を下げたあなたの友人が震えながら戸口に立っていて、メキシコまで逃がしてくれと言う。そんなことは大多数の人々に起こる見込みはないが、もし起こったとしたらフィリップ・マーロウ氏のようにコーヒーを入れるところから始めなくてはならない。僕にもそんな経験がある。朝の五時にぐしょ濡れの女の子が僕の部屋のドアをノックした。彼女は今でも朝の五時に誰かの部屋のドアをノックしているのだろうか？

**【読みのポイント】**〈フィリップ・マーロウ〉は春樹が影響を受けたというアメリカのハードボイルド派の推理作家レイモンド・チャンドラーが生んだ私立探偵。逃亡中の友人を家に迎え入れマーローのように振舞うあなた、朝五時に家の戸口に立つぐしょ濡れの女の子を迎える僕、という連想から彼女の〈今〉に思いを至らせて終わるというミステリー調の空気の中に、春樹の物語世界の入口が示されている。（**福田淳子**）

## フィリップ・マーロウ その2《ふぃりっぷ・まーろう その2》

**【ジャンル】**超短編**【初出】**『夢で会いましょう』（冬樹社、81・11・25）**【分量】**3**【舞台】**私の事務所**【関連】**レイモンド・チャンドラー**【登場人物】**私（フィリップ・マーロウ）、依頼人

**【梗概】**私の事務所に依頼人がやってくる。高圧的な依頼人に〈私〉はMISTERのスペルを教えるなどクールに対応。

**【読みのポイント】**文庫版未収録。「フィリップ・マーロウ　その1」（講談社文庫版では「フィリップ・マーロウ」）では、自身がチャンドラーの「長いお別れ」的経験をしたように書いているが、ここではフィリップ・マーロウの語り口を模写している。自ら動機を持たず依頼によって事件に巻き込まれながら自らのモラルとシニカルな態度を保つ、ピンボールの鉄球のような人物設定は、春樹作品の主人公にも共通する。事実、春樹はレイモンド・チャンドラーのフィリップ・マーロウシリーズを、米国の大都市の構造と言語を後天的に学んだ英国語人が、都市の架空化を支える仮説を、さらに架空化された仮説＝モラルの主〝I〟を投入することで検証した優れた〈都市小説〉として評価している（「同時代としてのアメリカ　都市小説の成立と展開―チャンドラーとチャンドラー以降」「海」82・5）。（**今井清人**）

# プールサイド《ぷーるさいど》

【ジャンル】短編【初出】「IN・POCKET」83・10【収録】『回転木馬のデッド・ヒート』（講談社、85・10・15）、『回転木馬のデッド・ヒート』（講談社文庫、88・10・15）【全作品】⑤【分量】35【キー・ワード】同世代、結婚、アイロン、ビール【舞台】会員制のスポーツ・クラブのプールサイドにあるカフェテラス、乃木坂の3LDKのマンション【登場人物】僕、彼、彼の妻、彼の恋人、彼の家族【関連】音楽：ブルックナーのシンフォニー、ビリージョエル「アレン・タウン」「グッドナイト・サイゴン」映画：フランソワ・トリュフォー「野性の少年」

【梗概】小説家である〈僕〉に、〈彼〉が自分を語る。〈彼〉は人生を70年、35歳を人生の折りかえし点だと決めて生きている。重役の権限と高収入を得、五歳年下の女性と何ひとつ問題のない結婚生活を送り、九歳年下の恋人もいる。35歳の誕生日の夜、〈妻〉と食事をし、セックスをした後、一人でブルックナーのシンフォニーを聴き、皮肉な喜びを感じる。翌朝、自分の体を隅々まで点検し、宿命的な老いの影を発見する。隣室から、〈妻〉がアイロンをかける匂いと、ビリー・ジョエルの唄が聞こえる。〈彼〉は、気がつくと泣いていた。話終えた〈彼〉は、この話の中心にあるおかしみがつかめれば、自分をとり囲んでいる状況をきちんと理解することができるような気がすると言う。

【評価】この作品だけを取り上げた論考は現在のところないが、川本三郎「この空っぽの世界の中で」（『文学界臨時増刊村上春樹ブック』文芸春秋、91・4、『日本文学研究論文集成46』若草書房98・1）と、高橋世織「『回転木馬のデッド・ヒート』—距離と主題とその変奏」（「国文学」95・1）とが、比較的多くの紙幅をさいて論じている。

両氏ともに、現代社会システムの中に生き、〈喪失〉〈欠損〉〈無力〉感を持つ人間が、自分の〈正確な位置〉に拘泥せざるを得ず、そのために数字化し得るもの（時間・年齢など）に〈病的〉に捉われてしまった物語と指摘。また川本は、〈彼〉の〈涙〉を、〈再生のための儀式〉としている。

【読みのポイント】〈プールサイド〉という場所、〈涙〉の理由、そして作品内では明かされない〈おかしみ〉についての解釈が必要だと思われる。関連として、小林正明が「土の中の彼女の小さな犬」を論じた中に、〈プールサイド〉という場所についての言及がある（『塔と海の彼方に』）。

文庫本所収のものまで、3月24日であった〈彼〉の誕生日が、全作品より、26日に訂正されている。また、作品末尾の〈彼〉が〈僕〉に評価を求める直前の、〈僕は彼の話を聞いた。〉という一文が削除されている。

（三重野由加）

# 双子と沈んだ大陸《ふたごとしずんだたいりく》

**【ジャンル】**短編**【初出】**「別冊小説現代」85・冬**【収録】**『パン屋再襲撃』（文芸春秋、86・4・10）、『パン屋再襲撃』（文春文庫、89・4・10）**【分量】**50**【キー・ワード】**双子、夢**【舞台】**喫茶店、翻訳事務所、駅に向かう坂道、小さなバー、安ホテル**【登場人物】**僕、双子208・209、笠原メイ、コールガール

**【梗概】**双子とわかれて約半年後、僕は喫茶店で偶然見た写真雑誌に彼女達の姿を見つける。その頁を切り取って事務所に戻った僕は双子とのかつての共同生活を思い返しながら、もう〈それをもとの状態に復することはできない〉ことを確認する。事務所のとなりにある歯医者の受付の女の子と二人で駅まで一緒に帰る途中、彼女の名前が〈笠原メイ〉でそれが彼女の家で飼っていた頭の良い山羊にちなんで付けられた名であることを聞く。彼女を夕食に誘ったが断られた僕は、街をうろついた後小さなバーに入る。バーボン・ウィスキーのオン・ザ・ロックを飲みながら僕は自身に必要なのは〈リアリティー〉なのだと思い、〈結局何も考えないこと〉にした僕はコールガールと安ホテルに入る。そこで僕は女に今朝見た夢のことを話して聞かせる。夢の中で、ガラスばりのビルの中をのぞいている僕の目に写ったのは、ビルの内壁と、さらにその内側に作られつつあるレンガの壁の間に塗りこめられようとしている双子の姿だった。僕はビルの外から必死にそれを止めさせようとするがどうすることもできない。「僕は誰かに何かを伝えることができない」と僕は女に語る。女が帰って独りになった僕は、海に沈んでしまった古代の伝説の大陸のことを思い、〈失われた何かについて我々が確信を持てるのは、それが失われた日時ではなく、失われていることに我々が気づいた日時だけだ〉と気づく。

**【評価】**双子の存在の意味を問う際など、『１９７３年のピンボール』論などで傍証的に使われることはあるものの、当作品を正面から取り上げた研究はまだない。

**【読みのポイント】**村上作品に見られる「今存在するもの」と「かつて存在し、今は存在しないもの」というふたつの世界が、双子の存在を通して書かれるが、〈失われた〉ものが実は〈ずっと以前に既に失われていた〉ことへの気付きが、この作品で唐突に登場してくる大陸を思うことで呼び起こされるのである。〈リアリティー〉が現状から〈僕〉を回復させるのだろうが、そこへ向かうことに対する怯懦がコールガールに語る〈夢〉となっていると読むことができるのではないだろうか。

（児玉喜恵子）

## 双子町の双子まつり《ふたごまちのふたごまつり》

**【ジャンル】**エッセイ風超短編**【初出】**『象工場のハッピーエンド』（CBSソニー出版、83・12・5）**【収録】**『象工場のハッピーエンド』（新潮文庫、86・12・20）**【分量】**2.5**【キー・ワード】**双子**【舞台】**クリーヴランド市郊外の〈Twinsville〉**【登場人物】**僕、モーゼスとアーロンのウィルコックス兄弟

**【梗概】**アメリカのクリーヴランド市の郊外には1812年にウィルコックス兄弟によって作られた〈双子町〉がある。この兄弟はおそろしく似かよった双子で、死ぬときも同じ病気を患って数時間違いで死んだために、町にこの名が付けられた。町では毎年〈双子に特有の問題や感情を互いにわかちあうことができるように〉と双子祭りが開催される。双子どうしで結婚した組み合わせをダブルズというが、双子でない者がまぎれこむと「自分の半分がどこかに消えちゃったみたい」と、混乱した感想を漏らすこともある。そう記す僕には一度でいいから双子の女の子とデートしたいという夢があった。

**【読みのポイント】**双子の持つ密やかな分裂性、増殖性を好むと村上は言うが、霊的畏怖を感じて双子をタブー視する民族的慣習（アフリカなど）がある。双子と同じ語根を持つ「トワイライト（日の出前、日没後）」も闇と光が交差する二義的で曖昧な状態だと捉えることができる。

（**葉名尻竜一**）

## ブラジャー《ぶらじゃー》

**【ジャンル】**超短編**【初出】**『夢で会いましょう』（冬樹社、81・11・25）**【分量】**2.5**【舞台】**東京**【登場人物】**僕、彼女**【関連】**サミュエル・コーリッジ

**【梗概】**むかしブラジャーのサイズが75Cの女の子とつきあっていた僕は、そのサイズのブラジャーを彼女とともに探しつづけた。しかし、なかなかそれは見つからず、僕はそこに都会のすれ違い、孤独を感じはじめる。

**【読みのポイント】**講談社文庫版には未収録。得難いブラジャーは、『1973年のピンボール』の〈僕自身の場所〉や「中国行きのスロウ・ボート」の〈僕の場所〉同様の都市生活での同一性のアナロジーである。春樹作品にブラジャーは女性の同一性に関わるものとして登場。『風の歌を聴け』では小指のない女の子が双子の姉妹がいることについて〈同じ顔で、同じ知能指数で、同じサイズのブラジャーをつけて……、いつもうんざりしてたわ。〉と発言、『ダンス・ダンス・ダンス』では〈僕〉はユキを〈もう少し大きくなれば恋もする。ブラジャーも買ってもらえる。世界を見る目も変わってくる〉と励ましている。また、印象的なモノであるらしく『村上朝日堂』では空飛ぶブラジャーの記憶が語られる。（「引越しグラフィティー（5）」）

（**今井清人**）

## フリオ・イグレシアス《ふりお・いぐれしあす》

【ジャンル】超短編【初出】「ボックス」85・12、「メンズクラブ」85・12、「ポパイ」85・12・10【収録】『村上朝日堂超短篇小説 夜のくもざる』（平凡社、95・6・10）、『村上朝日堂超短篇小説 夜のくもざる』（新潮文庫、98・3・1）【分量】2.5【舞台】私の家【登場人物】私、彼女、海亀【関連】フリオ・イグレシアス「ビギン・ザ・ビギン」

【梗概】蚊取り線香をだましとられたあとでは、もう海亀の襲撃から身を守る手立ては残されていなかった。夜が来れば僕も彼女も海亀に食べられてしまうのだ。しかしふと頭に浮かんだフリオ・イグレシアスの「ビギン・ザ・ビギン」をかけ続けると、やってきた海亀は苦しそうなうめき声をあげた。私もフリオ・イグレシアスは嫌いだが海亀ほどではない。

【評価】岡崎武志「絶妙の語り口で読ませる短篇集」（「サンデー毎日」95・7・9）も、紀田順一郎「〝置物〟としての存在感」（「朝日新聞」95・6・25）も、具体例として取り上げている、という点では、作品集の代表作の一つと言える。

【読みのポイント】春樹は本当にフリオ・イグレシアスが大嫌いなのだな、あるいは大嫌いを表明することが大好きなのだな、と感心させられる作品。蚊取り線香とレコード盤（さらにはドーナツ）との類似性にも注目したい。（高根沢紀子）

## ブルー・スエード・シューズ《ぶるー・すえーど・しゅーず》

【ジャンル】エッセイ風超短編【初出】『夢で会いましょう』（冬樹社、81・11・25）【収録】『夢で会いましょう』（講談社文庫、86・6・15）【分量】3【舞台】十六歳の〈僕〉の周辺【登場人物】僕、三月、六月、七月、九月にそれぞれデートした女の子たち【関連】カール・パーキンズ「ブルー・スェード・シューズ」

【梗概】カールの唄のおかげで、ブルー・スェード・シューズに憧れを抱いた〈僕〉は、十六歳になり、さっそくブルー・スェード・シューズを履いて、色々な女の子とつき合い始めるが、どれもうまくいかず、とうとうシューズを靴箱にしまいこんでしまう。そんな風にして、少しずつ幸せになる。

【評価】川本三郎は、アメリカン・ポップスへのこだわりを〝体験より記号〟というミーイズムにふさわしい倒錯のヴァリエーションであるとした。（「海」82・11）

【読みのポイント】ハ行の項目は、冬樹社版からの削除が最も多い箇所でもある。特にこの「ブルー・スエード・シューズ」の直前には、「ピンボール」、「フィリップ・マーロウその二」、「ブラジャー」と3項目ほどのカットがなされており、その分、この「ブルー・スェード」が存在を増したと、一応は押さえられるだろう。（山口政幸）

## ブルーベリー・アイスクリーム《ぶるーべりー・あいすくりーむ》

**【ジャンル】**超短編**【初出】**『夢で会いましょう』（冬樹社、81・11・25）**【収録】**『夢で会いましょう』（講談社文庫、86・6・15）**【分量】**5**【舞台】**見知らぬ街のビル、野戦病院**【登場人物】**僕、彼女、タクシー運転手、受付の若い女、若い男、コック、ラクダの大軍、中年男、大アリクイ、売場の女の子**【梗概】**夜中の二時に「ブルーベリーのアイスクリームが食べたい」と彼女が言う。僕はタクシーで買いに出た。タクシーは見知らぬ街の古い3階建てビルの前で僕を降ろした。中には野戦病院があったり、ラクダの大軍が反乱を起こしていたり、二人の中年男が大アリクイとブルーベリー・アイスクリームを奪い合って格闘していたりした。僕はマンドリンの背中で彼らを殴り殺し、ブルーベリー・アイスクリームを手に入れた。明け方の5時に帰宅すると、彼女は眠っていた。**【読みのポイント】**彼女が夜中にブルーベリー・アイスクリームを食べたいと唐突に言い、それを叶えようとする僕という設定は特にユニークではないが、ビルの中には突拍子もない場面が展開され、手に入れるまでのプロセスが読みどころ。夜中にジャンク・フードを手に入れるために奔走するのは、後の「パン屋再襲撃」にもつながっていく。

（**山﨑眞紀子**）

## プレイボーイ・パーティー・ジョーク《ぷれいぼーい・ぱーてぃー・じょーく》

**【ジャンル】**超短編**【初出】**『夢で会いましょう』（冬樹社、81・11・25）**【収録】**『夢で会いましょう』（講談社文庫、86・6・15）**【分量】**4**【キー・ワード】**死、性、結婚、恋愛**【舞台】**旅行から帰宅した家、公園、スコットランド・ヤード、大統領官邸**【登場人物】**アリス、ジョージ、アリクイ、しまうま、ルイス、フレッド、リチャード、マイケル、アニー、警部、エディー、ロナルド・レーガン、くつわむし**【梗概】**アリスが旅行から帰宅してみると、夫のジョージはベッドで若い雌のアリクイと抱き合っていた。問い詰めると、アリクイではなく、しまうまだと夫は言う。以下、類似の形式で一見ナンセンスなやりとりが描かれる。最後はロナルド・レーガンがオタワ・サミットから帰国してみると、大統領の椅子にアリクイが坐っていたという。**【読みのポイント】**情事の発覚や殺人者の自首等、それなりに深刻な場面が設定されながら、それに対し一種ナンセンスな、事象の意味を無化するような発想形式に特色がある。乾いたテンポの速い文体も相まって、そこに生ずる軽快さと不可思議さは村上文学の基質に錘りを降ろしている。読者の読みのあり方を問う作品でもある。

（**山田吉郎**）

# 『ふわふわ』

**【ジャンル】** 絵本 **【初刊】**『ふわふわ』（講談社、98・6・26） **【分量】** 8 **【キー・ワード】** 猫、失踪 **【舞台】** ぼくの家 **【登場人物】** ぼく、だんつう（年老いたおおきな雌猫）

**【梗概】** 〈ぼくはこの世界に生きているあらゆる猫たちのなかで、だれがなんといおうと、年老いたおおきな雌猫がいちばん好きだ〉。猫のふわふわした毛は世界のしくみを僕に教えてくれる。ぼくは〈ごろごろと猫がのどを鳴らしはじめるのを聴くのが好き〉で猫と〈世界を動かしている時間〉とは違う〈もうひとつのとくべつな時間〉を感じる。〈猫の時間〉は〈猫のかたちをした温かな暗闇を人知れず抜けていく〉。〈猫の時間は、ぼくがそれを感じていることを〉知らない。ぼくはそこにいて、そこにはいないそんなことがぼくは好きだ。ぼくと猫は〈ほかのだれも知らないかくされた猫の時間によって、ひとつに結びあわされている〉。ぼくがその猫と暮らしていたのは小学校に上がったばかりのころで、名前はだんつうといった。だんつうは上等な中国の絨毯のことで毛並みがとても〈ふわふわ〉して、美しかったので父がつけた名前だ。だんつうはおとなしくて頭がいい猫で、かなり年をとってからお医者さんの飼い主から貰われてきた。二度、遠い飼い主のもとへ戻ってしまったけれど、二度目に〈ここが自分の新しいすみかになったのだ〉とさとりぼくのともだちになった。一人っ子のぼくは多くの時間をだんつうと過ごし、〈いのちあるものにとってひとしく大事なことを〉学んだ。たとえば〈幸せとは温かくて柔らかいことであり、それはどこまでいっても、変わることはないのだというようなこと〉。

**【評価】** 〈昔のかすかで切ない記憶を思い起こさせる大人のための絵本〉（「ふわふわ」『村上春樹イエロー辞典』コアラブックス99）という紹介がある他には、絵を担当した安西水丸のインタビュー（「東京ウォーカー」98・8・4）があるのみ。〈猫を描く、というよりも『ふわふわ』という感じが出した〉かったというもの。また、安西は絵本であっても他の「朝日堂」同様に、あくまで村上の文章を主としていることを明かしており、息のあった仕事ぶりを垣間見せている。

**【読みのポイント】** 〈年老いたおおきな雌猫がいちばん好きなのだ〉ということを表明した作品であり、村上作品に馴染みの《猫》を哲学的に語ったもの。〈猫の時間〉は一つの世界を作っており、村上作品に通じるところをたぶんに含み、他作品の《猫》の役割を考える上でも重要である。村上作品の中で、《犬》がなさけないものの代表として扱われているなかで、《猫》は自分の意思を持ったものとして描かれている。それは一般的な犬と猫の違いでもあるが、村上の作家としてのスタンスとして作品に現れているだろう。

（**髙根沢紀子**）

# 『辺境《へんきょう》・近境《きんきょう》』『辺境《へんきょう》・近境《きんきょう》 写真篇《しゃしんへん》』

**【ジャンル】**『辺境・近境』はエッセイ集。『辺境・近境 写真篇』は松村映三・村上春樹共著の写真集（村上による短文が随所に挿入されている）**【初出】**「インプレッション・ゴールド」92・2〜3、「マザー・ネイチャーズ」90・冬号、同92・冬号、同93・夏号、「ハイファッション」91・3、「マルコポーロ」94・9〜11、「シンラ」95・9〜10、「波」90・9**【収録】**『辺境・近境』（新潮社、98・4・23）、『辺境・近境 写真篇』（新潮社、98・5・25）、『辺境・近境』（新潮文庫、00・6・1）、『辺境・近境 写真篇』（新潮文庫、00・6・1）**【分量】**『辺境・近境』は360、『辺境・近境 写真篇』の村上春樹のエッセイの部分は26**【キー・ワード】**時間、死、夢、少女、ビール、羊**【舞台】**イースト・ハンプトン、からす島（瀬戸内海）、メキシコ、讃岐、ノモンハン、アメリカ大陸、神戸。ただし、写真篇では讃岐は削除されている。**【登場人物】**主として村上春樹、カメラマンの松村映三**【関連】**音楽：リック・ネルソン、リック・ネルソン「ガーデン・パーティ」、メキシコ音楽、エルヴィス・プレスリー「ボサ・ノヴァ・ベイビー」、エルトン・ジョン「メイド・イン・イングランド」、カントリー・ミュージック、「テキサス・トルネード」 **映画**：「シャーリー・ヴァレンタイン」、エルヴィス・プレスリーの「アカプルコの海」、ハンフリー・ボガードの映画「黄金」

**【内容】**旅や辺境の意味を問いかけつつ、いくつかの土地を旅した体験をつづったエッセイ。作家や音楽家、映画監督などが別荘をもつニューヨーク郊外のイースト・ハンプトン、瀬戸内海に浮かぶ個人所有の無人島からす島、危険を身に近く感じながら最初は単独のバス旅行でその後はカメラマンの松村と合流し自動車を使って旅したメキシコなどの旅行記がつづられてゆく。中ほどでうどんを食べつくしに出かけた讃岐うどん紀行がはさまれ、後半はかつての激戦地である辺境の地ノモンハン、自動車による横断旅行を試みたアメリカ大陸、そして震災に見舞われた故郷神戸の旅が記されてゆく。

**【読みのポイント】**巻末の談話記事「辺境を旅する」の中で村上は、旅行記と小説が本来なすべきことは機能的にはほぼ同じことだと述べ、意識の変革をモチーフとする旅行記の本質と執筆のむずかしさに言及している。本書では、辺境の消滅しかけた現代の辺境を、世界各地やあるいは特色ある近郊にもとめ、視点に工夫を加えて描いている。とくにメキシコとノモンハンの旅は看過できない思索の跡を示している。ノモンハンの旅が『ねじまき鳥クロニクル』の第二部を執筆後になされている点は注意を要する。

（**山田吉郎**）

# 『ポートレイト・イン・ジャズ』《ぽーとれいと・いん・じゃず》

**【ジャンル】**エッセイ集**【初出】**チェット・ベイカー、マイルズ・デイビス、ビリー・ホリデー、ジュリアン・キャノンボール・アダレイ、デクスター・ゴードン、ビックス・バイダーベック、アート・ブレイキー、デューク・エリントン、セロニアス・モンク、ファッツ・ウォーラー、チャーリー・パーカー、カウント・ベイシー、以上を「芸術新潮」96・6〜97・5まで連載、その他は書き下ろし**【収録】**『ポートレイト・イン・ジャズ』(和田誠との共著、新潮社、97・12・20)
**【分量】**92
**【内容】**和田の選んだ、26人のジャズ・ミュージシャンのポートレートに、村上が文をつけている。自身の思い出を織り交ぜながら、ミュージシャンとその曲を評価し、アルバムや曲を紹介しているものもある。
**【評価】**本書のみを取り上げた論考には、今井清人「ジャズをめぐるエッセイ集」(「ユリイカ臨増　村上春樹を読む」00・3)がある。今井は、〈村上春樹がジャズに求めたものは〉〈アドリブ(解釈)を辿り、グループ(場)に参加する〉ことであると述べている。さらに、村上春樹が〈普通のジャズ・ファンになってしまった〉のは、〈欲望と消費の生活を相対化する〉〈もうひとつのリアル〉という役割を〈ジャズ〉から〈「書く」に取り入れ〉、〈意識に潜り解釈／表現(=アドリブ)をし、誰かとのつながり(=グループ)を期待するようになった〉からだと結論づけている。
**【読みのポイント】**表題の「ポートレイト・イン・ジャズ」には、本書で述べられている通り、ビル・エヴァンスに同名のアルバムがある。日本発売当時の解説(栗村政昭、76)は、同時期の他のアルバムとともに〈急速に自己を確立しつつあった当時のエヴァンスの実像を〉摑むことができるものであると述べている。
タイトルは、もちろん字義通りの意味もあろうが、アルバムでのエヴァンスとラファロの関係を、村上の文と和田の絵になぞらえたとも考えられる。
ナット・キング・コールのところでは、『国境の南　太陽の西』に触れ、〈小説を読むというは結局のところ、どこにもない世界の空気を、そこにあるものとして吸い込む作業だ〉と述べている。
ジャズの解説書としてはもちろんのこと、そこかしこに村上春樹の生の声がちりばめられた、作家研究にも欠かせない一冊である。

(三重野由加)

# 螢《ほたる》

**【ジャンル】**短編**【初出】**「中央公論」83・1**【収録】**『螢・納屋を焼く・その他の短編』（新潮社、84・7・1）、『螢・納屋を焼く・その他の短編』（新潮文庫、87・9・25）**【全作品】**③**【分量】**62**【キー・ワード】**時間、死、性、恋愛、電話、沈黙、消滅、闇**【舞台】**東京都文京区の学生寮、四ツ谷駅、飯田橋、お堀ばた、神保町、お茶の水、本郷、駒込、新宿、京都**【登場人物】**僕、寮長、学生服を着た男、同居人、彼女、高校時代の友人**【関連】**音楽：「君が代」、ヘンリー・マンシーニ「ディア・ハート」　書籍・文学：『プレイボーイ』、ラシーヌ、イヨネスコ、シェークスピア

**【梗概】**僕が十四、五年前の二十歳前の頃を回想した話。東京の大学に進学した僕は、正体不明の財団法人が経営する学生寮に住む。同居人は、地図マニアで、吃音気味である。ある日、自殺した高校時代の友人の恋人だった彼女と偶然出会う。果てしない歩行のデートを繰り返しながら、ともに時を過ごす。彼女の二十歳の誕生日、泣きやまない彼女を慰めながら、僕は一夜をともにする。その後、彼女から大学を休学し京都の療養所に入所するという知らせの手紙が届く。僕はその手紙を何百回も読み返す。やり場のない悲しみにくれるさなか、同居人からインスタント・コーヒーの瓶に入った螢をもらう。僕が寮の屋上で放つと、その光は行き場を失った魂のように闇の中をさまよい続けていた。

**【評価】**「螢」について論じられるケースは、『ノルウェイの森』論においてその先駆として言及されるのが大半である。「螢」論と銘打たれた論考はごくわずかで、また充分に論じきれていない感がある。永原孝道「もし彼の言葉がミステリーサークルであったなら」（「ユリイカ」00・3臨増）は、この作品はひとつの短編として読むことが困難、しかしあえて単一の存在として切り離したときに孤立感や喪失感がより強く迫ってくると述べている。一方、現代風俗やアメリカ文学との接点が強調されがちな作者だが、表題である〈螢〉は、日本文学史上の系譜が辿れる題材。松本健一『死後の戯れ』（筑摩書房、85・5）は、作中の螢の光に、民族固有の定型的な叙情を読み取っている。

**【読みのポイント】**この短編を『ノルウェイの森』との連続性において読むか否かという問題に加え、初出「創作螢（ほたる）」→初刊→『ノルウェイの森』の収録部分に、いずれも文章の変更があることにも注意したい。三者の差異が作品の特徴や独自性、作者の思想の変遷等を浮き彫りにしよう。また、同居人の吃音のエピソード、伝達不可能な彼女の言葉など、ネガティヴな言語観が提示されていることも着目したい。

（**米村みゆき**）

## ホテルのロビーの牡蠣《ほてるのろびーのかき》

【ジャンル】超短編【初出】「メンズ・クラブ」85・4【分量】1.5【舞台】ホテルのロビー【登場人物】僕、女の子

【梗概】ホテルのロビーで待ち合わせする僕はぼんやり牡蠣のことを考える。それはホテルのロビーで採れた牡蠣である。遅れてきた彼女はそれを牡蠣への食欲と判断する。〈僕〉はそれに対して純粋な観念としての牡蠣なのだと反論するが、食欲が起こり、レストランで食べることになる。

【読みのポイント】『夜のくもざる』には収録されていない。〈観念〉=ことばが意識の内部で指示対象から独立した実体性を持つというモチーフは他の春樹作品にも共通する。〈僕のための中国〉を夢想する「中国行きのスロウ・ボート」、〈貧乏な叔母さん〉という〈概念的記号〉が背中に貼りつき実体化する「貧乏な叔母さんの話」、名前をくりかえすうちに現れる〈ただのことばの響き〉に〈氷をいれて飲むとおいしいよ〉という「カティー・サーク自身のための広告」（『象工場のハッピーエンド』）など。また食事に関するものとしては、レストランの場所、内装、音楽、店員の態度、コース料理の品々まで想像が具体化する「地下鉄丸の内線レストラン・ガイド」（『波の絵、波の話』）がある。

（**今井清人**）

## ホルン《ほるん》

【ジャンル】超短編【初出】「ボックス」85・9、「メンズクラブ」85・9、「ポパイ」85・9・10【収録】『村上朝日堂超短篇小説 夜のくもざる』（平凡社、95・6・10）、『村上朝日堂超短篇小説 夜のくもざる』（新潮文庫、98・3・1）【分量】2.2【舞台】コンサート・ホール【登場人物】僕、ホルン吹き、ホルン

【関連】音楽：ブラームスのピアノ・コンチェルト。映画：「フラッシュダンス」

【梗概】専門的職業としてホルンを吹く人々がいる。〈何故それはホルンでなくてはならなかったのか？〉〈ホルン吹きになる〉事は、〈一人の人間が小説家になるよりはずっと深い謎が含まれているように僕には思える〉。ある日、深い森でホルンと出会い、意気投合し、彼は職業的ホルン吹きになったと僕は想像する。そしてホルンとホルン吹きは良きコンビになり、やがておきまりの苦節を経て、晴々しい舞台に立ち、ブラームスのピアノ・コンチェルトを奏でているのではないか。

【読みのポイント】ホルン吹きへの問いは、小説家への問いでもある。ホルン吹きがホルンと共同で音楽を奏でるように、小説家の〈僕〉も登場人物と対話しつつ作品を描くしくみが推測できる。読者と作品との、同じような至福の出会いを期して、作品集の巻頭に置かれたものとも考えられる。

（**櫻井英人**）

# 『翻訳夜話』《ほんやくやわ》

**【ジャンル】** 連続対談 **【初刊】**『翻訳夜話』（文春新書、00・10・20）**【分量】** 428 **【関連】** オースター、カーヴァー、カポーティ、フィッツジェラルド他

**【内容】** アメリカ文学者で東京大学助教授の柴田元幸と、村上春樹が、会場からの質問にも答えていくフォーラム形式で行なった、翻訳をめぐる対談。「フォーラム1　柴田教室にて」「フォーラム2　翻訳学校の生徒たちと」「フォーラム3　若い翻訳者たちと」の三章から成り、「フォーラム3」の参考資料として、「海彦山彦」と題された「村上がオースターを訳し、柴田がカーヴァーを訳す」の章が付され、〈まえがきにかえて〉村上が「翻訳の神様」という一文を付け、柴田が「あとがき」を書いている。オースター「Auggie Wren's Christmas Story」とカーヴァー「Collectors」の原文も載せられている。

**【評価】** 書評に、飛田茂雄「現代の名匠が明かす翻訳の極意」（「本の話」00・11）、井波律子「貫く原文への深い愛　新鮮な「まっとうさ」」（「朝日新聞」00・11・5）、沼野充義「二人が訳した本を読みたくなる」（「毎日新聞」00・11・19）、中条省平「自己を殺してなお訳文ににじみ出る個性　翻訳ブームを支える二人の質疑応答」（「週刊朝日」00・12・1）、駒沢敏器「原作の声を聞き取る　技術より深い部分に愛が　作家と研究者が徹底的に語り合う」（「週刊読書人」00・12・1）などがある。

**【読みのポイント】** 春樹は数多くのアメリカ文学を翻訳してきており、春樹文学における翻訳の位置の重要さについては、これまでにも「〈村上春樹ロングインタビュー〉僕が翻訳するわけ」（「マリ・クレール」99・9）などでも読者に示されてきていたが、その集大成的なものとして本書はある。講演を嫌う春樹であるが、『そうだ村上さんに聞いてみよう』などを見ても分かるとおり、（とりわけフォーラム形式での）質問への答え上手であり、加えて柴田はアーヴィング『熊を放つ』の訳文チェックを担当して以来のパートナーである、ということもあって、軽妙なキャッチボールが為されている。春樹の側で言えば、翻訳に必要なものを〈偏見のある愛情〉とし、翻訳する理由を〈優れた文章に浸《つ》かりたい〉からとしている点や、逐語訳を旨としているという点、「ライ麦畑でつかまえて」や「華麗なるギャツビー」の翻訳を宿願としていることなどが興味深いが、なによりも、〈温泉〉を小説〈雨〉を翻訳に譬えた〈雨の日の露天風呂システム〉という比喩を使って、創作によって〈自分の中で消耗されたものを〉翻訳によって〈埋めていく〉という、創作にとっての翻訳の不可欠性を説明しているところに注目すべきだろう。

（原　善）

## マイ・スニーカー・ストーリー《まい・すにーかー・すとーりー》

【ジャンル】エッセイ風超短編【初出】『象工場のハッピーエンド』(CBSソニー出版、83・12・5)【収録】『象工場のハッピーエンド』(講談社文庫、86・12・20)【分量】4【舞台】ボストン【登場人物】僕、ジェームズ・P・ブラッドリー、エジソン、ライト兄弟、老婦人、スー族の戦士

【梗概】スニーカーは、一八七二年ボストン在住のジェームズ・P・ブラッドリーによって発明された。ブラッドリーは初めゴム底蹄鉄を作る。ゴム底蹄鉄はインディアン討伐にも使用されたが、成果は思わしいものではなかった。そして、彼は人間の靴の底にゴムをつけるという発想の転換をし、スニーカーが誕生したという歴史が語られる。しかし、この物語は全て作者の創作であったことが落ちとして明かされる。

【読みのポイント】作者が行った最後のどんでん返しをどう捉えるかがこの作品の最大のポイントである。村上は虚構を虚構のまま押し通す方法を長編に多く使用している(「風の歌を聴け」におけるデリク・ハートフィールド、「世界の終り～」の参考文献の作者牧村拓など)。種明かしは超短編という気楽さから来るものなのか、作家の意識の変遷なのか。重要な問題提起となるだろう。

(山根由美恵)

## マイ・ネーム・イズ・アーチャー《まい・ねーむ・いず・あーちゃー》

【ジャンル】エッセイ【初出】『象工場のハッピーエンド』(CBS・ソニー出版、83・12・15)【収録】『象工場のハッピーエンド』(新潮文庫、86・12・20)、『新版・象工場のハッピーエンド』(講談社、99・2・26)【分量】3.5【キー・ワード】死【登場人物】僕【関連】ロス・マクドナルド『動く標的』『縞模様の霊柩車』『ギャルトン事件』、レイモンド・チャンドラー、ホレース・シルヴァー、ポール・ニューマン

【梗概】ロス・マクドナルドが死んだ。晩年のロス・マクドナルドは日本ではあまり高く評価されなかったが、僕は何もかもひっくるめて彼の小説が好きだ。僕が生まれてはじめて買った英語のペーパーバックの一冊が、ロス・マクドナルドの"My Name Is Archer"だった。僕は彼の死を心から悼む。

【読みのポイント】村上春樹の文学世界の原点を探る上で注目すべきエッセイである。J・アーヴィングなど村上春樹にはお気に入りの作家は多数いるが、その中でも「尻尾の先まで好き」「何もかもひっくるめて、僕はロス・マクドナルドが好き」と「好き」を連発してストレートに愛着の強さを表現するのは珍しい。同書収録のジョン・アプダイクへの言及と比較する事でもロスの重さは測れよう。

(藤田和美)

# 『またたび浴びたタマ』《またたびあびたたま》

**【ジャンル】**回文集**【初刊】**『またたび浴びたタマ』（文芸春秋、83・12・5）**【分量】**43**【関連】野球**：伊良部秀輝、吉井理人、野茂英雄　**俳優**：ジョン・グッドマン、シリアル・キラー、ジャン・クロード・ヴァン・ダム、アントニオ・バンデラス、クエンティン・タランティーノ、マティ・ペロンパー、三船敏郎、加東大介、レオナルド・ディカプリオ　**映画**：『アラビアのロレンス』、『スター・ウォーズ』、『七人の侍』、『タイタニック』　**文学**：「走れメロス」　**音楽**：「マイ・ウェイ」、アンディー・ウイリアムズ　**漫画**：「こまわり君」　**その他**：マルクス、ルイ十七世、リア王、ルートヴィヒ狂王、リヒャルト・ワグナー、ルイ・ビトン、ジョルジョ・アルマーニ、カルヴァン・クライン、羽田孜、レーニン、スターリン、トロッキー、「コム・デ・ギャルソン」。

**【内容】**右頁にひらがな表記の回文、その左頁に友沢ミミヨのカルタ風の絵、次頁に漢字仮名混じり表記の回文、その左頁に解説風エッセイあるいはショートショートが配される、という、四点一組で成る、〈浦和で蒔いた、ははは、と母は大麻で笑う〉等、〈あ〉から〈わ〉まで44の〈50音回文〉集。

**【評価】**〈言葉をつむぐ作家としての意地と工夫が凝らされたまさに究極のお遊び本。〉（「村上春樹がなぜか挑んだ「回文」」「週刊東京ウォーカー」00・9・26）、〈こういう作業に熱中できる小説家は信頼したい。（…）プロットの構築などより楽しくて根源的な遊戯だ〉（芝山幹郎「新刊私の◎○」「朝日新聞」00・10・8）といった高い評価が為されている。

**【読みのポイント】**「読書馬」や「夜のくもざる」で駄洒落やワープロ誤変換の言葉遊びに興じていた村上であってみれば、〈意外な〝芸〟を披露した一冊〉（小山内伸「まさかさかさま？」「朝日新聞」00・8・20）、〈村上春樹にこんな遊び心があったとは！〉（「毎日新聞」00・9・24）と驚くには当たらない。若い時から「ビックリハウス」の回文コーナーに投稿していたという事実も明かされているが、《たまたま出来た気で又々》という具合に作られた回文の出来は、その道の専門家からすればあるいは玉石混交の評価は免れないだろうが、村上ファンには充分楽しませられるものだし、回文だけでなく付された小文の面白さと、飄逸な味わいを持った友沢ミミヨの絵との組み合わせの面白さが、単なる回文集を超えた本書の魅力になっており、読者（書評子）にも回文作りを誘惑する力を持っている。〈ほとんど意味のないことを、全力を尽くして真剣に追求するのも、たまにはいいものです〉（「あとがき」）とあるが、問題にすべきなのは、こうした遊びを、デタッチメントを捨てコミットメントを標榜した時期に敢えて発表しようとした春樹のスタンスだろう。

（原　善）

## 街と、その不確かな壁《まちと、そのふたしかなかべ》

**【ジャンル】**短編**【初出】**「文学界」80・9**【分量】**150**【キー・ワード】**時間、夢、影、死**【舞台】**駅の待合室、壁に囲まれた街**【登場人物】**僕、君、門番、老人、美しい娘

**【梗概】**十八歳の夏、〈僕〉は〈君〉の影から街のことを教わった。街には一本の川と鐘楼と図書館があり、周りを高い壁が囲んでいる。本当の〈君〉はそこで図書館に勤め、古い夢の整理をしている。街に住む人にはみな影がなかった。〈僕〉は門番に言われるまま影を捨て、その街で預言者として卵型の夢を読み始めることにした。夢読みをしない間、〈僕〉は官舎地区の老人と時間について語ったり、街の地図を作ることに費やした。その行程で、〈僕〉は壁が生きていると感じないわけにはいかなかった。〈僕〉が〈君〉を抱く機会は自然に訪れたが、〈君〉には愛することが何かはわからなかった。冬が来ると、唯一、門から外に出られる獣が死ぬので門番は死体を焼き、〈僕〉の方は久々に自分の影と会ってみた。その時、影は〈僕〉に一緒に外の世界へ戻ろうと持ちかける。壁は完璧で決して抜け出せそうにはなかったし、〈君〉のことが気がかりだったが、〈僕〉は影の提案を受け入れることにした。〈僕〉は弱りきった影を担ぎ、以前〈君〉と行ったたまりに向かって走った。走る後ろからは壁が〈僕〉に語り続けた。壁の〈ことば〉と決着をつけた後、〈僕〉は体を影とベルトで結んでたまりの水へ跳び込んだ。

**【評価】**〈題材にひっぱられちゃって、小説としての膨らみが欠けている〉（「文学界」85・5）と語るように、作家本人はこの作品をあまり評価していない。その思いは五年後に『世界の終わりとハードボイルド・ワンダーランド』を書かせるが、「街と、その不確かな壁」はそのうちの「世界の終り」の部分の草稿とも言える。両作品の結末は異なるが、〈これはモラリスティックな意味で迷った〉と村上は述べる。今井清人「『世界の終りとハードボイルド・ワンダーランド』論—〈ねじれ〉の組織化—」（「現点」89・7、『村上春樹—OFFの感覚』国研出版、90・5）は前作品が都市と原郷の円環へと収斂されてしまうところを、後作品は〈冗長性（リダンダンシー）〉を策略として用いることでメビウスの輪のような〈ねじれ〉を組織化させることに成功したと読む。

**【読みのポイント】**ケネス・クラーク『風景画論』によれば〈パラダイス〉はペルシャ語に由来し、もともと〈壁をめぐらした囲い〉の意味である。だが、人間の歴史は失楽園（神・完璧への反抗）から始まったとも言えるのではないか。

（**葉名尻竜一**）

## 真っ赤な芥子《まっかなけし》

【ジャンル】超短編【初出】「太陽」94・1【収録】『村上朝日堂超短篇小説 夜のくもざる』（平凡社、95・6・10）、『村上朝日堂超短篇小説 夜のくもざる』（新潮文庫、98・3・1）【分量】3【舞台】僕の家の縁側と庭【登場人物】僕、芥子、母親【関連】西条八十「かたたたき」

【梗概】母親の肩を叩こうと僕が縁側に出てみると、母親の姿はなく、庭で真っ赤な芥子が「ははははは」と笑っているだけだった。母親の居所を尋ねても、芥子はただ笑い続ける。心配になって「まさかおまえがお母さんを食べてしまったんじゃないだろうな？」と訊く僕も、だんだんおかしくなってきて、思わず吹き出してしまう。芥子は笑いすぎの痙攣を始め、腹をよじったときに口から母親を吐き出した。僕の母親は昔からくすぐるのがすごくうまいのだった。

【読みのポイント】「あとがき その1」に本作品は童謡「肩たたき」から思いつき、芥子がどう笑うのかが〈トビ・フーパー風に〉解けたとの言及がある。「肩たたき」の歌の明るいタントンのリズムが、乾いた「ははは」に、さらに不気味な印象へと変化し、笑いと死が背中合わせの、多くの童謡に通ずるグロテスクが立ち現れる。赤い芥子の笑いの向こうに「母母」という声も重なるか。（和田季絵）

## マッチ《まっち》

【ジャンル】超短編【初出】『夢で会いましょう』（冬樹社、81・11・25）【収録】『夢で会いましょう』（講談社文庫、86・6・15）【分量】6【キー・ワード】音、消滅【舞台】新宿のバー【登場人物名】僕、僕の友人、見知らぬ女の子、バーテン

【梗概】僕と僕の友人とがウイスキーを飲みながらスーパーマンの話をしているあいだ、見知らぬ女の子がずっとマッチ棒を折りつづけている。その音はなんとなく気になる音だった。頭の禿げたバーテンは気にしながらも口には出さない。〈忍耐強いガール・ハンターとして新宿では少しは名を知られた〉僕の友人は、〈素敵なスーツを着こみ、そのスーツに負けないだけの素敵な顔をした〉彼女に声をかけ、やがて二人は新宿の街に消えていく。店に残された僕が灰皿にたまった折れたマッチ棒に〈火をつけると、店はクリスマス・イブにふさわしい奇妙な輝きに包まれ〉るのだった。

【読みのポイント】マッチ棒の折れる〈ぱちん。ぱちん〉という音が主役の超短篇。村上作品にしばしばあらわれるバーのスケッチだが、ここには四者四様の孤独が描出される。ことにバーに取り残される〈僕〉の醸す乾いた孤独を浮き立たせるバーテンの描写が秀逸。（片岡 豊）

## マット《まっと》

【ジャンル】超短編【初出】『夢で会いましょう』（冬樹社、81・11・25）【収録】『夢で会いましょう』（講談社文庫、86・6・15）【分量】4.5

【梗概】ブラックユーモアやパロディの一種。〈第三十一回・全国マット・コンクール〉と題し、〈受賞・該当作品なし〉とした上で、四人の選考委員の選評を描いて作品とし、四人の評からいかなる形状の「マット」であるかを読者が連想想像するような形式を取っている。

【読みのポイント】「マット」コンクールに対する選評という形式に小説家としての発想の新規さがある。家庭で使用する玄関マットや草履の裏に使われるマット、プロレスに使用する厚めのマットなど、各種各様のマットを相互に出し合って、利便さや簡便さを強調する。果てには互いにそのアイデアの不足を貶める論が展開する。比喩表現を使ってマットの使用法、織り方、生地、模様の工夫などを逆説風の文体で書いている点に斬新さがある。単語から受けるインスピレーションや、着想を飛躍的なものとする感覚と鋭敏な言語感覚に支えられている。春樹の不可思議な世界を表現する比喩表現の捉え方が覗ける作で、文体論、文章論に肉迫できる好作である。

（中田雅敏）

## 万年筆《まんねんひつ》

【ジャンル】超短編【初出】『象工場のハッピーエンド』（CBSソニー出版、83・12・5）【収録】『象工場のハッピーエンド』（新潮文庫、86・12・20）【分量】1【舞台】万年筆屋の〈萬年筆舗〉【登場人物】僕、万年筆屋の主人

【梗概】〈夢みたいにぴったりとくる万年筆〉を作ってくれる万年筆屋〈萬年筆舗〉を友人から聞いた僕は、古い商店街にある間口ガラス戸二枚分の店を訪れる。六十歳ばかりの、〈森の奥に棲む巨大な鳥のような風貌〉である主人は、僕の指の長さや太さ、皮膚の脂気、爪の硬さ、手の傷などをノートにメモし、さらにシャツを脱がせ背骨を調べ、「人間は背骨でものを考え、字を書くんだよ」と言い、背骨にあわせた万年筆を作ると説明し、年齢や出身、月収を訊ね、最後に「いったい何を書くつもりなのか」と問う。三ヵ月後、万年筆が出来上がってくるが、僕は、それを用いても〈夢のような文章〉を書けるわけではないと思う。

【読みのポイント】主人は万年筆を作るにあたって、〈背骨〉をポイントとするが、〈骨〉については、『世界の終りとハードボイルド・ワンダーランド』の〈一角獣の頭骨〉、『ダンス・ダンス・ダンス』の六体の〈人骨〉と村上作品においてはひとつのキーポイントである。

（金子堅一郎）

# 三つのドイツ幻想

みっつのどいつげんそう

【ジャンル】短編【初出】「ブルータス」84・4・15【収録】『蛍・納屋を焼く・その他の短編』（新潮社、84・7・5）、『蛍・納屋を焼く・その他の短編』（新潮文庫、87・9・25）【全作品】③【分量】28【キー・ワード】性【舞台】冬の博物館、東ベルリン、西ベルリン・クロイツベルク【登場人物】僕、東ドイツの青年、ヘルW

【梗概】「1　冬の博物館としてのポルノグラフィー」、「2　ヘルマン・ゲーリング要塞1983」、「3　ヘルWの空中庭園」の三部構成。「冬の博物館としてのポルノグラフィー」は、〈セックスのことを考えるといつも冬の博物館にいて、我々はみんなそこに孤児のようにうずくまって、温もりを求めているのだ〉と、セックスと冬の博物館との間に比喩関係を見いだす僕が、その博物館の館員として開館の準備をする様子をイメージする。「ヘルマン・ゲーリング要塞1983」は、偶然知りあった東ドイツの青年の熱心な案内で要塞を見学した僕は、〈数カ月前に戦争が終わったばかり〉のような気分になるが、さらに案内しようとする青年の誘いを断り、１９４５年の春にゲーリングが何を考えていたのかなんて〈結局のところ誰にもわかりはしないのだ〉と思う。「ヘルWの空中庭園」は、〈空中庭園〉を持ちながらも、東西ベルリンを隔てる壁に近いために、十五センチくらいしか浮かべることができないヘルWに、僕はなぜもっと安全な所に移らないのかと訊ねるが、ヘルWは夏のベルリンの素晴らしさを挙げて、「ここがいちばん良いんだ」と答える。

【評価】永原孝道「もし彼の言葉がミステリーサークルであったなら」（「ユリイカ」00・3臨増）は、〈過去のカタストロフの記憶に凍結された場所としてのドイツをめぐる断章〉とする。

【読みのポイント】村上は、〈ドイツにインスパイアされた幻想を核にして〉書いた小品であり、〈『世界の終りとハードボイルド・ワンダーランド』の〈世界の終り〉に通じる雰囲気がうかがわれる部分もあるように思う〉（『全作品』「自作を語る」）と語る。この指摘を遡って、逆にこの作品の側から、『世界の終りとハードボイルド・ワンダーランド』を見直すと、ハードボイルド小説・ファンタジー小説・SFサイバーパンク小説風の虚構性の奥に、ベルリンの壁による分断という歴史的事実との関係性が浮かび上がる。また、「冬の博物館としてのポルノグラフィー」は、『羊をめぐる冒険』で、水族館に展示された鯨のペニスのことを性交の後で考える〈僕〉を想起させる。

（遠藤伸治）

# 緑色の獣《みどりいろのけもの》

**【ジャンル】**短編**【初出】**「村上春樹ブック」（「文学界」、91・4臨増）**【収録】**『レキシントンの幽霊』（文芸春秋、96・11・30）、『レキシントンの幽霊』（文春文庫、99・10・10）**【分量】**11**【キー・ワード】**結婚、怒り、消滅、闇**【舞台】**〈私〉の家と庭**【登場人物】**私（妻）、緑色の獣

**【梗概】**夫が仕事出かけた後、私は何もすることがなく、暗くなるまで庭を見ていた。そこには子供の頃からともに成長し、友達のように思っていた椎の木があり、私は心の中で椎の木と話をしていたような気がするが、何を話していたのか思い出せない。奇妙な音が聞こえてきたかと思うと、椎の木の根元から、きらきら光る緑色の鱗と人間のような目をもつ獣が這い出し家の中に入ってきた。獣は私の心を読み、抵抗は無駄だ、と話しかけてきた。獣はプロポーズしに来たことを告げるが、私は獣が自分に求愛することを厚かましいと思うと、獣の鱗が変色した。獣の心が傷つきやすく、想像に反応することに気づいた私は、思いつく限り残酷な仕打ちを想像し、獣は実際に拷問を受けているような反応を示した。獣は許しを請うが私は、想像上の拷問を続け、やがて獣の輪郭がぼやけ消えてしまい、夜の闇が部屋を満たした。

**【評価】**池澤夏樹「文芸時評」（「朝日新聞夕刊」96・12・24）において『レキシントンの幽霊』所収の「緑色の獣」「氷男」が『TVピープル』所収の「TVピープル」や「ゾンビ」等の〈穏やかな日常生活に怪物が乱入する話〉の系譜にあることを指摘し、松本常彦「『氷男』密輪のためのレッスン」（「国文学　ハイパーテクスト・村上春樹」98・2）では、読者論的立場から〈幽霊〉〈緑色の獣〉〈氷男〉といった〈異物〉が、〈空白・無意味の場〉であり、作品の〈構造とその構造を具体的に表象していく暗示的で象徴的な細部の表現〉の意味を読者が無意識の領域から導き出す行為の〈反復性〉により〈隠喩の意味化〉を無限に誘発され、個々の隠喩の解釈が作品内で〈換喩的差異〉を生み出し、それらのズレが、〈私によって語られる独話体の作品〉・モノローグとしての場を、テクストと読者の対話へと導くことを述べている。

**【読みのポイント】**〈長編小説で掬えないものを掬うのが短編小説のひとつの目的〉（「自作を語る　補足する物語群」『全作品⑤』）と述べているように、他の村上作品群に登場する様々な〈地下種族〉（巽孝之「プリズナー症候群」『日本変流文学』新潮社、98・5）との関連から〈緑色の獣〉を考えてみるのは有効だろう。『世界の終りとハードボイルド・ワンダーランド』の凶暴な生物〈やみくろ〉や、前掲の〈ゾンビ〉等が登場する作品は、『アンダーグラウンド』へと閉塞した日常の暴力性の問題系へと連なるものである。

（**金子堅一郎**）

## 虫窪老人の襲撃《むしくぼろうじんのしゅうげき》

**【ジャンル】** 超短編 **【初出】**「ボックス」86・8、「メンズクラブ」86・8 **【収録】**『夜のくもざる』（平凡社、95・6・10）、『村上朝日堂超短篇小説 夜のくもざる』（新潮文庫、98・3・1） **【分量】** 2.5 **【キー・ワード】** 性、スパゲティー **【舞台】** 自宅の戸口、台所 **【登場人物】** 僕、虫窪老人

**【梗概】** 僕の家を虫窪老人が訪ねてきた。虫窪老人は、僕と若い娘の処女性について話したいという。僕は夕飯の仕度を盾に相手を押し戻そうとするが、虫窪老人は無理やり戸口に入り込んでしまう。虫窪老人を怒らせると何をいい触らされるか分からないので、僕は夕食を終えるまで処女性の重要さについての話を聞き続けた。僕は、ひどい災難だと思いながらも、最近、処女を見かけなくなったと考えるのであった。

**【読みのポイント】** 単行本用に書き下ろされた作品。主人公が、外部から来たモノによって不条理な目にあうのは、春樹作品の特徴の一つである。そのモノの多くは非日常的な存在なので、寓意的な読みが発生し易い。しかし虫窪老人は、近所の変な人の侵入という日常レベルの不条理に留められているので、一種のコントとみるのが妥当であろう。あえて虫窪老人に寓意を求めるなら、都市近郊共同体の煩わしさ、あるいは紋切型で若い世代を批判する老人の恐怖か。（末國善己）

## 『村上朝日堂』《むらかみあさひどう》

**【ジャンル】** エッセイ集 **【初出】**「日刊アルバイトニュース」82・8・16〜84・5・21、「ビックリハウス」84・3、「GORO」84・2・23 **【収録】**『村上朝日堂』（若林出版企画、84・7・15）、『村上朝日堂』（新潮文庫、87・2・25） **【分量】** 293.4

**【内容】** 一年九ヶ月にわたって「日刊アルバイトニュース」に連載された「アルバイトについて」から「番外 お正月は楽しい(2)」までの全八十九のエッセイその他を集成したもの。春樹自身の言葉を借りれば〈雑文集のようなもの〉、中扉には〈シティ・ウォーキン〉とも題されている。安西水丸が絵を担当。たとえば学生時代のアルバイトや日常の話、ヤクルト・スワローズのファンであること、牛肉と海が好きなこと、ジャズ喫茶経営時代のこと、飼っている猫の話など。引っ越し好きの春樹の変遷を書いた「「引越し」グラフィティー」は(1)から(6)まであり、〈雑文〉でしか読めないような、しかし生活年譜作成に役立ちそうな内容が豊富に書かれている。「電車とその切符」は「その(1)」から「その(4)」まであり、切符をすぐに紛失するという春樹の失敗談。食べ物についての文章や、作家ならではの立場から書かれた「本の話」(1)から(4)も興味深い。連載されたエッセイの他には、春樹と水丸との対談「千倉における朝食のあり方」「千倉における夕食

のあり方」「千倉サーフィン・グラフィティー」「『男にとって"早い結婚"はソンかトクか』」（安西水丸氏に聞くⅠ〜Ⅳ）、また立場を逆転して書かれた文・安西、画・村上の「付録（1）カレーライスの話」「付録（2）東京の街から都電のなくなるちょっと前の話」が収録されている。

**【評価】**若者を対象とする日々の情報提供誌という雑誌の性格と相俟って、時代や日常生活が鮮明に反映されるような、春樹の当時の関心事や好き嫌いなどが実に率直に、自由に書かれている。久居つばきが指摘するように〈随所においてやはりどこか初々しい〉（「村上朝日堂」シリーズ第一作）春樹の初期の姿を物語る。わずかなスペースで読者を引き付ける話題を長く書き続けるというのは、走ることが好きで早寝早起きの規則正しい生活をする（という自分流の流れを保ち続ける）春樹ならではの仕事と言っても過言ではないだろう。

**【読みのポイント】**春樹の日常的な一面が開示されると同時に、小説読解のヒントとなる事柄が多く潜んでもおり、別の側面から春樹にアプローチするための貴重な資料となる。本書は「村上朝日堂」という言葉を初めてタイトルにつけたエッセイ集第一作であり、以後春樹（文）・水丸（絵）コンビの「村上朝日堂」シリーズとして『村上朝日堂の逆襲』（朝日新聞社、86・6）、『村上朝日堂 はいほー!』（文化出版局、89・5）他と続く。なお、同名のホームページがある。（**福田淳子**）

## 『村上朝日堂ジャーナル うずまき猫のみつけかた』《むらかみあさひどうじゃーなる うずまきねこのみつけかた》

**【ジャンル】**エッセイ集**【初刊】**『村上朝日堂ジャーナル うずまき猫のみつけかた』（新潮社、96・5・24）**【収録】**『村上朝日堂ジャーナル うずまき猫のみつけかた』（新潮文庫、99・3・1）**【分量】**240**【キー・ワード】**猫**【舞台】**ボストン、テキサス州オースティン、ニュージャージー州プリンストン、マサチューセッツ州ケンブリッジ、ニューヨーク、中国、モンゴル、千倉、ヴァーモント州、ジャマイカ、カウアイ島、三鷹、文京区、神戸**【関連】****音楽**：ベルナルト・ハイティンク、ソニー・ロリンズ、ハンク・クロフォード、マット・デニス「プレイズ・アンド・シングズ」、シェリル・クロウ「オール・アイ・ウォナ・ドゥ」、B・B・キングなど **書籍**：トム・ジョーンズ「拳闘家の休息」、宮本美智子「世にも美しいダイエット」、ティム・オブライエン「イン・ザ・レイク・オブ・ザ・ウッド」、ジョン・アーヴィング「サーカスの息子」、マイケル・ギルモア「ショット・イン・ザ・ハート」、トム・クランシー「レッド・オクトーバーを追え」など **映画・TV**：ジョン・ウォーターズ「シリアル・ママ」、ロバート・アルトマン「プレタポルテ」、スティーブン・キング「ランゴリア」など。

**【内容】**本書に収録された16編のエッセイは、米国タフツ大学の教員としてマサチューセッツ州ケンブリッジに滞在中の村上春樹の生活スケッチ。〈絵日記風〉というコンセプトのもと、安西水丸の〈イノセント・アート風の絵〉と陽子夫人の〈素人スナップ写真〉が挿入されている。フル・マラソン完走から、食生活、通販生活事情、車の盗難事件や隣家の猫の消息まで、米国滞在中の生活がかいまみえる。

**【評価】**「週刊現代」(96・6・29)には〈自己管理生活術〉をキーワードにした川本三郎の、「サンデー毎日」(96・7・14)には、〈倫理性〉をキーワードにした柴田元幸のブックレビューがある。また、『ユリイカ総特集村上春樹を読む』には久居つばきによるサマリーがある。

**【読みのポイント】**「あとがき」によれば、本書は『ねじまき鳥クロニクル』執筆の合間に〈気楽に楽しんで〉書かれたもの。この間に日本では〈阪神大震災〉と〈地下鉄サリン事件〉とが相次いで起きている。これらの事件とは無縁にみえる本書だが、たとえば「猫のピーターのこと、地震のこと、時は休みなく流れる」には明らかにその影が差している点も見逃せない。本書に収められた諸編は、94年春から95年秋にかけて「SINRA」という雑誌に毎月連載されたもの。単行本化にあたり、大幅に加筆追加されている。(**深津謙一郎**)

## 『村上朝日堂の逆襲』《むらかみあさひどうのぎゃくしゅう》

**【ジャンル】**エッセイ集**【初出】**「週刊朝日」85・4・5号～86・4・4**【収録】**『村上朝日堂の逆襲』(朝日新聞社、86・6・18)、『村上朝日堂の逆襲』(新潮文庫、89・10・25)**【分量】**332**【キー・ワード】**時間、結婚、恋愛、闇、ビール、スパゲティー、猫、電話**【舞台】**東京、国分寺、下高井戸、藤沢、阪神、関西、ベルリン、ホノルル、自宅**【登場人物】**僕、村上春樹、安西水丸、つれあい(女房)、小津安二郎、山口下田丸**【関連】****映画**:「細雪」「道頓堀川」「夫婦善哉」「遠雷」「デューン・砂の惑星」「2010年」「ターミネーター」「リトル・ドラマー・ガール」「ネバーエンディング・ストーリー」「アマデウス」「恋におちて」「シュート・ザ・ムーン」「ベスト・キッド」「ボディー・ダブル」「若き勇者たち」「ロッキー4」「ランボー2」「晩春」「麦秋」「東京物語」「東京暮色」「お葬式」「明日に向かって撃て!」「ディア・ハンター」「コクーン」「E・T」「スプラッシュ」「ライフフォース」「エイリアン」「ゾンビ」「エメラルド・フォレスト」「レッド・ソニャ」「コナン・ザ・グレート」「コナン・ザ・デストロイヤー」「ペイル・ライダー」「シルヴァラド」「シェーン」「タイトロープ」「スター・ウォーズ」「レイダース」「グーニーズ」「ゴーストバスターズ」「グレムリン」「カラテ・

キッド」「ブレード・ランナー」「カサブランカ」「ビッグ・ウェンズデイ」「それから」「猿の惑星」「昭和残侠伝」「再会のとき（ビッグ・チル）」「やさしい女」　**音楽**：パーシー・フェイス・オーケストラ、ベートーヴェン、モーツァルト、カルチュア・クラブ、デュラン・デュラン、ワム！、ポリス、ビーチボーイズ、ジョン・レノン、ウィー・アー・ザ・ワールド

**【内容】**『村上朝日堂』に続いて出されたエッセイ集。関西弁、中年、酒、友人など日常のあれこれを、独自のスタンスで捉え軽い読み物風に纏めている。

**【評価】**久井つばき「村上朝日堂第二作タイトルの謎は？」（「ユリイカ」00・3臨増）は、いつも通り、この筆者ならではの細部へのこだわりが秀逸。

**【読みのポイント】**安西水丸とのコンビの楽しさを味わうことが最大のポイント。文とイラストとの軽妙な掛け合いの面白さが、この一連のエッセイの人気の秘密の一つだろう。むろん、村上の観察眼のユニークさが、作品の基底にあるからこその面白みであることは間違いない。話し口調を巧みに織り込み、読者に馴染みやすくする語りの工夫にも、作家村上のサービス精神が窺える。時に鋭い文明批評を放つが、決して声高に主張することはしないところに早くから変わらぬ村上のスタンスとポリシーとが読み取れる。（**馬場重行**）

## 『村上朝日堂はいかにして鍛えられたか』《むらかみあさひどうはいかにしてきたえられたか》

**【ジャンル】**エッセイ集**【初出】**「もう十年も前のことだけど」から「僕らの世代はそれほどひどい世代じゃなかったと思う」までは「週刊朝日」（95・11・10〜96・12・27）に掲載。

**【収録】**『村上朝日堂はいかにして鍛えられたか』（朝日新聞社、97・6・1、「新聞はどの程度必要なのだろう？」は書下し。「新聞について、情報について、いろいろ」と「95年日本シリーズ観戦記『ボートはボート』」は単行本収録時にロングヴァージョンに変更。他は書下し。）、『村上朝日堂はいかにして鍛えられたか』（新潮文庫、99・8・1）**【分量】**427・5**【キー・ワード】**夢、同世代、ビール、猫、手紙、娼婦、怒り**【舞台】**藤沢鵠沼海岸、神宮球場、兵庫県芦屋の公立中学、早稲田大学、新潟県村上市、千葉県館山市、都内の某ホテルの部屋、御茶の水の町の回転鮨店、北海道サロマ湖、表参道と青山通りの交差点、青山にある安西水丸さんの仕事場、都内の某デパートのエレベーター、ドイツ・ハンブルグのテレフォン・バー、自宅の台所、神戸の県立高校**【登場人物】**僕（村上春樹）、安西水丸、奥さん、エイゾー（カメラのM君）、イガラシさん（コラム担当者）、など。**【関連】**中原中也「月夜の浜辺」（詩集『在りし日の歌』）、テネシー・ウィリアムス、スヴィアトスラフ・リヒテル、『アニ

ー・ホール』(監督ウディー・アレン)、『探検する英和辞典』(飛田茂雄、草思社)、『リーダース英和』(研究社)、『ランダムハウス英和』(小学館)、『モンキー・ハウスへようこそ』(カート・ヴォネガットJr.、早川書房)、ダイナ・ワシントン、ジョルジュ・デ・キリコ、『華麗なるギャッツビー』(スコット・フィッツジェラルド)、『心臓を貫かれて』(マイケル・ギルモア)、「ホワイトアルバム」(ビートルズ)、「僕は君の下着になりたい(I Wanna Be Your Underwea)」(ブライアン・アダムズ)、『アウシュビッツの少女』(キティ・ハート、時事通信社)、『ライ麦畑でつかまえて』(J・D・サリンジャー)、レイモンド・カーヴァー

**【内容】** エッセイ集「村上朝日堂」シリーズの第5作。米文学の翻訳も手掛ける春樹が、自らの翻訳作業などについて語る「趣味としての翻訳」・「進化する辞書」・「俺と僕と私」。飼い猫を編集者に預けるかわりに渡した長編、それがベストセラーとなる『ノルウェイの森』であった。その猫〈ミューズ〉について語る「長寿猫の秘密」など、57編のコラムからなる。

**【読みのポイント】** 軽いタッチのエッセイ集だが、村上春樹の小説への基本姿勢やこだわりを、窺うことの出来る文章が多数みられる。小説を書こうと思い立った日のエピソードも語られていて興味深い。

(永久保陽子)

## 『村上朝日堂 はいほー!』《むらかみあさひどうはいほー!》

**【ジャンル】** エッセイ集 **【初刊】**『村上朝日堂 はいほー!』(文化出版局、89・5・20) **【収録】**『村上朝日堂 はいほー!』(新潮文庫、92・5・25) **【分量】** 250 **【キー・ワード】** 時間、死、夢、同世代、性、結婚、恋愛、双子 **【舞台】** 千葉県、書斎、電車、飲食店(レストラン、バー、食堂)、モーテル、自宅、近所、銀行、高校、アメリカ(サウス・カロライナ州チャールストン、ミネソタ州セント・ポール、ジョージア州アトランタ)、麻布のマンション、神戸、ギリシャ、無人島、床屋、コンサート・ホール(大阪、ドイツ、イタリア、ロンドン)、自分の店 **【関連】** **映画**:シドニー・ポアティエ「スター・クレイジー」、マーチン・デビットソン「ハイスクール」、ジョン・ミリアス「若き勇者たち」、ジョージ・ルーカス「アメリカン・グラフィティー」 **音楽**:フィフス・ディメンション「輝く星座・アクエリアス」(ミュージカル「ヘアー」)、ザ・ドアーズ「ライト・マイ・ファイア」「ソウル・キッチン」、ビリー・ホリデイ『ビリー・ホリデイの魂』『ザ・ゴールデン・イヤーズ・VOL・1』(2点ともアルバム)、「オルフェウス」(特定できず)、レオンカヴァルロ「道化師」、ブリテン「ビリー・バッド」、チャイコフスキー「エフゲニー・オネーギン」 **書籍**:トル

ーマン・カポーティ「夜の樹」、ハードリー・チェイス「ミス・ブランディッシの蘭」＊以上、内容に言及しているもののみ抜粋。

【内容】83年から雑誌「ハイファッション」に5年間連載した「ランダム・トーキング」を中心に、他雑誌に掲載したものや、新たに加筆したものをひとつにまとめたもの。〝山羊座のA型〟であることを妻の天秤座との組み合わせから考察し、替え歌まで作った「わり食う山羊座」。双子のガールフレンドを夢見る「村上春樹のクールでワイルドな白日夢」。特に音楽への熱い思いが「ジム・モリソンのための『ソウル・キッチン』」「LEFT ALONE（ビリー・ホリデイに捧げる）」「オペラの夜(1)(2)」で語られる。

【読みのポイント】「チャンドラー方式」では小説家として、「ジム・モリソン〜」では自分自身に変革を求める〝34歳〟が、かいま見える（『羊〜』出版の翌年）。〝山羊座〟は、エッセイや作品ではよく見られるモチーフである。替え歌は、原曲を知っていればより楽しめる仕掛け。他作品でも、音楽の話は当然のように語られるので、知識があるとなお良い。題名の「はいほー」は、オペラのところで出てくるが、カタカナ表記である。なお、本書は〝村上朝日堂第3弾〟だが、単行本でのイラストは安西水丸ではなく、文庫化されたときにコンビが復活している。

（柴田美幸）

## 『村上春樹、河合隼雄に会いにいく』《むらかみはるき、かわいはやおにあいにいく》

【ジャンル】対談【初刊】『村上春樹、河合隼雄に会いにいく』（岩波書店、96・12・5）【収録】『村上春樹、河合隼雄に会いにいく』（新潮文庫、99・1・1）【分量】150【キー・ワード】死・夢・同世代・性・結婚・恋愛・井戸【関連】音楽：モーツァルト、シューベルト、ベートーヴェン、マーラー 書籍：ジョン・アーヴィング、ボッカチオ『デカメロン』、紫式部『源氏物語』、大江健三郎 映画：龍村仁『ガイアシンフォニー』

【読みのポイント】心理学者・心理療法家で昔話の研究家でもある河合と、村上との長時間対談。アメリカ滞在中に知り合い、意気投合した二人が、物語と心理その他の話題をめぐって本音をぶつけあう。「第一夜『物語』で人間はなにを癒すのか」「第二夜 無意識を掘る〝からだ〟と〝こころ〟」の二部構成で、村上の「前書き」と河合の「後書き」が付されている。本書のポイントは多岐に亙るが、阪神淡路大震災やオウム真理教事件の後ということもあり、遡って湾岸戦争の記憶も含めて、社会へのコミットメントや心的障害を受けた人々への対処についての話題から対談は始められる。その過程で欧米人、特にアメリカ人と日本人との心性の対照を、集団と個との関係、言語の構造、自己責任のあり方など多くの観点から検討する。また、当時第三部刊行をもって完結した『ねじまき鳥クロニクル』執筆の事情や、聴き取り調査の進行中であった『アンダーグラウンド』に結実するテーマについても、コミットメントとの関わりで語られる。さらに物語に備わる自己治療の力が、河合の実践する箱庭療法などの事例と並行して論じられる。小説家と心理学者とが、物語を中心として、欧米と日本との対比の中で切り結ぶ論議が、本書の魅力の核心であると言えるだろう。結末では以上の総合として、表現および身体と暴力との結びつきについてがトピックとなる。村上の小説群において、意識の深層や向こう側の領域などが、繰り返し重要なモチーフとなるのは周知のことである。本書は河合の共感溢れる導きにより、例えば井戸抜けのような他界への越境が、相当に意図的に考えられた設定であることを教えている。また、特に、ノモンハンや妻の失踪やその他『ねじまき鳥クロニクル』の数々のレパートリーの淵源に触れ、同書の自注として読むことの出来る部分が多い。ただし、本書で村上も明言している通り、作者がテクストを百パーセント理解するなどということはない。本書を土台として、いかにテクストを演奏するかは、個々の読者に委ねられた作業にほかならない。

（中村三春）

## めくらやなぎと眠る女《めくらやなぎとねむるおんな》

**【ジャンル】**短編**【初出】**「文学界」83・12**【収録】**『蛍・納屋を焼く・その他の短編集』（新潮社、84・7・25）、『蛍・納屋を焼く・その他の短編集』（新潮文庫、87・9・25）**【全作品】**③**【分量】**59**【キー・ワード】**時間、死、少女、双子、音、ドーナツ、ビール、スパゲティー、眠り、闇**【舞台】**故郷の街の路線バスの車内、病院**【登場人物】**僕、右耳が難聴のいとこ、〈僕〉が17歳だった頃の友達、友達のガール・フレンド**【関連】**映画：リオ・グランデの砦（一九五〇年・アメリカ／監督　ジョン・フォード）、ジョン・ウェイン

**【梗概】**仕事をやめて故郷に帰ってきた僕は、右耳が難聴である一四歳のいとこを連れて、高校時代に利用していた路線バスで病院に向かう。バスの車内には同じような感じの登山姿の老人たちが固まって座っている。いとこは時間やバスの料金などの数字を気にする。病院で、僕はいとこが診察室に入っていくのを見届けてから食堂に入り外を眺め、その場所に既視感を覚える。それは、この病院ではないが、一七歳の僕が友達と一緒に、バイクに乗って入院している友達のガール・フレンドを見舞いに行った時のことだと気付く。一緒にいた友達は、すでに死んでしまっていて、僕は当時あったことを回想する。彼女は見舞いに行って話している間、ボール

ペンで何かを紙ナプキンに書いている。彼女は僕と友達に、彼女が作った想像上の植物〈めくらやなぎ〉の話をする。紙ナプキンに書いていたのは、〈めくらやなぎ〉の想像図だった。彼女はめくらやなぎと若い女についての長い詩を書いていた。いとこが診察から戻ってきて、食堂で一緒に昼食を食べる。いとこは診察については何も語らない。帰りのバス停でバスを待つ間、いとこは難聴の原因はよくわからないということを伝え、『リオ・グランデの砦』の話をしてから僕に右耳を見せる。僕は一七歳のとき、友達の彼女が書いた詩に出てきた人間を食う蠅が、いとこの耳の中に巣喰っているように感じる。そして、二人で肩を並べるようにしてバスの扉が開くのを待つ。

**【評価】**正面から取り上げて論じているのは田中励儀「『めくらやなぎと眠る女』―喪失感の治癒に向けて」（「国文学」98・2臨増）のみである。この論では作品を四つのユニットに分類、改稿後の「めくらやなぎと、眠る女」と比較しながら、聴覚障害を持ついとこの耳の話の段階から〈めくらやなぎ〉をめぐる〈心の喪失〉の話が導き出される段階を踏んで、おのずから僕の生き方が明らかにされてきた、と指摘している。井上義夫「風のことぶれ」（「新潮」96・8）が指摘する、「風の歌を聴け」「蛍」「ノルウェイの森」など他の作品との共通点を持つとする分析も後述する通りである。「文学界」への作品発表後、小島伸夫・三木卓・高橋英夫による「創作合評」（「群像」84・1）がなされ、村上の文体の特徴や短編小説の力量は認めるものの、小説冒頭が弱いという批判のほか、三木からは〈バスの中の老人達が気に入らない。こけおどしである〉という厳しい批評が示されている。

**【読みのポイント】**短い物語だが、随所に村上春樹の特徴がちりばめられている。〈難聴〉が村上の文学に共通するキーワードである〈沈黙〉に繋がると捉えることができるように、表面には見えにくいキーワードが存在していることは確かである。この作品は村上自身が〈『蛍』という短編小説と対になったもので、あとになってから『ノルウェイの森』という長編小説にまとまっていく系統のもの〉（初版「作者より」）と語っているが、バイクで友人の見舞いに行くという出来事、病院、風の生々しさなどは「ノルウェイの森」との共通点を思い起こさせるに十分な要素である。『村上春樹ブック』（「文学界四月臨時増刊」91・4）の作品紹介においては、〈耳〉へのこだわりが同作品集に収められた「踊る小人」や「羊をめぐる冒険」の高級コールガールにつながるという読みが示されている。この短編小説を分析するにあたっては、まず他作品との繋がりが読まれてしかるべきだろう。作者が作品について語っていることもあり、この作品そのものの面白さが見落とされそうになるが、〈『めくらやなぎ』という言葉の感覚〉（「自作を語る」『全作品③』）に惹きつけられて書かれたという背景や、物語中で時間が交錯していく様など、単独の作品論としても十分論述可能であろう。例えば、〈時間〉の問題に関しては、念を押すかのようにいとこから尋ねられる現在の時間に〈はさみでとかげを分断するように、ばらばらな断片に変え〉られてしまった記憶が少しずつ入り込んでくる様子を、めくらやなぎが〈暗闇〉を養分として育ち、その花粉をつけた蝿が人間を喰うように、僕の中の過去の記憶が記憶の〈闇〉を養分として現在に入り込み、現在の時間を喰おうとしていると解釈することもできる。物語中では、いとこの何度となく時間を尋ねるという行為が、連続しているはずの時間をこま切れにし、更に切りとられた記憶が入りこみ、物語の時間の層を厚くしているのである。また、同じような姿をした老人たちの意味や、何度も登場する数字の意味など、今後解釈を待たれる部分が多い。他作品との関連性も踏まえた上で、キーワードをひとつひとつ丹念に分析していくことで村上春樹らしさが抽出されて、新たな読みが生まれる可能性の高い作品である。なお、後に「めくらやなぎと、眠る女」（『レキシントンの幽霊』所収）として、バスの中の老人のシーンなどが外されるなど、大幅に改稿された作品が発表されている。

（川村英代）

## めくらやなぎと、眠る女《めくらやなぎと、ねむるおんな》

**【ジャンル】**短編**【初出】**「文学界」95・11**【収録】**『レキシントンの幽霊』（文芸春秋、96・11・30）、『レキシントンの幽霊』（文春文庫、99・10・10）**【分量】**45**【キー・ワード】**沈黙**【舞台】**バスの中、病院（食堂）**【登場人物】**僕、いとこ、老人の団体（15人）、友人、友人のガールフレンド、叔母、入院中の父と見舞いの母・双子の女の子、きちんとした身なりの中年夫婦**【関連】**ジョンフォードの「アパッチ砦」（ジョン・ウェイン主演）

**【梗概】**勤めていた広告代理店を辞め、つきあっていた女性とも別れた僕が祖母の葬儀のため帰郷する。ある日、叔母から、いとこが新しい病院へ通うので自分の代わりにつきそってくれないかと頼まれ、了承する。高校通学に使っていたバスに乗り病院に向かう。そのバスの中に、異様な老人の団体がいる。病院に着いて診療を待つ間、僕は食堂で八年前に海岸近くの病院に、友人のガールフレンドを見舞いに行ったことを思い出す。彼女は、花粉が蝿に運ばれて耳に入り、女を眠らせるという、めくらやなぎの詩を書いている。僕は診療を終えたいとこと食事をし、バスに乗って帰ろうとするが、八年前の記憶が心を支配し、ベンチから立ちあがれなくなる。僕は一瞬〈薄暗い奇妙な場所〉に立っていた。

【読みのポイント】「めくらやなぎと、眠る女」はイントロダクションにあるように改稿された作品である。はじめは「めくらやなぎと眠る女」（読点なし）と題し、83年12月「文学界」に発表され、84年7月に『蛍・納屋を焼く・その他の短編』に収められた。それを、12年ぶりに神戸で行う朗読会の為に手を入れ、分量を80枚から45枚に縮小した。また、「文学界」から『レキシントンの幽霊』に収録する際にも若干手が加えられている。作家は「あとがき」で、改稿について〈短編小説を短くしたり、長くしたりすることに凝ってた〉と述べているが、その意図はどこにあったのだろうか。

改稿について詳しい論考として、田中励儀「『めくらやなぎと眠る女』喪失感の治癒に向けて」（「国文学 ハイパーテクスト・村上春樹」98・2臨増）がある。

改稿は大幅な削除から細かな叙述の変更まで様々な形で手が加えられる。大きな削除は、循環バスに乗る、画一化された老人団体の描写と、数字へのこだわりの部分である。どちらも現実と他界の境界に関係する部分で興味深いのだが、ここを切り捨てることで、観念的であったところがなくなる。そして、いとこの耳の問題と後半のめくらやなぎの話に焦点が絞られ、全体に追いやすく、すっきりした形になっている。

また、大きな変更ではないが、細かい表現に気を遣っている様子も見られる。例えば、帰郷の理由を、会社をやめたという漠然としたものから、広告代理店をやめ、つきあっていた女性と別れ、祖母が亡くなり、葬儀の為に帰郷するといった具体的な表現に書き換えられる。全編に渡って説明的なところが省かれ、より具体的にイメージしやすい描写となっている。さらに、細かいところでは、病院の食事の注文をウェイトレスにするのではなく、ただ「食券を買って」に変えるなど、時代に合わない表現の変更もいくつかある。

しかし、改稿で一番注目をしなければならないのは、やはり結末の部分であろう。ここには、新たな加筆もあり、物語全体の印象が大きく変わっている。

改稿前は、ただいとこの耳に巣食う蝿を連想しながら、バスを待っており、僕の心に動揺はない。ところが、改稿後は、耳を覗いた後で、耳の奥の深淵に僕は向かう。八年前見舞いの為に持っていったチョコレートが溶けて、損なわれたことを思い出し、あの時感じなければならないことを感じず、言わなければいけないことを言わずにいたことをこの時はじめて後悔する。そして、〈あの丘を、めくらやなぎのはびこるまま置きざりにしてしまった〉ことが、今の自分につながっていることに気づく。僕はその時ベンチからたちあがれず、手足を動かすことすらできない状態となる。その後いとこにうながされ、バスに乗りこむという現実に戻るが、一瞬〈薄暗い奇妙な場所〉〈目に見えるものが存在せず、目に見えないものが存在する場所〉に僕は立つ。この改稿をどう読めばよいのか。

田中は、蝿にかじられる〈やわらかい肉〉や〈脳〉が人間の〈心を〉意味すると解釈する。彼女がめくらやなぎの話を語ったのは、僕や友人に〈自我崩壊の危機から救いを求めていた〉からではないかと考える。そして、〈本作の場合、聴覚障害を持ついとこの耳の話の段階から「めくらやなぎ」をめぐる「心」の喪失の話が導き出される段階を踏んで、自ずから「僕」の生き方が明らかにされてきたのである。それは、直ちに何らかの解決がもたらされるものではないが、「心」を重視した、「生」へ向かう意志の力は認められるだろう。〉と述べている。ここが、この作品の読みのポイントとなる。語り手である現在の僕は、八年前の記憶を呼び起こしながら、いとこと話すうちにいくつかの挿話からつながりを見つける。めくらやなぎの花粉で眠らされ、蝿に巣食われ、からっぽになる少女。溶けて形をなくしたチョコレート。『アパッチ砦』の台詞の解釈。耳の奥の深淵。これら暗闇の中の〈白いかたまり〉が〈固まってひとつにな〉り現在の私の心にたち現れる話といえよう。それを〈生へ向かう意志〉と読めるかどうか。

（**青嶋康文**）

## モーツァルト《もーつぁると》

**【ジャンル】**超短編**【初出】**『夢で会いましょう』（講談社文庫、86・6・15）**【分量】**2.5**【キー・ワード】**象、ビール**【舞台】**野外音楽会の会場**【登場人物】**僕、象**【関連】****音楽**：モーツァルト、交響曲ト短調　**服飾**：ローラ・アシュレイ

**【梗概】**ビールを持って野外音楽会に行くと、また象に出会った。居心地が悪そうにしている彼女をかわいそうに思い声をかけると、彼女は返事をした。僕と彼女はモーツァルトの話をした。僕はビールを彼女に勧めたが、彼女は「体が大きくてトイレに行くのが大変」と断った。僕は象であることの大変さを感じた。それから僕は自分の席に戻ってモーツァルトのト短調のシンフォニーを聴き、彼女の耳が音楽に合わせて動く様子を想像した。

**【読みのポイント】**村上作品には馴染みのキャラクター、象が登場する。モーツァルトの交響曲において主調が短調なのは、25番と40番だけである。作品ではどちらを指しているか不明だが、ローラ・アシュレイの洋服を着ているという女らしさが想像できる擬人化された象と、モーツァルトが残した数少ない短調の交響曲がどのように交錯するのかは興味深いものである。また、ビールが象であることの悲哀を引き出す鍵になっているという効果を見るのも有効。

（**川村英代**）

# 『もし僕らのことばがウィスキーであったなら』《もしぼくらのことばがうぃすきーであったなら》

**【ジャンル】**紀行文集**【初出】**「サントリークォータリー」第55、56号（97・9、12）**【収録】**『もし僕らのことばがウィスキーであったなら』（平凡社、99・12・15）**【分量】**62**【舞台】**スコットランド（アイラ島）、アイルランド**【関連】**映画：ジョン・フォード「静かなる男」

**【内容】**サントリーの依頼のもとにかかれた。初出「スコットランド　アイラ島。シングル・モルトの聖地巡礼」（55号）「アイルランド　タラモア・デューはロスクレアのパブで、その老人によってどのように飲まれていたか？」（56号）に、単行本には「前書きのようなものとして」「あとがきにかえて」が付され、その土地の様々な写真と、文章が組合せられている。写真は妻の村上陽子のもの。初出から加筆（脚注もほどこされている）修正され、写真も増え〈「ウィスキーの匂いのする小さな旅の本」〉にまとめられた。写真は風景やそこにある建物、動物、人物が写されており、春樹の映ったものもある。二つの島を旅して、そこで造られるウィスキーのすばらしさを〈神妙な巫女みたいに〉伝えている作品。

**【評価】**角田光代（「彼が差し出すウィスキーの信用度」「ユリイカ」00・3臨増）は〈この作家はほんとうに、「ある完璧な一瞬」を描きだすのがかなしくなるほどうまい〉とし、〈ウィスキー造りに関わる人々の言葉がふと、作家自身の言葉に思え、またパブでウィスキーを飲む老人が彼の小説の登場人物に思える。〉と述べ、紀行文ではあるが小説作品の要素を見ている。書評には、「週刊朝日」（00・2・3）、「週刊東京ウォーカー」（00・1・18）等があり、文章以上に写真が話題となった。

**【読みのポイント】**軽い読み物ではあるが、〈僕らはことばがことばであり、ことばでしかない世界に住んでいる。僕らはすべてのものごとを、何かべつの素面のものに置き換えて語り、その限定性の中で生きていくしかない。でも例外的に、ほんのわずかな幸福な瞬間に、僕らのことばはほんとうにウィスキーになることがある。〉というタイトルの由来には、村上の言葉に対する不信ともいうべき思いと、〈例外〉をつくりだそうとする創作態度も伺える。角田も感じたように、書かれたエピソードは小説を思わせ、比喩の多用も〈その限定性〉を広げるためのものであることが知れる。

　また、小説中でビールにならんでもっともよく飲まれているウィスキーは、主人公をくつろがせ、あるいは苦悩をまぎらわす重要な役割を果たしている。〈いつまでも黒ビールとウィスキーを飲んでいたかった。〉（「まえがき」）作者と作中の主人公の重なりも見える。

（髙根沢紀子）

# もしょもしょ

**【ジャンル】** エッセイ風超短編 **【初出】**「太陽」94・8 **【収録】**『村上朝日堂超短篇小説 夜のくもざる』（平凡社、95・6・10）、『村上朝日堂超短篇小説 夜のくもざる』（新潮文庫、98・3・1） **【分量】** 3.3 **【舞台】** 僕の自宅 **【登場人物】** 僕、ちょぼちょぼ、もしょもしょ

**【梗概】**〈ちょぼちょぼ〉に良いことをしたら、〈もしょもしょ〉が僕のところにやってきてお礼を言い、謙遜する〈僕〉に〈くりゃくりゃ〉をくれようとする。〈僕〉は抵抗するが、〈もしょもしょ〉は〈くりゃくりゃ〉の入った紙袋を置いて行く。困った〈僕〉は、〈ちょぼちょぼ〉に電話するが、〈ちょぼちょぼ〉は「もしょもしょは税務署の対策で、いずれにせよあれ誰かにやらなあかんかったんですわ。もろときなはれ」と言う。僕は〈くりゃくりゃ〉を毎日のように堪能している。

**【読みのポイント】**〈ちょぼちょぼ〉や〈もしょもしょ〉は一種のニックネームなのか、税務署対策のために送られる〈くりゃくりゃ〉とは何なのか、などと考えることが馬鹿馬鹿しく思えてくる、言葉遊びのような超短編。関西弁の〈もろときなはれ〉といった言葉の語感や、〈ちょぼちょぼ〉、〈もしょもしょ〉、〈くりゃくりゃ〉などの音の感じが楽しい。

（**遠藤伸治**）

# 『やがて哀しき外国語』《やがてかなしきがいこくご》

**【ジャンル】** エッセイ集 **【初出】**「本」92・8〜93・11 **【収録】**『やがて哀しき外国語』（講談社、94・2・25）、『やがて哀しき外国語』（講談社文庫、97・2・15） **【分量】** 396 **【キー・ワード】** 同世代、結婚、アイロン、ドーナツ、ビール、猫、犬、手紙、電話 **【舞台】** プリンストン、ボストン、バークレー、ニューヨーク、アヴォンデール **【登場人物】** 僕、奥さん、シンシア・ロス、ルイス・ロス、リムジンの黒人運転手、フォルクスワーゲンのディーラーのポール、ヤッピー風の黒人チャック、メアリ・モリス、ポール・オースター、テス・ギャラガー **【関連】 書籍**：スコット・フィッツジェラルド「華麗なるギャッビー」、スティーブン・キング「ミザリー」、マイルス・デイヴィス「マイルス」、マイケル・クライトン「ライジング・サン」、レイモンド・カーヴァー「犬を捨てる」、「ささやかだけれど役にたつこと」「ダイエット騒動」、吉行淳之介「樹々は緑か」、小島信夫「アメリカン・スクール」**映画**：ロバート・アルトマン「ショート・カッツ」「プレイヤー」、プライアン・デパルマ「レイジング・ケイン」、ジャック・スマイト「動く標的」 音楽：トミー・フラナガン「パルバドス」「スター・クロスド・ラヴァーズ」、マルサリス兄弟、キース・ジャレット

**【内容】**91年から約二年半、アメリカのプリンストンで生活した体験を描いたエッセイ集。ジャパン・バッシングやベイビー・ブーマーズといった大問題から、籍を置いたプリンストン大学の〝村社会〟の様子、文学・映画・ジャズをめぐる文化状況、車社会の話題、床屋やファッションやグッズの事情、趣味のランニングといった日常の問題、フェミニズムの習慣、日本文学の講義のエピソードが取り上げられている。

**【評価】**アメリカ固有の人種問題やエリートが持つ暗黙の制度を顕現するキーワードとして、〈コレクト〉か〈インコレクト〉かを例に、先行する〈記号としてのアメリカ〉との対比により、繰り返し提示される他所者として感じるnationの肌触りを主題として、村上春樹の日本へのコミットメントの予告と分析した、今井清人「他者としての『アメリカ』へ」（「ユリイカ」00・3臨増）が本質を的確に捉えている。

**【読みのポイント】**様々なレベルの異文化体験により、その根底に存在する〈ことば〉に関わる問題を痛感した村上春樹が、小説を書くという行為を通し、次第に、母国語である日本語やそこから派生する日本人性の様々な問題を、相対化する必要性が確認されることにポイントがある。文庫化の際、個人名をカットしたり、文を大幅に削除した「アメリカで走ること、日本で走ること」やサイコパスを伏せ字にした「スティーヴン・キングと郊外の悪夢」が目につく。（小菅健一）

## 野球場《やきゅうじょう》

**【ジャンル】**短編**【初出】**「IN・POCKET」講談社、84・6**【収録】**『回転木馬のデッドヒート』（講談社、85・10・15）、『回転木馬のデッドヒート』（講談社文庫、88・10・15）**【全作品】**⑤**【分量】**30**【キー・ワード】**恋愛**【舞台】**鰻屋の座敷（青年と僕との会見の舞台）、中央線のずっと奥の川沿いにある野球場のとなりのアパート（青年が語る物語の舞台）、シンガポール（青年の書いた小説の舞台）**【登場人物】**銀行に勤める25歳の青年（語り手としては僕）・僕（小説家）・彼女（青年が夢中になっていた女の子）、恋人（青年の小説の登場人物）

**【梗概】**〈僕は野球場のとなりに住んでいました〉と語りはじめた〈青年〉は、小説家の〈僕〉に不思議な体験を記した小説を送ってきていた。〈僕〉はチャーミングなその文字に惹かれ〈彼〉に会い、鰻とビールをごちそうになりながら、〈現実が少しばかりずれて〉いる〈彼〉の〈変な体験〉に耳を傾ける。大学3年の時、〈彼〉は同じクラブの女の子に夢中になり、彼女のアパートの部屋が望める部屋を借り、そこから望遠レンズで彼女の生活の一部始終をのぞいていた。その行為は自分の体の機能の一部のようにさえなり、〈彼〉は自分の中にひそむ〈暴力性〉を自覚し、それを持て余す。彼女が帰省していなくなった時、世界が空虚になりながらも、同時に解放感をも感じたと〈彼〉は〈僕〉に語った。

【読みのポイント】『回転木馬のデッド・ヒート』刊行時、それまでの村上の作品との異質さが際立っていた。「鼠三部作」や『世界の終りと――』の作家は、物語を如何に造り、如何に解体するのかという場に立っているように見えた。そんな時、他者が語った〈話してもらいたがっている〉〈事実〉を書いたとしたこの〈スケッチ〉群は、後に『ノルウェイの森』で表現される、村上自身〈限定された狂気〉（「ロング・インタヴュー」「ユリイカ」89・6臨増）と述べた新しい方向性を顕在化させた一方、『風の歌を聴け』から継続する他者の声を聴くことの困難さ＝〈無力感〉に深く囚われることをも描いた接続ポイントに位置づけられる。〈青年〉はのぞき行為から解放され元の自分に簡単に戻ってしまったので、〈本当の僕はいったい何なんだ〉と自己不信に陥る。と同時にのぞきによって彼女の体と行為とを分裂させてしまい、最早現実の彼女への興味も失ってしまう。他者から離れ、しかも局所を拡大して〈視る〉行為（のぞき）がもたらす自己と他者の関係性の疎外は、後の「TVピープル」等に繋がるメディア系の主題の先駆ともいえる。但し、この〈青年〉は彼女のアパートの小さな灯を遠くに眺めることで、〈美しさと暖かさ〉を感じており、メディア社会の深刻さは語られない。そこには未だ、川沿いの野球場という牧歌的な風景があった。（余吾育信）

## 『約束された場所で《やくそくされたばしょで》』

【ジャンル】ノンフィクション【初刊】『約束された場所で』（文芸春秋、98・11・30）【分量】900【キー・ワード】夢、闇【関連】『ノストラダムスの大予言』、林郁夫『オウムと私』

【内容】「underground 2」というサブタイトルのとおり、本書は『アンダーグラウンド』の続編的性格をもつ。『アンダーグラウンド』では、被害者たちと可能なかぎり同一の立場に立つために、加害者・オウム真理教側の視点が意図的に排除されていた。その結果、〈正体不明の脅威＝ブラック・ボックス〉と化したオウム信者（および元信者）へのインタビューをつうじて、『アンダーグラウンド』のパースペクティブとの異質性・同質性の腑分けが目指されたもの。中心となるオウム信者（元信者）への「インタビュー」のほか、「まえがき」・「河合隼雄氏との対話」・「あとがき」の四パートで構成されている。

「まえがき」には、前記した本書執筆の動機のほかに、インタビューの手順と方法、すなわち、①基本的には『アンダーグラウンド』のスタイルを踏襲したこと、②したがって、インタビュイー（被取材者）の話の内容が「真実」であるかどうかの検証は基本的にしていないこと、③ただし、インタビュイーの発言が教義論に流れた場合には、（インタビューの）

バランスをとるために疑念を呈したり反論することを心がけたこと、などが記されている。

インタビュイーの内訳は、四十歳代前半から二十歳代半ばまでの男性六人、女性二人の計八人。今なお教団にとどまり修行を続けるもの、教団を離れ独自の修行を続けるもの、教団に批判的な活動に携わるものなど、教団の現在にたいするインタビュイー各々のスタンスのとり方は様々である。ただし、いずれのインタビュイーも、オウムへの入信体験それ自体についてはまったく後悔していないという趣旨の発言をしている点では共通している。『アンダーグラウンド』同様、各インタビュー冒頭にはインタビュイーの簡単な人物スケッチが付されており、インタビュイーの生い立ちや家族関係、入信の動機など、インタビューの過程で明かされる周辺的な情報とあいまって、インタビュイーの人物像が立体化されている。

「河合隼雄氏との対話」は、『アンダーグラウンド』発刊後（97・5・17）と「ポスト・アンダーグラウンド」連載終了後（98・8・10）の二度にわたって行われたもの。この心理療法家との〈対話〉により、長い二つのインタビューの仕事で蓄積した〈かたちにならぬもやもや〉のかなりの部分が腑に落ちたという。それぞれ、「『アンダーグラウンド』をめぐって」（二回目）、「「悪」を抱えて生きる」（二回目）というタイトルが付されている。

「あとがき」は、「本の話」（98・10）掲載の、「時代の精神の記録　林郁夫『オウムと私』について」をもとにしたもの。地下鉄サリン事件実行犯の公判や、オウム信者（元信者）へのインタビューをつうじて、オウム真理教そのものよりも、〈オウム的なるもの〉（現世ではまず手に入れることのできない純粋な価値）の危険性が強く感じられたという。サリン事件実行犯の林郁夫の著書にふれて、私たちの日常生活と、危険性をはらんだカルト宗教を隔てている一枚の壁は、我々が想像しているより遙かに薄っぺらかもしれないとの指摘がある。

**【評価】** 話題作『アンダーグラウンド』の続編ということもあり、新聞・雑誌の書評欄でたびたびとりあげられた。本格的な研究と呼ぶべきものはこれからというのが実情だが、評価の現況は大雑把にいってふたつに大別できる。ひとつは、本書が「オウム（的なるもの）」を自己の内側に対象化する視角を与えてくれたというタイプの評で、もうひとつは、九〇年代後半の村上春樹のキーワードである〈コミットメント〉の質の評価に関わるものである。

前者のタイプの評の代表的なものに、たとえば井田真木子の書評（「朝日新聞」99・2・14）がある。そのなかで井田は、インタビューをつうじて明らかにされたオウム信者（元信者）の心理が、〈オウムという悪は常に街の外からなだれ込んでくるものだとバリケードを築く人の心理に一脈通じるもの〉であったこと、いいかえれば、〈彼らは私たちであったかもしれない〉ことを直感させてくれた点で、本書を、〈普遍性の高い本、同時に大きな溜め息を誘う本〉であると評価した。同様に村上知彦も、「逃げ場のない選良意識」(「週刊読書人」99・1・15)のなかで、〈読んでまず思ったのは、こういうタイプの人たち(注―オウム信者および元信者のこと)は、かつてぼくの周囲にも確実にいた〉、あるいはむしろ、〈実はぼくにとって近しい存在なのかもしれない〉と、その感想を率直に述べている。村上知彦は、〈そういった若者のある種、特権的な選良意識が、この二、三十年の間にずいぶん孤独で、逃げ場のないものになってしまったのだなとも感じ〉たと述べているが、こうした感慨は、現在のメイン・システムからこぼれ落ちざるをえない人々を受けいれる受け皿こそが必要であるという、本書での村上春樹の提言と響き合うものだろう。本書の効能を、〈実は私たちが心の安心のために『オウムは悪』とみなしてしまう、あるいは『あんな悪いことをした人たちは酷い奴らだ』と思いたい感傷主義に対する解毒作用〉に求めた妙木浩之「「純粋さ」のパラドクス」(「文学界」99・2)がいうところの、〈悪の中にも善が、善の中にも悪があるという認識こそ、成熟した心がもつべき〉という結論もまた、前記した井田や村上知彦の評に連なるものといえる。

いっぽう、九〇年代後半の村上春樹は、社会組織に距離を置くそれまでの〈デタッチメント〉の姿勢をあらため、〈コミットメント〉への転換を明確に打ち出すようになる。『アンダーグラウンド』を嚆矢とするノンフィクション・ジャンルへの取り組みは、自他ともにその一環として位置づけられたが、井田真木子「約束されなかった言葉」(「ユリイカ」00・3臨増)は、村上春樹のこの〈コミットメント〉への姿勢を高く評価したもの。インタビューにたいし、〈自分たちがやったこと〉の〈総括〉を迫る彼のことばは、〈デタッチメントをテーマにしてきた村上春樹にもっとも似合わない〉、〈あえて言えばかっこ悪い〉ことばだが、井田は逆に〈このかっこ悪さに〉〈好感を持った〉という。

これにたいして、山城むつみ「ニュートラルな立場?」(「群像」99・2)は、村上春樹があるインタビューにたいし示した自己規定、すなわち、〈否定でもなく肯定でもない、いわばニュートラルな立場〉というフレーズをとらえて、〈『否定でもなく肯定でもない、いわばニュートラルな立場』から『コミットメント』などありえるのだろうか〉、と鋭く問いかける。かつて、『アンダーグラウンド』の〈コミットメント〉を〈チャリティー〉と評した渡部直己「チャリティー風土の陥穽」(「群像」97・6)のことばを引きながら、〈彼等(注―オウム信者および元信者のこと)をインタビューする村上の姿勢は『コミットメント』というよりは、近づくことで距離をとる『デタッチメント』〉にほかならないと指摘する山城は、〈批判するにせよ共感するにせよ、もっと抜き差しならぬところに立ち入って手を汚さなければ、他者から何かをつかみ取ってくることはできない〉のではないか、というのである。オウム真理教＝〈ブラック・ホール〉の中身を開こうとする意図それ自体については評価しながら、〈〈実感〉や〈痛み〉や〈悲しみ〉という〈日常的な地点〉からどれだけ反転・跳躍して〉〈〈ブラック・ホール〉の中身を解明〉できたかについては疑念を表明した栗坪良樹「オウムはブラック・ホールだった」（「国文学」99・2）もまた、山城とはべつの切り口から〈コミットメント〉の質を問うたものといえる。

　このほか、「河合隼雄氏との対話」を緒に本書の問題点を鋭くえぐりだしたものに、上田紀行の書評（「日本経済新聞」99・1・17）がある。このなかで上田は、〈善と悪の曖昧さに耐え、時間をかけて探求することの重要性〉が説かれた「対話」の内容にほぼ全面的に賛同しながらも、〈しかし、説得力がある故に、この対談が本書の『正しい読み方』（善！）を提示してしまう危惧〉を表明し、〈読者には、インタビュー部分を自らの感受性で受け止め、時を置いて対談を読〉むことを勧めている。

**【読みのポイント】**　インタビュイーの話の内容が〈真実〉であるかどうかの検証をしない（「ウラ」をとらない）本書の方法論には、かつて一部のノンフィクション作家から〈殿様のルポルタージュ〉と揶揄された『アンダーグラウンド』と同様の賛否両論があるだろう。ただし、「ポストモダニズム」以後の人文諸科学の文派で、歴史記述と物語記述の間の差異が消去され、歴史記述が自明化していたたったひとつの客観的事実という観念の虚構性が明らかにされた現在では、その記述可能性を素朴に前提した議論や批判自体、すでに無効化していると思われる。したがって、たとえば「河合隼雄氏との対話」のなかで表明されている、〈ファクト〉（たったひとつの客観的な事実）よりも〈複数の真実〉の側につきたいという村上春樹のスタンスは、方法論上のエクスキューズとしてはもはや言わずもがなの感すらあるのだが、しかし、「一」なるものにたいし「多」（複数）なるものに価値を置くこのスタンスが、本書の主題の核心的な部分とひびき合うという意味では、やはりその主張は無視できない。本書の核心的なメッセージは、オウム信者（元信者）たちの、論理的に割り切れる単純さ、純粋さへの絶対的帰依（「悪」を排除すること）にたいし、「悪」を抱え込むことの優位性を説くところにあり、それは言い換えれば、「一」なるものへの帰依が内包する排他性を撃つものと考えられるからである。

　むろん、そうしたメッセージそれ自体にたいし異議があるわけではない。しかし『アンダーグラウンド』では、インタビュイーの（ときに頑なともみえる）「職業倫理」や「市民倫理」のまえに無力ですらあった村上春樹が、本書では、（ある種の義務感からか）〈コモンセンス〉を楯にしてインタビュイーの論理や思考システムに（やや強引な）論駁を加えるとき、たとえば山城むつみや上田紀行の評が示唆していたように、村上春樹が背負う〈コモンセンス〉それ自体が、「一」なる〈純粋な〉正しさとして排他的に機能し、彼を眼前の他者＝インタビュイーの彼とは異質な論理や思考システムから遠ざけてしまう皮肉なパラドクスについては、『アンダーグラウンド』のパースペクティブとの異質性・同質性の腑分けの問題も含めて、いちど徹底的に考察される必要があるのではないか。

なお、本書の原形は「ポスト・アンダーグラウンド」というタイトルで「文芸春秋」一九九八年四月号から十一月号に連載されたもの。アメリカの詩人、マーク・ストランドの詩「一人の老人が自らの死の中で目覚める（An Old Man Awake in His Own Death）」に感じるところがあり、そこから本書のタイトル『約束された場所で（The place that was promised）』を得たという。一九九八年度桑原武夫賞受賞作。

（**深津謙一郎**）

# ヤクルト・スワローズ　やくると・すわろーず

**【ジャンル】** 超短編 **【初出】**『夢で会いましょう』（冬樹社、81・11・25）**【分量】** 1 **【舞台】** 南極 **【登場人物】** 僕

**【全文】** 僕は時々、ヤクルト・スワローズを応援するために、もう地球を半周もしてしまったような気がするのだ。／ほら、耳をすましてごらん。／裏庭でペンギンが鳴いているじゃないか。／1981／9／1（「ヤクルト・スワローズ詩集」より）

**【読みのポイント】** 上京当時のサンケイ・アトムズ時代からファンという村上春樹は冬樹社版『夢で会いましょう』に五つ「ヤクルト・スワローズ詩集」を収めているが、この「ヤクルト・スワローズ」は、文庫化する際に「スター・ウォーズ」と入れ替えられている。日付を更新し、登場する場所を南極から銀河の彼方へと大げささを増した表現をすることによって、ファンとして継続していることを強調したかったためと思われる。

また登場するペンギンは南極の換喩、あるいはスワロー／ペンギンのイメージの落差による美的効果をねらったものともいえるだろうが、当時イラストレータ湯村輝彦と〈ペンギニスト〉を標榜していた糸井重里を意識してのこととも考えられる。

（**今井清人**）

# UFOが釧路に降りる《UFOがくしろにおりる》

**【ジャンル】**連作短編**【初出】**「新潮」99・8**【収録】**『神の子どもたちはみな踊る』（新潮社、00・2・25）**【分量】**45**【キー・ワード】**眠り、結婚、夢、死、手紙、電話、影、ビール、怒り、猫、音**【舞台】**東京（小村の自宅、秋葉原にあるオーディオ機器専門店）、釧路（空港、ラーメン屋、ラブホテル）**【登場人物】**小村、小村の妻、妻の母親、上司、同僚の佐々木、佐々木の妹のケイコ、ケイコの友人のシマオさん**【関連】**ビートルズ、ビル・エヴァンズ、『未知との遭遇』

**【梗概】**地震のあと、テレビでひたすら震災の映像を見続けていた妻は、五日後、〈もう二度とここに戻ってくるつもりはない〉という手紙を残して姿を消し、妻の実家からは離婚届が送られてきた。一週間の有給休暇を取った小村は、オーディオ店の同僚佐々木の、小さな荷物を妹に渡してほしいという頼みもあって、釧路に行くことになる。釧路の空港では、佐々木の妹のケイコと彼女の友人のシマオさんが小村を出迎え、三人はラーメン屋に入り、それからラブホテルに行く。ケイコが先に帰ったあと、小村とシマオさんは結合を試みるが、うまく行かない。ケイコに渡した箱の中身が気になり始めた小村は、〈小村さんの中身が、あの箱の中に入っていた〉というシマオさんの冗談に顔色を変え、一瞬、圧倒的な暴力の瀬戸際に立つ。

**【評価】**高橋英夫・千石英世・藤沢周の「創作合評」（「群像」99・9）で千石は〈最後の、主人公が激情に駆られる部分ですね。ここは今までにないというふうに思ったんです。かつての村上春樹の世界というのは、不安はあるけど苦悩はない。今度は苦悩が少し出てきたという印象を持ちました。〉と語っている。また福田和也は「「正しい」という事、あるいは神の子どもたちは「新しい結末」を喜ぶことができるか？　村上春樹『神の子どもたちはみな踊る』論」（「文学界」00・7）において、この連作の共通点を指摘している。

**【読みのポイント】**初出時の題には〈連作『地震のあとで』その一〉と付されていた。この連作は、一九九五年一月の阪神淡路大震災の翌月という時間設定と、何らかの形で地震との接点があるという点で共通している。

地震後の廃墟の映像と妻の家出、妻から〈空気のかたまり〉（中身がない）と評された小村、それらの関係について考えてみたい。地震の映像そのものが家出の原因ではないはずだが、その映像が人間性の深く本質的な部分に目を向けるきっかけになっているはずである。

なおタイトルは、UFOを見て一週間後に家出をした釧路のサエキさんの奥さんのエピソードから来ている。

（高木　徹）

# 夜中の汽笛について、あるいは物語の効用について《よなかのきてきについて、あるいはものがたりのこうようについて》

【ジャンル】超短編【初出】「太陽」95・2【収録】『村上朝日堂超短篇小説 夜のくもざる』（平凡社、95・6・10）、『村上朝日堂超短篇小説 夜のくもざる』（新潮文庫、98・3・1）【分量】3
【舞台】不定【登場人物】女の子、男の子
【梗概】女の子の「あなたはどれくらい私のことを好き？」という質問に、男の子は「夜中の汽笛くらい」と答え、物語を続ける。真夜中に目を覚まし、誰からもどこからも遠く隔てられ、引き離されているという思いに囚われているとき、遠くで聞こえた微かな汽笛のせいで心臓は痛むことをやめる。その汽笛と同じくらい君のことを愛している、と。そこで少年の短い物語は終る。今度は少女が自分の物語を語り始める。
【読みのポイント】〈どれくらい私のことを好き？〉というのは『ノルウェイの森』で緑が何度も尋ねる問いであり、渡辺はそれに直喩で答え、『そうだ、村上さんに聞いてみよう』の大疑問117に村上は〈そんな気分です。長い説明ですが。〉と全文比喩で答える、という具合に、村上春樹の世界に直喩は重要な要素となっているが、本文に〈たとえなんかじゃない。ほんとうのことなんだよ〉とあるものの、〈物語の効用〉と同時に紛れもなく直喩の効用について述べたもの。（原　善）

# 夜のくもざる《よるのくもざる》

【ジャンル】超短編【初出】「太陽」93・4【収録】『村上朝日堂超短篇小説 夜のくもざる』（平凡社、95・6・10）、『村上朝日堂超短篇小説 夜のくもざる』（新潮文庫、98・3・1）【分量】2.5
【舞台】仕事場【登場人物】私、くもざる
【梗概】夜中の二時に私が書きものをしているとくもざるが入ってきた。くもざるは物真似狂で私の言葉を繰り返す。突き放そうとしてでたらめを言っても、くもざるは正確に繰り返す。あきらめて仕事を続けることにした私がワープロのキイを押すと、くもざるも黙って複写キイを押した。台詞ではなく、地の文が繰り返される。
【読みのポイント】導入部の現実感がカタカナで言った言葉をカタカナで真似するあたりから歪み始め、〈「比良かなで行ったんだ」〉という漢字変換に至ってくもざるの存在がワープロの中の現実だと明かされ、最終段階では地の文を複写させて、書き物をする僕の現実までをワープロの中に囲い込む。表現の暴走を楽しむ短篇であると同時に、文章を産み出していく際に、例えば自分の物真似が入ってきてしまうような創作現場の苦闘の様を、くもざるの侵入になぞらえて表わすような一種の洒落も楽しむべき作品。集の表題作でもあり、村上も力を入れた作品と見るべきだろう。（星野久美子）

## ラーク《らーく》

【ジャンル】超短編【初出】『夢で会いましょう』（冬樹社、81・11・25）【収録】『夢で会いましょう』（講談社文庫、86・6・15）【分量】8【キー・ワード】死、性、消滅【舞台】あしかの棲息地、僕のいる場所【登場人物】長老あしか、南岩のトシボー（あしか）、かわいい女の子（あしか）、あしかたち、僕、義兄

【梗概】あしか祭りの幹事選びは紛糾し、数日を経て長老に推薦された南岩のトシボーは幹事に決まると準備期間中にありがた迷惑な好意を宿命としてにこにこと受ける。準備が整うと行われる〈あしか決議〉は、あしかであるという事実を確認する儀式である。僕は墜落した飛行機の前の便に乗った義兄の土産のたばこを吸いながら書いた原稿とたねあかしする。

【読みのポイント】対比される仮想の生と死。食と性という個と種を存続させる欲求が充足された世界で、問われるのは自分とは何か、自分以外の何者でもない自分を認識し、いかに自分として生きるかということである。ここでの祭りも、鈴村和成「ブラックホールと、その既視感」（『村上春樹クロニカル1983-1995』）に指摘される〈村上の言う「祭り」は、この生きている者の歪み〉〈我々不完全な者、「残存記憶にすぎない」者の、共通の歪み〉に通じる。

（百瀬　久）

## ラジオ《らじお》

【ジャンル】超短編【初出】『夢で会いましょう』（冬樹社、81・11・25）【分量】1.5【舞台】ラジオ【関連】エルヴィス・プレスリー「リターン・トゥー・センダー」、デュアン・エディー「ギター・マン」、ルーフトップ・シンガーズ「ウォーク・ライト・イン」、ポールとポーラ「ヘイ・ポーラ」、クリフ・リチャード「サマー・ホリデイ」、カスケーズ「悲しき雨音」、スキーター・デイビス「エンド・オブ・ザ・ワールド」、ボビー・ライデル「フォーゲット・ヒム」、レスリー・ゴーア「涙のバースデイ・パーティー」、ビートルズ「シー・ラブズ・ユー」、ロネッツ「ビー・マイ・ベイビー」

【梗概】ヒット曲名を列挙、一九六三年をラジオと二人三脚で駆け抜けたと回想する。

【読みのポイント】「リターン・トゥー・センダー」は訳詞が『風の歌を聴け』の22に、「エンド・オブ・ザ・ワールド」は『世界の終りと——』のタイトルと序詩に引用。また、「ビー・マイ・ベイビー」は、春樹作品に多く登場するビーチ・ボーイズのブライアン・ウィルソンがカー・ラジオで偶然聴き、感動、作曲者フィル・スペクターにリスペクトを持った話は有名。一九六三年は『風の歌を聴け』解釈のキイになるJ・F・ケネディ暗殺の年。

（今井清人）

## ラヴレター　らゔれたー

**【ジャンル】**超短編**【初出】**『夢で会いましょう』（講談社文庫、86・6・15）**【分量】**1.5**【舞台】**私の家**【登場人物】**私、クモザル、テナガザル

**【梗概】**私は手紙を書き終え、封をするが、何か書き落としたようで不安感に襲われる。机の上の鈴を二度鳴らすと、クモザルが暖炉から顔を出す。いつものところへ手紙を届けるように指示すると、クモザルは暖炉の奥に消える。夜の静寂の中で、私は物想いに耽るが今度は鈴を三度鳴らし、テナガザルに、ワインを運ぶように言いつける。夜は長く、返事を待つ身は辛い。

**【読みのポイント】**手紙を書き終え、封をするがいつも不安が残るのはなぜだろうか。そして、その返事をひたすら待つことの辛さ。ましてそれがラブレターであれば、なおさらである。そんな夜を描いた作品。手紙を運ぶのがクモザル。『村上朝日堂超短篇小説 夜のくもざる』（平凡社、95・6）に出てくる、ひらがなの〈くもざる〉はひとまねをするひょうきんものだが、カタカナの〈クモザル〉はけなげに主人のお使いをする。夜中に活動するところは共通するが、どうやら違う猿らしい。鈴を四度鳴らすと、今度は何が顔を出すのだろう。（**青嶋康文**）

## 『ランゲルハンス島の午後』　らんげるはんすとうのごご

**【ジャンル】**エッセイ**【初出】**『ランゲルハンス島の午後』（光文社、86・11・25）**【収録】**『ランゲルハンス島の午後』（新潮文庫、90・10・1）**【分量】**2.5**【キー・ワード】**時間、闇**【舞台】**一九六一年の川岸の芝生**【登場人物】**僕

**【梗概】**昔、中学に入ったばかりのころ、素直な中学生だった僕は生物の教科書を忘れたために家まで取りに戻る。家まで走って戻り、教科書を手に持って学校に向かう。家と学校の間には川が流れており、そこには趣のある石の橋がかかっている。周囲は公園である。気持ちのいい午後で、僕は五、六分休むことにする。頭上の雲はゆっくりと東に向けて移動し、頭の下に敷いた生物の教科書やカエルの視神経、神秘的なランゲルハンス島からも春の匂いがする。まるで春の渦の中心に呑み込まれたような昼下がりに、もう一度走って教室になど戻れないと、僕は一九六一年の春の温かい闇の中で、そっと手をのばしてランゲルハンス島の岸辺に触れた。

**【評価】**柴田元幸が「書評LIVRES」（「marie claire」87・4）で『ランゲルハンス島の午後』として取り上げているものがある。

**【読みのポイント】**この作品は、雑誌に「村上朝日堂画報」というタイトルで連載されたエッセイが単行本化される際に

書き下ろされ、単行本の表題作となっている。単行本は安西水丸の挿絵がふんだんに盛り込まれた、〈絵本〉のような体裁をもっているが、この作品は、そのような本の中にあって、一見ほのぼのとした春の光に満ちているが、所々に暗い何かがちりばめられている。〈ランゲルハンス島〉は人間の体の中、膵臓にあるインスリンを分泌する身体器官と同名である。〈生物の教科書〉を取りに家に戻るところからエッセイは始まるが、膵臓にある〈ランゲルハンス島〉の存在が掲載されていることが考えられる〈生物の教科書〉からは素直な僕を誘うかのような〈匂い〉が発せられ、僕は春の光に〈心がゆるんで〉しまう。だが、それは〈春の渦の中心に呑み込まれた〉ような時間なのである。〈戻ることはできない〉と僕は自覚し、〈春の温かい闇〉の中で膵臓の一部、ランゲルハンス島の岸辺に触れる。川岸に群生する植物が毒を持つキョウチクトウであることも読みを深めるポイントとなるだろう。春の闇を知り、膵臓の一部に触れた僕は一九六一年という時間をはっきりと認識している。一九六一年に何があったのかも、この作品の解釈の鍵となる。ランゲルハンス島を語呂だけで感じれば神秘的なもののように感じるが、実際のランゲルハンス島として、つまり内側にある身体器官に僕が触れたと読むと、この作品は全く違った意味を持つものに変貌する。

（川村英代）

## 留守番電話《るすばんでんわ》

**【ジャンル】** 超短編 **【初出】**「太陽」93・8 **【収録】**『村上朝日堂超短篇小説 夜のくもざる』（新潮文庫、95・6・10）、『村上朝日堂超短篇小説 夜のくもざる』（新潮文庫、98・3・10） **【分量】** 2.7 **【キー・ワード】** 電話 **【舞台】** 花小金井ブルースカイマンション **【登場人物】** 私（＝恭子）

**【梗概】** 留守番電話が嫌いな〈私〉は、母が留守番電話を取り付けたと知り、直に文句を言うために花小金井ブルースカイマンションに出かける。が、そこで出会ったのは、歳のとり具合から、目じりの細かい皺まで、見れば見るほど母親によく似た留守番電話だった。その留守番電話に誘われて〈私〉は大好きな虎屋の羊羹でお茶を飲むことになった。

**【読みのポイント】** 留守番電話を嫌悪する〈私〉（＝恭子）に人間的交流の希薄を憂える気持ちが読み取れる。その〈私〉と最も人間的係わりが深いはずの母親すら留守番電話に置き換わっているという設定には、希薄な人間関係の中でしか生きられない現代社会が表されていると考えられよう。確かなのは、大好きな虎屋の羊羹という物質の存在だけだったのであり、人間性を凌駕せんとする物質社会が象徴されているとみられる。なお、本文は、安西水丸の絵付きで、パーカー万年筆の広告と共に発表されたものである。

（小倉真理子）

# レーダーホーゼン《れーだーほーぜん》

**【ジャンル】**短編**【初出】**『回転木馬のデッド・ヒート』（講談社、85・10・15）**【収録】**『回転木馬のデッド・ヒート』（講談社文庫、88・10・15）**【分量】**30**【キー・ワード】**恋愛、影、結婚、失踪、電話、手紙**【舞台】**僕の家、ドイツのハンブルグ近郊の小さな町、レーダーホーゼン屋**【登場人物】**僕、僕の妻、僕の妻の同級生である彼女、彼女の父母、レーダーホーゼン屋の二人の老ドイツ人、彼女の父にそっくりの体型をしたドイツ人

**【梗概】**僕の妻の同級生である彼女は、機会がありながら独身だった。彼女は僕に自分の両親の離婚の顛末を語る。妻のドイツ旅行の際に、夫は土産にレーダーホーゼン（吊り紐つき半ズボン）を頼んだが、妻は帰国後も家に帰ってこなかった。三年後、母は「半ズボンが原因だった」と娘に語る。半ズボンを求めようとしたが、店の老人はズボンをはく本人でなければ売らないという。母は夫とそっくりの体型の男を連れてくるという条件を示し、老人は受け入れた。老人がその男の採寸をしている間に彼女は、夫との離婚を決心した。夫に対する耐えがたい嫌悪感と憎しみを感じたのだ。話を聞いて娘は、母親を憎む気持ちがうせた。理由は自分たちが女だからであり、半ズボンの話を聞いたからだと彼女は思った。

**【評価】**丸川哲史に〈『レーダーホーゼン』を知っているかどうかは、私たちの生活には、悉く何の影響も及ぼさない。だからこそ、この無意味なスノビズムは、純粋なスノビズムとして機能してしまう。〉（「ユリイカ」00・3）、高橋世織に〈身につけるはずの『レーダーホーゼン』とその身体との〈距離〉（寸法）にこだわらざるをえない結果、生身の父と母の間にはとんでもない〈距離〉が派生してしまった話〉（『スタディーズ02』）いう評がある。

**【読みのポイント】**夫そっくりの体型の人物を見つめるうちに、夫に対する決定的な嫌悪感が生じた理由、離婚を決意した母に対して、半ズボンの話を聞いた後に、理解を示す娘の心理、母親から娘への血脈の問題などが読まれる必要がある。本書のまえがき「はじめに・回転木馬のデッド・ヒート」の〈我々が意志と称するある種の内在的な力の圧倒的に多くの部分は、その発生と同時に失われてしまっているのに、我々はそれを認めることができず、その空白が我々の人生の様々な位相に奇妙で不自然な歪みをもたらすのだ。〉という叙述と、作品内で、機会がありながら結婚しない彼女について僕が、運命と意志という言葉を用いて分析している部分との関連も読みのポイントになるだろう。そこには運命という強大な圧力に抗う意志の力への素朴な信頼が表明されている。

（**佐野正俊**）

# レキシントンの幽霊《れきしんとんのゆうれい》

【ジャンル】短篇【初出】「群像」96・10【収録】『レキシントンの幽霊』（文芸春秋、96・11・30）、『レキシントンの幽霊』（文春文庫、99・10・10）【分量】20【キー・ワード】死、音、犬、眠り【舞台】ボストン郊外レキシントンの古屋敷【登場人物】僕、ケイシー、（ジェレミー）【関連】音楽：リー・コーニッツの古い十インチ盤

【梗概】ケンブリッジに住んでいた僕は、知り合って間もないケイシーから、一週間ほどマイルズ（犬）の世話をかねて留守番をして欲しいと頼まれる。ケイシーはボストン郊外レキシントンの高級住宅地の一角に住んでいる五十歳を過ぎたばかりの建築家で、古いジャズレコードの見事なコレクションを所有していた。ジャズファンでもある作家の僕は、喜んで引き受ける。僕は、ケイシーの古屋敷で、レコードを聴き、赤ワインを空け、新刊の小説を読み、いつものように十一時過ぎに二階にある寝室で眠りにつく。ところが、夜中一時を回ったころ〈海岸の波の音のようなざわめき〉によって僕は眠りから覚める。それは一階の居間で幽霊たちが集まってパーティを開いているのであった。夜明け近くまで僕は眠れなかったが、九時前に目覚めたとき、外では細雨が降っていた。不思議な真夜中のパーティが開かれたのは、最初の夜だけで、残りの日は何も起こらなかった。僕はその夜の出来事についてケーシーには何も語らなかった。半年後ケイシーに会ったときかれは驚くほど老け込んでいた。ケイシーは、十歳のとき母を事故でなくしたこと、母の葬儀のあと三週間の間父が眠り続けたこと、かれも十五年前に父が亡くなったとき、同じように昏々と眠りつづけたことを話し、〈眠りの世界が僕にとってのほんとうの世界で、現実の世界はむなしい仮初めの世界に過ぎなかった〉と言う。この出来事を僕は、誰にも話したことがない。

【評価】この作品に対する最も早い言及は、池澤夏樹の文芸時評「年末的な感想」（「朝日新聞（夕刊）」96・12・24）である。もっとも、池澤の文章は短編集『レキシントンの幽霊』に対するもので、表題作を個別に取り上げたものではない。池澤は、『レキシントンの幽霊』を「その年のベスト5」にあげ、この短編集全体を貫く〈ひややかな喪失感〉に注目するとともに、〈過剰な技術主義、職人的な磨き上げの姿勢に〉〈早すぎる老成〉を見ている。書評として、以下、川本三郎「特選現代小説／現実の存在よりも優しい『死者』を友に・『過去』と『孤独』を愛する男たちの物語」（「週刊現代」97・1・4～11合併号）、中条省平「文学界図書館／深まりゆく世界の病」（「文学界」97・新春特別号）、山城むつみ「怖さを越えたもの」（「群像」97・2）、青山南「すばるBook Garden／ロング、そ

れとも、ショート？」（「すばる」97・3）があらわれる。川本は、〈村上春樹の小説では〝死んだ友人〟がいつも大きな役割を果たす〉とし、ケーシーの亡くなった母親と父親に注目し、中条は、〈耳と聴覚との主題〉に言及し、山城は、ケイシーの父、ケイシー自身の〈眠りの中に〉ある〈怖さを越えた何か〉の存在について記している。青山は、異なるバージョンを持つことのとまどいを述べている。また、音楽家中原昌也は、「ユリイカ臨時増刊」（00・3）に、「レキシントンの幽霊」にふれた「死後にも死は訪れる」を寄せている。

本格的な作品論の出現は今後のものであるが、その早い論評の一つが、秋枝美保「村上春樹『レキシントンの幽霊』論―「目印のない悪夢」からの帰還―」（「日本語文化研究」第二号、99・3）である。秋枝は、ケーシー一族の陥った危険性を共有しながらも、〈悪夢から帰還した〉〈僕〉という語り手の特異性を手がかりとして、幽霊たちのいる〈あちら〉側と〈こちら〉側、その境界域とを分析し、この小説の構造・方法について考察している。

一方、この作品が高等学校の「現代文」（大修館「精選現代文」）に教材として採用されたこともあって、教材論が現れ始めている。佐野正俊「村上春樹『レキシントンの幽霊』の教材研究のために―『別のかたちをとらずにはいられない』『ものごと』をめぐって―」（「日本文学」99・1）は、終末部にあるケイシーのことば〈ある種のものごとは、別のかたちをとるんだ。それは別のかたちをとらずにはいられないんだ〉が主題と深く関わるとし、〈一族の営みの歴史と伝統〉〈世代を越えて『継承』される『血統』〉〈血脈の強固さ〉を読み解いていく。

**【読みのポイント】**大塚英志が、「村上春樹と麻原彰晃『アンダーグラウンド』は麻原の物語に対峙できたか」（「Voice」97・7、『スタディーズ04』）で、短編集『レキシントンの幽霊』の位置を、『世界の終りとハードボイルド・ワンダーランド』『ねじまき鳥クロニクル』と『アンダーグラウンド』との関連性で措定したように、この短編群が村上文学全体の中でどのような位置を占めるのか、また作品集に通底するモチーフは何かという問いは考察に値する。というのも、この作品集が明らかに村上の変容（社会的コミットへの転換）を解く鍵ともなり得るからである。と同時に、語られるだけで、実際には登場することのないジェレミーの意味・役割についても、いまだ詳しく論究したものはない。ケイシーとの関係性を通して読み解く必要がある。この作品（単行本収録の際におおよそ二倍になっている）に限ったことではないが、ヴァージョンを異にした作品が存在する場合は、その変奏の在りようを検討し、そこから村上文学の深化・増殖の姿、作品成立のメカニズム、文学観を推し測る作業も残されている。

**（岩崎文人）**

# ローマ帝国の崩壊・一八八一年のインディアン蜂起・ヒットラーのポーランド侵入・そして強風世界《ろーまていこくのほうかい・一八八一ねんのいんでぃあんほうき・ひっとらーのぽーらんどしんにゅう・そしてきょうふうせかい》

**【ジャンル】**短編**【初出】**「月刊カドカワ」86・1**【収録】**『パン屋再襲撃』（文芸春秋、86・4・4）、『パン屋再襲撃』（文春文庫、89・4・10）**【全作品】**⑧**【分量】**15**【キー・ワード】**電話**【舞台】**自宅**【登場人物】**僕、ガール・フレンド**【関連】**メリル・ストリープ、ダスティン・ホフマン、ロバート・デニーロ、『ソフィーの選択』、ショスタコヴィッチ、スライ・アンド・ザ・ファミリー・ストーン

**【梗概】**〈僕〉はいつも日曜日の午後、一週間分の日記をつけることにしている。それは毎日の出来事を簡単にメモしておいて、日曜日に文章にまとめるという方法だ。日記をつけていると、窓の外での激しい風のうねりに気づく。その日の朝は風が全く吹いておらず、まるで〈全盛期のローマ帝国のように平和な日曜日〉のはずであった。電話のベルが鳴り取ってみると〈一八八一年のインディアンの一斉蜂起みたい〉な激しい風音だけが聞こえてくるのだった。再び続きにとりかかった〈僕〉は、土曜日の記載を〈ヒットラーの機甲師団がポーランドに侵入していた。〉としてしまうが、それはその日に観た映画の中での出来事である。日記をつけ終えると再び電話が鳴るが、ガール・フレンドであり、風音はしなかった。彼女が来て料理ができる間、〈僕〉は来週のために今日の出来事を　①ローマ帝国の崩壊　②一八八一年のインディアン蜂起　③ヒットラーのポーランド侵入　とメモした。このシステムによって〈二十二年間いちにちも欠かすことなく日記をつけつづけていられるわけ〉である。

**【評価】**森本隆子「『パン屋再襲撃』非在の名へ向けて」（「国文学」95・3）、大杉重男「春樹再襲撃」（「ユリイカ」00・3）。共に短編群のテーマについて指摘。またドイツで最初に翻訳された作品。

**【読みのポイント】**作品は、題名となっている項目に順番に①から④までの番号がふられ、章だてられた感がある。歴史的事実を題名にした①②③が〈僕〉のメモであり、④では日記をつけ終えた後の出来事が語られるわけであるが、「そして強風世界」と名づけたところに〈僕〉の風に対するこだわりが読み取れよう。しかも①②は強風を記号化したものであるが、〈僕〉が語っていく中には後日文章化されるものが含まれ、また過去の記述も組み込まれている。③の題名は土曜日の出来事とシンクロしている。日記は、実際の体験と執筆との間に時間のズレが生じるもの。作品の組み立て方と時間のズレに着目して読み解いていくのも興味深い。

（**大島佳代子**）

# 『若い読者のための短編小説案内』《わかいどくしゃのためのたんぺんしょうせつあんない》

【ジャンル】評論【初出】「本の話」96・1〜97・2【収録】『若い読者のための短編小説案内』（文芸春秋、97・10）【分量】390（巻末の「読書案内」含む）【関連】吉行淳之介「水の畔り」「驟雨」「漂う部屋」「海沿いの土地で」「出口」、小島信夫「馬」「汽車の中」「アメリカン・スクール」「抱擁家族」「島」「星」、安岡章太郎「ガラスの靴」「悪い仲間」「陰気な愉しみ」「海辺の光景」「果てもない道中記」「質屋の女房」、庄野潤三「静物」「舞踏」「プールサイド小景」「夕べの雲」、丸谷才一「樹影譚」「笹まくら」、長谷川四郎「阿久正の話」「鶴」「張徳義」「シベリア物語」「鶴」「ガラ・ブルセンツォワ」、夏目漱石、谷崎潤一郎、永井荷風、大宰治、三島由紀夫、遠藤周作、吉田健一

【内容】村上春樹がアメリカ・プリンストン大学とタフツ大学で行った講義をもとに、「第三の新人」の作品を中心としてあらためてディスカッションを行い、まとめられたもの。【関連】に示した吉行淳之介、小島信夫、安岡章太郎、庄野潤三、丸谷才一、長谷川四郎の、それぞれ最初に挙げた作品を主たる対象として、自我（エゴ）と自己（セルフ）の関わりを軸に、実作者としての立場を交えた「読み」を提示している。村上春樹の「私的な読書案内」という性格をもつ。

【評価】この書物に言及した文献は少ない。「国文学」（98・2臨増）の特集に内容が簡単に紹介されているほか、最近では「ユリイカ」（00・3臨増）に「アメリカで行われた日本現代文学論」として今井清人の短い批評がある。

【読みのポイント】村上春樹自身が〈日本の小説のあまりよい読者では〉なかったと自任していること、また村上の文学が、一般にそれまでの近代日本文学のラインから、ある距離のあるものと見なされる傾向があったということなどもあって、この作家と他の日本近代文学の作家との関係は、従来彼が翻訳を行ってきたような外国の作家とのそれと比べて、あまり論じられてこなかったといってよかろう。その意味で、村上自らが先輩作家たちの作品の読み解きに取り組んだこの試みは、非常に意味の大きいものがある。それぞれの作家、それぞれの作品に即して、構造的で行き届いた読解がなされているが、しかもそこに、実作に携わる作家としての感覚が随所にちりばめられている点が出色である。村上の手にかかると、これら先輩作家の作品の要約すら、明らかに村上春樹的な光彩を強く放つように感じられる。基本的に文学を読む喜びをわかちあおうという動機に貫かれている。教師としては「あとがき」にある、きわめてまっとうな〈参加者への要求〉に注目しておきたい。

（島村　輝）

# ワ ム！《わむ！》

【ジャンル】エッセイ風超短編【初出】『夢で会いましょう』（講談社文庫、86・6・15）【分量】4【舞台】私のオフィス【登場人物】私、女の子

【梗概】原稿を書いている途中でインクがなくなってしまった〈私〉はいつもの電話番号をまわす。〈私〉は他のインクでは〈一行だって書けない〉のだ。〈他に誰もいないから〉といって代理でやってきたヒラヒラとしたワンピースを着た二十歳前後の女の子は〈私〉の望み通りのインクの調合が出来ると言う。微妙な調合が〈アルバイト女子大生に出来る〉わけがない、と思う〈私〉は「やれやれ」と頭を抱える。女の子はインクの調合の間〈ワム！〉の唄を唄っている。

【読みのポイント】〈ワム！〉はジョージ・マイケルとアンドリュー・リッジリーの二人組の音楽グループ。八二年デビュー以後、九曲が英米両国ヒットチャートで一位となる。英国にとってはビートルズ以降最大の外貨獲得グループであった。作品内で女の子が口ずさむ曲は「Wake Me Up Before You Go-Go」。〈ワム！〉は八〇年代を代表する世界的な超有名グループであり、村上も『村上朝日堂の逆襲』で〈比較的気に入っている〉と発言している。クラシック、ジャズだけではない村上の音楽通がうかがえる。

（守屋貴嗣）

# 我らの時代のフォークロア《われらのじだいのふぉーくろあ》
## ―高度資本主義前史

【ジャンル】短編【初出】「SWITCH」89・10【収録】『TVピープル』（文春文庫、93・5・8）（文芸春秋、90・1・15）、『TVピープル』【分量】63【キー・ワード】同世代、性、結婚、恋愛、電話【舞台】中部イタリアのルッカという町のレストラン【登場人物】僕、彼、藤沢嘉子

【梗概】一九六〇年代という特別な時代に育った僕は、中部イタリアのルッカという町で高校時代の同級生の〈彼〉に偶然再会した。〈彼〉は完璧な優等生で、やはり優等生の藤沢嘉子と交際していたが、僕に彼女との話を始めた。〈彼〉は解放された自己を発見し、お互いを理解し合うために彼女とのセックスを望んだ。しかし彼女は〈結婚するまでは処女でいたい〉と言うので〈彼〉は結婚を真剣に考えたが拒否された。大学時代に再びセックスの問題を持ち出すと彼女はやはり拒絶したが〈私が誰かと結婚したあとであなたと寝る〉という妙な約束を言い出した。結局別れたが、〈彼〉が二十八の独身の時、既に結婚していた彼女から電話があって結婚前の約束を彼女の方から持ち出し、マンションに誘われ訪ねたが、セックスはせずに〈本当の最後のさよなら〉を言って別れた。僕は〈彼〉の話を聞いて、笑うことはできなかった。

**【評価】** 単行本『TVピープル』に対する言及は、三浦雅士「現実への違和感描く五つの世界　村上春樹『TVピープル』」（「週刊朝日」90・2・9）、伊井直行「『TVピープル』村上春樹著「現実の世界」に向かって「開かれている」作品群」（「週刊現代」90・3・10）等の同時代評のほか、工藤正広「『TVピープル』を読んだ時と場所から―純粋秩序の楽しさ」（「国文学」95・3）等があるが、当該作品に対して直接言及しているのは工藤のみであり、単独で取り上げた研究はない。

**【読みのポイント】** 一九六〇年を特別な時代、つまり高度資本主義前史というタフでワイルドな時代と規定する〈僕〉が、その時代に青春期を送った人々を〈フォークロア〉（民間伝承）〉の登場人物として語る、村上自身が投影された物語。〈彼〉から聞いた話が物語の中心を成すが、〈僕〉の語りとしてのプロローグから始まり、話を聞いた後の〈僕〉のエピローグで終わるという物語構成。過去を語る〈彼〉と、その時の聞き手としての〈僕〉、〈彼〉の話を再生し〈これは彼の身に起こった話であり、我々みんなの身に起こったこと〉と締め括る、つまり〈フォークロア〉として語る〈僕〉の立場を分けて分析する必要がある。〈フォークロア〉という衣を着せられることで、逆に〈彼〉や〈僕〉たち同世代に起こった〝時代〟の生んだ悲劇が浮かび上がる。まさに真実に違いない〈現実〉の物語として再構成されているのである。（**福田淳子**）

# 増補

# 青が消える《あおがきえる》（Losing Blue）

**【ジャンル】**短編**【初出】**英「インディペンデント」、仏「ル・モンド」、伊「ラ・レプーブリカ」、西「エル・パイス」92新聞別冊**【全作品】**Ⅱ①**【分量】**11・5**【キーワード】**アイロン**【舞台】**東京**【登場人物】**僕、知らない男、別れたガールフレンド、駅員、総理大臣の声**【関連】**マイタイ、古い記録映画で見たスターリングラードの冬季攻防戦、パブロ・ピカソ「青の時代」、NEC、ジョン・レノン、若山牧水

**【梗概】**一九九九年の大晦日の夜、〈僕〉は部屋でアイロンをかけていると、青が消えたことに気づく。青とオレンジのストライプのシャツの青だけが消えたのだ。電話で情報を得ようとするが、誰もつかまらない。仕方なく元のガールフレンドにかけるが、とりあってくれない。電車も切符も制服も壁も青の地下鉄の駅に行ってみると、やはり青は消えている。駅員に尋ねるも政治のことは聞かないでくれと言われる。青の消滅に人々が無頓着なことに不安を募らせ、公衆電話から総理大臣を呼び出してみる。総理大臣の声で国民の疑問に個人的に答えるコンピューター・システムが実用化されているのだ。形あるものは失われる、それが歴史であり経済なのだ、と総理大臣の声は〈僕〉を諭す。新ミレニアムを迎えた歓声のなか、〈僕〉は「でも青がないんだ」とつぶやく。

**【読みのポイント】**一九九二年にスペインのセビリアで開催された万国博「EXPO92」を特集する雑誌のために、ミレニアムの大晦日を舞台にした短編を、という求めに応えたもの。小説の依頼を受けることはほとんどない村上春樹にしては珍しい。「早稲田文学」依頼の「鹿と神様と聖セシリア」（81・6）はそうではなかったようだが、この依頼に対しては〈ちょっとやってみよう〉という気になって引き受けたという。高等学校国語教科書『新精選国語総合』（明治書院）には〈寓意性を含んだ新教材〉として収録された。

寓意がポイントになる。消滅する青は、『1973年のピンボール』の〈僕〉の旧式でかまわないという配電盤の選択と同様、もはや許容されなくなった個人の選択、とすることはできる。消滅という現象からは、民衆が大イヴェントに注目している陰で些細を装って進行する画策、〈政治〉を回避する官僚機構、用意した範疇外の選択は排除する村上春樹のいう〈国家の論理〉（「都市小説の成立と展開」「海」82・5）が浮上する。また、初出を考慮すると、キリスト教的イヴェントに脱宗教的にかかわる日本人像の対象化も見える。だが寓意の本質は任意性であり、特定の内容補填はそれを損なう。

（今井清人）

# アフターダーク

あふたーだーく

【ジャンル】長編【初刊】『アフターダーク』（講談社、04・9・7）【収録】『アフターダーク』（講談社文庫、06・9・15）【分量】400【キー・ワード】影、時間、娼婦、電話、眠り、闇、夢【舞台】デニーズ、浅井エリの部屋、テレビ画面の中、ラブホテル〈アルファヴィル〉、小さなバー、すかいらーく、白川のオフィス、セブンイレブン、公園、白川の家、倉庫のような地下室、駅【登場人物】私たち（視点としてのカメラ）、浅井マリ、高橋（タカハシ・テツヤ）、ウェイトレス、浅井エリ、顔の無い男、カオル、コムギ、コオロギ、中国人の娼婦（郭冬莉《グオ・ドンリ》）、中国人組織の男、初老のバーテンダー、白川、白川の妻、タクシーの運転手、バンドのメンバー、セブンイレブンの店員【関連】音楽：パーシーフェイス楽団「ゴー・アウェイ・リトル・ガール」、ワム、ミック・ジャガー、エリック・クラプトン、ジミ・ヘンドリックス、ピート・タウンゼント、「ファイブスポット・アフターダーク」（カーティス・フラー＝トロンボーン）、タワー・オブ・パワー、バート・バカラック「エープリル・フール」、マーティン・デニー楽団「モア」、ベン・ウェブスター「マイ・アイデアル」、デューク・エリントン「ソフィスティケイテッド・レイディー」（ハリー・カーネイ＝バス・クラリネット）、ペット・ショップ・ボーイズ「ジェラシー」、ホール・アンド・オーツ「アイ・キャント・ゴー・フォー・ザット」、バッハ「イギリス組曲」（イヴォ・ポゴレリチ＝ピアノ）、アレッサンドロ・スカルラッティ「カンタータ」（ブライアン・アサワ＝歌）、サザンオールスターズの新曲、ソニー・ロリンズ「ソニームーン・フォア・トゥー」、スガシカオ「バクダン・ジュース」映画：ジャン・リュック・ゴダール「アルファヴィル」、「スター・ウォーズ」、「ブレードランナー」、「ある愛の詩」テレビ番組：「深海の生物たち」、「NHKニュース」

【梗概】もうすぐ日付が変わろうとする11：56pm、〈私たち〉は上空から都市の光景をとらえ、やがて繁華街の一角に降下し、〈デニーズ〉の店内にいる。本を読んでいる女の子（浅井マリ・十九歳）に、トロンボーンを持った若い男（高橋・二十一歳）が声をかける。高橋はマリの姉のエリと高校時代のクラスメートで、二年前の夏、エリ、マリ姉妹とダブルデートをしたことがあった。しばらく話をした後、食事を終えた高橋は、近くのビルの地下にバンドの練習に行く。11：57pm、浅井エリは、自分の部屋のベッドで眠っている。その眠りは深く、何かしら普通ではない。00：00am、エリの部屋の電源プラグが抜かれたテレビ画面にオフィスビルの一室が映り、腰掛けている不鮮明な男の姿が見える。00：25am、〈デニーズ〉にいたマリのところに、ラブホテル〈アルファヴィル〉のマネージャーをしているカオルが、高橋から中国語が話せると聞いたと、通訳を頼みにやって来る。〈アルファヴィル〉の404号室には従業員のコムギとコオロギがおり、中国人の娼婦（郭冬莉・十九歳）が怪我をしてうずくまって泣いていた。急に生理が始まったために客が怒り出し、殴られた上に身につけていたものすべてを持って行かれたのだという。連絡を受けた組織の男が、バイクで娼婦の女の子を迎えにやって来る。00：37am、浅井エリの部屋では、テレビ画面の中の〈顔のない男〉（顔が半透明のマスクで包まれている）が、眠っているエリの姿を眺め続けている。1：18am、カオルはマリを連れて小さなバーに行く。マリは、雑誌のモデルをやっていた美人の姉と比較され続けてきたこと、小学校三年の時に学校に行けなくなって、横浜の中国人の学校に行き、今は外国語大学で中国語を勉強していることを話す。夜が明けるまで家に帰りたくないというマリを、カオルは〈すかいらーく〉へ送っていく。1：56am、〈すかいらーく〉の洗面所。手を洗ったマリが出て行っても、鏡にはまだマリの姿が映っている。

2：19am、〈アルファヴィル〉の事務所では、カオルが防犯カメラから404号室の客を見つけ出し、プリントアウトした写真を中国人組織の男に渡す。2：43am、防犯カメラに映っていた男＝白川がオフィスでコンピュータに向かって仕事をしている。そこへ妻から電話があり、帰りに牛乳を買ってくるよう頼まれる。3：03am、浅井エリの部屋のベッドは無人で、眠っていた形跡もない。テレビ画面に映る広い空き部屋に、〈顔のない男〉が腰掛けている。その視線の先にベッドがあり、浅井エリが眠っている。3：07am、高橋がマリのいる〈すかいらーく〉に、通訳を頼んだことを気にしてやって来る。高橋はバンドをやめて司法試験を目指すと言う。裁判を傍聴して、犯罪者と自分の世界を隔てる壁に疑いを抱き、裁判という制度に、巨大なタコに絡め取られるような恐怖を感じたからだという。3：25am、浅井エリは眠っているが、〈顔のない男〉も、傍らの椅子も、消えている。〈私たち〉は思いきってテレビ画面の中に移動する。エリがゆっくりと覚醒する。しかし、エリはその空間に閉じこめられて出られない。3：42am、マリと高橋は公園のベンチにいる。高橋は、四月にエリとばったり会った時、エリがマリとの疎隔感に悩んでいたことを話す。3：58am、白川はオフィスで帰宅前の習慣である腹筋運動をし、洗面所の鏡で自分の顔を点検して出て行くが、鏡の中には白川の姿がまだ映っている。白川は、〈アルファヴィル〉で中国人娼婦から奪ってきたもののうち、お金は抜き取ってポケットへ、衣類はビニールのゴミ袋に入れて帰宅途中に立ち寄った〈セブンイレブン〉の前のゴミ袋の上に、携帯電話はチーズの棚に置く。
4：09am、高橋は、もう一度〈アルファヴィル〉に行きたいというマリを送っていき、自分はバンドの練習に戻る。
4：25am、浅井エリの部屋。テレビ画面の向こう側から、エリがこちらを見て、何かを言ったりガラスを叩いたりしているが、こちら側に音は届かない。やがて画面が乱れ、エリの存在の輪郭が損なわれそうになる。エリは逃げだそうとして、カメラの視野から消え、最後に画面は消滅する。4：31am、白川の家。テレビには〈深海の生物たち〉という番組が音声を消されて映り、白川はヨーグルトを食べながら、論理と作用の相互関係について思考をめぐらす。4：33am、〈アルファヴィル〉の客室。コオロギがマリに尋ねられて、本名を捨てたわけを語る。もとは普通のOLだったが、神戸の地震があった頃、ちょっとしたきっかけである方面から逃げることになったと言い、焼きごてをあてられた背中の傷を、〈私がされたことの一部〉と見せる。マリも、姉のエリが二か月間眠り続けていること、そのために自分はうまく眠れず、家にいられなくなってしまうのだとコオロギに話す。コオロギは、人間というものは記憶を燃料にして生きていくものではないかと語る。マリは久しぶりに安らかな気持ちになり、眠りの中に入っていく。
5：00am、白川はうまく眠れない。5：09am、浅井エリはいつの間にか自分の部屋のベッドにおり、濃密な眠りの中にある。5：10am、〈セブンイレブン〉の店内。チーズの棚に置かれていた携帯電話が鳴る。高橋が出ると、男の声が〈逃げ切れないよ〉と言い、後味の悪い、呪いのような残響を残す。高橋は電話を元あった場所に戻す。5：38am、高橋は家に帰るマリを駅に送っていく。近いうちに会えないかという高橋に、マリは中国に留学することになっていることを話し、北京の住所を書いて渡す。そしてエリと二人、地震のためにマンションのエレベーターに閉じこめられた時の記憶を語る。それはマリが幼稚園、エリが小学二年生の時のことで、エリは真っ暗な中で二人の身体が溶け合って一つになるぐらい強く抱きしめていてくれたという。高橋は、本当は中国に行きたくないというマリを励まし、マリは改札の中に入っていく。6：40am、エリの部屋。エリのベッドの中にマリがそっともぐり込み、エリに口づけをして、密着して眠る。6：43am、〈セブンイレブン〉の店内で携帯電話のベルが鳴り、店員が出ると、男の声が〈どこまで逃げても逃げられない〉と言って切れる。6：52am、ひとつの純粋な視点となって街の上空にいた〈私たち〉は、エリの部屋で眠っている、口元にほほえみを浮かべたマリと、微かに唇が動いたエリに何かの胎動の予兆を感じ、ひそやかに見守る。

**【評価】**『海辺のカフカ』の後の短い長篇である本作に際立

つのは、〈私たち〉というカメラ視点の試みである。村上春樹本人は、これを〈僕と読者〉の〈覗き見の共謀〉と語る（「村上春樹ロングインタビュー─『アフターダーク』をめぐって」「文学界」05・4）が、むしろ〈共謀〉という主体的関与の感覚を読者が共有できないところに、この小説における〈私たち〉という人称の特異性が指摘されている。

中島一夫「出口のない真夜中に倫理はあるか─村上春樹著『アフターダーク』を読む」（「週刊読書人」04・9・17）は、この小説を〈監視・管理〉社会を描いた寓話と見なす。そこでは、〈私たち〉という監視カメラの視点を強要された読者も、中国人娼婦やコオロギも、白川も、〈逃げられない〉。この、匿名を許さない〈監視・管理〉システム下にあっては、高橋が言う、〈あなた〉と〈私〉の交換可能性への想像力こそが可能な倫理であり、それを体現するのが、ラストでエリとの一体感（交換可能性）を取り戻そうとするマリであるとする。しかし、結末は〈次の闇〉を示唆しており、本気で監視・管理の〈アフター〉に逃走＝闘争する気がない、と中島は結論づける。

初の本格的な『アフターダーク』論とも言うべきは、大澤真幸「世界を見る眼─村上春樹『アフターダーク』を読む」（「群像」04・10、『思想のケミストリー』紀伊國屋書店、05・8）である。大澤は、この小説の最大の特徴として、〈私たち〉という、物語を鳥瞰する読者の視点自体が明示的に書き込まれたこと、と、この超越的視点と対象との関係が、〈私たち〉─小説、〈顔のない男〉─エリ、と何段階にもわたって入れ子状に反復されていることを指摘し、そこに、〈他者をめぐる転倒〉が生成される機制をも作品化しようとする〈野心〉を見出している。鏡を媒介にして認識された自己の〈空無性〉が、捕捉しがたい不透明な他者を鏡の向こう側に肯定的に存在させてしまうような〈転倒〉、それを生み出すのが〈世界を超越する地点から覗き見る視点〉なのだという。〈顔のない男〉＝顔をもたない他者によって見られるエリは、この〈他者をめぐる転倒〉に呪縛された者であり、〈ハワイの三兄弟〉の寓話が示唆する、超越的視点を獲得するための代価とは、マリとエリがエレベータの暗闇で享受したような体験、すなわち互いが互いの鏡像となり、他者が否定性において顕現するような瞬間、の喪失であったとする。さらに、この小説は現代の〈監視社会〉への批判的省察をも含むとして、〈逃げ切れない〉とは、超越的視点に魅惑されるがゆえに、それに捕縛されてしまう我々の宿命に対する隠喩、と解した。

河合隼雄「『アフターダーク』村上春樹にみる『コミットメントの条件』」（「現代」05・1）は、『アフターダーク』をイニシエーションの物語と見る。ここに描かれた事象は、自分を守るためにデタッチメントの姿勢を取っていたマリが、エりを抱きしめるというコミットメントへ、と態度を変化させていくまでに必要だった無意識の出来事と捉えた。これを踏まえて、心理学者・岩宮恵子の「思春期体験と現実の多層性―村上春樹『アフターダーク』から」(「文学」06・7、8月号)では、思春期に自分を再構築していくときの〈『核』体験〉、すなわち〈あちら側〉に触れることで、世界は〈こちら側〉の現実だけで成立しているのではないことを見通したときに訪れる〈変容〉、を一夜の物語として示したものと解釈する。

勝原晴希「暴力装置としての近代―村上春樹『アフターダーク』」(「日本文学」05・1)は、村上春樹が一貫してこだわってきた、〈近代の主体原理の暴走〉が必然的に生み出す〈病理〉と〈暴力〉の問題を見る。『アフターダーク』の世界とは、〈集合的無意識としての『私たち』の見る《夢》であ〉り、その夢において、近代という装置によって暴力を受けている人々を見ているのだとし、エリのベッドに潜り身を寄せて交換=交感するマリの姿に、近代という暴力装置からの乗り越えを見る。石上敏「『アフターダーク』論―地震を描いた小説として」(「大阪商業大学論集」06・2)が喚起しようとするのは、地震という理不尽で巨大な暴力である。石上は、『神の子どもたちはみな踊る』から『アフターダーク』へと引き継がれた要素を跡づけ、〈アフター神戸〉すなわち、地震という理不尽で巨大な暴力をいかにして忘れずに立ち直っていくか、について書いた小説と見なす。

水牛健太郎「過去　メタファー　中国―ある『アフターダーク』論」(「群像」05・6、群像新人文学賞)は、〈わたしたちは忘れない〉という中国人組織の男の言葉に、小説の核心を見据える。〈わたしたち〉=中国人が、過去に日本人の行った所業(暴力行為と財産の強奪)を〈忘れない〉と言っているのだとし、このメッセージが与える不安、恐怖とは、今の日本人が感じる、中国に追い付かれる恐怖、〈執念深い〉中国人によって復讐される恐怖であり、この現代に甦った過去に向き合い、乗り越える役割を負うのが、中国人娼婦の冬莉をもう一人の姉妹として抱きしめることができ、中国行きが設定されているマリなのだ、とする新たな視点を提示した。

『アフターダーク』の翻訳者でもあるジェイ・ルービンは、都市という〈巨大な生き物〉の掌中で生きることのストレスと、我々もまた〈巨大な生き物〉の一環なのだということを描いたものと解し、小説の結末に〈多くの希望と癒し〉を見出している(畔柳和代訳『ハルキ・ムラカミと言葉の音楽』新潮社、06・9)。一方、清水良典『村上春樹はくせになる』(朝日新書、06・10)は、深夜を眠れずにさすらう人物たちは、みな自分の中に〈巨大な「タコ」〉を飼っているのであり、〈いちおうの解決を見たかに思える〉結末も、〈巨大な「タコ」との戦いのプロローグ〉であって、村上春樹が追求してきた〈闇の力〉との闘いはまだ続くとする。清水はまた、〈私たち〉の論理を超えた世界に属するカメラの操作者の存在を指摘し、小説的な描写をスクリーン上のカメラの動きに徹底的に翻訳し直すこの小説は、ゴダール及び彼の映画「アルファヴィル」への〈リスペクトを潜め〉た、〈村上春樹の遅咲きの「ヌーヴェルヴァーグ」〉であるとした。

**【読みのポイント】** まず、カメラ・アイに〈私たち〉という呼称を与え、それを小説の重要なファクターとして組み込んだ小説の戦略について考察する必要があろう。〈私たち〉は、〈質量を持たない観念的な視点〉であることが求められる一方で、〈無名の侵入者〉という人称的な存在規定を与えられ、ある種矛盾をはらんだものとして設定されている。

大澤真幸が指摘する入れ子型構造は、この小説が〈見る〉ことをめぐる問題系を扱っていることに関わっていよう。〈見る〉ことは、窃視・監視あるいは見守りという関与の仕方だけでなく、〈世界を見渡す〉視点の問題から、鏡を見ること、さらには悪夢まで、さまざまなかたちで提示される。〈見る〉ことにおいて、〈私たち〉は他の作中人物と関与させられ、読者をも巻き込むことになるのだが、それはまた、〈別の種類の現実〉を存在させることにも関わる。

さしあたっては、空間構造と人物の反復連鎖構造を丁寧に読み解くことから始めたい。〈匿名性〉と〈交換可能性〉は、その際のキーワードであるが、留意すべきは、この小説が一元的な何かを読み取ろうとすると、相反する提示に立ち止まってしまうような構造を持っていることである。例えば、〈匿名性〉は個性を剥奪された無名性というだけでなく、正体を隠すという側面を持つ。それはプラスにもマイナスにも作用する。〈交換可能性〉が示唆するのも、私の他者化であるかもしれず、または身代わり、取り違えの不気味さでもあり得、また一体化による交感でもあり得る。そこに、さまざまな寓意的解釈を成立させてしまう余地がある。

〈朝〉を迎えた結末に救済を見るか、〈次の闇〉を見据えているととるか。こうした解釈の対立は、マリが闇をくぐり抜けて〈自分の場所に戻って〉くるまでの物語という枠組みと、その間に起こったマリのあずかり知らぬ出来事との、どちらに焦点化するかにもよる。エリの眠りとは何か。エリに起こった出来事はどんな意味を持つのか。正体が明かされないままの〈顔のない男〉は、なぜ書かれねばならなかったのか。そうした問いの一つ一つに丁寧に向き合うことが望まれる。と同時に、意味を固定しない複眼的な見方が、有効な視座を提供することも忘れてはならない。

また、多くの論者が指摘する先行作品との関係、その検証も、この難解な小説の理解に奥行きを与えることになろう。

**（渥美孝子）**

# 『意味がなければスイングはない』《いみがなければすいんぐはない》

**【ジャンル】**エッセイ集**【初出】**「ステレオサウンド」二〇〇三年春号～二〇〇五年夏号**【収録】**『意味がなければスイングはない』（文芸春秋、05・11・25）**【分量】**432

**【梗概】**タイトルの『意味がなければスイングはない』はデューク・エリントンの名曲「スイングなければ意味はない」のもじりである。あとがきで〈スイング〉というものは、あらゆる音楽に通じるもので、それはうねりのようなものであって、優れた本物の音楽の〈何か〉を追いつめることなのだと語っている。〈一度音楽のことを、腰を据えてじっくり書いてみたい〉という著者の意気込みが随所に表れており、その音楽との出会いと経過という個人的な体験を交えて、音楽をめぐる十篇の随想となっている。ここに登場するミュージシャンは、ジャンルの垣根を越えて、ジャズはもちろん、ポピュラーやクラシックにまで及んでいる…ビーチボーイズのB・ウィルソン、ロマン派のシューベルト、ロックのB・スプリングスティーン、Jポップのスガシカオ、フォークの父W・ガスリーなど。四～五〇枚の各エッセイは、音楽批評家風な通ぶった解説などではなく、はじめて知る読者にも分かりやすく説かれていて、まるでその曲が聞こえてきそうな語り口である。そこには、村上氏の独創的な音楽への熱い思い入れと、曰く〈CDや資料を山と積み上げて手間暇かけて書いた〉という十分な下調べが読みとれる。サブタイトルに、ミュージシャンへの象徴的なレジュメが表わされている。例えば、「シューベルト「ピアノ・ソナタ第十七番…」ソフトな混沌の今日性」「スガシカオの柔らかなカオス」など。特に最後の「国民詩人としてのW・ガスリー」は、著者の力が入っていて、感動的な一編である。

**【評価】**山崎浩一「「書きたくってたまらなかった」音楽への愛を語り尽くす10篇」（「週刊現代」05・12・31）においては、村上作品における音楽の使われ方の謎が解けたと評価している。中条省平「ハルキと音楽の切っても切れない深い関係」（「週刊文春」06・1・26）においては、読み応え十分な音楽論で、音楽体験を平易な言葉で語る作家に深く共感している。中山久民「（本書）を10倍楽しむためのCD案内」（「本の話」06・1）では、聞くための詳細な音楽案内として、そのレコードやCDをコメント付きで示している。

**【読みのポイント】**〈書物と音楽は、僕の人生における二つの重要なキーになった〉と著者が述懐しているごとく、本腰を入れて音楽を語る村上氏にとって、ミュージシャンの演奏とその人の生き方に対する想像力こそが、文学者としての源泉となっているのだろう。

（久富　健）

# 海辺のカフカ　うみべのかふか

**【ジャンル】** 長編 **【初出】**『海辺のカフカ』上・下（新潮社、02・9・10）**【収録】**『海辺のカフカ』上・下（新潮文庫、05・3・1）**【分量】** 1575 **【キーワード】** 死、失踪、性、猫、闇、夢 **【舞台】** 東京都中野区、山梨県＊＊郡、富士川サービスエリア、高松市甲村図書館、高知の山の中 **【登場人物】** 田村カフカ、カラスと呼ばれる少年、佐伯さん、さくら、大島さん、大島さんの兄、ナカタさん、星野青年、岡持節子、田村浩一、ジョニー・ウォーカー、カーネル・サンダース、猫のオオツカさん、カワムラさん、ミミ、トロ、二人の兵隊

**【関連】** **音楽**：プッチーニ「ラ・ボエーム〈我が名はミミ〉」、シューベルト「ピアノ・ソナタ第17番ニ長調D850」、クリーム「クロスロード」、プリンス「リトル・レッド・コーヴェット」、ディズニー映画音楽「ハイホー！」、ビートルズ「サージェント・ペパーズ・ロンリー・ハーツ・クラブ・バンド」「ホワイト・アルバム」、映画音楽「アズ・タイム・ゴーズ・バイ」、ボブ・ディラン「ブロンド・オン・ブロンド」、オーティス・レディング「ドック・オブ・ザ・ベイ」、スタン・ゲッツ「ゲッツ／ジルベルト」、プッチーニ、プリンス「セクシー・マザーファッカー」「グレーティスト・ヒッツ」、ベートーヴェン「ピアノ三重奏曲第7番変ロ長調『大公』」「ピアノ三重奏曲第5番ニ長調『幽霊』」、ハイドン「チェロ協奏曲第1番」、モーツァルト「ポストホルン・セレナーデ」、井上陽水「夢の中へ」、レイディオヘッド「キッドA」、ジョン・コルトレーン「マイ・フェヴァリット・シングズ」、映画音楽「エーデルワイス」 **文学**：バートン版「千夜一夜物語」、種田山頭火、志賀直哉、谷崎潤一郎、フランツ・カフカ「城」「審判」「変身」「流刑地にて」、夏目漱石「坑夫」「虞美人草」「三四郎」「こころ」、紫式部「源氏物語」、ゲーテ、イェーツ、シェイクスピア「マクベス」「ロメオとジュリエット」「ハムレット」、ギリシャ悲劇「カッサンドラ」、トルストイ、ソフォクレス「エレクトラ」「オィディプス王」、T・S・エリオット、上田秋成「雨月物語」「貧福論」、アントン・チェーホフ、チャールズ・ディケンズ、「アラジンと魔法のランプ」、「3匹の子豚」、「ヘンゼルとグレーテル」 **哲学・宗教**：プラトン「饗宴」、「聖書」、アリストテレス、アンリ・ベルグソン「物質と記憶」、ヘーゲル、ジャン・ジャック・ルソー、釈迦

**【梗概】** 奇数章と偶数章とでふたつの話が交互に語られる。

奇数章では、田村カフカが十五歳の誕生日の前日に東京の中野区野方から家出して、高速バスで四国の高松に赴く。車中で年上の女性さくらと知り合い、姉ではないかという疑いを持つ。高松では郊外の甲村図書館に通い、館長の佐伯さん、

司書の大島さんと親しくなる。十日目の夜、カフカは神社の境内で意識を失い、目覚めるとTシャツにべっとり血がついていた。助けを求めてさくらのアパートを訪ね、さくらの手で射精に導かれる。同じ時刻に東京では父親田村浩一が殺害されていた。警察に追われる身となったカフカは、大島さんの案内で高知県の山奥にある山小屋に身を隠す。

四日目に高松に戻り、甲村図書館に住み込む。部屋には小さな油絵が掛かっている。その絵は佐伯さんが深く愛した同い歳の少年、二十歳の時に学生運動の争いに巻き込まれて殺された少年を描いたものだった。佐伯さんは、かつて「海辺のカフカ」という曲を作り大ヒットしたが、恋人と死別した後消息が知れなくなり、二十五年後に突然戻ってきた。一方、カフカは、四歳の時に姉を連れて家を出た母に捨てられ、残された父からは「お前はいつかその手で父親を殺し、いつか母親と交わることになる」、さらには姉とも交わると予言され、その〈運命〉から逃れるために家出してきたのだった。部屋で少女時代の佐伯さんの「幽霊」を見たカフカは、やがて佐伯さんが母親ではないかと考えるようになり、「子どもがいますか？」と尋ねる。その夜、眠ったままの佐伯さんが現れ、軀を重ねる。翌日、生身の佐伯さんと油絵に描かれた海岸を訪ねた後、ふたたびセックスをし佐伯さんは涙を流す。

警察の捜索が身近に迫ったので、カフカは高知に向かい、例の山小屋でひとりの生活を始める。夜、夢の中で「私たちはまぎれもない姉と弟なのよ」と諭すさくらを犯す。翌日、森の中に入ったカフカは〈入り口〉にいた二人の兵隊によって集落に導かれる。時間が止まったキャビンでは、少女の佐伯さんが料理を作ってくれ、やがて大人の佐伯さんがやってくる。「あなたは僕のお母さんなんですか？」「その答えはあなたにはもうわかっているはずよ」。カフカは母を許す気持になり、佐伯さんが差し出した左手の血を吸う。

偶数章は、ナカタさんが知能の一部を損なうきっかけとなった、児童集団失神事件から始まる。山梨県＊＊郡の女性教師が、前夜、出征中の夫との激しい性夢を見た余韻からか、引率中に始まった生理の処理に戸惑い、応急処置に手拭いを使う。それを拾ったナカタ少年は教師から打擲を受けて意識不明の状態に陥り、回復後も記憶は戻らず、読み書き能力を完全に無くしてしまう。六十歳を超えた今、ナカタさんは都の補助を受けながら中野区でひとり暮らしをしている。

猫の言葉を解する特殊能力を活かし、迷い猫探しを副収入にしているナカタさんだが、ある日、ジョニー・ウォーカーを名乗る不思議な人物に出会う。この残虐な猫殺しの家で、猫を助けたいなら自分を殺せという促しに抗えず、ナカタさんはジョニー・ウォーカーを刺殺する。気づくと、返り血も浴びずいつもの空き地に横たわっていた。交番に自首するが、若い警官にとりあってもらえない。翌日、ナカタさんの予言どおり、中野区にイワシとアジが空から降り注いだ。

ナカタさんは、なぜか西に行き橋を渡らねばならないと思い詰め、車に乗せてもらって高速道路に入る。富士川サービスエリアでは、暴走族の乱暴を空からヒルを降らせて止めた。長距離トラック運転手の星野青年に出会い、神戸へ。ナカタさんの人間的な魅力に惹かれた星野青年は急に休暇を取り、ナカタさんとともに徳島経由で高松に着く。ナカタさんは「入り口の石をみつけようと思います」と言うが、手がかりは得られない。しかし、星野青年が街で出会ったカーネル・サンダースを名乗る不思議な人物の助けを借りて〈入り口の石〉を見つけ、旅館に持ち帰る。そして、ナカタさんに命じられるままに〈石〉をひっくり返し、〈入り口〉を開く。

星野青年はナカタさんが探していた場所を求めてレンタカーを走らせ、甲村図書館に行き着く。ナカタさんは佐伯さんに会い、「ナカタには半分しか影がありません。サエキさんと同じようにです」と語る。ふたりは分身のような存在だった。佐伯さんは、これまでたどった人生について書き記した三冊の分厚いファイルをナカタさんに託し、死ぬ。ナカタさんも、河原でファイルを焼いた後、静かに息を引き取る。

星野青年は生前のナカタさんの頼みに従い、〈入り口の石〉を閉じようとするが、死んだナカタさんの口から白くてぬめぬめした不気味な物体が現れ、〈入り口〉から入り込もうとする。激しい格闘の末、星野青年は首尾よく〈入り口の石〉を閉じ、不気味な物体を抹殺する。

**【評価】**『ねじまき鳥クロニクル』以来、七年ぶりの長編小説とあって、『海辺のカフカ』は刊行直後から絶賛と酷評の数多くの批評を受けた。例えば「朝日新聞」の書評ひとつとっても、〈「人を損なうもの」の主題〉を強く聞き取り、〈もっともっと、生きてゆきたい〉（02・9・22朝刊）と思った川上弘美、〈記憶に関する哲学的冒険の、わくわくする物語〉（02・9・26夕刊）に心揺さぶられた関川夏央らの絶賛に対し、〈オイディプスを物語の枠組みにもってくるのはあんまりで、〈まともな大人が一人も登場しないのも不満です〉（02・10・16朝刊）という坪内祐三、〈「脱社会的」感受性を生きる〉主人公の〈中途半端な現実回帰は全く説得力を欠く〉（同）とする宮台真司らの批判がある。

雑誌の書評では、「週刊朝日」が三週つづけて『海辺のカフカ』を取り上げている。川本三郎は、登場人物が〈自分たちは純粋だという特権意識が見え隠れする〉ことに違和感を抱き、〈この小説には、中心になる核がない〉（02・10・18）と批判する。翌週の匿名批評（虫）は、〈読者が参加するロールプレイングゲーム〉で、〈ゲームとしてもお粗末〉（02・10・25）とし、翌々週の斎藤美奈子も〈春樹ファンには見知った世界、見慣れた構図〉で、〈ファンを意識したサークルの内輪向けの小説〉（02・11・1）とするなど、辛口の批評に終始した。また、〈「通過儀礼」の物語〉と捉えつつ、〈全体とそこに融合される部分の二項関係を描く点において（中略）システム論に陥っている〉（「すばる」02・12）と批判する北小路隆志と、〈教養小説そのもの〉であり〈物語の復権をめざして書かれた〉（「現代」02・11）ことを認める島田裕巳のように、同じ問題をめぐっても評価が分かれた。

『海辺のカフカ』を本格的に取り上げた評論・研究で、肯定派を代表するのは加藤典洋、否定派を代表するのは小森陽一であろう。加藤は「『海辺のカフカ』と「換喩的な世界」」（「群像」03・2、『テクストから遠く離れて』講談社、04・1・15）で、〈現実の作者は、（中略）登場人物に知っていることを話させないことで、テクストの中に外部存在として遍在しうる〉という〈虚構言語〉の概念を駆使して〈「ないこと」がある〉小説表象を重視する。そのような〈テクスト論破り〉の小説として本作を位置づけ、〈現実の唯一性を失った解離性同一性障害のうちにある少年の、そこからの回復を、内側から描こうという小説〉の内実を分析する。

さらに『村上春樹 イエローページ PART2』（荒地出版社、04・5・1）の「心の闇の冥界〈リンボ〉めぐり」では、奇数章と偶数章の出来事を一覧表に示すなど、工夫をこらして具体的に作品を読解している。解離性人格障害（多重人格）の少年の説明として、田村浩一の息子である基体存在としての〈田村少年〉、その少年が自分の中に作り出した守護神的人格の〈カラスと呼ばれる少年〉、その守護人格に守られる存在として生み出された〈田村カフカ〉、以上三つに分裂した人間存在を指摘する。そこから加藤は、カフカは父を殺害しているにもかかわらず〈内部の心の闇による多重の自己の解離〉によって、自分では気づいていないという解釈に至る。そして心の闇から回復できるただ一つの道は、〈自分を棄てた人間が、かつては自分と同じように、人に棄てられた人間だったと、彼自身が、深く、心の底から、了解することである〉という〈存在の論理〉に行き着く。「「プー」する小説」（「新潮」04・4）でも、阿部和重『シンセミア』とともに本作を論じた加藤は、現代社会を反映した〈主人公がその「単一」の存在性ともいうべきものを廃棄されている〉小説として高く評価している。

一方、加藤の〈世界文学水準〉（「朝日新聞」02・10・16朝刊）との評価に〈時代の病理〉を嗅ぎ出した小森陽一は、〈言葉による文学的な流れが、放棄されようとしている〉現状に〈異議申し立てをせざるを得ない〉（シンポジウム「「いかがわしさ」と「まじめ」の狭間で」「すばる」03・3）と発言する。小森は『海辺のカフカ』の〈貧しさ〉の内実として、あまりに見えすいたエディプスコンプレックスの枠組み、精神的症候としての〈解離〉の説明的提示、大江健三郎『同時代ゲーム』の模倣の三点を指摘する。

　小森のこの批判は、『村上春樹論―『海辺のカフカ』を精読する』（平凡社、06・5・10）で本格的に展開された。本書では作中で明示されるオイディプス神話、バートン版『千夜一夜物語』、夏目漱石『坑夫』『虞美人草』などを梃子に分析して、『海辺のカフカ』の基底にある〈女性嫌悪《ミソジニー》〉と〈歴史の否認〉を発見した。佐伯さんが書き残した三冊のファイルを焼き捨てたナカタさんの行為を、〈女性による言語表現と文字表現の実践そのもの〉に対しての〈処刑〉と捉え、この〈処刑〉執行者としてのナカタさんの戦中の設定によって、昭和天皇の戦争責任が密かに小説の中で免責された。また、近代国民国家による〈戦争〉と〈姉なるもの〉を犯すという〈レイプ〉行為とが〈無媒介的に結合〉されることによって、一連の問題を〈いたしかたのないこと〉として不問に付す小説の枠組みが、従軍慰安婦問題に揺れる日本社会において最大の〈癒し〉の効果を発揮したと強調する。

　小森の所論に〈ある正しさに裏打ちされた押し付けがましさ〉（深津謙一郎「〈書評〉小森陽一著『村上春樹論』」「日本文学」06・12）を感じる向きもあるが、春樹文学批判の重みを持つ力作評論であることは間違いない。加藤と小森は、ともに現在の日本社会を軸にして春樹文学を論じている。その両者にこれだけ大きな乖離が生じる事実は、『海辺のカフカ』の多様性を物語っているのかもしれない。なお、橋本勝也「具体的《デジタル》な指触り《キータッチ》」（「群像」07・6）は小森説を否定し、春樹は意図的に戦争描写を排除して、これを読者の〈想像力の中〉で想起させることで、最後に歴史認識に責任を取れと迫る〈新しい読者生成論〉を提示したと讃える。

　『海辺のカフカ』を読んで〈幸せな充実感〉（「週刊新潮」02・9・26）を得たと表明する肯定派の福田和也は、「現実的なもの、具体的なもの」（「文学界」02・11）で核心に三角関係を内包している漱石作品との比較を行い、勝利した者の自責を描いた漱石に対し、春樹は敗北した側の視点から描いたとした。『海辺のカフカ』は、佐伯さん・甲村家の長男・田村浩一の〈三角関係に重なるような形で描かれた近親相姦の禁止と成就によって構成されている〉という。一方、否定派の中俣暁生は「極西文学論序説(3)」（「群像」03・11、『極西文学論』晶文社、04・12・25）で、作品末尾に登場する大島さんの兄が機械仕掛けの神《デウス・エクス・マキナ》の役を担わされているがために〈恐怖という感情の「プログラム解除」小説としての『海辺のカフカ』は、ここで無惨に破綻している〉と捉える。

　他にも、オウム真理教の〈霊的暴力〉に触れ、春樹は〈イメージに拠る他者の侵犯という問題〉について明確な意識と意思を示しているとした鎌田東二「呪殺・魔境論XII」（「すばる」03・11、『呪殺・魔境論』集英社、04・9・11）、〈悪〉を書くことを通しての〈総合小説〉への意思を検証した重岡徹「村上春樹論―『海辺のカフカ』を中心にして」（「別府大学大学院紀要」8、06・3）、フランツ・カフカとの比較文学的視座から〈啓蒙的（もしくは、教育的）な意図〉を重視した野村廣之「春樹ワールドの中の「カフカ」」（「東北ドイツ文学研究」47、03・12）など、さまざまな立場からの研究がある。

特徴的なのは、『海辺のカフカ』を〈偉大な物語小説〉（「週刊現代」02・9・28）と絶賛した河合隼雄に代表される精神分析学からのアプローチである。河合は「境界体験を物語る」（「新潮」02・12）で、エディプスやヘルメスのギリシャ神話に言及しつつ、本作を〈15歳の少年のイニシエーションの物語〉と位置づけ、〈少年の眼を通して、異界の体験と、そこから帰ってくる体験を書いたことに意味がある〉と基本的な読解を示した。河合の所論につづき、木部則雄「精神分析的解題による『海辺のカフカ』」（「白百合女子大学研究紀要」39、03・12）、横山博「村上春樹『海辺のカフカ』における近親相姦と解離」（「甲南大学紀要 文学編」132、04・3）、田中雅史「内部と外部を重ねる選択―村上春樹『海辺のカフカ』に見られる自己愛的イメージと退行的倫理」（「同」143、06・3）など、それぞれの論題からその内容が窺われる精神分析学的研究が作品の細部を検証している。

国際的に認知されている春樹文学のことゆえ、『海辺のカフカ』も英訳本『Kafka on the Shore』（クノップ社、05）が刊行された。訳者フィリップ・ゲイブリエルは、翻訳作業中に『キャッチャー・イン・ザ・ライ』のホールデン少年に比べ、〈カフカは冷静で自分を抑えているところがある〉（「声を見つけ出す」「フォーサイト」04・10）ことを発見したと述べ、マルコム・ジョーンズは〈キャンプファイアーで子どもが即興で作ったストーリーを聞いているような気がする〉（「カフカと春樹の奇妙な旅」「ニューズウィーク日本版」05・2・9）と読後感を記した。英訳本によって〈作品の骨組みの壮大さ〉があからさまになったとする枝川公一「骨格の露呈」（「エンタクシー」05・3）、アメリカ人作家の反応を紹介した新元良一「世界水準としてのHaruki Murakami」（「波」05・3）、ゲイブリエルの誤訳を検討した塩濱久雄「村上春樹を英語で読む(8)」（「神戸山手短期大学紀要」48、05・12、『村上春樹はどう誤訳されているか』若草書房、07・1・30）など、英訳本に対する反応も現れている。

**【読みのポイント】**村上春樹は、読者との間で交わした膨大な量のメールをまとめたムック『少年カフカ』（新潮社、03・6・10）を発行した。そこに収められた特別インタビュー「村上春樹、『海辺のカフカ』について語る」で、15歳の少年を中心に据えたことによって〈小説的な視点をいろんな方向にシフトできる位置をうまく見つけられた〉こと、『世界の終りとハードボイルド・ワンダーランド』のイメージの続きとして〈森のことは書きたいな〉と思っていたこと、三人称を有効に使ったボイスの多様化と連動した〈総合小説〉をめざしたいことなどを語った。また、ロング・インタビュー「『海辺のカフカ』を語る」（「文学界」03・4）では、例えばナカタさんが殺してるのにカフカの手に血がつくというのは、〈僕の考える世界にあっては自然主義リアリズムなんです〉と答える。これら、15歳の少年、森、総合小説、時空の関係などの問題を考えることは、読みの基本となるだろう。

しかし、ロング・インタビューで春樹が力説したのは〈悪〉の問題だった。人間の存在というのは、家族が集まる一階と個室や寝室がある二階から成る二階建ての家で、日常的に使うことはないが時々入ってぼんやりする地下室もある。その下にまた別の地下室があって、そこに巣くう底知れぬ〈闇〉を書きたいというのである。『海辺のカフカ』は、オウム真理教の「麻原」が作ったクローズド（閉鎖）システムに抗し、オープン（開放）システムを守ろうとする話だと自解する。この時の聞き手湯川豊・小山鉄郎が後に対談した「村上春樹を読み解く」（「すばる」07・8）でも重視されているように、〈悪〉の問題は『海辺のカフカ』のみならず春樹文学に通底する重要な課題である。『アンダーグラウンド』『約束された場所で』との関連も見逃せない。都甲幸治「村上春樹の知られざる顔」（「文学界」07・7）によれば、〈翻訳されていない外国語版のインタビュー群〉では日本でのイメージと異なった〈小説作法について縦横無尽に語っている〉とのことなので、春樹の発言に引きずられすぎないように注意を要するが、読みのポイントとなることは間違いない。

外国では早くから日本文学への関心を語っていた春樹であれば、『海辺のカフカ』で数多く引用された作品のみならず、下敷きとされた作品との比較検討もひとつの課題であろう。例えばナカタさんが空からヒルを降らせた場面は、映画『マグノリア』の蟇蛙が降ってくるラストシーンとの類同性が論じられる（加藤典洋ほか）が、泉鏡花『高野聖』で描かれた蛭の林を想起する方が自然であろう。〈世界の秩序の結び目のような役割〉（横山博）を果たしている〈入り口の石〉も、あるいは、踏み迷えば焼山に成って餓え死にをするという『薬草取』の〈医王の要石《かなめいし》〉と響き合っているかもしれない。

〈僕の小説は、基本的に解析には向かないところがあるんじゃないかな〉（『少年カフカ』収録特別インタビュー）と述べる春樹の意志に反することにはなるが、『海辺のカフカ』はさまざまな読みや解析を誘発する魅力的な作品である。

（**田中励儀**）

# 偶然の旅人《ぐうぜんのたびと》

【ジャンル】短編【初出】「新潮」05・3【収録】『東京奇譚集』(新潮社、05・9・18)【分量】59【舞台】多摩川近辺、ショッピング・モール【登場人物】僕＝村上、彼、女、姉【関連】音楽：トミー・フラナガン、プーランク　職業：ピアノ調律師　小説：『ねじまき鳥クロニクル』、ディケンズ『荒涼館』車：ホンダ、プジョー

【梗概】まず〈筆者〉である〈僕＝村上〉が〈前置き〉として二つの〈不思議な出来事〉を語る。マサチューセッツ州ケンブリッジで『ねじまき鳥クロニクル』執筆中、ジャズ・クラブでトミー・フラナガンの演奏を聴き、リクエスト曲を二つ考えていると最後にその二曲が演奏された事と、中古レコード店でLP盤『10 to 4 at the 5 Spot』を買って出ようとすると時間を聞かれ、丁度「10 to 4」(四時十分前)だった事である。とるに足りない出来事だが〈ある種の不思議さ〉に打たれ〈そういうこともあるんだ〉と思った。この話を聞かせた知人が〈いくらか近い体験をした〉と語ったのが以下の物語である。多摩川近くに住むピアノ調律師の彼は41歳のゲイで、ゲイであることを特に隠していないが、三歳下のボーイフレンドとは別に暮らしている。プーランクもゲイであることを隠さなかったが、自分の音楽に誠実であろうとすれば、ホモ・セクシュアルであることにも誠実でなくてはならなかったのだと思う。音楽大学で自分がゲイと知ってガールフレンドに打ち明けてから、両親との間もぎくしゃくし、親しかった二つ年上の姉とも仲違いしてしまった。火曜日にはホンダ車で多摩川対岸のショッピング・モールへ行き、買った本をカフェで読むことにしていたが、ディケンズの『荒涼館』を読んでいると、隣席の同年輩の女性から「同じ本を読んでいた」と声をかけられる。二人は偶然に驚き、昼食を共にする。娘が二人いるという女は、比較的裕福な家庭の出で生活力のある三歳ほど年上の夫がいると見える。翌週の火曜日も同じカフェで同じ本を読み昼食をとった後で、女は彼を誘う。同性愛者だと告げると女は泣き、彼は女の肩を抱いて髪を撫でてやる。姉と同じ右の耳たぶにほくろがあり、〈息苦しさにも似た懐しみ〉を感じる。明後日が乳癌の再検査で夫にも言えず「とても恐い」と言う女に、「かたちのあるものと、かたちのないものと、どちらかを選ばなくちゃならないとしたら、かたちのないものを選べ」と教える。翌週女は現れず、彼は姉に電話する。十年ぶりに再会した姉は、明日から乳癌の手術で入院するところだったと言う。彼は姉の身体を抱き、右耳のほくろをにふれキスをする。姉は右の乳房を切除した後転移もなく回復した。姉と和解し姉の一家とも交際を始めた彼は「僕の人生はひとつ前に進めたような気がします」と

語った。彼がカフェで出会った女がその後どうなったか知らないが、どんな神様でもかまわないから護ってくれていることを〈僕〉は心から望んでいる。

【評価】『東京奇譚集』の書評で、河合隼雄（「新潮」05・11）は〈心の深層の真実〉を語るとし、小山鉄郎（「文学界」同）は〈かたちのないもの〉を〈強く求める力〉を得る人間たちを見、豊崎由美（「群像」同）は〈理想的な奇跡の語り手〉である村上の〈美声〉を指摘し、中島京子（「すばる」05・12）は〈不思議な話を読んだ〉というより人生受容のための〈僥倖〉とでもいうべき特別な出来事を考えさせられると評す。

【読みのポイント】小ぎれいだがたわいもない話とまずは突き放して読んでみたらどうか。村上作品にお馴染みの〈人好きのする〉中年中流男女の偶然の出会いとアバンチュールの不発を、《ゲイの生活と意見》《癌の不安》《肉親との和解》という〝三題噺《ばなし》〟として仕立てたものとも見えてこよう。同様に落語に例えれば〝枕〟に当たる冒頭の〈不思議な出来事〉も、第一話は偶然というよりは〈僕＝村上〉のジャズに対する造詣やセンスをこそ語るものと見え、第二話はそれこそたわいもない符合に過ぎぬと見える。まさにファン相手のエッセイに相応しい類のエピソードだが、さり気なく意味ありげな象徴性をまとわせ、《人生の不思議さ》を書き手にも読み手にも負担にならぬ程度にまぶして味わいをもたせている。そこに現れるのが〈彼〉すなわち41歳のゲイである。三島由紀夫『仮面の告白』ほど悩み苦しむわけでなく、思春期までは何事もなく通り過ぎ、女にもてた学生時代の最中にホモ・セクシュアルと自覚したが、その自己発見の顛末はさりげなく回避される。が、それこそが都会的な村上短編の魅力でもあるわけで、『仮面の告白』の《己れを知る》苦悩――オイディプスのごとき予感や恐怖はどこにも見当たらず、女にも優しくて無害、肉親の姉とも相姦の恐れなく抱き合い癒し合う一編となる（ディケンズ『荒涼館』のもつれ合った世界は隠し味）。衣食足り、洒落た車にマンション、洗練された生活と余暇といったモノや環境を入手すれば、人生は苦悩さえも垢抜けてくるはずとなれば、まさに三島が太宰に毒づいたように〈器械体操や規則的な生活〉で治った好例とも見えて皮肉だが（かたちないものを選べ、との人生訓はかたちあるモノを持つ者にこそ有効だろう）、それもまた〈偶然〉のしわざなりと納得すべきか。ただし、たわいのなさから急転するチェーホフ「犬を連れた奥さん」ほどの哀切は無くとも、同様の淡いため息のような優しさや虚しさ、あてどもない癒しと祈りといった美味はみごとに加えられている。改めて、いわくありげな〈僕＝村上〉の語りが、おもむろに『東京奇譚集』の幕を開ける手付きをこそ見るべきだろう。

（細谷　博）

## 『「これだけは、村上さんに言っておこう」と世間の人々が村上春樹にとりあえずぶっつける330の質問に果たして村上さんはちゃんと答えられるのか？』

「これだけは、むらかみさんにいっておこう」とせけんのひとびとがとりあえずぶっつける330のしつもんにはたしてむらかみさんはちゃんとこたえられるのか？

**【ジャンル】**インタビュー集**【初出】**「村上朝日堂ホームページ」（96・6〜99・11）ただし「台湾の読者から」、「韓国の読者から」の質疑応答部分に関しては未発表**【収録】**『「これだけは、村上さんに言っておこう」』（朝日新聞社、06・3・30）

**【梗概】**一九九九年十一月末でメールの受付を終了し、現在は無期限の休止となっている村上朝日堂ホームページの全容を記録した、『CD−ROM版　村上朝日堂　夢のサーフシティー』（朝日新聞社、98・7）、『CD−ROM版村上朝日堂スメルジャコフ対織田信長家臣団』（朝日新聞社、01・4）の「読者&村上春樹フォーラム」を一部抜粋し、上掲タイトルを付して刊行したテクストである。日本、台湾、韓国三か国の読者からぶつけられた330の質問に村上春樹が答えている。各ページ14字×24行の四段組、総ページ数204の膨大なボリュームを持つテクストであり、質問や回答と関わる安西水丸の絵がアトランダムに配置されている。

**【読みのポイント】**同書の中では、既刊『そうだ、村上さんに聞いてみよう』刊行後、台湾と韓国の読者から出版社経由で寄せられた多数の質問の中から、〈面白そうなもの、ユニークなもの〉を村上春樹が選び出して回答している部分がある。台湾読者の質問が25、韓国が30選ばれている。選択された質問内容を検討することで作家のアジア観を逆算する試みも楽しい。たとえば「台湾の読者から」の質問事項、〈一生一世の愛を信じますか？〉、〈青春の有効期限はいつ？〉、〈「世界」との関わり方は？〉、〈自分らしさを保つ方法は？〉、〈今の時代の価値はどこにある？〉などと並べてみると、自己の生き方をめぐる問いが正面から問われ、自己と世界という問題構成が有効性を持つ情況の中に台湾の読者たちが置かれているという認識のありようが浮かび上がる。ただしそれが、回答時、台湾という国家が置かれているデリケートな国際的立場に由来する不安定な心性と捉えられているのか、現代日本人作家のノスタルジックなまなざしが見出した懐かしき像に過ぎないのか、そこには検討の余地がある。「韓国の読者から」の質問では、『海辺のカフカ』における〈セックス〉や〈残酷なシーン〉の描写の過剰さを指摘する質問が選ばれている。書き手のモラルへの問いが、韓国読者の価値意識であるとの認識が伺える。

（前田　潤）

# 『サリンジャー戦記』《さりんじゃーせんき》

**【ジャンル】**対談**【初刊】**『サリンジャー戦記』（文春新書、03・7・20）、「訳者解説」（「文学界」03・6を一部改めて収録）

**【内容】**村上がJ・D・サリンジャーの長編『キャッチャー・イン・ザ・ライ』を翻訳した際に訳校をチェックした柴田元幸との二度にわたる対談を中心に、原作者側の意向で訳書に収録できなかった「訳者解説」と、柴田が『キャッチャー』の主人公ホールデンがおしゃべりするように書いたエッセイ「Call Me Holden」を収録。対談は、出版前の宣伝のための「対話1　ホールデンはサリンジャーなのか？」と、その後の「対話2　『キャッチャー』は謎に満ちている」が続く。加えて最初に村上の「ライ麦畑の翻訳者たち／まえがきにかえて」と、最後に柴田の「あとがき」がある。

**【読みのポイント】**村上は対談の第一の目的を、『キャッチャー』が〈小説として〉正当な評価を受けてないので再評価したいためと言う。そして対話は冒頭から作品の核心部へと一挙に降りてゆく。『キャッチャー』は全編を通じて主人公が「君（you）」に向かって話をするという構造になっているが、まずそのyouが誰であるかを問題にする。「対話1」の冒頭の小見出しに〈「君」ってだれだ？〉とあるのがそれで、村上はこの作品の〈中心的な意味あい〉を、しばしば言われるような、「インチキな大人の社会に反抗する無垢な少年の物語」というよりは、主人公の〈内面的葛藤というか『自己存在をどこに持っていくか』という個人的な闘いぶり〉にあると言う。

　また〈自己というものを、この世界のどこにどのように据えればいいのかという命題を、真剣に探求している本〉とも言う。するとyouは、そうした自己と対峙する、あるいは自己を映し出す鏡としての「他者」に他ならず、したがってホールデンが話かけるyouは、表面的には読者かもしれないし、彼が最後に入るサナトリウムの精神科医かもしれないが、村上の言うように〈自分自身の純粋な投影〉または〈オルターエゴ（もうひとつの自我）〉かもしれない、というふうに見えてくる。こうした「自己」の反映としてのyouへの拘泥は「対話2」にも引き継がれてゆく。

　この翻訳には「文体」への関心が大きかったとも言い、youとIの訳語としての「君」と「僕」の適否などについても、文体と不可分の問題として語っている。『キャッチャー』のテクストと格闘したこの「戦記」は、ともすれば見落としがちな、核心を衝いた深い読みを示しており、サリンジャー研究にとっても重要な一冊と言わねばならない。（**安達秀夫**）

# 『シドニー！』《しどにー！》

【ジャンル】エッセイ（観戦記・旅行記・ルポルタージュ）【初出】『シドニー！』（文芸春秋、01・4・25）【収録】『シドニー！①コアラ純情篇』（文春文庫、04・2・1）、『シドニー！②ワラビー熱血篇』（文春文庫、04・2・1）【分量】100【関連】『ブレードランナー』、ローズマリー・クルーニー「マンボ・イタリアーノ」、ビル・ゲイツ、トム・クルーズ、メグ・ライアン、ミック・ジャガー、「リア王」、『国境の南、太陽の西』、ジョン・ウイリアムソン、「ワルツィング・マティルダ」、ジェームズ・テイラー、ウィリー・ネルソン、スティーブン・スピルバーグ、ワグナー、「ぼくを野球につれてって」、坂本九「幸せなら手をたたこう」、谷岡ヤスジ、ピーター・フォンダ、「走れメロス」、ナンシー・シナトラ「シュガータウンは恋の町」、ロッシーニ、「君が代」、トム・ジョーンズ、カーディガンズ、「バーニング・ダウン・ザ・ハウス」、「セックス・ボム」、B-52's「ラブ・シャック」、ヴェンチャーズ「ウォーク・ドント・ラン」、シベリウス、「ターミネーター」、パトリック・ホワイト「ヴォス」、サザン・オールスターズ、「ジョーズ」、メル・ギブソン、「誓い（ガリポリ）」、「エデンの東」、マッカーサー、D・H・ローレンス、『オーストラリアの蛇』、ブラームス、ムッソリーニ、「13日の金曜日」、「逃亡者」、キルケゴール、「ウェストサイド・ストーリー」、『探検家たち』、カストロ、「タイタニック」、ピエール・ド・クーベルタン、カイリー・クイーン「ダンシング・クイーン」、「ウィー・アー・ザ・ワールド」、メン・アット・ワーク「ダウン・アンダー」、ビージーズ、「ワルツィング・マティルダ」、「渚にて」、ポール・サイモン、ブルース・チャトウィン『ソングライン』、ベートーヴェン、ホセ・オルテガ・イ・ガセット「ドン・キホーテに関する思索」「Glenn Gould at Work」、ビリー・ジョエル、ヘミングウェイ

【内容】「1996年7月28日アトランタ」「2000年6月18日広島」という有森裕子と犬伏孝行へのルポを序章に置き、2000年9月11日から10月3日までの二十三日間の「シドニー日誌」を中心にして、「2000年10月20日徳島」「2000年11月5日ニューヨーク」という同じく二人をルポした文章が終章として置かれている。「シドニー日誌」の部分は、シドニーオリンピックの観戦記でもあり、旅行記でもあるような形で、リアルタイムに書き継がれたもので、その内容はオリンピックに限られず、オーストラリアの歴史からコアラの発情の話まで多岐に亘っている。

【評価】初刊時の書評ではいずれも高い評価がなされているが、〈選手たちと同じものを見ようとしている〉〈村上春樹もシドニー・オリンピックに参加していた〉（近藤邦雄「週刊プ

レイボーイ」01・2・13）と見たり、〈五輪に対してここまで過不足なく語った本は本書が初めて〉（中尾亘孝「本の話」01・2）だとして、〈本格的なスポーツ・ノンフィクション〉（中尾亘孝）とするものがある一方で、〈一風変わった観戦記〉（浜田敬子「AERA」01・2・19）として、〈スポーツ観戦記の定番とはかけ離れた、奇妙なゆがみ〉（堀江敏幸「週刊文春」01・2・15）を見る見方までの幅の広さがある。

**【読みのポイント】**〈観戦記というよりは、オリンピック期間中のシドニー滞在記〉（青山栄「週刊現代」01・2・24）であり、〈オリンピックの記述以外の部分が面白い、という不思議なオリンピック関連本。〉（金城一紀「CREA」01・5）とも評されており、〈しばしばオリンピックの話題をはなれてあちこちへと飛ぶ〉（Yuka Miura「CREA」01・4）日誌の面白さも本書の大きな魅力だが、アボリジニーであるキャシー・フリーマンのゴール後の描写など感動的な部分を持ちつつ基本的には朝日堂的な軽妙さを売りにするその日誌部分を、出場できなかった有森と途中棄権した犬伏のルポで挟みこむ構成が村上春樹らしい本書の最大の魅力であろう。単に自身もランナーであることの共感以上に、作家としての書くことの孤独がそこに重ねられているはずであるし、方法としても、その聞き書き的な手法が先立つ『アンダーグラウンド』などにも繋がるものとして注目されるべきだろう。（波瀬　蘭）

# 品川猿《しながわざる》

**【ジャンル】**短編**【初出】**『東京奇譚集』（新潮社、05・9・18）**【分量】**88**【キー・ワード】**死、時間、失踪、消滅**【舞台】**大田区にあるホンダの販売店、東京都品川区区役所内心の悩み相談室、女子寮、自宅マンション**【登場人物】**安藤（旧姓・大沢）みずき、安藤隆史、坂木哲子、松中優子、坂木義郎、桜田、猿

**【梗概】**安藤みずきはときどき自分の名が思い出せなくなった。旧姓大沢のみずきは、一年前から〈安藤みずき〉の名前を忘れることが始まり、そのうち頻度を増した。ただし名前以外のことは忘れない。気にして病院に行ってみたが真剣に対応はされない。たまたま、品川区の広報に〈心の悩み相談室〉の紹介を見て行ってみることにした。カウンセラーの坂木哲子から問われ、家族構成や結婚生活について答えた。坂木は熱心に聞いてくれたので続けてカウンセリングに通うことにした。二回目の面談で、高校三年の女子高の寮でのことを話した。ある日、松中優子という寮で最も美人の二年生が部屋に来て、これまでに嫉妬の感情を持ったことはあるかと尋ねた。ない、と答えると、それは幸せなことだと優子は言った。優子は、しばらく実家に帰らねばならないので名札を預かってくれと頼んだ。寮の玄関には名札をかけるボードが

あった。名札を猿にとられないためにだ、と優子は言った。だがその後、森の中で自殺している優子が発見された。理由はわからなかった。名札を預かったことは人に言わず、今も持っている、とみずきは言った。帰宅後、確かめると名札はなくなっていた。カウンセリングには毎週通い続けて二ケ月経った。坂木はみずきの名前忘れの具体的な原因を見せてやれそうだと言った。次の週、坂木は、「大沢みずき」と「松末優子」の名札を見せた。これが盗まれたため名前を忘れることが起こったと坂木は言う。そして犯人から話を聞こうと言う。坂木の夫が土木課長で、その関係から犯人を捕らえることができたのだそうだ。坂木夫妻、部下の桜井とともに倉庫のような部屋へゆく。そこには言葉を話せる老いた猿がいた。猿は一年前、みずきのマンションに忍び込み、名札を盗んだのだった。猿は、名前を取ることが自分の病気だ、かつて松中優子に焦がれ、その名前だけでも手に入れようとした、と話す。優子の自殺に関係はあるのかと尋ねるとそれは本人の心の闇がそうさせたのだと答えた。猿は苦労して優子の名札がみずきの手にあることを探り盗んだ。そのとき大沢みずきという名にも惹かれたのでともに盗んだ。しばらく下水道に潜入しているのが坂木にわかったので夫に捕獲を頼んだとのことである。猿は詫びた。ただ、名前をとることでそこに付帯しているネガティブな要素もいくらか持ち去ることができるのだ、とも言う。もし優子が生きている間に名前を盗んでいれば自殺しないですんだかも知れない、みずきの場合も同じく、名前とともに悪いことが持ち去られていた、と告げる。猿を許すよう頼むことと交換にみずきは猿からその隠されていたことを聞く。それはみずきが母にも姉にも愛されていなかったことだと猿は言った。みずきはうすうすは気づいていたが心の小さな暗闇に隠して生きてきた、そのため誰も真剣には愛せなくなっている、と猿は告げるのだった。みずきは、猿の告げたことには傷ついたが、いつかはその事実と正面から向き合う必要があったのだと言う。この後、以後がどうであれ戻ってきた自分の名とともに生きることをみずきは意識した。

**【評価】** 河合隼雄は「偶然の真実」で〈ここに実に巧妙にカウンセリングの「真実」が語られていることに感心してしまう〉と記し（「新潮」05・11）、中島京子は「受け入れて、生きること」で『東京奇譚集』に同時収録の「ハナレイ・ベイ」とともに〈長編のスタイルを彷彿とさせる〉と記した。豊﨑由美は「理想的な奇跡の語り手」で、同作品集中、特にこの作に注目し〈「品川猿」のような破調を怖れない、というか作品の調子が壊れる展開をあえて選んでいる〉とし〈村上春樹の調子っぱずれの歌なんて、めったに聴けるもんじゃない。その意味で、純正春樹印の他四篇よりも、わたしは「品川猿」を熱く支持する者なのである〉と告げた（「群像」05・11）。以上はいずれも雑誌掲載の書評。また宮脇俊文は『村上春樹ワンダーランド』（いそっぷ社、06・11）で〈われわれは日々現実を無意識のうちに避け、それを心の闇の奥にしまいこんで生きていこうとしているのかもしれない。でもいつかはそれを直視しなければいけない時がくるのだ〉と書き、しかしそれは不幸ではないと記した上で〈その意味でも、書き下ろしの「品川猿」は、この短編集の最後を飾るにふさわしい作品となっている〉とした。

**【読みのポイント】**カウンセリングと心理的な問題について考える限りなら現実に沿っていることを高く評価はされてもそれ以上の新たな展開はない。そうした内的アプローチよりも、そもそもこの短編を収録した作品集が『東京奇譚集』と題され、また、人から聞いた奇妙な話を自分なりに書き直した、と冒頭の作品「偶然の旅人」に作者自身の言葉として書かれていること、そしてそうした四編のあとにこれが書き下ろしとして収録されていることから、このような〈奇譚〉の形式で書かれる小説の同時代的拡がりと動向を考えてみるべきである。都市伝説とされる噂話や怪談の流行に村上がどう反応したかの論考が待たれる。

（**高原英理**）

# 『少年カフカ』しょうねんかふか

**【ジャンル】**エッセイ・インタビュー集**【初刊】**『少年カフカ』（新潮社、03・6・10）**【分量】**3350**【キー・ワード】**死、性、猫、夢、時間、恋愛、同世代、ビール

**【内容】**村上春樹編集長による「『海辺のカフカ』マガジン」と銘打たれ、『海辺のカフカ』期間限定公式ホームページ（http://www.kafkaontheshore.com 02・9・12〜03・2・14）の全ドキュメントを収録する。その中心は、『海辺のカフカ』に関する読者からの1220通に及ぶ電子メールと、それに対する村上春樹の返答である。村上が〈直接民主主義〉的な〈読者との率直な意見の交換〉（Reply №1088）の試みと述べるように、ここでは肯定的な感想・意見だけではなく、小説の内容や作者の思考に対する様々な疑問、全否定を含む多くの批判的な意見、あるいはウェブサイト自体への批判などが取り上げられており、その一つ一つに対して村上は丁寧な返答を行っている。また、話題も小説に限らず多岐にわたっており、言及される文学・映画・音楽等の作品は莫大な量に上る。メール以外には、インタビューや製本所の見学記、読者アンケートの記録などが収められている。

**【評価】**小森陽一『村上春樹論』（平凡社新書、06・5）は、『少年カフカ』に収められたメールのほとんどが『海辺のカ

フカ』を〈〈救済〉と〈癒し〉の文学〉として読むものであったと見なし、『海辺のカフカ』の批判的読解の端緒としている。また、ジェイ・ルービン『ハルキ・ムラカミと言葉の音楽』（新潮社、06・9）は、特徴的な本の形態や読者との双方向的なコミュニケーションのあり方について論じている。

**【読みのポイント】**この本に所収された膨大な数の読者の声と、村上の柔軟でしばしば高度な思考を含んだ応答は、『海辺のカフカ』というテクストに、また村上文学の総体に接近する上で、数多くの手がかりを与えてくれることは確かだ。ただしその際、小森氏のように読者の意見を一枚岩的に捉えては、多様な読者の思考や具体的なコミュニケーションのあり方が捨象されてしまうということには注意が必要だろう。また、読者によるメールの送信は、単純に感想や意見の表明であるだけではなく、先行する文脈も視野に入れて、公開的なコミュニケーションの場に参加する行為でもある。メールに対する検討は、こうした動的なプロセスにも留意して繊細に為される必要があるはずだ。いずれにせよこの本に収められた内容は、村上の思考や読者の多様な反応を示す「資料」としてだけではなく、〈村上春樹人気〉という現象を支える一つのメディアのあり方を問う上でも重要な対象として、メール以外の諸コンテンツも含めてより多面的な検討がなされるべきだと思われる。

（**仁平政人**）

## 『東京するめクラブ《とうきょうするめくらぶ》　地球のはぐれ方《ちきゅうのはぐれかた》』

**【ジャンル】**エッセイ**【初出】**「TITLE」02・10、11。03・3～5、7、10、11。04・1**【収録】**『東京するめクラブ　地球のはぐれ方』（文芸春秋、04・11）**【分量】**232（村上の執筆部分のみ、座談会は村上発言のみ）**【キー・ワード】**闇、スパゲティー、夢、怒り、ビール、性、地下、時間、結婚、犬、猫、娼婦**【舞台】**名古屋、熱海、ハワイ、江の島、サハリン、清里**【関連】****文学**：コナン・ドイル『失われた世界』、三島由紀夫、野口雨情、ニーチェ、山本夏彦、太宰治、ジョン・ル・カレ、アントン・チェーホフ『サハリン島』、フランツ・カフカ『流刑地にて』、ペーター・ウルバン『チェーホフの風景』、ドミトリー・コワレーニン、フォークナー『サンクチュアリ』、『チャタレー夫人の恋人』、スティーブン・キング『トウモロコシ畑の子供たち』　**音楽**：ベートーヴェン、ドン・ホー「タイニー・バブルズ」「真珠の歌」、ウェイン・ニュートン、ディーン・マーティン、ブライアン・ウィルソン、マイケル・ジャクソン、ヴィヴァルディ、エラ・フィッツジェラルド　**映画**：クリストファー・リー、メル・ギブソン、「千と千尋の神隠し」、「サイン」、「フィールド・オブ・ドリームズ」　**その他**：アドルフ・ヒットラー『我が闘争』、イチロー、マッカーサー、ファラオ、ミレー、ケビン・ホッジス、川上憲伸、古田敦也、ビスマルク、ガウディ、ムッソリーニ、エヴァ・ブラウン、スターリン、ナポレオン、アレクサンダー、マルクス、フィリップ・スタルク、カルロス・ゴーン、リック・キャロル、「冬のソナタ」、貝塚良雄、レーニン、松田伝十郎、間宮林蔵、金本智憲、ポール・ラッシュ

**【内容】**エッセイスト吉本由美、カメラマン都築響一との共著。三人が〈世間から軽蔑されこそすれ、尊敬されることはまずなさそうな〉（都築「後書き」）名古屋、熱海、ハワイ、江の島、サハリン、清里を旅行して〈「これは面白い」と思ったもの〉について手分けして書き、それぞれの旅行記の後に座談会をまとめたものが付けられている。

**【評価】**宮脇俊文が『村上春樹ワンダーランド』（いそっぷ社、06・11）の中で〈ユニークな内容の旅行記〉として位置づけている。書評では安西水丸が〈三人の隊員は実にさまざまなはぐれ方を展開しており、そのはぐれ先でのリアクションに笑わされる。笑わされはするのだが、はぐれ先は、実はそれはいつか自分自身のなかでも出会ったような光景であったりしてちょっと背なかに汗が流れる〉（「本の話」04・12）と、懐かしさを評価しているほか、田中敏恵が〈今どき知られすぎて（あまりにも観光名所すぎて）まともに紹介されていないような場所に出向き、なんとも不思議で微妙な名物などを食していく。ありがたみの低いものをチョイスしているにもかかわらず、それらをすごく新鮮に感じてしまう〉（「SPA!」04・12・7）と、ガイドブックとしての側面を紹介している。

**【読みのポイント】**タイトルからは、『地球の歩き方』をパロディにしているユーモアが読め、「『地球のはぐれ方』のための前書きのようなもの」で村上は〈「たいしたもんじゃないですけど、くちゃくちゃ噛んでいるうちに、なんかそれなりの味が出てくるのでは……」〉と〈東京するめクラブ〉の命名の由来を語っている。座談会では旅行した土地をどうすればもっと観光客が集められるのかについて熱く話し合っており、土地の〈それなりの味〉を出そうと三人が意見を戦わせているところが面白い。村上は〈この本はいちおう旅行記ではありますが、実用的なガイドブックではありません〉（前掲前書き）と断っていることからもわかるとおり、一貫してゆるめの読み物として書かれている。ハワイは『ダンス・ダンス・ダンス』や「ハナレイ・ベイ」などで村上がしばしば小説の舞台に選ぶ土地である。「ハワイ」の章では、村上のハワイに対する見方が伺える。また、「江の島」の章では、藤沢市に住んでいた村上が、『世界の終りとハードボイルド・ワンダーランド』の執筆時のエピソードを書いている。ガイドブックとして、旅行記としても楽しめるが、作品研究に欠かせないハンドブックでもある。

（**小柳しおり**）

## どこであれそれが見つかりそうな場所で《どこであれそれがみつかりそうなばしょで》

**【ジャンル】**短編**【初出】**「新潮」05・5**【収録】**『東京奇譚集』（新潮社、05・9・18）**【分量】**53**【キー・ワード】**失踪**【舞台】**東京品川区のマンション**【登場人物】**私、女、（胡桃沢）、女の子**【関連】**映画：アルフレッド・ヒッチコック

**【梗概】**女は三十五歳、整形手術をしたと思われる綺麗な鼻筋をもつ人で、美しい脚に〈狂気のように〉尖ったハイヒールを履いている。品川区のマンションの二十六階に夫婦で住んでいるのだが、夫が二十四階に住む義母の様子を見に行ったまま戻ってこないという。夫の胡桃沢は四十歳でメリル・リンチに勤めている。エレベーター嫌いの夫は、いつも階段を使う。階段を通って不安神経症の母の部屋に行き、これから戻ると電話をしたまま、財布もクレジットカードも持たずに姿を消して十日になる。これは〈私〉の求めていたケースだった。〈消えた人を捜すことに関心〉のある〈私〉は、〈個人的なボランティア〉としてこの依頼を引き受ける。毎日現場の階段に行き、隈なく失踪の痕跡を捜した。階段をジョギングする人、煙草を吸いに来る老人、小学校低学年の女の子など、階段を使う人は何人かいる。女の子は、ここの鏡は一番きれいに映り、「おうちの鏡とはぜんぜん違って映るんだ」と言う。なるほど、自分の姿が少し違うようにも思える。〈私〉は〈ドアみたいなもの〉を捜している。〈ドアだか、雨傘だか、ドーナッツだか、象さんだか、なんだかよくわからないもの〉だが、「一目見れば、その場でぱっとわかるはずなんだ」と女の子に言う。その翌日依頼人から電話があり、夫は仙台駅で保護されたと伝えてきた。失踪してから二十日間の記憶はないという。〈私〉は、またどこかそれが見つかりそうな場所でそれを探し求めることになるだろうと思う。

**【評価】**この小説を収録した『東京奇譚集』については、山内則文「生命力に輝いていた時代」（「読売新聞」05・9・26夕刊）に、〈ここにいるのは、いたって「普通」に生活していることを自他共に認める人物。おしなべて普通であることの中に、いつしか理屈では説明のつかないねじれがまぎれ込む――という不気味な現象が起きている〉とあり、野崎歓の書評（「読売新聞」05・10・23）に、〈読者を物語世界に引き込んでいく、わざの冴えに唸らされる〉、〈荒唐無稽な展開は（中略）人間の内密な部分に迫っていくために必要なステップなのだと感じられる〉とあり、池上冬樹の書評（「朝日新聞」05・11・6）には、〈ここでは（村上春樹の小説では）形のないもの、目には見えないものが重きをなす〉とある。なお、池上冬樹は、本短編にオースターの影響を指摘する。湯川豊は書評（「毎日新聞」05・10・16）で〈ありそうにないほどに面白い

話こそが物語という表現形式の中にある〉と言い、この短編集は、〈そういう物語の伝統の上にある〉と言う。そして本短編の〈謎〉については、〈人間ドラマを論理的な因果関係で追求するのはもともと不可能である〉というメッセージを読み取っている。

**【読みのポイント】** 村上春樹は「朝日新聞」(05・10・3)のインタビュー「村上春樹が語る・上」で、〈僕は縛りがある方が書きやすい。今回は奇妙な話にしようと思った〉と言い、キーワードを思いつくままに二十挙げ、そこから一作につき三つずつ取って話を作ったと語っている。「どこであれそれが見つかりそうな場所で」の〈奇妙〉な感じは、二つのことが謎のまま残されているから生じる。一つは、夫・胡桃沢がなぜ失踪したのかということ。もう一つは、彼がどうやって仙台にまで行ったのかということ。一つ目の失踪の動機は、ふつう小説では人間ドラマの核心となるが、ここでは明白な動機は浮かび上がらないし、調査をする〈私〉の興味も二つ目の消え方に集中している。動機の追究は〈私〉の関心の埒外にあり、しかもその消え方も不明のまま終わる。だがそこから言えるのは、この作品が、奇妙な消え方の調査を軸に据えることで、失踪の動機を暗示的に描き出そうとしているということである。そのため読者の眼差しは、ちょうど〈私〉が階段周辺を調べたように、作品の細部を隈なく点検することになる。そこに浮かび上がるのが、尖ったハイヒールを履いた妻である。もちろん彼女は、失踪の原因となるような妻ではない。しかし、あえて原因を捜すとすればこの妻が前景化するように仕組まれている。一方、胡桃沢の消え方の鍵となる〈ドアのようなもの〉は、階段の踊り場に取り付けられた鏡しかない。むろんこれもファンタジックな作用をするアイテムかどうかは不明である。ただ〈現実の世界にようこそ戻られました〉という最後の〈私〉の台詞に注意すれば、これは「ようこそ、現実の砂漠へ」という映画「マトリックス」(99年封切り)の台詞を思い出さずにはいられない。人類が巨大コンピュータに眠らされ、そこから選ばれて現実に引き戻されたネオが迎え入れられるのだが、そのときに〈現実〉側の人から発せられたことばである。胡桃沢は超現実的な作用によって突然姿を消したとしか思えない。小説では、妻と鏡とは、原因と作用の謎を解く鍵として等価の位置にある。しかし、それらは決定的な要因ではないし、そもそもこの作品に〝解決〟はない。ただ原因としての妻と作用としての鏡が偶然に交叉したことで〈奇譚〉が生じたらしいのである。これは何を表現しているのか——ごく普通の生活の中に、それを切り裂く不思議な出来事は待っており、しかしごく普通の生活は、変わらず持続するだろうという感覚である。

（**佐藤秀明**）

## バースデイ・ガール

ばーすでい・がーる

【ジャンル】短編【初出】『バースデイ・ストーリーズ』(中央公論新社、02・12・7)【収録】『〈村上春樹翻訳ライブラリー〉バースデイ・ストーリーズ』(中央公論新社、06・1・10)【分量】37【キー・ワード】時間、夢【舞台】六本木のイタリア料理店【登場人物】彼女、僕、フロア・マネージャー、オーナー【関連】ディケンズ『リトル・ドリット』

【梗概】僕と彼女はふとしたきっかけで、それぞれの二十歳の誕生日について話を始めた。十年以上も前の二十歳の誕生日に、彼女は普段と同じようにウェイトレスの仕事をしていた。急な腹痛で店を離れたフロア・マネージャーに代わって、オーナーに夕食を運んだ彼女は、誕生日のプレゼントに「もし願いごとがあれば、ひとつだけかなえてあげよう」と言われる。それが何であるのか不明なまま、僕は彼女にその願いごとがかなったのかどうか、それを願いごととして選んだことを後悔していないか、を問う。彼女は今、三歳年上の公認会計士と結婚していて、子どもが二人いる〈それほど悪くなさそう〉な人生を送っている。あなたなら何を願ったかを彼女に聞かれた僕は、願いごとを何ひとつ思いつけない。「あなたはきっともう願ってしまったのよ」と彼女は言う。

【評価】収録書の書評で中島京子「BOOK REVIEW」(「エフ」03・3)は、本作を含めた十一の短篇を〈奇妙な話やせつない話〉として総括し、沼野充義「現代文学の短編一〇編に著者書下ろしを加えたアンソロジー」(「中央公論」03・2)は〈後味がよく、軽いけれども爽やかにこのアンソロジーを締めくくっている。〉と評価した。なお収録書の扉裏には、作者による簡単な解説的言及があり、「訳者あとがき」に〈お祭りに参加する〉〈気持ちで、顔をしかめることなく〉〈肩の力を抜いて楽しんで書いた〉という自解がある。

【読みのポイント】誰かの話を語り手の〈僕〉が聞くという、『回転木馬のデッド・ヒート』等以来の、春樹得意の形式で成り立つ作品だが、〈僕〉と彼女との間の関係を過剰に読むよりは、〈「ねえ、もしあなたが私の立場にいたら、どんなことを願ったと思う?」〉と尋ねられる〈僕〉のように、読者も自身の〈願いごと〉を考えさせられることになる、巧妙な仕組みを読むべきだろう。しかもそれは同時に、〈はて、それがどんな願いだったのか〉(沼野)という謎を解こうという気持ちを読者に促す。そもそも答を同定できないとして余韻を味わうこともできるが、二十歳という〈年頃の女の子にしては、一風変わった願い〉であり、彼女がその後店に近づかなかったことや、〈時間が重要な役割を果たす〉といった解釈コードを駆使すれば、何も〈願いごと〉を持たずにすむ人生を送れますように、といった答は透けて見えてこよう。(原　善)

# ハナレイ・ベイ《はなれい・べい》

**【ジャンル】**短編**【初出】**「新潮」05・4**【収録】**『東京奇譚集』（新潮社、05・9・18）**【分量】**60**【キー・ワード】**死**【舞台】**ハナレイ（ハワイ・カウアイ島）、六本木のピアノ・バー**【登場人物】**サチ、サチの息子、日系の警官、金髪と黒髪の白人サーファー、夫、ずんぐり、長身、音楽教師、父親、大柄の白人の男（合衆国海兵隊）、ずんぐりの彼女**【関連】****音楽**：エルヴィス・コステロ、レッド・ガーランド、ビル・エヴァンズ、ウィントン・ケリー、リチャード・ロジャース、オスカー・ハマーシュタイン2世「バリハイ」、エルヴィス・プレスリー「ブルーハワイ」、ボビー・ダーリン「ビヨンド・ザ・シー」 **映画**：「ダイ・ハード2」

**【梗概】**サチの息子は十九歳のときに、ハナレイ・ベイでサーフィンをしている最中に鮫に右脚を食いちぎられ、そのショックで溺れ死ぬ。その時からサチは毎年、息子の命日が近づくとハナレイ・ベイに三週間ばかり滞在し、その間ビーチに座って、息子が死んでいった海とサーファーたちを眺めて過ごすことにしていた。もうそれは、息子を失ってから十年以上続いている。

サチにはピアノの才能があったが、彼女にできるのはオリジナルを正確にコピーすることだけであったので、プロのピアニストになることは諦める。二十四歳のときにジャズ・ギタリストと結婚し、息子が生まれるが、ドラッグのやりすぎで夫はまもなく死んでしまう。夫の死後、六本木でピアノ・バーを経営し成功する。サーフィンぐらいしか身を入れることをしない息子をサチは人間としてあまり好きになれなかったことが回想されている。

その年も同じようにハナレイ・ベイに滞在していると、サーフィンにしか興味のない、世間知らずの頼りない二人の日本人（ずんぐりと長身）の大学生に出会う。その能天気な調子にサチは呆れながらも、どこかに自分の息子を重ねている。ある日、彼らがサチに奇妙なことを告げた。サチがいつも座っている場所からちょっと離れたところに、片脚の日本人のサーファーが立っていて、サーフィンをしている二人を見ているのだが、浜に上がるともうどこにも居ないという。サチはその話を聞いて、なぜ自分にはその息子の姿が見えないのかと、泣きながら思う。

ずんぐりとはその後、六本木のスターバックスで偶然出会い、女の子とうまくやる方法を教えてやる。サチは何も考えず、ピアノを弾く生活を続けている。ピアノを弾いていないときは、毎年秋の終わりにハナレイ・ベイに行くことに思いめぐらす。

**【評価】**この短編を個別に論じた批評や研究はまだない。書評として、小山鉄郎「『東京奇譚集』村上春樹―連動しながら響くもの」（「文学界」05・11）がある。

**【読みのポイント】** 十九歳で亡くなった一人息子に対する、サチの鎮魂の思いが、本作品のモチーフとなっている。とはいうものの、前半部においては息子の死を受け入れるサチの様子が淡々と描かれ、彼女は息子のために泣くこともしない。なぜなら、サチは死んだ息子のことをあまり好きではなかったと回想する。それは、息子の霊を自分が見ることができないことにも関係している。息子の死から十年以上たってそのことに気づき、はじめて涙するのである。この場面がクライマックスのように読めるのだが、重要なのはサチが毎年、ハナレイ・ベイに来るのは、単に息子のためだけではなく、自分のためでもあるという点である。誰も自らの死については語れない以上、死とは他者の死でしかなく、残された者の問題でもある。そして、死に処する残された者の対照的な二つの態度が描かれている。これこそが本作の読みのポイントとなるところである。

サチが息子の遺体を引き取りにカウアイ島の警察署に行くと、そこの老警官が、一九四四年にヨーロッパで〈認識票と、ばらばらになった肉片〉だけを残して戦死した伯父の話をする。そして戦争における死は残された者に怒りや憎しみをもたらすが、自然による死はそういうものとは無縁で、息子は〈自然の循環の中に戻っていった〉とサチを慰める。前者の怒りや憎しみを引きずっている登場人物が、ハナレイのレストランでサチに自分の好きな曲を弾かせようとしてからんでくる、四十前後の大柄の白人の男である。〈USMC（合衆国海兵隊）〉という文字を腕に彫り、〈イワクニ〉に二年いたらしい。二人組みの日本人サーファーに対して、〈ジャップがわざわざハワイまで来て、サーフィンなんかして〉という言い方の中に、「リメンバー・パールハーバー」という言葉が潜んでいる。本作がちょうど戦後六十年の節目に発表された意味もそこにあるのではないだろうか。

毎年同じ時期ハナレイ・ベイにやって来ては、同じようにビーチに座って息子が死んだ海とサーファーたちを一日中眺める行為とは、あたかも寄せては返す波のように、停滞し循環し反復する時間を生きることであり、これこそが自然に帰っていった息子に対する最良の鎮魂であり、それによってサチも生かされる。

同じく『東京奇譚集』所収の「品川猿」の主人公〈みずき〉は、自分の名前だけを忘れてしまうということに悩む。その原因は彼女が母や姉から愛されていなかったこと、そしてそのことを抑圧していたからであったが、最後にそうした自分を受け入れる。いわば本作品を息子の視点から語り直した短編ともいえる。

（**押野武志**）

## BMWの窓ガラスの形をした純粋な意味での消耗についての考察《びーえむだぶりゅーのまどがらすのかたちをしたじゅんすいないみでのしょうもうについてのこうさつ》

**【ジャンル】**短編**【初出】**「IN・POCKET」84・8**【分量】**38**【キー・ワード】**怒り、電話**【舞台】**彼の家、大学のキャンパス、新宿のデパート**【登場人物】**僕、彼、彼の妻、彼の子供**【関連】**「グレート・ギャツビー」

**【梗概】**価値判断を行うのに時間がかかる僕が、どうしても相容れなかった人間である彼について語った話。彼は高校・大学の同級生で、実家は金持ちであるが、ジャズミュージシャンをめざして高い楽器に金をつぎ込み、ご飯などを僕にたかることが多かった。3年後に会った時も僕から金を借り、彼は恐縮も感謝の意もなく、自分自身が認められないことを周りのせいにしていた。8年後、僕は彼に金を返すよう求めるが、金のための仕事をして裕福であったにもかかわらず彼は返さず、小説家になった僕を貶める言動を繰り返した。結局中身のない底の浅い人間であった彼は全く変わることがなく、中身のない人間に対する怒りの発露（彼のBMWの窓ガラスをたたき割る妄想）は〈純粋な意味での消耗〉だと悟る。

**【読みのポイント】**同時期「IN・POCKET」に隔月で「プールサイド」、「雨やどり」、「タクシーに乗った男」、「今は亡き王女のための」、「野球場」、本作、「嘔吐1979」、「ハンティング・ナイフ」を執筆していた。本作以外は『回転木馬のデッド・ヒート』所収だが、本作は単行本・『全作品⑤』双方に未収録である。その理由について、村上は〈これは自分でも気に入らなくて単行本には収録しなかったし、今回もやはり外した。思い切って書きなおしてみようかとも思ったのだけれど、正直に言って手のつけようがなかった。作品のカラーそのものが他のものとは大きく異なっていて、しっくりと馴染まないのだ。〉（「自作を語る」）と述べている。

村上は『回転木馬のデッド・ヒート』を、「聞き書き」という方法を使ったリアリズムの文体の訓練であり、行き着く先が『ノルウェイの森』であったと位置づけている。本作がそれになじまず、書きなおしもできなかった理由は、「グレート・ギャツビイ」を冒頭で引用し、僕とニック・キャラウェイを重ねているが、後に語られた話とその試みがうまく機能していない点が挙げられる。他作品の僕が他者を相対化しているのに対し、本作では僕の彼に対する嫌悪感が強烈で、僕の個人的な恨みの発露にすぎない印象となっている。

ただ、どうしても相容れない人間というモチーフは、「ねじまき鳥」の綿谷ノボル、「沈黙」の青木に繋がる（性格の設定は青木に近い）。怒りの発露の点と併せて、多作品との関連で論じることが可能であろう。

（**山根由美恵**）

## 『「ひとつ、村上さんでやってみるか」と世間の人々が村上春樹にとりあえずぶっつける490の質問』《「ひとつむらかみさんでやってみるか」とせけんのひとびとがむらかみはるきにとりあえずぶっつける490のしつもん》

**【ジャンル】**インタビュー集**【初出】**「村上朝日堂ホームページ」（06・3・8～6・8）**【収録】**『「ひとつ、村上さんでやってみるか」』（朝日新聞社、06・11・30）**【分量】**1152

**【内容】**『「そうだ、村上さんに聞いてみよう」』、『「これだけは、村上さんに言っておこう」』に続く、読者とのインターネット対談集第三作。一ページ四段組みで、一段二四行×一四字である。二〇〇六年三月から六月まで、『「これだけは、村上さんに言っておこう」』出版記念として、三ヶ月限定で村上朝日堂ホームページをオープンし、読者から寄せられた多くのメールのうち八三二通について、当時アメリカに在住していた村上春樹が返事を書いたが、その中から四九〇通をセレクトし、一冊の本にまとめたもの。巻末には、同時期に村上朝日堂ホームページで掲載されたエッセイ「ボストン便り」①～④（約九千字分）も収録されている。読者のメールが、約19400行に対して、村上春樹の回答が15271行で、44％（約二一万三千字）書いている。内容は、日常生活のことから、文学や社会問題まで、様々な分野に及ぶ。村上の回答行数は、ほとんどが10～50行程度であるが、最も長いのが、「憲法の問題」169行、次いで「アフターダーク」145行、「直筆原稿流失で質問」119行、「死刑制度について」102行、「どこまで書くか」94行の順になる。社会問題への強い関心と、自分自身の文学行為についての省察がうかがえる。

**【読みのポイント】**村上春樹という作家が不特定多数の読者から寄せられたものに答えていくという形式であり、話題が拡散しているように見えるが、背景にある世界観・人生観・文学観が一貫しているので、結果として村上春樹の世界をより身近に垣間見ることができる内容になっている。村上春樹入門書、文学入門書、人生相談、随想、ウィット集、その他、読み手によって様々な角度からの読み方が可能になる多面体の構造を持っている。最初から順を追って読むのではなく、アトランダムに読んだ方が発見があるだろう。〈その小説を読み始める前と、読み終えた後で、自分の居場所が少しでも移動しているように感じられたとしたら、それは優れた小説なのだ〉（P108）、〈ほかの人と違う考えや見方をしたかったら、ほかの人とは違う情報を手に入れろ〉（P128）等、所々に、村上風箴言や格言が宝石のように散りばめられている。

（奥山文幸）

# 日々移動する腎臓のかたちをした石《ひびいどうするじんぞうのかたちをしたいし》

**【ジャンル】**短編**【初出】**「新潮」05・6**【収録】**『東京奇譚集』（新潮社、05・9・18）**【分量】**56・6**【キー・ワード】**失踪、性、恋愛**【舞台】**恵比寿から代官山に向かう道筋にあるフレンチ・レストラン、淳平の部屋、タクシーの車内**【登場人物】**淳平、キリエ**【関連】**音楽：マーラーの歌曲、ジェームズ・テイラー『アップ・オン・ザ・ルーフ』

**【梗概】**淳平は十六歳のころ、父親から「男が一生に出会う中で、本当に意味を持つ女は三人しかいない」と告げられる。東京の大学に進学し、何人かの女性と交際するなかで〈本当に意味を持つ〉と確信できる女性に出会うが、彼女は彼の親友と結婚した。残るは二人。彼は新しい女性と知り合うたびに「この女は自分にとって本当に意味を持つ相手なのだろうか」と自らに問いかけるようになった。この問いは、彼のなかで〈一種の強迫観念〉となり、彼の女性関係を呪縛する。

淳平が三十一歳のとき、彼は友人が開いたフレンチ・レストランのオープニングパーティでキリエと知り合う。彼は小説家になっていた。二人は淳平の部屋で関係を結ぶ。ある秋の日、キリエはベッドの中で淳平がいま書いている小説の内容を尋ねる。彼は執筆途中の小説の内容は他人に話さないというジンクスを持っていたが、彼女になら話してもいいかも知れないと思い、語りはじめる。

主人公は内科医の三十代前半の女性。大きな病院に勤めている。その病院の同僚で、四十代後半の妻帯者の外科医と秘密の関係を結んでいる。彼女は旅先で腎臓にそっくりな石を拾う。彼女は病院の自分の部屋で、その石を文鎮として使いはじめる……。

彼はそこから先の話を考えていなかったが、キリエから重要な示唆を与えられる。それから五日間、彼は腎臓石の物語を書きつづけた。物語は彼女の予言どおりに進行する。彼女が物語を先に推し進めているのだ、と淳平は感じる。

小説を書き上げたあと、彼はキリエと連絡をとろうとするが、電話はつながらない。待ちつづけても、連絡はない。やがて彼が書いた短篇小説「日々移動する腎臓のかたちをした石」が文芸誌の二月号に掲載された。それでも彼女からの連絡はなかった。

春の初めの昼下がり、タクシーに乗っていた淳平は、FM放送から流れてきた彼女の声を聞く。それはスタジオ内でのインタビューだった。彼ははじめて、彼女の職業を知る。高い建物と建物の間にロープを張り、その上を歩いて渡るパフォーマーとしての彼女。彼女は風について語っていた。彼は、彼女と〈風〉の間には誰も入れないのだと悟る。そのとき彼は、激しい嫉妬を覚える。

この年の終わり、淳平は彼女を二人目にすることを決めた。残りは一人になった。しかし彼に恐怖はない。大事なのは誰か一人をそっくり受容しようという気持ちなのだと理解したからだ。同じころ、女医の机の上から、石は姿を消した。それは二度と戻ってこないことを、彼女は知っている。

**【評価】**　ジェイ・ルービン、畔柳和代訳『ハルキ・ムラカミと言葉の音楽』（新潮社、06・9・30）は『東京奇譚集』における超自然的な力について、それが〈登場人物たちが心理面で求めていることのメタファーになり、連作の主題、つまりは心の癒しへの入口をもたらしている〉と指摘したうえで、「日々移動する腎臓のかたちをした石」については、「蜂蜜パイ」（『神の子どもたちはみな踊る』新潮社、00・2・25）の前編であるとし、淳平が書く小説の主人公に「タイランド」（「新潮」99・11）のさつきとの類似を見いだすとともに、作品の〈内なる世界と外の世界との相互浸透〉の完璧なバランスを強調する。また重岡徹「村上春樹『東京奇譚集』論」（「別府大学国語国文学」48、06・12）は、作品内に登場する風や石を〈人間が無意識の奥深くに抱えこんでいる暗闇を形にしたもの〉と捉え、作品と作中作の混融には〈人間は自己の内なる暗闇を意志的に切りすてようとしても、そのことで何も変わりはしない、それを「受容」することによってしか、人間は深まっていくことはできないのだ、というメッセージ〉が仮託されていると言う。一方、津久井伸子「村上春樹『東京奇譚集』―家族という呪縛―」（「宇大国語論究」18、07・3）は、『東京奇譚集』所収の諸作品に共通する要素として家族との関係性に注目し、「日々移動する腎臓のかたちをした石」では、淳平とキリエ、作品内小説の登場人物である女医と石という四つの要素の関係性について論じている。

**【読みのポイント】**　この短編は「運命の女」（ファム・ファタール）との出会いと別れをめぐる物語である。彼女の影響は、作中に配された小説の行方にまで及ぶ。父親の言葉に呪縛された淳平のその後の変遷、石や風に仮託されたメタファーの意味、物語と物語の内部に存在する小説との相互流通性がとりあえずの読解ポイントとなるが、そこからさらに『東京奇譚集』というフレーム内での各作品との連動性、「蜂蜜パイ」「タイランド」など先行する類似作品との関連性といった、他作品との関係性にも注目する必要があるだろう。

（**一柳廣孝**）

# ふしぎな図書館《ふしぎなとしょかん》

**【ジャンル】**短編**【初出】**「トレフル」82・6〜11、原題「図書館奇譚」**【収録】**『ふしぎな図書館』（講談社、05・1・31）。初出を改稿したとの記述がある。**【分量】**63**【キー・ワード】**犬、音、死、時間、少女、地下、ドーナツ、羊、闇**【舞台】**図書館の地下室**【登場人物】**ぼく、老人、羊男、少女、母

**【梗概】**市立図書館に本を借りに来た〈ぼく〉は、閲覧係の老人に騙されて、迷路の奥にある地下牢に閉じ込められた。やがて彼は〈ぼく〉の脳みそを吸うつもりらしい。牢の番をする羊男は、何かと面倒をみてくれた。食事は美しい少女が運んできた。〈ぼく〉は家で待つ母とむくどりのことを心配しながら、老人の言い付けに従って、借りた本を読み始めた。

新月の夜、〈ぼく〉と羊男は脱出を企てた。音を立てぬよう、母の買ってくれた革靴を脱ぎ、迷路を辿って最後のドアを開けると、老人が待っていた。昔〈ぼく〉を噛んだ黒犬も、〈ぼく〉のむくどりをくわえてそこにいる。危機一髪のところを、〈ぼく〉達はむくどりと少女の声に救われた。外に逃れて気が付くと、羊男はいつのまにかいなくなっていた。家では母が帰りを待っていた。

先週、母を亡くして独りぼっちになった〈ぼく〉は、闇の中であの地下室のことを考えている。

**【評価】**中地文「「図書館奇譚」母なる闇への郷愁」（「国文学」98・2臨増号）は、「図書館奇譚」の主題を〈少年の成長、母親からの自立〉とする。ユング理論に基づいて、靴・地下室・犬・羊男・美少女・むくどりなどの記号を解読し、〈母殺し〉の物語をそこに見るとともに、結末部には村上作品に共通する〈喪失感〉があると指摘する。本作にも通じる見方なので参考になるが、文体やイメージの問題も含め、改作の意味は改めて洗い直される必要があるだろう。宮脇俊文『村上春樹ワンダーランド』（いそっぷ社、06・11・30）は、〈「心の地下世界」の物語〉として、同時期の『東京奇譚集』との関連に触れている。

**【読みのポイント】**佐々木マキの絵が細かく分けた章ごとに入り、絵本仕立ての豪華本になった。文体もそれにふさわしく変えられた。〈僕〉が〈ぼく〉と表記され、大人めいた認識や行為に当たると思われるところが削除されている。描き換えられた絵との相乗効果で、〈ぼく〉がより低年齢の、無垢な存在に見える。心理学的関心を誘うかのように知的に構成された物語だが、表現がシンプルになった分、メルヘン性が加味された。最後にむくどりの空の鳥かごが残されていること、〈べつの子供〉が同じ目にあうのを心配することなど、前作と違うところもある。これらの改変を小さいと見るか、大きいと見るかで評価が違ってくるだろう。

（高橋真理）

# 『ポートレイト・イン・ジャズ 2』《ぽーとれいと・いん・じゃず2》

**【ジャンル】**エッセイ**【初出】**『ポートレイト・イン・ジャズ2』(新潮社、01・4・25)**【収録】**『ポートレイト・イン・ジャズ』(新潮文庫、04・2・1)**【分量】**100**【関連】**ソニー・ロリンズ、ホレス・シルヴァー、アニタ・オデイ、モダン・ジャズ・カルテット(MJQ)、テディ・ウィルソン、グレン・ミラー、ウェス・モンゴメリ、クリフォード・ブラウン、レイ・ブラウン、メル・トーメ、シェリー・マン、ジューン・クリスティ、ジャンゴ・ラインハルト、オスカー・ピーターソン、オーネット・コールマン、リー・モーガン、ジミー・ラッシング、ボビー・ティモンズ、ジーン・クルーパ、ハービー・ハンコック、ライオネル・ハンプトン、ハービー・マン、ホーギー・カーマイケル、トニー・ベネット、エディー・コンドン、ジャッキー&ロイ、アート・ペッパー、フランク・シナトラ、ギル・エヴァンズ

**【内容】**97年に出された『ポートレイト・イン・ジャズ』の姉妹版で、ソニー・ロリンズからジャッキー&ロイまで、26人(グループ)のジャズ・ミュージシャンについて、和田誠〈がまず26人のジャズ・ミュージシャンをピックアップして絵を描き〉村上〈がそれに文章をつけた。〉(「まえがき」)ものであり、それにLPジャケットの写真とミュージシャンの解説が付されている。姉妹を合わせて一冊にした文庫版では、新たにアート・ペッパー以下の3人が付け加えられている。

**【評価】**本書を対象とした書評は、〈若いころのジャズとの出合いがこの本を構成する重要な要素となっている。〉ことを言うもの(「person」01・8)のみだが、〈楽曲解説ではなく、ジャズを聴く気分やジャズが持っている力を適確に文章に〉しているという和田「あとがき」が最も適確な批評だろう。

**【読みのポイント】**〈こういう仕事をするのは、正直なところ、僕にとってはぜんぜん苦にならない。〉(「まえがき」)と述べているように、村上の筆は生き生きとして、それこそスイングしているかのようだ。村上の訳したビル・クロウ『さよならバードランド』(新潮文庫)に付された村上作成注釈を横に置いて読むとさらに楽しめよう。ビジュアル的にジャズファンならずとも楽しめる造りになっているが、〈『風の歌を聴け』(…)を映画にするなら、タイトルバックに流れる音楽は「ムーンライト・セレナーデ」がいいだろうな〉といった、言葉も沢山拾える。また本書で言及した名曲計24曲を集め、和田誠の絵をジャケットにした、まるで姪御版とでもいうべきCDアルバム「ポートレイト・イン・ジャズ/和田誠・村上春樹セレクション」(ソニーレコード、98・6)二巻(ソニー・ミュージック編、ポリドール編)も出されている。

(紫安　晶)

# 窓《まど》

**【ジャンル】**短編**【初出】**『全作品』⑤（講談社、91・1・21）**【収録】**『象の消滅　短編選集1980—1991』（93年にＫｎｏｐ社より出版された短編選集『The Elephant Vanishes』の日本語版。新潮社、05・3・31）**【分量】**20**【キー・ワード】**手紙、音、時間**【舞台】**小田急沿線の彼女のマンション**【登場人物】**僕、彼女**【関連】**バート・バカラック、サガン『ブラームスはお好き？』

**【梗概】**「バート・バカラックはお好き？」（初出は「トレフル」82・5、短編集『カンガルー日和』収録）を、『全作品』⑤に収めるにあたって、部分的に修正、改題したもの。ストーリーに異同はない。22歳の頃、〈手紙〉の添削指導のアルバイトをしていた〈僕〉は、ある時、会員の一人の主婦の〈手紙〉に記されていた〈ごくあたりまえのハンバーグ〉の作り方に、無性に食欲をそそられた。アルバイトを辞めるにあたって、〈僕〉は社の禁を破って、彼女のマンションで件のハンバーグをふるまってもらいながら、他愛のない身の上話に耳を傾ける。作家志望だった夢、サガンの『ブラームスはお好き？』のこと、〈僕〉の添削を受ける内、自分には何も書けないとわかったこと、そして、夫との微妙な齟齬……。十年たった今も、〈僕〉は、その界隈を通るたび、立ち並ぶマンションの無数の窓に、もはやその住居の位置さえ定かでない彼女と彼女のハンバーグの風味を想起しては、ふと思う——
——僕はあの時彼女と寝るべきだったんだろうか？　改稿時の修正は、ほとんどが、〈僕〉の語る出来事や心情表現への加筆である。一方、〈彼女〉については、一点、彼女が夫との間に〈精神的トラブル〉を指摘した箇所が削除されている。

**【読みのポイント】**〈僕〉をめぐる大幅な加筆と、〈彼女〉の夫婦関係を直裁に規定した一節の抹消。きわめて非対称な改稿は何を意味するのか？　いうまでもなく、食欲に暗喩された性欲をめぐる〈僕〉と〈彼女〉の物語は、その見えない中心点ともいうべき〈彼女〉の女としての渇きを希薄化することで、より抽象度の高い、洗練された「距離」をめぐる物語へと変貌する。遠さが逆説的に招き寄せる近さ——パーソナルな関係・正直さ・心のこもったもの。中年女の物憂い恋を描いた『ブラームスはお好き？』を喚起する原タイトルが破棄され、加筆されたラストは、〈僕〉の眼差しが捉える〈彼女〉の部屋の窓ならぬ、〈あまりにも多くの窓〉で終わっている。『全作品』⑤に付された「『自作を語る』補足する物語群」では本作を〈リアリズムの手法を試したもの〉と規定し、手垢にまみれた旧来のリアリズムに〈もうひとつツイスト〉を加えること、決め手としての〈語り手〉等を論じている。「窓」の加筆部に、〈物語のリアリティーというのは伝えるべきものではないのだ。それは作るべきものなのだ。〉とある。（**森本隆子**）

# 『村上かるた《むらかみかるた》　うさぎおいしーフランス人《うさぎおいしーふらんすじん》』

**【ジャンル】**エッセイ風超短編**【初刊】**『村上カルタうさぎおいしーフランス人』（文芸春秋、07・3・30）**【分量】**107**【関連】**水戸黄門、ポール・マッカートニー「エボニー・アンド・アイヴォリー」、スティービー・ワンダー、ペレス・プラド、シンディー・ローパー、ニコール・キッドマン、リチャード・ギア、ミッキーマウス、シンドバッド、ジュリア・ロバーツ、ビリイ・ジーン、マイケル・ジャクソン、エルヴィス・プレスリー、小泉純一郎、井端弘和、落合博満、荒木雅博、石川雅規、古田敦也、ジェームズ・コバーン、牧伸二、フランク永井、「荒野の七人」、ユル・ブリンナー、「ライ麦畑でつかまえて」、チャカ・カーン、「マルコビッチの穴」、マイルズ・デヴィス、「ノー・ブルーズ」、ジョン・コルトレーン、「カズン・メアリ」、ビル・エヴァンズ、「ワルツ・フォー・デビー」、ジョン・ルイス、ミルト・ジャクソン、「マイ・ウェイ」、セロニアス・モンク、「アルプスの少女ハイジ」、クリフ・リチャード、「サマー・ホリデー」、レオナルド・ディカプリオ、安藤忠雄、イアン・ソープ、ルイ・アームストロング、「魔笛」、ウィントン・マルサリス、ジョン・レノン、ポール・マッカートニー、ローリング・ストーンズ、ミック・ジャガー、キース・リチャーズ、ビル・ワイマン、ロン・ウッド、チャーリー・ワッツ、「ボバリー夫人」、キンクス、殿様キングス、エンリオ・モリコーネ、クリント・イーストウッド、「マディソン郡の橋」、ソンドラ・ロック、オードリー・ヘップバーン、サダム・フセイン、コーエン兄弟、「蹴りたい背中」、「蛇にピアス」、「アラビアのロレンス」、ジョージ・ブッシュ、桜田淳子、「小公女」、ブルース・リー、「この広い野原いっぱい」、「眼下の敵」、ヒンデンブルク、フロイト、「罪と罰」、ムソルグスキー、「禿山の一夜」、中曽根康弘、ロナルド・レーガン

**【内容】**〈犬棒かるた〉の向こうをはって、イロハ順ではなく五十音順で編まれた全一〇三編の〈かるた〉集。I部は、「あ」の〈アリの世界はなんでもありだ〉から「わ」の〈笑うアボカド、そんなに楽しいか〉まで並ぶ四十四章の超短篇小説集。最初の右頁に〈かるた〉の読み札の言葉。左頁に取り札としての安西水丸のカラーイラスト。続けて見開き二頁の超短篇がついた章構成。II部は番外編的に同じく「あ」から「わ」までの四十四字を見出しに、各一ないし二の〈かるた〉が掲げられた五十九章から成る。番外ゆえにイラストはモノクロになり、一頁に〈かるた〉と超短篇とイラストが入る構成で、四コマ漫画が入る時には見開きになっている。

**【評価】**書評の数は少ないが、〈ページをめくるたびに力が

抜けていく。脱力に拍車をかけるのが安西水丸のとぼけた挿絵。〉（「新刊紹介」「千葉日報」07・5・28）だとして、〈可愛いイラストにひかれ（…）村上さんの作ったかるたが楽しい。〉（「朝日新聞」07・4・25）という楽しむレベルから、〈翻訳が不可能なほどナンセンスであることということ〉を〈意味を疑い、センスを無視し、すべての無意味、無意義、無頼、無気味を肯定すること〉（「注目の一冊」「毎日新聞」07・5・28）と積極的に評価するレベルまで、その評価の幅は広い。

**【読みのポイント】**〈「まったく世の中のためにはならないけれど、ときどき向こうから勝手に吹き出してくる、あまり知的とは言いがたい種類のへんてこな何か」〉（「前書き」）に促されて作られた中には、村上得意のジャズや映画に関わる西洋人の人名を日本語読みにした時の連想だろう駄洒落的な言葉遊びが多い。〈「脳減る賞」方向に物事が勝手に流れていってしまう〉（「同」）といった言葉もあるが、賞を逸して自棄になったのではなく、それをも洒落のめしているわけで、『またたび浴びたタマ』同様に、こうした〈「すっごくくだらないけど、けっこう面白いじゃん」〉（「同」）と思える遊びができる言語感覚は、紛れもない村上春樹の魅力のヤヌスの一面であり、〈『そうだ、村上さんに聞いてみよう』以下のシリーズと同じ形ではめ込まれた安西水丸のイラストか四コマ漫画とのコラボレーションも絶妙な味わいを出している。　（髙根沢紀子）

## 『村上ラヂオ』《むらかみらぢお》

**【ジャンル】**エッセイ集**【初出】**「anan」00・3〜01・2**【収録】**『村上ラヂオ』（マガジンハウス、01・6）、『村上ラヂオ』（新潮文庫、03・7・1）**【分量】**162**【キー・ワード】**恋愛、死**【関連】****映画**：「ブエナ・ビスタ・ソシアル・クラブ」「イヤー・オブ・ザ・ホース」「サイダーハウス・ルール」「M★A★S★H」　**芝居**：「ヴァージニア・ウルフなんか恐くない」　**音楽**：「赤い靴」、ビートルズ「イエスタデイ」「オブラディ・オブラダ」、ニール・ヤング、R・E・M、レッド・ホット・チリ・ペッパーズ、ベック、ウィルコ、シュリル・クロウ、エリック・バードン、アニマルズ「スカイ・パイロット」、『モーツァルト初期弦楽四重奏曲集』（アマデウス弦楽四重奏団）、坂本九「上を向いて歩こう」、鈴木章治「鈴懸の径」、ポール・マッカートニー、「こいぬはなぜあったかい」、ドビュッシー「版画」、スヴィアトスラフ・リヒテル、「ポストホルン・セレナーデ」、アルマ・コーガン「ポケット・トランジスタ」、リッキー・ネルソン、エルヴィス・プレスリー、マイルズ・デイヴィス、バッハ、マッチボックス20「ベント」、滝廉太郎「花」、「恋している人のように（Like Someone in Love）」、ビリー・ホリデー「柳よ泣いておくれ（Willow Weep for Me）」、ブライアン・ウィルソン「キャロライン・ノー」　**書籍**：大江健三郎「見る前に跳べ」、マルタン・モネスティエ『自殺全書』、「平凡パンチ」「映画評論」、「太陽」、「日本版ローリングストーン」、「宝島」、「anan」、トルーマン・カポーティ、川島幸希『英語教師　夏目漱石』、里見真三『賢者の食欲』、アンドルー・チェイキン『人類、月に立つ』、福原麟太郎訳『イングランド童話集　スコットランド童話集／アイルランド童話集』、カート・ヴォネガット、アルチュール・ランボー、プーシキン、トルストイ、志賀直哉、サリンジャー、レイモンド・カーヴァー、アルジャノン・ブラックウッド「柳」、レイモンド・チャンドラー　＊以上、内容に言及しているもののみ抜粋。

**【内容】**２０００年3月からの一年間、毎週「anan」に連載された50のエッセイを収録。

**【評価】**「anan」連載時から挿絵を担当した銅版画家・大橋歩のインタビューが「編集会議」（01・7）にある。書評類で注目すべきは、本書の〈オジサン〉的口調に触れた上で〈村上春樹が読者を非常に意識した書き手であることの、これは貴重な症例〉（『誤読日記』朝日新聞社、05・7・30）とした齋藤美奈子の言であろう。

**【読みのポイント】**肩肘を張らない軽い文章の随所に、村上の博識ぶりが垣間見られる。読み手の年齢を意識してか、懐古的な題材が多い点も興味深い。

（**東雲かやの**）

## 『CD-ROM版村上朝日堂《しーでぃーろむばんむらかみあさひどう》 スメルジャコフ対織田信長家臣団《すめるじゃこふたいおだのぶながかしんだん》』

**【ジャンル】**エッセイ・電子メール集**【初出】**「ASAHIパソコン」（朝日新聞社、99・7・1〜00・1・1／1・15）＊書籍部分に収録分12章から23章**【収録】**朝日新聞社、01・4・1**【分量】**書籍部分：450、CD-ROM部分：212メガバイト

**【内容】**姉妹版『CD-ROM版村上朝日堂　夢のサーフシティー』の続編として刊行されたもので、三年半に亘る読者とのメール交換の総決算。CD-ROM版に収録された「村上朝日堂」ホームページ（「村上ラヂオ」と「読者&村上春樹フォーラム」）の一部を抜粋した書籍部分は、「1　毎朝4時に起き、小説執筆は順調に進んでいます」から「23　引越しをして新しい仕事のサイクルに入ります」までの23章で構成され、安西水丸のカットも多数収められている。

**【読みのポイント】**書名の由来は、フォーラムで展開された「カラマーゾフの兄弟」をめぐる問答等にある。読解と評伝の材料に富む四千通を越えるメールという膨大な情報量のCD-ROMには、前作同様に肉声対談が入っており、ファンには垂涎の魅力だろうが、村上作品の海外翻訳本が写真で紹介されているところも資料的な価値が大きい。

（**波瀬　蘭**）

# 事項編

# アメリカ《あめりか》

村上のアメリカは極論するとU・S・Aのことを示す。七九年の作家デビューから現在に至る村上の活動には、米国デビューや二度にわたる米国本土体験等米国という観点から考えると約十年ごとに節目が存在していることに気付く。まず前史である。五、六〇年代当時の外国とは今日同様（外国＝米国）であり、マス・メディアも今日以上に米国文化をそのまま流していた。西部劇や戦争物、ホラー、ミステリー、ディズニー、音楽番組であるが、その後日本化（東京ディズニーランド開園、84・4は象徴的出来事）。両親共に国語教師であったため幼年期より日本古典文学の暗唱や現代語訳をさせられ（『ウォーク・ドント・ラン』講談社、81・7）その反動により外国に向い、ジャズのレコードを集める様に積極的に米国文化に接近し続け個人的にそのイメージを膨らませた。ただしそれは白人中心の文化であり、ゆえに白人現代作家に共感（「対談・仕事の現場から」「国文学」、85・3）する事となる。日本で米国のスポーツ、野球を観戦中に米国人選手の二塁打に作家になる啓示を受けたという自ら語るエピソードの象徴するものは大きい。いずれにせよその結果コンテンポラリーでエキセントリックなものに詳しくなる。多くは大衆文学（パルプ雑誌）的であり、映画との関係が深い。早稲田大学映画演劇科での卒論では〈アメリカ映画における旅行〉を取上げ、エッセイ等で紹介する小説も映画の原作が多い。処女作以来島尾敏雄に「アメリカのどこかの町」という印象を与え、丸谷才一に現代アメリカ小説の影響を指摘（「群像新人賞選評」）された様な日本の土俗性を排した初期二作品とS・フィッツジェラルド、R・カーヴァーの翻訳を発表。やがて当時日本でほぼ無名のS・キングやヴェトナム戦争、F・コッポラ、J・アーヴィング、チャンドラー、J・モリスン等を紹介、同時に村上批判への反駁を含む「同時代のアメリカ」全6回（「海」81・7〜82・7）で詳細な米国論を展開。三作目出版後あくまで自らの内なるイメージを大切にする（「ニューヨーク・ステイト・オブ・マインド」「芸術新潮」81・5）村上は「記号としてのアメリカ」（「群像」83・4）で自身の米国に対する姿勢を表明し、以後小説とは別に、読者に個人的興味のある米国文学の翻訳や外国映画、米国の雑誌からの情報を発信し続ける。最初の渡米は八四年初夏、国務省の招待で六週間程滞在。アーヴィングやカーヴァーに会いフィッツジェラルド等に関する巡礼を体験、帰国を節目にLAオリンピック時の日記を配す。この時期の集大成である『映画をめぐる冒険』（講談社、85・12）、『THE SCRAP』（文芸春秋、87・2）等を発表。八六年から欧州滞在中、八八年カーヴァー死去、翌年ラテン・アメリカのマジック・リアリズム流入後の米国で『羊をめぐる冒険』の英語版出版。戦略的な村上のスタンスは一部の読者に嫌悪されたが寓話的作品と評価され、その後「ニューヨーカー」との繋がり（「村上春樹クロニクル」『来るべき作家たち』新潮社、98）を得る。九〇年、自身の全作品集とカヴァー全集刊行。湾岸戦争勃発の九一年から九五年に到る米国（プリンストン・ケンブリッジ）長期滞在ではプリンストンやタフツ大学に属し現代日本文学を講義し（『若い読者のための短編小説案内』文芸春秋、97・10）自作のプロモーションにも参加。基本的生活スタイルは守りつつも閉鎖的な生活を一転（『やがて哀しき外国語』講談社、94・2、『うずまき猫のみつけかた』新潮社、96・5）。米国に対する姿勢は基本的には変わらず、世界の中心に集まる情報を手に入れるための英語同様、小説の外側に用いた米国現代小説の方法論は内側の日本を描くための手段である。彼は長いスタンスで常に米国を慎重にマークしてきた結果、米国出版システム等の独自の傾向と対策を得た。また自身の米国体験を題材に小説を書くのではなくあくまでキャリアであり、内的動機を小説の原動力とする同時代の中上健次や村上龍とは異質。個人的な嗜好と言うことで米国がある種の手段に過ぎないというマイナスイメージを払拭しつつ、戦略的に方法・目的・手段を混在させる。また長年に渡る戦争への深い関心はプリンストン大学図書館のノモンハン関係資料を契機に『ねじまき鳥クロニクル』（新潮社、94・4、95・8）で表出。再びフィッツジェラルドの巡礼を行い、やがてアメリカ横断とメキシコ旅行を経て帰国。自己のジャズ・コレクションの説明を付けた翻訳『さようならバート・ランド』（新潮社、96・1）、暴力とノンフィクション的要素が色濃い『心臓を貫かれて』（文芸春秋、96・10）は後の文学的変化を予告。八〇年代の『THE SCRAP』同様、九〇年代の米国滞在中及び現在に至るスクラップブック『月曜日は最悪だとみんな言うけれど』（中央公論新社、00・5）を編集出版。米国を描いた小説には「タクシーに乗った男」（『回転木馬のデッド・ヒート』講談社、85・10）のニューヨーク、『ダンス・ダンス・ダンス』（講談社、88・10）のハワイ。また「トニー滝谷」『レキシントンの幽霊』文芸春秋、96・11）では名前の由来と米国の関係、「レキシントンの幽霊」（同）は米国の歴史の渦の中心が舞台である。重要資料として村上自身の行動、エッセイ、インタビュー（対談）に勝るものはなく、初期のものは後の変化を予告するものも多く見逃せない。

**【参考文献】**『シーク&ファインド村上春樹』（青銅社、86・7）、アルフレッド・バーンバウム「村上春樹」（「新潮」90・1）、マルコム・ジョーンズ「日本製ハードボイルドに乾杯！」（「ニューズウィーク」92・2・13）、イアン・ブルマ『イアン・ブルマの日本探訪』（TBSブリタニカ、98・12）

（**岩見幸恵**）

# 安西水丸

あんざいみずまる

一九四二年、東京生まれ。イラストレーター、作家。日本大学芸術学部美術学科卒業。本名渡辺昇。

安西家は祖父の代から建築設計事務所を経営していた。水丸は七人兄弟の末っ子、一番下の姉とは七歳離れている。

終戦を目前にした一九四五年七月、水丸三歳の頃重い喘息を患い、母の郷里である千倉へ移り住み、高校卒業までを過ごした。当時の思い出は、『丘の上』（文芸春秋、95・11）にまとめられている。

幼い頃から絵を描くことに興味を持ち、遊びはもっぱら絵描き帳に漫画の模写やオリジナル漫画を描くこと、雑誌作りであった。かるたやメンコは、遊び道具としてではなく、その絵柄に魅せられて集めていたという。小学校入学早々、全国交通安全ポスターの千葉地区で一位に入賞。大学卒業後、電通に入社。六九年ニューヨークに渡り、デザインスタジオに二年間勤務。帰国後、平凡社のADを経て、一九八一年安西水丸事務所を設立、イラストレーターとして独立した。

一九九二年二月十七日〜三月二十九日には、東京銀座「日動キュリオ」で「安西水丸の宝石」展を開催し、独特なその作風は多くの人気と話題を集めた。

近年では、エッセイスト、作家としても活躍中である。

村上春樹との親交は古く、当時流行していた雑誌「ビックリハウス」の女性編集者に伴われ、村上経営のPETER-CATを訪れたのが最初の出会いという。安西の村上に対する第一印象は、〈不機嫌そうな表情の若者〉で、〈まだ学生のよう〉だった。が、その声は〈プラチナ製〉であり、なによりも〈プラチナ〉（手塚治虫「鉄腕アトム」に登場するロボット。スマートな容姿、少々生意気で、その性能はアトムを凌ぐ）に雰囲気がよく似ている、というものであった。

雑誌「TODAY」（文化出版局）に掲載された「鏡の中の夕焼け」にイラストレーションをつけたのが、村上との初仕事である。

「SWALLOWS」の背文字が入ったスタジアム・ジャンパーを身に着け、星空の下に佇む男の子のイラストレーションは、深夜男の子が犬を連れて鏡の中の夕焼けを見に行くというショートストーリー「鏡の中の夕焼け」にふさわしい。これは、スワローズファンである村上への配慮による。

村上の単行本の表紙を担当するのは、初短編集『中国行きのスロウ・ボート』からである。それまで村上の単行本は佐々木マキ担当のイラストレーションがほとんどであった。が、その際安西は、自身のイラストレーションの最も強い線を外すという思い切った方策を試みることで、作品全体に漂う〈自分のいるべき場所〉（「中国行きのスロウ・ボート」）を見出せないだけでなく、どこに向かえばいいのかさえわからない（「貧乏な叔母さんの話」）ような寂寞とした雰囲気を、皿に置かれた二つの洋梨に描いてみせた。

爾来、『蛍・納屋を焼く・その他の短篇』等、その都度安西は、絵文字だけのイラストレーションを試みるなど意欲的に取り組み、人気シリーズ『村上朝日堂』、『象工場のハッピーエンド』『日出る国の工場』など多くの村上作品のイラストレーションを担当し、現在までその名コンビぶりを発揮している。ちなみに、『象工場のハッピーエンド』は村上の文章とは関係なく描きながら、出来上がってみれば全く違和感がなかった、というほどの息の合いようである。

なお、村上の小説にしばしば登場する「ワタナベノボル」は、安西水丸の本名である。

エッセー、イラストレーション、漫画集としては、『安西水丸ビックリ漫画館』（ブロンズ社、97）、『東京エレジー』（筑摩文庫、89）、『青山の青空』（PHP研究所、89）、『エンピツ絵描きの一人旅』（新潮社、91）、『水玉大全集』（講談社文庫、97）など。

小説には、『荒れた海辺』（新潮社、93）、『70パーセントの青空』（角川書店、89）、『朱色の島バリ』（扶桑社、90）、『メランコリーララバイ』（NHK出版、98）などがある。

朝日広告賞、毎日広告賞、日本グラフィック展年間作家優秀賞など受賞多数。

日本グラフィックデザイン協会、東京デザイナーズスペース、日本文芸協会、日本ペンクラブ、各会員。

**【参考文献】** 安西水丸「村上春樹さんは『男の子』の作家」（「ユリイカ」00・3臨増）、安西水丸「村上春樹さんについてのいろいろ」（『群像　日本の作家　村上春樹』小学館、97・5）、「『安西水丸の宝箱』ホームページ展」（http://pps.asahi-np.co.jp）

（眞有澄香）

## 異　郷《いきょう》

ある朝目が覚めて、ふと耳を澄ませると、何処か遠くから太鼓の音が聞こえてきた。ずっと遠くの場所から、ずっと遠くの時間から、その太鼓の音は響いてきた。とても微かに。そしてその音を聞いているうちに、僕はどうしても長い旅に出たくなったのだ。（『遠い太鼓』）

トルコの古謡を引用して旅にかられる思いを村上春樹は詩情豊かに語ってみせるが、彼にとって旅とはいわゆる現実逃避の休暇としての旅を意味しない。彼はたびたび、あえて異郷に身を置き、かつ一定の地を定めず、異郷を移動しながら日本語で小説、翻訳、エッセイ、紀行文など精力的に執筆活動をおこなうという創作スタイルをとってきた。

彼自身はこの理由を日本語で書くという行為および、日本という国を対象化するための「イグザイル（故郷離脱）」（『アンダーグラウンド』）と表現しているが、デビュー七年目の一九八六年から一九九五年までの約九年間、はじめの三年間は、イタリア、ギリシャ、イギリス、オーストリアなどヨーロッパを移動し、帰国後一年足らずで今度はアメリカに旅立ち、最初の二年半をニュージャージー州プリンストンで、後半二年間をマサチューセッツ州ケンブリッジで過ごした。長期にわたる異郷体験は『遠い太鼓』『雨天炎天』『やがて哀しき外国語』などの紀行文に詳しい。この間執筆された『ノルウェイの森』『ダンス・ダンス・ダンス』『国境の南、太陽の西』『ねじまき鳥クロニクル』などの作品によって、彼の人気は不動のものとなったが、これらの長編小説の舞台はいずれも日本であり、村上春樹自身の異郷体験は、小説ジャンルには表層的な形ではあらわれない。しかし、『世界の終りとハードボイルド・ワンダーランド』の〈僕〉と〈私〉の、一見、全く異なった二つの物語が全く異なった時空で同時展開しながら、実は表裏一体の物語であったように、村上春樹の現実の異郷体験は、未知の文化と人に出会い続けるスリルと興奮、そして不安、疎外感、浮遊感覚、自己発見という形で、小説世界の根底に織り込まれていく。

村上春樹が求めてやまない異郷は何も外国とは限らない。『辺境・近境』の震災後の自分の故郷の神戸や四国や山口の無人島などの国内はもちろん、『日出ずる国の工場』の人体模型工場やカツラ工場も異郷巡りの一環と位置付けられよう。彼にとって異郷は、時には好奇心を満足させることもあったが、期待に反することも多々あった。しかし他者との違和感が彼を次の異郷にかりたてる原動力であり、そこから立ち上がる自己確認こそが異郷めぐりの目的でもあったろう。

一方、小説世界に現れる異郷の多くは、井戸や地下、廊下などの暗闇である。『風の歌を聴け』の火星の井戸にはじまって、『1973年のピンボール』『ノルウェイの森』『ねじまき鳥クロニクル』など形は変えつつ、井戸は繰り返し登場する。『ダンス・ダンス・ダンス』ではホテルの暗闇の廊下の先に羊男の部屋があり、『世界の終りとハードボイルド・ワンダーランド』ではやみくろは地底に生息していた。

村上春樹は『アンダーグラウンド』において、〈地下の世界は私にとって、一環して重要な小説のモチーフであり舞台裏であ〉り、それは〈物理的なアンダーグラウンドであると同時に、精神的なアンダーグラウンドでもある〉と、今まで書き続けてきた自分の長編小説の創作動機に絡めて、地下鉄サリン事件への関心のありようを説明している。地下の世界は、おぞましく、邪悪なもののメタファーであり、それがゆえに彼の心をひきつけてやまない。いわば、彼の現実世界の異郷巡りが、他者との出会いによる自己発見の旅であるのに対し、小説世界における異郷巡りは、自己の無意識を探る自己解体の旅といえるだろう。この内と外に向けられた二重の異郷探索の旅がらせん状に絡み合った世界、それが村上春樹の創り出した〝ワンダーランド〟だ。しかし、終わりのない旅の中で見出されたものは、いったい何なのか。『スプートニクの恋人』で〈井戸〉が排除されたことに注目した、柘植光彦「円環／他界／メディア―『スプートニクの恋人』からの展望」（『村上春樹スタディーズ05』若草書房、99・10）では、他界と円環を基軸とした村上作品の新しい展開を分析されており注目される。異郷をめぐる反復運動としての円環の有効性、また過剰な比喩から直線的叙述へと変化しつつある文体とテーマの関係性は、村上春樹の今後の動向を見極めつつ、引き続き十分検討していかねばならない課題である。（藤田和美）

## イタリア《いたりあ》

村上春樹は、一九八六（昭和61）年十月から、一九九〇（平成2）年一月までの約三年間をイタリアで過ごしている。もっともその間、一九八八（昭和63）年八月にはギリシャ、トルコ旅行、一八八九（平成元）年七月には南ドイツ、オーストリア旅行をする他、ギリシャ各地で長期の滞在を繰り返しているし、ロンドンに足を伸ばすこともしているので、イタリアだけに留まっていたというわけではない。関心もイタリアにのみ集中していたわけはなく、例えば、ギリシャについても〈僕はギリシャに住みたくて、一年間週一回、明治学院大学のギリシャ語講座に通ったのだ〉（『遠い太鼓』90・1）と述べているし、一九八三（昭和58）年にはアテネのマラソンコースを独自で完走するということもしている。しかし、〈ローマは今回の長い旅の入り口であると同時に、海外滞在中の僕の基本的なアドレスでもあった〉（『遠い太鼓』）ということからわかるように、ローマ、すなわちイタリアは、春樹が南ヨーロッパに住もうと決めた時の〈ベースキャンプを据える地〉であったのだ。つまり、南ヨーロッパに少なからぬ関心を向けていた春樹にとってイタリアはその象徴的な場所であったといえる。

　イタリア及び南ヨーロッパでの体験は、日記として書かれている「ローマよ、ローマ、我々は冬を越す準備をしなくてはならないのだ」（88・2）ほか、旅行記『遠い太鼓』（前掲）でまとめられている。ちなみに、イタリア滞在中に訪れた、ギリシャ・トルコ旅行に関しては『雨天炎天』（88・2）に詳しい。

　春樹にとってのイタリア、特にローマを訪れた時の最初の印象は決してよいものとはいえなかった。『遠い太鼓』によれば、ローマの街の騒音は蜂が耳元でぶんぶんうなる如くに耐えがたいものとして表現されている。しかし、その後は、日本と全く違う気候と文化を持つイタリア及び南ヨーロッパ各地で貴重な体験を味わいながら、文芸三昧の日々を送ることができたといえる。そもそも、春樹は〈僕が日本を離れた理由は、ひとことで言えば長い小説を書くためだった〉（『村上春樹全作品1979～1989⑥』付録「自作を語る」）という。長編小説を書くためには、広告出演の依頼、講演依頼、雑誌のグラビアのための依頼、対談依頼、各種コメントの依頼、コンクールの審査員の依頼等々、日本にいては避けがたい様々な雑事から逃れることが必要だったのだ。実際、『ノルウェイの森』『ダンス・ダンス・ダンス』の代表的長編のほか、ポール・セロー『ワールズ・エンド』やC・D・Bブライアン『偉大なるデスリフ』の翻訳など多数の著述を残している。

こうした文章の中にイタリアを中心とする南ヨーロッパでの精神生活が反映されることは自然なことであろう。春樹自身、『ノルウェイの森』について〈どうして自分があんな小説を書いてしまったのかということさえ、僕にはよくわからない。……その小説に関して僕にただひとつはっきりと言えることは、そこには異国の影のようなものが宿命的にしみついている、ということだけである〉（『遠い太鼓』）と述べている。

異国での体験が生かされていることの一つは『ノルウェイの森』というタイトルに係わるものだろう。『ノルウェイの森』は、ボーイング747のシートに座っていた三十七歳の〈僕〉が、ドイツのハンブルグ空港に着地した後、BGMとして飛行機の天井から流れはじめたビートルズの「ノルウェイの森」の曲を聞くことによって激しく混乱し、それを契機に二十歳の〈僕〉を回想するという形をとっている。一方、日記として書かれている「ローマよ、ローマ、我々は冬を越す準備をしなくてはならないのだ」中の「ミート・ザ・ビートルズ」でも、三十七歳になる〈僕〉（＝村上春樹）が、異郷アテネのシンクグマ広場でビートルズの曲を聴き新鮮な驚きを感じながら、ビートルズとともに成長した自分を振り返るという体験が語られている。『ノルウェイの森』はギリシャでの体験なしには成立しなかったともいえるのだ。また、『ダンス・ダンス・ダンス』のタイトルは、ローマでよく聴いていたザ・デルズの同名の曲のタイトルからとったというし、同作品内での不思議な時間の流れ方に関しては、〈異郷の地にあっては、時間というのはちょっと奇妙な流れかたをするのだ〉（『村上春樹全作品1979～1989⑦』付録「自作を語る」）と述べていることが参考になるだろう。さらに、『ダンス・ダンス・ダンス』でハワイを描いたのは、滞在しているローマの冬が余りに寒いので、ハワイに行くことばかり考えていただめだという。とにかく、村上春樹にとってイタリアでの何よりの収穫は、そこで完成させた二つの長編小説ということになるだろう。（小倉真理子）

## 糸井重里《いといしげさと》

一九四八年、群馬県前橋市生まれ。法政大学文学部中退。コピーライター・エッセイスト・小説家。広告プロダクション勤務ののち、一九七一年コピーライターとしてデビュー。〈不思議大好き〉〈おいしい生活〉などのコピーで売れっ子となる。一九七五年創刊の雑誌「ビックリハウス」（パルコ出版）の人気ページ「ヘンタイよいこ新聞」の編集長として、当時のサブカルチャーワールドのオピニオン・リーダーとなり活躍する一方で、歌謡曲などの作詞やエッセイ、小説などに活動の場を広げていった。主な著書に『ペンギニストは眠らない』（文化出版局、80・12）、『牛がいて、人がいて』（徳間書店、83・2）、『家族解散』（新潮社、86・10）などがある。また、多趣味でも知られており、バス釣りや埋蔵金探しのほか、ボードゲームの「モノポリー」では世界大会八位の実績を持つ。

糸井と村上春樹の二人は同年齢である。一九八一年に二人は競作という形で、ショートショート集『夢で会いましょう』を出している。この本は、巻頭の「凡例」にあるように二人による〈書下ろしアド・リブ短篇集〉で、各篇の表題のカタカナ語項目は村上が作製し、各々がその中から任意の項目を選び執筆する形式でまとめられたものである。初版の冬樹社版単行本と講談社の文庫版では内容に異同があるので、本事典の作品篇の当該項目を参照されたい。また、一九八三年に刊行された糸井の対談集『話せばわかるか』には、二人の対談が収録されている。この対談は、一九八二年二月二十二日に六本木の瀬里奈で行われたものである。ここで村上は、自身の出身地である〈関西〉について話しているほか、〈テレビを見ない〉ということに対するこだわりや、小説で用いる〈僕〉という一人称について、そして一九六八、九年の大学時代が現在にどのように作用しているのか、など同世代の糸井を相手に自然体で語っている。この対談集の最後に収録されている糸井と三浦雅士との対談には、村上との対談を振り返っての〈あの対談は、なんかお互いに投げ合っておしまいにしたっていう……。（笑）〉という糸井の言葉が見え、互いに構えず語り合っていたろう様子をうかがうことができるのである。

**【参考文献】** 糸井重里・村上春樹共著『夢で会いましょう』（冬樹社、81・11）、糸井重里対談集『話せばわかるか』（飛鳥新社、83・7）

（児玉喜恵子）

# 映画《えいが》

村上春樹の大学での卒業論文（75）は、「アメリカ映画における旅の思想」というテーマで、ニュー・シネマの代表作「イージーライダー」（70）の大陸を横断する旅を論じたものであったという。ジャズとともに映画にたいする作家の愛情は、川本三郎との共著『映画をめぐる冒険』（講談社、85・12）に結晶している。

だが、作品に目を向けると、「TVピープル」のテレビや『ねじまき鳥クロニクル』に登場するインターネットのような電子メディアに対して、メディアとしての映画は中心的なモチーフから後退した位置にあると考えてよいだろう。村上春樹の作品の登場人物たちにとって、映画は音楽などに比較してそれほど特権的な位置を確保しているわけではなく、せいぜいデートの場所として映画館があげられるくらいで、具体的に特定の映画や俳優などが登場人物たちの話題になることはほとんどない。このように映画が多種多様な娯楽の一つにしか過ぎないという点は、ほぼ現代の状況と合致している。前述の『映画をめぐる冒険』が、ビデオ化された映画のカタログであったように、映画館に行って映画を見るという体験ははるか彼方に遠のいている。

このようにメディアとしての衰退は、一方で映画をノスタルジーの対象として機能させていく。例えば『国境の南、太陽の西』の〈僕〉にとって、子供の時に見たディズニーの記録映画「砂漠は生きている」（55）は、心のなかの荒涼としたイメージの源泉として作用する。ただしその記憶は、〈僕〉より五つ年下の妻、有紀子と共有できるものではなかった。〈僕〉はその映画のビデオを借りてくることを提案するが、小学生がそろって映画館に見に行ったという体験を彼女に伝えるすべはない。こうして世代的なギャップや環境の違いによる共通理解の不可能性が、映画を通して立ち現れてくるわけである。ただしこの『国境の南、太陽の西』は、まったく別のレベルにおいて映画に関する読者の記憶を喚起しながら進行するので、映画は共有されたイメージとしても作用することが分る。それはハリウッド映画の代表作「カサブランカ」（46）に他ならないわけだが、〈僕〉の経営するジャズを流すバーに、かつての恋人〈島本さん〉が現れるという設定自体、ハンフリー・ボガートの店に現れたイングリット・バーグマンそのものだろう。島本さんとの別離の後、〈僕〉のお気に入りの曲を演奏しないように頼む場面で、ピアニスト自身が「カサブランカ」の名を口にすること自体不必要なくらいである。さらに言えば、〈島本さん〉が再会の時にタバコの火を求めるせりふは、ローレン・バコールが初めて出演した「脱出」という映画の撮影で、ハンフリー・ボガート

（後に二人は結婚する）に言った最初のせりふでもある。つまりこの作品は、われわれの映画に関する記憶を喚起させながら進んでいくのである。

確かに映画における個別的な体験は失われようとしているが、一方で「名画」と呼ばれる作品は共通の記憶として生き続けている。同時に現代の映画産業は他のマスメディアと深く結びついているので、そのイメージの記憶が直接映画を見たことによるものなのか、テレビCMや雑誌の記事によるものか判然としないという事態も生じている。また、小説の映画化だけではなく、マンガやゲームのキャラクターがスクリーンに登場する機会も多く、いわばメディアの混合体として映画を考えて行かなくてはならない。

そうした混合体としての映画との関係を考えるうえで、作品の構想そのものを映画から受け継いでいる『羊をめぐる冒険』が興味深い。この作品は、もともと幽霊となって現れる〈鼠〉や謎の〈羊〉探しの旅がホラー映画やSF映画をイメージさせるのだが、それに留まらず作品の構想レベルにまで映画が入り込んでいる。つまりこの作品は、物語の枠組みを前半はチャンドラーの小説「長いお別れ」（この小説自体何度か映画化されている）から、後半はフランシス・コッポラの映画「地獄の黙示録」（79）から借りて構想されたという。「地獄の黙示録」自体、コンラッドの「闇の奥」という小説を引用することで構成されており、複数の物語を重層的に配置することで、複雑な虚構空間を作りだすという村上春樹の技法そのものが提示されているといってよいだろう。

このように映画との多様な関わりを持つ村上作品であるが、実際に映画化された作品は少ない。デビュー作の映画化『風の歌を聴け』（大森一樹監督、81）では、〈僕〉を小林薫、恋人を真行寺君枝、〈鼠〉を巻上公一が演じた。その他「パン屋襲撃」（短編映画・山川直人監督、82）、「森の向う側」（野村恵一監督、88）がある。

（中沢　弥）

## オカルト　おかると

「オカルト」という観点からみるならば、村上春樹の作品には多々「オカルティック」なものがある。

「オカルト（occult）」の原義は「覆い隠す」ことで、通常の経験や思考では捉えることのできない、神秘的な、超自然的な、といった意味の英語で、古今東西の呪術、テレパシー、冥界や霊魂との交信などをさす。

実際の村上作品の中では、短編では「鏡」の暗闇の中に存在した、鏡に写った〈僕ではない僕〉、「図書館奇譚」の〈蟻の巣のように〉入り組んだ地下で出会った、〈脳味噌を吸う老人〉や〈羊男〉や〈唖の少女〉との物語（以上『カンガルー日和』)、「踊る小人」の〈小人〉がしかけた罠(『螢・納屋を焼く・その他の短編』)、「書斎奇譚」の老作家の〈先生〉と〈啞の美少女〉の存在(全作品5)、「レキシントンの幽霊」の真夜中に幽霊たちによって開かれたパーティ(『レキシントンの幽霊』)などが非常に「オカルト」要素の強い作品として挙げられる。

だが、何と言っても村上春樹の「オカルト」性は、長編小説において表れている。『ダンス・ダンス・ダンス』の〈キキ〉〈ユキ〉の霊能者的存在、『世界の終りとハードボイルド・ワンダーランド』の〈やみくろ〉〈一角獣〉。また『羊をめぐる冒険』においては物語構成にも「オカルト」要素をみることが出来る。有名なアメリカ・オカルト映画、『エクソシスト』の日本版である、との論がある程である(羽鳥徹哉「『ねじまき鳥クロニクル』の分析」、「国文学」95・3)。そこでは〈悪霊〉に取り憑かれた〈神父〉が人間性を征服される前に自ら〈悪霊〉とともに自死することと、〈羊〉を呑み込んだまま首を吊る〈鼠〉との類似性が指摘されており、興味深い。

殊に「オカルト」観点からの指摘が多い長編作品は『ねじまき鳥クロニクル』である。この作品は、加納マルタ・クレタ姉妹や赤坂ナツメグ・シナモン親子、間宮中尉や本田さんという登場人物たち、井戸・光・水といったキーワード、物語としての構成といった様々な点から「オカルト」要素を挙げることが出来る。川崎賢子(「オカルト、隠された神秘なる自然」、「国文学」臨増〈ハイパーテキスト・村上春樹〉98・2)は、登場人物やキーワードへの言及は勿論のこと、物語構成においての「スサノヲ神話」や「オルペウス型神話」との類似点を指摘し、コードとして作品を読み解いていく。

村上春樹作品の「オカルト」性が強く表れるのは作品が「現実社会」をその舞台として描いたときである。多くの指摘があるように『ダンス・ダンス・ダンス』は八十年代の高度資本主義社会を背景として描かれ、『ねじまき鳥クロニクル』ではノモンハン戦争の語りを主人公が「現実社会」において聞くという設定である。「現実社会」にはバーテンのジェイが語るように〈世の中にはそんな風な理由もない悪意が山とある〉のである(『1973年のピンボール』)。性、暴力、憎悪といった直接的な〈理不尽な力〉(福田和也「ソフトボールのような死の固まりをメスで切り開くこと」、「新潮」94・7)や、人間は孤立した存在だ、と〈僕〉が感じる時に付随する〈生と死のボーダーレス〉(柘植光彦・若森栄樹「〈対談〉進化するテクスト」、「国文学」95・3)を作品の中心としたとき、それらは〈何か〉〈自分の中にあるそのぐしゃぐしゃ〉〈死の固まり〉〈いとみみず宇宙〉などとしか表現されない。また、日本のカルト教団が引き起こした事件を取り上げた『アンダーグラウンド』では〈地下鉄サリン事件が投げかける後味の悪い黒い影は、東京のアンダーグラウンドの闇をとおして、私が自分で作り出した「やみくろ」という生き物とつながっているように感じられる〉と語り、オカルティックな生物の〈やみくろ〉を引き合いに出している。〈やみくろ〉は〈私たちの内にある根源的な『恐怖』のひとつのかたち〉であり、村上春樹にとってそれらは明確なる言葉を与えられないものなのであろう。そのような悟性や通常の知識の範囲を越えたような事柄が、作品内では「オカルト」要素を含み、私たち読者に示されるのである。

また、井上義夫「アメリカの幻燈」（『村上春樹と日本の「記憶」』新潮社、99・7所収）でも村上春樹長編小説と、様々な小説・映画作品との「オカルト」性を含めた類似点の指摘がある。

（守屋貴嗣）

## 音楽《おんがく》

一九六〇年代から一九七〇年代は反体制的な音楽が学生の生活に溶け込んでいた。それらは『風の歌を聴け』にはじまる村上春樹の作品にも背骨のように横たわっている。まさに二十歳前後の青年が成長過程でみつめる世界に、音楽を欠かすことができなかったかのように。確かに彼の学生時代には教室の隅で、アパートでも、ボブ・ディランの曲を誰かが弾いていた。

「風に吹かれて」

どれだけ道を歩いたら　一人前の男として認められるのか？／いくつの海をとびこしたら　白いハトは　砂の上で安らぐことができるのか？／何回弾丸の雨がふったなら　武器は永遠に禁止されるのか？／そのこたえは、友達よ、風に舞っている　こたえは風に舞っている

何度見上げたら　青い空が見えるのか？／いくつの耳をつけたら為政者は　民衆のさけびがきこえるのか？／何人死んだら　わかるのか　あまりにも多く死にすぎたと？／そのこたえは、友だちよ、風に舞っている　こたえは風に舞っている

幾年月　山は存在しつづけるのか？海に洗いながされてしまうまえに？／幾年月　ある種のひとびとは存在しつづけるのか　自由をゆるされるまでに？／幾度人は顔をそむけ　見えないふりをしつづけられるのか？／そのこたえは、友だちよ、風に舞っている　こたえは風に舞っている（片桐ユズル訳『ボブ・ディラン全詩302篇』（晶文社））

一九六二年に21歳のボブ・ディランが書いたこの歌は黒人公民権運動が高揚する中で、反戦、反政府運動の風とともに世界に伝播した。日本でも権力構造の改革をめざし、女性解放、自由の獲得を叫び、挫折していく若者に、この歌は慰め

と透徹した世界観、そして死者が語りかける心の重さをを聞き手に与えた。

しかもこの「風に吹かれて」は『風の歌を聴け』『世界の終りとハードボイルド・ワンダーランド』『ノルウェイの森』『ダンス・ダンス・ダンス』の根幹ともいう〈死と再生〉に関わっている。また「ハード・レイン」の流れる中で〈ボブ・ディランを聴きながら経費でゴージャスな女の子を抱くというのは何だか変なものだった。なつかしの一九六〇年代にはこんなこと考えられなかった。〉（『ダンス・ダンス・ダンス』全作品⑦225ページ）といい、すでに時代は大きく変わっていると、音楽を透して心の流れを見事に切り取ってみせる。

春樹は音楽を使って作品を語らせるが、読み手のために、曲や演奏者の解説を加えようとしない。それは読者を共有の認識の中にまき込むためでもあり、さらに音楽は換喩（metonymy）としての機能を高める。こうした、音楽を紐解きながら作品を読むという、新たな文学の楽しみ方を村上春樹は読者に伝えた。

**【参考文献】** 小西慶太『村上春樹の音楽図鑑』（ジャパン・ミックス株式会社、98・3）、「村上春樹の世界」（「ユリイカ」89・6臨増）、加藤典洋『村上春樹イエローページ』（荒地出版社、96・10）、「村上春樹―予知する文学」（「国文学」95・3）、「ハイパーテクスト・村上春樹」（「国文学」98・2臨増）

（岸 睦子）

## 河合隼雄《かわいはやお》

一九二八年、兵庫県生まれ。京都大学数学科卒業後、スイス・ユング研究所への留学などを経て、京都大学名誉教授、国際日本文化研究センター所長などを歴任。日本におけるユング心理学の研究を確立、ドラ・カルフによって創始された箱庭療法と呼ばれる心理療法を日本に紹介した。『河合隼雄著作集』全14巻（岩波書店、94〜95）など著作多数。

村上春樹との関係では、対談相手としての河合隼雄について特筆すべきであろう。河合は『青春の夢と遊び』（岩波書店、94・10）で『羊をめぐる冒険』を『三四郎』と比較する形で現代青年の問題を論じているが、その執筆と前後して、主に『ねじまき鳥クロニクル』にかかわって、二度、村上と対談を行っている。まず『ねじまき鳥クロニクル』第2部刊行直後の一九九四年五月、アメリカ・プリンストン大学のジョーンズ・ホールにおいて「現代日本における物語の意味について」と題する公開対談が行われた。この対談は『こころの声を聴く』（新潮社、95・1、新潮文庫、98・1）に「現代の物語はなにか」と題して収録されている。「対話のあとで」で河合は村上の〈物語をひとつまたひとつと書いていくことによって自分が不思議に救われていく、自分が治療されていくというふうに強く感じています〉という発言を取り上げ、〈このことはこの対談の主題である〉と述べている。この発言に対して対談中の河合は〈日常のレベルというのは、もっと深いところが動かしているんですね。そういう深い世界のものを取り入れながら新しい線が通るという発見は、癒されるということにつながると思う。だから書くことによって癒されるし、僕らは読むことによって癒される〉〈僕はいま、人間にとって非常に大事な、もっと深い意識をもういっぺん回復するために物語が必要だと思っています〉と応じる。そして、近代的自我が解消に向かいつつある現代において、自己の深いところに降りていくことによって、自我を超える〈セルフ〉を求め、〈自分の物語を発見〉することの重要性を語りあう。

さらに、『ねじまき鳥クロニクル』第3部刊行直後の九五年十一月、京都でふたたび対談が行われ、『村上春樹、河合隼雄に会いにいく』（岩波書店、96・12、新潮文庫、99・1）にまとめられた。「第一夜　「物語」で人間はなにを癒すのか」「第二夜　無意識を掘る〝からだ〟と〝こころ〟」の二部で、第一夜では、同年に発生した阪神大震災やオウム事件などを引き合いにして、コミットメントの問題が語られている。〈ある種の自己治療のステップ〉として小説を書き始め、〈自分でもうまく言えないこと、説明できないことを小説という形にして提出〉してゆく過程で徐々にコミットメントに向かっていったと述べる村上に対し、河合は来談した人にミニチュアを用いて砂箱の中に作品を作ってもらうといった表現活動を通じて自己治癒力を高める「箱庭療法」について語り、『ねじまき鳥クロニクル』で村上が行ったことは非常にそれに近いとする。その際、河合は〈井戸〉に注目し、井戸掘りを個人として他人を理解するために必要な作業と述べ、『ねじまき鳥クロニクル』を〈ものすごいコミットメントの話〉と解釈している。第二夜は〈物語〉のもつ力や、宗教や歴史、『ねじまき鳥クロニクル』第3部で描かれた〈暴力性〉などを素材に、現代における物語性の復活と身体性の復活とのパラレルな対応関係について語りあっている。

いずれの対談においても、病を癒すものとしての〈物語〉の大切さと、現代におけるその困難を河合は語っている。そうした河合の問題意識からみて、村上の小説、とくに『ねじまき鳥クロニクル』の実践は重要な意味を持っていたといえる。それは後者の対談において顕著なように、河合自身における箱庭療法の実践にも重なり合う部分が大きい。この対談の進め方としては村上の問いあるいは告白に対して河合が応じるという形を取る場合が多い。こうした点に関して柘植光彦氏は、〈村上春樹は、河合隼雄のその後の仕事をはるかに乗り越えた地点から出発していた〉として〈なぜ「河合隼雄に会いにいく」必要があったのか〉と述べているが、小説という、言語的領域から無意識の領域に降りていく方法で癒しとコミットメントを求めてきた実践者と、箱庭という、非言語的領域から物語の領域にアプローチする方法で癒しとコミットメントを提供してきた実践者との交差点における対話としてとらえておきたい。

その後も、「『アンダーグラウンド』をめぐって」（「現代」97・7、『約束された場所で』文芸春秋、98・11）「「悪」を抱えて生きる」（『約束された場所で』）といった対談がなされていることをみると、現代日本の精神状況と物語との関係をめぐって、両者の対談は今後もしばしば行われてゆくことだろう。

**【参考文献】**柘植光彦「メディアとしての「井戸」―村上春樹はなぜ河合隼雄に会いにいったか―」（「国文学」98・2臨増、『スタディーズ』05）

（**杉山欣也**）

## 韓　国《かんこく》

韓国文壇では、一九九〇年代を前後にして、村上春樹、村上龍、吉本ばなな、丸山健二、島田雅彦などの、日本の若い作家たちの小説が矢継ぎ早に翻訳出版される。従来の日本文学は、以前の植民地経験による反感などから、ごく一部の専門家によってしか研究されてこなかったが、これらの若い日本の作家達は韓国の一般読者にだけではなく、作家や評論家たちにも高い評価をもって受け入れられた。その大きな理由は、彼らの作品が、〈脱日本的で、高度資本主義の、消費時代の同時代的な感覚を内蔵〉（張錫周「〈春樹文学〉韓国上陸一〇年の成果」「文学思想」99・6）しているということであった。そしてその代表格が村上春樹である。

村上春樹は、一九八九年六月、『ノルウェイの森』が『喪失の時代』（文学思想社）というタイトルで翻訳出版されることによって韓国にはじめて紹介される。韓国での春樹（ハルキ）文学の受容と評価の側面を考えるとき、『喪失の時代』という翻訳本の意味は大きい。『1973年のピンボール』以来の、いわゆる〈三部作〉と言われている作品より先んじて『ノルウェイの森』が翻訳され、しかもそのタイトルが原題とは全く違う『喪失の時代』になったのである。〈喪失の時代〉という言葉が示すように、この作品は韓国的な〈時代喪失感〉と強く結び付けられて読まれ。その〈時代喪失〉が韓国でのハルキ文学の大きな特徴として受けとめられたのである。そして、『喪失の時代』を皮切りに、ハルキ文学はそのほとんどが競争的に出版され、『喪失の時代』をはじめとするいくつかの長編小説は、外国文学としては異例なほど長期ベストセラーになっている。さらに外国文学としてははじめて村上春樹の『文学手帳』（文学思想社資料調査研究室編『春樹文学手帳』96・10）が刊行され、主要文学雑誌にはハルキ特集

（「企画特集、春樹と日本文化の韓国定着化」「文学思想」99・6）が組まることになる。

日本文学への反感を乗り越え、ハルキ文学が一つの文化現象になるまで積極的に受容されたのは、韓国の九〇年代の政治・社会的な変化に負うところが大きい。学園紛争などの、社会全般においてのいわゆる〈理念闘争〉に明け暮れた七・八〇年代を経て、九〇年代になると、政治と歴史に対する幻滅や理想主義の挫折から、以前の政治・社会的なイデオロギーが崩壊する。このような韓国での政治・社会的な雰囲気の変化が大きな〈喪失感〉を生みだし、それがハルキ文学の情調と奇妙に一致したのである。そしてこれらの情調的な一体感は、とくに韓国の若い作家たちに著しく現れた。

九〇年代の韓国をめぐるイデオロギー対立構造の瓦解、社会全般の脱政治化の加速化、高度資本主義社会の物質的な豊かさによって、韓国の若い小説家たちは新たな道を模索しはじめた。ハルキ文学が紹介されたのはちょうどこの時期である。ハルキ小説から見られる都市的な感受性、軽快さ、リリシズムなどは、イデオロギーの重荷からやっと抜け出た若い作家たちに〈政治性と社会性に背を向けた極めて個人的な種類の小説〉（『喪失の時代』の作家概説）として大きく歓迎され、彼らは先を競ってハルキ文学に雪崩込んだのである。そのようなハルキ流行の時代的な一現象が、韓国の新鋭作家の間で起こった「ハルキ剽窃是非」論争である。一九九二年、新鋭評論家の張正一は「剽窃の三つの位相」（「文学精神」92・8）で、〈今日の作家賞〉を授賞した朴一文『生き残った者の悲しみ』が、ハルキの文体を剽窃していると指摘したが、これが朴一文の告訴によって問題が法廷に持ち込まれるハプニングを演出した。ほかにも、若い小説家たちをめぐる多くの「ハルキ剽窃是非」の問題は、当時の韓国文壇に押し寄せたハルキシンドロームの一端を示すものといえる。後に、これらの現象を再評価するかたちで、張錫周は、〈韓国の若い作家たちにとって、ハルキ小説は多様性をもたらす一種の触媒であった〉（「〈春樹文学〉韓国上陸一〇年の成果」）と、ハルキが韓国文学に及ぼした影響を指摘する。

『ノルウェイの森』が翻訳出版されてこの方、村上春樹は依然として韓国でもっとも影響力のある外国人作家の一人である。そして、二〇〇〇年代の今日においてのハルキ文学は、「脱日本的」な理由から好まれた九〇年代とは違って、日本文化への接触という流行的な側面を新たに呈しつつある。「日本的でない」という理由から好まれたハルキ文学が、今日では最も日本的な文化現象としての〈新世代感覚〉を象徴するものになっているのである。それには、大衆文化の解放という歴史的な変化のなかで、反日、あるいは反日本文化の風化作用があるように思われる。

（鄭恵英）

# 終末感《しゅうまつかん》

「僕は自分がやったことの責任を果たさなくちゃならないんだ。ここは僕自身の世界なんだ。壁は僕自身を囲む壁で、川は僕自身の中を流れる川で、煙は僕自身を焼く煙なんだ。」(『世界の終りとハードボイルド・ワンダーランド』)

　村上作品の終末がどのように描かれているかを読み解くためには、それがどのような世界における終末なのかをまず知らねばならない。たとえば『世界の終り――』に示された〈僕〉のこうした世界観が、彼の頭の中の世界であるとしても、である。村上の作品群において〈終わり〉がどのような変貌をとげてきたか。〈僕〉は『風の歌を聴け』で、「人並み外れた強さを持ったやつなんて誰もいないんだみんな同じさ。何かを持ってるやつはいつか失くすんじゃないかとビクついてるし、何も持ってないやつは永遠に何も持てないんじゃないかと心配してる。みんな同じさ。」と言う。〈みんな同じ〉世界での〈終わり〉は、みんなにとっての〈終わり〉であるはずだが、それに疑義を差し挟む存在としての〈鼠〉が街を出、『1973年のピンボール』では死を迎える。〈みんな同じ〉ではない、ということ、つまり〈終わり〉がみんなにあるわけではないこと、が〈鼠〉の喪失によって明らかになりつつあるところで、外部への視線を遮っていた窓のカーテンを引き開けるのが〈双子〉である。〈終わり〉は、まだ終わってはいない世界に居なければ、居続けなければ認識できないものである。だが、それを決定的に100パーセント認識しきってしまった者のうち、ある者は〈死に至る病〉を通過し、そして〈僕〉の世界から〈消滅〉してしまう。それでも世界に存在することを〈僕〉に続けさせようと『羊をめぐる冒険』で再び〈鼠〉が〈羊男〉として〈僕〉の前に現れてくる。耳のモデルの女の子を追い返した〈羊男〉は、「俺としてはこれは内輪だけのパーティーのつもりだったんだ。そこにあの子が入り込んできた。俺たちはあの子を巻き込むべきじゃなかったんだ。」と〈僕〉に語る。ここで、〈みんな同じ〉ではないばかりか、世界が〈同じ〉ですらないことが理解されるだろう。〈羊男〉が〈僕〉と同じ世界に存在していることは、〈僕〉は結局追い返されずにいることからだけでも推し量ることができる。そして〈パーティー〉=〈別荘〉は爆発する。〈僕〉は、〈別荘〉と一緒に吹っ飛んでしまったりすることはなく、まだこれからも〈終わり〉と向き合っていかねばならないだろうことが示される。〈別荘〉が爆発した後の〈羊博士〉の言葉は「何もかも終わったんだな」というものである。しかし、それは消えていった者たちへの言葉であり、〈僕〉にとっては〈終わり〉は存在し続け、『世界の終りとハードボイルド・ワンダーランド』において大きな位置を占めるにいたる。不合理と矛盾の世界で〈僕〉は自分の〈影〉に〈この世界〉からの脱出を促される。〈僕〉と〈影〉の分離は、その両方を弱らせる結果を招くが、〈影〉なしの〈僕〉は〈この世界〉に留まることを決めるのである。本項冒頭に引いた〈僕〉の言葉、〈煙は僕自身を焼く煙なんだ。〉というその言葉が、〈終わり〉の中に身を置く決意をはっきりと提示する。つまり、世界はふたつあり、それは「終わってしまった世界」と「終わりのある世界」のふたつなのだとも言えはしないだろうか。「終わってしまった世界」を見ることはできなくとも感じることはできる。〈僕〉は煙をあげて燻りながらも、〈終わり〉と生きる道を選ぶ。それに伴う困難と苦悩の現状の打開策は「パン屋再襲撃」で試される。ここで試みられた社会と貸し借りを等しくしてゆくという方法は、表題通り以前にも試みられ、ここで再び試されるものだが、他にも様々の方法が試みとして他作品に登場する。たとえば、「双子と沈んだ大陸」ではそれが〈何も考えないこと〉であったりもするが、〈僕〉はともかくも〈終わり〉を生きている。

なお〈「世界の終り」についての鈴村和成氏による、「世界の終り」のパートは言ってみれば小説というもののメタファなのだ。更に言えば、完全なもののメタファなのだ。〉という指摘は作家村上と、「終わり」を考える上で非常に刺激的である。

（児玉喜恵子）

## 随　筆《ずいひつ》

村上春樹のエッセイは、長編小説執筆時に書かれたものが多い。午前中を小説執筆にあて、午後の時間をエッセイ・翻訳などにあてるというのが村上の生活スタイルなのである。したがって、エッセイは、〈精神のバランスをとるための良い息抜き〉（『村上朝日堂はいかにして鍛えられたか』）といった側面を持ち、村上自身から〈雑談世間話風〉〈雑文〉（『村上朝日堂』）といった扱いを受けさえする。

こうしたいわば一種の治癒行為としての役割を担ったのが〈村上朝日堂シリーズ〉である。その記念すべき第一作『村上朝日堂』は、一九八四年七月に刊行された。このエッセイ集で安西水丸とのコンビが結成され、以後、シリーズは、『村上朝日堂の逆襲』『村上朝日堂はいほー!』『村上朝日堂ジャーナル うずまき猫のみつけかた』『村上朝日堂はいかに鍛えられたか』とつづいていくことになる。〈村上朝日堂シリーズ〉が多くの読者を獲得した因の半ばは、安西のほのぼのとした漫画風スケッチあるいは濁りのないあざやかな〈イノセント・アート風の絵〉による。『うずまき猫のみつけかた』

などではもはや文章が主で絵が従といった図式は成立しない。もちろん、このシリーズが、小説とは位相を異にし、村上の過剰とも思えるサービス精神に充たされていることも事実である。たとえば『村上朝日堂の逆襲』では、付記の形で素顔の村上が再度登場するといった案配である。しかし、これらのエッセイ集の随所に披瀝されている村上一流のものの見方・考え方、エッセイ集全体に貫かれている頑固ともいうべき村上固有のライフスタイルを看過してはならない。

こうした特徴が最も顕著にうかがえるのがプリンストン滞在中のエッセイ『やがて哀しき外国語』である。村上自身が〈外国に暮らしているあいだに感じたいろんな物事のありようを〉〈じっくり腰を据えて考えてみようという、少しばかり真面目な姿勢で〉(『うずまき猫のみつけかた』)書いたと言うように、このエッセイ集は、村上のエッセイの中ではもっとも硬質のものである。そこには、〈やりたくないこと、興味のないことは、何であろうとやらない〉〈僕らがこうして自明だと思っているこれらのものは、本当に僕らにとって自明のものなのだろうか〉とある。これが村上の美学なのである。こうした信条を光源として〈村上朝日堂シリーズ〉を照射していけばはっきりと見えてくるものがあるはずである。たとえば、現実の政治的状況とは距離を置いているかに見える村上が、〈今世紀中には必ずもう一度重大な政治の季節が巡ってくるんじゃないかという気がする〉〈そのとき我々は否が応でも自らの立場を決定することを迫られることだろう〉(『村上朝日堂の逆襲』)と発言してもいる。

紀行エッセイ、あるいは会社探訪記もある種わがままな村上の選択意志が働いているといってよい。たとえば、アメリカ大陸、メキシコ、ノモンハンなどの紀行の中に、「讃岐・超ディープうどん紀行」が同列に組み込まれていたり、安西とのコンビによる会社探訪記『日出る国の工場』はのっけから人体模型製作工場であるといった具合に。

村上のエッセイは先に記したように長編小説執筆と平行して書かれたものが多く、読者は作品成立の過程に、断片的にではあるが、立ち会うことになり、同時に意外な事実を発見する楽しみもある。たとえば、『うずまき猫のみつけかた』では、『ねじまき鳥クロニクル』完成までの村上の苦闘の一部を共有することができるし、『遠い太鼓』を読めば、『ノルウェイの森』がタイトルが確定されないままで書き進められ、はじめは三〇〇枚くらいが想定されていたことなどを知ることができる。

村上春樹がアメリカ文学の圧倒的な影響のもとで作家活動を開始したことは周知のことに属するが、第三の新人を扱った『若い読者のための短編小説案内』などは、村上が決して日本の現代小説と無縁ではなかったことを教えてくれる。

このほかジャズあるいは映画に関するエッセイを付け加えると、村上のエッセイのおおよそが見えてくる。

**【参考文献】** 村上春樹の随筆を単独に論じたものは、ほとんどない。ただ、村上春樹の雑誌特集号では、それぞれていねいな解題・解説がなされており、研究の指針を与えてくれる。その主要なものを記しておく。宮脇俊文「ユリイカ六月臨増　総特集村上春樹の世界」(89・6)、ベイブリッジ・クラブ「文学界四月臨増　村上春樹ブック」(91・4)、永久保陽子「国文学2月臨増　ハイパーテクスト・村上春樹」(98・2)、今井清人・久居つばき・末國善己「ユリイカ3月臨増　総特集村上春樹を読む」(00・3)。

(**岩崎文人**)

## 大衆《たいしゅう》

村上春樹と〈大衆〉との関わりについて考えるのにふさわしい作品として、『ノルウェイの森』と『アンダーグラウンド』が挙げられると思う。前者は最も多くの読者を獲得したベストセラー小説だからであり、後者は〈地下鉄サリン事件〉という現実の出来事に基づくノンフィクションだからである。

中野収「なぜ「村上春樹現象」は起きたのか」(「ユリイカ」89・6臨増、『スタディーズ05』)は、『ノルウェイの森』に代表される村上春樹の〈純文学作品〉の〈読者層の拡大〉について、その理由を、それまで〈マニア〉の読者が、〈文学作品を鑑賞する伝統的な態度・スタイル〉とは別の〈多分に気分的で快楽的〉な〈村上作品の「ムード」〉を求めていたのに対し、〈『ノルウェイ』で初めて村上作品に接した多くの人々〉は、〈「死による再生の物語」〉という〈倫理性〉を求め、作品もまた〈こうした「倫理的読み」を許容していたことが、大量のファン的読者の拡大の要因のひとつ〉となった、としている。一方で、桜井哲夫「閉ざされた殻から姿をあらわして……」(「ユリイカ」89・6臨増、『スタディーズ03』)は、〈「思い入れ」やイデオロギーへの極度の不信こそが村上春樹の作品を支え、それが時代の雰囲気と連結したかたちで村上春樹のある種の人気を形づくってきた〉が、〈彼の出現によって文学が「思想性」から切り離される傾向が加速された〉としている。〈「村上春樹現象」〉という〈大衆〉化について、中野はそれを読者が〈「愛の物語」〉を必要としたことによる〈新しい文学的情報の消費パターンを暗示〉するものとして肯定的にとらえ、桜井は〈村上春樹の作品を表面的になぞったような亜流の小説がその後大量に生産され〉る契機となったものとして否定的にとらえているが、これらは〈新しい巨大な読者層を掘り起こした〉(桜井)ことの両面性を示している。竹田青嗣「リリシズムの条件を問うこと」(「国文学」95・

3)は、〈この現象は純文学の現代的な〝風俗化〟を象徴するものだ、という議論〉に対して、そのような〈賛否両論〉の根幹にある、〈「文学作品の価値はその文学的な〝社会性〟に還元できる」〉とする〈批評基準〉そのものへの疑義を提出している。

高橋敏夫「死と終わりと距離と」(「国文学」98・2臨増)は、川本三郎「「社会派」への違和感」(「毎日新聞夕刊」97・5・14)を引用して、そこに『アンダーグラウンド』で〈ほぼ正反対の位置に移行した村上春樹の「変節」〉への驚きを読み取り、〈『アンダーグラウンド』との対比によって、『風の歌を聴け』からはじまり『ねじまき鳥クロニクル』にいたる小説の意義が明確化されている〉ことを指摘している。高橋は、〈「社会派」ではない作家、「大きな言葉」「大きな事件」を避けて「小さな言葉」「小さな出来事(事件)」を語る作家、時事的な事柄を遠ざけてきた作家、通俗的な表現を嫌い新しい文体を追求した作家〉という〈村上春樹評価の定型〉から、『アンダーグラウンド』が逸脱していることを述べ、〈村上春樹による村上春樹的世界の問い直しの可能性をひめつつ、もっとも重要な点で問い直しを放棄した物語〉だとしている。

かつて村上春樹は、インタビュー「山羊さん郵便みたいに迷路化した世界の中で」(「ユリイカ」89・6臨増)において、〈すべての風俗は善だと思ってるんです〉と述べ、小説家としてあらゆる状況を〈受け入れる、飲み込む〉ことを主張し、状況に対する〈異議申し立て〉はしない、〈僕自身は僕の小説に教訓もメッセージもこめてはいない〉、と語っている。だが、『アンダーグラウンド』巻末の「目じるしのない悪夢」の中で、村上は〈オウム真理教という「ものごと」〉を、状況として〈受け入れる、飲み込む〉ことができなかったことを記している。この「目じるしのない悪夢」が、状況に対する〈異議申し立て〉であり、そこに何らかのメッセージがこめられていることは疑いようがない。『アンダーグラウンド』の執筆動機として、〈私は日本という国についてもっと深く知りたかったのだ〉と述べる村上自身の内部では、何らかの内なる〈大衆〉化への変容が生じていたのではないか。その一方で、『「そうだ、村上さんに聞いてみよう」』の中での〈村上さんは自分の変化をどう思いますか?〉という質問に対して、村上は〈『アンダーグラウンド』の中でやろうとしたことは、かつて『世界の終り』や『ノルウェイの森』でやろうとしたのと、基本的にはまったく同じことなのです〉と答えているのだが。

(**松村　良**)

# 立松和平《たてまつわへい》

一九四七（昭和二十二）年、栃木県宇都宮市生まれ。小説家。本名横松和夫。早稲田大学卒業。在学中の一九七〇年、「自転車」（「早稲田文学」十月号）で第一回早稲田文学新人賞を受賞。一九七三年四月から一九七八年十二月まで宇都宮市役所勤務。一九八〇年四月、『遠雷』（河出書房新社）により、第二回野間文芸新人賞を受賞。一九八四年、十一年間居住した宇都宮から東京都に移住。以後、小説はもちろんのこと、ルポルタージュ、エッセイ、テレビのレポーターなど、幅広い旺盛な活動を展開している。近作『毒―風聞・田中正造』（東京書籍、97・5。第五十一回毎日出版文化賞受賞）はフォークロアの視点から足尾鉱毒事件を描いたもので、立松の新しい地平をきり拓くものとして注目される。

村上春樹も立松和平も一九七〇年を早稲田大学学生として迎える。村上は第一文学部演劇専攻、立松は政経学部経済学科の学生として。ただし、全共闘運動に対する関わり方・見方には両者にかなりの温度差がある。村上は柴田元幸のインタヴュー「「山羊さん郵便みたいに迷路化した世界の中で」（「ユリイカ」89・6）で、〈僕らはね、実際的にはもう長いあいだ異議申し立てなんかしていないんですよ〉〈僕らが最後にノオと言ったのは一九七〇年です〉〈僕らが一九七〇年に叫んだノオだって、結果的には何の意味も持たなかった。その動機はべつに間違ってはいなかったと思う。やり方もああする以外になかったと思う。でも結局は何の意味も持たなかったと思う。〉と言う。また村上は、学生結婚し、ジャズ喫茶を経営していたころを振り返り、〈「会社に就職するのは堕落だ」というような全共闘的な〉〈雰囲気がまだ世間に少しは残って〉おり、〈夫婦というのは基本的に対等なものだ〉という考えを持ち、〈当時としてはまずまずラディカルな生活〉（『やがて哀しき外国語』）を送っていた、とも言う。実際の村上の全共闘体験がどのようなものであったかは詳細に知ることはできないが、同時代の熱気と無縁であったわけではない。ただ、その後の村上が全共闘運動の季節を過去のものとして封印し、距離を置いているのはまちがいない。

に対して、立松と全共闘との関わりはほぼ具体的にたどることができる。立松は、早稲田入学後、〈早稲田大学キャンパス新聞会〉に入り、運動に近づいていく。機動隊の攻撃に対抗するために、剣道を仲間とともに始めたのもこのころである。沖縄放浪中は、沖縄復帰運動のために訪れ逮捕された学生の救援活動の手伝いもし、デモにも加わっている。

村上も立松も海外を旅し、旅行記・滞在記をものしているが、村上の旅がギリシャ、イタリアなどへのそれであるのに対して、立松の旅は沖縄、韓国、インドなどへの流浪であり、インドでの立松は、あたかも苦行僧と同列にいる。

立松の青春はデモと放浪の旅であった。しかも、村上と異なり、全共闘運動の記憶は、色あせることなく刻印されていたといってよい。連合赤軍派の敗退、壊滅のプロセスを、『光の雨』（新潮社、98・7）で、資料を駆使してほぼ忠実に、鎮魂の意を込めてたどり直さねばならなかったのもこのゆえである。

また、立松は、徹底的に、愚直なまでにリアリズムにこだわり、〈家族〉〈村〉共同体、たとえそれが解体の姿であったとしても、共同体を核にして作品の構築に向かう。こうした点においても立松は、村上と対照的な位置にいる。村上の作品の舞台はおおむね都会であり、共同体の磁場からは遠い位置にある。

立松の代表作『遠雷』は、病的に肥大していく都市に蚕食されていく近郊農村に暮らす満男一家の〈家族〉〈村〉共同体崩壊の物語であり、その続編である『性的黙示録』（トレヴィル、85・10）は、都市化の波にのみ込まれ農業を放棄せざるを得なかった満夫が殺人を犯し、自ら滅んでいく物語であった。『遠雷』の冒頭部には、『性的黙示録』で失なわれていく満夫のビニールハウスとそこから眺められる都市化の象徴としての団地とが対比されていた。象徴的な物言いをすれば、立松は、〈土〉の物語を終始一貫リアリズムの手法で紡ぎだし、村上は〈都市〉の物語を伝統的なリアリズムの呪縛から解き放たれた場所で書き続けているのである。

**【参考文献】**立松のそれぞれの作品についての書評は多いが、ここでは村上との比較で論ぜられたものを中心に上げておく。川本三郎「二つの『青春小説』―村上春樹と立松和平―」（『同時代の文学』冬樹社、79・11・20）、磯田光一「〝政治と文学〟論争以後四十年―立松和平と村上春樹の位置―」（『左翼がサヨクになるとき―ある時代の精神史』集英社、86・11・10）、黒古一夫「立松和平小論」（立松和平『青春放浪』ほるぷ出版、98・5・25、所収）。

（**岩崎文人**）

## 中　国《ちゅうごく》

二十一世紀にむけて近代化をはかる中国の発展は目覚ましいものがある。開発支援も含め諸外国との交流がより一層盛んになってきていることもあり、文化や文学においても広がりがみられるようになってきた。近年、日本の現代作家の翻訳も増えている。村上春樹に限っていえば、田建新が〈毎年のように村上春樹の作品と評論が紹介され、それによって〝恋愛小説〟〝青春小説〟〝都市小説〟などといった概念が中国の文壇にも吹き込んでいる〉〈「傷痕」文学や「現実批評」文学に飽きた読者側にも、また中国当代文学の新しい方向を模索する作者側にも〝新鮮血液〟をもたらした〉（「中国の村上春樹—〝新鮮血液〟」「国文学」95・3）と述べている。春樹が中国についてふれたものが、短編「中国行きのスロウ・ボート」（「海」80・4）である。「1973年のピンボール」と同時期の作品で「中国行きのスロウ・ボート」には、主人公〈僕〉の高校が港町にあり身近に中国人がいたことが描かれている。春樹自身も兵庫県西宮市や芦屋市で育ち、港町の神戸高校で学んでいることから〈僕〉には春樹自身の投影がみられるものと考えられる。作中、中国人の印象については、我々日本人とどこかが変わっているわけでもなく、はっきりとした共通点があるわけでもないと書かれている。ただし作品に登場する中国人小学校教師のことばは、極めて重要である。「わたくしたち二つの国のあいだには似ているところもありますし、似ていないところもあります。わかりあえるところもあるでしょうし、わかりあえないところもあるでしょう」「わたくしたちはきっと仲良くなれる、わたくしはそう信じています。でもそのためには、まずわたくしたちは、お互いを尊敬しあわねばなりません」と話している。このことばは日本と中国両国の長い交流の在り方を見ている作家村上春樹の思いともとれる。主人公の〈僕〉が東京の街を見ながら中国を思う場面で〈僕はそのようにして沢山の中国人に会った。そして僕は数多くの中国に関する本を読んだ。「史記」から「中国の赤い星」まで。僕は中国についてもっと多くのことを知りたかったのだ。それでもその中国は、僕のためだけの中国でしかない。それは僕にしか読み取れない中国である〉といっている。〈僕〉が中国を知りたい気持ちは、春樹自身の気持と考えられる。戦後の中国と日本の関係が語られたのが「中国行きのスロウ・ボート」だとすると、第二次世界大戦の中国と日本について語られたのが『ねじまき鳥クロニクル』（新潮社、94・4・12〜95・8・25）である。第二次世界大戦を前後して、中国国内で起こった様々な日本軍の理不尽な戦いの中で、あえてノモンハン戦争に着目し、作品に描いている。日本が中国で犯した大きな過ちと、ソ連に大敗したことを隠蔽した当時の日本国家の姿勢に春樹は疑問をもっている。ノモンハン戦争については「ノモンハンの鉄の墓場」（『辺境・近境』新潮社、98・4・23）の中で、春樹は、満州に駐屯した日本の関東軍が、モンゴル・ソビエトの連合軍と戦った現場を見に行き〈ノモンハンにおいても、ニューギニアにおいても、兵士たちの多くは同じようにほとんど意味を持たない死に方をしたということだった〉〈やはり今でも多くの社会的局面において、我々が名もなき消耗品として静かに平和的に抹殺されつつあるのではないか〉〈この五十五年前の小さな戦争から、我々はそれほど遠ざかってはいないんじゃないか〉と過去の日本の姿を追いながら現代の日本の問題点を探っている。さらに「目じるしのない悪夢」（『アンダーグラウンド』講談社、97・3・20）の中で〈『ねじまき鳥クロニクル』という小説を書くために以前、一九三九年の「ノモンハン戦争（事件）」の綿密なリサーチをしたことがあるが、資料を調べれば調べるほど、その当時の帝国陸軍の運営システムの杜撰さと愚かしさに、ほとんど言葉を失ってしまった。どうしてこのような無意味な悲劇が、歴史の中でむなしく看過されてしまったのだろうと。でも今回の地下鉄サリン事件の取材を通じて、私が経験したこのような閉塞的、責任回避型の社会体質は、実のところ当時の帝国陸軍の体質とたいして変わっていない〉と述べている。そして『アンダーグラウンド』という本をなぜ書こうとしたかについて〈私は日本という国についてもっと深く知りたかった〉〈自分が社会の中で、「与えられた責務」を果たすべき年代にさしかかっている〉と述べている。日本という国の社会構造と個人については『そうだ、村上さんに聞いてみよう』（朝日新聞社、00・8・1）の中で〈ノモンハン戦争についてずいぶん多くの本を読んでいて、「これは決して過去の歴史じゃないんだ」と実感したのです〉〈いろんな矛盾や、圧倒的な暴力や、システムの愚劣さや、魂の暗闇や、あるいはまたそこですりつぶされていった名もなき人々の勇気や高潔さのようなものは、ほとんど変わることなく今も我々のまわりに継続的に存在し続けている〉〈僕はきわめて個人的な人間なので、個人とシステムとの間の問題については、わりに真剣に考えます〉と述べている。春樹の中国を描いた作品群を中心にみていくと、春樹自身が二十世紀の日本社会に広がった不穏な出来事の背景に、日本という国家自体が持ち続けている社会構造の屈折したうねりがあることを指摘し、その社会構造の中で生きていかなければならない人々について静かに、深く思考をめぐらせていることを知ることができる。

**【参考文献】**川村湊「現代史としての物語」（「国文学」95・3）、黒古一夫「アメリカ・中国、そして短編小説」（『村上春樹―ザ・ロスト・ワールド』増補版、第三書館、93・5、『スタディーズ01』）、『中国行きのスロウ・ボート』は村上春樹全作品③（講談社、90・9）から引用した。（初出と異同あり）

**（熊谷信子）**

## デビュー《でびゅー》

一九四九年京都府伏見で生まれた村上春樹は、兵庫県に転居後、神戸高校卒業までこの地で過ごしている。高校卒業後、早稲田大学第一文学部に入学する。一九六九年「ワセダ」に『問題はひとつ。コミュニケーションがないんだ!』―'68の映画群から」という短文を発表している。一九七一年陽子夫人と結婚。寝具店を営む夫人の実家に同居しながらの新生活であった。ジャズが大好きな春樹は、これまで貯めたアルバイト代金と親元からの資金援助で、一九七四年国分寺にジャズ喫茶「ピーターキャット」を開店する。一九七五年、七年がかりで早稲田大学第一文学部演劇専攻卒業。千駄ヶ谷に移転したピーターキャットの主人をしながら、一九七九年店の経営のかたわら書き上げられたのがデビュー作「風の歌を聴け」（「群像」79・6）である。この「風の歌を聴け」は、第二十二回群像新人文学賞を受賞する。審査員は佐々木基一、佐多稲子、島尾敏雄、丸谷才一、吉行淳之介の五名であった。丸谷才一は〈小説の流れがちつとも淀んでいないところがすばらしい。二十九歳の青年がこれだけのものを書くとすれば、今の日本の文学趣味は大きく変化しかけていると思います〉（「群像」79・6）と述べ、吉行淳之介は〈乾いた軽快な感じの底に、内面に向ける眼があり、主人公はそういう眼をすぐに外に向けてノンシャランな態度を取ってみせる。そこのところを厭味にならずに伝えているのは、したたかな芸である。しかし、ただ芸だけでなく、そこには作者の芯のある人間性も加わってきている〉（「群像」79・6）と評している。丸谷と吉行の評価は、現在の春樹作品の神髄をついているところがある。春樹作品の魅力は、作家が五十歳を越えた今でも無機質な透明感や清潔感があること、そして人間の内向的な内面を繊細に描いているところにある。春樹は、群像新人賞受賞の感想として〈非常に嬉しいけれど、形のあるものにだけにこだわりたくないし、もうそういう歳でもないと思う〉（「群像」79・6）と冷静な回答をしている。春樹はこれまで本格的な小説を書くため修練を積んでから賞に応募したわけではなく、最初に書き上げた小説が大きな賞を受賞し、作家として文壇デビュー後も、多くの読者を持つ特異まれなタイプである。

春樹は自分が小説を書いたきっかけについて、演劇科専攻だったこともあり大学時代シナリオを書こうとしたがうまくいかず自分に能力が備わっていないとあきらめかけたこともあったが、二十九歳の春、神宮球場の外野にふと寝ころんだとき、才能や能力がある、ないにかかわらずとにかく自分のために何かを書いてみたくなり、新宿の紀伊国屋に行き原稿用紙を買ったと話している。「風の歌を聴け」が書き上げられた時期については、一九七八年ヤクルト・スワローズが優勝した年、春に書き出して優勝が決定する頃書き上げたことを語っている。そしてヤクルト選手の活躍をみて自分も頑張らなければならない気持ちをおこしたと述べている。群像の新人賞応募について〈毎日夜遅くまで働いて、夜中にビールを飲みながら台所のテーブルに向かって書いた。毎日少しずつ区切って、「今日はここまで」という感じで書いた。文章とチャプターが断片的なのはそのせいもあると思う。書きあげて『群像』の新人賞に応募した。『群像』を選んだのは、枚数の条件があっていたということもあるけれど、この雑誌には何か新しいものを評価する部分があるのかもしれないという風に漠然と感じたからである。僕は文芸誌のことなんて全然知らなかったけれど、書店で立ち読みしてなんとなくそういう感じがしたし、結果的にはこの選択は正解だったと思う〉〈最終選考に残りました、と言われたとき、仰天してしまった。それからとても嬉しくなった。僕は作家になってからいろんな喜びを体験したけれど、あれほど嬉しかったことは一度もない。新人賞そのものを取ったときですらあれほど嬉しくはなかった〉〈それはぼんやりとした暖かな春の朝だった。貴重な生命の匂いがあたりに満ちていた。たぶん新人賞を取ることになるだろうな、と僕は思った。何の根拠もない予感として。そして実際に僕は賞を取った〉（「自作を語る」台所のテーブルから生まれた小説」、『村上春樹全作品①』講談社、90・5）と述べている。春樹は「風の歌を聴け」において自分の気持ちをただただ正直に置き換えたかったといっている。また無心で書いたため小説的テーゼは成立しているが、小説としては、不十分さがあることも自ら指摘している。

デビュー作「風の歌に聴け」にある自分に正直に自然体で文章を書く春樹の姿勢は、今日まで変わることなく守り続けられているスタイルであり、春樹文学の礎となっている。

**【参考文献】**村上春樹『沈黙』（集団読書テキスト・第Ⅱ期B112、全国学校図書館協議会、93・3）、木股知史編『村上春樹』（「日本文学研究論集46」、若草書房、98・1）、『スタデイーズ05』（若草書房、99・10）、「ユリイカ」―総特集村上春樹を読む（00・3、臨増）

（**熊谷信子**）

## ドイツ　どいつ

東西ドイツ統一により、ドイツ国家となった後も、日本の文学作品が数多く翻訳されている。芥川龍之介、志賀直哉、谷崎潤一郎、川端康成、三島由紀夫、安部公房、遠藤周作らの名作が紹介される一方で、現代作家として活躍中の大庭みな子、河野多恵子、村上春樹の作品も翻訳されている。春樹作品の中でもっとも早くドイツで紹介されたのが、アルフレッド・バーンバウム翻訳、「ノイエ・ルントシャウ」に載せられた「ローマ帝国の崩壊・一八八一年インディアン蜂起・ヒットラーのポーランド侵入・そして強風世界」（「月刊カドカワ」86・1）である。欧米での春樹作品の翻訳は、『羊をめぐる冒険』か『世界の終りとハードボイルド・ワンダーランド』が最初に紹介される場合が多い中、「ローマ帝国の崩壊・一八八一年インディアン蜂起・ヒットラーのポーランド侵入・そして強風世界」がドイツで最初に翻訳されたことは興味深い。ただしその後もドイツで春樹作品が翻訳し続けられていることからもわかるように、春樹作品が世界文学の一つとして受け入れられているということであろう。ユルゲン・シュタルフは春樹の作品について〈村上春樹は、簡潔に言えば、ドイツ人読者がそれまでに見知っていた日本とは、全く異質なものを与えてくれるからである。彼の短篇や長篇を形づくるのは、着物でも満開の桜でも、また研ぎ澄まされた東洋の美学でも、不可解な闇に閉ざされた日本精神の底流でもない、缶ビールを片手に自分が（さもなくば誰かが）最初に失ったもの―超能力と権力への飽くなき野望を秘めた神秘的な羊や、かつての相棒〈鼠〉であり、あるいは自身の心であり、象であり、ときにはただのパンである〉〈常に探し求めて、インディ・ジョーンズばりの冒険を次から次へと繰りひろげるクールな主人公である。このような物語には、西洋人は、ここではドイツ人読者だが、問題なく付いていける〉（「ドイツの村上春樹」「国文学」95・3）と述べている。「三つのドイツ幻想」（「ブルータス」84・4）には、ヘルマン・ゲーリングが登場する。第一次世界大戦では空軍将校として活躍し、ナチス党入党後ヒットラー内閣に入閣し、空軍司令官としてポーランド猛爆の指揮にあたり国家元帥にのぼりつめた人物である。「ローマ帝国の崩壊・一八八一年インディアン蜂起・ヒットラーのポーランド侵入・そして強風世界」と「三つのドイツ幻想」は別々の短編であるが、両作品は第二次世界大戦のドイツに大きな影響を及ぼしたヒットラーとゲーリングの名が出てくる。歴史的にみれば二十世紀初頭、ソ連とドイツは東ヨーロッパの両国勢力圏分割取り決めをした。その直後の一九三九年ドイツ軍はポーランドに侵入し、第二次世界大戦がはじまっていく。『ねじまき鳥クロニクル』（新潮社、94・4・12〜95・8・25）で描かれたノモンハン戦争も一九三九年日本の関東軍がソ連軍・モンゴル軍と国境線紛争から戦争を起こし、日本も第二次世界大戦に参戦していくことになる。春樹はこの一九三九年に注目している。『アンダーグラウンド』（講談社、97・3・20）の中で〈一九三九年の「ノモンハン戦争（事件）」の綿密なリサーチをしたことがあるが、資料を調べれば調べるほど、その当時の帝国陸軍の運営システムの杜撰さと愚かしさに、ほとんど言葉を失ってしまった〉〈このような閉塞的、責任回避型の社会体質は、実のところ当時の帝国陸軍の体質とたいして変わっていない〉と述べている。春樹は、日本社会の構造上の問題点がこのころからみられることを指摘している。日本とドイツが第二次世界大戦へ進んでいった経過には類似したところがあるため、両国の姿勢を意識して作品に描いたと思われる。

『ノルウェイの森』でもドイツが描かれている。日本ではミリオン・セラーになり、春樹の代表作の一つといえるこの作品の書き出しは〈僕は三十七歳で、そのときボーイング747のシートに座っていた。その巨大な飛行機はぶ厚い雨雲をくぐり抜けて降下し、ハンブルグ空港に着陸しようとしているところだった。十一月の冷ややかな雨が大地を暗く染め、雨合羽を着た整備工たちや、のっぺりとした空港ビルの上に立った旗や、ＢＭＷの広告板やそんな何もかもをフランドル派の陰うつな絵の背景のように見せていた。やれやれ、またドイツか、と僕は思った。〉とはじまる。小説内で現在の〈僕〉の位置がはじめてわかる場面で、〈僕〉は日本でも、アメリカでも、ノルウェイでも、そしてビートルズの故郷イギリスでもなく、ドイツにいるのである。これまで『ノルウェイの森』について考察したものをみても、書き出しについて言及した論は極めて少ない。ハンブルグ空港につき〈またドイツか〉と〈僕〉が思ったこの書き出しにどのような意図があるのか、またどのような意味合いを持っているのか考察が必要である。ちなみに『ノルウェイの森』の冒頭に登場する〈ボーイング747〉は、「ローマ帝国の崩壊・一八八一年インディアン蜂起・ヒットラーのポーランド侵入・そして強風世界」にも登場する。春樹の作品に出てくるドイツやドイツに関係する人物、事柄がすべて偶然の所産とは思われない。今後も春樹作品に描かれるドイツ関連のことばには一つ一つ注意していく必要がある。

**【参考文献】**セシル・モレル「村上春樹の小説世界『ノルウェイの森』のリアリズム」（「世界文学」97・6、『スタディーズ05』）

（熊谷信子）

## 都市《とし》

村上春樹の作品を〈新しい都市生活者の文学〉として評価したのは、川本三郎「村上春樹の世界―一九八〇年のノー・ジェネレーション」（「すばる」80・6、『都市の感受性』筑摩書房、84・3）であった。都市生活者にとって世界の現実性よりも記号・言葉の現実性の方が確かであり、言葉と言葉を語る本人との幸福な一致は失われてしまっていて、ただ〈記号〉が〈消費〉されていくばかりでしかないとする川本にとって、村上作品における都市・都市生活のディテイルとは〈空虚〉を埋めようとしてさらに空虚さをましていく、決して統一的な世界を目指すことのない断片の集積、〈記号〉の〈消費〉として捉えられている。こうした〈空虚〉と闘う作家としての像は「この空っぽの世界のなかで―村上春樹論」（「文学界臨増　村上春樹ブック」91・4、『青の幻影』文芸春秋、93・4）においてさらに強調され、〈空虚〉は〈高度資本主義社会〉と結びつけられている。

川本が〈新しい都市生活者〉のライフスタイルとして指摘

する現象を、三浦雅士「村上春樹とこの時代の倫理」（「海」81・11、『主体の変容』中央公論社、82・12）は現代人の病理と捉え、〈村上春樹は現代人が世界に対して覚える疎隔感をその小説の主題にしている。それは、現実をいわゆる現実として感じることができないという病であり、他者の心に達することができないという病である。そしてそれは、自己が自己であるということを実感できないという病、自己をめぐる病である〉とする。三浦によれば〈人間の主体的なつまりは主観的な行為の連鎖が、文明を生みその悲惨さを生んできた〉のだが、村上春樹の軽快さと暗鬱さとの混淆した文体はそうした主体のあり方に対する批判としてであり、そこに彼の姿勢が倫理的であることの根拠があるとされる。

川本・三浦の指摘に明瞭であるのは、村上作品に描かれる都市・都市生活・都市生活者のありようが、人と世界との関係不全という問題を引き寄せるということである。この基本的な性格は、まず動かない。作品がどれほど軽快で洒落た都市生活を描こうとも、登場人物たちはその生活に不充足感を覚え、都市生活もその舞台である都市も無根拠の虚妄であるとの思いを抱いている。人と世界との関係不全は作品を追うごとに症状を深め、病理の領域にすら至っている。笠井潔「都市感覚という隠蔽」（「幻想文学」87・秋、『物語のウロボロス』筑摩書房、88・5）は、そのような症状あるいは病理、村上作品に川本が指摘する〈恐ろしいほどの喪失感〉、三浦が指摘する〈世界に対して覚える疎隔感〉とは、現代日本社会の自己隠蔽の観念的メカニズムを追認し、補強すべきもの以外ではないと批判している。笠井は「風の歌を聴け」の語り手が少年時代、ひどく無口だったのが突然しゃべり始めた事態を自己観念の発生する現場の隠蔽であるとし、村上作品はこの隠蔽を方法としていて、同時に作品外の現代市民社会における隠蔽を模倣し、擬態していると指摘する。村上作品の隠蔽とは単なる隠蔽ではなく、もっとも効果的に暴かれるために設定された方法的隠蔽であり、『羊をめぐる冒険』に至る三部作のモチーフは〈観念的累積の必然性がこの高度市民社会の現実においていかに隠蔽されていくのかという問いを問うことにあった〉とする笠井が〈鼠〉を重視するのはけだし当然である。

渡辺一民「風と夢と故郷―村上春樹をめぐって」（「群像」85・11、『故郷論』筑摩書房、92・3）は、東京オリンピック開催の一九六四年前後に日本の近代都市の大きな転換点を見る意見に賛同したうえで、同じ都市の同じ〈防波堤〉を描いた『1973年のピンボール』と『羊をめぐる冒険』の二つの文章を引用し、そこには六十年前後と七八年という〈日本の都市の二十年間がきわめて象徴的に語られている〉として、三部作は〈まぎれもない「故郷」を主題とした都市小説〉であるとする。注意すべきなのは渡辺の指摘する〈故郷〉が田舎でも農村でもないということであって、渡辺は中野重治『村の家』と比較しつつ〈一九三五年とはまったく内容を異にしながらも、やはり「僕」や「鼠」にとっては、彼らなりの「故郷」が「街」のうちに〉あったとして、『羊をめぐる冒険』の最後で〈僕〉が〈砂浜〉におもむく一節に、〈故郷〉の回復=〈言葉〉の回復を見ている。渡辺の論に添って言えば、村上作品における〈都市〉とは〈故郷〉を内包しつつ、高度なシステム化・抽象化の進行によって〈故郷〉の衰退から消滅へと向かっているものとして、つまりは現代人の内面の喩として捉えることが出来、ここから都市の深層としての「アンダーグラウンド」に対する村上の強い関心も理解することが出来るだろう。

（勝原晴希）

## 中上健次《なかがみ・けんじ》

一九四六年八月二日。和歌山県新宮市生まれ。新宮高校卒業。小説家。父鈴木留造、母木下ちさと。生誕の時点で母の先夫、木下勝太郎とちさととの間に兄二人と妹三人があった。健次が八歳の時母ちさとが中上七郎と同棲するようになり、健次は新宮市立緑ヶ丘中学に入学した時点で中上姓を名乗った。十四歳で中学校の生徒会誌「みどりが丘」に創作「帽子」を発表した。昭和三十七年に中上七郎と母ちさとが婚姻入籍したので正式に中上姓となった。翌年大江健三郎の文学講演を聴いて作家を志望するようになる。一九六六年「文芸首都」に「俺十八歳」を掲載。保高徳蔵の指導を受ける。一九六八年「日本語について」が群像新人賞の最終予選を通り、選評で江藤淳や野間宏の評価を得る。一九七三年「十九歳の地図」が芥川賞の候補となる。その後都会の孤独な若者の存在不安を追求した「鳩どもの家」「浄徳寺ツアー」が続けて候補となり、一九七六年一月「岬」（「文学界」75・10）で第七十四回芥川賞を受賞し、戦後生まれ初の受賞者として話題になる。翌年十月『枯木灘』で第三十一回毎日出版文化賞を受賞する。近親憎悪的な、自分と同じ立場、階級にある者への憎悪を納得できないとする向きもあったが、翌年本作は第二十八回芸術選奨文部大臣賞新人賞も受賞した。一九八六年には脚本『火まつり』が毎日新聞映画コンクール脚本賞を受賞するが一九九二年八月十二日に他界する。

村上春樹は一九七九年に「風の歌を聴け」で第二十三回群像新人文学賞を受賞する。その後一九八二年に「羊をめぐる冒険」で野間文芸新人賞を、一九八五年には「世界の終りとハードボイルド・ワンダーランド」で谷崎潤一郎賞を、一九九六年に『ねじまき鳥クロニクル』で第四十七回読売文学賞を受賞している。中上健次と村上春樹が正式に出会ったのは、一九八四年十二月に対談を持った時である。この詳細は「国文学」(85・3)に掲載されている。だが実際はその前に何度か会ってはいた。これより十年前に中上が芥川賞を受賞した当時一九七六年頃、村上春樹は早稲田大学を卒業し、国分寺でジャズ喫茶「ピーター・キャット」を開店していた。中上は詩人の佐々木幹郎と屢々この喫茶店に出かけた。当時村上春樹はジャズが好きで〈ジャズに関わる仕事をやりたかった〉(『村上朝日堂』)と言っているように小説家志望ではなかった。村上春樹は一九七九年に神宮球場で突然小説を書くことを思い立って、毎夜店を閉めた後にキッチンテーブルで小説を書き続け「群像新人賞」に応募する作品を書き続けた。春樹の作家志望を促したのは、ジャズが好きで上京後のめり込んだ思いが忘れられず、佐々木幹郎と連れ立って店に来て長時間小説について語っていた中上の影響が多分にあったようだ。佐々木幹郎は〈中上と国立の駅前の焼鳥屋で飲み、国分寺の駅前のバーに行くことがあった。(略)国分寺のバーは小さなビルの地下にあり、ピーター・キャットと言った。猫の絵が店中に飾られていて、古いジャズのレコードが棚一杯に並び、カウンターの中で働いている同世代のオーナーは神戸出身でもの静かで、料理がうまかった。その男が後に小説家になるとは思いもしなかった。村上春樹である。〉(『中上健次』小学館、96・12・20)と言っている。二人は共に現代を代表する若手作家というべき存在で、中上健次は既に生前に於て伝説化されていた存在であった。一九七〇年代から八〇年代にかけての時代は、〈闘争としての物語、小説〉の時代であると共に〈物語、小説との闘争〉の時代でもあった。小説が主人公をはじめとする登場人物の個性なり偏向を起点に起動躍動していた時代が終って、小説が認識としての機能を一層強めつつある時代に二人は登場した。それまでの小説が〈自己否定の苦い味〉を書いていたのに比して、二人は〈自己の肯定の強い欲望〉を剝き出しにした小説を書いた。〈物語の解体、解体の物語〉という手法で二人は一致していた。一方で二人には〈時代の倫理〉を描く点でも共通していた。〈自己という現象を批判し吟味する〉〈他者の心に達することができない〉〈現実を現実として感じることができない苦悩〉〈核時代の中で生きる他はないという苦悩〉を感性と感受性とで鋭敏に把握するという点で共通していた。或いは日本全土が都市化されつつある状態をテーマに、その中から故郷の行方を探ることでも極めて共通している。中上健次が脱近代の視点を強め、血縁と地縁にまつわる宿命的な命題を掘り下げ、紀州熊野に目を向けるのは、紀州の自然を讃嘆していた目を〈解明されたもの、解明されなければならないもの〉として向けようとしたからであった。一方村上春樹は都市空間を題材とし、普遍化された読者の好む都市を描いて〈現実と想像との境界が曖昧な世界〉を創り出してゆく。そうした作品は一種の都市小説として広範な若い読者に受け入れられた。中上が血縁を主に描くと村上は人間同士の伝達の困難さや人間関係の疎外感を描いた。中上が三十歳からアメリカに渡ったり、韓国に居住し外国を訪ね歩くと、時を同じくするように村上も三十五歳でアメリカに渡った。現代アメリカ文学を村上春樹が紹介すると、中上は韓国に渡り、中上が韓国を取材した作品を書くと後を追うように村上の作品が韓国で翻訳紹介されると「ハルキ旋風」が起こった。中上がアジアを村上がイタリアという形で二人の文学活動は雁行するような形で進行した。

**【参考文献】**『群像日本の作家・中上健次』（小学館、96・12・20）、『中上健次―作家の自伝』（日本図書センター、98・4・25）、『中上健次』（「解釈と鑑賞」別冊、93・9・10）

**（中田雅敏）**

## 文学賞《ぶんがくしょう》

村上春樹は一九七九年六月、「風の歌を聴け」により第二十二回群像新人文学賞を受賞。「受賞のことば」に〈学校を出て以来殆どペンを取ったこともなかったので、初めのうち文章を書くのにひどく手間取った。フィツジェラルドの「他人と違う何かを語りたければ、他人と違った言葉で語れ」という文句だけが僕の頼りだったけれど。そんなことが簡単に出来るわけはない。四十歳になれば少しはましなものが書けるさ、と思い続けながら書いた。今でもそう思っている。受賞したことは非常に嬉しいけれど、形のあるものだけにこだわりたくはないし、またもうそういった歳でもないと思う。〉とある。選考委員は佐々木基一、佐多稲子、島尾敏雄、丸谷才一、吉行淳之介。選評で佐々木はこの作品について〈ポップアートみたいな印象を受けた。〉〈ポップアートを現代美術の一ジャンルとして認めるのと同様に、こういう文学にも存在権を認めていいだろうとわたしは思った。〉と記している。佐多は〈ここで聴いた風の音はたのしかった、といえばそれでいいのではなかろうか。若い日の一夏を定着させたこの作は、智的な抒情歌、というものだろう。〉、島尾は〈ハイカラでスマートな軽さにまず私の肩の凝りのほぐれたことを言っておこう〉と述べた。丸谷は〈村上春樹さんの『風の歌を聴け』は現代アメリカ小説の強い影響の下に出来あがつたものです。カート・ヴォネガットとか、ブローティガンとか、そのへんの作風を非常に熱心に学んでゐる。その勉強ぶりは大変なもので、よほどの才能の持主でなければこれだけ学び取ることはできません。昔ふうのリアリズム小説から抜け出さうとして抜け出せないのは、今の日本の小説の一般的な傾向ですが、たとへ外国のお手本があるとはいへ、これだけ自在にそして巧妙にリアリズムから離れたのは、注目すべき成果と言っていいでせう。〉〈この新人の登場は一つの事件ですが、しかしそれが強い印象を与へるのは、彼の背後にある（と推される）文学趣味の変革のせいでせう。〉と評価した。吉行は〈これは良い作品だとおもったし、あえていえば近来の収穫である。これまでわが国の若者の文学では、「二十歳（とか、十七歳）の周囲」というような作品がたびたび書かれてきたが、そのようなものとして読んでみれば、出色である。〉と述べた。八十二年十一月には「羊をめぐる冒険」で第四回野間文芸新人賞を受賞。八十五年「世界の終りとハードボイルド・ワンダーランド」で第二十一回谷崎潤一郎賞受賞。選考委員は丹羽文雄、円地文子、遠藤周作、吉行淳之介、丸谷才一、大江健三郎の六名だが、円地は病気により選考に不参加。選評では丹羽が〈今年は谷崎賞がないと思った〉と述べ、遠藤が〈この作品の欠点を主張し、受賞に反対した〉とあり、吉行もこの作品を〈手応え十分〉としながらも、〈二つの世界の物語は同時進行して、最後に「私」も「僕」も消えてしまう、という構成は面白い。ただ、この二つの世界は、描かれている文体は違うが味わいは似通っている。そのためか、作品が必要以上の長さに感じられた。この作品の受賞に、私はやや消極的であった。〉と述べる。「風の歌を聴け」を高く評価した丸谷はこの作品についても、〈優雅な抒情的世界を長編小説といふ形でほぼ破綻なく構築してゐるのが手柄である。〉〈村上氏はリアリズムを捨てながら論理的に書く。独特の清新な風情はそこから生じるのである〉と評価した。大江は〈ここでふたつ描かれている世界を、僕ならば片方は現実臭の強いものとして、両者のちがいをくっきりさせると思います。しかし村上氏は、パステル・カラーで描いたセルロイドの絵を重ねるようにして、微妙な気分をかもしだそうとしたのだし、若い読者たちはその色あいと翳りを明瞭にみてとってもいるはず〉とし、〈ここに新しい「陰翳礼讃」を読みとる〉と述べた。九十五年には「ねじまき鳥クロニクル」三部作で第四十七回読売文学賞受賞。選考委員は井上ひさし、大江健三郎、大岡信、岡野弘彦、川村二郎、菅野昭正、河野多恵子、佐伯彰一、丸谷才一、山崎正和。丸谷はこの作品を『千一夜物語』と張り合おうとしたと述べ、〈枠を形づくる大きな物語のほうは、終わりに近くなるといささか乱れるものの、それでも充分に魅力に富むし、小さな物語には『千一夜』に収めても引けを取らないものがいくつかあった。珍しい才能と言わなければならない。〉とした。受賞後の読売新聞のインタビュー記事には、この作品について〈一途につぎ込んだ〉〈思い残すことのない最良のかたち〉との言及が見られる。翻訳書では八十六年にC・V・オールズバーグ絵、文「西風号の遭難」により、第九回日本の絵本賞で絵本にっぽん賞特別賞を受賞した。

**【参考文献】**『最新文学賞事典』、「群像」（79・6）、「中央公論」（85・11）、「読売新聞」（96・2・1、96・2・2）（**和田季絵**）

## 文体《ぶんたい》

『風の歌を聴け』でのデビュー以来、村上春樹の文体が、それまでの日本の小説家の文体に見られない性質のものであることが、多くの論者によって指摘されている。沼野充義「ドーナツ、ビール、スパゲッティ」（「ユリイカ」89・6臨増）は、〈日本文学の伝統から完全にふっきれた、外国風の作家というのが、圧倒的な第一印象だった〉と述べ、主に『風の歌を聴け』の文体的特徴として、〈センテンスは全般に、かなり短い〉こと、〈難しい漢字があまり使われていない反面、カタカナがかなり多い〉こと、〈数字を書くときに、よくアラビア数字を使〉うこと、〈村上春樹は最初から「僕」を一貫して使う作家で、それ以外の人称代名詞は彼にはちょっと考えられない〉こと、〈十九世紀のリアリズム小説〉や〈「破滅型」の多い陰湿な文学的風土〉にはない〈主人公の主観的な価値観〉や〈品の良さ〉に基づく描写であること、〈自然な口語体を基盤にして成り立っているように見える村上春樹の文章は、じつはかなり人工的な要素を含む、独特の文章語になっている〉こと、〈文体の際立った特徴ともいうべき点〉としての〈比喩〉が〈実用性の原則を踏みにじり、文章の主要な流れから逸脱していく〉こと、〈彼の比喩において、人間と動物は互換性があり、相互浸透的だということ〉、などを挙げている。

笠井潔「鼠の消失」（「早稲田文学」89・9、『スタディーズ05』）は、『ダンス・ダンス・ダンス』までの〈基本的に同型といえる人物を主人公〉とした作品の文体的特徴として、〈都市的に洗練された趣味や現代的に軽快な会話〉や、〈意図的に反復される「やれやれ」と「そういうことだ」なる呟き〉を挙げている。柘植光彦「円環／他界／メディア」（『スタディーズ05』）は、『スプートニクの恋人』以前の文体的特徴として、〈レイモンド・チャンドラー的な比喩や、映画のセリフ的な会話や、トレンディなポップ音楽の話題などがあふれる記述〉を挙げている。

アメリカ文学との関係については、川本三郎「一九八〇年のノー・ジェネレーション」（「すばる」80・6、『スタディーズ01』）が、『風の歌を聴け』と『１９７３年のピンボール』の文体について、カート・ヴォネガットの〈断片的ホラ話〉やハーラン・エリスンの〈「タイプライティング」言語〉との共通性を指摘し、千石英世「村上春樹とアメリカ」（「ユリイカ」89・6臨増）が、その〈パステルカラー〉の文体と、レイモンド・カーヴァーの翻訳との関連性を指摘している。カタカナや数字の氾濫については、前田愛「僕と鼠の記号論」（「国文学」85・3、『スタディーズ01』）や、渡辺一民「風と夢と故郷」（「群像」85・11、『群像日本の作家26』）が、具体的に分析している。〈やれやれ〉等の反復については、加藤典洋「「まさか」と「やれやれ」」（「群像」88・7、『群像日本の作家26』）が、〈違和語〉としての位置付けを行っている。比喩については、芳川泰久「異界と〈喩〉の審級」（原題「失われた冥府」、「ユリイカ」89・6臨増、『スタディーズ05』）や、越川芳明「『ノルウェイの森』」（「ユリイカ」89・6臨増）や、石倉美智子「村上春樹の比喩について」（「文研論集」94・3、『村上春樹サーカス団の行方』）が、『1973年のピンボール』や『ノルウェイの森』について、具体的に論じている。小泉浩一郎「村上春樹のスタイル」（「国文学」95・3）は、『ねじまき鳥クロニクル』の文体的特徴が〈聴覚の文体〉であることを指摘している。

　村上春樹自身は、インタビュー「「物語」のための冒険」（「文学界」85・8）の中で、『風の歌を聴け』を最初〈既成の文体〉で書くことに失敗し、〈まず英語で少し書いて、それを翻訳し〉、〈そのあとずっと、その文体で書いた〉と述べている。その上で文体について、〈意志疎通、意味が通じることがまず第一段階で、第二段階で自己表現をすること、第三段階で、その表現が普遍性を持つかどうかということで、普遍性を持つところまでいけば、作品として成立している〉と述べている。また、『翻訳夜話』の中で、〈文章にとって一番大事なのは〉〈リズム〉であるとし、〈僕は、日本語を自分で作ってきたから、外国語的な発想、外国語的なものがずいぶん多い〉、〈僕の小説は、翻訳文体の脱構築というか、一種の構造体を残して中を入れ換えたみたいなところがある〉と述べ、自分の文体を作るにあたっての〈叩き台になったのが英文の文章だった〉ことから、〈翻訳〉が〈自分の文体を作るプロセスの中ですごく大きい意味をもっていた〉ことを認めている。

（松村　良）

## ポーランド《ぽーらんど》

ポーランドで多くの日本文学の翻訳を手がけているワルシャワ大学教授のミコワイ・メラノヴィッチは、一九九一年国際日本文化センター主催の日文研フォーラムで発表した際、文学について話すことが遊びのように思われ、文学があまり意味のないものとして懸念されていることに対して、特に日本社会の中で、文学の役割が小さくなっていることを述べている。現代の日本文学の貧困さから、当分日本からトルストイやロマン・ローランやトーマス・マンのような作家が生みだした偉大な作品が生まれてこないであろうという厳しい指摘をしている。

ポーランドでは、村上春樹の『羊をめぐる冒険』『世界の終りとハードボイルド・ワンダーランド』が翻訳されているが、国家情勢もあり日本の現代作家の翻訳が進んでいるとはいいがたい。アンナ・ジェリンスカ・エリオットは〈村上春樹の本なら、日本人ではなくても分かるような、普遍的なところがある。村上さんの本がアメリカなどでたいへんはやっていることはそのしるしになるだろう。それはもちろん、川端康成などの本には普遍的なところはないという意味ではないが、その主人公はよく和服を着た、足袋をはいた、俳句を作る、日本の独特な表現を使う人である。その結果、日本のことを知らない読者には分かりにくい面もあるかもしれない。村上春樹の主人公は日本語を話す日本人でありながら、ジーンズをはいて、西洋の音楽を聞いて、西洋の文学を読んで、ご飯もハンバーガーを食べるので、世界の、ジーンズをはく、ハンバーガーを食べる人にはもっと親しみやすい〉〈村上春樹の表現、描写、観念などはわりあい忠実に、自然に、外国語と外国文化に訳すことができるからである。それは村上さんのあの国際的な表現のしかたのおかげであろう〉（「ポーランドの村上春樹―出版社をめぐる冒険」「国文学」95・3）と述べている。

春樹がポーランドについて書いているのは「ローマ帝国の崩壊・一八八一年インディアン蜂起・ヒットラーのポーランド侵入・そして強風世界」（「月刊カドカワ」86・1）である。一九三九年九月一日ドイツ軍がポーランドに進入し、第二次世界大戦宣戦をした。このドイツ軍がポーランド西部を占領したことを作品に取り込んでいる。春樹は『ねじまき鳥クロニクル』（新潮社、94・4・12〜95・8・25）の中で同じく一九三九年に起きたノモンハン戦争を描いている。第二次世界大戦宣戦の上で日本の関東軍がソ連・モンゴル軍と国境線紛争から戦争を行った。そういう意味からいうとポーランドとモンゴルは、第二次世界大戦宣戦時に似た境遇であったといえる。春樹はノモンハン戦争と同時期のドイツのポーランド侵入も視野に入れて国家と社会構造の歪みについて考え続けている。

**【参考文献】**ミコワイ・メラノヴィッチ「ポーランドにおける谷崎潤一郎」（一九九一年、国際日本文化センター「第三十一回日文研フォーラム」の講演記録と「日文研」6号を参照した）（**熊谷信子**）

## 翻訳《ほんやく》

村上の翻訳の歴史は古く、両親が国語教師であったことに起因する子供時代の日本古典文学の現代語訳に始まり、教科書の英文和訳から古書店のペーパーバックへ移行（「ペーパーバック・ライフ」「翻訳の世界」84・1〜6）。『１９７３年のピンボール』（講談社、80・6）と続編「双子と沈んだ大陸」（『パン屋再襲撃』文芸春秋、86・4）の翻訳を職業とする主人公が掲げる〈凡そ人の手によって書かれたもので、人に理解され得ぬものは存在しません〉というキャッチフレーズは、村上が参考書の例文から引用した言葉。翻訳デビューは作家デビューとほぼ同じ年で初の翻訳単行本は『マイ・ロスト・シティ』（「中央公論」81・5）。以後F・フィッツジェラルド、R・カーヴァー、T・オブライエンを柱にT・カポーティ、T・アーヴィング等の翻訳を続ける。売れ行きは自身の小説ほどではないが、村上の広告塔的役割により八〇年代の現代米国文学の流行が始まる。村上の翻訳作品は短編中心で映画に関係したものが多く、音楽関連のB・クロウやインタビュー、絵本等と分野が広い。また村上の小説を読む為のガイド的性格を負っており、自身の文学的既成事実や小説カテゴリーを示す。処女作をタイプライターと英語で書き始め日本語に翻訳したというエピソードは象徴的で文体との関わりは密接。G・ペイリー以外は英語も単純で文体も村上のそれに近く、新しい独自の文体への試行錯誤は何かを主張したり、亜流にならない為の手段となる。長谷川四郎の翻訳から得た文体を評価（『若い読者のための短篇小説案内』文芸春秋、97・10）。吉行淳之介の「木々は緑か」を英語版からの再翻訳（『やがて哀しき外国語』講談社、94・2）を提示。そして翻訳はジョギング同様作家村上の生活に組込まれた習慣的行為で、午前中に小説を書き、昼食後は翻訳や雑文、夜は仕事をしない。「蜂蜜パイ」（『神の子どもたちはみな踊る』新潮社、00・2）には翻訳する小説家と翻訳する才能のある女性が登場する。翻訳は記号の集積物から原則を見つけ、メッセージに移行する数学的要素と、またテキストの発見し、草稿で横書きを縦に変換、更にそれを徹底的に校正する三回の喜びがあるという。つまり小説の為の助走、材料集めと言葉選びのトレーニング、あるいは小説執筆後の精神の治癒、読書の代替行為であり、翻訳と小説の間を行き来し作品を完成するのである。翻訳 translate の trans とは向こう側とこちら側を貫くことである。翻訳に関するロングインタビューや各翻訳作品に添えた村上自身の言説を照応すると、翻訳された作家達の共通点と相違点等、二律背反的による表と裏、謎が浮上する。例えばカーヴァー全集の最終巻が長く発行されていないことや、オールスバーグ（映画「ジュマンジ」の原作者）についてはほとんど説明がなく、彼の選ぶ作品は嗜好が優先し依頼で翻訳することはない筈なのに、例外的に『心臓を貫かれて』（文芸春秋、96・10）は夫人の、ル＝グウィンは読者の推薦が契機等である。trans の派生語 transuform、つまり言葉を変換するという行為は村上作品の比喩や寓話性、物語の構造等に直接影響する。『世界の終りとハードボイルド・ワンダーランド』（新潮社、85・6）の夢読みや計算士、『ダンス・ダンス・ダンス』（講談社、88・10）の霊媒等は翻訳行為がモチーフである。総合的に見るとP・セローはアーヴィング、カーヴァーと、C・B・D・ブライアンはフィッツジェラルド、カポーティ、オブライエンと、M・ストランドはカーヴァーという具合に繋がりがあり、ネットワークのアウトラインがおぼろげに見えてくるが、未だに翻訳についての完全なリストはない。また『and other stories』（文芸春秋、89・9）等に見られる柴田元幸をはじめとする日本の翻訳家とのネットワークが存在する。ところでドイツ、ノルウェー、韓国等世界中に波及した村上作品は、仏語版が出版点数が最も多く、米国以外の国では米国文化の紹介者的側面は有効。逆に初期二作品は米国では意味を持ち得ないため、村上の意志で出版がされていない。米国の読者は日本の読者に比べて寧ろ日本古典文学を下敷きにした日本的な雰囲気を感じたが、これはかつての日本の文豪の日本趣味的エキゾチズムではない。幻想文学の伝統の有無が受け入られるか否かを決める。また英語版は『星の王子さま』の英仏二つのオリジナル版が存在するのに似ている。翻訳料を支払って自ら選んだ翻訳者に依頼し、メキシコ旅行に同行する等の翻訳者との良好な人間関係は日本・英語二つのバージョン違いを可能にした。このように米国翻訳出版を視座に入れた事も村上作品の最近の変化の原因の一つである。

**【参考文献】**村上春樹「記号としてのアメリカ」（「群像」83・4）、インタビュー（「翻訳の世界」89・3）、（「マリ・クレール」99・9）、アルフレッド・バーンバウム「村上春樹」（「新潮」90・1）、青山南「村上春樹の『象の消滅』」（『英語になったニッポン小説』集英社、96・3）、ジェイ・ルービン「象のつくり方」・村上春樹「翻訳すること、翻訳されること」（「国際交流」96・10）、イアン・ブルマ「村上春樹日本人になるということ」（TBSブリタニカ、98・12）、柴田元幸と共著『翻訳夜話』（文春新書、00・10）

（**岩見幸恵**）

## 村上　龍《むらかみりゅう》

一九五二年、父村上新一郎（美術教師）、母富士子の長男として長崎県佐世保市に生まれる。小説家。本名村上龍之助。「龍之助」という名前は、芥川龍之介に因んだものという。武蔵野美術大学中退。幼いときから芸術的な才能があったらしく、「村上龍年譜」（『Ｒｙｕ　Ｂｏｏｋ』）によれば、生後一年で絵を書き、中学三年のとき、ＰＴＡ新聞に書いた作文「初恋の美」で市長賞を受けたという。芥川龍之介没後五十年にあたる一九七六年五月、「限りなく透明に近いブルー」で群像新人文学賞を受賞し（「群像」76・6掲載）、また、第七十五回芥川賞を受賞した。この作品は、基地周辺に住むリュウ（主人公）の退廃的で虚無的な生活を描く。以後、村上龍は「ニューヨーク・シティ・マラソン」（「月刊プレイボーイ」77・2）、「海の向こうで戦争が始まる」（「群像」77・5）、書下ろしの長編『コインロッカー・ベイビーズ』上下（講談社、80・10）、『村上龍料理小説集』（集英社、88・10）・短編集『トパーズ』（角川書店、88・10）、『長崎オランダ村』（講談社、92・3）、『ＫＹＯＫＯ』（集英社、95・11）などの作品をはじめとして、エッセイ『すべての男は消耗品である』（ＫＫベストセラーズ、87・8）、『龍言飛語』（集英社、92・4）など、連続して話題作を書いてきた。そして、その作品は、不登校、援助交際、幼児虐待……等々、時代を先取り（時代を予告）するような内容のものが多く、龍の鋭い感性を感じさせる。ダブル村上という文壇用語がある。村上龍と村上春樹のことだ。両者の対談集が『ウォーク・ドント・ラン』（講談社、81・7）である。この対談は、両者の家庭環境、文学作品の相違、他の作家などについて語り、末尾にエッセイ「村上龍のこと」「村上春樹のこと」が収録されている。素顔の二人が彷彿とする対談。龍は、『村上龍エッセイ　1976～1981』（講談社文庫、91・5）収録「村上春樹」の中で、中上健次から「お前がデビューして、俺は楽になった」と言われたことがあり、同じ意味のことを春樹に言ったことがあるといい、春樹の小説を読んで、「長いものを書く」「登場人物の行動で物語を進めよう」「熱狂を書く」等々を「自分に言い聞かせた」と吐露している。また、村上龍編『魔法の水』（現代ホラー傑作選集2、角川ホラー文庫、93・4）に春樹の短編小説「鏡」を収録している。

**【参考文献】** 村上新一郎『龍がのぼるとき』（講談社、77・12）、池田純溢「限りなく透明に近いブルー」（芥川賞事典、「解釈と鑑賞」77・1臨増）、栗坪良樹「村上龍　限りなく透明に近いブルー」（「国文学」87・7臨増）、石原千秋「村上龍」（「国文学」90・5臨増）、『Ｒｙｕ　Ｂｏｏｋ』（思潮社、90・9）、特集「村上龍　欲望する想像力」（「国文学」93・3）、「村上龍　Ｂａｄ　Ｂｏｙの新たなる出発」（「ユリイカ」97・6）、陣野俊史『龍以後の世界　村上龍という「最終兵器」の研究』（彩流社、98・7）、「村上龍の予言力」（「ＡＥＲＡ」00・8・7）（**志村有弘**）

## 物　語《ものがたり》

村上春樹の描き出す物語の登場人物の関係は、親密さを維持しようと努めているものの、私たち現代人の関係性の希薄さをそのまま写し取ったかのように極めて疎遠な印象を与える。それは乾いた文体や因果律の支配の緩やかさからくる偶然性に依拠するプロットのせいであるかもしれないが、何よりも人物の内面に立ち入った心理分析が叙述的になされていない為であると思われる。当然、このような性質を持つ物語は寓意に満ち、多様な解釈を許容することとなる。春樹作品の難解さの一因はここにあるのだ。

その難解さを更に助長しているのが、彼の創出した〈僕〉という一人称の語り手の存在である。春樹の多くの作品は（勿論例外も少なからずあるが）〈僕〉の語る〈僕〉についての物語だ。大抵の場合、〈僕〉は語り手と主人公の一人二役を兼ね、作中において他の登場人物と同一領域に存在する。こうした物語構造を持つ作品の語り手と主人公とは本来親密な関係を維持し、物語を進行させるものだが、あえてそうはせず、疎遠な関係を保ち続ける。春樹の特異性はこの語り手〈僕〉と主人公〈僕〉との距離の設定にあると推察される。通常ならば、最も近接しているはずの両者の距離を他の登場人物と等位置に据えている。つまり、語り手の〈僕〉は作中で優位な立場にありながら、主人公の〈僕〉の内面にさえ立ち入ろうとしない。従って、人物の関係は希薄にならざるを得ないのである。三浦雅士は春樹の初期作品を分析し、彼の設定したこの一人称の語り手について、〈自分自身の内面に決して踏み込もうとしない僕の姿勢〉を指摘し、〈僕は僕自身にさえも距離をとっているのである〉と述べている。これは〈僕〉についての物語の中で概ね認められる傾向であり、一人称の語り手の有効性を放棄した春樹独自の手法であると言えよう。

このようなことから、春樹は何を語ろうとしているのだろうか。黒古一夫は、青木保の見解を引きつつ、〈恋と革命の季節〉である六〇年代に春樹の文学の出発点を見出すことができると述べている。〈恋〉も〈革命〉も人との関係を強制する。時代に強いられた関係性に、春樹は翻弄されたわけではないが、うまく同調し得なかったのだろう。彼自身が七〇年代を〈六〇年代の残務整理〉と位置付けていることが、彼の時代との乖離を示唆していると思われるからだ。そして、〈残務整理〉とは自らの〈存在理由《レーゾン・デートゥル》〉を問い直す作業であったのではないか。相対的な関係に束縛されていた自分を解放し、可能な限り他との関わりを排除した後に、絶対的な存在として再確認することを、語ることで見極めようとしたのだろう。執拗なまでのこの継続的な努力は春樹にとっての〈個〉の存在意義の回復を意味するが、結果として人間の存在そのものを追求したことにもなる。春樹は決して語り巧者《ストーリー・テラー》ではないが、時として作者自身を想起させる〈僕〉の語る〈物語〉が多くの読者に支持される所以であろう。

〈僕〉の語り口は自然体で歯切れが良く、親しげで優しい。しかも機知に富み、軽妙でさえある。非現実的な登場人物が架空の場所で繰り広げる出来事も違和感なく受け入れられるのはこうしたテンポの良い語り口による。けれども、穏やかな表情で幾重にも武装された瀟洒な〈僕〉の語りに騙されてはならない。勿論、語り自体を楽しむことは可能であり、そのような作品理解もあり得るが、真に〈村上ワールド〉を堪能したいと願うならば、作者が注意深く隠蔽し、〈僕〉にさえも語らせぬ陰鬱で暗澹とした心の奥底に蟠っている何かを探求し、共有すべきである。それは自分の存在意義を確認することであるのかもしれない。また、関係性の希薄さの中で孤独を噛み締めることかもしれない。

いずれにせよ、春樹作品は様々な読者の思いに合わせて、多彩な〈読み〉を可能とする物語を提示し、そこに込められた寓意はいかようにも解釈されることとなる。つまり、春樹はそうした多様な〈読み〉を可能にする物語を書き続けているのだ。

**【参考文献】** 川本三郎のインタビュー「『物語』のための冒険」（「文学界」85・8）、三浦雅士「村上春樹とこの時代の倫理」（「海」81・11）、千石英世「村上春樹とカーヴァー」（「ユリイカ」89・6臨増）、黒古一夫『村上春樹　ザ・ロスト・ワールド』（六興出版、89・12・5）「8章　空虚な時代への〈虚無〉の輪舞―この時代の文学と村上春樹」

（**唐戸民雄**）

## 六〇年代《ろくじゅうねんだい》

渡辺一民「風と夢と故郷―村上春樹をめぐって」（「群像」85・11、『故郷論』筑摩書房、92・3）は経済企画庁『国民生活白書』一九六〇年版・七〇年版を引用し、〈日本人の生活構造そのものが一九六〇年代に大きく変質をとげ〉たとして、『風の歌を聴け』三部作に多く記される二つの日付に注目している。その一つ、ケネディ大統領が死んだ年である一九六三年前後について渡辺は〈この一九六三年前後という時代こそ、「僕」にとっても「鼠」にとっても、自分だけの独立した世界が形成され、それにともなってその世界と大人の世界とのあいだの断絶がはっきりと意識されだす〉時期であり、彼らにとっての〈故郷〉であるとする。またもう一つの日付、〈若者の叛乱の時代であった〉一九六九年前後について、村上作品が多くを語ろうとしないその空白を渡辺は桐山襲『風のクロニクル』に重ね、そこに青春とともに開幕した〈祝祭劇〉による言葉・行動の生成と、その幕引きによる言葉の喪失という共通性を見ている。そして〈鼠〉が語った〈夏の光や風の匂いや蝉の声〉とは〈ビートルズ以後〉都市から追放されたものであり、そうした現代都市に対する〈故郷〉からの叛乱が六〇年代の〈祝祭劇〉だったという視点を提出している。

この六九年前後という問題については、笠井潔・加藤典洋・竹田青嗣『村上春樹をめぐる冒険』（河出書房新社、91・6）に議論がなされている。そこで笠井が村上作品の登場を〈一種の全共闘小説〉として捉え、その批判性・否定性が次第に低下していることを問題とするのに対して、加藤は『風の歌を聴け』が〈明らかに全共闘の時期の経験から書かれている〉ことを認めつつ、〈六〇年代末の否定性はいまでは「全共闘派」を言葉として保持する回路には生きていない〉として、村上作品に〈別の回路〉（参照・加藤「「世界」の終りにて」「世界」87・2、『君と世界との戦いでは、世界に支援せよ』筑摩書房、88・1）を見、竹田もまた〈全共闘に触発されたある情熱が自分の中で時代の推移とともにどう変異していったか、その変異にどういう意味があるのかという問題〉が重要だとする。笠井が自ら「あとがき」に記すように六〇年代のラディカリズムによる〈観念批判のサイド〉に立つのに対し、加藤・竹田は八十年代以降に顕在化する〈ポストモダンな都市社会の高度化と、避けられない人間の魂の変貌という視点から〉村上作品を捉えている。

六〇年代ラディカリズムが根拠そのものを喪失する事態を加藤・竹田は問題にしているわけだが、そのようなラディカリズムが村上春樹の中になお生きつづけていることを川本三郎は「この空っぽの世界のなかで―村上春樹論」（「文学界臨増村上春樹ブック」91・4）で、中国の天安門事件に対する『遠い太鼓』の文章などを引用しつつ確認している。そして〈一九六〇年代という時代には、確かに何か特別のものがあった〉〈すごく簡単でワイルドだった〉（「我らの時代のフォークロアー高度資本主義前史」）、〈今になってみれば、それがこれまでの人生でいちばん実体のある時間であったような気がする〉（『ダンス・ダンス・ダンス』）などの村上の文章を引用しつつ、〈高度成長以前の比較的時間がゆっくりしていた日本に生まれ育った〉〈村上春樹にとって六〇年代とはビートルズとヴェトナム戦争と大学闘争の時代という以上に「高度資本主義前史」として把握されている〉〈村上春樹は新しいシステムのなかを生きる空虚感、虚無感を癒すかのように一九六〇年代という過去とそれに殉じた死者を確かなものとして定置する〉としている。

六〇年代末には〈今ではもう忘れてしまった〉と〈空白〉として顕示されるような〈何か〉、〈ぼくの心を揺らせ、ぼくの心を通して他人の心を揺らせる何かがあった〉（『羊をめぐる冒険』）。だがそれは失われた。竹田青嗣「〈世界〉の輪郭」（「世界」87・2、『〈世界〉の輪郭』国文社、87・4）はその〈喪失〉に〈現代的な世界像の変容が、青春期の体験と重なり合うようにして生じた〉という事態を見ている。〈〈自我〉の明確な輪郭が描かれるためには、必ずひとつの完結した〈世界〉の意味を必要とする〉が、その〈世界〉像は崩壊した。竹田は

『世界の終りとハードボイルド・ワンダーランド』の「世界の終り」の街で人々が失う〈心〉を、〈ひとを根本的に〈世界〉へむかわせ、今あることを超え出て新たな「生」の可能性にむかわせるような〈自我〉の欲望のメタファー〉とし、失われた〈何か〉をこれに重ねている。村上作品における六〇年代とは、そのような〈心〉を輪郭づける〈世界〉像の成立しえた時期、〈夏の光や風の匂いや蟬の声〉に満たされた〈故郷〉、〈実体のある時間〉として描かれているとみてよいだろう。

（勝原晴希）

# 村上春樹　著作目録

『風の歌を聴け』講談社、79・7・25〔講談社文庫、82・7・15〔新装版〕講談社文庫、04・9・15〕
『1973年のピンボール』講談社、80・6・20〔講談社文庫、83・9・15〔新装版〕講談社文庫、04・11・15〕
『ウォーク・ドント・ラン　村上龍vs村上春樹』講談社、81・7・20
『夢で会いましょう』冬樹社、81・11・25〔講談社文庫、86・6・15〕〈共著：糸井重里〉
『羊をめぐる冒険　上下』講談社、82・10・15〔上下　講談社文庫、85・10・15〔新装版〕講談社文庫、04・11・15〕
『中国行きのスロウ・ボート』中央公論社、83・5・20〔中公文庫、86・1・10〕
『カンガルー日和』平凡社、83・9・9〔講談社文庫、86・10・15〕
『象工場のハッピーエンド』CBS・ソニー出版、83・12・5〔新潮文庫、86・12・20〔新版〕講談社、99・2・26〈絵：安西水丸〉
『波の絵、波の話』文芸春秋、84・3・25〈写真：稲越功一〉
『蛍・納屋を焼く・その他の短編』新潮社、84・7・5〔新潮文庫、87・9・25〕
『村上朝日堂』若林出版企画、84・7・15〔新潮文庫、87・2・25〕〈共著：安西水丸〉
『〈純文学書下ろし特別作品〉世界の終わりとハードボイルド・ワンダーランド』新潮社、85・6・15〔上下　新潮文庫、88・10・5〔新装版〕新潮社、99・5・30〔新装版2〕05・9・15〕
『回転木馬のデッド・ヒート』講談社、85・10・25〔講談社文庫、88・10・15〕
『羊男のクリスマス』講談社、85・11・25〔講談社文庫、89・11・15〕〈絵：佐々木マキ〉
『映画をめぐる冒険』講談社、85・12・24〈共著：川本三郎〉
『パン屋再襲撃』文芸春秋、86・4・10〔文春文庫、89・4・10〕
『村上朝日堂の逆襲』朝日新聞社、86・6・25〔新潮文庫、89・10・25〕〈絵：安西水丸〉
『ランゲルハンス島の午後』光文社、86・11・30〔新潮文庫、90・10・25〕〈絵：安西水丸〉

『'The Scrap' 懐かしの一九八〇年代』文芸春秋、87・2・1
『日出る国の工場』平凡社、87・4・1（新潮文庫、90・3・25）〈絵：安西水丸〉
『ノルウェイの森　上下』講談社、87・9・10（講談社文庫、91・4・15〔新装版〕講談社文庫、04・9・15）
『ダンス・ダンス・ダンス　上下』講談社、88・10・24（上下　講談社文庫、91・12・15〔新装版〕講談社文庫、04・10・15）
『村上朝日堂　はいほー！』文化出版局、89・5・20（新潮文庫、92・5・25）
『TVピープル』文芸春秋、90・1・25（文春文庫、93・5・8）
『村上春樹全作品 1979～1989 ① 風の歌を聴け・1973年のピンボール』講談社、90・5・21
『遠い太鼓』講談社、90・6・25（講談社文庫、93・4・15）
『Paparazzi』作品社、90・6・30
『村上春樹全作品 1979～1989 ② 羊をめぐる冒険』講談社、90・7・20
『雨天炎天』新潮社、90・8・28（新潮文庫、91・7・25）〈写真：松村映三〉
『村上春樹全作品 1979～1989 ③ 短編集Ⅰ』講談社、90・9・20
『村上春樹全作品 1979～1989 ④ 世界の終わりとハードボイルド・ワンダーランド』講談社、90・11・20
『村上春樹全作品 1979～1989 ⑤ 短編集Ⅱ』講談社、91・1・21
『村上春樹全作品 1979～1989 ⑥ ノルウェイの森』講談社、91・3・20
『村上春樹全作品 1979～1989 ⑦ ダンス・ダンス・ダンス』講談社、91・5・20
『村上春樹全作品 1979～1989 ⑧ 短編集Ⅲ』講談社、91・7・22
『国境の南、太陽の西』講談社、92・10・12（講談社文庫、95・10・15）
『沈黙』全国学校図書館協議会、93・3・1
『やがて哀しき外国語』講談社、94・2・25（講談社文庫、97・2・15）
『ねじまき鳥クロニクル 第一部 泥棒かささぎ編』新潮社、94・4・12　火曜日（新潮文庫、97・10・1）
『ねじまき鳥クロニクル 第二部 予言する鳥編』新潮社、94・4・12　火曜日（新潮文庫、97・10・1）

『〈Roman Book Collection-②〉使いみちのない風景』朝日出版社、94・12・10（中公文庫、98・8・18）〈写真：稲越功一〉
『村上朝日堂 超短篇小説 夜のくもざる』平凡社、95・6・10（新潮文庫、98・3・1）〈絵：安西水丸〉
『ねじまき鳥クロニクル 第三部 鳥刺し男編』新潮社、95・8・25 金曜日（新潮文庫、97・10・1）
『村上春樹ジャーナル うずまき猫のみつけかた』新潮社、96・5・24（新潮文庫、99・3・1）
『レキシントンの幽霊』文芸春秋、96・11・30（文春文庫、99・10・10）
『村上春樹、河合隼雄に会いにいく』岩波書店、96・12・5（新潮文庫、99・1・1）〈共著：河合隼雄〉
『アンダーグラウンド』講談社、97・3・20（講談社文庫、99・2・15）
『村上朝日堂はいかにして鍛えられたか』朝日新聞社、97・6・1（新潮文庫、99・8・1）
『若い読者のための短編小説案内』文芸春秋、97・10・10（文春文庫、04・10・10）
『ポートレイト・イン・ジャズ』新潮社、97・12・20〈絵：和田誠〉
『辺境・近境』新潮社、98・4・23（新潮文庫、00・6・1）
『辺境・近境 写真篇』新潮社、98・5・25（新潮文庫、00・6・1）〈共著：松村映三〉
『ふわふわ』講談社、98・6・25（講談社文庫、01・12・15）〈共著：安西水丸〉
『CD-ROM版 村上朝日堂 夢のサーフシティー』朝日新聞社、98・7・1〈絵：安西水丸〉
『約束された場所で underground 2』文芸春秋、98・11・30（文春文庫、01・7・10）
『スプートニクの恋人』講談社、99・4・20（講談社文庫、01・4・15）
『もし僕らのことばがウィスキーであったなら』平凡社、99・12・15（新潮文庫、02・11・1）〈写真：村上陽子〉
『神の子どもたちはみな踊る』新潮社、00・2・25（新潮文庫、02・3・1）
『「そうだ、村上さんに聞いてみよう」と世間の人々が村上春樹にとりあえずぶっつける282の大疑問に果たして村上さんはちゃんと答えられるのか？』朝日新聞社、00・8・1〈絵：安西水丸〉
『またたび浴びたタマ』文芸春秋、00・8・30〈共著：友沢ミミヨ〉
『翻訳夜話』文春新書、00・10・20〈共著：柴田元幸〉

『シドニー！』文芸春秋、01・1・20（『シドニー！①コアラ純情篇』『シドニー！②ワラビー熱血篇』文春文庫、04・7・10）
『CD-ROM版 村上朝日堂 スメルジャコフ対織田信長家臣団』朝日新聞社、01・4・1
『ポートレイト・イン・ジャズ2』新潮社、01・4・25〈絵：和田誠〉
『村上ラヂオ』マガジンハウス、01・6・8（新潮文庫、03・7・1）〈共著：高橋歩〉
『〔DVD＋BOOKLET〕100％の女の子／パン屋襲撃』シネマブレイン、01・11・1
『海辺のカフカ　上下』新潮社、02・9・10（上下　新潮文庫、05・2・28）
『村上春樹全作品 1990～2000 ①』講談社、02・11・20
『村上春樹全作品 1990～2000 ②』講談社、03・1・20
『村上春樹全作品 1990～2000 ③』講談社、03・2・20
『村上春樹全作品 1990～2000 ④』講談社、03・5・20
『少年カフカ』新潮社、03・6・10
『翻訳夜話2　サリンジャー戦記』文春新書、03・7・20〈共著：柴田元幸〉
『村上春樹全作品 1990～2000 ⑤』講談社、03・7・20
『村上春樹全作品 1990～2000 ⑥』講談社、03・9・20
『村上春樹全作品 1990～2000 ⑦』講談社、03・11・20
『ポートレイト・イン・ジャズ』新潮文庫、04・2・1〈共著：和田誠〉
『アフターダーク』講談社、04・9・7（講談社文庫、06・9・15）
『東京するめクラブ　地球のはぐれ方』文芸春秋、04・11・15〈共著：吉本由美・都築響一〉
『ふしぎな図書館』講談社、05・1・31〈絵：佐々木マキ〉
『象の消滅　短篇選集　1980-1991』新潮社、05・3・30
『意味がなければスイングはない』文芸春秋、05・11・25
『東京奇譚集』新潮社、05・9・18

『「これだけは、村上さんに言っておこう」と世間の人々が村上春樹にぶっつける330の質問に果たして村上さんはちゃんと答えられるのか？』朝日新聞社、06・3・30〈絵：安西水丸〉
『「ひとつ、村上さんでやってみるか」と世間の人々が村上春樹にとりあえずぶっつける490の質問に果たして村上さんはちゃんと答えられるのか？』朝日新聞社、06・11・30〈絵：安西水丸〉
『はじめての文学　村上春樹』文芸春秋、06・12・10
『村上かるた　うさぎおいしーフランス人』文芸春秋、07・3・30〈絵：安西水丸〉

## 翻訳

スコット・フィッツジェラルド『マイ・ロスト・シティー』中央公論社、81・5・20（中公文庫、84・6・10、中公新書、06・5・10）
レイモンド・カーヴァー『ぼくが電話をかけている場所』中央公論社、83・7・25（中公文庫、86・1・10）
レイモンド・カーヴァー『夜になると鮭は……』中央公論社、85・7・7（中公文庫、88・1・10）
クリス・ヴァン・オールズバーグ『西風号の遭難』河出書房新社、85・9・30
ジョン・アーヴィング『熊を放つ』中央公論社、86・5・23（上下　中公文庫、89・3・10）
ポール・セロー『ワールズ・エンド（世界の果て）』文芸春秋、87・7・25
C・D・B・ブライアン『偉大なるデスリフ』新潮社、87・11・5（新潮文庫、90・8・25、中公新書、06・9・10）
クリス・ヴァン・オールズバーグ『急行「北極号」』河出書房新社、87・12・10（あすなろ書房、03・11・10）
トルーマン・カポーティ『おじいさんの思い出』文芸春秋、88・3・15〈絵：山本容子〉
スコット・フィッツジェラルド『ザ・スコット・フィッツジェラルド・ブック』TBSブリタニカ、88・4・8（中公文庫、91・4・10、中公新書、07・7・10）
W・P・キンセラ他『and Other Storiesとっておきのアメリカ小説12篇』文芸春秋、88・9・20〈村上春樹 他編〉
レイモンド・カーヴァー『ささやかだけれど、役にたつこと』中央公論社、89・4・20

クリス・ヴァン・オールズバーグ『名前のない人』河出書房新社、89・8・31
ティム・オブライエン『ニュークリア・エイジ 上・下』文芸春秋、89・10・25（文春文庫、94・5・10）
トルーマン・カポーティ『あるクリスマス』文芸春秋、89・12・15〈絵：山本容子〉
レイモンド・カーヴァー『〈THE COMPLETE WORKS OF RAYMOND CARVER 3〉大聖堂』中央公論社、90・5・20（中公新書、07・3・10）
レイモンド・カーヴァー『〈THE COMPLETE WORKS OF RAYMOND CARVER 2〉愛について語るときに我々の語ること』中央公論新社、90・8・20（中公新書、06・7・10）
ティム・オブライエン『本当の戦争の話をしよう』文芸春秋、90・10・25（文春文庫、98・2・10）
トルーマン・カポーティ『クリスマスの思い出』文芸春秋、90・11・25〈絵：山本容子〉
クリス・ヴァン・オールズバーグ『ハリス・バーディックの謎』河出書房新社、90・11・30
マーク・ヘルプリン『白鳥湖』河出書房新社、91・12・20〈絵：クリス・ヴァン・オールズバーグ〉
レイモンド・カーヴァー『〈THE COMPLETE WORKS OF RAYMOND CARVER 1〉頼むから静かにしてくれ』中央公論社、91・2・20（I・II 中公新書、06・1・10、06・3・10）
レイモンド・カーヴァー『〈THE COMPLETE WORKS OF RAYMOND CARVER 4〉ファイアズ（炎）』中央公論社、92・9・20（中公新書、07・5・10）
アーシュラ・K・ル＝グウィン『空飛び猫』講談社、93・3・26（講談社文庫、96・4・15）〈絵：S・D・シンドラー〉
クリス・ヴァン・オールズバーグ『魔法のホウキ』河出書房新社、93・6・25〈絵：クリス・ヴァン・オールズバーグ〉
アーシュラ・K・ル＝グウィン『帰ってきた空飛び猫』講談社、93・11・26（講談社文庫、96・11・15）〈絵：S・D・シンドラー〉
レイモンド・カーヴァー『〈THE COMPLETE WORKS OF RAYMOND CARVER 6〉象／滝への新しい小径』中央公論社、94・3・7
クリス・ヴァン・オールズバーグ『まさ夢いちじく』河出書房新社、94・9・30
レイモンド・カーヴァー『カーヴァー・カントリー』中央公論社、94・10・7〈写真：ボブ・エーデルマン〉

レイモンド・カーヴァー『Carver's Dozen レイモンド・カーヴァー傑作選』中央公論社、94・12・7（中公文庫、97・10・18）
ビル・クロウ『さよならバードランド—あるジャズ・ミュージシャンの回想—』新潮社、96・1・20（新潮文庫、99・2・1）
スコット・フィッツジェラルド『バビロンに帰る ザ・スコット・フィッツジェラルド・ブック2』中央公論社、96・4・7（中公文庫、99・9・18）
クリス・ヴァン・オールズバーグ『ベンの見た夢』河出書房新社、96・4・5
マイケル・ギルモア『心臓を貫かれて』文芸春秋、96・10・15（上下 文春文庫、99・10・10）
アーシュラ・K・ル＝グウィン『素晴らしいアレキサンダーと、空飛び猫たち』講談社、97・6・25（講談社文庫、00・8・15）〈絵：S・D・シンドラー〉
レイモンド・カーヴァー『〈THE COMPLETE WORKS OF RAYMOND CARVER 5〉水と水とが出会うところ／ウルトラマリン』中央公論社、97・9・25（『水と水とが出会うところ』中公新書、07・1・10。『ウルトラマリン』中公新書、07・9・10）
マーク・ストランド『犬の人生』中央公論新社、98・10・7（中公文庫、01・11・15）
グレイス・ペイリー『最後の瞬間のすごく大きな変化』文芸春秋、99・5・25（文春文庫、05・7・10）
D・T・マックス他『月曜日は最悪だとみんなは言うけれど』中央公論新社、00・5・10〈編訳〉（中公新書、06・3・10）
ビル・クロウ『ジャズ・アネクドーツ』新潮社、00・7・25（新潮文庫、05・7・1）
レイモンド・カーヴァー『必要になったら電話をかけて』中央公論新社、00・9・7（『〈THE COMPLETE WORKS OF RAYMOND CARVER 8〉必要になったら電話をかけて』中央公論新社、04・7・25）
アーシュラ・K・ル＝グウィン『空を駆けるジェーン—空飛び猫物語』講談社、01・9・20（講談社文庫、05・3・15）〈絵：S・D・シンドラー〉
レイモンド・カーヴァー『〈THE COMPLETE WORKS OF RAYMOND CARVER 7〉英雄を謳《うた》うまい』中央公論新社、02・7・7
トルーマン・カポーティ『誕生日の子どもたち』文芸春秋、02・5・15
レイモンド・カーヴァー他『バースディ・ストーリーズ』中央公論新社、02・12・7（中公新書、06・1・10）

J・D・サリンジャー『キャッチャー・イン・ザ・ライ』白水社、03・4・20〈ペーパーバック版、白水社、06・3・31〉
クリス・ヴァン・オールズバーグ『いまいましい石』河出書房新社、03・11・30
ティム・オブライエン『世界のすべての七月』文芸春秋、04・3・15
クリス・ヴァン・オールズバーグ『2ひきのいけないアリ』あすなろ書房、04・9・30
グレイス・ペイリー『人生のちょっとした煩い』文芸春秋、05・6・30
クリス・ヴァン・オールズバーグ『魔術師アブドゥル・ガサツィの庭園』あすなろ書房、05・9・10
テリー・ファリッシュ『ポテト・スープが大好きな猫』講談社、05・11・28〈絵：バリー・ルート〉
スコット・フィッツジェラルド『グレート・ギャツビー』中公新書、06・11・10
スコット・フィッツジェラルド『愛蔵版　グレート・ギャツビー』中央公論新社、06・11・10
クリス・ヴァン・オールズバーグ『さあ、犬になるんだ！』河出書房新社、06・12・30
レイモンド・チャンドラー『ロング・グッドバイ』早川書房、07・3・10

# 村上春樹　略年譜

**1949年**（昭24）
1月12日水曜日、国語教師村上千秋・美幸夫妻の長男として京都市伏見区に生まれる。その後、兵庫県西宮市夙川に転居。

**1955年**（昭30）　6歳
**4月**、西宮市立香櫨園小学校入学。

**1961年**（昭36）　12歳
芦屋市に転居。**4月**、芦屋市立精道中学校入学。トルストイなどのロシア文学を始め、外国文学を多く読む。ジャズに興味を持ち始める。

**1964年**（昭39）　15歳
**4月**、兵庫県立神戸高等学校入学。新聞委員会に所属、2年のとき編集長となる。

**1968年**（昭43）　19歳
1年浪人した後、**4月**、早稲田大学第一文学部入学。目白の元細川藩邸に立つ私立の寮「和敬塾」で約半年過ごした後退塾。練馬区に転居。

**1969年**（昭44）　20歳
**4月**、「『問題はひとつ。コミュニケーションがないんだ！』―'68の映画郡から」を「ワセダ」に掲載。三鷹市に転居。

**1971年**（昭46）　22歳
学生結婚、妻陽子。文京区千石で寝具店を営む夫人の実家に居候する。

**1972年**（昭47）　23歳
この頃からジャズ喫茶開店準備のため、妻と二人で昼はレコード屋、夜は喫茶店でアルバイトをし、お金をためる。

**1974年**（昭49）　25歳
国分寺にジャズ喫茶「ピーター・キャット」を開店。

**1975年**（昭50）　26歳
**3月**、早稲田大学第一文学部演劇専攻卒業。卒業論文は「アメリカ映画における旅の思想」。アメリカ映画の発達とテーマは移動にあるというもの。

**1977年**（昭52）　28歳
「ピーター・キャット」を千駄ヶ谷に移転。

**1978年**（昭53）　29歳
店の近くの神宮球場で小説を書くことを思い立ち、半年がかりで書きあげた小説を「群像新人賞」に応募する。

**1979年**（昭54）　30歳

**6月**、「風の歌を聴け」で、第二十三回群像新人文学賞受賞。**7月**、『風の歌を聴け』を講談社より刊行。

**1980年**（昭55）　31歳

渋谷区千駄ヶ谷で「ピーター・キャット」の経営の傍ら執筆活動。**3月**、「1973年のピンボール」を「群像」に発表。フィッツジェラルド「失われた三時間」の翻訳と「アメリカン・ホラーの代表選手―スティフン・キングを読む」（「Happy END通信」）、「親子間のジェネレーション・ギャップは危険なテーマ」（「キネマ旬報」）を発表。**4月**、「中国行きのスロウ・ボート」を発表。**6月**、『1973年のピンボール』を講談社より刊行。**7月**、「マイケル・クライトンの小説を読んでいると『嘘のつき方』から『エントロピーの減少』まで思いをめぐらしてしまう」、**8月**、「中年を迎えつつある作家の書き続けることへの宣言が『ガープの世界』だ」とフィッツジェラルドの「マイ・ロスト・シティー」の翻訳を「Happy End通信」に掲載。**9月**、「街と、その不確かな壁」（「群像」）を発表。**12月**、「貧乏な叔母さんの話」（「新潮」）を発表。フィッツジェラルドの「残り火」等の翻訳を「海」に掲載。

**1981年**（昭56）　32歳

専業作家となる。店を人に譲り、千葉県船橋市に転居。**3月**、「ニューヨーク炭鉱の悲劇」（「ブルータス」）、**4月**、「カンガルー日和」（「トレフル」）を発表。**5月**、『マイ・ロスト・シティー　フィッツジェラルド作品集』の翻訳を中央公論社より刊行。「同時代としてのアメリカ」というシリーズのエッセイを「海」に、**7月**、「疲弊の中の恐怖―スティフン・キング」、**9月**、「誇張された状況論―ヴェトナム戦争をめぐる作品群」、**11月**、「方法論としてのアナーキズム―フランシスコ・コッポラと『地獄の黙示録』」を発表。コピーライターの糸井重里との共著『夢で会いましょう』を冬樹社より刊行。「友だちと永久運動の終り」を「文学界」に掲載。「早稲田文学」に編集委員として以後一年半参加する。大森一樹脚本・監督で『風の歌を聴け』が映画化される。

**1982年**（昭57）　33歳

**2月**、「青山学院大学―危機に瀕した自治とキリスト教精神」（「朝日ジャーナル」）発表。連載エッセイ「同時代としてのアメリカ」を「海」に「反現代であることの現代性―ジョン・アーヴィングの小説をめぐって」、**5月**、「都市小説の成立と展開―チャンドラーとチャンドラー以降」掲載。**10月**、『羊をめぐる冒険』を講談社より刊行。

**1983年**（昭58年）　34歳

**1月**、「螢」「納屋を焼く」（「中央公論」）、**2月**、「『E. T.』をE. T.的に見る」（「中央公論」）、**4月**、エッセイ「記号としてのアメリカ」（「群像」）を発表。**5月**、『中国行きのスロウ・ボート』（中央公論社）刊行。「僕が電話をかけている場所」ほか七編のレイモンド・カーヴァーの短篇の翻訳を「中央公論」に発表。「ビーチ・ボーイズを通過して大人になった僕達」（「ペントハウス」）、**6月**、「雨やどり」（「IN. POCKET」）を発表。**7月**、レイモンド・カーヴァーの短篇の翻訳集『僕が電話をかけている場所』（中央公論社）より刊行。**9月**、短編集『カンガルー日和』を平凡社より刊行。「ファニー・ファニー・プイグ」（集英社版『ラテンアメリカの文学』「月報3」）、**10月**、「プールサイド」（「IN. POCKET」）、**11月**、「制服を着た人々について」（「群像」）、**12月**、「めくらやなぎと眠る女」（「文学界」）を発表。イラストレーター安西水丸との共作絵本『象工場のハッピーエンド』（CBS・ソニー出版）を刊行。また、この年ギリシャでアテネマラソンのコースを独自に完走、ホノルル・マラソンのコースを走る。

**1984年**（昭59）　35歳

**1月**、「踊る小人」（「新潮」）、**2月**、「タクシーに乗った男」（「IN. POCKET」）を発表。「村上春樹のペーパーバック・ライフ」を「翻訳の世界」に連載（6月まで）。**3月**、写真家稲越功一との共作『波の絵、波の話』（文芸春秋）を刊行。**4月**、「三つのドイツ幻想」を「ブルータス」、「今は亡き王女のための」を「IN. POCKET」に発表。**7月**、『螢・納屋を焼く・その他の短編』（新潮社）、『村上朝日堂』（若林出版企画）を刊行、「デニス・ウィルソンとカリフォルニア神話の緩慢な死」（「小説新潮臨時増刊大コラム」）を発表。**10月**、神奈川県藤沢市に転居。「嘔吐１９７９」（「IN. POCKET」）を発表。**12月**、中上健次と対談（「国文学」85年3月号に掲載）。この年の夏に約6週間米国を旅行する。

**1985年**（昭60）　36歳

**3月**、中上健次との対談「仕事の現場から」（「国文学」）を発表。**4月**、『熊を放つ』（ジョン・アーヴィング）の翻訳を「マリ・クレール」に掲載。「週刊朝日」に「村上朝日堂」を連載（86年4月まで）。**6月**、『世界の終りとハードボイルド・ワンダーランド』（新潮社、第21回谷崎潤一郎賞受賞）、**7月**、レイモンド・カーヴァーの翻訳『夜になると鮭は……』（中央公論社）を刊行。トルーマン・カポーティの翻訳「無頭の鷹」（「小説新潮」臨時増刊）、「小説における制度」（「波」）を発表。**8月**、「パン屋再襲撃」（「マリ・クレール」）、「象の消滅」（「文学界」）を発表。川本三郎のインタビュー「『物語』のための冒険」（「文学界」）を発表。**9月**、C・V・オールズバーグの絵本『西風号の遭難』（河出書房新社）を翻訳、**10月**、『回転木馬のデッド・ヒート』（講談社）、**11月**、佐々木マキとの共作絵本『羊男のクリスマス』（講談社）を刊行。

**12月**、「ファミリー・アフェア」（「LEE」）、「双子と沈んだ大陸」（「別冊小説現代」）を発表。川本三郎と共著の映画評集『映画をめぐる冒険』（講談社）を刊行。

**1986年**（昭61）　37歳

**1月**、「ローマ帝国の崩壊・一八八一年のインディアン蜂起・ヒットラーのポーランド侵入・そして強風世界」（「月刊カドカワ」）、「ねじまき鳥と火曜日の女たち」（「新潮」）を発表。**2月**、神奈川県大磯町に転居。**3月**、明日香ひな祭りマラソン参加。**4月**、『パン屋再襲撃』（文芸春秋）、**5月**、翻訳『熊を放つ』（中央公論社）、**6月**、エッセイ集『村上朝日堂の逆襲』（朝日新聞社）刊行。**10月**からイタリア・ローマを経て、ギリシャへ渡航。**11月**、『ランゲルハンス島の午後』（光文社）刊行。ポール・セローの短翻訳「緑したる島」等（「東京人」創刊〜秋号）、「コルシカ島の冒険」（「マリ・クレール」12月）を発表。『西風号の遭難』で第9回日本の絵本賞で絵本にっぽん賞特別賞を受賞。

**1987年**（昭62）　38歳

**1月**、イタリアのシシリー島に移る。ポール・セローの翻訳「文壇遊泳術」（「文学界」）を発表。**2月**、『'THE SCRAP' 懐かしの一九八〇年代』（文芸春秋）刊行。**2月**から**6月**までイタリアのボローニ、ギリシャのミコノス、クレタなどを旅行。**6月**、日本に一時帰国。**4月**、『日出る国の工場』（平凡社）を刊行。「とにかくギリシャへ行こう！」（「WINDS」）を発表。**7月**、ポール・セローの翻訳『ワールズ・エンド（世界の果て）』（文芸春秋）を刊行。**9月**、ローマへ戻る。『ノルウェイの森』上下（講談社）を刊行。ベストセラーとなる。「『オクトーバー・ライト』の放つ光」（「青春と読書」）を発表。**10月**、国際アテネ平和マラソンに参加。**11月**、C・D・B・ブライアンの翻訳『偉大なるデスリフ』（新潮社）、**12月**、C・V・オールズバーグの翻訳絵本『急行「北極号」』（河出書房新社）を刊行。

**1988年**（昭63）　39歳

**2月**、「ローマよ、ローマ、我々は冬を越す準備をしなくてはならないのだ」（「新潮」）を発表。**3月**、ロンドンに滞在、トルーマン・カポーティの翻訳『おじいさんの思い出』（文芸春秋）を刊行。**4月**、帰国し、『ザ・スコット・フィッツジェラルド・ブック』（TBSブリタニカ）を刊行。帰国中に自動車免許取得する。**8月**、ローマに戻り、松村英三とギリシャ、トルコを取材旅行する。これは「03」（90年1〜2月）に掲載され、大幅な加筆の後、『雨天炎天』（新潮社、90年8月）として刊行。**9月**、W・P・キンセラ「モカシン通信」、W・キトリッジ「三十四回の冬」、R・スケニック「君の小説」、G・ベイリー「サミュエル／生きること」の翻訳をおさめた『and Other Stories とっておきのアメリカ小説12篇』（共訳、文芸春秋）、**10月**、『ダンス・ダンス・ダンス』（講談社）を刊行。

**1989年**（平1）　40歳

**4月**、「レイモンド・カーヴァーの早すぎた死」（「新潮」）を発表。カーヴァーの翻訳『ささやかだけれど、役にたつこと』（中央公論社）を刊行。**5月**、ギリシャ、ロードスを旅行。『村上朝日堂　はいほー！』（文化出版局）を刊行。**6月**、「TVピープルの逆襲」（「PARAVION」）、「飛行機」（「ユリイカ」）、「『スペースシップ号』の光りと影」を「ピンボール・グラフィティ」（日本ソフトバンク）に掲載。**7月**、南ドイツ、オーストリアを自家用車で旅行。『村上朝日堂はいほー！』（文化出版）を刊行。**8月**、C・V・オールズバーグの翻訳絵本『名前のない人』（河出書房新社）を刊行。**10月**、帰国してすぐにニューヨークに。ティム・オブライエンの翻訳『ニュークリア・エイジ』（文芸春秋）を刊行。「我らの時代のフォークロア」（「SWITCH」）、「上質のくせ玉　P・オースター『幽霊たち』」（新潮）、**11月**、「眠り」（文学界）を発表。**12月**、富士小山二〇キロレース参加。カポーティの翻訳『あるクリスマス』（文芸春秋）を刊行。韓国で『ノルウェイの森』が『喪失の時代』（文学思想社）というタイトルで翻訳出版される。

**1990年**（平2）　41歳

**1月**、帰国、『TVピープル』（文芸春秋）を刊行。ギリシャ・トルコの旅行記「神の園のトレッキング」「チャイと兵隊と泳ぐ猫」（03）を発表。**2月**、青梅マラソン参加。**3月**、小田原ハーフマラソン参加。**4月**、ドナルド・バーセルミ「ジャズの王様」の翻訳と「友よ、違う、この『ドウードゥリン』ではない」を「エスクァイア日本版別冊」に発表。小笠・掛川フルマラソン参加。**5月**、『村上春樹全作品 1979~1989』（5月~91年7月）全八巻を講談社より刊行。『レイモンド・カーヴァー全集3　大聖堂』（中央公論社）を刊行。「ジャック・ロンドンの入れ歯　唐突にやって来る個人的教訓」（朝日新聞）発表。**6月**、ギリシャ・イタリアでの体験を陽子夫人の写真とともに収めた紀行『遠い太鼓』（講談社）刊行、「トニー滝谷」（文芸春秋）を発表。「セレブたちの第三の角」（『プレス・アイ・2』文春文庫85年）を再録した『Paparazzi』を作品社より刊行。**8月**、『雨天炎天』（新潮社）、『レイモンド・カーヴァー全集2　愛について語るときに我々の語ること』を中央公論社より刊行。山口県の無人島でキャンプ。**10月**、ティム・オブライエンの翻訳『本当の戦争の話をしよう』（文芸春秋）刊行、安西水丸と香川県までうどんを食べに行く。**11月**、カポーティの翻訳『クリスマスの思い出』（文芸春秋）、C・V・オールズバーグの翻訳絵本『ハリス・バーディックの謎』（河出書房新社）を刊行。**12月**、富士小山二〇キロレース参加。

**1991年**（平3） 42歳

**1月**、館山・若潮フルマラソン参加、渡米しニュージャージー州のプリンストン大学に客員研究員として在籍。**2月**、『レイモンド・カーヴァー全集1 頼むから静かにしてくれ』（中央公論社）を刊行。**4月**、「緑色の獣」、「氷男」（『文学界臨時増刊 村上春樹ブック』）を発表。ボストン・マラソン参加。**11月**、ニューヨーク・シティー・マラソン参加。その後松村映三とイースト・ハンプトンを訪ねる。**12月**、C・V・オールズバーグの絵本の翻訳『白鳥湖』（河出書房新社）を刊行。

**1992年**（平4） 43歳

**1月**、在籍期間延期のためプリンストン大学大学院で、現代日本文学のセミナーを受け持つ（93年8月まで）。フロストバイドロードレース横田参加。**3月**、ニュージャージー州のモンマス・ハーフマラソン参加。**4月**、ボストン・マラソン参加。**7月**、ほぼ一ヶ月間メキシコを旅行。前半は一人でバスを使って、後半は写真家松村映三、アルフレッド・バーンバウムと合流し車での旅行。**9月**、『レイモンド・カーヴァー全集4 ファイアズ』（中央公論社）刊行。**10月**、「ねじまき鳥クロニクル 第一部」を「新潮」に連載開始（93年8月まで）、『国境の南、太陽の西』（講談社）を刊行。

**1993年**（平5） 44歳

**1月**、「偉そうじゃない小説の成り立ち―レイモンド・カーヴァーとの10年間」（朝日新聞）を発表。**3月**、アーシュラ・K・ル＝グウィンの翻訳『空飛び猫』（講談社）、**6月**、C・V・オールズバーグの翻訳絵本『魔法のホウキ』（河出書房新社）を刊行。**7月**、マサチューセッツ州ケンブリッジのタフツ大学に移籍（95年5月まで）。**11月**、ル＝グウィンの翻訳『帰ってきた空飛び猫』（講談社）を刊行。**12月**、富士小山二〇キロレース参加。

**1994年**（平6） 45歳

**2月**、『やがて哀しき外国語』（講談社）を刊行。**3月**、『レイモンド・カーヴァー全集6 象／滝への新しい小径』（中央公論社）を刊行。ニューベッドフォード・ハーフマラソン参加。ボストン・マラソン参加。**4月**、『ねじまき鳥クロニクル 第一部 泥棒かささぎ編』『第二部 予言する鳥編』（新潮社）を刊行。**5月**、プリンストン大学で河合隼雄と「現代日本における物語の意味について」と題する公開対話を行なう。ボストン・マラソン参加。**6月**、中国内蒙古自治区とモンゴルを取材旅行。大連からハイラル、中国側ノモンハン、さらにモンゴルのウランバートルからハルハ河東の戦場跡をめぐる。この紀行を「マルコポーロ」（9〜11月）に掲載する。**7月**、千葉県千倉町に夫婦で地元出身の安西水丸と旅行。**9月**、オールズバーグの翻訳絵本『まさ夢いちじく』(河出書房新社)を刊行。**12月**、写真家稲越功一との共作『使いみちのない風景』(朝日出版社)を刊行。「動物園襲撃」(新潮)を発表。

**1995年**(平7) 46歳

**3月**、一時帰国、神奈川県大磯の自宅で地下鉄サリン事件を知る。**6月**、『村上朝日堂超短篇小説 夜のくもざる』(平凡社)を刊行。**8月**、『ねじまき鳥クロニクル 第三部鳥刺し男編』(新潮社)を刊行。6月から写真家の松村映三とカリフォルニアまで自動車で米国大陸横断旅行、ハワイのカウアイ島で一ヶ月半滞在後、帰国する。**9月**、神戸市と芦屋市で自作朗読会を開催。**11月**、河合隼雄と対談。「めくらやなぎと、眠る女」(文学界)を発表。国立ロードレース一〇キロレース参加。

**1996年**(平8) 47歳

**1月**から**12月**にかけて地下鉄サリン事件の被害者62人にインタビュー。**1月**、B・クロウの翻訳『さよならバードランド あるジャズ・ミュージシャンの回想』(新潮社)を刊行。館山・若湖フルマラソン参加。**2月**、「七番目の男」(文芸春秋)を発表。『ねじまき鳥クロニクル』で第47回読売文学賞を受賞。**3月**、『バビロンに帰る ザ・スコット・フィッツジェラルド・ブック2』(中央公論社)刊行。**4月**、オールズバーグの翻訳絵本『ベンの見た夢』(河出書房新社)を刊行。小笠・掛川フルマラソン参加。**5月**、『村上朝日堂ジャーナル うずまき猫のみつけかた』(新潮社)を刊行。**6月**からインターネット上の「村上朝日堂ホームページ」において一般読者と電子メールによる交流が始まる。サロマ湖100キロウルトラマラソン完走。**10月**、マイケル・ギルモアの翻訳『心臓を貫かれて』(文芸春秋)、**11月**、短編集『レキシントンの幽霊』(文芸春秋)、**12月**、『村上春樹、河合隼雄に会いにいく』(岩波書店)を刊行。クリスマス・マラソン参加。

**1997年**(平9) 48歳

**1月**、館山・若湖フルマラソン参加。**3月**、『アンダーグラウンド』(講談社)を刊行。**4月**、ホノルル15キロレース、ボストン・マラソン参加。**5月**、一人で日宮から神戸まで歩く。**6月**、『村上朝日堂はいかにして鍛えられたか』(朝日新聞社)、ル=グウィンの翻訳『素晴らしいアレキサンダーと、空飛び猫たち』(講談社)、**9月**、村上国際トライアスロン大会参加。**10月**、『若い読者のための短編小説案内』(文芸春秋)を刊行。**12月**、『ポートレイト・イン・ジャズ』(イラスト:和田誠)を新潮社より刊行。

**1998年**(平10) 49歳

**4月**、『辺境・近境』、**5月**、『辺境・近境 写真篇』(写真:

松村映三）を新潮社より刊行。**6月**、盲人マラソンホノルル15キロレースに伴走者として参加。絵本『ふわふわ』（絵：安西水丸）を講談社から刊行。**7月**、『CD-ROM版村上朝日堂 夢のサーフシティー』を朝日新聞社より刊行。ハワイのティンマン・トライアスロン参加。**10月**、子供の国駅伝参加。マーク・ストランド『犬の人生』を翻訳し、中央公論社より刊行。**11月**、『約束された場所で』（文芸春秋、平成11年度桑原武夫賞受賞）を刊行。ニューヨーク・シティー・マラソン参加。

**1999年**（平11）　50歳

**2月**、『新版 象工場のハッピーエンド』（絵：安西水丸）講談社より刊行。**3月**、ホノルル・バイアスロン参加。『村上朝日堂ジャーナル うずまき猫のみつけかた』（新潮文庫）刊行。**4月**、『スプートニクの恋人』（講談社）刊行。コペンハーゲン、オスロ、ストックホルム、コペンハーゲンというコースで北欧を二週間余り旅行。**5月**、グレイス・ペイリーの『最後の瞬間のすごく大きな変化』を翻訳、文芸春秋より刊行。**8月**、「『地震のあとで』その一 UFOが釧路に降りる」、**9月**、「『地震のあとで』その二 アイロンのある風景」、**10月**、「『地震のあとで』その三 神の子どもたちはみな踊る」、**11月**、「『地震のあとで』その四 タイランド」を「新潮」に発表。**12月**、『もし僕らのことばがウィスキーであったなら』（平凡社）刊行。

**2000年**（平12）　51歳

**1月**、大磯内にて転居。**2月**、『神の子どもたちはみな踊る』（新潮社）刊行。**5月**、『月曜日は最悪だとみんなは言うけれど』（中央公論新社）を編訳する。**7月**、ビル・クロウの翻訳『ジャズ・アネクドーツ』（新潮社）刊行。**8月**、『またたび浴びたタマ』（文芸春秋）刊行。**9月**、カーヴァーの翻訳『必要になったら電話をかけて』（中央公論新社）刊行。**10月**、『翻訳夜話』を文芸春秋より刊行〈共者：柴田元幸〉。

**2001年**（平13）　52歳

**1月**、シドニーオリンピック観戦を題材とした『シドニー！』（文芸春秋）を刊行。**4月**、『CD-ROM版 村上朝日堂 スメルジャコフ対織田信長家臣団』（朝日新聞社）、『ポートレイト・イン・ジャズ2』（新潮社）を刊行（絵：和田誠）。

**2002年**（平14）　53歳

**7月**、レイモンド・カーヴァーの翻訳『英雄を謳うまい』（中央公論新社）刊行。**5月**、トルーマン・カポーティ『誕生日の子供たち』（文芸春秋）刊行。**9月**、『海辺のカフカ』（新潮社）刊行。**11月**、『村上春樹全作品1990～2000』（11月～03年11月）全7巻を講談社より刊行。**12月**、レイモンド・カーヴァーの翻訳『バースディ・ストーリーズ』（中央公論新社）刊行。

**２００３年**（平15）　54歳

**4月**、J・D・サリンジャーの翻訳『キャッチャー・イン・ザ・ライ』（白水社）刊行。**6月**、『少年カフカ』（新潮社）刊行。**7月**、『翻訳夜話2』（文春新書）刊行〈共著：柴田元幸〉。**11月**、クリス・ヴァン・オールズバーグの翻訳絵本『いまいましい石』（河出書房新社）刊行。

**２００４年**（平16）　55歳

**3月**、ティム・オブライエンの翻訳『世界のすべての七月』（文芸春秋）刊行。**7月**、レイモンド・カーヴァーの翻訳『必要になったら電話をかけて』（中央公論新社）刊行。**9月**、『アフターダーク』（講談社）刊行。クリス・ヴァン・オールズバーグの翻訳絵本『2ひきのいけないアリ』（あすなろ書房）刊行。**11月**、『地球のはぐれ方』（文芸春秋）刊行〈共著：吉本由美、都築響一〉。

**２００５年**（平17）　56歳

**3月**、『象の消滅　短篇選集 1980–1991』（新潮社）刊行。**6月**、グレイス・ペイリーの翻訳『人生のちょっとした煩い』（文芸春秋）刊行。**9月**、『東京奇譚集』（新潮社）刊行。**11月**、T・ファリッシュの翻訳『ポテト・スープが大好きな猫』（講談社）刊行。**12月**、NYタイムス紙の「２００５年のベストブック10冊」に『海辺のカフカ』が選ばれる。

**２００６年**（平18）　57歳

**3月**、フランツ・カフカ賞受賞。『「これだけは、村上さんに言っておこう」と世間の人々が村上春樹にぶっつける330の質問に果たして村上さんはちゃんと答えられるのか？』（朝日新聞社）刊行。春樹の作品と翻訳に焦点を当てた「春樹をめぐる冒険」と題したシンポジウムが開かれ、各国の翻訳者達が参加。安原顕氏により自らの原稿が流出したことを「文芸春秋」誌上で明らかにした。J・D・サリンジャーの翻訳『キャッチャー・イン・ザ・ライ』（ペーパーバック版、白水社）刊行。**9月**、『めくらやなぎと、眠る女』でフランク・オコナー国際短編賞を受賞。**10月**、プラハで行われたフランツ・カフカ賞授賞式に参加。**11月**、『「ひとつ、村上さんでやってみるか」と世間の人々が村上春樹にとりあえずぶっつける490の質問に果たして村上さんはちゃんと答えられるのか？』（朝日新聞社）刊行。スコット・フィッツジェラルドの翻訳『グレート・ギャツビー』刊行。スコット・フィッツジェラルドの翻訳『愛蔵版グレート・ギャツビー』（中央公論新社）刊行。**12月**、06年度の朝日賞を受賞。『はじめての文学　村上春樹』（文芸春秋）刊行。クリス・ヴァン・オールズバーグ『さあ、犬になるんだ！』（河出書房新社）刊行。

**2007年**（平19） 58歳

**1月**、レイモンド・カーヴァーの翻訳『水と水とが出会うところ』（中央公論新社）刊行。**3月**、レイモンド・カーヴァーの翻訳『大聖堂』（中央公論新社）、レイモンド・チャンドラーの翻訳『ロング・グッドバイ』（早川書房）刊行。『村上かるた うさぎおいしーフランス人』（文芸春秋）刊行〈絵：安西水丸〉。

# 参考文献目録（単行本）

高橋丁未子編『Happy Jack　鼠の心―村上春樹の研究読本』北宋社、84・1・10
鈴村和成『未だ／既に　村上春樹とハードボイルド・ワンダーランド』羊泉社、85・10・24（『村上春樹クロニクル1983-1955』羊泉社、94・9・1に再録）
高橋丁未子『羊のレストラン―村上春樹の食卓』CBSソニー出版、86・7・5
村上　龍他・久原　伶（企画・構成）『シーク&ファインド　村上春樹』青銅社、86・7・15（増訂　講談社＋α文庫、96・5・20）
鈴村和成『テレフォン―村上春樹、デリダ、康成、プルースト』羊泉社、87・9・25
松澤正弘『ハルキ・バナナ・ゲンイチロウ―時代の感受性を揺らす三つのシングナル』青弓社、89・9・30
黒古一夫『村上春樹―ザ・ロスト・ワールド』六興出版、89・12・5（のちに増補して第三書館、93・5・15）
今井清人『〈国研選書2〉村上春樹―OFFの感覚』国研出版、90・10・5
黒古一夫『村上春樹と同時代の文学』河合出版、90・10・20
深海　遙『村上春樹の歌』青弓社、90・11・6
高橋丁未子『ハルキの国の人々』CBSソニー出版、90・12・5
笠井　潔・加藤典洋・竹田青嗣『対話篇　村上春樹をめぐる冒険』河出書房新社、91・6・28
横尾和博『村上春樹とドストエーフスキイ』近代文藝社、91・11・7
村上啓二『『ノルウェイの森』を通り抜けて』JICC出版局91・11・10
千石英世『アイロンをかける青年―村上春樹とアメリカ』彩流社、91・11・25
くわ正人・久居つばき『象が平野に還った日―キーワードで読む村上春樹』新潮社、91・11・25
横尾和博『村上春樹の二元的世界』鳥影社、92・7・30

横尾和博『村上春樹×九〇年代　再生の根拠』第三書館、94・5・1
久居つばき『ねじまき鳥の探し方　村上春樹の種あかし』大田出版、94・6・19
鈴村和成『村上春樹クロニクル 1983-1995』羊泉社、94・9・1
小西慶太『村上春樹の音楽図鑑』ジャパン・ミックス、95・7・3（のちに増補改訂新版、98・3・26）
加藤典洋編『村上春樹イエローページ』荒地出版社、96・10・10（幻冬社文庫、06・8・5）
小林正明『〈学芸懇話会シリーズ20〉村上春樹論―フロイト◇ラカンを基軸として―』青山学院女子短大学学芸懇話会、97・3・10
加藤典洋他『〈群像日本の作家26〉村上春樹』小学館、97・5・20
弘英　正編『村上春樹『風の歌を聴け』を読む。』どらねこ工房、97・9・1
吉田春生『村上春樹、転換する』彩流社、97・11・25
木股知史編『〈日本文学研究論文集成46〉村上春樹』若草書房、98・1・30
深海　遙（構成・文）・斎藤郁男（写真）『探訪村上春樹の世界（東京編 1968-1997）』ゼスト、98・3・20
久居つばき『ノンフィクションと華麗な虚偽　村上春樹の地下世界』マガジンハウス、98・4・23
石倉美智子『村上春樹サーカス団の行方』専修大学出版局、98・10・5
小林正明『村上春樹・塔と海の彼方に』森話社、98・11・30
村上ワールド研究会『村上春樹イエロー辞典』アートブック本の森発行・コアラブックス発売、99・5・30
井上義夫『村上春樹と日本の「記憶」』新潮社、99・7・30
栗坪良樹・拓植光彦編『村上春樹スタディーズ01』若草書房、99・6・20
栗坪良樹・拓植光彦編『村上春樹スタディーズ02』若草書房、99・7・30
栗坪良樹・拓植光彦編『村上春樹スタディーズ03』若草書房、99・8・25
栗坪良樹・拓植光彦編『村上春樹スタディーズ04』若草書房、99・9・25
栗坪良樹・拓植光彦編『村上春樹スタディーズ05』若草書房、99・10・31

伊川龍郎『休日の村上春樹―コアにさわる』ボーダーインク、00・5・25
飯塚恆雄『ぽぴゅらりてぃーのレッスン〈村上春樹長編小説音楽ガイド〉』シンコー・ミュージック、00・8・15（のちに
改題、改訂新版『村上春樹の聴き方』角川文庫、02・12・25）
浦澄　彬『村上春樹を歩く―作品と舞台と暴力の影』彩流社、00・12・15
松岡祥男『哀愁のストーカー―村上龍・村上春樹を越えて―』ボーダーインク、01・2・15
酒井英行『村上春樹　分身との戯れ』翰林書房、01・4・4
平野芳信『村上春樹と《最初の夫の死ぬ物語》』翰林書房、01・4・20
吉田春生『村上春樹とアメリカ―暴力性の由来』彩流社、01・6・30
村上春樹研究会編『村上春樹作品研究事典』鼎書房、01・6・15
AERA MOOK『村上春樹がわかる。』朝日新聞社、01・12・10
林　正『村上春樹論―コミュニケーションの物語』専修大学出版局、02・3・15
くわ正人・久居つばき『村上春樹の読み方―キーワードの由来とその意味』雷韻出版、03・2・25
別冊宝島『僕たちの好きな村上春樹』宝島社、03・3・27（のちに改題、改訂新版　別冊宝島編集部編『「村上春樹」が好
き！』宝島文庫、04・10・13）
三浦雅士『村上春樹と柴田元幸のもうひとつのアメリカ』新書館、03・7・11
舘野日出男『ロマン派から現代へ―村上春樹、三島由紀夫、ドイツ・ロマン派』鳥影社、04・3・12
加藤典洋編『村上春樹イエローページ　Part2』荒地出版社、04・5・1（幻冬舎文庫、06・10・10）
鈴木和成『村上春樹とネコの話』彩流社、04・5・20
岩宮恵子『思春期をめぐる冒険―心理療法と村上春樹の世界』日本評論社、04・5・20（新潮文庫、07・6・1）
今井清人編『村上春樹スタディーズ　2000-2004』若草書房、05・5・29
加藤典洋『村上春樹論集〈1〉』若草書房、06・1・1
加藤典洋『村上春樹論集〈2〉』若草書房、06・2・14

佐藤幹夫『村上春樹の隣には三島由紀夫がいつもいる。』ＰＨＰ新書、06・3・31
川本三郎『村上春樹論集成』若草書房、06・5・27
風丸良彦『超越する「僕」―村上春樹、翻訳文体と語り手』試論社、06・5・20
小森陽一『村上春樹論『海辺のカフカ』を精読する』平凡社新書、06・5・10
大塚英志『村上春樹論―サブカルチャーと倫理』若草書房、06・7・19
ジェイ・ルービン（訳：畔柳和代）『ハルキ・ムラカミと言葉の音楽』新潮社、06・9・30
柴田元幸他『世界は村上春樹をどう読むか』文芸春秋、06・10・15
兼松　光『音楽家たちの村上春樹 ノルウェイの森と10のオマージュ』シンコーミュージック・エンタテイメント、06・10・30
清水良典『村上春樹はくせになる』朝日新書、06・10・30
川村　湊『村上春樹をどう読むか』作品社、06・10・15
宮脇俊文『村上春樹ワンダーランド』いそっぷ社、06・11・30
塩濱久雄『村上春樹はどう誤訳されているか―村上春樹を英語で読む』若草書房、07・1・30
小西慶太『「村上春樹」を聴く。―ムラカミワールドの旋律―』阪急コミュニケーションズ、07・4・9
風丸良彦『村上春樹短篇再読』みすず書房、07・4・9
藤井省三『村上春樹のなかの中国』朝日選書、07・7・25
半田淳子『村上春樹、夏目漱石と出会う　日本の・モダン・ポストモダン』若草書房、07・4・19
山根由美恵『村上春樹〈物語〉の認識システム』若草書房、07・6・27
酒井英行『ダンス・ダンス・ダンス』解体新書』沖積舎、07・8・20

# 作品名索引

# キー・ワード索引

## 【あ　行】



## 【か　行】



## 【さ　行】



## 【た　行】

## 【な　行】



## 【は　行】



## 【や　行】



## 【ら　行】

村上春樹 作品研究事典（増補版）

発　行――二〇〇七年一〇月一五日
編　者――村上春樹研究会
今井清人・岩崎文人・志村有弘・原　善
発行者――加曽利達孝
発行所――鼎　書　房
〒132-0031 東京都江戸川区松島二-一七-二
TEL・FAX 〇三-三六五四-一〇六四
印刷所――太平印刷社
製本所――エイワ

ISBN978-4-907846-07-7　C1593